한국어의 역사

편찬위원회 편

보고사

머리말

오랫동안 성균관대학교에 몸담아 오시면서 학교의 발전과 후학을 가르치시는 일에 몸 바치신 이등룡 선생님께서 건강하신 모습으로 정년을 맞이하심을 축하하면서, 이에 즈음하여 이 작은 논문집을 간행하게 되어 기쁘게 생각합니다.

이등룡 선생님은 모교인 성균관대학교에 봉직하시면서 역사비교언어학과 국어사에 관련된 많은 논문을 집필하셨고 항상 열정적인 강의로 많은 후학들의 귀감이 되셨습니다. 학문하는 데 있어 지녀야 할 엄격성과 비판적 태도에 대해 늘 강조하셨고, 이를 직접 실천하신 꿋꿋한 선비의 모습을 보여 주셨습니다. 또한 부드러움 속에 강직함을, 사고(思考) 속에 행동을 지니셨던 선생님은 상아탑의 살아있는 지성인이셨습니다. 공(公)과 사(私)의 엄격한 분별, 냉철하리만큼 철저했던 통찰력. 이 모든 것들은 학자로서의 자세와 인간으로서의 성숙을 의미했기에 후학들이 따르며 존경했던 것은 너무도 당연한 귀결인지 모릅니다. 멀고도 긴 학문의 길에서 잠깐의 일탈도 없이 오직 탐구자적 자세를 지녀 오시다가 이제 잠깐 쉼터에 머무르시려는 선생님이 새삼 존경스러울 뿐입니다.

20여 년을 하루같이 학교의 발전과 후진 양성을 위해서 힘써 오시다가 떠나시는 선생님. 떠나신 후 선생님의 빈자리는 더욱 크게 남을 것입니다.

이에 성균관대학교에서 후학들이 뜻을 모아 정성을 다하여 이 작은 기념 논문집을 만들었습니다. 선생님께서는 많은 분들께 누가 되는 일이라며 극구 사양하셨습니다. 그러나 저희 후학들은 조금이라도 선생님의 뜻을 기리는 차원에서 다른 분들께는 부담을 주지 않고, 어떤 기존의 형식에도 크게 구애받음이 없이 논문집을 만들기로 하였습니다. 따라서 원고 청탁은 국어학 관련 후학들과 제자들로 한정하였고, 논문집의 체재도 간행사와 국어학 관련 논문만으로 이루어지도록 하였습니다. 또한 국어학 관련 논문들에 있어서도 선생님께서 그간 심혈을 기울여 연구해 오신 분야가 역사언어학 영역이었기에 선생님의 학문적인 뜻을 기리는 차원에서 역사언어학과 국어사 분야로 제한하게 되었습니다.

이제 정든 학교를 떠나시더라도 더욱 건강하시고 가내 평안하시기를 진심으로 기원합니다. 그동안 많은 일을 하셨으므로 쉬기도 하셔야 할 것이나, 원숙한 학문은 앞으로도 계속적인 집필을 통해 후학들에게 많은 모범이 되어 주실 것으로 기대됩니다.

끝으로 이 논문집이 나오기까지 여러 방면에서 많은 도움을 주신 분들께 감사의 말씀을 드립니다. 특히 옥고를 보내 주신 집필자 분들과 어려운 여건에도 불구하고 이 논문집의 출판을 선뜻 맡아주신 보고사에 심심한 고마움을 전합니다.

2004년 10월

『한국어의 역사』 편찬위원회

차 례

국어 문법론

알타이제어

만주어 격어미 연구

1. 서론

격(case)은 체언에 붙어 그 말의 다른 말에 대한 관계를 표시하는 문법범주다. 곧 체언으로 하여금 일정한 자격을 갖도록 한다. 국어에서 격은 의존형식이지만 독립성을 갖고 있는 격조사에 의해 표현되는 것으로 보고 있지만 만주어는 국어와 달리 곡용어미(declensional ending)의 하나인 격어미에 의해 표현된다.

지금까지 만주어 격어미 체계를 다룬 문법서를 보면 Möllendorf(1892)에서는 genitive case(i, ni), locative, dative(de), accusative(be), ablative case(ci)와 함께 instrumentality로서 i를 열거하고 있으며 Erich Haenisch (1961)에서는 nominativ(제로), akkusativ(be), genitiv(i/ni), elativ(ci), dativ/lokativ(de), 박은용(1973)에 주격(제로), 속i/n(i), 여격(de), 대격(be), 조격(i/ni), 탈격(ci), 유격(deri), 愛新覺羅. 烏拉熙春(1982)에서는 주격(i), 속격(i/ni), 여격(de), 대격(be), 조격(ci), 종격(deri) 등으로 만주어 격어미를 설정하고 있다.

---

* 최동권(상지대학교 국어국문학과 교수)

이들 논의는 구격어미 i의 설정 문제와 deri를 격어미에 포함시킬 수 있느냐 하는 문제에 있어서 차이가 난다. 구격어미 i 는 형태상으로 속격어미와 일치하기 때문에 격어미 체계에 포함시키지 않는 경우도 있지만 그 기능에 있어서 속격과 구격은 전혀 별개의 격어미에 속한다. 그리고 deri는 선행하는 체언과의 사이에 속격어미 i 가 개입하는 예가 있는 것으로 보아 격어미의 자격을 갖추지 못하고 있다.[2] 따라서 본고에서는 만주어 격어미를 '주격(∅), 대격(be), 속격(i/ni), 처격(de), 탈격(ci), 구격(i/ni)'의 6개 격어미체계로 설정하고 이들의 통사, 의미 특성을 밝혀보고자 한다.

2. 만주어 격어미

만주어 격어미의 특징 가운데 하나는 체언이 홀로 격의 기능을 수행하고 격어미는 쓰이지 않는 경우가 많다는 점이다.[3] 그리고 표기법상으로는 격어미가 선행 체언과 결합되어 쓰이는 聯用形과 분리되어 쓰이는 單用形이 모두 가능하다.

---

2) 다음 예문처럼 deri가 속격어미 i와 함께 쓰인다는 것은 deri가 격어미의 범주에 포함되지 않는다는 것을 의미한다.

   amargi duka-i **deri** pan gin liyan i boode jihe.(금병4:8)
        뒷   문   으로 潘 金 蓮 의 집에 왔다.

3) 격어미가 없이 체언이 홀로 그 기능을 수행하는 것을 격어미의 생략 현상으로 볼 것인지 아니면 격어미를 부가적인 것으로 다루어야 할지는 논란의 여지가 많다. 이와 관련된 문제는 차후에 다루고 여기서는 만주어에 이러한 특성이 존재한다는 사실만을 밝히고자 한다.

2.1 주격(主格, nominative)

주격어미는 그 어미가 결합된 명사나, 명사 상당의 구나 절이 그 문장의 주어임을 나타내주는 어미라고 할 수 있다. 그런데 만주어에서는 주어의 자격을 나타내는 어미 형태가 없다. 체언이 어떠한 격어미와 결합함이 없이 홀로 문장의 주어로 쓰인다. 따라서 주어임을 확인하기 위해서는 문장에서 체언이 쓰이는 문법적 기능에 의존하여야 한다.

(1) 가. mini eniye ∅ marame non be liobei de buhe.
   내 모친 이 세워 누의 롤 劉備 의게 주니,(삼역10:4)
   나. si men king ∅ tere inenggi uthai hehei boode indehe.
   西 門 經 그 날 바로 여자의 집에서 머물렀다.(금병8:18)
   다. bi donjici sinde emu sargan jui ∅ bi gebu ∅ diyocan.
   내 드르니 네게 흔 쏠 이 이시니 일홈 은 貂蟬이라.(삼역1:3)

예문 (1)에서 주어로 쓰인 체언이 어떠한 어미 형태와의 결합도 없이 주어로 기능하고 있다. (1가)에서는 eniye, (1나)에서는 si men king, (1다)에서는 sargan jui가 주어로 쓰이고 있지만 ∅ 형태의 주격어미가 쓰이고 있다. 그런데 주어로서 단체나 기관이 주어가 될 때에는 탈격어미 ci가 쓰이는 경우가 있다.

(2) 가. te jurgan **ci** dere eshun niyalma be ume halbubure seme, gašan
   이제 구의 로셔 늦 선 사롬 을 부치지 말라 호여 鄕
   tokso koco wai ele bade isitala bireme ulhibume,
   村 隱僻흔 各 處 꼬지 두로 알게호여,(청노3:20)
   나. ne hiyan **ci** susai yan šangnara menggun tucibufi jafabuci
   지금 縣 에서 50 양 보상하는 은 내어서 잡게 하지만
   umai baharakū.(금병1:59)
   결코 잡을 수 없다.

예문 (2가)에서 jurgan(官家)는 halbubure(부치다)의 주어로 쓰이고 예문 (2나)에서는 hiyan(縣)이 jafabuci(잡게 하다)의 주어로 쓰이고 있다. 이때 주어로 쓰인 '구의(官家), 縣' 등은 단체명사로서 에 c_i가 쓰이고 있기 때문에 c_i를 주격조사의 하나로 볼 수 있다. 그러나 c_i는 진정한 의미의 주격어미가 아니라 처격어미이고 단체에 포함된 대표, 예를 들면 군수나 업무상의 담당자가 행동의 주체로 내포되어 있다고 해석할 수 있다.

국어 문장 구조의 특징 가운데 하나는 하나의 서술어에 대응되는 주어가 두 개 있는 문장이 있다는 점이다. 그러한 문장을 일반적으로 이중주어문, 주격중출문이라 부르는데 만주어에서도 이중주어문으로 볼 수 있는 문장이 있다.

(3) 가. lio ioi jeo de cooha ∅ mingga ∅ isirakū jiyangjiyūn ∅ damu ilan
　　　劉 豫 州 의 군시 　　　 천이 　　 못ᄒ고 　　 쟝쉬 　　　 다만 서
　　　duin ∅ bi.
　　　너히 　　 잇고,(삼역3:5)

　 나. yafaha moringga muke i cooha ∅ uheri tanggū tumen ∅ funcembi.
　　　거론이 몰톤이과 　믈 에 군시 　　 대되 빅 　　 만이 　　 남은지라.
　　　(삼역3:6)

(4) giyang ni dergi ba i hafan irgen ∅ gemu boihon fulenggi ∅ ombi.
　　　강 　　　동 싸 히 관원 빅셩 이 다 흙과 　지 　　　되리라.
　　　(삼역3:12)

예문 (3가)는 수량사구가 쓰인 구문인데 이중주어문으로 볼 수 있다. cooha(군사)와 mingga(千)이 서술어 isirakū(이르지 못하다)의 주어로 쓰이고 있고, jiyangjiyūn(장군)과 ilan duin(서너히)가 서술어 bi(있다)의 주어로 쓰이고 있다. 예문 (3나)에서는 cooha(군사)와 tanggū tumen(백만)

이 서술어 funcembi(넘다)의 주어로 쓰이고 있다. 국어에서는 이러한 구문에서 체언이 모두 주격어미와 함께 쓰이기 때문에 이중주어문으로 보기도 하지만 이들 예문에서 주어로 쓰인 형태들은 동격구성을 이룬 것으로 보아야 할 것이다.[4] 예문 (4)에서도 유사한 구문을 확인할 수 있다. 국어에서는 보어가 주격어미 '이/가'와 함께 서술어의 필수 성분으로 나타나는 유형인데 이때 '이/가'를 보격어미라고 하여 별도의 격으로 설정하기도 한다. 그러나 보어는 다른 언어에서도 흔히 주어와 같은 격을 취하므로 주격의 기능 중 하나로 보는 편이 나을 것이다.

2.2 대격(對格, accusative)

대격어미는 선행하는 명사로 하여금 후행하는 타동사의 목적어가 되게 하는 것이다. 만주어의 대격어미는 선행하는 형태의 음운론적 조건에 관계없이 be가 쓰인다. 철자법에 있어서는 연용형과 단용형이 다 쓰인다.

(5) 가. tere-**be** gaifi gene.(계몽3:6)
     그 를 데리고 오라.
   나. tere **be**   gaju.(계몽3:6)
     그 를 데려오라.
(6) 가. ai -**be** temgetu obumbi?(계몽3:6)
     무엇 을 증거 삼느냐?
   나. ai **be** fulehe da obumbi?(계몽3:6)
     무엇 을   근본 되게하느냐?

예문 (5, 6)에서는 대격어미가 선행어와 연용과 단용이 모두 가능함

---

4) 이들을 대주어와 소주어로 구별하거나 간접주어, 직접주어라고 부르기도 한다.

을 보여주고 있다. 同文類解(語錄解:1)[5]에서는 be 把字 將字 卽을字意 又以字 用字 卽뻐字意 又令字 敎字 卽으로字意 又也字라고 하였으며 淸文啓蒙(3:6)[6]에서는 be 把字, 將字, 也字, 又以字, 用字, 又使字, 令字, 敎字. 聯用單用俱可라고 하였다.

be가 n과 함께 쓰일 때 n이 b의 영향으로 m으로 동화되는 음운현상이 있는데 이에 대해서 淸書指南(3:1)에서는 若係整語 如 bayan wesihun 之類 卽可直用 be 字 亦有連寫者 必用 m 字帶不 如 gisumbe cembe 之 類 亦有因上一字 係 an en in 頭字 如 imbe mimbe simbe membe 之類 方可用也라고 설명하고 있다.

만주어 대격어미는 때때로 생략되는 경우가 있다.

(7) 가. bithe hūlambi.(자법:8)
     책   읽는다.
    나. terei bithe **be** hūlambi.(자법:8)
     그   책 을 읽는다.
(8) 가. etuku etumbi(자법:8)
     옷   입는다.
    나. urunakū doroi etuku **be** etufi hargašanambi.(자법:8)
     반드시   예 복 을 입고 조회에 간다.

---

5) 同文類解 語錄解는 조선 영조 24년(1748) 玄文桓이 간행한 만주어 문법서로서 淸書指南의 虛字解와 淸文啓蒙의 제1권 및 제3권에서 중요한 부분을 발췌하여 국역하였다. 이러한 사실은 박은용(1973)에서 자세히 설명하고 있다.

6) 擁正 8(1730)년 長白 舞格 壽平 著述, 錢塘 程明遠 佩和 校梓로 된 淸文啓蒙(cing wen ki meng bithe)은 전 4권으로 되어 있다. 이 가운데 제3권에 수록되어 있는 淸文助語虛字(manju bithei gisun de aisilara mudan i hergen)는 만주어의 각종 접미사를 예문과 함께 설명하고 있다. 淸書指南의 虛字解와 더불어 同文類解 語錄解에 절대적인 영향을 주었다.

만주어 대격어미 be는 (7가, 8가)처럼 선행어의 수식을 받지 않는 경우에는 쓰이지 않지만 (7나, 8나)처럼 선행어로부터 수식을 받는 경우에는 be가 쓰인다. 이와 관련하여 字法擧一歌(8)에서는 體用申敍無be字 作用有力句加be라고 하였는데 이는 목적어가 선행어에 의해 수식을 받아 한정된 의미를 나타내는 경우에는 대격어미 be가 쓰이고 있음을 의미한다.

대격어미의 쓰임 중 한 문장에서 두 개의 대격어미가 쓰이는 구문도 주목의 대상이 되어 왔다. 이들의 관계는 일반적으로 동격관계라 할 수 있다.

(9) 가. cangju beilei ama jui **be** deo huribu beile ilan nobi **be** gemu
　　　　cangju beile의 父 子 를, 아우 huribu beile 세 사람 을 모두
　　　　uweihun jafaha.(원당1:3)
　　　　　사로잡았다.

　　나. tere ninggun gasan i hoton **be** boo **be** gemu   efulebi tuwa sindaha.
　　　　그   여섯   村 의 城 을 집 을 모두 파괴하고 불 놓았다.
　　　　(원당1:16)

　　다. han ama**be**,   deote **be**, sunja amban **be** birume bithe arabi abka
　　　　han 아버지를, 아우들 을 다섯 대신 을 저주하며 글   써서 천
　　　　na de   dejibi,(원당1:29)
　　　　지 에 태우고,

(10) 가. te   jing jeo i cooha **be** geli orin gūsin tumen   bahabi.(삼역3:7)
　　　　이제 형 주 ㅣ군ᄉ 롤 쏘 이 삼십 만을 어더시니,

　　나. beleni araha buda **be** sakda beye-**be** emu ubu   dabure   aibi.
　　　　준비된 지은 밥 을 노   모 를 한 몫 끼어듬이 무엇이냐.
　　　　(금병3:17)

만주어에서는 한 문장에 두 개의 대격어미가 쓰이는 현상이 있다.

예문 (9)처럼 명사구가 반복되는 경우에 대격어미가 반복되어 쓰인다. (9가)에서는 아버지와 아들, 그리고 아우가 각각 대격어미와 함께 쓰이고 있으며 (9나)에서는 城과 집이 각각 대격어미와 함께 쓰이고 있다. (9다)에서도 아버지, 아우들, 다섯 대신이 각각 대격어미와 함께 쓰이고 있는데 이들 구문에서 쓰인 명사구는 일종의 동격 관계에 있는 것들을 나열하면서 대격어미를 반복하여 쓰고 있다.

예문 (10가)는 명사구 다음에 수량사구가 오는 구문으로서 국어에서는 양쪽에 모두 대격어미의 사용이 가능하지만 만주어에서는 명사구에만 대격어미가 쓰이고 뒤따르는 수량사구에는 대격어미가 쓰이지 않는다. (10나)는 피동구문으로서 역시 대격어미가 반복하여 쓰이고 있는데 이 구문은 동격관계는 아니다. 다만 피동구문의 특성상 두 개의 대격어미를 쓰게 된 것이다.

내포문의 주어가 대격어미와 함께 쓰이는 대격형은 간접인용문에서 나타난다.

(11) 가. geli ainci mim**be** 'simbe jafafi gajime muterakū' seme bodohobio?
　　　또 혹시　나를　너를 잡아서　가져올 수 없다　하고　생각했나?
　　　(금병58:13)

　　나. looye ere-**be** 'be lai guwang be dosimbuha' seme jili banjihabi.
　　　老爺 이 를 白來　光　을　들였다　하고　화 냈다.(금병35:21)

　　다. ajige niyalma **be** 'ini ulin nadan be durifi gamaha' sembi.
　　　小　　人　을 그의　재산　을 훔쳐서　가졌다　한다.
　　　(금병19:19)

　　라. dehi cooha **be** 'hobo juleri juwe ergi de faidafi　yabu' sehe.
　　　네 군인 을　靈 앞에서　양 쪽 에 늘어서서 행진하라 했다.
　　　(금병65:11)

　　마. sefu sim-**be** 'gene' sehe.(계몽3:6)
　　　師傳　너 를　가라　했다.

예문 (11)에서는 bi(나), ere(이), ajige niyalma(小人), dehi cooha(네 군인), si(너)가 각각 대격어미 'be'와 결합하여 내포문의 주어로 기능을 수행하고 있다. 인용화내포문의 주어로 주격형을 선택하는 조건과 대격형을 선택하는 조건을 구분하기 어렵다. 다만 만주어에서는 국어와 달리 대격형이 상대적으로 매우 폭 넓게 쓰이고 있다.[7]

2.3 속격(屬格, genitive)

명사와 명사 사이에 나타나는 두 명사를 더 큰 명사구로 묶어 주는 어미를 흔히 속격(genitive), 또는 소유격(possessive)을 나타내는 기능을 한다고 하여 속격어미, 또는 소유격어미라 부른다. 이처럼 더 큰 명사구를 이룰 때 선행하는 체언으로 하여금 후행하는 체언을 수식하는 기능을 하도록 하기 때문에 관형격어미라 부르기도 한다.

만주어의 속격은 i/ni의 두 종류가 있다. 이들은 음운론적으로 조건된 이형태로서 i는 i 母音(모음)을 제외한 모음과 -ng[ŋ] 자음을 제외한 자음 아래에서 쓰인다. 그리고 ni는 -ng[ŋ] 자음 아래에서 쓰인다. 다만 외래어일 때는 예외가 있다.[8] 철자법에 있어서 ni는 항상 홀로 쓰이지만 i는 모음 아래에서는 연용과 단용이 모두 자유롭다.[9]

---

7) 만주어 인용문은 상위문의 인용동사 'se-'에 내포되기 때문에 'se-' 동사의 존재가 인용문을 식별할 수 있는 기준이 된다. 그러나 직접인용문과 간접인용문을 구분할 수 있는 형태적 특성은 없다. 다만 간접인용문은 내포문 주어로 대격형이 쓰이기 때문에 하나의 식별 준거가 된다. 이에 대해서는 최동권(2002)에서 자세히 다루고 있다.

8) 박은용(1973) 참조.

9) 이와 관련하여 淸文啓蒙(3:7)에서는 此 i 字, 亦有聯寫在第一頭字尾, 念作第二頭字音者, 與單用義同, 淸文指要(10)에서는 i 的之以 單聯義同如云 ni 與 i 字同 哉乎 呢 等字意乃驚歎語氣, 單聯義同如云이라고 하였다.

(12) 가. mini ajige sargan jui ∅ miyamiga **i** jaka majige bihe,
　　　　내 적은　　쑐　　의　　단장　의 쎳　적이 잇더니,(삼역1:4)

　　나. da ejen be onggorakūngge yala abka-**i** fejile ∅ jurgangga niyalma,
　　　본 님금 을 닛지아닛는거슨 과연 텬　하 의　　옛　사룸이오,
　　　(삼역2:1)

　　다. bira-**i** amargi yuwan šoo　jing tsoo cenghiyang **ni** bakcin kai.
　　　河　　　北　　袁　紹는 정히 曹　　승샹　의　적국이라.
　　　(삼역2:24)

　　라. fe ejen ∅ ajige　baili be safi cenghiyang **ni** amba sain be onggofi,
　　　녯 님금 의 죠고만 은혜 롤 알고　승샹　의 큰 어질 믈 닛고,
　　　(삼역2:4)

　예문 (12가)에서는 속격어미 i의 단용형이, (12나, 다)에서는 연용형이 쓰이고 있다. 예문 (12다, 라)에서는 속격어미 ni가 -ng 다음에서 쓰이고 있다. 그리고 (12가, 나, 라)에서는 속격어미의 생략형도 확인할 수 있다.

　청조의 문법서에서는 속격어미에 대해 형태상으로 일치하는 조격어미나 종결보조사에 대한 설명과 함께 다루고 있다. 同文類解(어록해:2)에서는 i ni 的字 之字 即의字意 又以字 用字 即뼈字意 又呢字 哉字 又作驚訝想像意라고 하였으며 淸書指南(3:2)[10]에서는 i ni 即漢文以字 之字라고 하였다.[11] 여기에서 的, 之는 속격어미, 以, 用은 조격어미,

---

10) 淸書指南(manju bithei jy nan)은 康熙 10년(1671) 沈啓亮에 의하여 쓰여진 것으로 전 3권으로 되어 있다. 이 가운데 제3권의 虛字解로서 만주어의 각종 접미사를 예문과 함께 해설하고 있다. 그 후 康熙 22(1683)년에 沈啓亮이 간행한 大淸全書의 권말에 다시 실려있다. 특히 우리 나라의 玄文桓이 펴낸 同文類解 語錄解는 이를 기본으로 하고 있다.

　康熙 61년(1722) 戴穀에 의하여 쓰여진 淸文備考(manju i yonggkijame toktobuha bithe)는 전 12권으로 되어 있다. 이 가운데 제1권의 虛字講約(de be i hergen be giyangnara oyonggo)에는 만주어의 각종 접미사를 해설하고 있는데 이것은 淸書指南의 虛字解를 약간 수정한 것이다.

11) 속격어미 ni는 종결보조사로 쓰이는 ni와 형태상으로 일치한다. 따라서 이들을 함

呢 哉는 종결보조사에 대한 설명이다.

내포문주어가 속격어미와 함께 쓰이는 속격형은 관형화내포문과 명사화내포문에서 모두 확인된다. 관형화내포문을 관계화와 보문화로 구분할 경우에도 관계문과 보문 모두 내포문주어가 속격어미와 함께 쓰이고 있다.

(13) 가. ubade   sini wen sefu **i** <u>yabu</u>-re ulga bio, akūn?(금병68:28)
　　　여기에 네 溫 師父 의   타 -는 가축 있냐, 없냐?

　　나. ere gemu geren niyalma **i** age de urgun arame benji-he
　　　　이 모두 여러 사람   의 兄 에게 경사 축하하여 보내-ㄴ
　　　　doroi jaka.
　　　　禮의   物(이다).(금병76:20)

(14) 가. si men king **ni** <u>li ping el be kidu</u>-re gūnin be   ulhifi,(금병73:6)
　　　西 門 慶 의 李 瓶 兒 를 그리-는 생각 을 이해하고

　　나. ice coko **i** <u>hūla</u>-ra jilgan donjire de sain.(금병76:4)
　　　새 닭 의 우 -는 소리   들음 에 좋다.

(15) 가. si men king tere-**i** <u>guwan ge el be tebeliye</u>-he be sabufi,(금병52:7)
　　　書 門 慶 그의 官 哥 兒 를 안 -음 을 알고,

　　나. **mini** <u>tuhe</u> -re de si aiseme niyama fintambi?(금병52:32)
　　　나의 떨어지-ㅁ 에 너 왜   가슴 아프냐?

예문 (13)은 만주어 관계문의 구성을 보여주는 것으로서 내포문의 주어가 주격형과 속격형으로 달리 쓰이고 있다. 내포문의 주어 wen sefu (溫師父)와 geren niyalma(여러 사람)이 모두 속격어미 i에 의해 표현되어 있다. 예문 (14)는 보문들로서 내포문 주어 si men king(西門慶)과 ice coko(새 닭)가 각각 속격어미 ni와 i에 의해 표현되어 있다. 만주어에서

께 설명한 문법서들이 있는데 淸書指南(3:2)에서는 又作煞尾助詞用 又作有驚訝想像意 如云 如之何了 absi ohoni 如云 此何故也 ai turgun ni라고 하였다.

관형화내포문의 주어가 속격형으로 쓰이는 현상은 매우 활발히 나타나고 있다.

예문 (15)는 명사화내포문으로서 내포문의 주어가 속격형으로 표현되어 있다. (15가)에서는 내포문의 주어 tere(그)가 속격어미 i와 결합하여 tebeliye-(안다)의 주어로 쓰이고 있으며 (15나)에서는 내포문의 주어로서 1인칭 대명사 bi의 속격형인 mini가 쓰이고 있다.

명사화내포문의 주어가 속격어미에 의해 표현되는 현상은 내포문이 상위문에서 주어로 기능하느냐 목적어로 기능하느냐에 관계없이 널리 쓰이고 있다. 다음 예문은 내포문이 상위문에서 수행하는 기능에 따라 열거한 것으로서 속격형의 형태를 두루 확인할 수 있다.

(16) 가. aša　se-**i** <u>golo</u>-ho　weile guwan-mu　de　bi kai.
　　　아즈미 들　놀라-ㅁ은　죄　關　某 의게 잇ᄂ니라.(삼역2:18)

　나. si　　baibi **mini** <u>gisure</u>-re be wakalara dabala.(금병65:37)
　　　너(는) 단지　나의　말하 -ㅁ 을　비난할　　뿐(이다).

　다. han mama I <u>bisi</u>-re be amcame looye i　ere gahari fakūri be
　　　韓　媽媽　의 있 -음 을　　쫓아　老爺 의 이　汗衫　小衣 를
　　　niyanca.
　　　풀먹여라.(금병72:3b)

　라. giyan i sefu　**i**　　<u>jobo</u> -ho de karulaci　acarangge kai.(금병66:16)
　　　진실로　師父 의 수고하-ㅁ 에 보답하면 적절한 것이라.

　마. **mini** <u>gene</u>-he de sadun mimbe ambula wakašaha.(금병66:16)
　　　　나의　가 -ㅁ 에　親家　나를　　매우　　꾸짖었다.

예문 (16가)는 내포문이 상위문의 주어로 내포된 문장들로서 내포문의 주어 aša se(아즈미들)가 속격어미 i에 의해 표현되었다. 그리고 (16나, 다)는 내포문이 대격어미와 함께 상위문의 목적어로 내포된 문장들

로서 (16나)와 (16다)에서는 내포문의 주어 mini(나의)와 han mama(韓媽
媽)가 속격어미 i에 의해 표현되어 있다. (16라)와 (16마)는 여격어미 de
와 함께 상위문에 부사어로 내포된 구문들로서 주어 sefu(師父)와 mini
(나이)가 각각 속격어미 i에 의해 표현되어 있다. 이처럼 명사화내포문
의 속격형은 내포문이 상위문에 내포되어 어떠한 기능을 수행하느냐에
관계없이 생산적으로 쓰인다.

2.4 처격(處格, locative)

처소나 지향점, 또는 시간적, 공간적인 범위를 나타내 주는 격을 처
격(locative)이라 한다. 어떤 일이 일어나는 처소를 나타내 준다고 해서
붙여진 이름인데 처격은 그러한 처소, 즉 어떤 일이 일어나는 범위뿐만
아니라 어떤 행위가 그 쪽으로 향해 가는 지향점(direction)을 가리키는
기능도 가지고 있다.

(17) 가. si boo-**de** bici we **de** gelembi?(지남3:2)
     너 집 에 있으면 누구 에게 두렵냐?
  나. suwayan bonio aniya sure kundulen han i susai se-**de** ilan biya **de**
      戊   申   年 sure kundulen 汗 의 50 세 에 3 월 에
    (원당17)
  다. ama   **de** gelembi.(지남3:2)
     아버지 에게 두렵다.

만주어 처격어미 de는 연용과 단용이 모두 가능하다. (17가, 나)에서
는 연용형과 단용형이 한 문장에서 함께 쓰이고 있음을 보여준다. 淸文
啓蒙(3:1)에서는 乃轉下申明語, 單用聯用俱可, 淸文指要(8)에서는 單
聯義同 如云라고 하였다.

만주어 처격어미는 한 문장에서 반복되어 쓰이는 경우가 많다. 예문 (17다)에서는 처격어미 de가 susai se, ilan biya와 함께 하나의 구문에서 반복 사용되고 있다.

만주어 de는 현대 국어 '에/에서', '에게'에 대응이 되는데 장소, 방향 을 나타내는 처격어미로 사용된다.

(18) 가. guwan gung morin i ninggun **de** beye be mehume doro arafi,
　　　　關　公이 몰　　　우희 셔 몸 을 굽여 녜 ᄒ여,
　　　(삼역2:11)

　　나. bi giya i angga **de** simbe aliyara.(금병5:4)
　　　나 길 의 입구 에서 너를 기다리마.

　　다. u sung nure uncara taktu **de** dosifi nure uncara niyalma de fonjime
　　　武松 술 파는 樓 에 들어가 술 파는 사람 에게 묻되
　　　(금병9:18)

　　라. liyoo hūwa tereci fakcafi ini gucuse be gaifi alin **de** genehe.
　　　廖　化ㅣ 그적의 써나셔 제 벗들 을 거느리고 산 으로 가니라.
　　　(삼역2:19)

　　마. mini mujilen **de** inu uttu   gūnihabi.
　　　내 ᄆᆞᆷ 에 도 이리 싱각ᄒ엿노라.(청노1:15)

　　바. ere morin be inu hon i okson sain **de** dabuci ojorakū.
　　　이 몰 을 ᄯᅩ 너모 거름 죠흔 더 혜지 못ᄒ리라.(청노1:16)

처격어미 de는 예문 (18가, 나)에서는 공간적인 범위를, (18다, 라)에 서는 지향점을 가리키고 (18마, 바)에서는 추상적인 공간이나 지향점을 나타내고 있다.

처격어미 de는 공간적인 범위뿐만 아니라 시간적인 범위를 가리키기 도 한다.

(19) 가. inenggidari gersi fersi **de** ilifi tacikū de genefi sefu   de bithe,
　　　　날마다　　　　새배　　닐어 學堂 에 가셔 스승 ᄭᅴ 글,
　　　(청노1:3)

　　나. sunja biya **de** g'ao tang de genefi,
　　　　五　月 에 高　唐 에　가셔,(청노1:21)

(20) 가. juwe fun menggun **de**   emu ginggin honin yali bumbi   sere.
　　　　두 푼　銀　에　흔　근　羊　肉　준다　ᄒᆞ더라.
　　　（청노1:12）

　　나. mini udaha ajige ceceri emke **de** ilan　jiha,
　　　　내　사ᄂᆞᆫ 젹은 집　한필 에 서 돈이니(청노1:18)

예문 (19가, 나)는 시간적인 범위를 가리키고 (20가, 나)는 단위를 나
타내고 있다. 이것도 어떤 범위를 한정하여 주는 것이므로 처격의 일반
적인 용법의 하나로 볼 수 있다.

(21) 가. min**de** ere ucuri šolo   bi.(금병3:9)
　　　　나에게 이　즈음 여가 있다.

　　나. bi da guwan in **de** yargiyan be alara.(금병3:15)
　　　　나 대　관　인 에게 진실　을 아뢰마.

　　다. fe ejen **de**   bederefi jurgan be akūmbukini.
　　　　넷 님금 의게 믈러가셔　의　룰 온젼케ᄒᆞ쟈.(삼역2:2)

　　라. guwan ioi **de** ilan weile bifi meni geren jili banjihabi
　　　　關 羽 의게 세　죄 이시니 우리 여러이 셩 내ᄂᆞ니(삼역2:2)

(22) 가. si sin yei de bifi lio hiowande **de** aisilambi kai.
　　　　네 新　野 의 이셔 劉　玄德　의게　돕ᄂᆞᆫ지라.(삼역3:5)

　　나. niyalma sin**de** ejen iliha be dahame erebe bi inu   gisurerakū.
　　　　사람　너에게 주인　삼았ᄋᆞᄆᆞ로　이를　나 또 말하지 않는다.
　　　（금병7:19）

(23) 가. maka gise hehe u in el **de** hajilaha hūwa dze hioi waka semeo
　　　　혹　妓　女吳銀兒 에게 사랑한　花 子 虛　아니냐.
　　　（금병1:16）

나. araha eniye si min**de**   gucu arame   omicina.(금병2:29)
　주　모　너 나에게(와) 친구　삼아　마시렴으나.
다. bi sin**de**   arara   tsaifung be ume hūlara.(금병3:4)
　나 너에게(와) 만들겠다   裁縫　을 부르지마라.

　처격어미 de는 국어 '에게'와 마찬가지로 대상을 나타내는 데도 쓰이기 때문에 여격(dative)어미라 부르거나 장소를 나타내는 의미와 함께 여처격어미라 칭하기도 한다. 예문 (21)에서 de는 이러한 특성을 잘 보여준다. 그러나 이러한 차이는 서술어의 의미 특성과 깊은 관련이 있다. 따라서 이러한 방식의 구분을 받아들인다면 예문 (19, 20)의 여러 예문에서 보이는 의미 차이도 다 반영해야 할 것이다. 그리고 예문 (22)에서는 목적을 나타내고, (23)에서는 동반의 의미를 나타내는데 이들도 모두 구분하여야 한다는 문제가 있다. 따라서 하나의 형태로 표현된 de를 개별 구문의 의미 차이를 반영하여 여격어미와 처격어미로 구분할 필요는 없다. 이외에도 처격어미 de는 내포문과 함께 다양한 기능을 수행한다.

(24) 가. bi dahūn dahūn i baire **de** hamirakū ofi
　　내 屢　屢 히　빌매　견디지 못ᄒ여,(청노2:1)
나. tatakū futa be wesihun majige tukiyefi, fusihūn emgeri fahaha **de**
　　드레　줄 을 우ᄒ로　적이 들어　아리로 ᄒᆞᆫ번　더지면
　muke ini cisui tebubumbi.
　믈이　졀로　담기ᄂᆞ니라(청노2:26)
다. abka gerere be aliyafi elheken i genehe **de**   ai   sartabure
　　하눌이 붉기 롤 기다려 쳔쳔이　　가면　　므슴　어긋날
　babi,
　곳이시리오(청노2:19)
라. cimari gūwa niyalma sabuha **de** toorahū.
　　니일 다른 사룸이　　보면　욕홀셰라.(청노3:3)

(25) 가. be   jugūn yabure **de** dorolome gocishūn i yabuha de,
　　　 우리 길   둔닐 제 禮ᄒ여 謙讓ᄒ여 ᄃ니면,(청노1:23)
　　 나. tuktan ulebure **de** bai   turi muke be suwaliya,
　　　 처음 먹일 제 그저 콩 믈 을   석고,(청노2:9)

예문 (24)와 (25)에 쓰인 de는 내포문과 함께 쓰이고 있는데 (24가)에
서는 이유를, (24나, 다, 라)에서는 조건을 나타내고, (25)에서는 시간을
나타내고 있다. 이와 관련하여 同文類解(어록해에:1)에서는 de 時候字,
卽제字意 又地方字, 往字, 卽에字意 又給字, 於字 卽제字意 又作而字
意라고 하였으며 淸文接字(:7)[12]에서는 時候往給與裡頭上頭在於俱繙
de라고 하였다. 字法擧一歌(:1)[13]에서는 de 義深長用處多 上下內外時
候則 給與在于間處往 日字虛神亦是他라고 하였다.

2.5 탈격(奪格, ablative)

만주어 탈격어미 ci는 장소나 시간의 출발점을 나타내거나 비교의 의
미를 나타내며 연용과 단용이 모두 가능하다. 박은용(1973)에서는 '어떤
행동이 행해지는 기점을 나타내거나 어떤 사물과 타 사물과의 비교'를
나타낸다고 하였다.

---

12) 淸文接字(cing wen jiye dze bithe)는 同治 3년(1863) 長白 完顔 樸山 崇實이 그 부
　　친인 高洛峰의 저서를 출간한 것으로 만주어 접미사를 예문과 함께 설명하고 있다.
　　만주어 虛字에 대한 설명서로서 단행본 형태로 된 것은 이것이 처음이라 할 수 있
　　다. 이것은 光緒 元年(1875)에 松匯에 의하여 중간되기도 하였다.
13) 光緒 11년(1885) 金州 隆泰 沃田 徐氏에 의하여 編著되고 그 門人 蒙古 壽榮 耀庭
　　이 較正, 長白 承蔭 佩先 較刊으로 이룩된 淸文字法擧一歌는 만주어 虛字解로서는
　　마지막으로 쓰여진 것으로 7구 漢詩體를 모방하여 滿文 虛字를 설명하고 다시 예문
　　과 漢譯을 함께 제시하고 있는 單獪書로서 淸文字法擧一歌라고도 한다.

(26) 가. uthai morin maribufi kiyoo **ci** wasifi genehe.
　　　즉시 몰　두루혀　 드리 예셔 ᄂᆞ려　가니라.(삼역2:14)

나. siowei soo dalbaki-**ci**　hendume,(금병7:12)
　　薛　嫂　옆　에서　말하되,

다. idu **ci** hokombi niyaman **ci** fakcambi boo **ci** aljambi
　　당번 에서　마치고　사람　에서 헤어지고 집　에서　떠나고
　　jobolon **ci** jailambi
　　우환　에서 피한다.(지요:10)

라. hanciki **ci**　goroki **de** isinambi dorgi　**ci** tulergi **de** hafunambi.
　　가까이　에서　멀리　에 이르고　안　에서　밖 에　통한다.
　　(허지上:4)

마. cenghiyang **ci**　delhefi　cohome birai amargi de ahūn hiowande
　　　승샹　　 ᄭᅴ 니별ᄒᆞ고 부러　河　北 에　형　　玄德
　　be baime　genembi.
　　을 츠즈라　가노라.(삼역2:24)

바. ama eniye **ci**　fakcafi　boo-**ci**　aljafi　inenggi goidaha.(계몽3:13)
　　父　　母　에서 헤어지고 집 에서 떠나서　날　오래됐다.

예문 (26)에서 탈격어미 ci는 장소의 출발점을 나타내고 있는데 (26
라, 마)처럼 처격어미 de와 짝을 이루어 출발점과 도착점을 나타내기도
한다. (26바)에서는 탈격어미 ci가 연용형과 단용형으로 모두 쓰이고 있
음을 보여준다.

(27) 가. cimaha inenggi **ci** mini jaka ci ume hokoro.
　　　니　일 　브터 내　겻히 ᄶᅥ나지말라.(삼역1:12)

나. julge-**ci** tetele gemu　uttu　　ere-**ci** amasi geli　antaka?
　　옛 부터 여태 모두　이러한데 이로부터 뒤로 또　어찌하나?
　　(허지上:4)

다. bi duleke aniya **ci**　ebsi morin jodon be gamame,
　　내　前　年　브터　　몰과 뵈 롤　가져가,(청노1:21)

예문 (27)에서는 탈격어미 ci가 시간의 출발점을 나타내고 있다. 이처럼 만주어 탈격어미 ci는 장소나 시간의 출발점을 나타낼 뿐만 아니라 비교의 의미를 나타내기도 한다.

(28) 가. bi   ere aniya teni gusin juwe se, sin**ci** ilan se deo kai.
　　　　나는 올 히 야 셜흔 둘히니 너게셔 세 히 아리라.(청노4:18)
　　나. inu emu jurgangga baturu haha seci ombi.   jortai wahangg **ci**
　　　　또 한 의리 있고 용감한 남자라 할 수 있다. 일부러 죽인 것과
　　　　encu.
　　　　다르다.(금병10:8)
　　다. i   sin**ci** fulu bi we**ci**   eberi.(허지上:5)
　　　　그 너에서 강하고 나 누구에서 이르지 못한다.
　　라. nenehe **ci** ambula nonggibuha.(지요:10)
　　　　전   에서 크게   나아갔다.

예문 (28)에서는 탈격어미 ci가 비교의 의미를 나타내고 있다. 同文類解(어록해:6)에서는 則者 卽ᄒ면字意 又自字 卽부터字意 又由字 從字 卽로字意 又比字 卽에셔字意 又第字 卽재字意라고 하였으며 淸文指要(:10)[14]에서는 ci 自 由 從 離 比較라고 하였다.[15] 이상은 탈격어미 ci가 출발점과 함께 비교의 의미로 쓰이고 있음을 잘 설명하고 있다.

---

14) 乾隆 45(1780)년 秀升 富俊이 그 父親의 所著를 간행한 三合便覽 全 12券 중 제1권에 蒙文指要와 함께 수록된 淸文指要의 sula hergen i hacin 편에는 만주어의 접미사에 대한 간단한 설명을 예문과 함께 제시하고 있다.

15) 탈격어미 ci는 연결어미 ci와 형태상으로 일치하기 때문에 淸朝의 문법서에서는 연결어미에 대해서도 則者 卽ᄒ면字意라고 함께 설명하고 있다.
　　그리고 基數詞에 -ci 접미사가 결합하면 序數詞가 되는데 이를 第字例라고 하면서 다음과 같은 예를 들고 있다. si uduci de bi 你在第幾个上<淸文啓蒙3:13> bi jakūci de bi 我在第八个上<淸文啓蒙3:13> uduci uducingge ilaci ilacingge 第幾 第幾的 第三 第三的<淸文虛字指南上:4> dergi ulebun i juwanci fiyelen 右傳之十章<字法擧一歌 : 13>

2.6 구격(具格 instrumental)

만주어 구격어미 i는 선행하는 체언이 다음에 오는 동사의 수단 또는 방법이 됨을 나타내는데 속격의 i, ni와 형태상으로 동일하다.[16] 최학근 (1976)에서는 구격으로 설명하고 있으며 박은용(1973)에서는 造格으로 '명사 또는 그에 준하는 기능을 가지고 있는 단어에 연결되어 다음에 오는 동사의 수단 또는 방법이 될 수 있는 기능을 가지고 있는 접미사라고 하였다. 철자법에 있어서는 연용형과 단용형의 두 가지가 다 사용되고 있다.

(29) 가. ubai hūcin gemu feise **i** sahahangge labdu
　　　여긔 우믈은 다 벽 으로 쏜거시　　만코,(청노3:1)
　　나. emu farsi fulgiyan ša **i** haha i yasa be dalimbi.(금병12:39)
　　　한 조각 붉은 비단 으로 남자 의 눈 을 가린다.
(30) 가. gida **i** gidalambi šaka **i** šakalambi.(허지上:3)
　　　창 으로 찌르고 叉 로 찌른다.
　　나. emu gala -**i** cio gioi i šan be murime jafafi,(금병11:8)
　　　한 손 으로 秋 菊 의 귀 를 비틀어 잡고,
(31) 가. niyalmai juleri gelhun akū deken jilgan **i** gisurerakū.(금병8:2)
　　　사람의 앞에서 감히 높은 소리 로 말하지 않는다.
　　나. sain mujilen **i** niyalma be tuwambi.(접자:10)
　　　좋은 마음 으로 사람 을 대한다.
　　다. erdemu **i** irgen be wembumbi.(접자:10)
　　　德 으로 백성 을 교화한다.

만주어 구격어미 i가 예문 (29)에서는 재료를 나타내며, (30)에서는 도구, (31)에서는 수단을 나타내고 있다. 이들은 결국 넓은 의미로 도구

---

16) 음운론적 환경도 속격의 i와 일치하여 -ng 아래에서는 ni로 쓰인다.

와 수단의 일종이라 할 수 있으므로 구격어미의 용법에 포함된다.

(32) 가. yargiyan i ai   ferguwecuke arga   bi?(금병3:3)
      진실 로 무슨   놀라운 방법 있냐?

나. ere gege   i hala   ai?   yargiyan i uculere mangga.
    이 아가씨 의 성 무엇이냐?   진실 로 노래하기 잘한다.
    (금병11:15)

다. sunjaci eniye   ama be erdeken i boode jio sembi seme hendu.
    다섯째 어머니 아버지 를 일찍   집에 오라 한다 하고 말해라.
    (금병12:3)

라. aifini jakūn uyun fun i   bodome bahanaha.(금병11:19)
    이미 8   9   분 으로 헤아려   알았다.

예문 (32)에서는 i가 관용구를 형성하고 있음을 보여준다. 굳이 설명
하자면 이때의 의미는 방위보다는 도구, 수단, 자격의 의미로 풀이된
다. 가령 '진실로'는 '진실을 가지고' '적극적으로'는 '적극성을 가지고',
'밤낮으로'는 '밤낮을 써서' 등으로 풀이가 가능한 것이다. 同文類解(어
록해:2)에서는 i ni 又以字 用字 卽뻐字意라고 하였으며 淸文虛字指南
(上:3)[17]에서는 的之以用皆繙i 在人運用要斟酌 五頭的之字繙ni 猶同i
字一樣說라고 하였는데 속격어미에 대한 설명과 함께 구격어미로서의
특성을 잘 나타내고 있다.

---

17) 淸文虛字指南編(manju gisun i untuhun hergen i temgetu jorin bihte)은 光緒 10년
   (1884) 蒙古 厚田 萬福이 쓴 만주어 문법서로서 상하 2권으로 되어 있으며 만주어
   虛字를 예문과 함께 설명하고 있다. 光緒 20년(1894) 漢軍 鳳山 禹門에 의하여 일부
   수정되어 重刊되기도 하였다.

3. 결론

본고에서는 만주어 격어미로 '주격(∅), 대격(be), 속격(i/ni), 처격(de), 탈격(ci), 구격(i)'의 6개를 설정하고 이들의 통사, 의미 특성을 살펴보았다. 만주어에서는 체언이 홀로 격의 기능을 수행하고 격어미가 쓰이지 않는 경우가 많으며 표기법상으로는 선행어와 함께 쓰이는 聯用形과 분리되어 쓰이는 單用形이 모두 가능하다.

주격어미는 제로 형태로 표현되는데 단체를 나타내는 체언이 주어로 쓰일 때는 탈격어미 ci가 함께 쓰인다. 그리고 하나의 서술어에 두 개의 주어가 쓰이는 이중주어 구문도 널리 쓰이고 있다.

대격어미 be는 선행하는 체언이 목적어임을 나타낸다. 그런데 때때로 대격어미가 쓰이지 않는 구문들도 있지만 선행어의 수식을 받는 명사구 다음에서는 대격어미가 쓰인다. 그리고 하나의 구문에 두 개의 대격어미가 쓰이는 경우가 있는데 이는 일종의 동격 관계에 있는 것들을 나열하면서 반복적으로 쓰인 것이다. 한편 인용문에서는 내포문주어가 대격어미와 함께 주어를 표현하고 있다.

속격어미 i/ni는 음운론적 조건에 따라 쓰이는 이형태로서 연용형과 단용형이 모두 가능하다. 그리고 명사화내포문이나 관형화내포문에서 주어를 표현하는 데도 속격어미가 쓰이는데 관형화내포문의 경우 관계화나 보문화를 구분하지 않고 널리 쓰이며 명사화내포문의 경우에도 내포문이 상위문에서 수행하는 기능에 관계 없이 두루 쓰이고 있다.

처격어미 de는 공간적, 시간적 범위나 단위를 나타낸다. 그리고 대상을 표현하는 여격어미의 특성도 가지고 있으며 명사화내포문과 함께 쓰일 때는 조건이나 시간을 나타내기도 한다.

탈격어미 ci는 장소나 시간의 출발점을 나타내며 비교의 의미로도 쓰인다.

구격어미 i/ni는 속격어미와 형태상으로 일치하기 때문에 때때로 만주어 격어미 체계에서 제외되는 경우가 있다. 그러나 i/ni는 재료, 도구, 수단을 나타내는 구격어미로서의 기능을 하는 별도의 격어미다.

참고문헌

박은용(1973), 『滿洲語 文語研究』(제1집), 형설출판사.

최동권(1987), 國語와 滿洲語 名詞句內包文 比較研究, 성균관대학교대학원 박사학위논문.

______(2002), 만주어 내포문주어, 동양학 제32집, 단국대 동양학연구소.

최학근(1976), 滿洲語의 格, 性, 數에 대해서, 어학연구 12-1.

愛新覺羅·烏拉熙春(1982), 『滿語語法』, 民族出版社, 北京.

李樹蘭·仲謙·王慶豊(1984), 『錫伯語口語研究』, 民族出版社, 北京.

Benzing, J.(1955), Die tungusischen Sprachen, *Versuch einer vergleichenden Grammatik.* Wiesbaden.

Haenisch, E.(1961), *Manschu-Grammatik*, Leipzig.

Möllendorff, P. G. von(1892), *A Manchu Grammar*, Shanghai.

Poppe, N.(1975), *Altaic Linguistics*, An Overviewd Science of Language.

한국어와 만주-퉁구스 제어의 격 표지어에 대한 비교 연구

1. 서론

이 연구의 목적은 한국어와 만주-퉁구스 제어(諸語)의 격 표지어[1]를 비교 연구하는 데 있다.

핀란드의 알타이어학자인 람스테트(G. J. Ramstedt, 1928)는 1928년에 발표한 논문 'Remarks on the Korean Language(한국어에 대한 管見)'에서 한국어가 알타이어족에 속한다고 주장하였다. 또한 그가 죽은 뒤 1952년에 발간된 그의 저서인 *"Eiführung in die altaische Sprachwissenschaft, I.*(알타이어학개설 I)"과 1957년에 발간된 *"Eiführung in die altaische Sprachwissenschaft, II.*(알타이어학개설 II)"에서는 비교언어학적인 방법으로 음운 대응(音韻對應)을 설정하고, 문법 형태소를 분석하여 알타이 제어와 일치하는 점을 밝혀 한국어가 전통적 알타이 세 어군(語群)-투르크어·몽골어·퉁구스어-과 동등한 것으로 간주하고 있다. 그리고 그는 투르크어가 한편으로는 몽골어, 한편으로는 한국어와 친근성(親近

---

* 이주행(중앙대학교 국어국문학과 교수)

1) 이 글에서 '격 표지어'는 격을 나타내는 단어나 접미사를 총칭하는 용어이다.

性)을 보여 주며, 한국어는 투르크어·퉁구스어와 친근성을, 퉁구스어
는 한국어·몽골어와 친근성을, 몽골어는 투르크어·퉁구스어와 친근
성을 보여 준다고 한다. 미국의 알타이어학자인 포페(N. Poppe)는 1965
년에 발간된 그의 저서 "*Introduction to Altaic Linguistics*(알타이어학개설)"
에서 한국어가 퉁구스어와 가장 가깝고, 알타이어의 저층(底層)을 형성
한다고 한다.

이 연구에서는 람스테트(Ramstedt)와 포페(Poppe)의 견해에 따라 한국
어와 가장 가까운 언어가 만주-퉁구스 언어라는 전제 아래 한국어와,
만주 제어(諸語) 중에서 만주어(Manchu)[2]와 시버어(Sibe), 퉁구스 제어
(諸語) 가운데 어윈키어(Evenki)와 오로치어(Orochi) 등의 격 표지어를 비
교 연구하려고 한다.

격(格)에 대한 정의는 학자에 따라 다르다. 어떤 이는 격을 체언이
문장에서 다른 단어와 맺는 통사-의미적 관계를 나타내는 문법 범주
(文法範疇)라고 정의하는데, 어떤 이는 격을 서술어에 대하여 가지는 명
사의 통사-의미적 관계라고 한다. 이 연구에서는 체언과 체언의 관계
를 나타내는 관형격을 인정하기 때문에 전자의 견해를 좇아 논의를 하
고자 한다.

격은 기능과 의미에 따라 여러 가지로 분류된다. 기능에 따라 주
격·보격·목적격·관형격·부사격·독립격 등 6가지로 나뉘고, 의미
에 따라 행위자격·대상격·결과격·구격·원천격·목표격·경험자
격·처격·공동격 등으로 나뉜다. 그런데 대부분의 문법론자는 격을
기능보다는 의미에 따라 분류한다[3]. 문법 범주의 일종인 격을 분류할

---

2) 이 연구에서 '만주어'는 만주어의 문어(文語)를 뜻한다.
3) 국내외의 언어학자가 격을 의미에 따라 분류한 것의 보기를 들어 보면 다음과 같다.

때 기능을 무시하고 의미만을 중시하는 것은 문제가 있다. 허사(虛辭)인 격 표지어는 실사(實辭)보다 사용 빈도수가 높고 다양한 문장에 쓰이므로 일정한 형태가 다의성(多義性)을 띨 가능성이 많다. 격을 일차적으로 의미에 따라 분류할 경우 문법론자의 언어 능력이 격의 분류에 크게 영향을 끼치게 된다. 그리하여 언어 능력이 상이한 문법론자들이 각각 격을 의미에 따라 분류하면 보편성·타당성·객관성 등이 있는 분류를 도출하여 내기가 어렵다. 따라서 격을 분류할 경우에는 일차적으로 기능에 따라 분류하고, 이차적으로 의미에 따라 분류하여야 한다.

이 연구에서는 격을 일차적으로는 기능에 따라 분류하고, 이차적으로 다의성을 지닌 부사격에 한하여 의미에 따라 하위 분류해서 한국어와 만주-퉁구스 제어의 격 표지어에 대하여 살펴보고자 한다.

이 연구에서는 편의상 한국어와 만주-퉁구스 제어인 만주어·시버어·어원키어·오로치어 등을 각각 다음과 같은 약자(略字)로 나타내기로 한다.

한국어(韓國語, Korean)   Ko
만주어(滿洲語, Manchu)   Ma
시버어(錫伯語, Sibe)   Ci

---

① 이숭녕(1972 : 101) : 主題格·對格·主格·屬格·處格·造格·共同格·敍述格·呼格(9개)
② 김방한(1986 : 184~188) : 主格·主題格·對格·沿格·樣相格·處格·向格(7개)
③ 이익섭·채완(2000 : 160~198) : 주격·대격·속격·처격·구격·공동격·비교격·호격(8개)
④ 최명식·김광수(2000 : 120~136) : 주격·대격·속격·여격·위격·조격·구격·비교격·호격·절대격(10개)
⑤ 朝克(1997 : 211) : 主格·領屬格·确定賓格·不确定賓格·位格·与格·從格·造格·共同格·所有格·方面格·方向格·不定位格·比格·離格·有格·經格(17개)

어원키어(鄂溫克語, Evenki)　Ew
오로치어(鄂倫春語, Orochi)　Or

2. 한국어와 만주 – 퉁구스 제어의 격 비교

한국어·만주어·시버어·어원키어·오로치어 등은 단어나 접미사로 격을 나타낸다. 한국어와 만주어는 격을 단어로 표시하는데, 시버어·어원키어·오로치어 등은 격을 접미사로 나타낸다. 한국어와 만주어에서는 격 표지어를 단어로 간주한다. 왜냐하면 한국어와 만주어의 격 표지어도 시버어·어원키어·오로치어 등과 같이 의존 형태이지만, 이 것들은 분리성이 강하고[4], 문장에서 생략되는 경우[5]가 있기 때문이다.

Ko: (1)　a. kʼots i aɾɯmdaptʼa.

　　　　b. na ɰi dzokʰa ga kʼots ɯl dzoahanda.

　　　　c. doŋsɛŋ I kʼots e mul ɯl dzuətʼa.

　　　　d. i kʼots ɰi gaps i bisʼada.

Ma: (2)　a. ərə otʂi dəu i bitxə.

　　　　b. bi mandzu xərgən bə aramə bi.

　　　　c. sain gisun i gisurəmbi.

이상의 한국어 예문 (1a), (1c), (1d) 등에 쓰인 'i'와 (1b)에 쓰인 'ga'는 그 선행어인 'kʼots, dzokʰa, doŋsɛŋ, gaps' 등이 주격(主格)임을 나타내

---

4) 한국어의 격 표지어인 '이, 의, 을' 등은 '사람만이, 사람만의, 사람만을' 등과 같이 체언과 분리되는 경우가 있다.

5) 한국어의 격 표지어가 생략되는 보기를 들어 보면 다음과 같다.
　(1) Jənhwa bap məgəsʼə(←Jənhwa ga bap ɯl məgəsʼə.)
　(2) Jənhwa ga gwadza sasʼə.(←Jənhwa ga gwadza ɾɯl sasʼə.)

는 단어이고, 예문 (1b)와 (1d)에 쓰인 'ɯi'는 그 선행어가 관형격(冠形格)임을 표시하는 단어이며, (1c)에 쓰인 'e'는 선행어 '꽃'이 부사격(副詞格) 중에서 여격(與格)임을 나타내는 단어이다. 만주어 예문 (2a)에 쓰인 'i'는 그 선행어인 'dəu'가 관형격임을 표시하는 단어이고, 예문 (2b)에 쓰인 'bə'는 선행어인 'mandʒu xərgən'이 목적격(目的格)임을 나타내는 단어이며, 예문 (2c)에 쓰인 'i'는 선행어인 'gisun'이 부사격 중에서 조격(造格)임을 나타내는 단어이다. 이와 같이 한국어와 만주어에서는 단어가 격을 나타내는 언어 단위로 쓰인다. 그런데 같은 만주어군에 속하는 시버어나 퉁구스 제어에 속하는 어윈키어와 오로치어에서는 접미사(接尾辭)가 격을 나타낸다.

Ci : (3) a. tər utɕi-**v** gidaxə.

          b. mini bo Gasən-**i** dirxid bi.

Ew: (4)   tari bəj moriŋ-a gələdʑirəŋ gi.

Or : (5) tuŋŋa gujkə umun ukur-**wu** dʑawaʃa.

시버어의 예문 (3a) 'utɕi-**v**'에 쓰인 '-v'는 목적격을 나타내는 접미사이고, (3b)의 'Gasən-i'에 쓰인 '-i'는 관형격을 나타내는 접미사이다. 어윈키어의 예문 (4)의 'moriŋ-a'에 쓰인 '-a'와 오로치어의 예문 (5)의 'ukur-wu'에 쓰인 '-wu'는 목적격을 나타내는 접미사이다.

이상에서 살펴본 바와 같이 격을 나타내는 언어 단위가 한국어와 만주어는 단어인데, 시버어·어윈키어·오로치어 등은 접미사이다.

한국어에는 주격 표지어가 있는데, 만주-퉁구스 제어에는 일정한 주격 표지어가 별도로 존재하지 않는다.

Ko: (6) a. namunɲipʰ i pʰurɯda.

       b. Cʰa Du-ɾi ga dzəgie onda.

Ma: (7) i mandz̦u nijalma.

Ci : (8) **bo** nimχa dz̦avəm gənəm.

Ew: (9) **χoniŋsol** sʉt χurigaŋdiχi jʉʉsə.

Or : (10) **gujk**ə əməʧəə.

이상의 예문 (6a)와 (6b)에서 보듯이 한국어에는 주격 표지어 'i'와 'ga' 가 존재한다. 한국어의 주격 표지어 'i'는 자음으로 끝나는 체언 바로 다음에 오고, 주격 표지어 'ga'는 모음으로 끝나는 체언 바로 다음에 와서 그 체언이 주어임을 나타낸다. 그런데 만주-퉁구스 제어는 예문 (7)~ (10)에서 보는 바와 같이 일정한 주격 표지어가 없다.

한국어와 만주어는 단어[6]로 관형격을 나타내는데, 시버어·어원키 어·오로치어 등은 교착성 접미사로 관형격을 나타낸다. 한국어의 관형격 표지어는 'ɰi'이고, 만주어의 관형격 표지어는 'ni'와 'i'이다.

Ko: (11) i ai ga na ɰi au ida.

Ma: (12) ərə otʂi dəu i bitxə.

시버어의 관형격 표지어는 '-i'와 '-ji'이다. 시버어의 관형격 접미사 '-i' 는 다음 예문 (13a)의 'Gasən-i'와 같이 일반적으로 비음(鼻音)으로 끝나 는 단어에 결합되는데, 접미사 '-ji'는 예문 (13b)의 'sulχo-ji'와 같이 비음 이외의 자음과 모음으로 끝나는 단어에 결합된다.

---

6) 한국어에서 관형격을 나타내는 단어를 '관형격 조사'라고 일컫는다.

Ci : (13) a. mini bo Gasən-i dirxid bi.

        b. ər sulχo-ji amtəni ɕan.

어원키어와 오로치어는 접미사 '-ni'로 관형격을 나타낸다.

Ew: (14) ʉr-ni doolo baraa baraaŋ orooŋ biʃiŋ.

Or : (15) nəkʉn-ni murin ədʉ bitʃin.

어원키어와 오로치어의 관형격 접미사 '-ni'는 비자음 'n' 혹은 'ŋ'으로 끝나는 단어에 결합되면 '-i'로 변한다.

Ew: (16) niniχini ʉʉge(개의 집), nugaɲi moriŋ.(그의 말)

Or : (17) nəməkəldʉni ʉji(박쥐의 집), gʉrʉni bajta.(국가의 사정)

한국어의 관형격 표지어인 'ɰi'의 고형(古形)은 'ɨ'이다. 만주-퉁구스 제어의 관형격 표지어가 ni〉i로 변화 과정을 거친 것으로 미루어 볼 때 고대 한국어의 관형격 표지어는 만주-퉁구스 제어의 관형격 표지어와 일치한다.

한국어는 만주-퉁구스 제어와 마찬가지로 한 문장에서 관형격 표지어가 세 번 이상 연속적으로 사용되면 모호성을 띠어 의미를 파악하기가 어렵기 때문에 관형격 표지어가 다음의 예문 (18)과 같이 한 문장에서 세 번 이상 연속적으로 쓰이는 경우는 드물다.

(18) na ɰi abədzi ɰi abədʑi ɰi əməni ga dzɨŋdzohalməɲi ida.

한국의 고대어 관형격 표지어 'ɨ'와 만주어 관형격 표지어 'i'는 다음의 (19), (20)과 같이 합성어의 구성 요소로 화석화하여 사용되는 경우도 있다.

Ko : (19) sØgɑdzuk(쇠가죽), sØgogi(쇠고기)
Ma : (20) gɑlɑiwəilə(手工) nijɑlmɑixʊsun(사람의 力量, 人力)

목적격을 한국어와 만주어는 단어로 나타내는데, 시버어·어윈키어·오로치어 등은 접미사로 나타낸다. 한국어의 목적격 표지어는 'ɯl/ɾɯl'이다. 'ɯl'은 자음으로 끝나는 체언 바로 뒤에 오고, 'ɾɯl'은 모음으로 끝나는 체언의 바로 뒤에 와서 선행 체언이 목적격임을 나타낸다. 만주어의 목적격 표지어는 'bə'이다. 시버어의 목적격 표지어는 접미사인 '-b, -v'이다. 시버어에서 목적격을 나타내는 접미사인 '-b'는 비음(鼻音) '-n'으로 끝나는 단어에 결합되는데, '-v'는 비음 '-n' 이외의 자음이나 모음으로 끝나는 단어에 결합된다.

Ko : (21) a. i ɑi gɑ nugu l dzoahɑɲi?

　　　　　b. i ɑi gɑ nugu ɾɯl dzoahɑɲi?

　　　　　c. i ɑi gɑ samtson ɾɯl dzoahanda.

Ma : (22) bi morin bə boodə gamafi.

Ci : (23) a. tər utɕi-v gidaxə.

　　　　　b. aɕta nanəj ʂuvən-b tatɕim.

어윈키어와 오로치어의 목적격은 확정 목적격(確定目的格)과 불확정 목적격(不確定目的格)으로 구분되는데, 한국어·만주어·시버어 등은 이런 구분이 없다. 확정 목적격은 동작과 행위가 직접 지배하는 확정 대상을 표시하는데, 불확정 목적격은 동작과 행위가 총괄하여 가리키는 대상을 표시한다. 그래서 불확정 목적격 접미사가 결합된 어근을 지시 대명사가 수식하지 못한다. 어윈키어와 오로치어의 확정 목적격 접미사(確定目的格接尾辭)는 '-bɑ/-bə/-bɔ/-bo/-bu/-bʉ' 등과 '-wɑ/-wə/-wo/

-wθ/-wu/-wʉ' 등이고, 불확정 목적격 접미사(不確定目的格接尾辭)는 '-jɑ
/-jə/-jo/-jθ/-ju/-jʉ' 등과 '-ɑ/-ə/-o/-θ/-u/-ʉ' 등이다(朝克, 1997 : 216)[7]. 확정
목적격 접미사(確定目的格接尾辭)인 '-bɑ/-bə/-bɔ/-bo/-bu/-bʉ' 등과 불확
정 목적격 접미사(不確定目的格接尾辭)인 '-ɑ/-ə/-o/-θ/-u/-ʉ' 등은 비자
음 'n'과 'ŋ'으로 끝나는 단어의 뒤에 온다. 그런데 확정 목적격 접미사
인 '-wɑ/-wə/-wo/-wθ/-wu/-wʉ' 등과 불확정 목적격 접미사인 '-jɑ/-jə
/-jo/-jθ/-ju/-jʉ' 등은 비자음 'n'과 'ŋ' 이외의 자음과 모음으로 끝나는 단
어의 뒤에 온다.

Ew: (24) a. mini ʥawasa osχoŋ-**bo** χokko χəχə ʥiʧʧə[8].

　　　　b. əri bog- **wo** əddəm tarigaŋtarim əʃiŋ oodo[9].

　　　　c. tʉlləχi moo-**jo** gaʥuuχa.

　　　　d. tari bəj moriŋ-ɑ gələəʥirəŋ gi.

Or : (25) a. bii əri mʊrin-**ma** ʥawam[10].

　　　　b. dəlkən tikʧəələən, gujkə najkʃa-**wa** munŋi-**wə** ʥəbʧəə[11].

　　　　c. bii mʊrin-**a** ʥawam[12].

　　　　d. tɪmaananɪn buu oorikəənʥiwun uluki-**jə** gələəʧəəwun[13].

만주어의 목적격 표지어인 'bə'는 어원키어의 목적격 접미사 '-bə'와

---

7) 胡增益(2001 : 70)에서는 오로치어의 확정 목적격 접미사로 '-wa/-wə/-wɔ
　　/-wo/-ma/-mə/-mɔ/-mo/-pa/-pə/-pɔ/-po' 등을 들고, 불확정 목적격 접미사로
　　'-ja/-jə/-jɔ/-jo/-a/-ə/-ɔ/-o' 등을 들고 있다.

8) 朝克(1997 : 217)에서 인용함.

9) 朝克(1997 : 217)에서 인용함.

10) 胡增益(2001 : 71)에서 인용함.

11) 胡增益(2001 : 71)에서 인용함.

12) 胡增益(2001 : 71)에서 인용함.

13) 胡增益(2001 : 72)에서 인용함.

그 형태가 같다. 시버어의 목적격 접미사인 '-b, -v' 등은 어윈키어의 확정 목적격 접미사(確定目的格接尾辭) '-bɑ/-bə/-bɔ/-bo/-bu/-bʉ' 등의 어두음과 대응한다. 어윈키어와 오로치어의 목적격 접미사는 같다. 그런데 한국어의 목적격 표지어의 형태는 만주-퉁구스 제어의 목적격 표지어와 대응하지 않는다.

부사격 표지어는 선행어가 부사어의 기능을 함을 나타내는 것이다. 한국어와 만주-퉁구스 제어의 부사격 표지어는 그 의미에 따라 여격(與格, dative case), 처격(處格, locative case), 조격(造格, instrumental case), 공동격(共同格, comitative case), 비교격(比較格, comparative case), 방향격(方向格, directional case) 표지어 등으로 다시 나뉜다[14].

여격(與格)은 어떤 대상을 행동이 미치는 간접 객체로 되게 함을 나타내는 격이다. 한국어의 여격 표지어는 'e, ege, hantʰe, dəɾə, kʼe' 등이다. 'e'는 무정물(無情物)에 쓰이고, 'ege, hantʰe, dəɾə, kʼe' 등은 유정물(有情物)에 쓰인다. 'ege'는 문어(文語)에 주로 쓰이는데, 'hantʰe'와 'də

---

14) 국내외의 문법론자들 중에는 부사격 표지어를 인정하지 않고 부사격 표지어에 해당하는 것들을 의미에 따라 처격·조격·공동격·비교격 등으로 분류하고 있다. 그 보기를 들어 보면 다음과 같다.
　① 李崇寧(1972 : 101)
　　　處格, 造格, 共同格.
　② 류렬(1992 : 144)
　　　여·위격, 조격, 구격.
　③ 이익섭·채완(2000 : 175~198)
　　　처격조사, 구격조사, 공동격조사, 비교격조사.
　④ 최명식·김광수(2000 : 120~136)
　　　여격토, 위격토, 조격토, 구격토, 비교격토.
　⑤ 朝克(1997 : 210~234)
　　　位与格, 造格, 從比格, 方向格, 方面格, 有格.
　⑥ 胡增益(2001 : 69~77)
　　　造-聯合格, 与格, 從格, 位格, 位從格, 方面從格, 方向格, 不定方向格, 經格.

rə'는 구어(口語)에 주로 쓰인다. 'hantʰe'는 사람이나 동물의 격을 나타
내는 데 쓰이나, 'dərə'는 사람의 격을 나타내는 데만 쓰인다. 'ege, ha
ntʰe, dərə' 등은 비존칭 격 표지어인데 'kʼe'는 존칭 격 표지어이다.

Ko : (26) a. mjomoɡ e mul ɯl dzuəɾa.

b. i saɡwa ɾɯl dosɛɳege dzuəɾa.

c. i don ɯl halməɲi kʼe dɯɾjəɾa.

d. i ʧɛɡ ɯl nə ɯi dosɛɳhante dzuəɾa.

e. nə ɯi ʧinɡu dərə dowa dallaɡo hɛɾa.

만주어의 여격 표지어는 'də'이고, 시버어의 여격 표지 접미사는 '-d'
이며, 어윈키어와 오로치어의 여격 표지 접미사는 '-du/-dʉ'이다. 이렇듯
만주어·시버어·어윈키어·오로치어 등의 여격 표지어는 음운 대응
을 한다. 그런데 한국어는 여격 표지어인 'e, ege, hanthe, dərə, kʼe' 중
'dərə'만이 이들 언어의 여격 표지어와 음운 대응을 한다.

어윈키어와 오로치어의 여격 표지 접미사인 '-du/-dʉ'는 모음조화 규
칙에 따라 달리 쓰인다. 어근의 끝 음절 모음이 양성모음인 경우에는
'-dʉ'가 쓰이고, 어근의 끝 음절 모음이 음성모음인 경우에는 '-du'가 쓰
인다. 그런데 한국어·만주어·시버어 등의 여격 표지어에는 이러한
변이형태가 없다.

Ma : (27) tərə bitxəbə min də bukini.

Ci : (28) bi du-d tərmœrinb bum.

Ew : (29) sʉ moriɳ-du χeen bʉʉχʉldʉne.

Or : (30) a. tari min-dʉ ʉmʉn muɾinbʉʉʧə.

b. ʃii tari ʥakawa uɳtu bəjə-du buuʧəj?

　朝克(1997 : 223)에서는 만주-퉁구스 제어의 여격 표지어가 -du>-də>-d의 변화 과정을 거친 것으로 보고 있다.

　처격(處格)이란 시점과 지점을 나타내는 격이다. 한국어의 처격 표지어는 'e'와 'esə'이다. 'e'는 [-active]의 의미자질을 지니고 있는데, 'esə'는 [+active]의 의미 자질을 지니고 있다. 만주어의 처격 표지어는 여격 표지어로도 쓰이는 'də'이다. 시버어의 처격 표지 접미사는 '-d'이며, 어원키어와 오로치어의 처격 표지 접미사는 '-lɑ/-lə/-lɔ/-lo/-lə/-dulɑ/-dʉlə'와 '-duli/-dʉli/-li' 등이다.

Ko : (31) nɑ ɯi ʤib ɯn doʃi **e** itˀɑ.

　　　(32) gɯ nɯn bɑŋ **esə** goŋbuhago itˀɑ.

Ma : (33) ɑmbɑ bi kurən **də** isinɑχɑ.

Ci : (34) ɑmə bo-**d** bi.

Ew : (35) a. mini təggəəŋ ɑχiŋ-**dulɑ** ɑɑʃiŋ.

　　　　　b. χoniŋ-**duli** biʃir mɑgɑd ɑɑʃiŋ.

Or : (36) a. urə-**dulə** tɑsɑkɑ biʧin gunən.

　　　　　b. mini niʧukun nəkunbi tɑjti-**lɑ** əwiʤirən.

　어원키어와 오로치어의 처격 표지 접미사들은 위의 예문 (35), (36)과 같이 모음조화 규칙에 따라 상이한 단어의 뒤에 온다. 그리고 어원키어와 오로치어의 처격 표지 접미사들 중에서 '-lɑ/-lə/-lə/-lo/-dulɑ/-dʉlə' 등은 확실한 위치나 장소를 표시하기 때문에 확정 처격 접미사(確定處格接尾辭)라고 일컫는데, '-duli/-dʉli/-li'는 불확실한 위치나 장소를 나타내기 때문에 불확정 처격 접미사(不確定處格接尾辭)라고 일컫는다. 한국어·만주어·시버어 등의 처격 표지어에는 이런 구분이 없다.

　조격(造格)이란 주로 동작과 행위의 수단 혹은 그러한 동작과 행위를

하는 데 쓰이는 재료 및 도구, 혹은 자격을 가리키는 격이다[15]. 한국어
에도 만주-퉁구스 제어와 같이 조격 표지어가 있다. 한국어의 조격 표
지어는 '(ɯ)ro', '(ɯ)rosə', '(ɯ)ros'ə' 등이다. 만주어는 관형격 표지어인
'ni'와 'i'가 조격 표지어로도 쓰인다[16]. 시버어의 조격 표지어는 접미사
'-jə'와 '-maq'이며, 어원키어와 오로치어의 조격 표지어는 접미사 '-ʤi'
이다. 시버어의 조격 표지어인 '-jə'와 만주어의 조격 표지어인 'i'는 어
원키어와 오로치어의 조격 표지어인 '-ʤi'가 변하여 생긴 형태의 일종
일 수 있다. 그런데 한국어의 조격 표지어인 '(ɯ)ro'는 어원키어와 오로
치어의 처격 표지어인 '-lo'와 기원이 같을 가능성이 있다.

Ko : (37) a. əməɲi g'esə tsaps'al ro t'ək ɯl mandɯʃinda.

  b. gɯ nɯn abəʤi rosə hal il ɯl dahanda.

  c. doŋsɛɲi but ɯros'ə gɯl ɯl s'ɯnda.

Ma : (38) sain gisun i gisurəmbi.

Ci : (39) a. baŋbal mo-jə jonχunb tandam.

  b. bi ambu suxo-maq satʂəm.

Ew : (40) nəχ₦ŋbi miisaŋ-ʤi ʤ₦₦r t₦₦gg₦wə waasa.

Or : (41) talar əri buga-ʤi targan tarʧa.

만주-퉁구스 제어의 조격 표지어인 '-ʤi/-jə/-i' 등은 공동격 표지어로
쓰이기도 한다[17]. 그러나 한국어의 조격 표지어는 공동격 표지어로 사

---

15) 이익섭·채완(2000 : 184)에서는 조격을 '具格'이라 하고, 朝克(1997 : 223)에서는 'エ
  具格'이라고 한다.

16) 만주어의 조격 표지어인 '-ni'는 사용도가 낮고, "aini karulambi"와 같이 주로 교착
  형식으로 쓰인다(朝克, 1997 : 224).

17) 어원키어의 공동격 표지어에는 '-ʤi' 이외에 '-te'가 더 있다.

용되는 경우가 없다. 한국어의 공동격[18] 표지어는 'wa/gwa, ɾaŋ[19], ha
go' 등이다. 이것들은 만주-퉁구스 제어의 공동격 표지어와 상이하다.

Ko : (42) a. na nɯn ʦəlsu **wa** hamkʼe noɾatʼa.

　　　　 b. na nɯn dosɛŋ ɡ**wa** saidzokʼe ʤinɛnda.

Ma : (43) gərən **i** əmu soŋkoi ləoləmbi.

Ci : (44) tərj amə əni-**jə** ɡumjavχəi.

Ew : (45) niniχin χəχə-**ʤi** ʉldʉ timsəldim ʤiʤʤirəŋ.

Or : (46) iniji ərin-**ʤi** ɡub aaʧin ooʤiron.

어윈키어에는 공동격만을 나타내는 접미사 '-te'가 있다.

Ew : (47) bi əmmə-**te** əmʉŋdʉ bəəʤiŋdʉ ninime.

비교격(比較格)은 두 사물 간의 대비 관계를 나타내는 격이다. 한국
어의 비교격 표지어는 'wa/gwa, boda, ʦərəm, mankʰɯm, ɡaʧi' 등이
다. 만주어의 비교격 표지어는 'tʂi'와 'dəri'이고[20], 시버어의 비교격 표
지어는 '-dəri/-diri'이다. 어윈키어의 비교격 표지어는 '-duχi/-dʉχi/-diχ
i/-tχi'이고, 오로치어의 비교격 표지어는 '-duki/-dʉki/-diki/-tki'이다.

---

18) 김영황(1978), 렴종률(1980), 서영섭(1981), 류렬(1992), 최명식·김광수(2000) 등에서
　　는 공동격을 '구격'이라고 일컫는다.

19) 박병채(1989 : 83)에서는 향가인 처용가의 첫째 구 "東京明期月**良** 夜入伊遊行如可"
　　에 쓰인 '良'을 공동격 표지어라고 한다.

20) 만주어의 비교격 표지어인 'tʂi'와 'dəri'는 유래의 뜻을 나타내는 처격 표지어로 쓰
　　이기도 한다. 이것을 朝克(1997 : 226)에서는 '從比格'으로 간주하고 있다.
　　[보기] mukə şəri **dəri** tutʂimbi ədun saŋga **dəri** dosimbi(물은 샘에서 나오고 바
　　람은 구멍에서 나온다).

Ko : (48) a. gɯ ɰi səŋkʼjək ɯn na **wa** gatʼa.

　　　　 b. gɯ ɰi səŋdzək ɯn nə **boda** natʼa.

　　　　 c. gɯ nɯn gom tsərəm **me**rjənhada.

　　　　 d. gɯ jədza nɯn nə **mankʰɯm** jepʼɯda.

　　　　 e. gɯ nɯn ərɯm gaʧi tsada.

Ma: (49) a. burijat i gisun muru oros tʂi tʂiŋkai atʂu.

　　　　　 b. ətə bi niŋkun ǩomtso ɔʁɯ, oŋŋolo **dəri** san lɔpto.

Ci : (50) ər mœrin tər mœrin-**dəri** ɕain.

Ew: (51) a. imiŋ dooni mʉʉ niŋ χoj dooni mʉʉ-**dʉχi** nəəriŋ.

　　　　 b. tari mini-**tχi** goddo.

Or : (52) a. gʉjkə ŋanakin-**tki** laatu.

　　　　 b. nugan nugartin-**duki** kʉʧʉŋʧi.

어원키어의 비교격 표지어인 ‘-duχi/-dʉχi’와 오로치어의 비교격 표
지어인 ‘-duki/-dʉki’는 모음조화 규칙에 따라 상이하게 분포된다. 만주
어와 시버어의 비교격 표지어 ‘dəri’는 그 형태가 동일하다. ‘dəri’와 ‘-du
χi’는 오로치어의 비교격 표지어인 ‘-duki’가 변화한 형태이다. 유성음
사이에 있는 ‘k’가 약화하여 ‘r’이나 ‘χ’로 바뀐 것이다. 한국어의 비교격
표지어들은 만주-퉁구스 제어의 비교격 표지어와 일치하지 않는다.

　방향격(方向格)은 주로 행동의 방향을 가리키는 격이다. 한국어의 방
향격 표지어는 ‘(ɯ)ro’와 ‘e’이다[21]. 만주어의 방향격 표지어는 ‘də’와 ‘tʂi’
이고, 시버어의 방향격 표지어는 접미사인 ‘-tɕi’이다. 어원키어의 방향
격 표지어는 접미사인 ‘-χi/-tχaχi/-tχəχi/-tχoχi/-tχθχi’ 등이고, 오로치

---

21) 한국어의 방향격 표지어인 ‘(i)ro’와 ‘e’는 원인을 나타내는 격으로 쓰이는 경우도 있다.
　① 어제 그는 감기 **로** 출근하지 못했다.
　② 그는 무더위 **에** 지쳤다.

어의 방향격 표지어는 접미사인 '-ki/-tkaki/-tkəki/-tkoki/-tkəki' 등이다. 한국어의 방향격 표지어인 '(ɯ)ɾo'는 조격 표지어와 그 형태가 같고, 'e'는 처격 표지어와 그 형태가 같다. 만주어의 방향격 표지어인 'tʂi'는 비교격 표지어와 그 형태가 같다. 어원키어와 오로치어의 방향격 표지어의 어음 구조는 상당한 정도의 일치성을 보인다. 그리고 이것들은 한국어·만주어·시버어 등보다 복잡하다. 시버어·어원키어·오로치어 등의 방향격 표지어는 한국어와 만주어의 방향격 표지어에 비해 다른 격 표지어와 중복되는 현상이 없다.

Ko : (53) a. gɯ nɯn ʥip ɯro gatʔa.

　　　　　 b. na nɯn hakʔjo e ganda.

Ma: (54) bi sini emgi daifuran yamun **də** geneki, ombio?

Ci : (55) minj aga bira-**tɕi** gənəxəi.

Ew: (56) moriŋsol χos-**txoχi** χəəwə ooroŋ.

Or : (57) murinʧi bəjə nugan-**tkaki** əmərən.

한국어에는 독립격이 있는데, 만주어·시버어·어원키어·오로치어 등에는 독립격이 없다. 한국어의 독립격을 나타내는 것으로는 'a/ja', 'jə/ijə', 'ʃijə/iʃijə[22]' 등이 있다.

(58) a. Doŋhjək **a** iɾi onəɾa.

　　 b. Mɛhwa **ja** jəgie andʑa.

　　 c. kɯdɛ **jə** nakʃimhaʥi maɾajo.

　　 d. ɲim i**ʃijə** əsə osejo.

---

22) 고대 한국어의 존대 독립격 조사는 'ha(하)'이다.

독립격 조사 'α/jα'는 구어와 문어에 모두 쓰이는데, 위의 예문 (58a)와 (58b)에서 보듯이 상대를 존대하지 않음을 나타낸다. 'jə/ijə'와 'ʃijə/iʃijə'는 문어에만 쓰이고, (58c)와 (58d)와 같이 상대를 존대함을 나타낸다.

3. 결론

지금까지 이 연구에서는 한국어와, 만주 제어(諸語) 중에서 만주어(Manchu)와 시버어(Sibe), 퉁구스 제어(諸語) 가운데 북방퉁구스어군에 속하는 어윈키어(Evenki)와 남방퉁구스어군에 속하는 오로치어(Orochi) 등의 격 표지어를 비교 연구하였다. 그 결과를 요약하여 적어 보면 다음과 같다.

(1) 한국어와 만주어는 격을 단어로 표시하는데, 시버어·어윈키어·오로치어 등은 격을 접미사로 나타낸다.

(2) 한국어에는 주격 표지어인 'i/gα'가 있는데, 만주-퉁구스 제어에는 일정한 주격 표지어가 별도로 존재하지 않는다.

(3) 관형격을 한국어와 만주어는 단어로 나타내는데, 시버어·어윈키어·오로치어 등은 교착성 접미사로 나타낸다. 한국어의 관형격 표지어는 'ɯi'이고, 만주어의 관형격 표지어는 'ni'와 'i'이다. 시버어의 관형격 표지어는 '-i'와 '-ji'이고, 어윈키어와 오로치어의 관형격 표지어는 '-ni'이다.

한국어의 관형격 표지어인 'ɯi'의 고형(古形)은 'i'이다. 만주-퉁구스 제어의 관형격 표지어가 ni>i로 변화 과정을 거친 것으로 미루어 볼 때 고대 한국어의 관형격 표지어는 만주-퉁구스 제어의 관형격 표지어와 일치한다.

한국어는 만주-퉁구스 제어와 마찬가지로 한 문장에서 관형격 표지어가 세 번 이상 연속적으로 사용되면 모호성을 띠어 의미를 파악하기가 어렵기 때문에 한 문장에서 세 번 이상 연속적으로 쓰이는 경우는 드물다.

(4) 한국어의 목적격 표지어는 단어인 'ɯl/rɯl'이고, 만주어의 목적격 표지어도 단어인 'bə'인데, 시버어의 목적격 표지어는 접미사인 '-b, -v'이다. 어윈키어와 오로치어의 확정 목적격 접미사(確定目的格接尾辭)는 '-bɑ/-bə/-bɔ/-bo/-bu/-bʉ' 등과 '-wɑ/-wə/-wo/-wө/-wu/-wʉ' 등이고, 불확정 목적격 접미사(不確定目的格接尾辭)는 '-jɑ/-jə/-jo/-jө/-ju/-jʉ' 등과 '-ɑ/-ə/-o/-ө/-u/-ʉ' 등이다. 만주-퉁구스 제어의 목적격 표지어들이 음운 대응을 하거나 일치하는데, 한국어의 목적격 표지어와는 음운 대응도 하지 않는다.

(5) 한국어와 만주-퉁구스 제어의 부사격 표지어는 그 의미에 따라 여격(與格, dative case), 처격(處格, locative case), 조격(造格, instrumental case), 공동격(共同格, comitative case), 비교격(比較格, comparative case), 방향격(方向格, directional case) 표지어 등으로 다시 나뉜다.

(6) 한국어의 여격 표지어는 'e, ege, hantʰe, dəɾə, kʔe' 등이고, 만주어의 여격 표지어는 'də'이다. 시버어의 여격 표지 접미사는 '-d'이고, 어윈키어와 오로치어의 여격 표지 접미사는 '-du/-dʉ'이다. 만주어·시버어·어윈키어·오로치어 등의 여격 표지어는 음운 대응을 한다. 그런데 한국어는 여격 표지어인 'e, ege, hantʰe, dəɾə, kʔe' 중 'dəɾə'만이 이들 언어의 여격 표지어와 음운 대응을 한다.

(7) 한국어의 처격 표지어는 'e'와 'esə'이고, 만주어의 처격 표지어는

여격 표지어로도 쓰이는 'də'이다. 시버어의 처격 표지 접미사는 '-ď'이며, 어원키어와 오로치어의 처격 표지 접미사는 '-la/-lə/-lɔ/-lo/lθ/-dula/-dʉlə'와 '-duli/-dʉli/-li' 등이다.

(8) 한국어의 조격 표지어는 '(ɯ)rо', '(ɯ)rоsə', '(ɯ)rоsˀə' 등이다. 만주어는 관형격 표지어인 'ni'와 'i'가 조격 표지어로 쓰인다. 시버어의 조격 표지어는 접미사 '-jə'와 '-maq'이며, 어원키어와 오로치어의 조격 표지어는 접미사 '-ʥi'이다. 시버어의 조격 표지어인 '-jə'와 만주어의 조격 표지어인 'i'는 어원키어와 오로치어의 조격 표지어인 '-ʥi'가 변하여 생긴 형태의 일종일 수 있다. 그런데 한국어의 조격 표지어인 '(ɯ)rо'는 어원키어와 오로치어의 처격 표지어인 '-lo'와 기원이 같을 가능성이 있다.

(9) 만주-퉁구스 제어의 조격 표지어 '-ʥi/-jə/-i' 등은 공동격 표지어로 쓰이기도 한다. 그러나 한국어의 조격 표지어는 공동격 표지어로 사용되는 경우가 없다. 한국어의 공동격 표지어는 'wa/gwa, raŋ[23], hago' 등으로, 이것들은 만주-퉁구스 제어의 공동격 표지어와 상이하다.

(10) 한국어의 비교격 표지어는 'wa/gwa, boda, tsərəm, mankʰɯm, gaʧi' 등이다. 만주어의 비교격 표지어는 'tʂi'와 'dəri'이고, 시버어의 비교격 표지어는 '-dəri/-diri'이다. 어원키어의 비교격 표지어는 '-duχi/-dʉχi/-diχi/-tχi' 등이고, 오로치어의 비교격 표지어는 '-duki/-dʉki/-diki/-tki' 등이다.

(11) 한국어의 방향격 표지어는 '(ɯ)rо'와 'e'이다. 만주어의 방향격 표지어는 'də'와 'tʂi'이고, 시버어의 방향격 표지어는 접미사인 '-tɕi'이다. 어원키어의 방향격 표지어는 접미사인 '-χi/-tχaχi/-tχəχi/-tχoχi/-tχθχi'

---

23) 박병채(1989:83)에서는 향가인 처용가의 첫째 구 "東京明期月**良** 夜入伊遊行如可"에 쓰인 '良'을 공동격 표지어라고 한다.

등이고, 오로치어의 방향격 표지어는 접미사인 '-ki/-tkaki/-tkəki/-tkoki/-tkθki' 등이다. 한국어의 방향격 표지어인 '(ɯ)ɾo'는 조격 표지어와 그 형태가 같고, 'e'는 처격 표지어와 그 형태가 같다. 만주어의 방향격 표지어인 'tʂi'는 비교격 표지어와 그 형태가 같다. 어윈키어와 오로치어의 방향격 표지어의 어음 구조는 상당한 정도의 일치성을 보인다. 그리고 이것들은 한국어·만주어·시버어 등보다 복잡하다. 시버어·어윈키어·오로치어 등의 방향격 표지어는 한국어와 만주어의 방향격 표지어에 비해 다른 격 표지어와 중복되는 현상이 없다.

(12) 한국어에는 독립격이 있는데, 만주어·시버어·어윈키어·오로치어 등에는 독립격이 없다. 한국어의 독립격을 나타내는 것으로는 'ɑ/jɑ', 'jə/ijə', 'ʃijə/iʃijə' 등이 있다.

(13) 만주어군에 속하는 시버어와 퉁구스어군에 속하는 어윈키어와 오로치어 등은 대개 일정한 표지어로 일정한 격을 나타낸다. 그런데 한국어는 만주어와 같이 일정한 표지어가 두 가지 이상의 격을 나타내는 경우가 적지 않다.

이상의 고찰을 통해 한국어의 격 표지어 중에는 만주-퉁구스 제어와 일치하는 것이 있고, 한국어는 만주어와 가장 가까운 언어임을 알 수 있다. 또한 격을 한국어와 만주어는 단어로 나타내는데, 시버어·어윈키어·오로치어 등은 접미사로 나타내는데, 이것은 한국어와 만주어보다 시버어·어윈키어·오로치어 등의 문법화 과정이 빠름을 보이는 현상이라고 할 수 있다.

참고문헌

강길운(1988), 한국어 계통론, 형설출판사, pp.28~44.

김동소(1998), 한국어 변천사, 형설출판사, pp.203~209.

金芳漢(1986), 韓國語의 系統, 民音社, pp.184~188.

金芳漢·金周源·鄭堤文(1986), 몽골어와 퉁구스어, 민음사, pp.237~245.

김승곤(1978), 韓國語 助詞의 通時的 硏究, 大提閣.

김승곤(1992), 한국어의 토씨와 씨끝, 서광학술자료사.

김영황(1978), 조선민족어발전력사연구, 과학백과사전종합출판사, p.325.

金亨奎(1962/1969), 國語史硏究, 一潮閣, pp.353~358.

렴종률(1980), 조선어문법사, 김일성종합대학출판사, pp.78~93.

류렬(1992), 조선말력사(2), 사회과학출판사, p.144.

리근영(1985), 조선어리론문법, 과학백과사전종합출판사, pp.101~143.

박병채(1989), 국어발달사, 세영사, pp.78~86.

朴時仁(1982), 알타이 文化史 硏究, 탐구당, pp. 15 ~45.

박종국(1996/1999), 한국어발달사, 문지사, pp.27~31.

서영섭(1981), 조선어실용문법, 료녕인민출판사, pp.162~170.

李基文(1998/2001), 國語史槪說, 태학사, pp.166~167.

李崇寧(1972), 中世國語文法, 乙酉文化社, p.101.

이익섭·채완(2000), 국어문법론강의, 학연사, pp.160·198.

이주행 외 3인(1987), 비교 역사 언어학, 학연사, pp.31~45.

이주행(1988), 한국어 의존명사의 통시적 연구, 한샘출판사, pp.7~16.

이주행·이석주(1994/2000), 국어학개론, 대한교과서주식회사, pp.251~254.

이주행(1996/2000), 한국어 문법 연구, 중앙대학교출판부, pp.8~20.

이주행·이규항·김상준(1998), 표준 한국어 발음 사전, 지구문화사, pp.10~21.

이주행(2004), 한국어 문법의 이해(개정증보판), 월인출판사, pp.225~232.

장광길(1996), 조선어 토의 형태조성적능력, 조선어문 1996년 제2호(루계 제102
    호), 과학백과사전종합출판사, pp.6~10.

최남희(1996), 고대국어 형태론, 박이정, pp.191~278.

최명식·김광수(2000), 조선어문법, 연변대학출판사, pp.120~136.

최학근(1988), 한국어 계통론에 관한 연구, 명문당, pp.115~192, pp.297~319.

허웅(1969/1982), 옛말본, 과학사, pp.59~66.

季永海・趙志忠・白立元(1989), 現代滿語八百句, 北京：中央民族學院出版社, pp.99~100.

朝克(1995), 鄂溫克語硏究, 北京：民族出版社, pp.228~251.

朝克(1997), 滿-通古斯諸語 比較硏究, 北京：民族出版社, pp.210~234.

胡增益(2001), 鄂倫春語硏究, 北京：民族出版社, pp.69~77.

Baskakov. N. A.(1981), *Altayskaya sem'ya yazikov i eё izučenie*, Moskva：Izdatel'stvo Nauka, 김동소(1998), 한국어 변천사, pp.206~209.

Poppe(1965), *Introduction to Altaic Linguistics*, Wiesbauden.

Ramstedt. G. J.(1928), Remarks on the Korean Language, *Mémoires de la Société Finno-Ougrienne 58*, pp.441~453.

Ramstedt. G. J.(1939), *A Korean Grammar*, Helsinki：Suomalais-Ugrilainen Seura, pp.123~128.

Ramstedt. G. J.(1949), *Studies in Korean Etymology*, Helsinki：Suomalais-Ugrilainen Seura.

Ramstedt. G. J.(1952), *Eiführung in die altaische Sprachwissenschaft*, I, Helsinki：Suomalais-Ugrilainen Seura, pp.35~38.

Ramstedt. G. J.(1957), *Eiführung in die altaische Sprachwissenschaft*, II, Helsinki：Suomalais-Ugrilainen Seura.

Robins, R .H.(1967), *A Short History of Linguistics*, London：Longmans.

17세기 몽문연대기의 몽골어 격어미에 대하여

Ⅰ. 서론

몽골어사에서 근대 몽골어 시기는 고전몽골문어[古典蒙古文語]의 어법이 정립되고 몽골의 여러 지역에서 몽문연대기(蒙文年代記)가 편찬 간행되는 시기이다[1]. 그리고 주지하다시피 몽문연대기의 몽골어는 고전몽골문어[2]로 기록되어 있어 당시 언어 현실과는 다소 거리가 있다.

그러나 언어 현실과 거리가 있는 고전몽골문어로 기록된 몽문연대기에는 당시의 언어를 반영하고 있는 부분도 일부 나타나서 우리의 주목을 끈다. 즉 16~18세기 몽골에서는 해당 지역 방언에 기초한 몽골 문어로 몽골어를 읽고 기록하는 관습을 가지고 있었으며, 이에 따라 각 지역의 몽문연대기 편찬자들도 자신의 방언에 기초한 몽골 문어 문법에 의거하여 몽문연대기를 편찬하였다. 이렇게 각 지역 방언의 문법에 기초하여 기록된 몽문연대기들은 비록 고전몽골문어의 통일된 정서법

---

* 이성규(단국대학교 몽골학과 교수)

1) 몽문연대기에 관한 자세한 내용은 金芳漢(1999), Liu Jin Suo(1979), 喬吉(1992) 참고.
2) '고전몽골문어'란 용어(用語)는 현대몽골어의 сонгодог монгол бичгийн хэл 라는 단어를 번역한 말로서 16-17세기에 정립된 몽골 문어(Classical Mongolian)를 말한다.

에는 어긋나지만 당시의 언어 현실을 잘 반영하고 있기 때문에 지금에
와서는 그 당시 언어를 반영한 값진 자료가 되었다[3].

  이처럼 각 지역의 살아 있는 언어를 반영하고 있는 몽문연대기는 16세
기~18세기에 몽골에서 집중적으로 나타난다. 특히 17세기에 몽문연대
기는 그 절정을 이룬다고 할 만큼 중요한 업적들이 나타나는데 17세기를
전후로 나타난 몽문연대기를 연도별로 열거하여 보면 다음과 같다.

1) Mongɣol-un niɣuča tobčiyan(蒙古秘史 : 1240)

2) Arban buyan-tu nom-un čaɣan teüke(白史 : 13세기 저술, 16세기
   수정 간행)

3) Činggis qaɣan-u altan tobči(징기스칸 黃金史 : 16세기 말)

4) Altan qaɣan-u tuɣuji(알탄칸전 : 16세기 말)

5) Qad-un ündüsün-ü quriyangɣui altan tobči(黃金史 : 1634)

6) Erten-ü mongɣol-un qad-un ündüsün-ü yeke sir-a toɣuji(黃史 : 17
   세기 중엽)

7) Qad-un ündüsün-ü erdeni-yin tobči(蒙古源流 : 1662)

8) Asaraɣči neretü teüke(1677)

9) Erten-ü qad-un ündüsülegsen törü yosun-u ǰokiyal-i tobčilan
   quriyaɣsan altan tobči kemekü orusibai(大黃金史 : 17세기 후반)

10) Гangɣ-a-yin urusqal(恒河之流 : 1725)

11) Mongɣol-un borjigid oboɣ-un teüke(1735)

12) Altan kürdün mingɣan kegesütü(金輪千幅 : 1739)

13) Mergen gegen의 『Altan tobči』(1765)

14) Bolur erike(水晶念珠 : 1774-1775)

---

3) 각 지역 방언의 문법으로 몽골어를 기록하는 방법은 『판차탄트라』, 『게세르』에 이
   르러 절정을 이룬다. 그리고 이 영향은 18세기 말 조선조의 몽학서에도 나타나는데
   『몽어노걸대』는 이러한 몽골어 문법의 영향을 받은 문헌이라 할 수 있다.

본 연구에서는 위의 몽문연대기 중에서 17세기에 간행된 연대기, 즉 5)번에서 9)번까지의 몽문연대기를 연구 대상으로 삼았다. 또 몽골어 문법 형태 중에서 격어미를 연구 대상으로 삼은 것은 격어미가 비교적 당시 몽골어를 잘 반영하고 있는 형태 중의 하나이기 때문이다.

Ⅱ. 17세기 몽문연대기의 몽골어 격어미

1. 명사의 격어미

1) 속격 : 고전몽골문어에서 속격어미는 모음으로 끝나는 단어 뒤에는 -yin, n 자음으로 끝나는 단어 뒤에는 -u/-ü, n 이외의 자음으로 끝나는 단어 뒤에는 -un/-ün 어미를 연결한다. 17세기 몽문연대기에는 대개 전통문법에 의거하여 속격어미를 연결하였지만 전통문법에 어긋나게 표기하거나 구어의 영향을 받은 몇몇 예들도 나타난다.

(1) 모음으로 끝난 단어 뒤에 연결하는 -yin을 자음 뒤에 연결한 예 : r, g, d, s, ɣ, l 자음으로 끝난 단어 뒤에 주로 나타난다. 이 시기에 -yin 어미는 현실음을 나타내는 동시에 속격 표지를 나타내는 기호(대표 속격 표지)로도 사용된 것 같다.

qasar-yin(=un)(SAT[4] 11a17), baɣatur-yin(AT 67), Obar-yin(ST 148), baɣatur-yin(ANT 63.b.23), anggir-yin(LAT 50a)
dordung-yin(SAT 25b20), doqulang-yin(AT 103), Batula čingsang-yin(ST 74, 76), daičing-yin(ANT 51.a.19), čirig-yin(LAT 161b)

---

4) 신발견 『Altan tobči』는 SAT, 『Altan tobči』는 AT, 『Sir-a tuɣuji』는 ST, 『Erdeni-yin tobči』는 ET, 『Asaraɣči neretü teüke』는 ANT, Lu.『Altan tobči』는 LAT로 각각 표기한다.

köbegüd-yin(SAT 75b09), kemčigüd-yin(AT 108), Barsbolud-yin(ST 120)
tangnaɣas-yin(SAT 66b21), ordos-yin(AT 74, 91, 112, 113, 114, 119)
burbuɣ-yin(SAT 75b09, 76a26), saɣadaɣ-yin(AT 85)
Sayin-alaɣ-yin(ST 126), Borbuɣ-yin(LAT 154a, 165a, 165b)
ismal-yin(SAT 71b20, 72a06), ismal-yin(AT 108), Ismal-yin(LAT 162a)
Čolum-yin(ANT 50.a.24), Šarab-yin(ANT 62.a.18) 등등.

(2) 모음으로 끝나 -yin을 연결하여야 하는 곳에 -u/-ü를 연결한 예도
나타난다.

nidurɣ-a-u(=nidurɣ-a-yin)(LAT 74a), küriy-e-ü(LAT 21b)

(3) n 이외의 자음으로 끝나 -un을 연결하여야 하는 곳에 -u를 연결한
예도 있다.

jasaɣ-u(=-jasaɣ-un)(ST 155)

(4) -i : n 자음으로 끝나 -u/-ü 어미를 연결하여야 하나 구어의 영향
으로 -i 어미를 연결한 예가 나타난다. 그리고 이 현상은 몽문연대기 전
반에 걸쳐 광범하게 나타나는 현상이다.

abtaɣsan-i(=-u)(SAT 56b23), aldačin-i(AT 115), Burqani(ST 122), šaǰin-i(ET
9v12), tümen-i(ANT 11.b.16, 25.b.08), burqan-i(LAT 4a) 등등.

(5) n 자음 이외에 g, l 자음 다음에도 -i가 나타난다.

degel-i(=dagel-ün)(AT 32), ong-i(AT 94)

(6) n 자음으로 끝나서 -u/-ü 어미가 와야 할 곳에 -yin 어미가 나타난다.

Tungsan-yin(=Tungsan-u)(ST 245, 253), jaldan-yin(ST 159, 188, 192),
Lubsan-yin(ANT 62.a.08), Saran-yin(ANT 62.a.10), jonon-yin(LAT 169a),
Qorqun-yin(LAT 159a)

(7) n 자음으로 끝난 어간 뒤에 -un/-ün 어미가 온 예들도 나타난다.

Tümen-ün(=Tümen-ü)(ST 105), Mergen-ün(ST 245)

(8) -yi : 대격어미 -yi가 속격어미로 사용된 예도 나타난다. 이것은 아
마 장모음을 나타낸 것으로 추측된다.

qatun-yi(=qatun-u)(ANT 38.a.29, 38.b.06, 38.b.09)

(9) -i-yin : 구어의 영향으로 -i-yin 어미를 연결한 예들이다. 이 역시
위의 예와 마찬가지로 장모음을 표기한 것으로 생각된다.

bodunčur-i-yin(=bodunčur-un)(SAT 8a17), ordos-i-yin(AT 118),
nom-i-yin(ST 237), čingsang-i-yin(ANT 32.a.06, 34.b.04), Tatari-yin(LAT 82b)

(10) -yi-yin : 모음으로 끝나 -yin 어미를 연결하여야 하나 구어의 영향
으로 -yi-yin 어미를 연결한 예이다. 장모음을 표기한 것으로 생각된다.

tayu-yi-yin(=tayu-yin)(SAT 45a12, 45a19, 46b21), maɣu-yi-yin(AT 38),
dayuu-yi-yin(AT 65), Dayu-yi-yin(LAT 141b)

(11) -gi-yin : 대개 장모음이나 이중모음으로 끝난 어간 다음에 나타
난다. 모음충돌현상(Hiatus)을 피하기 위하여 모음 사이에 매개자음 g를
삽입한 경우이다.

bau-gi-yin(=bau-yin)(ET 49r24), degü-gi-yin(ET 61r02), kiy-a-gi-yin(ET

72v13), dutaɣu-gi-yin(ET 36v24), Quu-a-gi-yin(ET 91v05), Örbei ɣoo-a-gi-yin(ET 27r15), Erčü-gi-yin(ET 43v06), degügi-yin(LAT 17b), Dayu-giyin(LAT 141b), vang-gi-yin(LAT 172b) 등등.

(12) -giin : -gi-yin에서 y가 탈락한 형태로 구어형이다. 위의 -gi-yin의 예에도 동일한 예가 나타난다.

dutaɣu-giin(=dutaɣu-gi-yin)(ST 27)

(13) -nu : -u/-ü 어미에 n 자음이 덧붙여진 형태이다. n으로 끝나는 단어 뒤에 n 자음을 다시 반복 표기하는 현상의 하나로 생각된다(이성규 2001:4).

qoruɣuɣsan-nu(=qoruɣuɣsan-u)(AT 115), tegün-nü[5](ANT 03.b.14), ebügen-nü(ANT 05.b.20), qaɣan-nu(ANT 37.b.13), morin-nu(ANT 37.b.29), noyan-nu(ANT 58.a.28), Mengge-tü Kiy-a-nu(LAT 31a)

(14) -ni : n 자음 뒤에서 n을 반복하는 구어형 어미이다.

Toɣun-ni(=Toɣun-u)(ANT 32.a.30), qatun-ni(ANT 29.b.11)

(15) -nei : -ai/-ei 어미에 n 자음이 덧붙여진 형태이다. 위의 예와 마찬가지로 n 자음이 반복된 것이다.

čingsang-nai(=čingsang-un)(ANT 31.b.16), kümün-nei(LAT 125b)

(16) -ai/-ei : 현대 할하 방언에는 흔적만 남아 있다. 부리야트 방언에

---

5) 『Asaraɣči neretü teüke』에서는 이 어미가 모두 줄을 바꾸어 표기한 경우에만 나타난다. 즉 해당 단어가 앞줄의 맨 마지막에 위치하고 다음 줄의 첫 칸에 격어미를 표기해야 하는 경우에만 이 어미가 나타난다.

널리 사용되는 어미로 선고전몽골어에서는 널리 사용된 것으로 생각된다.

kümün-ei(=kümün-ü)(AT 44), noyan-ai(ST 191), kümünei(ANT 21.b.22)

(17) -in : 한 예만 나타난다. 『몽어노걸대』에도 예가 나타나는 전형적인 구어형 어미이다(李聖揆 2002:50-51).

ügei-in(=ügei-yin)(AT 1)

(18) 간혹 속격어미가 나타나지 않고 생략되기도 한다.

Tegün(=tegün-ü) köbegün(ST 116)
jinung(=jinung-un) qoyadu(=qoyadugar) köbegün(ST 117)

<표 1> 17세기 몽문연대기의 속격어미 비교표

Mo.	SAT	AT	ST	ET	ANT	LAT
-u/-ü	-u/-ü	-u/-ü	-u/-ü	-u/-ü	-u/-ü	-u/-ü
-un/-ün	-un/-ün	-un/-ün	-un/-ün	-un/-ün	-un/-ün	-un/-ün
-yin	-yin	-yin	-yin	-yin	-yin	-yin
	-i	-i	-i	-i	-i	-i
					-yi	
	-i-yin	-i-yin	-i-yin		-i-yin	-i-yin
	-yi-yin	-yi-yin				-yi-yin
				-gi-yin		-gi-yin
			-giin			
		-nu			-nu/-nü	-nu
					-nai/-nei	-nei
					-ni	
		-ei	-ai			
		-in				

2) 대격 : 고전몽골문어에서 대격어미는 자음으로 끝나는 단어 뒤에는 -i, 모음으로 끝나는 단어 뒤에는 -yi 어미를 연결한다. 17세기 몽문

연대기에서도 대격어미는 대개 고전몽골문어의 어법에 맞게 기록되었다. 그러나 다음과 같이 어법에 맞지 않거나 당시 구어를 기록하기 위해 사용한 형태도 나타난다.

(1) 자음 뒤의 -yi : 자음으로 끝난 단어 뒤에는 -i 어미를 연결하여야 하나 모음 뒤에 오는 -yi 어미를 연결한 예이다. 속격과 마찬가지로 외래어이거나 g, ɣ 자음 뒤에서 이러한 현상이 일어나며 이것은 속격어미의 -yin과 마찬가지로 당시 대격 어미의 대표 어미로 -yi가 굳어진 현상의 결과로 생각된다.

butung-yi(=butung-i)(SAT 41b18), bilig-yi(AT 34), činsang-yi(ANT 32.a.04), jonong-yi(LAT 158a)
omuɣ-yi(SAT 18a22), qamuɣ-yi(AT 35), qasaɣ-yi(ANT 28.a.06)
üilen-yi(AT 45), yosun-yi(ANT 65.b.15)
qoryi(SAT 24b14), ulus-yi(AT 53, 123)

(2) 모음 뒤의 -i : 모음으로 끝나 -yi 어미를 연결하여야 하나 자음 뒤에 연결하는 -i 어미를 연결한 예이다. 일부 동사에서 동사의 미래형 (-qu/-kü) 뒤에 i 모음을 연결하여 동명사형 -qui/-küi로 나타내고 있는 점이 특이하다.

albai(=alba-yi)(SAT 25b05, 48b10), ayisuqui-i(AT 106), yisüi(ST 85), törüi(ANT 11.b.17) 등등.

(3) -i-yi : 대격어미 -yi에 -i를 추가한 예이다. 모음으로 끝난 단어 뒤에 나타나며 장모음을 나타낸 것으로 생각된다.

albai-yi(=alba-yi)(SAT 81b09), qoto-i-yi(AT 54), Jükei-yi(LAT 136a)

(4) -i-i : 대격어미 다음에 다시 대격어미를 연결한 형태로 장음을 표기한 것으로 생각된다.

ürei-i(=ür-e-yi)(ANT 01.b.09)

(5) -yin-i : 속격어미 -yin 다음에 다시 대격어미를 연결한 형태로 어말의 g 자음으로 말미암아 -yin이 삽입된 것으로 생각된다.

ergilge-yin-i(AT 39), beleg-yin-i(AT 53)

(6) -gi : 현대 몽골어와 맥락을 같이 하는 전형적인 구어형 어미로 17세기 몽문연대기 전반에 걸쳐 나타난다. 대개 모음으로 끝난 단어 뒤에 나타난다.

dörügegi(=dörüge-yi)(SAT 17b09, 17b28), ǰaɣaɣa-gi(AT 95), yeke šang-gi(ST 69), üker bau-gi(ET 49r20, 49r24), ginji-gi(ANT 07.a.23), Abaqai-gi(LAT 164b) 등등.

(7) -yigi : -yi 어미 다음에 구어형 어미 -gi가 다시 연결된 형태이다.

nereyigi(=ner-e-yi-gi)(LAT 141a)

(8) -i-gi : -i 어미에 구어형 어미 -gi를 다시 연결한 예이다.

Yüngsiyebüi-gi(=Yüngsiyebü-i-gi)(LAT 167a)

(9) -gei : -gi의 이형으로 여겨지는 -gei도 한 예가 나타난다.

ösiyegei(=ösiy-e-yi)(SAT 72b22)

(10) 구어형 속격어미로 사용되는 -ni 어미가 대격어미로도 나타난다.

『Asaraɣči neretü teüke』에서 대격어미 -ni는 속격의 -nu/-nü와 마찬가지로 줄의 시작 부분에만 나타난다.

> Mön tere ǰil Oyirad-un Ögeči qasan-a Qooqai-yin köbegün Batula čingsang-ni(=-i) alaba(ST 74)
> kümün-ni(=-i)(ANT 07.b.02), Börte üüjin-ni(ANT 10.a.28), qoyar-ni(ANT 14.a.04)

(11) -ei : 특이한 형태로 e가 첨가된 형태이다.

> silun-ei(AT 110)

(12) 대격어미의 생략 : 신발견『Altan tobči』에는 간혹 대격 어미가 생략되기도 한다. 특히 주어지시사 앞에서 이런 현상이 자주 일어난다.

> čerig-üd(=čerig-üd-i) iledte ɣarɣaju(SAT 38b28), emeni(=em-e-yi ni)(SAT 46b22) 등등.

(13) 속격어미가 대격으로 사용된 예들이『황사』에 나타난다. 즉, 어간 말음이 n 자음으로 끝나서 대격어미 -i가 와야 할 곳에 속격어미 -u/-ü가 나타나는 경우이다. 지금으로서는 대격어미와 속격어미의 형태의 유사성으로 인한 오기로 추정된다.

> bičig-üd-ü(ST 1), tüsimed-ü(ST 15), qaɣan-u(ST 25, 81), oron-u(ST 42) 등등.

<표 2> 17세기 몽문연대기의 대격어미 비교표

Mo.	SAT	AT	ST	ET	ANT	LAT
-i	-i	-i	-i	-i	-i	-i
-yi	-yi	-yi	-yi	-yi	-yi	-yi
					-i-i	
		-yin-i				
	-i-yi	-i-yi				-i-yi
	-gi	-gi	-gi	-gi	-gi	-gi
						-yigi
						-i-gi
	-gei					
			-ni		-ni	

3) 여처격 : 때와 장소를 나타내는 고전몽골문어의 여처격어미는 경자음(b, ɣ, g, r, s, d) 아래에서는 -tur/-tür, -tu/-tü를 연결하고, 그 외 자음과 모음 아래에서는 -dur/-dür, -du/-dü를 연결한다. 한편 선고전문어형 -a/-e가 나타나기도 하고, 구어형으로 -da/-de, -ta/-te가 사용되기도 한다. Lu.『Altan tobči』를 비롯한 17세기 몽문연대기에는 이들 형태가 모두 나타난다.

(1) 17세기 몽문연대기에서는 여처격 어미가 대개는 규칙적으로 사용되었으나 규칙에 어긋나게 사용된 예들도 나타난다. 즉, 경자음이 아닌 자음과 모음 아래서는 d형이 나타나야 하지만 t형으로 나타나는 경우가 발견된다. 특히 신발견『Altan tobči』와『황사』에서 이러한 현상들이 두드러지게 나타난다.

nirwan-tur(=-dur)(SAT 2b21), kemegsen-tür(ST), mören-tür(LAT 3a) 등등.

(2) -du/-dü : 구어적인 문헌에 주로 나타나며『Altan tobči』에 다수가 나타난다.

amitan-du(AT 1), ǰaɣur-a-du(ET 4r04, 78r10), qonin-du(LAT 48a) 등등.

한편 현대 할하 방언의 -qad, -qud, -ked, -küd 형태의 전 단계로 보이는 형태들이 나타나 주목을 끈다.

keleküdü(=kelekü-dü)(SAT 12a02), kemeküdu(SAT 22b12), negjiküdü(SAT 13a27), ireküdü(SAT 5b06), geküdü(LAT 47a, 101b, 141a) 등등.

(3) -tu/-tü : -du/-dü와 마찬가지로 구어적인 문헌에 주로 나타난다. 몽문연대기 중에서 『황사』에는 -t 형이 주로 나타난다.

tayičuɣud-tu(AT 18), Boɣurči-tu(ST 30), Burqan Qaldun-a-tu(LAT 24a) 등등.

(4) -da/-de : 구어형으로 17세기 몽문연대기 전반에 걸쳐 다수가 나타난다.

örmügetü-de(=-dü)(SAT 35a30), šangdu-da(AT 50, 51), Joriɣtu-da(ST 231), qarsi-da(ET), Buqurči-da(ANT 08.a.12), Qutula-da(LAT 10a), tngri-de(LAT 29a) 등등.

(5) -ta/-te : -da/-de와 마찬가지로 구어적인 문헌에 다수가 나타난다.

gerte(=ger-tü)(SAT[6] 5b06, 9b23, 13a03, 13a24, 17a28, 20b11, 20b13, 22a12, 44b06, 59a26, 63a30, 73a02, 74a13, 74a24, 74b23, 78b21, 79a05), Olqunud-ta(ET 26v10), ger-te(ET 13r30), Doluɣan_boldaɣ-ud-ta(LAT 39a), kürged-te(LAT 14b, 15a) 등등.

---

6) 신발견 『Altan tobči』에는 ger 단어에만 -te가 나타난다.

(6) -a/-e : 선고전문어형으로 17세기 몽문연대기 전반에 걸쳐 다수가 나타나며 장소와 때를 나타낸다. 그러나 신발견『Altan tobči』에서는 때를 나타낼 때만 사용된다. 또 jil 같은 단어에 집중적으로 나타난다.

tabun-a(SAT 12b10, 37a17), edür-e(SAT 12b10), jil-e(SAT 37a12, 37a14, 37a20, 45b10, 60b29, 66b17, 81a07), aduɣun-a(AT 122), ɣajar-a(AT 18, 45, 99, 107), ebdeküi-e(AT 45), ɣajar-a(ST 19, 48), jil-e(ST 47), oron-a(ET), jil-e(ET), jile(ET), irgen-e(ANT 05.b.09, 05.b.24, 15.b.22, 19.b.02), jil-e(ANT 20.a.27, 25.a.26, 27.a.12, 27.a.21, 40.a.14), usun-a(ANT 25.b.21), mören-e(LAT 10b), orčin-a(LAT 18b) 등등.

<표 3> 17세기 몽문연대기의 여처격 어미 비교표

Mo.	SAT	AT	ST	ET	ANT	LAT
-dur/-dür	-dur/-dür	-	-	-dur/-dür	-dur/-dür	-dur/-dür
-tur/-tür	-tur/-tür	-tur/-tür	-tur/-tür	-tur/-tür	-tur/-tür	-tur/-tür
-du/-dü	-	-du/-dü	-	-du/-dü	-	-du/-dü
-tu/-tü	-	-tu/-tü	-tu/-tü	-	-	-tu/-tü
-a/-e	-a/-e	-a/-e	-a/-e	-a/-e	-a/-e	-a/-e
	-te	-te	-te	-ta/-te	-te	-ta/-te
	-da/-de	-da/-de	-da	-da/-de	-da/-de	-da/-de

4) 탈격 : 고전몽골문어의 탈격어미는 -ača/-eče이고 17세기 몽문연대기에서도 대체적으로 -ača/-eče가 사용되었다. 그러나 -ača/-eče 어미 이외에 선고전문어의 탈격어미 -čaᴡ-če, 여처격어미 -da/-de, -ta/-te와 선고전문어의 탈격어미 -ča/-če의 결합 형태인 -dača/-deče, -tača/-teče도 일부 나타나며, 구어형의 -sa/-se 어미도 나타난다.

(1) -ča/-če : 선고전문어의 탈격어미로 17세기 몽문연대기에는 거의 나

타나지 않는다. 그러나 『Altan tobči』에는 다음과 같은 예들이 나타난다.

omona-ča(=omona-ača)(AT 14), qola-ča(AT 70), qoyina-ča(AT 106), degere-če
(AT 99)

(2) -tača/-teče : 여처격 어미 -ta/-te와 선고전문어의 탈격어미 -ča/-če
의 결합형이다. 17세기 몽문연대기 중에서는 Lu. 『Altan tobči』에 주로 나
타난다.

ger-te-če(=ger-eče)(AT59)
ečige-teče(LAT 48b), Mongɣoljin ɣou-a-tača(LAT 4b), Jamuq-a-tača
(LAT 31b, 32b), Boruɣčin ɣou-a-tača(LAT 4b), Barɣujin ɣou-a-tača
(LAT 5a) 등등.

(3) -dača/-deče : 여처격어미 -de/-de와 선고전문어의 탈격어미 -ča/-če
의 결합형이다.

tenggri-deče(=tngri-eče)(SAT 3b04), tengri-deče(SAT 5b13, 14b17),
ekedeče(SAT 62b11, 62b14), tengri-de-če(AT 4, 37, 47), eke-de-če(AT 94),
baɣsi-dača(ET 20r25), lingqu-a-dača(ET 97v08), bey-e-deče(ET 32v03),
tengri-deče(ET 41v21), tngri-deče(LAT 3b)

(4) -da-ača/-de-eče : 여처격어미 -da/-de와 탈격어미 -ača/-eče의 결합
형이다. Lu. 『Altan tobči』에만 나타난다.

Jamuq-a-da-ača(=Jamuq-a-ača)(LAT 32a), ger-de-eče(LAT 50a)

(5) -sa/-se : 현대 할하 방언의 -aas[4]와 연결되는 구어형으로 17세기 몽
문연대기에는 적은 수의 예가 나타난다.

ekese(=eke-eče)(SAT 9a13), eke-se(AT 12), Toɣun tayisi-sa(LAT 143b)

(6) 탈격어미의 음성화 : 17-18세기 몽골어에서 어미의 음성화는 여러 형태에서 다양하게 일어나는데(李聖揆 2002:304-307) 17세기 몽문연대기에서도 다음과 같이 한두 단어에서 음성 형태로 나타난다.

aq-a-ečegen(=-ačaɣan)(SAT 50b23), ulus-ečegen(=-ačaɣan)(SAT 68a11) aqa-eče-gen[7](AT 74), nasun-ečegen(=-ačaɣan)(ANT 52.a.16)

<표 4> 17세기 몽문연대기의 탈격 어미 비교표

Mo.	SAT	AT	ST	ET	ANT	LAT
-ača/-eče	-ača/-eče	-ača/-eče	-ača/-eče	-ača/-eče	-ača/-eče	-ača/-eče
		-ča/-če		-ča/-če		
	-deče			-dača/ -deče		-deče
	-teče	-te-če				-tača/ -teče
	-se	-se				-sa

5) 도구격 : 고전몽골문어에서 모음으로 끝나는 단어 뒤에는 -bar/-ber 어미를 연결하고, 자음으로 끝나는 단어 뒤에는 -iyar/-iyer 어미를 연결한다. 간혹 구어의 영향으로 -ɣar/-ger, -wer, -ar 어미가 나타나기도 한다. 17세기 몽문연대기에는 다음과 같은 도구격 어미가 나타난다.

(1) 자음으로 끝나 -iyar/-iyer로 표기되어야 할 곳에 모음 뒤에 나타나는 -bar/-ber가 사용된 예들이 나타난다. 모두 n으로 끝나는 단어 뒤에 나타나며 신발견 『Altan tobči』에서만 발견된다.

---

7) 탈격어미는 양성과 음성의 형태가 동일하므로 전사자의 착오로 잘못 전사되었을 가능성도 있다.

toɣuɣan-bar(=-iyar)(SAT 56b05), yosun-bar(=-iyar)(SAT 40a20), küčün-ber
(=-iyer)(SAT 26b05)

(2) 고전몽골문어에서 모음으로 끝난 어간 뒤에서는 -bar/-ber, 자음으
로 끝난 어간 뒤에서는 -iyar/-iyer를 연결한다. 『Altan tobči』에서는 모음
으로 끝난 단어 뒤에 자음 뒤에 연결하는 -iyar/-iyer가 사용된 예가 나타
난다.

qotala-iyar(=qotala-bar)(AT 34), erdeni-iyer(=erdeni-ber)(AT 57)

(3) -ɣar/-ger : 구어형 어미로 특정한 단어에 화석화된 상태로 나타난다.
čimeger(=čimege-ber)(SAT 13a01), čimeger(AT 17)
yosuɣar(=yosu-ɣar)(ST 61, 62), yosuɣar(ET), yosuɣar(LAT 2a, 12b)
bügüdeger(=bügüde-ger)(ANT 12.a.15, 12.b.08, 43.b.04), bügüdeger(LAT 23a)
등등.

(4) -wer : 당시 구어를 반영한 것으로 생각되며 신발견 『Altan tobči』
에서만 발견된다.

injiwer(=inji-ber)(SAT 20a24)

(5) -ar : 현대 할하 방언과 동일한 형태가 나타난다.

quɣaraqar(=quɣuraqu-bar)(SAT 39a14)(AT56)
quɣaraqar(LAT 137a)

(6) -a : 선고전문어의 여처격 어미 -a가 도구격으로 사용된 특이한
예이다.

sumun-a(=sumu-bar)(AT 121, 122)

<표 5> 17세기 몽문연대기의 도구격 어미 비교표

Mo.	SAT	AT	ST	ET	ANT	LAT
-bar/-ber	-bar/-ber	-bar/-ber	-bar/-ber	-bar/-ber	-bar/-ber	-bar/-ber
-iyar/-iyer	-iyar/-iyer	-iyar/-iyer	-iyar/-iyer	-iyar/-iyer	-iyar/-iyer	-iyar/-iyer
	-ger	-ger	-γar	-γar	-ger	-γar/-ger
	-ar	-ar				-ar
	-wer					
		-a				

6) 공동격 : 고전몽골문어의 공동격 어미는 -luγ-a/-lüge이다. 구어적인 문헌에는 -tai/-tei가 사용되며 -la/-le 어미가 나타나기도 한다.

(1) -luγ-a/-iüge : 관련격이라고도 하며 고전몽골문어에서 널리 사용된다. 17세기 몽문연대기의 공동격은 주로 이 형태가 사용된다. 그런데 양성 단어 뒤에 나타나는 -luγ-a가 음성 단어 뒤에 나타나기도 한다.

belges-luγ-a(=-lüge)(ST 15), degüü-ner-luγa(=-lüge)(LAT 8a)

(2) -la/-le : -luγ-a/-iüge의 구어형으로 몽골 서부방언(오이라드 방언)에 자주 나타난다. 17세기 몽문연대기에서는 한 연대기에 나타나는 예들이 다른 문헌에도 대개 동일하게 나타난다.

oyiradla(=oyirad-luγ-a)(SAT 49a13), jinongla(=jinong-luγ-a)(SAT 49a16)
abaqai-la(=-luγ-a)(SAT 74a25), oyirad-la(AT 72), jinong-la(AT 72)
jonong-la(LAT 144b), Oyiradla(LAT 144b), Abaqayila(LAT 164a)

(3) -tai/-tei : 고전몽골문어에서는 잘 나타나지 않고 현대 몽골어, 특히 할하 방언에서 널리 사용된다. 17세기 몽문연대기에는 비교적 적은 수의 예들이 나타난다.

kedün nöküd-**tei** čibden-i dobtolǰu(AT 77)

Aqasar qaɣan arban tümen čerig-**tei** güičeǰü bayilduqui-dur(ET 71v09)

Sigüsitei : ɣučin nökür-**tei** ečibe : arban nökür-**tei** örgügen-tü orba(LAT 149b) 등등.

<표 6> 17세기 몽문연대기의 공동격 어미 비교표

Mo.	SAT	AT	ST	ET	ANT	LAT
-luɣ-a/ -lüge	-luɣ-a/ -lüge	-luɣ-a/ -lüge	-luɣ-a/ -lüge	-luɣ-a/ -lüge	-luɣ-a/ -lüge	-luɣ-a/ -lüge
-tai/-tei		-tai/-tei		-tai/-tei		-tai/-tei
	-la	-la				-la

7) 정도격 : činege(n)은 고전몽골문어에서는 잘 나타나지 않고 부리야트 방언에 주로 나타난다(이성규 1998:84). 17세기 몽문연대기에서는 신발견 『Altan tobči』와 Lu. 『Altan tobči』에서만 발견된다. Lu. 『Altan tobči』에 나타나는 (126b), (127b)의 예들은 신발견 『Altan tobči』에서는 čege로 나타난다(이성규 2003-2:84).

qar baɣura qabirɣ-a **čege** sigidčü(SAT 33b08)

qasaɣ inu bulu **čege** sigidčü(SAT 33b10)

toqoi **činegen** tosudaju(LAT 107b)

suɣu **činegen** čisudaju(LAT 107b)

qasaɣ inu bulu **činege** sigedčü(LAT 126b)

edüge tuɣar qasaɣ terge bulu **činegen** sigedbei(LAT 127b)

<표 7> 17세기 몽문연대기의 정도격 어미 비교표

Mo.	SAT	AT	ST	ET	ANT	LAT
činege(n)						činege(n)
	čege					

8) 호격 : 고전몽골문어 문헌에서는 거의 볼 수 없는 호격어미 -a/-e
가 『Erdeni-yin tobči』의 일부 단어에 나타난다.

ai yeke qaɣan **a**(ET 15v21)

ai qaɣan **a**(ET 16r28)

ai qoyar ǰalaɣus **a**(ET 30r10)

eǰen minu **e**(ET35v21, 39v23)

eǰen **e**(ET 40r04)

ai köbegün minu **e**(ET 44r21)

qaɣan lam-a minu **a**(ET 48r30)

<표 8> 17세기 몽문연대기의 호격 어미 비교표

Mo.	SAT	AT	ST	ET	ANT	LAT
				-a/-e		

9) 재귀격 : 고전몽골문어의 재귀격어미 -ban/-ben, -iyan/-iyen은 17세
기 몽문연대기에서 널리 사용되고 있다. 그러나 신발견『Altan tobči』에
는 다음과 같은 특수한 예들이 나타난다.

(1) -yin : 속격어미 -yin이 재귀격이 나타나야 할 곳에 사용되었다. 이
것은 형태의 유사성에서 온 오류로 여겨진다.

morin-yin(=-iyan)(SAT 10a17, 63a06), sayid-yin(=-iyan)(SAT 48a14)

(2) 자음 뒤에 오는 -iyan이 모음 뒤에서도 나타난다.

qulaɣča-iyan(=-ban)(SAT 13b08)

(3) 음성 형태가 나타나야 할 곳에 양성 형태가 나타난다.

eji-yuɣan(=-yügen)(SAT 17a03)

(4) -an/-en : ködege aral, eke-lüge 단어에만 나타나는 현상이다. 재귀격 어미 -ban/-ben, -iyan/-iyen의 구어형 -an/-en으로 추측된다(李聖揆 2002:89).

ködege arlan(=aral-a)(SAT 34a19, 35a22, 35b10, 36b09)
ekelügen(=eke-lüge-ben)(SAT 55b02)

<표 9> 17세기 몽문연대기의 재귀격 어미 비교표

Mo.	SAT	AT	ST	ET	ANT	LAT
-ban/-ben	-ban/-ben	-ban/-ben	-ban/-ben	-ban/-ben	-ban/-ben	-ban/-ben
-iyan/ -iyen	-iyan/ -iyen	-iyan/ -iyen	-iyan/ -iyen	-iyan/ -iyen	-iyan/ -iyen	-iyan/ -iyen
	-an/-en					
	-yin					

2. 대명사의 격어미

대명사는 회화체 문장에 많이 사용되기 때문에 구어의 영향을 비교적 많이 받는다. 17세기 몽문연대기에서도 이러한 현상은 예외가 아니어서 다른 어휘보다 비교적 구어형들이 많이 나타나며 선고전문어의 형태도 일부 나타난다.

1) 대명사의 속격형

17세기 몽문연대기의 대명사 속격형은 대부분 고전몽골문어의 어법에 맞게 표기되었지만 상당수의 단어에서는 구어형이 나타난다. 대부분의 구어형에는 구어형 속격어미 -i가 나타나지만 minai(=min-ai), činei(=čin-ei),

egünei(=egün-ei), kenei(=ken-ei), yaɣunai(=yaɣun-ai)에는 -ai/-ei 어미가 나타
난다.

mini(=minu)(SAT 5b28, 12a27), min-i(AT 12, 14, 15), mini(ST 29, 33, 35, 44,
69, 70, 87)
minai(=minu)(ET 61r17, 63v08, 63v11)

čini(=čin-u)(AT 19), čini(ST 31, 33, 87, 89, 97)
činei(=činu)(LAT 108a)

man-i(=man-u)(AT 8), mani(ET 90v21), mani(=manu)(LAT 78b)

bidan-i(=bidan-u)(AT 113), bidan-i(LAT 38b)

egün-i(=egün-ü)(SAT 37b08), egün-i(AT 53, 68), egüni(ET 13v07)
egünei(=egün-ü)(SAT 65a21), egün-ei(AT 98), egünei(LAT 155b)

tegün-i(=tegün-ü)(SAT 6a05)(6a24)(61a06), tegün-i(AT 9, 17, 68, 114),
tegün-i(ST), tegüni(ST), tegüni(ET 47v14, 84v13), tegüni(ANT 31.b.06)(41.a.01)
(41.a.12), tegüni(=tegün-ü)(LAT 28b), tegün-i(=tegün-ü)(LAT 1b, 2a, 158b)
tuni(=tegün-ü)(AT 12)

eden-i(=eden-ü)(LAT 37a)
teden-i(=teden-ü)(SAT 71b22), teden-i(AT 98, 108)

ken-i(=ken-ü)(SAT 54b06)
kenei(=ken-ü)(SAT 5a21), ken-ei(AT 8)

yaɣun-i(=yaɣun-u)(SAT 74b02)
yaɣunai(=yaɣun-u)(SAT 5a21)

<표 10> 17세기 몽문연대기의 대명사 속격어미 비교표

Mo.	SAT	AT	ST	ET	ANT	LAT
	mini		mini			
minu				minai		
		min-i				
činu		čini	čini			
						činei
bidan-u		bidan-i				bidan-i
manu						mani
		man-i				
	egün-i	egün-i				
egün-ü				egüni		
	egünei					egünei
		egün-ei				
	tegün-i	tegün-i	tegün-i			tegün-i
tegün-ü			tegüni	tegüni	tegüni	tegüni
		tüni				
eden-ü						eden-i
teden-ü	teden-i	teden-i				
		ken-ei				
ken-ü	kenei					
	ken-i					
yaɣun-u	yaɣun-i					
	yaɣunai					

2) 대명사의 대격형

속격어미와 마찬가지로 다수의 구어형이 나타난다. 특히 -i, -i-yi, -gi 등의 구어형이 나타난다. 1인칭의 nimai, nami, 2인칭의 čama-i-yi, čama-yi, čma-yi 등은 특이한 예에 해당된다. 또 의문대명사에만 -gi 형태가 나타난다.

namai(=ŋam-a-yi)(SAT 5a24, 16b12, 30a23, 30a26, 39b12), namai(ST), namai(ANT 06.b.08, 11.b.13), namai(LAT 46b) namai-yi(=nam-a-yi)(SAT 47b19, 54a19, 54b14, 56b20, 65a19), namai-yi(ET 29r20), namai-yi(LAT 108a)

namayi-yi(=nam-a-yi)(SAT 11b07), namayi-yi(ANT 17.b.22), namayi-yi (LAT 43a, 57b, 62b, 67a, 69b, 97b, 98a, 103b, 119b, 167b)

nama-i(=nam-a-yi)(AT 41, 63, 80)

nama-i-yi(=nam-a-yi)(AT 41, 80)

nimai(=nam-a-yi)(ET 62r14, 72v18)

nami(=nam-a-yi)(ANT 13.b.13)

čimai(=čim-a-yi)(ST), čimai(ANT 07.a.15, 11.b.26, 13.b.24, 24.a.04, 32.a.12), čimai(LAT 51b, 145b)

čimai-yi(=čim-a-yi)(SAT 47a09, 54a17, 56b18, 57a12, 61a03), čimai-yi(ANT 34.a.09), čimai-yi(LAT 51b, 78a, 114b, 153b, 155a)

čima-i-yi(=čim-a-yi)(AT 84)

čima-i(=čim-a-yi)(AT 85)

čimayi-yi(=čim-a-yi)(LAT 32b, 62b, 65b, 101b, 107b)

čama-i-yi(=čim-a-yi)(AT 73)

čama-yi(=čim-a-yi)(AT 35, 68, 97)

čma-yi(=čim-a-yi)(AT 91)

yaɣugi(=yaɣu-yi)(SAT 75a13)

yaɣu-gi(=yaɣu-yi)(LAT 164b)

yaɣumai-yi(=yaɣum-a-yi)(LAT 78Aa)

<표 11> 17세기 몽문연대기의 대명사 대격 어미 비교표

Mo.	SAT	AT	ST	ET	ANT	LAT
namayi	namai		namai	namai	namai	namai
					nami	
		nama-i				
				nimai		
	namai-yi					namai-yi
		nama-i-yi				
	namayi-yi				namayi-yi	namayi-yi
čimayi			čimai	čimai	čimai	čimai
		čima-i				
	čimai-yi				čimai-yi	čimai-yi
		čima-i-yi				
						čimayi-yi
		čama-yi				
		čama-i-yi				
		čma-yi				
yaɣun-yi						yaɣu-gi
	yaɣugi					
yaɣum-a-yi						yaɣumai-yi

3) 대명사의 여처격형

대명사의 여처격형에서는 고전몽골문어의 -dur/-dür, tur/-tür, -du/-dü, -tu/-tü 등의 어미들이 사용된다. 그러나 다음과 같이 구어적인 형태와 선고전문어의 형태도 나타난다. 그 중에서 nimada(=nadur)는 특이한 형태로 2인칭의 čimada에 영향받은 것으로 생각된다. 또 2인칭의 čama-dur 에서는 či가 이미 ča로 변화한 모습을 볼 수 있다. 한편 3인칭에서는 선고전문어의 -e 어미가 나타난다.

na-da(=nadur)(AT 28, 82, 100, 119), nada(ANT 21.a.22)

nimada(=nadur)(LAT 65b, 66b, 113b)

čimada(=čim-a-dur)(SAT 67b27), čimada(ET), čimada(ANT 09.a.17)

čama-dur(AT 97), činma-dur(AT 86)

teden-e(ST 222), teden-e(ET)

tegüne(ET)

tedüi-e(ET)

<표 12> 17세기 몽문연대기의 대명사 여처격 어미 비교표

Mo.	SAT	AT	ST	ET	ANT	LAT
						nimada
nadur					nada	
		na-da				
	čimada			čimada	čimada	
			čimadu			
čimadur		čama-dur				
		činma-dur				
tegün-dür				tegüne		
teden-dür			teden-e	teden-e		
tedüi-dür				tedüi-e		

4) 대명사의 탈격형

대명사의 탈격형에는 선고전문어의 탈격형 어미 -ča/-če가 집중적으로 나타난다. 특히 『Altan tobči』에서 이러한 현상이 두드러진다. 한편 17세기 몽문연대기에서 tendeče는 대명사의 기능보다는 대개 접속사로 사용된다.

nadača(ET 54v10)

nadača(=nada-ača)(LAT 55b, 62b)

čimača(=čim-a-ača)(ET)

čimača(LAT 43a)

egün-če(AT 42, 60)

tegün-če(AT 24, 56, 78, 82)

tegünče(ET)

endeče(=ende-eče)(SAT 35a03), endeče(ST), endeče(LAT 5a)

ende-če(AT 48)

tendeče(=tende-eče)(SAT 17b14, 18a27, 18b05, 18b08, 18b11, 27a07, 29b18)

tendeče(AT 20), tendeče(ST)[8], tendeče(ET), tendeče(LAT 2a)

tende-če(AT 24, 25, 26, 28, 31, 36, 40, 48, 67, 71, 74, 75, 77, 78, 79, 80, 81, 85, 88, 93, 96, 112, 116)

<표 13> 17세기 몽문연대기의 대명사의 탈격 어미 비교표

Mo.	SAT	AT	ST	ET	ANT	LAT
nada-ača				nadača		nadača
čima-ača				čimača		čimača
ende-eče	endeče		endeče			endeče
		ende-če				
tende-eče	tendeče	tendeče	teneče	tendeče		tendeče
		tende-če				
egün-eče				egünče		
		egün-če				
tegün-eče				tegünče		
		tegün-če				

---

8) 원래 장소를 나타내는 단어가 『황사』를 비롯한 <몽문연대기>에서는 장소보다는 문장을 시작하거나 문장을 연결해 주는 부사로 주로 사용된다.

5) 대명사의 도구격형

한 예만 나타난다.

čimaɣar(ET)

<표 14> 17세기 몽문연대기의 대명사 도구격 어미 비교표

Mo.	SAT	AT	ST	ET	ANT	LAT
čima-bar				čimaɣar		

Ⅲ. 결론

본 연구는 17세기 몽문연대기가 근대 몽골어의 특징을 잘 반영하고 있다는 사실에 근거하여 각 연대기별 언어적 특징을 살펴보았다. 그리고 도출된 언어적 특징을 토대로 17세기 몽문연대기의 몽골어 격어미의 특징을 기술하였다.

근대 몽골어 시기의 여러 문헌들이 고전몽골문어 이외에 당시 각 지역 방언에 근거한 문법으로도 기록된다는 사실에 근거하여 17세기 몽문연대기가 각 지역 방언을 잘 반영하고 있는 중요한 자료임을 확인하였다. 그리고 고전몽골문어의 어법에 어긋나게 기록된 형태들이 단순한 오류가 아닌 당시 각 지역 방언의 언어적 특징을 보여주는 중요한 언어 자료이며, 이는 곧 근대 몽골어 시기의 특징임을 밝혔다.

명사의 격어미에서는 기본적으로 고전몽골문어의 규칙을 지키고 있으나 다수의 이형들이 나타난다. 그리고 이형들은 대부분 구어형이나 선고전문어형을 표기한 것이다. 한편 17세기 몽문연대기에 나타나는 정도격이나 호격 어미는 다른 문헌에서는 찾아보기 어려운 형태들이

다. 17세기 몽문연대기에 나타나는 격어미의 이형을 정리하면 다음과
같다.

속 격 : -i, -yi, -i-yin, -yi-yin, -gi-yin, -giin, -nai/-nei, -ni, -ai/-ei, -in
대 격 : -i-i, -yin-i, -i-yi, -gi, -yigi, -i-gi, -gei, -ni
여처격 : -du/-dü, -tu/-tü, -ta/-te, -da/-de, -a/-e
탈 격 : -ča/-če, -sa/-se, -deče, -tača/-teče
도구격 : -ɣar/-ger, -ar, -wer
공동격 : -tei/-tei, -la
정도격 : -činege(n), -čege
호 격 : -a/-e
재귀격 : -an/-en, -yin

대명사의 격어미에도 이형이 다수가 나타난다. 특히 1인칭과 2인칭
에서 다수의 이형태를 찾아 볼 수 있다. 이것은 17세기 몽문연대기에
구어체 문장이 다수 수록되어 있기 때문에 나타나는 현상이다.

속 격 : mini, minai, min-i, čini, činei, bidan-i, mani, man-i, egün-i,
egüni, egünei, egün-ei, tegün-i, tegüni, eden-i, teden-i, tüni,
ken-ei, kenei, ken-i, yaɣun-i, yaɣunai
대 격 : namai, nami, nama-i, nimai, namai-yi, nama-i-yi, namayi-yi,
čimai, čima-i, čimai-yi, čimayi-yi, čama-yi, čma-yi, yaɣu-gi,
yaɣugi, yaɣumai-yi
여처격 : nimada, nada, na-da, čimada, čimadu, čama-dur, činma-dur,
tegüne, teden-e, tedüi-e
탈 격 : nadača, čimača, endeče, ende-če, tendeče, tende-če, egünče,
egün-če, tegünče, tegün-če

도구격 : čimaɣar

　한편 17세기 몽문연대기에 나타나는 형태에서는 다음과 같은 언어학적 특징들도 엿볼 수가 있다.

1. 어미가 음성 형태로 단일화하는 현상
2. 여러 개의 어미를 하나의 어미[대표어미]로 통일하려는 현상
3. 구어의 영향으로 문법 형태의 일부가 탈락하는 현상
4. 선고전문어의 형태들이 구어형에 화석화된 상태로 나타나는 현상

　본 연구에서는 17세기 몽문연대기에 나타나는 몽골어의 격어미에 대하여 알아보았다. 그러나 논의의 과정에서 충분히 다루지 못한 부분이 많았다. 먼저 17세기 몽문연대기에 나타나는 격어미 모두를 기술한 관계로 문법형태 개개에 대한 심도 있는 분석이 이루어지지 못하였다. 다음으로 형태론에 치중한 관계로 음운론이나 통사론에 관련된 사항을 충분히 살펴보지 못하였으며 방언론적 특징도 미진한 점이 많다. 끝으로 근대 몽골어 시기에 간행된 다른 문헌과의 비교도 충분하지 못하였다. 예를 들어 알탄칸전, 게세르, 각종 편지 등에 나타나는 몽골어 특징과의 비교 연구나 토드 문자, 소욤보 문자 문헌과의 비교 연구는 향후 과제로 남는다.

84 한국어의 역사

참고문헌

姜信沆(2000), 『韓國의 譯學』, 서울대학교 출판부, 서울.

金芳漢(1999), 『몽골어연구』, 서울대학교출판부, 서울.

金芳漢・金周源・鄭堤文(1986), 『몽골어와 퉁구스어』, 民音社, 서울.

성백인(1999), 『만주어와 알타이어학 연구』, 태학사, 서울.

宋基中(1993-1), 「蒙學書」, 『國語史 資料와 國語學의 研究』(安秉禧先生 回甲紀念論叢), 서울大學校 大學院 國語研究會 編, 文學과 知性社, 서울, pp. 271-296.

李基文(1964), 「〈蒙語老乞大〉研究」, 『震檀學報』第 二十五・六・七號 合本, 震檀學會, pp. 367-426.

______(1967), 「蒙學書 研究의 基本問題」, 『震檀學報』第 三十一號, 震檀學會, pp. 89-113.

李藤龍(1984), 「알타이諸語(突厥, 蒙古, 만주・퉁그스 및 韓國語)의 敍述動詞 比較研究」, 『大東文化研究』第 18輯, 成均館大學校 大東文化研究院, pp. 5-37.

李聖揆(2002), 「蒙學三書의 蒙古語 研究」, 단국대학교 출판부, 서울.

이성규(1993), 「몽골 문자의 변천과 영향 관계 고찰」, 『몽골학』 창간호, 한국몽골학회, pp. 45-67.

______(1994), 「몽학삼서의 몽고어에 대한 기초적인 연구」, 『몽골학』 제2호, 한국몽골학회, pp. 21-47.

______(1997), 「捷解蒙語의 蒙古語 研究」, 『몽골학』 제5호, 한국몽골학회, pp. 31-91.

______(1998), 「蒙古語 語錄解 研究」, 『東洋學』第 28輯, 檀國大 附設 東洋學研究所, pp. 89-125.

______(1998), 「바르고(Bargu) 方言에 대하여」, 『몽골학』6, 한국몽골학회, pp.71-91.

______(2001), 「『Altan tobči』 몽골어의 형태론적 연구」, 『몽골학』11, 한국몽골학회, pp.1-22.

______(2002-1), 「『황사』 몽골어의 형태론적 연구」, 『몽골학』12, 한국몽골학회, pp.1-19.

______(2002-2), 「『Erdeni-yin tobči』 몽골어의 형태론적 연구」, 『몽골학』13, 한국몽골학회, pp.33-50.

______(2003-1), 「『Asaragči neretü teüke』의 몽골어 연구」,『몽골학』14, 한국몽골
학회, pp.173-198.

______(2003-2), 「신발견『Altan tobči』의 몽골어 연구」,『몽골학』15, 한국몽골학
회, pp.71-98.

______(2004), 「Lu.『Altan tobči』의 몽골어 연구」,『몽골학』16, 한국몽골학회,
pp187-218.

鄭 光(2002),『역학서 연구』, 제이앤씨, 서울.

崔亭源(1997), 「Altan Tobči의 音韻論的 考察」,『中央아시아硏究』02, 중앙아시
아학회, pp.23-41.

최형원(2001), 「〈Erdeni-yin Tobči〉 音韻論」,『몽골학』11, 한국몽골학회, pp.23-36.

服部四郎(1971),『言語の系統と歷史』, 岩波書店, 東京. 김동소, 김영일, 카도와
키 세에이치 공역(1984),『언어-계통과 역사-』, 형설출판사, 대구.

森川哲雄(1996),『蒙古源流 "Erdeni-yin tobčiy-a" の校訂』(A Revision of Erdeni-yin
tobčiy-a), 九州大學大學院比較社會文化硏究科.

______(2001), 「『アルタン・トプチ』の寫本とその編纂年代について」,『몽골
학』11, 한국몽골학회, pp.87-104.

小澤重男(1979),『中世蒙古語諸形態の硏究』, 開明書院, 東京.

田村實造等 共編(1966, 1968),『五體淸文鑑譯解(上,下)』, 京都大學文學部, 內
陸アシア硏究所.

賈敬顔, 朱風(1985),『漢譯蒙古黃金史綱』, 內蒙古人民出版社, 呼和浩特.

喬吉(1992), 「蒙古歷史文獻板本類型与系統」,『內蒙古社會科學』, pp.57-65.

道潤梯步(1981),『新譯校注《蒙古源流》』, 內蒙古人民出版社, 呼和浩特.

色道爾吉(1993),『蒙古黃金史』, 蒙古學出版社, 呼和浩特.

烏蘭(2000),『《蒙古源流》硏究』, 遼寧民族出版社, 沈陽.

札奇斯欽(1979),『蒙古黃金史譯註』, 聯經出版事業公司, 臺北.

淸格爾泰(1991),『蒙古語語法』, 內蒙古人民出版社, 呼和浩特.

Bagan-a,B.(1984), *Asarayči neretü-yin teüke*, Ündüsüten-ü keblel-ün quriy-a,
Begejing.

Bauden,C.R.(1955), *The Mongol Chronicle Altan Tobči*, Otto Harrassowitz,
Wiesbaden.

____________(1997), *Mongolian-English Dictionary*, Kegan Paul International, Londen.

Byamba(1960), *Asaraɣči neretü-yin te ke*, Monumenta historica, Tomus Ⅱ, Fasciculus 4, Ulaanbaatar.

Čenggeltei(1979), *Odu üy-e-yin mongɣol kelen-ü ǰüi*, Öbür mongɣol-un arad-un keblel-ün qoriy-a, Öbür mongɣol.

Čoyiji(1984, 1999), *Altan tobči*, Öbür mongɣul-un arad-un keblel-ün qoriy-a(內蒙古人民出版社), Köke qota(呼和浩特).

Damba(2000), *Mongɣol-un üy-e ularil-un bičig*(蒙古系譜), Öbür mongɣ ol-un arad-un keblel-ün qoriy-a, Kökeqota.

Dorongɣ-a(1998), *Činggis qaɣan-u takil-un sudur orusiba*, Öbür mongɣol-un arad-un keblel-ün qoriy-a, Kökeqota.

Eldengtei, Ardajab(1986), *Mongɣol-un niɣuča tobčiyan-seyiregülül tayilburi* (蒙古密史還原注釋), Öbür Mongɣol-un surɣan kümüjil-ün qoriy-a(內蒙古敎育出版社), Kökeqota.

Hangin,G.(1986), *A Modern Mongolian-English Dictionary*, Indiana University Research Institute for Inner Asian Studies, Bloomington, Indiana.

________(1992), *A Concise English-Mongolian Dictionary*, Indiana University Research Institute for Inner Asian Studies, Bloomington, Indiana.

Hans-Peter Vietze, Gendeng Lubsang(1992), *Altan tobči*, Institute for the Study of Language and Culture of Asia and Africa, Tokyo.

Heissig,W.(1954), *Die Pekinger lamaistischen Blockdrucke in mongolischer Sprache*, Otto Harrassowitz, Wiesbaden.

________(1959), *Die Familien-und Kirchengeschichtsschreibung der Mongolen*, Teil 1: 16.-18. Jh., Otto Harrassowitz, Wiesbaden.

Heshigtogtahu(2003), *Mongɣol surbulji bičig-ün sudulul*(蒙古文文獻硏究), Ündüsten-ü keblel-ün ɣajar(民族出版社), Begejing(北京).

Hyong-won Choi(1996), *Sprachliche Untersuchung zum Pañcatantra in der mongolischen Version*, Göttingen.

H.Kuribayashi & Choijinjab(2001), *Word -and Suffix- Index to The Secret History of the Mongols*(『元朝秘史』モンゴル語 全單語・語尾索引), The Center for Northeast Asian Studies, Thohoku University, Sendai.

Lessing,F.D.(1960), *Mongolian-English Dictionary*, University of California Press, Berkeley and Los-Angeles.

Liu Jin Suo(留金鎖)(1979), *Arban ɣurba-arban doluduɣar ǰaɣun-u Mongɣul-un teüke bičilge*(十三世紀−十七世紀　蒙古歷史編纂學),　öbür mongɣul-un arad-un keblel-ün qoriy-a(內蒙古人民出版社), kökeqota(呼和浩特).

＿＿＿＿＿＿＿＿＿＿(1980), *Qad-un ündüsün-ü quriyangɣui Altan tobči*(黃金史綱), Öbür mongɣul-un arad-un keblel-ün qoriy-a(內蒙古人民出版社), Köke qota(呼和浩特).

Lubsanjab,Choi.(1971), *A Contrastive Analysis of the Morphological Sturucture of Words in the Mongolian and English Language*(Synopsis of the Dissertation), USSR Academy of Science, Moscow.

＿＿＿＿＿＿＿＿(1992), *Mongɣol bičig-ün qadamal toli*, Mongɣol bičig keblel-ün qoriy-a, Ulaɣanbaɣatur.

Luvsandžav,Čoi.(1982), *Učebnice mongolsk ho písma*, Stātni Pedagogickē Nakladatelstvi, Praha.

Mostaert,A.(1941, 1942, 1944), *Dictionnaire Ordos*, The Catholic University, Peking.

＿＿＿＿＿＿＿(1967), *Ордосын өмнөд аялгууны хэлбэр судлалын тэмдэглэл, Хэл зохиол* 5, БНМАУ ШУА-ийн ХЗХ, pp.136.

Öljeyitü(1983), *Erten-ü mongoɣol-un qad-un ündüsün-ü yeke sir-a tuɣuji orosiba* (大黃冊), Ündüsüten-ü keblel-ün quriy-a, Begejing.

Poppe,N.(1926), "Geserica, Untersuchung der sprachlichen Eigentümlichkeiten der mongolischen Version des Gesserkhan", *Asia Maǰor* III, S.1-32 u. S.167-193.

＿＿＿＿＿＿(1954/1991), *Grammer of Written Mongolian(4th unresvised printing)*, Otto Harrassowitz, Wiesbaden. 유원수 옮김(1992),『몽골문어문법』, 대우학술총서·번역 52, 民音社, 서울.

＿＿＿＿＿＿(1955/1987), *Introduction to Mongolian Comparative Studies(Second Impression)*, Suomalais-Ugrianinen Seura, Helsinki.

＿＿＿＿＿＿(1957), *The Mongolian Monuments in ḤP'AGS-PA Script*, Otto Harrassowitz, Wiesbaden.

＿＿＿＿＿＿(1965), *Introduction to Altaic Linguistics*, Otto Harrassowitz, Wiesbaden.

_________(1970), *Mongolian Laguage Handbook*, Center for Applied Linguistics, Washington, D.C.

_________(1976), "Ancient Mongolian", *Tractata Altaica*, Otto Harrassowitz, Wiesbaden, pp. 463-478.

Rachewiltz,I.D.(1972), *Index to The Secret History of the Mongols*, Indiana University, Bloomington.

Rachewiltz,I.D. and Krueger,J.R.(1990), *Erdenni-yin tobci('Precious summary')* Ⅰ *(The Urga Text in Transcription)*, Faculty of Asian Studies, The Australian National University.

_________________________(1991), *Erdenni-yin tobci('Precious summary')* Ⅱ *(Word-Index)*, Faculty of Asian Studies, The Australian National University.

Ramstedt,G.J.(1935), *Kalmückisches W rterbuch*, Suomalais-Ugrilainen Seura, Helsinki.

_________(1949), *Studies in Korean Etymology*, Helsinki.

Sinor,D.(1963), *Introduction àl'étude de l'eurasie centrale*, Otto Harrassowitz, Wiesbaden.

Song(1978), Ki Joong Song, *Mongŏ Yuhae* [*Categorical Explanation of the Mongolian Language*] , *A Chinese-Korean-Mongolian Glossary of the 18th Century*, Ph. D Thesis at Harvard University.

Šaɣ̌ji(1937), *Mongɣol üsüg-ün dürim-ün toli bičig*, Ulaɣanbaɣatur.

Ts.Shagdarsüreng & Lee Seong-Gyu(2002), *Asaraɣči neretü teüke*, Center for Mongol Studies, NUM, Ulaanbaatar.

Wayne Schlepp(1997), 「Examples of Spelling in the Mongolian Lao Qida 蒙語老乞大」,『論文與紀念文集(淸格爾泰敎授 學文硏磨 50周年 紀念)』, 呼和浩特:內蒙古大學出版社.

Weiers,M.(1969), *Untersuchungen zu einer historischen Grammatik des prä klassischen Schriftmongolisch*, Otto Harrassowitz, Wiesbaden.

Žamcarano,C.Ž.(1955), *The Mongol Chronicles of the Seventeenth Century*, Otto Harrassowitz, Wiesbaden.

БНМАУ-ын ШУА(1966), *Орчин цагийн монгол хэлзүй*, Улсын хэвлэлийн хэрэг эрхлэх хороо, Улаанбаатар.

________________(1976), *Монголын уран зохиолын тойм* II, БНМАУ-ын ШУА хэл зохиолын хүрээлэн, Улаанбаатар.

Бобровникова,А.(1849), *Грамматика Монгольско-Калмыцкаго языка*, Въ Университэтской Тинографіu, Казань.

Владимирцов,Б.Я.(1929/1989), *Сравнительная грамматика монгольского письменного языка и халхаского наречия(Введение и Фонетика Издание 2-е)*, Главная редакция восточной литературы, Москва.

Заяабаатар,Д.(2002), 「"Асарагч нэртийн түүх"-ийн хэлний онцлогийн тухайд」, 『몽골학』 12, 한국몽골학회, pp.53-65.

Кара,Д.(1972), *Книги монгольских кочевников*, Главная редакция восточной литературы, Москва.

Лувсанбалдан,Х.(1975) *Тод үсэг, түүний дурсгалууд*, Шинжлэх Ухааны Академи, Улаанбаатар.

Лувсанвандан,Ш.(1959), "Монгол хэл аялгууны учир", *Монголын судлал*, I боть, Улаанбаатар.

________________(1967), *Орчин цагийн монгол хэлний зүй(монгол хэлний авианы бүтэц)*, Шинжлэх Ухааны Академи, Улаанбаатар.

________________(1968), *Орчин цагийн монгол хэлний зүй(монгол хэлний үг, нөхцөл хоёр нь)*, Шинжлэх Ухааны Академи, Улаанбаатар.

Лувсандэндэв,А.(1957), *Монгол-орос толь*, Улсын гадаад, дотоодын олон хэлний толь бичгийн хэвлэл, Москва.

Надмид,Ж.(1967), *Монгол хэл, түүний бичгийн түүхэн хөгжлийн товч тойм*, Шинжлэх Ухааны Академи, Улаанбаатар.

Орловская,М.Н.(1984), *Язык ≪Алтан тобчи≫*, Главная редакция восточной литературы, Москва.

Өнөрбаян,Ц.(1994), *Орчин цагийн монгол хэлний үгзүй*, Улсын багшийн их сургууль монгол хэлшинжлэлийн тэнхим, Улаанбаатар.

Ринчен,Б.(1964), *Монгол бичгийн хэлний зүй(удиртгал)*, БНМАУ-ын ШУА Хэл зохиолын хүрээлэн, Улаанбаатар.

________(1966), *Монгол бичгийн хэлний зүй(авианзүй)*, БНМАУ-ын ШУА Хэл зохиолын хүрээлэн, Улаанбаатар.

________(1966), *Монгол бичгийн хэлний зүй(гутгаар дэвтэр)*, БНМАУ-ын ШУА Хэл зохиолын хүрээлэн, Улаанбаатар.

________(1967), *Монгол бичгийн хэлний зүй(өгүүлбэрзүй)*, БНМАУ-ын ШУА Хэл зохиолын хүрээлэн, Улаанбаатар.

__________(1977), "Нэрийн нэгэн дагаврын учир", *Хэл зохиол судлал* 12, БНМАУ-ын ШУА Хэл зохиолын хүрээлэн, Улаанбаатар, pp. 35-39.

Сумъяабаатар,Б.(1975), *Монгол-Солонгос угсаа гарал, хэлний холбооны асуудал*, БНМАУ-ын ШУА, Улаанбаатар.

Сүхбаатар,О.(1998), *Алтан товч*, Монголын зохиолчдын эвлэл, Улаанбаатар.

Тодаева,Б.Х.(1985), *Язык монголов Внутренней Монголии(Очерк диалектов)*, НАУКА, Москва.

Төмөртого,Д(1992), *Монгол хэлний түүхэн хэлзүй, Улаанбаатар.*

Цэвэл,Я.(1966), *Монгол хэлний товч тайлбар толь*, Улсын хэвлэлийн хэрэг эрхлэх хороо, Улаанбаатар.

Черемисов,К.М.(1951), *Бурят-Монгольско-Русский словарь*, Государственное издательстово иностранных и национальных словарей, Москва.

Чоймаа,Ш.(2002-1), *Qad-un ündüsün quriyangɣui altan tobči(Эх бичгийн судалгаа)*, Улаанбаатар.

__________(2002-2), *Монголын нууц товчоон, Лувсанданзаны Алтан товч(эхийн харьцуулсан судалгаа)*, МУИС-ийн хэвлэх газар, Улаанбаатар.

Шагдар,Ц.(1957, 1990), *Алтан товч*, Улсын Хэвлэлийн Газар, Улаанбаатар.

Шагдарсүрэн,Ц.(1981), *Монгол үсэг зүй*, БНМАУ-ын ШУА Хэл зохиолын хүрээлэн, Улаанбаатар.

__________(2001), 「ⅩⅦ зууны үеийн монгол хэлийг судлах арга зүйн асуудалд」, 『몽골학』11, 한국몽골학회, pp.37-50.

__________(2002), 「"Асарагч нэртийн түүх"-ийн эхбичиг, түүний судлагааны ач холбогдол」, 『제 15회 한·몽 국제학술대회 논문집』, 한국몽골학회, pp.159-167.

Шастиной,Н.П.(1957), *Шара туджи(монгольская летопись* ⅩⅦ *века* Издательстово академий наук СССР, Москва·Ленинград.

__________(1973), *Алтан тобчи*, Издательстово ⟨наука⟩, главная редакция восточной литературы, Москва.

ШУА-Хэл зохиол хүрээлэн(1987), *Орчин цагийн монгол хэлний үгзүйн байгуулал*, ШУА Хэл зохиолын хүрээлэн, Улаанбаатар.

국어 음운론

漢字音 統合 考

Ⅰ. 서론

본고는 애초 一字異音의 한자음이 一音으로 통합된 경향을 살펴봄으로써, 한자음의 변화 양상을 규명하는 데에 목적이 있다.

이는 一字異音의 한자음이 중국에서 유입되어 한국한자음도 一字異音의 변별성을 유지하다가 한국음이 一音으로 통합되어 독음의 변별성을 상실한 문제에 대한 것이다. 독음의 변별성 상실은 의미 파악에 불리하게 작용하는 데에도 불구하고, 성조의 탈락 그리고 독음 혼란의 오독으로 인하여 통합된 한국 한자음이 있다. 중국의 一字異音 즉 一字二音에 대한 한국음의 통합은 한국음의 문제이지만, 오독의 인식 그리고 經史를 비롯한 諸漢籍의 독해 및 絕句·律詩의 번역·작법에는 통합되기 이전의 분화된 한자음에 따른 의미 추구가 적용된다. 경사의 音注 그리고 근체시 등을 다룰 때에 현재의 통합된 한국 한자음은 통합 이전의 異音에 적응되는 의미를 추적하여 독해하며 押韻과 平仄에 적응시켜야 하는 것이다. 이는 한국한자음의 변화를 추구하는 문제이므

---

* 이충구(독립기념관 전문위원)

로, 한국한자음 분야에서 세밀히 살펴볼 과제이다.

본고에서는 위의 목적을 달성하기 위하여 한자음의 傍點脫落에 의한 통합, 異音干涉에 의한 통합을 살펴보고자 한다. 傍點脫落에 의한 통합은 同字 內의 한글표기가 같고 성조만 다른 異音이 성조표기가 소멸되면서 同音이 된 경우이다. 異音干涉에 의한 통합은 同字 內의 異音에 간섭받아 오독함으로 말미암아 그 異音으로 통합된 경우이다. 이는 다시 완전 통합, 불완전 통합으로 나뉜다. 완전 통합은 특정의미를 수반하는 특정 음이 소멸되어 이음으로 모두 통합된 경우이고, 불완전 통합은 특정의미를 수반하는 특정 음이 이음으로 모두 통합되지 않고 특정 용례에만 일부 통합되어 誤讀과 不誤讀이 혼용되는 경우이다.

연구범위는 중국에서 一字異音으로 형성된 한자음이 한국 현대어에서 1음으로 통합되어 나타나는 것에 국한하고, 통합되지 않은 것은 논외이다. 예컨대 '乾'은 '건'과 '간'의 異音이 '건'으로 통합되었으므로 본고의 대상이 되고, '天'은 '텬'에서 '천'으로 음운변화를 보이는 것이어서 이음의 통합이라고 할 수 없으므로 대상이 되지 않는다.

연구방법은 일자이음을 보이는 한자의 전거를 제시하고, 그것이 후대에 1음으로 통합된 자료 및 현재음의 용례를 들어, 2음이 1음으로 통합된 실상을 살펴볼 수 있게 한다. 이에 대한 구체적 자료는 直音 · 反切 · 聲調 · 韻目 등 중국식 한자음 표현으로 나타난 일자이음의 한자표기 音義를 제시하고, 그것이 통합된 모습을 보이는 한국한자서 및 諺解 등의 한글 음의를 동시에 대조하여 확인하도록 한다. 그리고 서술의 간편을 위하여 주요 출전은 약칭[1]을 사용한다.

이 작업이 이루어지면 일자이음의 중국한자음이 한국한자음에서 통

---

1) 자료 명칭과 그 약칭 표시는 참고문헌에 나타냄.

합된 글자와 그 유형을 제시하여, 한국한자음의 변화 문제를 해명하는 데에 일조를 하게 될 것이다. 그리고 이에 의하여 오독되는 일부 한국한자음을 音義에 적응되도록 바꾸어 독음할 소지를 마련할 수도 있을 것이다.

Ⅱ. 一字異音의 통합

一字異音의 한자음이 同字 內의 다른 한자음에 흡수되어 통합된 경우이다. 이는 傍點脫落에 의한 통합, 異音干涉에 의한 통합으로 살펴본다.

1. 傍點脫落에 의한 통합

同字異音으로서 한글표기가 같고 성조만 다른 異音은 성조표기가 소멸되면서 同音이 된 경우이다.

 (1) 冠 관

① 二十而冠 始學禮(『小學』立敎 2장) 音注 貫, 諺解 음 ' : 관'

② 孔子羔裘玄冠 不以弔(『小學』敬身 38장) 諺解 음 '관'

③ 冠 관 갓 寒, 갓쓸 웃듬 우두머리 翰(『新字典』)

①의 '冠'에는 音注를 '貫'이라 하였는데, 이는 見聲換[2]韻[3] 去聲(『中

---

2) '換'은 106운에서 '翰'으로 통합되었다.

3) 見聲換韻: 이러한 성운의 표시는 『漢字典』에 의함. 이하 같음. 다른 한자서의 성운 표시를 제시한 경우는 별도로 출전을 제시함.

辭典』)이다. 『小學諺解』[4]에는 음을 ‘ : 관’이라 하여 방점을 가하고 번역을 ‘스믈히어든 가관하야’라고 하였다. 이 경우 의미를 재정리하면 ‘冠’은 동사인 ‘戴冠也 居首也’ 즉 ‘관을 쓰다. 으뜸가다’로 된다.

②의 ‘冠’에는 음주가 없는데, 이는 見聲桓[5]韻 音官 平聲(『中辭典』)이다. 諺解에는 음을 ‘관’이라 하여 방점을 가하지 않고 번역을 ‘검은 冠으로써’라고 하였다. 이 경우 의미를 재정리하면 ‘冠’은 명사인 ‘弁冕之總名也’ 즉 ‘모자’로 된다.

冠의 見聲換韻 去聲과 見聲桓韻 平聲은 同聲異韻으로 異音이다. 이것이 ③에는 ‘갓 쓰다’의 거성(翰)과 ‘갓’의 평성(寒)이 모두 同音 ‘관’으로 국음이 통합된 모습을 보인다. 그리고 ①의 英祖版 『小學諺解』에는 음을 ‘관’이라 하여 방점이 탈락되어, ②의 ‘관’과 같다.

(2) 相 상

① 益之相禹也 歷年少 施澤於民未久 舜禹益相去久遠(『孟子』萬章 上 6장) 音注 之相之相 去聲 相去之相 如字, 諺解 음 ‘·상(之相) ‘샹(相去)

② 相 샹 도울 漾, 서로 陽(『新字典』)

③ 后以財成天地之道 輔相天地之宜(『周易』泰卦 大象) 音注 相 息亮反, 諺解 음 ‘샹

---

4) 『小學諺解』: 校正廳本 宣祖版 『小學諺解』. 이하 같음. 본고에 쓰이는 교정청본 언해의 종류와 소장처 및 간행연대는 다음과 같다.

『小學諺解』(도산서원, 1587), 『大學諺解』(도산서원, 1590), 『論語諺解』(도산서원, 1590), 『孟子諺解』(도산서원, 1590), 『中庸諺解』(도산서원, 1590), 『詩經諺解』(규장각, 1613), 『書經諺解』(규장각, 1613 이전), 『周易諺解』(규장각, 1606),

5) ‘桓’은 106운에서 ‘寒’으로 통합되었다.

①에는 相이 두 번 나오는 바 音注에 의하면 앞의 '相'(之相)은 心聲 漾韻 音向 去聲 漾韻(『形字典』)이다. 『孟子諺解』에는 음을 '·샹'이라 하여 방점을 가하고 번역을 '益의 禹를 相ᄒᆞ욤은'이라고 하였다. 이 경우 의미를 재정리하면 '相'은 '輔' 즉 '돕다, 보필하다'로 된다.

뒤의 '相'(相去)은 心聲陽韻 音湘 平聲 陽韻(『形字典』)이다. 諺解에는 음을 '샹'이라 하여 방점을 가하지 않고 번역을 '舜과 禹과 益의 서로 去ᄒᆞ욤이'라고 하였다. 이 경우 의미를 재정리하면 '相'은 '交互' 즉 '서로'로 된다.

相의 心聲漾韻 去聲과 心聲陽韻 平聲은 同聲異韻으로 異音이다. 이것이 ②에는 '돕다'의 거성(漾)과 '서로'의 평성(陽)이 모두 同音 '샹'으로 국음이 통합된 모습을 보인다. 그리고 ③의 '相 息亮反'은 心聲漾韻으로 ①의 去聲과 같은 경우인데 언해 음은 '샹'이라 하여 방점 탈락으로 평성의 경우와 同音으로 표기되었다. 校正廳에서 1590년 출간된 『맹자언해』를 비롯한 사서언해와 16년 뒤인 1606년에 출간된 『주역언해』를 비롯한 『삼경언해』가 임난을 전후로 방점의 유무를 보이는데, 이러한 한글표기가 같으면서 방점의 유무만 다른 異聲調 표기음은 『삼경언해』에서 방점의 소실로 인하여 동음이 된 경우를 매우 많이 보여주고 있다.

(3) 盛 성

① 諸侯耕助 以供粢盛(『孟子』 滕文公 下 3장) 音注 盛 音成, 諺解 음 '셩'

② 唐虞之際, 於斯爲盛(『論語』 泰伯 20장) 諺解 음 ':셩'

③ 盛 셩 담을 庚, 셩할 만을 敬(『新字典』)

①의 音成은 禪聲淸[6]韻 平聲 庚韻(『中辭典』)이다. 諺解에는 음을 '셩'이라 하여 방점을 가하지 않고 번역을 '粢盛을 供ᄒ고'라고 하였다. 이 경우 의미를 재정리하면 '盛'은 『孟子集注』의 '在器曰盛'(그릇에 담을 것을 盛이라 한다)에 의한 '受' 즉 '담다' 등으로 된다.

②의 '盛'에는 음주가 없는데, 이는 禪聲勁[7]韻 去聲 敬韻(『中辭典』)이다. 諺解에는 음을 ':셩'이라 하여 방점을 가하고 번역을 '이에셔 盛ᄒ나'라고 하였다. 이 경우 의미를 재정리하면 '盛'은 '多' 즉 '많다'로 된다.

盛의 禪聲淸韻 平聲과 禪聲勁韻 去聲은 同聲異韻으로 異音이다. 이것이 ③에는 '담다'의 평성(庚)과 '많다'의 거성(敬)이 모두 同音 '셩'으로 나타나서 국음이 통합된 모습을 보인다.

(4) 雨 우

① 雨我公田 遂及我私(『孟子』 滕文公 上 3장) 音注 雨 于付反, 諺解 음 ':우'

② 民之望之 若大旱之望雨也 … 如時雨降(『孟子』 滕文公 下 5장) 諺解 음 ':우'

③ 雨 우 비 霙, 비올 遇(『新字典』)

①의 반절 于付反은 云聲遇韻 去聲 遇韻(『中辭典』)이다. 諺解에는 음을 ':우'라 하여 방점을 가하고 번역을 '우리 公田애 雨ᄒ야'라고 하였다. 이 경우 의미를 재정리하면 '雨'는 『孟子集注』의 '雨 降雨也'(雨는 비가 내림이다)에 의한 '〈하늘에서 눈·비가〉 내리다'로 된다.

②의 '雨'에는 음주가 없는데, 이는 云聲麌韻 上聲 麌韻(『中辭典』)이

---

6) '淸'은 106운에서 '庚'으로 통합되었다.
7) '勁'은 106운에서 '敬'으로 통합되었다.

다. 諺解에는 음을 ‘:우’라 하여 방점을 가하고 번역을 ‘雨를 望홈フ티ᄒ
야…時雨ㅣ 降홈フ튼디라’라고 하였다. 이 경우 의미를 재정리하면
‘雨’는 ‘水從雲下也’ 즉 ‘비’로 된다.

雨는 ①②에서 동성이운의 異音을 보이는데 云聲遇韻에 의해 ‘내리
다’라는 동사로 풀이되고, 云聲麌韻에 의해 ‘비’라는 명사로 풀이되는
것이다. 이것이 ③에는 ‘비’의 상성(麌)과 ‘비올’의 거성(遇)이 모두 同音
‘우’로 나타나서 국음이 통합된 모습을 보인다.

(5) 長 장

① 長幼之節 不可廢也(『論語』微子 7장) 音注 長 上聲, 諺解 음 ‘:댱
② 度 然後知長短(『孟子』梁惠王 上 7장) 諺解 음 ‘댱
③ 長 쟝 긴장 … 陽, 어룬장 … 養(『字典釋要』)

①의 ‘長’에는 音注를 ‘上聲’이라 하였는데, 이는 知聲養韻 音掌 上聲
(『中辭典』)이다. 『論語諺解』에는 음을 ‘:댱’이라 하여 방점을 가하고
번역을 ‘長幼의 節을 可히 廢티 몯ᄒ거니’라고 하였다. 이 경우 의미를
재정리하면 ‘長’은 ‘年長’ 즉 ‘어른’ 등으로 된다.

②의 ‘長’에는 음주가 없는데, 이는 澄聲陽韻 音場 平聲(『中辭典』)이
다. 『孟子諺解』에는 음을 ‘댱’이라 하여 방점을 가하지 않고 번역을 ‘度
ᄒ 然後에 長短을 아ᄂ니’라고 하였다. 이 경우 의미를 재정리하면 ‘長’
은 ‘短之對’ 즉 ‘길다’로 된다.

長의 知聲養韻 上聲과 澄聲陽韻 平聲은 異聲異韻으로 異音이다.
이것이 ③에는 ‘어른’의 상성(養)과 ‘길다’의 평성(陽)이 모두 同音 ‘장’으
로 나타나서, 국음이 통합된 모습을 보인다.

(6) 治 치

① 治人不治 反其智(『孟子』離婁 上 4章) 音注 治人之治平聲 不治
之治去聲, 諺解 음 '티'(治人) '·티'(不治)
② 治 치 理也 다시릴 치 支, 理效 다사린효험 치 寘(『字典釋要』)

①에는 治가 두 번 나오는 바 音注에 의하면 앞의 '治'(治人)는 澄聲
之[8]韻 平聲 支韻(『中辭典』)이다. 諺解에는 음을 '티'라 하여 방점을 가
하지 않고 번역을 '人을 治호디'라고 하였다. 이 경우 의미를 재정리하
면 '治'는 '理也' 즉 '다스리다'로 된다.

뒤의 '治'(不治)는 澄聲至[9]韻 去聲 寘韻(『中辭典』)이다. 諺解에는 음
을 '·티'라 하여 방점을 가하고 번역을 '治티 아니 ᄒ거든'이라고 하였
다. 이 경우 의미를 재정리하면 '治'는 '功績也' 즉 '공적내다, 다스려지
다'로 된다.

治의 澄聲之韻 平聲과 澄聲至韻 去聲은 同聲異韻으로 異音이다.
이것이 ②에는 '다스리다'의 평성(支)과 '다스려지다'의 거성(寘)이 모두
同音 '치'로 나타나서, 국음이 통합된 모습을 보인다.

(7) 好 호

① 如好好色(『大學』傳 六章) 音注 好 上字 去聲, 諺解 음 '·호'(如好)
'：호'(好色)
② 好 호 조하할 … 号, 아름다울 … 皓(『新字典』)

①에는 好가 두 번 나오는 바 音注에 의하면 앞의 '好'(如好)는 曉聲

---

8) '之'는 106운에서 '支'로 통합되었다.
9) '至'는 106운에서 '寘'로 통합되었다.

号[10]韻 去聲 號韻(『形字典』)이다. 『大學諺解』에는 음을 '·호'라 하여 방점을 가하고 번역을 '됴히 너김'이라고 하였다. 이 경우 의미를 재정리하면 '好'는 '喜歡' 즉 '좋게 여기다. 좋아하다' 등으로 된다.

뒤의 '好'(好色)에는 음주가 없는데, 이는 薨上聲[11] 曉聲皓韻 皓韻(『形字典』)이다. 諺解에는 음을 ' : 호'라 하여 방점을 가하고 번역을 '好色을'이라고 하였다. 이 경우 의미를 재정리하면 '好'는 '美' 즉 '아름답다, 예쁘다'로 된다.

好의 曉聲号韻 去聲과 曉聲皓韻 上聲은 同聲異韻으로 異音이다. 이것이 ②에는 '좋아하다'의 거성(號)과 '아름답다'의 상성(皓)이 모두 同音 '호'로 나타나서, 국음이 통합된 모습을 보인다.

校正廳에서 1590년 출간된 대학언해와 21년 뒤인 1611년 교서관에 내사된 『大學諺解』[12]에는 임난을 전후로 방점의 유무를 보이는데, 이러한 한글표기가 같으면서 방점의 유무만 다른 異聲調 표기음은 방점의 소실로 인하여 동음이 된 경우를 매우 많이 보여주고 있다.

2. 異音干涉에 의한 통합

一字異音의 한자음에서 어느 한자음이 同字 內의 異音에 간섭받아 同化되어 현재음에 異音으로 통합된 경우이다. 따라서 이음에 동화된

---

10) '号'는 106운에서 '號'로 통합되었다.

11) 薨上聲: '薨'의 상성임. 直音을 변형한 표음 방법의 한 가지로서, 해당 한자의 '同類音이면서 성조가 다른 한자로 注音하는 방법'이다. '薨'는 聲이고 '好'는 이 경우 상성이어서 '好 音薨'이라고만 한다면 聲調가 맞지 않아 부정확하므로, '薨'의 성조를 바꾸어야 '好'의 음을 얻을 수 있다. 이는 직음의 어려운 글자를 피하여 常用字로 주음하는 진보된 모습을 보이는 것이지만, 이 역시 성조를 바꾸어야 해당 한자의 음독이 가능하게 된다는 결점이 있다.

12) 1611년 … 『大學諺解』: 萬曆 39년 校書館 內賜本. 규장각 소장.

오독이므로, 오독에 의한 통합이라고 할 수 있다. 이는 특정 의미를 표음하는 1음이 완전히 소멸되어서 異音으로 완전히 오독하는 완전 통합, 그리고 1음이 특정 용례에만 통합되어 완전히 통합되지 않고 이음으로 통합된 것과 통합되지 않은 즉 誤讀과 不誤讀이 혼용되는 불완전 통합으로 살펴본다.

1) 완전 통합

(1) 乾 간→건

① 旱乾水溢(『孟子』盡心 下 14장) 諺解 음 '간[13]'

② 乾肉不齒決(『小學』敬身 41장) 音注 干, 諺解 음 '간'

③ 乾 元亨利貞(『周易』乾) 諺解 음 '건'

④ 天尊地卑 乾坤定矣(『周易』繫辭 上 1장) 諺解 음 '건'

⑤ 乾 하날 건, 마를 간(『字典釋要』)

⑥ 乾 건 하날, 간 마를(『新字典』)

⑦ 乾 하늘 건, 마를 간·건(『韓辭典』)

①의 '旱乾'은 의미가 '가물어 메마르다'이고, ②의 '乾肉'은 '마른 고기'이다. 두 경우 '乾'은 음이 干으로, 見聲寒韻 平聲의 '마르다'는 의미의 '간' 음이다.

③의 '乾'은 '괘 이름'이고, ④의 '乾'은 '하늘' 또는 '괘 이름'이다. 두 경우 '乾'은 羣聲仙韻 平聲의 '건' 음이다.

'간'과 '건'은 異聲異韻의 異音에 의한 한국음이다. 이 음의는 ⑤⑥에 계승되었다. 그리고 ⑦에는 '간'과 '건'이 혼용되었다. 그러나 '마르다'와

---

13) 간: 방점 생략. 이하 같음.

관련된 어휘 '乾燥' '乾川' '乾枾' '口血未乾' '旱乾' 등이 현재음에 모두 '건'으로 통용되는 점에서 '간'이 '건'으로 통합된 모습을 보인다.

  (2) 潘 번→반

① 潘 (一) 普官切 平桓滂, 淘米水 …, 姓, (二) 普半切 去換滂, 漢
   縣名(『漢字典』)
② 潘 번 淅米汁 元, 반 義同 又姓也 水名 寒(『全韻玉篇』)
③ 潘 쓰믈 번, 성 반(『字典釋要』)

 ①에는 普官切에 의한 '뜨물'·'성씨'의 의미가 공존하는데 국음은 '번'으로 대응된다. 그리고 普半切에 의한 '땅 이름'의 의미가 있는데 국음은 '반'으로 대응된다.
 ②③의 한국 음의에는 '번'의 음에 '뜨물'의 의미를 적응시키고, '성씨'에는 '반'으로 차별화하였다. ①의 성씨의 '번'으로 대응되는 음이 '반'으로 바뀌었는데 이는 '땅 이름'의 '반'에 간섭된 것으로 보인다. 한국의 땅 이름으로 전라도 나주에 潘南이 있는데 '반'으로 읽는다. 우리나라에는 巨濟 潘氏가 있는데 중국 성의 '普官切'(번) 음과 달리 지명의 음인 '반'으로 성씨에 사용하였던 것이다. 이리하여 성씨라는 의미의 대응음 '번'은 '반'으로 통합되었다.

  (3) 使 시→사

① 蘧伯玉使人於孔子 … 使者出 子曰 使乎使乎(『論語』 憲問 26장)
   音注 使 去聲 下同, 諺解 음 '시'(3음 같음), 諺解: 蘧伯玉이 사름
   을 孔子끠 블여눌 … 使者ㅣ 出커늘 子ㅣ 골ㅇ샤딕 使ㅣ여 使ㅣ여
② 子華使於齊(『論語』 雍也 3장) 音注 使 去聲, 諺解 음 '사', 諺解:

子華ㅣ 齊예 브리이더니

③ 使於四方 不能專對(『論語』子路 5장) 音注 使 去聲, 諺解 음 '사', 諺解: 四方에 使ᄒ야

④ 使於四方 不辱君命(『論語』子路 20장) 音注 使 去聲, 諺解 음 '사', 諺解: 四方에 使(시)홈애

⑤ 每有四時嘉味 輒因使次 附之(『小學』善行 37장) 音注 使 去聲, 諺解 음 'ᄉ', 諺解: 믄득 갈 사ᄅᆷ을 因ᄒ야

⑥ 淮陽太守以聞 使使(去聲)者 賜黃金四十斤 復之(『小學』善行 27장) 諺解 음 'ᄉ시', 諺解: 使者(시자)를 블여

⑦ 王使人來日 寡人如就見者也(『孟子』公孫丑 下 2장) 諺解 음 'ᄉ', 諺解: 王이 人을 브려 와 굴ᄋ샤디

⑧ 使民戰栗(『論語』八佾 20장) 諺解 음 'ᄉ', 諺解: 民으로 ᄒ여곰 戰栗케…

⑨ 使 하여곰 사, 부릴 사, 사신 시(『字典釋要』)

⑩ 使 사·ᄉ 브릴 하여금, 시 사신 심부림군(『新字典』)

⑪ 使 부릴 사 하여금사, 사신갈 시, 사신 사 심부름꾼 사(『韓辭典』)

①②③④⑤의 '使' 音注는 모두 "使 去聲"이라 하였는데, '使人於' '使於'일 경우는 '사신가다'는 뜻이고, '使者' '使乎'일 경우는 '사신 간 사람'의 뜻이고, '使次'일 경우는 '갈 사람'의 뜻이다. 그러나 음은 혼란을 보여 ①은 '시', ②③은 '사', ④는 본문에 '사'라 하였으나 번역문의 음에는 '시', ⑤는 'ᄉ'라 하였다. 이 문제는 ⑥에 의해 분명히 살펴볼 수 있는데, '使使(去聲)者'의 경우 'ᄉ시'로 나타나서 거성이면 '시'의 '使者'라는 뜻이고, 음주가 없으면 상성으로 'ᄉ'의 '부리다'라는 뜻이다. ⑦⑧은 음주가 없어서 상성으로 독해되는데 'ᄉ'의 '부리다' '하여금'으로 나타났다. 특

히 거성인 ①의 '블여눌'과 상성인 ⑥⑦의 '블여'·'브려'가 의미의 혼용
으로 음독에 간섭되었을 가능성이 크다. 이를 보면 諺解를 저술할 당시
인 宣祖 때에 이미 '使'의 음이 '시'와 '사'로 혼용되었음을 알 수 있다.

　⑨⑩에는 '부릴 사, 사신 시'로 구분하였다. 그리고 ⑪에는 '使 사신갈
시, 사신 사'로 혼용되었다. 그러나 관련된 어휘 使者·使臣·使行·使
節·勅使·特使 등이 현재음에 모두 '사'로 통용되는 점에서 '시'가 '사'
로 통합되었다고 할 것이다.

(4) 飮 임→음

① 中心好之 曷飮食之(『詩經』唐風 有杕之杜) 音注 飮 於鴆反, 諺解
　 음 '임', 諺解: 엇디 飮ㅎ며 食ㅎ고
② 若飮食之 雖不嗜 必嘗而待(『小學』明倫 11장) 音注 飮 去聲, 諺
　 解 음 '임', 諺解: 만일 음식 먹키시거든
③ 飮食若流(『孟子』梁惠王 下 4장) 諺解 음 '음', 諺解: 飮食을 流홈
　 ㄱ티 ㅎ야
④ 飮 마실 음, 마시일 음(『字典釋要』)
⑤ 飮 음 마실, 마시게 할(『新字典』)
⑥ 飮 마실 음, 마시게 할 음(『韓辭典』)

　①의 音注 於鴆反은 鴆이 去聲이므로, ②의 去聲과 동일하게 飮의
音義를 귀결시킨다. 이 경우 국음은 '임'이고, 의미는 '마시게 하다'이다.
③은 음주가 없는데 이 경우 上聲으로 국음은 '음'이고 의미는 '마시다'
이다.
　④⑤⑥에는 '임'이 소멸되어, '음'으로 통합되었다.

(5) 質 지→질

① 周鄭交質(『左傳』隱公 3년) 音注 質 音致
② 質 바탕 질, 볼모 질, 폐백 지(『韓辭典』)

①의 音注 '質 音致'에 의한 국음은 '지'이고, 의미는 '볼모'이다. 이는 職日切 質韻에 의한 '질'의 '바탕'과는 다른 것이다.

『자전석요』에는 "質 전당 지, 바탕 질" 등으로, 『신자전』에는 "質 지 폐백, 질 문서" 등으로 나타나 '볼모'는 누락되었다. 그리고 ②에는 "質 바탕 질, 볼모 질, 폐백 지"라 하여 '볼모'는 '질'로 나타나고 '폐백'은 '지'로 나타났다. 質는 '폐백'일 때 '지' 음이 유지되고, '볼모'일 때는 관련된 어휘 '人質' '質子' 등이 현재음에 모두 '질'로 통용되는 점에서 '지'가 '질'로 통합된 모습을 보인다.

(6) 告 곡→고

① 子貢欲去告朔之餼羊(『論語』八佾 17장) 音注 告 古篤反, 諺解 음 '곡', 諺解: …朔을 告ㅎ는 餼羊을 去코져 흔대
② 出必告 反必面(『小學』明倫 5장) 音注 告 谷, 諺解 음 '곡', 諺解: 나갈 제 반드시 엿즈오며
③ 忠告而善道之(『論語』顔淵 23장) 音注 告 工毒反, 諺解 음 '곡', 諺解: 忠히 告ㅎ고
④ 고할고 칙지고, 청할곡 뵈일곡(『字典釋要』)
⑤ 고 알일 이를 고할 엿줄…, 곡 청할 고시할(『新字典』)
⑥ 告 아뢸 고, 고할 곡(『韓辭典』)

①②③의 '告'은 모두 入聲으로 국음이 모두 '곡'이고 의미가 '아뢰다'

‘고해주다’이다. 이는 去號切 去聲에 의한 ‘고’ ‘報’(고하다)와는 다른 것이다.

④⑤⑥에 ‘고’와 ‘곡’이 제시되었다. 그러나 入聲과 관련된 어휘 ‘忠告’는 현재 ‘고’로 쓰이고, ‘出必告’도 ‘고’로 읽고 있는 점에서 ‘고’로 통합되었다고 할 것이다. ‘告朔’은 경전 독해에 아직도 ‘곡’으로 읽고 있는바, 현대어로 통용되지 않아서 ‘곡’이 남아있는 것으로 보인다.

(7) 畜 휵→축

① 有畜犬百餘 共一牢食(『小學』善行 52장) 音注 畜 許六反, 諺解 음 ‘휵’, 諺解: 치는 개…

② 畜馬乘不察於雞豚 伐冰之家不畜牛羊 百乘之家不畜聚斂之臣(『大學』傳 10章) 音注 畜 許六反, 諺解 음 ‘휵’, 諺解: 馬乘 치는 이는 …牛와 羊을 치디 아니ᄒ고 …臣을 치디 아니ᄒᄂ니

③ 俯足以畜妻子(『孟子』梁惠王 上 7장) 諺解 음 ‘휵’, 諺解: …妻子를 畜ᄒ야

④ 汝共作我畜民(『書經』盤庚 中) 諺解 음 ‘휵’, 諺解: 네 다 나의 畜ᄒ는 民이 되얀ᄂ니

⑤ 九三 係遯 有疾厲 畜臣妾 吉(『周易』遯卦) 音注 畜 許六反, 諺解 음 ‘휵’, 諺解: 臣妾을 畜홈앤 吉ᄒ니라

⑥ 父兮母兮 畜我不卒(『詩經』邶風 日月) 諺解 음 ‘휵’, 諺解: 나를 畜홈을 卒티 아니샷다

⑦ 象曰 地中有水 師 君子以容民畜衆(『周易』師卦 大象) 音注 畜 傳 勅六反 本義許六反, 諺解 음 ‘튝’(傳) ‘휵’(本義), 諺解: …衆을 畜ᄒᄂ니라(傳) …衆을 畜ᄒᄂ니라(本義)

⑧ 畜 츅 六畜 積也 …, 휵 養也 容也(『全韻玉篇』)

⑨ 畜 축 륙축 싸을 …, 흌 기를 용납할(『新字典』)

⑩ 畜 쌓을 축, 기를 흌(『韓辭典』)

①~⑥의 畜犬·畜馬乘·畜牛羊·畜妻子·畜民·畜臣妾·畜我 등에는 음이 '흌'이고 의미가 '기르다'이다. ⑦에는 畜衆에 대한 音注가 程傳에는 勅六反으로 제시되어 국음이 '튝'이고, 朱子本義에는 許六反으로 제시되어 국음이 '흌'이다. 勅六反에 대응되는 정전의 주석은 "君子觀地中有水之象 以容保其民 畜聚其衆也"라고 하여 畜의 의미를 '모으다'로 풀이하였고, 許六反에 대응되는 본의의 주석은 "故能養民 則可以得衆矣"라고 하여 畜의 의미를 '기르다'로 풀이하였다. ⑧⑨에는 '축'에 '六畜' '쌓다', '흌'에 '기르다' '용납하다'를 적응시켰다. 그리고 ⑩에도 '축'과 '흌'으로 제시하고 있다.

그러나 '기르다'와 관련된 어휘 畜犬·畜馬·畜牛·畜妾 등이 국어사전에 '축'으로 표음되어, '흌'은 '축'으로 통합되었다고 할 것이다. 경전 독해에 아직도 '흌'으로 읽고 있으나 현대어로 통용되는 어휘에는 '축'으로 독음하고 있다.

2) 불완전 통합

(1) 覆 부→복

① 覆 夫屋切 傾 反, 敷救切 被覆蓋之物曰覆 蓋(『形字典』)

② 覆 부 덥흘 업드릴, 복 업칠 업지를(『新字典』)

③ 부개(覆蓋): 복개(覆蓋)의 원말.(『국어대사전』[14])

④ 복개(覆蓋): 덮개 또는 뚜껑. 하천에 덮개 구조물을 씌워 겉으로

---

14) 『국어대사전』: 두산동아, 2003.3. 초판2쇄. 이하 같음.

보이지 않도록 함. 또는 그 덮개 구조물.(『국어대사전』)

　①에는 夫屋切에 의한 '복'의 음에 '기울다' '엎다'의 의미가 있고, 敷救切에 의한 '부'의 음에 '덮개' '덮다'의 의미가 있다. 이를 적용한 한국 한자서의 표현은 ②에 보인다. 그러나 ③④는 '덮다'는 뜻에 '부'와 '복'을 동시에 적용하였다.

　현재음은 '복개' '복개공사'로 '복'이 쓰인다. 그러나 覆載·覆瓿·掩覆·天覆地載에는 아직도 '부'가 유지되고 있어, '복개'는 '부'가 '복'으로 통합된 일부 용례를 보이는 것이다.

(2) 食 사→식

① 有酒食 先生饌(『論語』 爲政 8장) 音注 食 音嗣, 諺解 음 'ㅅ', 諺解: 酒와 食ㅣ 잇거든

② 要其有酒食黍稻者奪之(『孟子』 滕文公 下 6장) 音注 酒食之食 音嗣, 諺解 음 'ㅅ', 諺解: 그 酒食와 …

③ 婦主中饋 唯事酒食衣服之禮耳(『小學』 嘉言 45장) 音注 食 似, 諺解 음 'ㅅ', 諺解: 오직 술이며 밥이며 衣服ᄒᄂᆞᆫ 례도를 …

④ 爲酒食 以召鄕黨僚友(『小學』 明倫 60장) 增解音注 南溪曰 酒食之食 嗣字讀 芝村曰 按通解供酒食 詩傳惟酒食 下無音釋 其不以似音明矣, 諺解 음 '식', 諺解: 술와 음식을 밍ᄀᆞ라

⑤ 七不言求覓人物干索酒食(『小學』 嘉言 78장) 諺解 음 '식', 諺解: 술와 음식을 쳥ᄒᆞ여 달라 홈을 …

⑥ 日令家 供具設酒食(『小學』 善行 44장) 諺解 음 '식', 諺解: …술 음식을 쟝만ᄒᆞ야

酒食의 食가 ①②③에서는 '亽'의 '밥'으로 나타나고, ④⑤⑥에서는 '식'의 '음식'으로 나타났다. ④에는 음이 '嗣'(사)라는 주장과 '似'(사)가 아니라고 하는 주장이 있다. '사'와 '식'이 혼용될 소지를 보이는 것이다.

酒食는 '주사'의 '술과 밥', '주식'의 '술과 음식'의 두 가지 음의로 쓰였다. 그러나 簞食·疏食·蔬食는 아직도 '사'로 쓰인다. 이 '사'와 '식'의 혼용에서 일부 용례가 '식'으로 통합된 것이다.

(3) 射 석→사

① 射 神夜切 去禡船 又食亦切 開弓放箭 …(『漢字典』)

② 射殺弘駕車牛 弘還宅 其妻迎謂弘曰 叔射殺牛 … 其妻又曰 叔射殺牛(『小學』善行 38장) 諺解 음 '셕', 諺解: 쇼롤 뽀와 죽인대…

③ 終日射侯 不出正兮(『詩經』齊風 猗嗟) 音注 射 食亦反, 諺解 음 '셕', 諺解: 終日 侯를 射호디

④ 有二鵲 集營中大樹 度祖欲射之… 遂射之 二鵲俱落(『龍飛御天歌』 7장) 音注 射 食亦切 下同 泛而言射 則爲去聲 若射者正己 射之者有志之類是也 以射其物而言 則爲入聲 若射隼射宿之類是也

①에는 神夜切·食亦切이 혼용되어 '사'·'석'에 의한 의미 구분을 하지 않았다. ②의 射殺, ③의 射侯에는 射의 음을 '셕'이라 하였다.

④에는 射의 음의를 명확히 제시하였다. '泛而言射'(널리 활쏘기를 말함)에는 去聲(사)이 되는데, 예컨대 '射者正己'(활쏘는 사람은 몸을 똑바로 한다), '射之者有志'(활쏘는 사람은 뜻을 둔다)와 같은 경우이다. '以射其物而言'(그 물건을 쏘는 것으로 말함)에는 入聲(석)이 되는데, 예컨대 '射隼'(새매를 겨냥해 쏜다), '射宿'(자는 새를 겨냥해 쏜다)과 같은 경우이다. 목표물을 맞춘다는 뜻이 없이 쏜다는 경우는 '사'이고, 목표물

을 쏜다는 경우는 '석'이다.

목표물의 여부에 의해 '사'와 '석'으로 구분되는데 이를 용례마다 일일이 가려 독음하기는 용이하지 않다. 그리고 射擊·射手·發射·速射 등이 '사'로 읽히는 데에 간섭되어 '射殺' '射侯'의 '석'이 현재음에 '사'로 통합된 것으로 보인다. 그러나 射宿·射中 등은 아직도 '석'으로 독음되어, '석'이 '사'로 통합된 부분적 경향을 보이는 것이다.

(4) 洗 선→세

① 汲黯景帝時 爲太子洗馬(『小學』善行 20장) 音注 洗 蘇典反, 諺解 음 '셰'
② 洗 빨 세, 벼슬 이름 선(『韓辭典』)

①의 洗馬는 官名이다. 이를 『小學集註增解』에는 "洗馬 官名 洗之言先也 太子出 則前導也"라고 하여, 洗馬는 태자가 외출할 때 앞에서 인도하는 관원으로 설명하였다. 이 경우 洗는 '씻다'와 관련되는 것이 아니라 '先' 즉 '앞장서다'와 관련되고 음이 '선'이 된다. 이는 『漢辭典』의 '洗馬' 조항에 '洗 蘇典切' 음을 채택하고, 이전에 '先馬'였던 것을 '洗馬'로 하였다고 설명하였다. 조선에서는 '洗馬'가 세자익위사의 정9품 관직 명칭에 쓰였다.

②는 '세'와 '선'을 제시하고, '洗馬' 조항의 음을 '선마'로 제시하였다. 그러나 여러 국어사전 등에 모두 '세마'로 되어 있고, 역대로 '세마'로 부른 점에서 '세'로 통합되었다고 할 것이다. 洗이 '선'으로 쓰이는 경우는 洗然(선연: 肅敬貌)이 있다. 그러므로 '선'이 '세'로의 통합은 부분적이라고 할 것이다.

(5) 藉 적→자

① 客喜而笑 洗盞更酌 肴核旣盡 杯盤狼籍 相與枕藉乎舟中 不知東
  方之旣白(『東坡全集』33권 赤壁賦)

② 客喜而笑 洗盞更酌 肴核旣盡 杯盤狼藉 相與枕藉乎舟中 不知東
  方之旣白(『箋解古文眞寶』권1 赤壁賦) 補注 藉 秦昔慈夜二切 狼
  藉 雜亂貌,『古文眞寶諺解』권8 赤壁賦 杯盤狼籍(적) 相與枕藉
  (쟈)乎舟中

③ 肴核旣盡 杯盤狼籍 相與枕藉乎舟中 不知東方之旣白(『古文釋義』
  赤壁賦) 音注 藉 音籍 下同

①에는 '狼籍'으로, ②에는 '狼藉'로 다르게 나타났다. 補注에는 '藉
秦昔 慈夜'라고 반절을 두 가지 제시하여 '적'과 '자'로 독음된다. 諺解
에는 '籍'으로 쓰고 음을 '적'이라 하였다. ③에는 藉의 두 경우 음을 모
두 '籍'(적)으로 하였다.

이 작품은 賦體의 韻文인 바, 酌·藉·白이 押韻이다. 따라서 '자'는
압운이 성립되지 않고 '적'이라야 압운이 된다.

狼藉의 '어지럽다'는 뜻의 다음에 '枕藉'라는 '베고 깔다'라는 글이 있
다. 이 '침자' 및 慰藉·憑藉 등의 '자' 독음에 간섭되어 '낭자'의 '자'로
읽게 된 것으로 보인다. 그러나 藉田은 아직도 '적'으로 읽고, 藉甚·藉
藉은 '적' 또는 '자'로 혼용하고 있으므로, '적'이 '자' 음으로 통합된 것은
부분적이라고 할 것이다.

(6) 暴 포→폭

① 聖人之道衰 暴君代作 …邪說暴行又作(『孟子』滕文公 下 6장) 諺
  解 음 '포', 諺解: 暴君이 代로 作ᄒᆞ야 …邪說와 暴行이 쏘 作ᄒᆞ야

② 終風且暴 顧我則笑(『詩經』邶風 終風) 諺解 음 '포', 諺解:終風이
   쓰 暴ᄒ나

③ 暴之於民 而民受之(『孟子』萬章 上 5장) 音注 暴 步卜反, 諺解
   음 '폭', 諺解: 民에 暴ᄒ야시늘

④ 雖有天下易生之物也 一日暴之 十日寒之(『孟子』萬章 上 9장) 音
   注 暴 步卜反, 諺解 음 '폭', 諺解: 秋陽으로 뻐 暴ᄒ디라

①의 暴君·暴行은 '포'인데 '사납다'는 뜻이고, ②는 '포'인데 '疾(빠르
다)'의 뜻이다. ③은 '폭'인데 顯(드러내다)의 뜻이고, ④는 '폭'인데 溫之
(따뜻이 하다)의 뜻이다.

'포'의 '사납다'는 경우는 위의 예 이외에도 暴力·暴動·暴風·亂暴
등이 있는 바, '폭'이 쓰인 暴露 등에 간섭받아 '폭력' 등의 '폭'으로 읽게
된 것으로 보인다. 그러나 暴惡·暴虐·强暴·橫暴 등은 아직도 '포'가
유지되고 있다. 이는 '포'가 '폭'으로 통합된 부분적 경향을 보이는 것이다.

(7) 行 항→행

① 父之齒隨行 兄之齒鴈行 朋友不相踰(『小學』明倫 87장) 諺解 음
   '힝', 諺解: 아븨 나 ᄀ툰이를 조차 ᄃ니고…기러기 톄로 ᄃ니고
② 大叔于田 乘乘黃 兩服上襄 兩驂鴈行(『詩經』鄭風 大叔于田) 音
   注 行 戶郎反, 諺解 음 '항', 諺解: 兩驂이 鴈行이로다
③ 肅肅鴇行 集于苞桑(『詩經』唐風 鴇羽) 音注 行 戶郎反, 諺解 음
   '항', 諺解: 肅肅흔 鴇의 行이여

①의 鴈行에는 '다니다'의 '힝'이고, ②의 鴈行에는 '줄15)'의 '항'이고,

---

15) 줄: 大叔于田의 集傳에는 "鴈行者 驂少次服後 如鴈行也"라고 하여 '鴈行'은 '기러
   기 줄'로 풀이된다.

③의 鴈行에는 ‘줄16)’의 ‘항’이다. 같은 鴈行이 ‘힝’과 ‘항’으로 다르게 나타나고 그에 따라 의미가 구별된다.

‘항’의 경우는 行列·行伍 등이 있는 바 현재음에 ‘행’으로 혼용되고 있다. 行列은 촌수를 따질 때에 ‘항’과 ‘행’이 혼용되지만 수학에서 수열을 말할 때는 ‘행’으로 정착되었다고 할 것이다. 그리고 行伍는 ‘行’과 ‘伍’를 맞추라고 할 때에 ‘행’이라 하여 ‘항’이 거의 쓰이지 않고 있다. 이는 ‘항’이 ‘행’으로 통합되어 가는 과정을 보이는 것이다.

Ⅲ. 결론

본고는 애초 一字異音의 한자음이 一音으로 통합된 경향에 대하여 傍點脫落에 의한 통합, 異音干涉에 의한 통합으로 살펴본 것이다. 이를 요약하면 다음과 같다.

傍點脫落에 의한 통합에서는 同字異音으로서 한글표기가 같고 성조만 다른 異音은 성조표기가 소멸되면서 同音이 된 경우를 살폈다. 그 실상을 들면 다음과 같다.

冠: ‘ : 관’(見聲換韻 去聲)과 ‘관’(見聲桓韻 平聲)이 ‘관’으로 통합
相: ‘ ·샹’(心聲漾韻 去聲)과 ‘샹’(心聲陽韻 平聲)이 ‘샹’(상)으로 통합
盛: ‘셩’(禪聲淸韻 平聲)과 ‘ :셩’(禪聲勁韻 去聲)이 ‘셩’(성)으로 통합
雨: ‘ :우’(云聲遇韻 去聲)와 ‘ :우’(云聲麌韻 上聲)가 ‘우’로 통합
長: ‘ : 댱’(知聲養韻 音掌)과 ‘댱’(澄聲陽韻 音場)이 ‘장’으로 통합
治: ‘티’(澄聲之韻 平聲)와 ‘ ·티’(澄聲至韻 去聲)가 ‘치’로 통합
好: ‘ ·호’(曉聲号韻 去聲)와 ‘ :호’(曉聲皓韻 皓韻)가 ‘호’로 통합

---

16) 줄: 鴈羽의 集傳에는 “行 列也”라고 하여 ‘行’은 ‘줄’로 풀이된다.

위와 같은 異聲調音의 同音化는 임란을 전후한 經書諺解의 방점 유무에 의해 확인할 수 있다. 따라서 17세기 초(1600년경)에 傍點脫落에 의한 통합이 이룩되었다고 하겠다.

異音干涉에 의한 통합에서는 완전 통합, 불완전 통합으로 살펴보았다. 이들은 一字異音의 한자음에서 어느 한자음이 同字 內의 異音에 간섭받아 同化되어 현재음에 異音으로 통합된 경우이다. 따라서 이음에 동화된 오독이므로, 오독에 의한 통합이라고 할 수 있다. 완전 통합은 특정 의미를 표음하는 1음이 완전히 소멸되어서 異音으로 완전히 오독하는 경우이고, 불완전 통합은 1음이 특정 용례에만 통합되어 완전히 통합되지 않고 이음으로 통합된 것과 통합되지 않은 즉 誤讀과 不誤讀이 혼용되는 경우이다. 그 실상을 들면 다음과 같다.

완전 통합
乾: '간'(마르다)이 '건'(하늘)으로 통합
潘: '번'(성씨)이 '반'(땅 이름)으로 통합
使: '시'(사신가다, 사신 간 사람, 갈 사람)가 '사'(부리다, 하여금)로 통합
飮: '임'(마시게 하다)이 '음'(마시다)으로 통합
質: '지'(볼모)가 '질'(바탕)로 통합
告: '곡'(아뢰다, 고해주다)이 '고'(고하다)로 통합
畜: '휵'(기르다)이 '축'(六畜, 쌓다)으로 통합

불완전 통합
覆: '부'(덮개, 덮다)가 '복'(기울다, 엎다)으로 일부 통합
食: '사'(밥)이 '식'(음식)으로 일부 통합
射: '석'(겨냥해 쏘다)이 '사'(범연히 쏘다)로 일부 통합
洗: '선'(앞장서다)이 '세'(씻다)로 일부 통합
藉: '적'(어지럽다)이 '자'(깔다)로 일부 통합

暴: ‘포’(사납다, 빠르다)가 ‘폭’(드러내다, 따듯이 하다)으로 일부 통합
行: ‘항’(줄)이 ‘행’(다니다)으로 일부 통합 과정을 보이는 것이다.

위와 같은 한자음 통합은 한국한자음 변화의 일면을 보이는 것이다. 방점탈락에 의한 통합은 국어 성조의 시대적 추이에 따른 것이고, 이음간섭에 의한 통합은 오독에 의한 통합인데, 통합의 결과는 둘 다 의미변별에 불리하게 작용하는 것이다. 예컨대 ‘乾’은 ‘간’이라고 발화하면 의미가 ‘마르다’로, ‘건’이라고 발화하면 ‘하늘’로 변별되지만, 모두 ‘건’으로 통합됨으로써 변별성의 상실이라는 결과를 초래하였다. 변별성의 상실에도 불구하고 통합된 것은 통합된 결과로도 의미소통이 가능하기 때문이다. 2字 이상의 합성어가 될 때 예컨대 乾燥·乾柿를 ‘간’으로 발화하지 않고 ‘건’으로 발화하여도 소통이 되는 것이다. 소통되지 않는 경우는 통합될 수 없는 것이다. 결국 통합된 1음은 통합되기 이전의 二音에 딸린 의미를 모두 표음하는 통합음이 되었다. 異音干涉의 완전통합은 2음이 1음으로 귀결되었으나, 불완전 통합은 부분적 통합이어서 不統合音과 統合音의 2음이 공존하는 것이다. 예컨대 ‘暴’는 불통합음 ‘포’의 暴惡 등이 있고 통합음 ‘폭’의 暴君 등이 있어, 同字同義의 음이 ‘포’와 ‘폭’으로 나타나고 있다.

방점탈락에 의한 통합은 통합 이전 상태로 되돌리기는 불가능하고, 이음간섭에 의한 통합도 대부분 현재 고정음이 되어 통합 이전의 분화된 상태로 되돌아 갈 것 같지 않다. 다만 불완전 통합은 音과 義에 따른 변별이 용이하면서 분명한 오독인 경우 音과 義에 적응되는 애초 독음을 유지하게 할 수 있을 것이다. 覆의 覆蓋를 ‘부개’로, 暴의 暴君 등을 ‘포군’ 등으로, 行의 行列 등을 ‘항렬’ 등으로 독음하게 할 것이 요

망된다.

　독음을 의미에 적응되도록 합치시키는 것은 음의의 변별성 이외에도 올바른 독음을 위해서도 필요하다. 불합리한 誤讀音보다 합리적인 正讀音이 언어의 전달과 기억 등에 유리하게 작용하기 때문이다. 그리고 이러한 오독의 경향을 인식함으로써 경사 등의 독해 및 한시 작법 등에 통합음대로만 적용하지 말고 통합 이전의 異音에 의한 의미를 추적케 하는 의식을 갖게 할 수 있다. 이것은 곧 한자 그리고 한문 독해의 정확을 꾀하는 데에 기여하는 것이다.

참고문헌

(1)

『古文釋義』『古文眞寶』『古文眞寶諺解』『論語』『論語諺解』『大學』『大學諺解』『東坡全集』『孟子』『孟子諺解』『小學』『小學諺解』『小學集註增解』『書經』『書經諺解』『詩經』『詩經諺解』『龍飛御天歌』『左傳』『周易』『周易諺解』『中庸』『중용언해』

(2)

『국어대사전』, 두산동아, 2003.3. 초판2쇄.

『敎學大漢韓辭典』, 교학사, 1998. 초판.(약칭『韓辭典』)

『大漢和辭典』(13冊), 諸橋轍次, 大修館書店, 東京, 昭和 43年. 縮寫版第2刷. (약칭『和辭典』)

『新字典』(영인본), 朝鮮光文會, 新文館, 1915.

『新字海』, 민중서림, 1988. 초판15쇄.

『字典釋要』(영인본), 池錫永, 亞細亞文化社, 1976.

『全韻玉篇』, 庚戌 中秋, 重刊.

『正中形音義綜合大字典』, 高樹藩, 正中書局, 臺北市, 民國 68年. 增訂3版.(약칭『形字典』)

『中文大辭典』(10冊), 中文大辭典編纂委員會, 中國文化學院華岡出版有限公司, 臺北市, 民國 68年. 4版.(약칭『中辭典』)

『漢語大辭典』(12冊), 漢語大辭典編輯委員會漢語大辭典編纂處, 漢語大辭典出版社, 上海, 1993. 1版.(약칭『漢辭典』)

『漢語大字典』(8冊), 漢語大字典編輯委員會, 湖北辭書出版社·四川辭書出版社, 湖北省·四川省, 1990. 1版.(약칭『漢字典』)

차자표기와 훈민정음 창제의 관련성 재고

Ⅰ. 논의의 방향

B.C. 4·5세기 경에 한자가 유입되고 난 후, 우리말 문장의 표기는 두 방향에서 이루어진다. 그 하나는 중국에서와 같이 한문 문장을 만들어 표기하는 것이고 다른 하나는 한자를 활용하여 우리말식으로 문장을 표기하는 것이다. 어느 정도 한문이 정착되고 난 이후에야 나타나는 후자의 방법은 크게 두 단계를 거쳐 우리말 문장을 상당히 효율적으로 표기하게 된다(안병희 1983). 첫 단계는 중국어의 '주어-서술어-목적어' 순으로 배열된 단어들을 우리말의 '주어-목적어-서술어' 순으로 조정한 것이다. 둘째 단계는 실질적 의미를 갖는 단어, 즉 실사 뒤에 문법적 기능을 갖는 허사를 음차한 한자로 표기한 것이다. 이러한 두 단계를 거쳐 문장 성분이 우리말 순서로 배열되고, 각 문장 성분은 한자의 원래 뜻으로 사용되는 실사와 한자의 음을 빌어 사용된 허사를 결합함으로써, 우리말 문장을 표기할 수 있는 효과적인 방법이 만들어진 것이다.

---

* 김주필(국민대학교 국어국문학과 교수)

이러한 차자표기의 방법은 일본에서도 유사하게 전개되어 왔다. 나아가 현대 일본의 문자·표기 생활은 이러한 차자표기의 연장선에 있다. 현대 일본의 표기는 '주어—목적어—서술어' 순으로 배열된 문장 성분에서, 실사는 한자로 쓰고 허사는 음차자를 간략화한 일본 문자로 쓰고 있기 때문이다. 그러므로 이러한 현대 일본의 표기는 우리의 고대 차자표기의 방법과 다르지 않은 것이다. 그렇다면, 일본은 고대의 차자표기를 현대에도 그대로 사용해 오고 있음에 반해, 우리는 왜 차자표기의 상태에서 만족하지 못하고 음소문자인 '훈민정음'을 창제하게 되었는가 하는 문제가 제기된다. 이에 대한 답으로 흔히 일본어와 우리말의 음절 차이를 들어왔다. 일본어는 음절 수와 종류가 적어 100개 미만의 차자로 충분히 표기할 수 있으나, 우리말은 음절 수와 종류가 많아 수천 개의 음절이 필요하기 때문이라는 것이었다.

현대 일본 문자의 경우 구별표지를 위한 몇몇 기호를 제외하면, 5·60개 정도의 문자로 일본어를 훌륭하게 표기해 내고 있다. 그러나 우리말의 경우에는 모음의 수와 다양한 음절말 자음으로 인하여 일본어보다 음절 수가 비교할 수 없을 정도로 많아 3,000개 정도에 달하며, 'ㄷ, ㅅ, ㅈ, ㅊ, ㅋ, ㅌ, ㅍ, ㅎ' 등으로 끝나는 음절과 같이 우리말 음절에 해당하는 한자가 없는 경우도 많은 것이다[1]. 이러한 국어의 음절 특성으로 인하여, 일본과 달리 우리의 경우에는 새 문자가 창제되었다는 것이다.

그런데 이러한 설명에는 이해하기 어려운 문제가 하나 제기된다. 차

---

1) 세종이 훈민정음 서문에서 "나랏말쓰미…… 문ᄌᆞ와로 서르 ᄉᆞᄆᆞᆺ디 아니ᄒᆞᆯᄊᆡ"라 한 것이나, 정인지가 해례 서에서 말한 "…글자를 빌어 사용하여 혹 꺽꺽하고 막혀 능히 만의 일도 전달하기 어렵다(然皆假字而用 或澁或窒 非但鄙陋無稽而已 至於言語 之間 則不能達其萬一焉)"고 한 것은 모두 이러한 사실을 가리키는 것이다(안병희 1977; 125).

자표기는 그 나름대로의 표기 원칙이 있어서, 실사는 한자 그대로 사용하여 그 뜻을 활용하고, 허사는 한자의 음을 빌어 그 음을 활용했으므로, 우리말 음절의 수와 종류가 많아 우리말 음절을 제대로 표기할 수가 없어서 새 문자가 창제되었다고 할 수 없기 때문이다. 차자표기에서 음차한 우리말 음절은 대체로 허사였으며, 허사는 음절 수와 종류가 그리 많지 않은 것이다.

이에 본 연구에서는 차자표기에서의 실사 표기에 주목하여 차자표기와 훈민정음 창제의 관련성을 검토해 보기로 한다. 논의의 편의를 위해, 먼저 차자표기의 표기 단위를 확인하고, 차자표기의 허사에 사용된 음차자들을 검토하고 실사의 차자에 생기는 변화를 훈민정음 창제 후의 언해 자료를 바탕으로 차자 표기의 독법이 고려 중후기에 음독의 방향으로 나아갔음을 추정해 볼 것이다. 이러한 차자표기, 그 중에서도 실사의 표기와 독법에 생기는 문제를 해결하기 위해, 고유어 실사를 표기하기 위해 훈민정음을 창제하고, 한자음 실사를 표기하기 위해 ≪동국정운≫과 같은 한자음 정리 사업이 행해진 것으로 이해하고자 한다.

Ⅱ. 차자표기의 일반 특징

고유어 어휘의 표기에서 시작된 국어의 차자표기는 점차 국어 문장의 어순을 우리말 순서로 조정하고 조사나 어미와 같은 허사를 첨가함으로써 국어의 교착어적인 특성을 반영하게 된다. 명사나 용언 어간, 즉 실사의 한자어(또는 한문 구절)에 조사나 어미, 즉 허사를 첨가하여 점차 문장 차원에서의 국어 표기로 넘어가게 된다. 향찰은 이러한 차자표기로 우리말 문장을 표기한 상태를 잘 보여준다. 〈처용가〉를 보기로 한다[2].

(1) <원문>   <轉字>

東京 明期 月良   東京, 붉-**긔**, 드랄-**랑**,

夜 入伊 遊行如可   밤, 들-**이**, 놀-니-**다-가**,

入良沙 寢矣 見昆   들-**랑-사**, 자-**의**, 보-**곤**,

脚烏伊 四是良羅   가롤-오-**이**, 넿-이-**랑-라**,

二肹隱 吾下於叱古   두볼-흘-**은**, 나-하-**어-ㅅ-고**,

二肹隱 誰支下焉古   두볼-흘-**은**, 누기-기-하-**언-고**,

本矣 吾下是如馬於隱   본-**디**, 나-하-이-**다-마**-늘-은,

奪叱良乙 何如爲理古   앗-**랑-을**, 엇디-ㅎ-**리-고**,

문장 차원에서 이루어진 차자표기 (1)의 〈원문〉과 〈轉字〉를 비교해 보면, 향찰의 표기 단위는 어절이었음을 알 수 있다. 어절을 구성하는 실사는 훈차표기를 하고 허사는 음차표기를 하여 '실사+허사'로 구성되는 각 어절은 '훈차+음차'의 표기 원칙을 보여주기 때문이다. 명사와 조사의 결합인 月良, 寢矣, 脚烏伊 등이나 용언 어간과 어미의 결합인 明期, 入伊, 遊行如可, 入良沙, 見昆 등에서 실사인 月, 寢, 脚烏, 明, 入, 遊行, 入, 見 등은 훈차표기하고 허사인 '良, 矣, 伊, 期, 伊, 如可, 良沙, 昆' 등은 음차표기를 한[3] 예들로서 '실사+허사'의 구성이 '훈차+음

____

2) 〈처용가〉의 해독에서 〈轉字〉 부분은 김완진(1980)을 내용의 변개 없이 그대로 가져왔으나, 본 논의의 편의를 위해 '-' 표시를 어절 경계에서 삭제하고 어절 단위를 표시하기 위해 ',' 표시를 하였으며, 허사를 표기한 차자들을 드러나도록 하기 위해 작은 고딕체를 써서 김완진(1980)의 원문을 손상하지 않는 범위 내에서 다소 조정하였다.

3) '如可'를 '다가'로 해독할 때, '如'는 훈차표기한 예로서 실사는 훈차표기하고 허사는 음차표기하는 일반 원칙에 어긋나는 예외이다. '如'는 문법 형태소임에도 특이하게 훈차표기한 것이다. 근래에 발굴된 중세국어의 문헌에 '같다'의 의미를 가지는 용언으로 '다ㅎ-'가 두 예 존재하기 때문에 '如'가 '다ㅎ-'의 '다'와 관련이 있음이 확인된다

차' 표기 원칙을 잘 보여주는 것이다.

어절 중심의 표기는 이두문에서도 마찬가지로 나타난다. (2.2)의 ≪대명률직해≫의 한문 원문을 이두문으로 표기한 (2.1)에서도 이러한 어절 중심의 표기를 잘 보여준다.

(2) 1) 凡妻亦 可黜可絶之事 無去乙 黜送爲在乙良 杖八十齊 必于 七出
乙 犯爲去乃 三不去 有去乙 黜送爲在乙良 減二等遣 婦女還本夫齊
2) 凡妻無應出及義絶之狀而出之者 杖八十 雖娶犯七出 有三不去
而出之者 減二等 還完娶

(2.1)의 이두문은 (2.2)의 한문 원문과 다소간의 차이가 있다. 문장 성분의 순서를 우리말 순서에 따라 조정하고 문장을 분단하여 조사나 어미를 첨가하였으나, 한문의 어휘나 구절이 다소 변개된 모습을 보인다. 이두문인 (2.1)에서 분단된 실사 부분도 초기 이두문에서는 훈독했을 가능성이 있으나, 점차 관습화된 구절이 많아져 후대로 올수록 실사 부분도 음독이 많아졌으리라 추정된다. 그러나 '凡妻亦' 같은 경우의 '凡'이나 '無去乙, 有去乙, 減二等遣, 婦女還本夫齊' 등과 같이 실사 다음에 '爲'가 없는 경우에는 한자가 갖는 국어에서의 특성으로 미루어 훈독되었을 가능성이 큰 것으로 추정된다4).

이러한 관점에서 이두문도 대체로 어절 단위로 표기하였다고 할 수

(이현희 1996).

4) "可黜可絶之事 無去乙, 三不去 有去乙"에 나타나는 "無와 有"는 한문 구성에 있는 "無"와 "有"를 우리말 순서에 맞게 조정하여 한문 구절 "可黜可絶之事"와 "三不去" 뒤에 두게 된 것이다. 국어의 어순에 따라 이들의 위치가 조정되었다고 하여 이들을 허사의 표기로 간주할 수는 없다. '無'와 '有'도 실사로 간주하여, 선행 요소 뒤에 허사가 생략된 "可黜可絶之事 無去乙, 三不去 有去乙"로 보아 "可黜可絶之事(이) 업거늘, 三不去(이) 잇거늘"로 해독하는 것이 타당하다.

있다. 어절을 구성하는 실사는 한자나 한문 구절의 원래 의미로 표기하고, 허사는 한자의 음을 이용하여, 실사 부분을 X라고 한다면, (2.1)은 "무릇 X亦 X(이) X去乙 X在乙良 X齊, 必于 X乙 X去乃 X去乙 X在乙良 X遣 X齊"로 되어 대체로 국어 문장과 같이 해독된다[5]. 그러므로 (2.1)에서도 X에 조사나 어미가 결합된 표기 단위를 형성하게 되는데, 그 표기 단위는 원칙적으로 어절 단위가 된다. 그리하여 '명사+조사'로 구성된 '妻亦, 七出乙' 등과 '용언 어간+어미'로 구성된 "黜送 爲在乙良, 犯爲去乃, 減二等遣, 婦女還本夫齊" 등에서[6] 명사나 용언 어간은 한자의 원래 의미를 이용하고 조사나 어미는 한자의 음을 이용함으로써 이두문의 표기도 어절을 단위로 하여 '훈차+음차' 방식으로 표기하였다[7].

---

5) 물론 이 예들에서 한자어 X가 동작성을 갖는 명사라면, 다시 말해서 한문에서 서술어로 사용되는 경우라면 원 한자어인 X 다음에는 '爲'가 첨가되었으나, 본고에서는 '爲'도 실사의 일부로 간주하여 '爲'를 X 속에 포함하여 제시하였다.

6) "黜送 爲在乙良, 犯爲去乃, 減二等遣, 婦女還本夫齊"에서 '黜送 爲在乙良'나 '犯爲去乃'서의 '黜送 爲', '犯爲'의 '爲' 앞의 한자들이 훈독되었는지 음독되었는지를 분명하게 알 수는 없다. '爲'는 선행한자어를 음독한 후 동사파생 접미사로서 선행 한자어와 함께 서술어로 기능하기도 하지만, 선행 한자어를 훈독하여 선행 한자어가 서술성 동사임을 보여주고 훈독에는 참여하지 않기도 하기 때문이다.

7) (2.1)에서도 향찰에서와 같이 "-ㅎ-"를 爲로 "黜送, 犯" 뒤에 표기함으로써, 선행어가 국어에서는 명사에 해당하지만, 원래 용언으로서 서술어 기능을 하는 실사임을 보여준다. 한문으로 된 원문에 없는 것을 우리말의 특성을 반영하기 위하여 허사처럼 한자나 한문 구절 뒤에 훈차표기하였다는 점에서 향찰표기와 같은데, 이는 "減二等遣 婦女還本夫齊" 등에서의 "減"이나 婦女還本夫齊의 "還"과는 어순이나 용법에 있어서 차이를 보인다. "減"이나 "還"은 한문에서 사용되는 그대로 (2.1)에서 끌어와 해당 구절 전체를 명사처럼 사용하였지만, "爲"는 한문에는 없던 것을 첨가하여 한문의 용언인 "黜送, 犯" 등을 서술어로 기능하게 만들어주고 있다. 국어의 "하-"가 목적어를 지배한다는 점에서 "黜送爲在乙良"에서 '爲'를 실사로 간주하여 "黜送爲在乙良"을 "黜送(을) 爲在乙良"으로 볼 수도 있다. 그러나, "犯爲去乃"에서는 "犯 爲去乃"를 "犯(을) ㅎ거나"로 해독할 수 없다는 점에서 "黜送, 犯" 등을 용언화하는 것으로 볼 수도 있다.

이러한 특성은 구결문에서도 마찬가지이다. 석독구결에 해당하는 ≪유가사지론≫의 예를 보기로 한다(남풍현 1999).

(3) 1) 云何ᄼᄀ乙 十種ㅌ 修習ᄼᄒ 瑜伽乙. 所ㅌ 對治ノ尸. 法ㅣㅣノ令口
　　 2) 云何ᄼᄀ乙 十種ㅌ 瑜伽乙 修習ᄼᄒ 對治ノ尸 所ㅌ 法ㅣㅣノ令口
　　 3) 云何爲隱乙 十種叱 瑜伽乙 修習爲良 對治乎尸 所叱 法是如乎令古
　　 4) 엇흔올 十種ㅅ 瑜伽를 修習ᄒ아 對治⊠ 밧 法이다 호릿고
　　 5) 어떤 것을 10종의 유가를 수습하여 대치할 바의 법이라 할 것인가

(3.1)은 ≪유가사지론≫의 원문이고 (3.2)는 이를 석독 구결의 독법에 따라 배열한 것이다. (3.3)은 (3.2)의 약체자를 정자로 바꾼 것이고 (3.4)는 (3.3)을 15세기의 한글 표기에 준하여 옮긴 문장, 그리고 (3.5)는 이를 현대어로 직역한 문장이다. 이들 예문에서 약체자를 쓴 (3.2)와 정자를 쓴 (3.3)은 표기의 운용에 있어서 향찰과 다를 바가 없다.

(3)에서도 구결을 달지 않은 부분이 있어 우리말 구어의 어절 단위와 반드시 일치하지는 않지만, 구결을 단 부분은 원칙적으로 어절 단위를 구성한다8). 구결의 독법에 따라 쓴 (3.2)와 (3.3)을 보면 향찰과 다르지 않다. 석독구결에서 실사를 이어쓰고 그 다음에 역독법을 포함한 허사를 음차표기했다 할지라도 구결자를 떼어서 그 구결이 실행되는 실사에 결합하면 그 단위는 어절이 되기 때문이다. 이러한 어절 개념은 표기된 구결자를 중심으로 어절을 포괄적으로 해석하여 일반적인 어절의 개념과 차이가 있지만, 구결에 따라 한문이나 한문 구절을 읽는 특성, 다시 말하면, 한문에서 분단된 구절의 특성에 따라 구결이 결정되고,

---

8) 이런 점에서 어절이란 개념을 본고에서는 포괄적으로 사용하고자 한다. 국어의 명사나 용언 어간의 위치에 오는 어사가 있다면 조사나 어미 앞의 어사를 실사 상당어로 간주하여 실사 또는 실사 상당어와 허사의 결합을 하나의 어절로 간주하기로 한다.

한문 실사에 구결을 결합하여 읽어야 한다는 점에서 보면 (3.1)도 그 해독에 있어서 (3.2)와 (3.3)과 같은 어절의 개념을 부여할 수 있다. 이러한 관점에서, 역독 표시에 따라 우리말 순서대로 나열하여 배열하면, 한문의 구성 요소인 실사들은 어절의 앞에 가고 구결로 표기되었었던 음가자(音假字)들은 어절의 뒤에 가므로(남풍현 1999; 17), '실사+허사'의 결합이 '훈차+음차'의 표기와 해독의 특성을 보이게 된다. 그러므로 이러한 석독구결의 표기 단위도 향찰이나 음독구결과 같이 어절을 중심으로 이루어졌다고 할 수 있다.

그런데 석독구결에 있어서도 다음과 같이 구결을 표시하지 않은 경우가 있다.

(4) 1) 更ㅏ 復證得ˇㅅ 無學解脫乙.
    2) 更良 復 無學解脫乙 證得爲彌
    3) 가시아 쏘 無學解脫을 證得ᄒ며

이 구절에서 '復'는 '쏘'로 훈독되는 구성소이다. 이 경우에는 구결이 붙지 않아 뒤에 있는 구성소와 함께 음독할 위험성이 있다. 이러한 경우에는 구결을 기계적으로 따라 읽는 것이 아니므로, 한문의 구조를 분석할 수 있는 능력이 있어야 한다(남풍현1999; 19). 다시 말해서 한문 구절에서 '復'가 부사로서 기능한다는 사실을 알아야 하는 것이다. 이것은 이두문 (2.1)의 '凡妻'에서 부사에서 기능하는 '凡'과 같다. 이와 같이 석독구결에 있어서도 이두문처럼 완전한 어절 단위로 구결을 붙이지는 않은 경우가 있기는 하지만, 대체로 한문 구절을 실질적인 의미를 지니는 실사들로 분단하여 구결로 된 허사를 결합하므로, 이러한 결합에서 상정되는 '실사+허사'의 구성은 '훈차+음차'의 표기 특성을 갖게 된다.

표면적으로 석독구결과 매우 다른 것처럼 보이는 음독구결도 근본적으로 석독구결과 큰 차이가 없다. 한문 구성을 원래의 글자대로 음독하느냐 훈독하느냐가 구결자에 의해 드러난다는 점에서는 차이가 있기는 하지만, 한문의 원래 구성을 몇 개의 단위로 분단하여 우리말로 바꾸어 한문 구성의 끝에 첨가된 구결의 특성에 맞추어 해석해야 한다는 점에서 석독구결과 음독구결은 다르지 않은 것이다. 다음의 음독 구결을 보기로 한다.

(5) 1) 天地之間 萬物之中 唯人 最貴 所貴乎人者 以其有五倫也

    2) 天地之間 萬物之中厓 唯人是 最貴爲尼 所貴乎人者隱 以其有五倫也羅

(5.1)은 한문 원문이고 (5.2)는 구결을 단 구결문이다. (5.2)의 구결은 (5.1)의 한문의 구절을 나누고 그 구절에 구결을 붙였다. (5.2)는 석독구결과 달리 한문 구절을 원래대로 읽을 때에는 음독하고 그 음독한 구절에 구결을 달고, 해석을 할 때에는 허사는 항상 음독했겠지만, 실사는 한문에 익숙한 정도에 따라 음독할 수도, 훈독할 수도 있었을 것으로 생각된다. 그러나 이 경우에도 부사인 '唯人是'의 '唯'는 항상 훈독했을 것으로 보인다9).

---

9) 구결문의 독법이나 이해의 과정은, 현대의 영어 독해에서와 같이, 한문에 익숙한 정도에 따라 달리 읽었을 가능성이 열려 있다. (5)의 '唯' 같은 부사는 훈독을 하고 허사는 대부분 음독을 했겠지만, 일반적으로 구결문의 독해 과정은 한문에 익숙한 사람과 그렇지 못한 사람 사이에 차이가 있었을 것으로 보인다. 한문에 익숙하지 않은 초보자들은 (5.2)의 실사(또는 실사 상당어)들을 축자적으로 훈독했을 것으로 보이지만, 한문을 능숙하게 해독할 수 있는 사람들은 실사(또는 실사 상당어)들을 음독하더라도 한문 원문의 내용을 이해할 수 있었을 것으로 보이기 때문이다. 그러므로 음독구결의 실사들에 대한 해석이나 이해는 석독구결과 같이 '실사+허사'를 '훈독+음

(5.2)의 "天地之間 萬物之中厓 唯人是 最貴爲尼 所貴乎人者隱 以其有五倫也羅"에서 구결자 앞의 실사 또는 실사 상당어들을 X라 한다면, (5.2)는 "X애 X이 X니 X은 X라"로 되어 구결문 그 자체가 국어의 완전한 문장이 된다. 구결을 다는 입장에서는 이렇게 실사에 해당하는 한자어나 한문 구절 X의 특성에 맞추어 구결을 달아야 했기 때문에 음독구결을 다는 과정은 석독구결을 다는 과정과 다르지 않다. 한자어나 한문 구절의 특성과 구조를 알아야 어떤 구결을 어디에 달아야 할지를 알 수 있었을 것이기 때문이다. 그러므로 음독구결을 다는 과정도 석독구결을 다는 과정과 근본적으로 다르지 않으며, 구결이 달린 문장을 읽을 때에도 X의 특성이나 구조에 맞추어 X를 훈독해야 했으므로 양자 사이에는 큰 차이는 없었다고 할 수 있다.

(5.2) 문장의 'X尼'에서 실사에 해당하는 X 내부의 마지막에 '爲'가 첨가된 이유는 선행하는 구성 요소 X 중에 문장의 한자어가 문장의 동사로 기능하도록 하기 위해서이다. 그 '爲'가 X에 포함되어 있기 때문에 구결자로 '尼'가 선택되었다. 한문 문장의 구조에서 X의 마지막에 위치하는 '爲'는 X의 내부에서 '爲'를 선행하는 한자어가 원 한문 문장에서의 용언을 찾아 그 마지막에 첨가함으로써 한문 문장의 용언이 국어 문장에서 용언의 기능을 하도록 하는데, 이러한 원래의 한문 구조를 분석하는 과정과, 분석된 한문 구절을 우리말 문장의 실사로 간주하여 우리말 허사를 첨가하는 과정은 구절 내부의 구성 요소가 갖는 특성에 따라 구결을 붙여 실사의 뜻을 파악하도록 한 (3)의 석독구결과 다르지 않은 것이다[10]. 결국 구결을 단 (5)의 한문 문장도 구절 분단을 실사마다 한

독'로 읽는 데에서부터 한문 구성의 '실사+허사'를 '음독+음독'으로 읽고 이해하는 수준까지 독자의 상황에 따라 달랐을 것으로 생각된다.

다면 한문 구절을 어절 단위로 분석하여 구결을 달아서 읽는 석독구결과 유사하게 되므로 다른 차자표기와 차이가 없다고 할 수 있다.

Ⅲ. 실사와 허사의 표기 특성

지금까지 살펴본 바와 같이 한자를 빌어 와 우리말을 표기한 차자표기는 어절을 단위로 이루어졌다. 경우에 따라 어절 단위까지 분단되지 않은 경우가 있기는 하지만, 향찰문, 이두문, 구결문(석독구결을 단 문장과 음독 구결을 단 문장) 등 여러 유형의 차자표기에서 어절 단위로 표기하고 해독하는 것이 원칙이었다. 어절 단위로 표기를 하는 원칙은 실사에 해당하는 부분은 한문 구절로 읽되 해독을 할 때에는 다시 국어의 어절에 맞추어 허사를 첨가함으로써 '실사＋허사'로 구성된 어절은 '훈독＋음독'의 원칙을 대체로 지켰다[11].

차자표기에서 한 어절을 구성하는 '실사＋허사'의 결합을 '훈차＋음차'의 표기를 함으로써 차자표기의 운용이 '실사'와 '허사'의 경우에 차이가 있었음에 주목할 필요가 있다. '실사＋허사'를 '훈차＋음차'로 표기하였다는 것은 실사와 허사의 표기나 해독에 있어서 문자의 운용 방식이 달랐

---

10) (6)의 문장에서도 "天地之間"가 한문 구성에서 부사어로서 기능한다는 점을 알아야 한다는 점에서 이두문이나 석독구결과 다르지 않다. 결국 음독 구결을 다는 경우에도 석독 구결을 다는 경우와 절차상의 차이는 없는 것으로 보인다.

11) 물론 한문 구성이 국어의 구조와 맞지 않는 경우, 예컨대 한문 구절의 서술어 성분이 구절 앞에 있을 때에 그대로 두고 토를 다는 경우나 한문 문장의 허사 등은 이러한 원칙에 그대로 맞추기는 어려웠다. 이러한 경우에는 한문 구조를 분석하여 한자 구성소의 기능을 알아야 해독이나 해석이 가능하였다. 그리고 한문을 대상으로 하는 구결문에 있어서 한문 구절의 분단이 어절 단위로 행해지지 않은 경우도 있었다. 그러나 원칙적으로 향찰이든, 이두문이든, 구결문이든 모두 어절을 단위로 표기하였으며, 어절은 실사와 허사의 결합으로 이루어졌다.

음을 말한다. 실사는 한자가 갖는 표의문자로서 형태소 문자의 특징을 그대로 지니지만, 음독하는 허사의 한자는 우리말 발음을 표기한 음절 단위의 표음자로서[12] 음절문자적 특성을 갖게 된다. 이런 점에서 차자 표기에서 보여주는 허사의 음절문자적 특성은 표음문자인 훈민정음 창제의 창제와 깊은 관련성이 있는 것으로 주목받아 왔다.

허사에 사용된 차자들을 중심으로 국어에 필요한 음절 대표 한자를 정하고 그 한자들을 간략하게 만들어 사용하였다면 일본과 같이 새로운 문자를 만들지 않아도 국어를 충분히 표기할 수 있었을 것이다. 그러나 일본의 경우와 달리 우리의 경우에는 이러한 차자표기의 상태에서 만족하지 못하고, 음소문자인 훈민정음을 창제함으로써 우리말을 충분히 표기할 수 있었다. 유사한 차자표기의 연장선에 있던 일본과 우리의 경우에 이러한 차이는 두 나라 말의 음절 특성으로 설명되어 왔다. 즉 우리말의 음절은 그 종류와 수도 많고, 음절 구조도 복잡하여 한자와 1:1로 대응되지 않는 음절이 많지만, 일본어는 음절의 종류와 수가 100개 미만으로서, 그 음절 구조도 간단하여 한자와 일본어 음절이 1:1로 대응하기 때문이라는 것이다(안병희 1984, 김주필 1992, 이익섭 2000).

그러나 주로 차자의 표음적 표기에 초점을 둔 이러한 주장은 재검토해 볼 필요가 있다. 차자표기에서 보여준, 어절의 실사와 허사의 결합을 '훈차+음차'의 표기 방식에서 표음적 표기를 담당하는 부분은 주로 허사인데, 실사는 한자를 훈차하고 허사는 음차하여 표기한다면, 이러

---

12) 안병희(1977)에서는 (음독) 구결의 특징을 음독자 중심이라는 점. 음절단위 중심이라는 점을 들고 있다. 안병희(1977)에 따르면 16세기 구결의 차자표기의 경우에도 훈독자가 13자가 사용되었지만, 음독자는 그 7배에 달하는 96자가 사용되었다고 한다. 13자의 훈독자도, 달리는 적절히 표기되지 않는 음상인 구결의 표기에 쓰인 加, 其, 飛, 月, 爲를 제외하면 거의 모두 음독자와 통용되는 한자라는 것이다.

한 표기 방식은 현대 일본의 표기 방식과 다르지 않기 때문이다. 현대 일본의 문자생활이 가나로만 이루어지는 것이 아니라, 실사 부분은 한자를 쓰고 허사 부분은 가나를 쓰고 있기 때문에, 일본어의 음절도 그 수가 적고 구조가 간단하지만, 우리말은 그렇지 않아서 새 문자를 창제할 수밖에 없다는 주장은 설득력을 얻지 못하게 되는 것이다. 사실 국어의 경우에도 허사, 즉 조사나 어미만을 고려한다면, 음절 수가 그리 많지 않을 뿐만 아니라, 음절 구조도 그다지 복잡하지 않다.

그러면 먼저, 백두현(1997)에 정리된 목록을 중심으로, 고려 시대 차자표기 자료에 사용된 음절 표기자들을 보기로 한다.

(6) 고려 시대 차자표기의 음절[13)]

ㄱ계; ㄱ: 只, 艮, 갸: 加, 可, 거: 去, 겨: (在), 고: 古, 곰: (旀), 과: 果, 곧: (這)?

ㄴ계; 온/은: 隱, 나: 乃, 那, 녀?: 汝?, 노: 奴, 누: (臥), 니: 尼, (行), ㄴ: (飛), 놀: (斤)

ㄷ계; 다: 多, 대: 大, 더: (加), 뎌: 底, 宁, 彼, 뎡: 丁, 뎨?: 第, 上?, 뎬: 田, 도: 刀, 두: 斗, 디: 知, 地, 止, 득: (入), (月), 等, 冬?, 더: 矣, 代

ㄹ계; 올/을: 乙, 올/을: 尸, 羅, 란: 難, 러: 汝, 러: 戾, 驢, (要)?, 로: (以), 奴, 록: 彔, 론: 論, 료: 了, 利, 里, (於)?, 룜, 린: 吝

ㅁ계; 옴/음: 音, 마: 馬, 亇, 麻, 麼, 며: 彌, 면: 面, 모: 毛, 믈: 勿, 미: 米, 未

ㅂ계; 옵/읍: 邑, 브: (火)[14),]

---

13) ( ) 속에 쓴 한자들은 훈독자를 말한다. 그리고 ?를 한 한자들이나 음절은 분명하게 판단하기 어려운 경우를 말한다.

14) 백두현(1997)에서는 "火" 자를 음독자로 제시하였으나 훈독자의 오류로 보인다.

ㅅ계; ㅅ: 叱, 사: 沙, 샤: 舍, 셔: 西, (立), 소: 所, 쇼: 所, 小, 시: 是, 示, 賜, 時, 신: 申, 亽: 士, 四, 습: (白), 싱: 生,

△계; 亽: 兒

모음자; 아: 良, 阿, 애: 厓, 야: 也, 어: 於, 언: 言, 殷, 여: 亦, 與, 예: (之)?, 曳, 오: 五, (乎), (衣)?, 옥: 玉, 온: (乎), 와: 臥, 요: 要, 우: 于, 又, 의: 衣, 矣, 이: (是), 亦, 已, 伊, 익: 弋?, 인: 印,

ㅇ계; 이: 應,

ㅈ계; 자: 上?, (第), (尺), 저: (其), 제: (時), 져: 齊, 즈: 子

ㅌ계; 토: 土

ㅎ계; 하: 下, 何, 호: 乎, 戶, 히: 屎, ㅎ: (爲), 힝: (中), 令,

기타: ?: 甲?, 일: (成)?: 吉?, ㄱ?: 皆

백두현(1997)에 정리된 고려시대 차자표기[15]의 총 음절 수는 108개이고, 총 한자 수는 139자이다. 그 가운데 음독자는 112자, 훈독자는 27자이다[16]. 이러한 사정은 53자의 차자가 사용된 《유가사지론》(1246)이나 (남풍현 1999), 109개의 차자가 사용된 후기 중세국어의 구결 자료와 큰 차이가 없다(안병희 1977). 이들은 주로 허사의 표기에 사용된 차자들로서, 개음절이 대부분이고 폐음절은 음절말 자음이 비음 'ㅇ, ㄴ ㅁ'이거나 유음 'ㄹ'이고, 장애음으로 끝나는 음절은 거의 없다. 이러한 차자의 특성은 국어 허사의 음절 특성을 반영한다. 국어 허사를 구성하는

---

15) 백두현(1977)에서 정리한 (6)은 《능엄경》 7종(13세기15세기 자료), 《남명천화상증도가》(1239), 《범망경》 3종(1306), 《천태사교의》(1315), 《대방광원각략소주경》(1350년 이후), 불설사십이장경》(1361), 《금강반야경소론찬요조현록》(1373), 《백운화상초록불조직지심체요절》(1378), 《상교정본자비도량참법》 2종(1378, 1256년 이후), 《선종영가집》(1381)에 나타난 차자표기를 정리한 목록이다.

16) 음절을 나타내는 한자들 가운데 ㄱ, ㄴ, ㄹ, ㅁ, ㅂ, ㅅ, 모음자 아, 어, 오, 이 등에 대응하는 한자들은 음소에 대응하는 것으로 간주할 수도 있다. 그러나 경우에 따라서는 매개모음 "·"나 "ㅡ"를 포함하여 음절을 나타내기도 하였다.

음절은 개음절이 대부분이며, 폐음절이라 하더라도 주로 비음이나 유음으로 끝나는 음절이기 때문이다.

이와 같이 우리말을 표음한 한자의 수가 많지 않을 뿐만 아니라, 대부분이 허사에 사용되었다는 사실은, 국어의 음절 수와 종류가 많고, 음절 구조가 복잡하기 때문에 일본의 경우와 달리 훈민정음이 창제될 수밖에 없다고 하는 주장은 설득력이 없는 것으로 보인다. 이러한 한자로 표음한 한자의 적고, 그 한자들이 국어의 허사를 표음하는 데에 사용되었다고 한다면, 새 문자 창제의 필요성은 실사의 표기에서 찾는 것이 타당하고 합리적인 것으로 보인다. 다시 말하면 문자생활의 수단으로서 차자표기의 어려움으로 인해, 훈민정음이 창제되었다고 한다면, 그 차자표기의 어려움은 허사의 표기에 있는 것이 아니라 실사 부분에 있다고 보는 것이 타당한 것으로 생각된다.

사실, 한자를 가지고 우리말 어절의 실사 부분을 표기하고, 읽는 데에는 여러 가지 어려움이 있었을 것으로 추정된다. 실사 부분의 해독에 있어서 고유명사와 같이 표음한 경우도 있기는 하였으나, 대부분의 실사는 한자의 원래 의미에 따라 쓰고 읽을 때에는 우리말로 바꾸어야 했으므로, 한자에 우리말 형태를 대응시키는 것은 쉬운 일이 아니었을 것으로 쉽게 추정된다. 이러한 어려움을 해결하기 위해 다양한 표기 방법을 고안해 내었으나 이러한 방법의 사용이 체계적이지는 못하였다. 국어의 음절의 종류가 많다는 것도, 국어의 음절 구조가 복잡하다는 것도, 그리고 국어의 음절과 한자음의 음절이 1:1로 대응되지 못하는 경우도 대부분이 실사의 음절이다. 이러한 어려움을 해결하기 위해 강구되었던 말음첨기의 방식이나(김완진 1980), 국어의 한 음절을 2-3개의 한자로 나타냈던 방안들도(안병희 1977) 고유어 실사를 표기하기 위해

마련된 방법이었던 것이다[17].

Ⅳ. 실사 표기를 위한 훈민정음 창제와 한자음 정리 사업

차자표기에서 허사의 표기가 표음문자적 특성을 가지면서 음절 문자적 위치에 있었던 반면, 실사의 표기는 대체로 한자가 갖는 단어문자의 특성을 그대로 갖고 있었다. 이러한 특성은 어절 단위로 표기된 향찰, 석독구결에서 공통점을 갖는다. 이두에 사용된 차자의 경우에는 관습화된 어구가 많이 등장하므로 이들 향찰, 석독구결과 음독구결의 중간 정도에 위치한다. 음독구결도 어절 단위로 표기되었다고는 할 수 있기는 하지만, 구결자를 제외한 부분은 그 자체로서 완전한 한문 문장이 된다. 음독구결에 있어서도 한문 구절과 구결의 통합관계는 석독구결과 다르지 않았다. '-ᄒᆞ-'나 '이-'가 한문 문장이나 구절 뒤에서 선택되는 환경을 보면, 한문의 구절이나 한자어가 한문에서 갖는 의미적, 기능적 특성과 그 한문 구절이나 한자어가 국어 문장에서 갖는 형태적, 기능적 특성에 따라 선택되었다. 음독구결의 이러한 특성을 검토하기 위해 훈민정음 창제 후의 언해 자료인 《금강경언해》의 다음 예를 보기로 한다[18].

   (7) 1) a. 學人이 不解如來ㅅ深意ᄒᆞᅀᆞ와(금강경언해 42)

          b. 비홀싸ᄅᆞ미 如來ㅅ 기픈 ᄠᅳᆮ 아디 몯ᄒᆞᅀᆞ와

      2) a. 住色生心은 卽是妄念이오(금강경언해 60)

---

17) 菅野裕臣(1993), 송기중(1997)을 참조. 김주필(1992), 菅野裕臣(1993) 등에서는 이러한 예들을, 훈민정음에서 음절을 초성·중성·종성으로 분석할 수 있기 전에, 신라 시대에 이미 종성 자음을 분석해 냈음을 보여주고 있음을 지적하였다.

18) 이러한 사실은 음독구결을 달 때에도 석독구결을 다는 과정을 그대로 거쳤음을 말해주는 것으로 간주된다.

b. 色애 住ᄒᆞ야 ᄆᆞᅀᆞᆷ 내요ᄆᆞᆫ 卽是妄念이오

(7.1a)에서 '-ᄒᆞ-'가 결합된 이유는 원래의 한문 구절에서 '不解'가 서술어의 기능을 하기 때문이고, (7.2a)에서 '이-'가 결합된 이유는 '妄念'이 명사이고 '是'가 '住色生心'와 '妄念'을 등가로 맺어주기 때문이다. 한문의 구절에는 없는 '-ᄒᆞ-'와 '이-'를 구분하여 단 것은 한문 구절에 대한 분석이 없으면 불가능한 것이다. 음독구결에서는 구결문의 실사 부분에 해당하는 한문 구절을 어절 단위로 분단한 것을 토를 통하여 보여주지는 않았지만 마지막에 단 구결 통하여 한문 구절도 우리말로 풀어 어절 단위로 분단하였음을 알 수 있다(김상대 1985, 김문웅 1986).

사실 역독법이 없는 석독구결 자료도 음독 구결을 단 문장과 차이가 없다. 《유가사지론》의 다음 석독구결 자료를 다시 보기로 한다[19].

(8) 1) 云何ソㄱ乙 聞正法圓滿リ丨ノ令ロ 謂ㄱ 若正說法亠 若正聞法亠 ノ令七 二種乙 摠亐 名下 聞正法圓滿亠ノオ丨《瑜伽師地論 4, 6》
2) 云何ソㄱ乙 聞正法圓滿リ丨ノ令ロ 謂ㄱ 若正說法亠 若正聞法亠 ノ令七 二種乙 摠亐 名下 聞正法圓滿亠ノオ丨
3) 云何爲隱乙 聞正法圓滿是如乎令古 謂隱 若正說法亦 若正聞法亦 乎令叱 二種乙 摠兮 名下 聞正法圓滿亦乎利如
4) 엇ᄒᆞᆫᄋᆞᆯ 聞正法圓滿이다 호리고 닐온(謂隱) 若 正說法여 若 正聞法여 호릿 二種ᄋᆞᆯ 摠히 일하 聞正法圓滿여 호리다

(8.1)은 《유가사지론》의 원문, (8.2)는 (8.1)을 석독구결에 따라 우리말 순서로 옮긴 것, (8.3)은 (8.1)의 약체자를 정체자로 바꾼 것, (8.4)는 (8.1)을 15세기의 한글 표기에 준하여 옮긴 것이다. 세부적으로 말하면

19) 이 자료는 남풍현(1999)에서 따 온 것이다.

석독구결이 음독구결과 다른 점이 없는 것은 아니지만, (8)의 석독구결과 (7)의 음독 구결은 큰 차이가 없다. 남풍현(1999)의 지적대로 단지 음독구결에서는 토를 최소화하여 한문 문장을 읽는 부담을 줄이는 효과를 가져오는 대신 한문 구절들을 우리말로 해석할 때에는 실사 부분인 한문 구절을 석독구결을 다는 것처럼 나누어야 하는 부담을 안게 된다. 이런 점에서 석독구결과 음독구결은 한문 구절을 해석하는 순서를 명시한다는 점에서 세부적으로 차이가 있지만, 해석하는 과정과 방법은 같은 것이다.

석독구결에 해당하는 (8.1)을, 음독구결에 해당하는 (8.2), (8.3), (8.4)와 비교해 보면 석독구결과 음독구결 사이에는 한문 해독의 과정과 방법을 얼마나 구체적으로 명시해 주느냐의 차이가 있다. 한문 원문을 해독할 때, 초보자들에게 하듯이 한문 구절의 해석하는 순서까지 제시한 것이 (8.1)이라면, 그것을 쉽게 풀어서 제시한 것이 (8.2)이다. (8.2)가 약체자이고 (8.3)이 정자체라는 것을 제하면 (8.2)와 (8.3)은 차이가 없다. 그러므로 (8.2)와 (8.3)을 만들기 위해서는 (8.1)을 거쳐야 하는 것이다. 한문에 구결을 달거나 한문을 해석할 때, 한문에 익숙한 사람이라면 (8.3)을 만들면서 (8.1)의 과정이 자동적으로 일어나겠지만, 한문에 익숙하지 않은 사람이라면 (8.3)은 보다 어려운 해석의 과정을 거쳐야 할 것이다. 이러한 점에서 음독구결은 한문에 상당히 익숙해 있는 한문 식자층에 유용한 독법인 반면, (8.1)은 한문에 그리 익숙하지 못한 사람들에게 유용한 독법이 된다.

그런데 고려 시대 중·후기, 조선 초기 자료로서 지금까지 전하는 자료는 석독구결은 거의 없고, 음독구결 자료가 대부분이다. 이것이 고려 후기나 조선 초기의 문자·표기 생활을 반영한다고 가정한다면, 그 이유를 음독구결과 석독구결의 차이에서 찾아볼 수 있다. 즉 음독구결은 석독구결보다 한문에 익숙한 사람들에게 유용하다면, 고려 후기, 조선 초기로 오면서 음독구결만으로 한문 해독이 충분한 식자층이 그만큼 많아졌기 때문이라고 해석할 수밖에 없다. 다시 말하면 석독구결이 쇠퇴하게 되는 이유는 고려 시대 중기 이후 식자층이 한문에 익숙해지면서 굳이 석독구결을 다는 한 번의 절차를 더 거치지 않아도 될 정도가 되었기 때문이라고 할 수 있다. 즉 한문 문장이나 구절의 축자적 해석 방법을 제시하는 (8.1)의 과정을 거치지 않더라도 (8.2)나 (8.3)의 단계에 자동적으로 도달할 수 있었기 때문에 (8.1)과 같은 석독구결을 달아줄 필요가 없었던 것으로 이해되는 것이다.

안병희(1984)에서는 고려 시대 중엽에는 이미 한문본이 차자표기의 책보다 식자들에게 익숙하여지고 높이 평가되고 있었을 것으로 지적한 바 있다. 균여가 차자표기로 지은 ≪석화엄교분기≫가 13세기 중엽 한문본으로 바뀐 사실이 그러한 사정을 말해준다는 것이다. 훈민정음 창제와 관련한 정인지의 〈훈민정음 서〉와 최만리의 〈반대상소문〉에서 다 같이 이두를 비루하다고 한 사실도 이러한 점을 뒷받침한다고 한다(안병희 1984). 고려 중기 이후의 이러한 상황은 한문의 확산으로 이어져, 궁극적으로 한문 초보자들을 위한 석독구결의 쇠퇴로 이어진 것으로 추정된다. 이러한 상황에서 한문에 익숙한 식자들은 한문 중심의 문자 생활을 함으로써 석독구결보다 음독구결의 방식을 선호하게 된 것으로 이해된다.

만약 고려 중기 이후, 한문에 익숙해져 한문을 음독하는 전통이 확립되었다면, 그것은 (8.2)나 (8.3)의 방법이 익숙해졌거나 (8.2)나 (8.3)에서 구결을 제외한 한문 문장에 익숙해졌음을 의미한다. 이러한 한문 중심의 생활은 (8.1)의 과정이 자동적으로 이루어짐을 전제로 한다. 이러한 문자 생활은 (8.1)의 과정을 생략하게 되는 장점이 있는 반면, (8.1)에 익숙한 사람들을 문자 생활에서 유리하게 되는 문제점을 안게 되고, (8.2)나 (8.3)의 한문 실사들을 아예 한자음 그대로 사용하게 되어 한자어 실사가 대량으로 우리말에 유입되는 결과를 가져왔을 것으로 생각된다. 이러한 상황은 (8.1), 심지어는 (8.2)나 (8.3)에 익숙한 사람들까지 문자 생활에서 유리하게 되는 문제점을 안게 되었을 것으로 생각된다[20]. 이러한 관점에서 (8.1)이나 (8.2)와 (8.3)으로 이루어지던 문자 생활로 인해 생긴 문제점을 해결하기 위한 방향은 (8.4)의 문자 생활을 지향하는 방향에서 새롭게 모색된 것으로 간주된다. (8.4)가 (8.2), (8.3)에 대한 훈민정음 창제 후의 표기 모습이기 때문이다. (8.1)을 대체한 (8.2)와 (8.3)을 (8.4)와 비교해 보면 차자표기와 훈민정음의 관련성을 추정할 수 있을 것으로 보인다.

(8.3)에서 (8.4)로 바뀌면서 달라진 부분은 음차표기한 허사의 구결자를 훈민정음으로 바꾸었다는 것과 일부의 실사는 한자어 그대로 사용하였지만, 일부의 실사는 우리말로 바꾸어 훈민정음으로 표기했다는 것이다. 여기에서 우리는 실사를 훈민정음으로 표기한 데에서 실사가 두 방향으로 바뀌었음을 확인할 수 있다. 그 하나는 한문 구절의 실사 '聞正法圓滿是如乎亽古, 若正說法亦 若正聞法亦 二種乙 摠亽 聞正法圓滿亦'를 우리말로 음독하도록 한 '聞正法圓滿이다, 若 正說法여, 若 正聞法여, 二種을, 摠히, 聞正法圓滿여' 등과 다른 하나는 우리말의

---

20) 이러한 사정이 《훈민정음》 어제의 "나랏말쏨이 中國에 달아 文字와로 서르 스뭇디 아니홀씨 이런 젼츠로 어린 百姓이 니르고져 ㅎᇙ 배 이셔도……"로 표현된 것으로 간주된다.

구조와 다르거나 우리말의 형태를 잘 드러내지 못하는 '云何爲隱乙, 謂隱, 乎ㅅ叱, 名下, 乎利如' 등을 우리말 구조를 반영하여 훈독하거나 우리말의 특성을 반영한 '엇흔을, 호리고, 닐온(謂隱), 호릿, 일하, 호리다' 등과 같은 경우이다. 전자의 실사는 한자를 그대로 적고 읽을 때에도 한자음으로 읽었을 것이므로 한자의 음이 중요하게 되지만, 후자의 경우에는 실사를 우리말 형태로 적고 그것을 읽거나 우리말의 특성을 반영하는 허사가 결합된 우리말 서술어 형태가 중요한 표기의 문제로 부각된다. 이러한 두 방향에서 실사의 표기 문제를 해결하는 것이 이전의 문자 생활에서 드러난 문제점을 해결하는 과제로 등장하는 것으로 이해할 수 있다.

훈민정음 창제 사업이 활발히 진행되던 기간에 한자음 연구가 동시에 진행되었으며, 이 한자음 연구의 사업에 훈민정음 창제에 관여하던 인사들이 《동국정운》을 편찬하고 있었다. 1444년 경부터 시작되어 1447년에 편찬이 완료된 《동국정운》의 초성, 중성, 종성 체계는, 일부의 규범성을 제외하면 《훈민정음》의 초성, 중성, 종성과 서로 일치한다(강신항 1992). 그리고 이러한 사업의 결과는 훈민정음의 창제 후에 간행된 문헌의 한자어 실사 표기에 그대로 반영되었다.

(9) 1) 나랏말ㅆ미 中듕國귁에 달아(훈민정음 언해), 불휘 기픈 남ᄀ 바
       ᄅ매 아니 뮐씨 곶 됴코 여름 하나니(용가 제2장),
     2) 세世존尊ㅅ일 술보리니 먼萬리里 외外ㅅ일이시나(월천 제2장),
     3) 부톄 三삼界갱옛 尊존이 ᄃ외야 겨샤(석보상절 1a),
     3) 부텨 도녀 諸졔國국올 敎교化화ᄒ샤(월인석보 9; 5a)

(9)에서 보듯이 훈민정음 창제 이후의 모든 문헌에서 한자와 고유어

를 함께 사용하고 있으며, 한자어 실사의 경우에는 《용비어천가》를 제외한 대부분의 문헌에서 동국정운식 한자음을 병기하고 있는 것이다. 한자음 개신을 위한 《동국정운》의 편찬은 무엇보다 중요한 사업이었고, 《동국정운》과 같은 한자음 정립을 위한 사업이 우리말 표기 수단을 마련하는 것보다 우선적인 사업이었다면 음절을 초성, 중성, 종성으로 나누어 새로운 문자를 창제하는 방향으로 나아갈 필요도 없었을 것이다. 한자음도 음절의 종류와 수가 많지 않고 그 음절 구조도 간단하기 때문에, 한자음을 표기하던 반절법을 활용해도 큰 문제가 없었을 것으로 보이기 때문이다. 한 음절을 초성, 중성, 종성으로 분리 표기하는 방법이 필요한 이유를 음절의 종류나 수가 많고 한자음으로 대응되지 않는 음절 때문이라고 한다면, 결국 음절의 종류가 많아 그 수도 2,000-3,000개에 달하여 한자 수 천자를 필요로 하고, w나 y 같은 반모음이나 음절말 자음으로 인하여 우리말의 음절과 한자 음절이 1:1로 대응되지 않는 우리말 실사를 충실히 표기하기 위해 훈민정음을 창제했다고 할 수 있다.

우리말 실사의 음절이 갖는 이러한 특징들은 고정된 하나의 음절을 단위로 하는 문자 체계로는 해결하기 어렵다. 이러한 문자 창제의 방향은 그림 문자의 문제점을 해결하기 위해 형태소 문자가 등장하게 되었고, 형태소 단위의 문자 체계가 갖는 문제점을 해결하기 위하여 음절 단위의 문자 체계가 등장했던 것처럼, 음절 단위의 문자 체계로 해결하기 어려운 문제점들은 결국 음절의 하위 단계로 내려가지 않으면 해결하기 어렵다. 이것은 흡사 형태소 단위의 문자들을 결합하여 그 상위의 그림 문자가 갖는 내용을 전달하고, 음절 문자들의 결합하여 형태소 문자들의 의미를 전달하고자 했던 인류 표기사의 방향과 같은 문제인 것이다. 그러므로 음절 단위의 문자로 해결하기 어려운 우리말 실사를 제대로 표기하기 위해서는 음절을 하위의 몇몇 요소로 나누어, 그 하위 요소에 기본 문자소를 부여하여, 문자소들의 결합을 통하여 음절을 만듦으로써 해결할 수 있는 것이다.

이러한 방향에서 음절의 분석에 음차자들의 운용에서 보여주었던 실사의 말음과 허사의 문자 운용에서 드러났던 음절 분석 방법이 훈민정음 창제의 표기사적 배경이 되었던 것으로 보인다. 반절식 표음 방법이나 말음첨기식 표기를 활용하는 선에서도 차자표기법을 발전시킬 가능성은 있었다. 가령 C1VC2로 된 [랏과 같은 음절을 표기하기 위해, C2를 따로 만들어, 'ㅅ'[래와 'ㅁ'[ㅅ]으로 풀어서 쓰는 방안을 강구할 수도 있었을 것이다. 그러나 이러한 방법으로 기존의 차자표기보다는 우리말을 충실히 표기할 수 있었겠지만, 이 방법 역시 차자표기와 유사한 문제들에 봉착하게 되었을 것으로 생각된다. "가, 갸, 거, 겨, 고, 교, 구, 규, 그, 기, ㄱ, 개, 걔, 게, 계, 괴, 귀, 긔, 긔, 과, 궈, 괘, 궤……" 등과 같이 ㄱ 계열만 하더라도 20여 개의 글자가 필요하여, ㄴ, ㄷ, ㄹ…… 등 우리말 자음의 수에 따라 필요한 글자가 엄청나게 늘어나 결국 이 방법의 문자 운용에도 수백 개의 글자가 필요하게 된다. 또한 받침을 제외한 개음절이라 하더라도 "궈, 너, 둬, 뮤, 쇠, 픠, 히……" 등과 같이 한자에 없는 음절이 많아 이 방법 역시 차자표기에서 생기는 문제를 완전히 해결할 수는 없는 것이다.

이러한 관점에서 결국 한 음절을 셋 이상의 요소로 나누어 각 요소에 문자를 할당하고, 그 문자들의 결합을 통하여 음절을 표기하는 방법을 강구하지 않을 수 없었을 것으로 보인다. 세종대왕은 이러한 음절 분석의 방법을, 음절을 음소 단위로 분석하여 음과 운을 연구하는 중국의 성운학에서 찾은 것으로 보인다. 그러나 성운학의 음절 분석 방법을 그대로 사용하지 않고, 한 음절을 하위의 네 요소로 분석은 하면서도, 그 네 요소를 초성, 중성, 종성의 세 요소로 재조정하여 문자소를 할당하고 그 문자소들을 결합하여 하나의 음절을 이루도록 정립한 것이다(김주필 1992). 그러므로 차자표기의 방법은 훈민정음 창제의 표기사적 배경은 마련하였지만, 세종 대왕은 훈민정음 창제 과정에서 차자표기의 음절 분석 방법을 그대로 받아들이지는 않은 것으로 보인다.

Ⅳ. 마무리

본 연구에서는 현대 일본의 표기가 우리의 고대 차자표기 방법과 같음에도, 일본에서는 오늘날까지 계속 사용되고 있다는 사실에 착안하여 차자표기와 훈민정음의 관련성을 다시 한 번 생각해 보고자 하였다. 즉 차자표기의 음차 표기를 중시하여 국어의 음절 수와 종류가 많아 일본과 달리 새 문자를 창제하게 되었다는 기존의 논의에 따르면, 차자표기에서 음차표기는 주로 허사의 표기를 담당하였다는 점에서 음절 수와 종류가 많고 복잡한 것은 국어에서도 허사가 아니라 실사이기 때문에 '실사+허사'를 '훈차+음차'로 표기한 원칙에 따르면, 일본의 표기와 우리 고대의 차자표기가 다르지 않으므로 새 문자가 창제될 이유가 없는 것이다. 그러므로 일본어와 우리말의 음절 차이를 통하여 차자표기와 훈민정음 창제를 관련지으려면, 허사의 음차표기보다는 실사의 훈차표기의 특징과 변화를 검토하는 것이 타당하다는 것이 본고의 발상이었다.

이에 먼저 차자표기, 즉 향찰, 이두, 구결(석독구결과 음독구결)의 표기 단위가 포괄적인 의미에서의 어절에 해당하며, 각 어절의 '실사+허사'가 '훈차+음차'로 하는 것이 표기 원칙이었음을 확인하였다. 이러한 표기 원칙에서 음차표기가 담당하던 부분이 주로 문법 형태소, 즉 허사였다는 점을 중시하고 허사의 음차표기한 차자들의 음절 특성을 검토하였다. 허사의 음차자들은 국어의 허사 음절을 잘 반영하고 있어서, 차자표기의 원칙에 따르면 현대 일본의 경우처럼 차자표기만으로도 충분히 국어를 표기할 수 있다는 점에서 차자표기와 훈민정음 창제의 관련성은 음차표기보다 훈차표기한 실사를 중시하는 것이 타당하다고 주장하였다.

이러한 관점에서 고려시대 중·후기, 조선시대 전기에 향찰이나 석독구결 자료가 거의 남아 있지 않다는 사실이, 고려 중기 이후 한문에 익숙해짐으로써 한문 훈독보다는 음독의 방향으로 기울어진 것이 아닌가 추정하였다. 이러한 추정을, 고려시대의 석독구결 자료를 훈민정음 창제 이후의 언해문으로 바꾸어 대비하면서 언해문이 한문에 익숙한 상태에서 해독되는 최종 단계라는 점에서 실사를 훈독하던 차자표기의 독법이 음독의 방향으로 바뀌어 한문에 익숙하지 못한 사람들과 한문에 익숙한 사람들 사이에 간격이 커짐으로써 언어 생활에 문제가 발생할 수 있었음을 지적하였다. 그리하여 국어의 실사와 실사에 대한 차자표기의 특성과 문제점, 고려 시대 중·후기 차자표기 사용의 변천과 한문 음독의 경향, 차자표기, 특히 석독구결의 표기, 음독 구결의 표기 특징 등에서 드러나는 실사의 차자에서 드러나는 트러나는 특징과 한계를 바탕으로 새 문자의 필요성과 방향을 논의하였다.

이러한 논의를 바탕으로 우리말 실사의 표기를 충실히 할 수 있는 새로운 문자를 만들고, 한편으로는 '고유어 실사+허사'의 표기를 위해 우리말을 전반적으로 표기할 수 있는 새 문자를 창제하면서, '한자어 실사+허사'의 한자어 실사의 음을 정립하기 위한 《동국정운》의 편찬과 같은 한자음 연구 사업이 진행된 것으로 이해하였다. 한자어 실사로 사용되는 한자음은 우리말 음절보다 종류도 적고 그 구조도 간단하기 때문에, 새 문자를 만들지 않고 반절법을 활용하더라도 충분히 표기할 수 있었으므로 일부의 학자들이 주장하는 것처럼 한자음 개신이 주된 사업이었고 훈민정음의 창제는 그 부수적인 성과였다는 기존의 일부 주장에는 문제가 있음을 지적하였다.

우리말 음절은 그 종류와 수가 많고, 그 구조가 복잡하다는 점에서, 음절 문자로 표기하는 것은 적합하지 않다. 많은 음절을 보다 효과적으로 표기하기 위해서는 음절을 하위의 요소로 나누어 그 요소들의 결합을 통하여 음절을 형성하는 방향으로 접근하는 것이 타당하다. 차자표기법에서 활용한 반절법과 같이 음절을 하위의 두 요소, 나아가 두 요소 이상의 단위로 나누는 것도 음절문자적 성격을 갖던 차자표기에서 부딪혔던 문제를 해결하기 위한 방안들이었다. 그러한 방안을 성운학의 음절 분석 방법을 끌어와 재조정함으로써 음절 하위단위로 초성, 중성, 종성의 세 요소로 나누어 체계적으로 적용하게 된 것이라고 할 수 있다. 그리하여 이들 세 요소에 문자소를 만들어 배당하고, 그 문자소들을 결합하여 음절을 다시 형성하도록 하는 방향으로 음소문자인 훈민정음을 만들게 된 것이다.

본고의 논의는 고려 시대 중·후기와 조선 시대 초기의 자료가 없는 상황에서 그 이전 시기의 차자표기와 이후 시기의 훈민정음을 비교하면서 이끌어낸 추정이 많다. 더욱이 차자표기에서 드러나는 실사 표기의 구체적인 특성이나 문제점에 대해서는 두루 살피지를 못하였다. 앞으로 보완해야 할 과제임을 분명히 인식하고 있기는 하지만, 그동안의 훌륭한 업적들에 누가 될까 두려울 뿐이다. 그럼에도 차자표기와 훈민정음의 연속성을 중시하는 관점에서도 《동국정운》과 같은 한자음의 연구가 차자표기와 훈민정음 창제의 연장선에서 함께 접근할 수 있는 문제일 수 있다는 점을 인식하게 된 것을 위안을 삼고자 한다.

참고문헌

강길운(1972), 훈민정음 창제의 당초 목적에 대하여,『국어국문학』55·56·57, 국어국문학회, 1-27.

강신항(1977), 훈민정음 창제 동기의 일면,『언어학』2, 한국언어학회, 57-63.

______(1984), 세종조의 어문정책,『세종조문화연구』(II), 한국정신문화연구원, 3-59.

______(1992), 훈민정음 중성체계와 한자음,『춘강 유재영 박사 화갑기념논총』(『한어음운사』(2004, 태학사)에 재수록, 227-248.).

______(2003),『수정 증보 훈민정음 연구』, 성균관대 출판부.

김문웅(1986),『15세기 언해서의 구결 연구』, 형설출판사.

김상대(1985),『중세국어 구결문의 국어학적 연구』, 한신문화사.

김완진(1972), 세종의 어문 정책에 대한 연구: 훈민정음을 위요한 수삼의 문제,『성곡논총』3, 성곡학술문화재단, 185-216.

______(1980),『향가 해독법 연구』, 서울대학교 출판부.

김주필(1992), 국어 표기사에 있어서 역사성의 인식,『어학연구』28-3, 서울대학교 어학연구소.

______(1999), 한글의 과학성과 독창성,『국제고려학회 논문집』창간호, 국제고려학회.

______(2004), 15세기 국어 표기의 단위와 특성,『정신문화연구』95호, 한국정신문화연구원.

남권희(1997), 차자표기 자료의 서지,『새국어생활』제7권 제4호, 국립국어연구원.

남풍현(1978), 훈민정음과 차자표기법의 관계,『국문학논집』9집, 단국대 국문과, pp.1-26.

______(1981),『차자표기법의 연구』, 단국대 출판부.

______(1997), 차자표기법과 그 자료,『국어사 연구』, 국어사연구회.

______(1999),『'유가사지론' 석독구결의 연구』, 태학사.

백두현(1997),「고려 시대 구결의 문자 체계와 통시적 변천」,『아시아 제민족의 문자』, 태학사.

서종학(1995),『이두의 역사적 연구』, 영남대 출판부.

송기중(1997), 차자표기의 문자론적 성격,『새국어생활』제7권 제4호, 국립국어
　연구원.
안병희(1977),『중세국어 구결의 연구』, 일지사.
＿＿＿(1984), 한국어 차자 표기법의 형성과 특징,『제3회 국제학술회의 논문집』,
　정신문화연구원.
＿＿＿(1987), 대명률직해 이두의 연구,『규장각』9, 서울대 도서관.
이기문(1963),『국어 표기법의 역사적 연구』, 한국연구원.
＿＿＿(1972),『개정 국어사 개설』, 탑출판사.
이승재(1992),『고려시대의 이두』국어학회.
이익섭(1992),『국어 표기법 연구』, 서울대학교 출판부.
＿＿＿(2000),『국어학개설』, 학연사.
이현희(1990), 훈민정음,『국어연구 어디까지 왔나?』, 동아출판사.
＿＿＿(1996), 향가의 언어학적 해독,『새국어생활』6-1, 국립국어연구원,
　239-259.
정재영(1997), 차자표기 연구의 흐름과 방향,『새국어생활』제7권 제4호, 국립국
　어연구원.
管野裕臣(1993),「'훈민정음'과 다른 문자 체계의 비교」,『국어사 자료와 국어학
　의 연구』, 문학과 지성사.
Coulmas, Florian(1989), *The Writing Systems of the World*, Blackwell Publishers
　Inc.
Defrancis, Hohn(1989), *Visible Speech———The Drivers Oneness of Writing
　Systems*, Honolulu: University of Hawaii Press.
Pike, Kenneth L.(1947), *Phonemics: A Technique for Reading Language to
　Writing*, Ann Arbor: The University of Michigan Press.
Vacheek, J. (1973), Written language---General Problems and problems of English,
　Janua Linguarum, Series Critica 14, The Hague: Mouton, Paris.
＿＿＿(1976), *Selected Writings in English and General Linguistics*, The
　Hague: Mouton.

국어 부음의 국어사적 고찰

I. 문제 제기

본고는 국어 부음의 음운론적인 성격을 통시적 관점에서 밝혀보려는 목적으로 씌어졌다. 역사적 측면에서 부음의 성격을 구명하기 위해서는 먼저 현대 언어학적 관점에서 이중모음의 음성적 내지는 음운적 성격을 살펴볼 필요가 있다. 현대 언어학에서는 일반적으로 모음이 두 개가 결합한 것을 이중모음(diphthong)이라 하는데, 여기서 이중모음이라 함은 'diphthong(di<GK.'two'+phthong<GK.'sound')'이라는 용어에서도 알 수 있듯이 한 음절 속에 두 개의 모음이 연속되어 나타나는 것을 말한다.[1] 음운론적인 관점으로 말하자면 두 모음 가운데 하나는 성절(成節)모음의 기능을 행하고, 다른 하나는 반모음(semi-vowel)으로 자음적인

---

* 김경훤(상지대학교 국어국문학과 겸임교수)

[1] 미국 기술언어학자 가운데 한 사람이었던 H. A. Gleason(1961:254-255)은 이중모음을 음성학적 관점과 음운론적 관점으로 나누어 설명하고 있다. 음성학적으로는 '발음 과정에서 인지할 수 있는 음질(音質, quality)의 변화가 있는 모음'이라 하고, 음운론적으로는 '모음의 연속 또는 모음과 반모음의 연속'이라 하면서 이중모음을 단일 음소가 아닌 음소의 연속으로 해석하였다. 이러한 견해를 따르면 이중모음이라는 용어는 음성학적인 관점에서의 용어라기보다는 음운론적인 측면에 더 적합한 용어라고 할 수 있다.

기능을 행하게 된다. 이 때 연속하는 두 모음 중 성절 모음의 기능을 담당하는 것이 음절의 주음이고, 자음적인 기능을 담당하는 것이 반모음, 즉 음절의 부음(副音)인 셈인데, 후자는 과도음(過渡音) 또는 전이음(轉移音)이라는 용어를 사용하기도 한다. 과도음은 그 성격에 따라 또한 여러 분류2)가 가능하여, 언어에 따라 상이한 이중모음의 체계를 가지고 있음은 주지의 사실이다.

우선 이중모음에 대한 서구 언어학자들의 견해를 대강 살펴보면, 그 정의가 그리 간단하지가 않음을 볼 수 있다(A. Spencer(1996:30)와 조성식 편(1990)을 참조). 하나의 서서히 변하는 모음, 즉 전이모음(轉移母音, gliding vowel)으로 보는 입장과 한 개의 완전한 모음(full vowel)과 한 개의 부음(glide)이 결합된 것이라 보는 입장, 그리고 두 개의 안정된 모음 사이에 빠르게 변하는 전이음(과도음)이라고 보기도 하여 이중모음의 음운론적 기술의 문제, 즉 기저음가나 음운론적 표시 방안 등을 기술함에 있어 해석상의 어려움을 보여주고 있다.3)

서구의 제 언어 가운데 특히 영어 이중모음의 음운론적 해석은 다음과 같은 세 가지 관점에서 주로 다루어져 왔다. 하나는 D. Jones(1960/1962)와 같이 이중모음을 한 개의 모음이 질(質)이 변한 것이라고 보는 입장이고, 다른 하나는 이중모음을 모음들의 결합(/VV/)으로 이해하려는 것이다(M. Swadesh 1947). 특히 Swadesh는 이중모음과 함께 장모음도

---

2) 국어에서 반모음은 학자에 따라 구개반모음 /j/와 양순연구개반모음 /w/, 이렇게 두 개로 보기도 하고, 여기에 /ɯ/(연구개반모음)를 하나 더 추가하여 세 개로 보기도 한다. 음운론적인 관점에서 각기 일장일단이 있어 어느 태도가 더 타당한지 쉽게 결론지을 수 없으나, 우리는 몇 가지 이유로 전자의 견해를 따른다. 후술을 참조할 것.
3) 이렇듯 이중모음에 대한 해석이 학자마다 각기 다른 이유로, 해석의 기준을 조음적, 지각적, 음향적인 것, 또는 이들의 조합에 의한 것으로 보기 때문이라는 견해(양병곤 1993:5)도 있다.

/VV/로 해석하여, 이중모음은 다른 종류의 모음 결합으로 /V₁V₂/로, 장모음은 같은 종류의 모음결합으로 보아 /V₁V₁/으로 해석하였다. 또 다른 하나는 이중모음을 '모음+부음(/V+S/)'이라는 complex nucleus(복합 핵음)로 구성되어 있다고 보는 것이다(Trager & Smith 1957). D. Jones(1960/1962)에서 장모음이라고 생각하는 [iː]나 [uː]를 /iy/, /uw/라는 이중모음의 한 종류로 해석하는 태도라 할 수 있다.

이들의 견해에서 주목되는 사실은 음소의 복합이 아닌 단위 음소, 즉 /VV/와 /VS/로 각기 다른 해석을 하면서도 이들이 모음의 핵음(核音)으로 음절 구성상 모음의 기능을 하고 있다는 점은 공통적이라 할 수 있다. 영어에 있어서 이중모음의 음운론적 해석은 각기 一長과 一短이 있어 실제 언어를 설명함에 있어 어느 것이 더 타당한지는 성급하게 결론지을 수 없다. 그러나 본고에서는 언어 현상을 쉽게 기술할 수 있고, 특히 부음의 모습을 분명하게 보여줄 수 있는 Trager & Smith(1957)의 견해, 즉 이중모음을 '모음+부음(/V+S/)'이라는 complex nucleus(복합 핵음)로 구성되어 있다는 해석을 따르고자 한다. 이에 대한 논거는 뒤에서 자세하게 다루어질 것이다.

II장에서는 국어에서 나타나는 부음의 성격을 여러 관점에서 살펴보고, 그 음운적 성격을 구명하려 한다. III장에서는 부음의 음성적 유동성을 포함하여 부음의 첨가와 탈락 등의 현상을 다룬다.

II. 부음에 대한 음운론적 해석

2.1 현대국어의 경우에는 일반적으로 두 개의 부음(j, w)이 존재한다고 보아 j계와 w계 이중모음으로 분류하여 기술한다. 여기서 j계 이중

모음 가운데 유일하게 남아있는 'ㅢ'를 하향이중모음으로 인정하느냐 그렇지 않느냐는 학자에 따라 견해의 차이를 보이기도 한다. 여기서는 하향이중모음의 'ㅢ'를 음운론적으로 어떻게 해석하느냐가 문제로 대두된다. '돋들림'(prominence)[4]이 어디에 오는가에 따라 'ㅢ'의 음운론적 지위가 달라지기 때문이다. 즉 '돋들림'을 앞에 두게 되면 하향이중모음인 [ɨi]가 되고, '돋들림'을 뒤에 두게 되면 상향이중모음인 [ɨi]가 된다. 허웅 (1985:145-150)에서는 중모음으로 내는 경우에 있어서 [ɨi]와 [ɨi]는 음소적 대립을 이루지 못하는 임의 변이음으로 서로 교체될 수 있다고 보았다. 또한 'ㅢ'를 [ɨi]로 본 것은 현대국어에 있어서 중모음이 모두 상향적이기에 이에 맞추기 위해 선택된 것으로 설명하였다.

그러나 여기서의 문제는 음운체계의 틀에 맞추기 위해서 국어에 [ɨ]라는 부음을 하나 더 설정해야 하는 것으로, 그 타당성의 문제는 좀 더 고려해 보아야 할 것으로 보인다.

2.2 서구 언어학의 이중모음에 대한 연구 결과를 참조한다면, 국어의 이중모음 역시 다음과 같이 크게 두 가지 관점에서 논의될 수 있다. 첫째는 각각을 하나의 단일한 음소로 보는 태도와 둘째는 음소들의 결합으로 보는 태도이다. 다시 후자는 음소들이 결합을 순수한 모음의 결합으로 보느냐, 그렇지 않으면 그 중의 하나를 부음으로 보느냐에 따라 다시 구분되기도 한다. 따라서 국어 이중모음의 해석은 아래와 같은 세 가지 관점 중에서 어느 하나를 택하여 설명할 수 있다.[5]

---

4) Jespersen(1966)은 음절을 구성하는 음의 고유의 전달력(Sonority)이나, 특정 경우에 있어 현실의 전달력(Loudness)이 다른 것과 결합한 것을 'prominence'라 하였다. 따라서 어떤 음이 'prominence'의 상태에 있다고 하는 것은 그 음이 음절의 정점(peak)을 이루고 있다는 것이 된다(英語學辭典, 1990).

첫째, 이중모음을 하나의 음소로 보고, 한 개의 모음이 자질이 변한 것
　　으로 보는 태도.
둘째, 선행 모음과 후행 모음을 등가적인 음소들의 결합으로 보는 태도
　　(/VV/).
셋째, 선행 모음과 후행 모음 중에서 어느 하나를 부음으로 보는 태도
　　(/VS, SV/).

첫 번째 태도는 언어 현상을 설명함에 있어 음소의 결합으로 다루는 것보다 기술적인 측면에서 불편하다. 단일 음소로 보는 태도는 음성학적인 측면에서는 좋을지 몰라도 음운론적인 측면에서는 해석의 어려움이 있다.

두 번째는 음절형이 하나 더 많아지며(/CVV/), 음절 부음의 구별이 없어 단일한 모음의 연속과 혼동되는 단점이 있다. 세 번째는 /j, w/라는 부음의 설정으로 음소의 수가 증가하는 것이 단점이기는 하지만, 음절 부음의 성격을 확실히 함으로써 음운론적 설명이 용이하다는 장점을 갖고 있다.

마지막 견해는 /j, w/이라는 부음의 설정으로 음소의 수가 증가한다는 단점을 제외하고는 그밖에 언어 현상을 설명하는 데에 있어서는, 다른 것보다 설명의 용이성이 있는 것이 사실이다. 일단 음운론적인 해석의 어려움이 있는 첫 번째는 논외로 하고 두 번째와 세 번째의 관점을 자세히 살펴보기로 한다.

2.3 두 번째 관점(/VV/)은 음절의 부음을 단위 음소인 /i/로 파악하는 태도인데, 이것을 지지하는 쪽[6]에서는 다음과 같은 이유를 그 근거로

---

5) 김완진(1964), 최세화(1976), 이상억(1987)을 참조.

제시하고 있다.

(1) 『訓民正音』 해례에 상향이중모음은 제자해에 '起於ㅣ'란 자질로써 '中聲凡十一字'에 포함되어 있으나, 하향이중모음은 제자해에 구체적인 기술이 없이 중성해에 '故合而爲…'로만 설명이 되어 있다. 즉 '中聲凡十一字'에 하향이중모음이 제외된 것은 상향이중모음과 하향이중모음을 구별하여 인식한 것으로, 하향이중모음의 음절 부음을 /i/로 파악했기 때문이다.

(2) 崔錫鼎의 『經世訓民正音圖說』에서 'ㅐ ㅔ ㅚ ㅟ ·ㅣ ㅢ'의 음가를 '阿伊, 於伊, 烏伊, 于伊…' 등으로 기술한 것은 하향이중모음의 성격을 /i/로 파악했기 때문이다.

(3) '외(瓜)>오이, 뵈다>보이-, 쀠다>쏘이다, 꾀다>꼬이다(誘), 뫼호다 >모이다' 등과 같은 음절의 분리 현상의 예에서 보듯, 음절 부음을 /i/로 보아야 /oi/>/oＳi/, /ʌi/>/ʌＳi/의 변화가 가능하다.

(4) '·ㅣ>ㅣ, ㅢ>ㅣ, ㅚ>ㅣ, ㅟ>ㅣ'의 통시적 변화[7]는 하향이중모음을 음절 부음 /j/가 아닌 순정모음인 /i/로 보게 한다. 즉 /j/로 본다면 음절의 주음이 탈락한 후 음절의 부음이 음절핵으로 남는다는 문제가 야기된다.

(5) 하향이중모음이 포함된 음절에 상성이 놓일 경우, 상성이 평성과 거성의 복합조라는 기존의 연구 결과를 따를 때, /j/에 높은 성조가 놓일 수 없다. 따라서 하향이중모음의 음절 부음은 /i/가 되어야 한다.

이같은 근거 이외에도 하향이중모음의 기저음가를 /Vi/로 설정할 경우, 국어사에서 얻게 되는 설명상의 이점은 당시의 모음체계에서 j계 하향이중모음 체계를 없앨 수 있다는 점이다. 다시 말하면 15세기 국어

---

6) 대표적으로 박창원(1988)과 김종규(1989) 등에서 그러한 견해의 일단을 볼 수 있다.

7) '모기>모기, 견디->견다-, 딕희다>지키다, 이긔다>이기다, 골회>고리, 반되블> 반딧불, 뷔틀다>비틀다, 불휘>뿌리' 등의 예가 보인다.

의 이중모음 체계를 간단하게 만들 수 있다는 장점이 있다는 것이다. 또한 음운론적인 측면에서 음성적으로 /i/가 [j]로 변화하는 규칙이 /j/가 [i]로 변화하는 규칙보다 자연스럽다는 점을 내세우고 있다.

2.4 그러나 본고에서는 몇 가지 이유를 근거로 하여 마지막 세 번째의 태도를 따르고자 한다. 우선 2.3에서 지적한 근거들을 차례로 살펴보기로 한다. 우선 2.3의 (1)의 '中聲凡十一字'에 하향이중모음이 제외된 이유이다. 'ㅛ, ㅑ, ㅠ, ㅕ'가 'ㆍ, ㅡ, ㅣ, ㅗ, ㅏ, ㅜ, ㅓ'와 함께 제자해에서 언급되고 있는 반면에, 'ㆎ, ㅢ, ㅚ, ㅐ, ㅟ, ㅔ'는 따로 중성해에 설명이 보인다. 그렇다면 이런 기술의 태도가 'ㅛ, ㅑ, ㅠ, ㅕ'와 'ㆎ, ㅢ, ㅚ, ㅐ, ㅟ, ㅔ'의 가치를 이질적인 것으로 이해하고 있었음에 말미암은 것으로 볼 수 있는 것인지 의심스럽다.

'中聲凡十一字'에 하향이중모음이 제외된 점과 당시의 음운현상을 근거로 하여 박창원(1988), 김종규(1989) 등은 중세국어의 하향이중모음의 기저음가가 /Vi/로 다루어질 수 있음을 논의하기도 하였다. 그러나 이는 해례본의 집필자들이 생각했던 음절에 대한 이해와는 상충된 것이었다. 『訓民正音』해례의 음절 표기관을 살펴볼 때, 초·중·종성이 하나의 음절을 이룰 경우, 중성자로 사용되는 j계 하향이중모음은 이중모음이지 단일모음들의 결합체로 보기는 어렵다. 김영선(1995:25)에서도 지적된 바와 같이 음가가 없는 'ㅇ'으로 초성을 대신할 수 있게 했던 해례본의 기본적인 음절 표기관을 보더라도 독립된 음가를 가지는 두 개의 모음을 하나의 중성자로 표기하도록 했다고 보기는 힘들다. 만약 모음들의 연결체라면 마땅히 두 개의 음절로 분리 표기되었어야만 했다. 더구나 제자해의 'ㅛ, ㅑ, ㅠ, ㅕ'에 해당되는 '起於ㅣ 而兼乎人 爲再出也'

의 언급에서 '起於ㅣ'란 음운론적인 측면에서의 기술이며, 중성해의 'ㅡ字中聲之與ㅣ相合字ㅚ ·ㅣ ㅢ ㅚ ㅐ ㅟ ㅔ ㅛ ㅑ ㅒ ㅖ 是也'는 문자론적인 설명이라는 양자간의 차이점을 이해한다면, 앞서 제시한 (1)은 근거로 제시하기는 어려울 것 같다.

또한 (2)의 지적도 /Vi/로 볼 확실한 증거가 되기 어렵다.『經世訓民正音圖說』에서 'ㅐ, ㅔ, ㅚ, ㅟ, ·ㅣ, ㅢ'의 음가를 '阿伊, 於伊, 烏伊, 于伊…'로 기술한 것은 음절 부음의 성격을 /i/로 인식했기 때문으로 볼 수도 있지만, 한편으로는 부음 /j/에 대한 음성적인 표기로 볼 가능성도 있기에 /Vi/로 보는 근거로 제시하기는 힘들 것 같다.

(3)에서는 음절의 분리 현상을 들고 있다. '외(瓜)>오이, 뵈다>보이-, 꾀다>꼬이다'의 예에서 보듯이 음절 부음을 /i/로 보아야 /oi/>/o$i/, /ʌi/>/ʌ$i/의 변화가 가능하다는 것이다. 그러나 이는 음절 부음을 /j/로 보아도 크게 문제될 것이 없다고 생각된다. 왜냐하면 음절의 분리 현상을 굳이 설명하자면 /j/가 음운상의 안정을 얻기 위해 음절적으로 분리되는 것으로 파악할 수도 있기 때문이다. 이는 음절 부음 /j/가 순정 모음인 /i/와 음성학적으로 상당히 밀접한 관계를 가지고 있기 때문에 가능한 현상으로 여겨진다. 근래에 음절의 구조에 관심을 두고 있는 몇몇 학자들 역시 /j/와 /i/가 동일한 음소의 음성적 반영이 달라진 것일 뿐, 기저 층위에서는 성절적인 고모음과 비성절적인 반모음 사이에는 어떤 차이가 있을 수 없다는 태도를 취하고 있다.[8] 실제로 Kaye&Lowensta-

---

8) 김완진(1967:130-131)에서도 중세국어에 두 개의 반모음 음소(/w, j/)를 인정할 수 있음을 언급하면서, 중세국어에 반모음 음소를 인정하는 것은 순전히 음운론적 기술의 편의와 체계의 조화를 기한다는 견지에서의 일이지, 불란서어에서와 같은 pays /pei/ : paye /pej/ 따위 절대적인 Minimal pair가 발견되는 것도 아니며, 영어에서 발견되는 것과 같은 A woman : An eye의 차이도 존재하지 않는다고 하였다. 즉

mm(1981), Selkirk(1982) 등은 과도음을 기저 충위에 설정하지 않고, 그것을 음절 구조 속에 위치에 의해 결정되는 고모음의 한 음성적 실현에 지나지 않는다고 보았다.[9]

　(4)의 지적은 '·ㅣ>ㅣ, ㅓㅣ>ㅣ, ㅚ>ㅣ, ㅟ>ㅣ'의 통시적 변화가 하향이중모음의 음절 부음을 /j/가 아닌 순정모음인 /i/로 보아야 함을 말하는데, 그렇지 않고 /j/로 본다면 음절의 주음이 탈락한 후 음절의 부음이 음절핵으로 변한다는 문제가 야기된다고 한다. 다시 말하면 통시적 변화에서 음절 부음 j가 음절 주음 i로 바뀌는 이유를 설명해야 한다는 것이다. 박창원(1988:15)에서는 /i/의 변이음으로 [j]를 도출해 내는 규칙이 /j/의 변이음으로 [i]를 도출해 내는 규칙보다 훨씬 자연스럽다고 보고 있다. 그러나 'j>i'가 'i>j'보다도 음변화상 더 자연스럽지 못하다는 근거를 갖고 있지 않다. 반모음이 음운상의 안정을 취하기 위한 방편으로 순정모음으로 변화하려는 노력은 음운변화의 측면에서 자연스러운 현상이기 때문이다.

　여기서 앞의 음변화와는 대조적으로 'ㅓㅣ>ㅡ, ㅚ>ㅟ>ㅜ, ㅟ>ㅜ'와 같이 부음이 탈락하고 주모음이 남는 음운의 역사적 변화 과정이 있음을 간과해서는 안 된다. '바위>바우, 멀위>머루, 방귀>방구, 사회(>사휘)>사우' 등과 같은 예가 경남방언(최명옥:1982)과 충북방언(韓國方言資料集, 忠淸北道篇) 등에 보이고, '의리>으리, 의심>으심, 의원>으원, 귀하다>구하다, 잎사귀>잎사구, 쇠스랑>소시랑, 외삼>삼춘' 등이 충청방언(도수희:1977, 韓國方言資料集, 忠淸北道篇)에 보인다. 더군다나 충

---

[w]=[ɰ], [j]=[i]는 [u]나 [i]의 위치에 따른 변이에 불과한 것으로, 태도에 따라서는 /u/, /i/의 이음들로 다루어질 수도 있는 것으로 간주하였다.

9) Kaye & Lowenstamm(1981)와 Selkirk(1982)의 견해는 이상억(1987:100)에서 재인용하였다.

남 방언에서는 [oj]나 [uj]를 가지고 있는 '외가집[ojgacip], 바위[pauj], 사위[sauj], 바퀴[pak^{h}uj]' 등과 같은 어사들이 얼마간 존재해 있다는 사실도 흥미롭다. 이러한 측면에서 일부분의 어사가 'ㆍㅣ>ㅣ, ㅓㅣ>ㅣ, ㅚ>ㅣ, ㅟ>ㅣ'로 나타난다고 해서 부음을 /i/로 보는 태도는 일견 무리가 있는 것으로 보인다.

특히 다음과 같은 음운현상을 설명하기 위해서는 부음을 /i/가 아닌 /j/로 보아야 하지 않을까 생각한다. /i/로 본다면 다음의 (가)과 같은 'ㅣ'모음의 음절적 유동성의 이유를 설명하기 어렵고, (나)과 같이 탈락하는 경우에는 어느 때는 앞의 주모음이 탈락하고, 어느 때는 뒤에 'ㅣ'모음이 탈락하는지를 규칙화하기가 어렵다.

(가) 브얌(杜초10:21)~비얌(杜초21:38), 오얒(杜초10:23)~외얒(杜초15:21), 하야로비(杜초14:3)~해야로비(杜초7:7), 괴오ᄒ다(杜重24:19)~고요ᄒ다(杜重2:16), 어유아리(朴解上34)~에우아리(朴解上33)

(나) 골회(救方上53)>고리, 반되블(百聯5)>반딧불, 사괴다(杜초8:54)>사기다, 불휘(능2:22)>뿌리, 가마괴(月18:35)>(>가마귀)>까마구, 멀위(字會上12)>머루

(5)는 하향이중모음을 가지는 음절의 성조가 상성일 경우, 상성이 평성과 거성의 복합조라는 기존의 연구 결과를 따를 때, /j/가 상성인 성조를 가질 수 없으므로 음절 부음은 /i/가 되어야 한다는 논리이다. 이것은 하향이중모음의 기저음가를 /Vj/로 보았을 때 설명해야하는 어려움 가운데 하나이다.[10] 음성학적 관점에서 모음 뒤에 오는 부음에 높은

---

10) 경과음적 성질을 가진 과도음 /j/에 '높은' 성조가 놓일 수 없다는 주장으로 박창원(1988)과 송철의(1995) 등에서 그 논의의 일면을 살펴볼 수 있다.

성조가 올 수 없는지의 여부는 아직 단정하기에 이르다. 초분절적 음소인 성조가 분절음 위에 놓이는 것이 아니라 음절 단위에 부가된다는 사실을 염두에 둔다면, 하향이중모음의 기저음가를 /Vj/로 보아도 문제가 없으리라 여겨진다.

위에서 제시한 이유 이외에도 하향이중모음을 /Vj/로 보는 근거로, 중세 문헌에서 'ㅐ, ㅚ, ㅟ' 등의 'ㅣ'가 탈락하는 현상을 언급할 수 있다(개여>가여(능4:40), 막대예>막다예(杜중2:6), 홰예>화예(月2:33), 혜여>허여(法화2:261), 새야도>사야도(金삼4:52) 등). 이에 대한 음운론적인 설명을 j의 중첩에 의한 동음생략으로 본다면 'ㅐ, ㅚ, ㅟ' 등의 'ㅣ'를 /i/로 보는 것보다 /j/로 보는 것이 더 합당하리라 생각한다.

15세기 당시에 'ㄱ'이 탈락하는 음운현상에도 주목하지 않을 수 없다(도외어늘, 뷔어시늘, 굴외어늘 등). 어미 '-거늘'에서 선행 자음 'ㄱ'은 /j/와 /l/ 뒤에서는 탈락하지만 /i/ 뒤에서는 탈락하지 않는다. 'i'모음 뒤에서도 'ㄱ'탈락 현상이 일어나는 경우가 있기는 하나 이는 몇 경우로 한정된다.[11] 이를 형태적으로 분석해 보면 서술격 조사 '-이-'와 상당히 관련이 있는 듯하다(허웅:1965, 김동언:1983). 이기문(1972a:164)은 추측의 선어말어미 '-리-'도 동명사 어미 '-ㄹ'과 서술격 조사 '-이-'의 결합으로 이루어진 것으로 보았다. 이런 경우를 제외하고는 대다수의 'i' 뒤에서는 'ㄱ'탈락이 일어나지 않는다는 사실로 미루어 볼 때, 'i'모음 뒤에서의 'ㄱ'탈락 현상은 순수한 음운론적인 현상만으로 보기에는 어려움이 있다.

하여튼 /j/가 /i/와는 음운론적으로 다른 자질을 가지고 있기 때문에

---

11) 고기어늘(南明5:30), 나리어시늘(용18), 흐리오(석23:19), 아니어니(능3:32), 업스리어
늘(능2:24)

자음과의 결합시 변별성을 보여 주고 있다고 추정할 수 있다. 따라서
'ㄱ'의 탈락 현상은 15세기 당시에 /i/와는 별개의 음소로 /j/를 설정할
수 있음을 보여주고 있다.

체계적인 측면에서도 하향이중모음의 기저음가를 /Vj/로 볼 경우 j계
상향이중모음 /jV/와의 설명적 일관성을 가질 수 있다는 장점이 있다. 김
완진(1971:45)에서 지적하였듯이 이중모음의 범주에 속하는 존재들에 대
해서 전체적으로 균제된 원칙에 입각한, 다시 말하면 체계적인 음운론적
해석이 내려져야 한다는 기초적 당위성을 염두에 두어야 할 것이다.

Ⅲ. 부음의 첨가와 탈락 현상

3.1 이 장에서는 부음 'ㅣ'(/j/)의 첨가·탈락 현상과 그것의 음운론적
성격, 그리고 움라우트 현상과의 관련성을 다루고자 한다. 여기서 말하
는 첨가·탈락 현상이라 함은 음절의 부음인 'ㅣ'가 어떤 방식으로든 본
래의 음적 가치에 영향을 받는 경우를 말하며, 특히 여기서는 부음이
동화에 의해서건 그밖에 다른 이유에 의해서건 주모음에 첨가되거나,
그 반대로 삭제되는 현상을 지칭한다. 3.2~3.6은 소위 이중모음화 현
상이라고 일컬어지는 'ㅣ'의 첨가와 그와는 상반되는 'ㅣ'의 탈락을 다룰
것이다. 3.7~3.8에서는 부음의 첨가와 탈락의 성격을 음운론적인 시각
에서 해석해 보고자 한다. 부음의 첨가와 탈락 현상이 당시에 어떠한
'음운론적 가치'를 가지고 있었던 것인가 하는 문제이다. 표기상 'ㅣ'를
첨가하거나 삭제함으로써, 당시의 표기자들이 의도했던 바가 과연 무
엇이었는지를 추정하려 한다. 마지막으로는 'ㅣ'의 첨가 현상과 움라우
트 현상이 각기 별개의 현상임을 밝히고자 한다.

중세국어 시기부터 정음문헌의 표기에 등장하는 것으로, 동일어사에 자생적[12])으로 부음인 'ㅣ'가 첨가하고 탈락하는 현상이 있어 왔음은 주지의 사실이다. 여기서 다루려는 현상은 그 인접음의 음성적 환경, 즉 동화나 이화현상에 의해서 부음이 첨가하고 탈락하는 경우가 아닌, 첨가와 탈락이 음운론적 조건을 찾을 수 없는 그런 경우로 제한한다. 오늘날의 방언에서도 이 현상은 그 생명력을 유지하여 언중들의 언어에서도 쉽사리 찾아볼 수 있다.

19세기 후기 동북방언을 보여주는 『로한ᄌ뎐』(1874)에서 이러한 예를 접할 수 있다(최학근 1976:136-138). 'ㅣ'모음이나 'ㅣ'가 先行하는 중모음 이외의 모음으로 끝나는 명사인 경우에 끝음절에 'ㅣ'를 첨가하는 경우와 'ㅣ'가 포함되어 있지 않은 일음절어에서는 '이'음절을 첨가하는 것이 바로 그것이다. 이 현상은 주로 한자로 된 명사에 집중적으로 나타나며 명사 외에 부사, 접속사 등에는 보이지 않는다(봉선홰(鳳仙花), 부지(富者), 녹뒤(綠豆), 공뷔(工夫), 염쇠(羊), 픠(票), 거문괴(琴), 화뢰(火爐), 틔되(態度)/우이(上), 저자이(市), 마다이(場), 짜이(土), 코이(鼻), 쓸파이(野葱) 등이 보인다). 현대 충남방언에서도 'ㅏ/ㅐ'의 대립인 '장가/장개, 가마/가매, 부자(父子)/부재, 치마/치매, 가름마/가름매, 학생/학상, 고생/고상, 선생/선상, 동생/동상' 등의 예가 나타나는 것이 보고된 바 있다(도

---

12) 여기서 자생적 변화(context-free)란 용어는 공시적 사실에 바탕을 둔 기술언어학의 용어로 조건적 변화(context-sensitive)와는 대립적인 음변화의 유형이다. 때로는 자발적인 음변화로 불리워지기도 하는데, 역사언어학(Historical Linguistics)에 있어서는 무조건적 변화(unconditioned change)와 조건적 변화(conditioned change)로 잘 알려져 있다. 무조건적 음변화는 한 음이 모든 환경에서 음적 가치가 획일적으로 영향받는 것을 말하며, 조건적인 음변화는 한 음이 주어진 환경에서만 음적 가치에 영향을 받는 것을 말한다. 동화, 이화, 분절음의 재배열, 분절음의 삽입과 탈락 등이 여기에 속한다(Jeffers & Lehiste 1979:3).

수희 1977:119-120). 물론 현대국어에서는 이중모음의 단모음화가 이루어
져 /ɛ, e, ø(ö), y(ü)/ 등의 형태가 되었지만, 이것은 /a, ə, o, u/의 단모음
에 부음 j가 첨가되어 /aj, əj, oj, uj/ 등의 하향이중모음을 이루고, 이것
이 다시 단모음화된 모습으로 나타난 것이다. 이런 현상은 부분적(명사
어간말에 붙는 경우)으로는 형태론적인 기재, 즉 명사파생접사 '-i'로 설
명이 가능하나, 그 이외의 많은 예들, 즉 동사, 형용사, 부사, 명사 어간
사이에 j가 첨가하고 탈락하는 용례들은 그러한 기재로만은 설명할 수
없다. 그렇다면 형태론적으로 설명할 수 없는 이러한 현상은 어떻게 다
룰 것인가.

   필자는 이 현상을 푸는 실마리를 찾기 위해, 다음과 같은 기본적인
인식 위에서 논의해 나가고자 한다. 음운론적인 관점에서 음운현상은
반드시 당시의 음운체계를 반영한다는 명제가 바탕이 된다. 이같은 기
본 명제 아래, 여러 용례들을 분석하여 음운론적 층위에서 이 현상을
설명하려 한다. 또한 18세기와 19세기 교체기에 등장하기 시작하는 것
으로 알려져 있는 움라우트 현상과도 서로 비교해 보고자 한다. 여기서
표면적으로 동질성을 보이는 j의 첨가 현상과 움라우트 현상이 내면적
으로는 어떤 이질성을 가지고 있는지를 밝히게 될 것이다.

   3.2 부음의 첨가나 탈락에 관한 기존연구는 이른 시기부터 관심을
받아 왔다.[13] 기존의 여러 연구들을 살펴보면 '첨가'와 '탈락'이란 용어
가 보여주듯, 대부분 이에 대해 현상의 기술에 그친 감이 없지 않았다.

---

13) 부음이 음성적 내지는 음운적 측면에서 여러 모로 논의되어 왔던 이유를 도수희
   (1985/1987:178)는 "비록 자립성이 없는 일종의 부음에 불과한 지극히 불안정한 음소
   이면서, 언어변화에 있어서의 그것의 기능은 대단히 역동적(dynamic)인 사례가 많았
   다는 점에 있을 것이다"라고 설명한 바 있다.

그것은 이 현상에 대해 그것이 형태론적이든 음운론적이든 심층적으로 내재하는 원인을 찾기가 어려웠다는 점이 이유인 것으로 보인다. 그러나 이 현상에 관하여 형태론적 혹은 음운론적인 측면에서 설명해 보려는 시도가 있었고, 그 중에서는 주목할 만한 성과도 있었다.

먼저 지금까지의 연구 성과를 검토해 보고, 기존 연구 성과에서 드러나는 문제점들을 살펴보고자 한다. 여기서의 관심은 부음의 첨가와 탈락에 아무런 음운적 조건을 지울 수 없는 경우로 한정하나, 첨가와 탈락의 음운적 조건을 설명할 수 있는 경우까지도 일단 연구사의 범주에 넣어 살펴보도록 하겠다.

부음인 'ㅣ'의 첨가 현상은 광의의 움라우트 현상과의 상호 관련성 속에서 이숭녕(1940,1954/1988:514-531)에서 15세기 국어에 공존하는 'ㅂ얌/비얌, 가야미/개야미, ㅁ야미/ㅁ야미' 등의 교체가 15세기 초기부터 싹트기 시작한 광의의 동화현상인 움라우트 현상의 시초로 언급되었다. 또한 명사어간 뒤에 붙는 'ㅣ'(굼벙이, 프리, 부헝이, 그려기, 올창이, 두터비 등)를 명사파생접사 'ɨ'로 보았다(이숭녕(1981:88-91)을 참조). 그러나 여기서의 문제점은 'ㅔ, ㅐ'가 중세국어 당시에는 이중모음(əj, aj)이었다는 관점에서 볼 때, 'ㅔ, ㅐ'(/e, ɛ/)의 단모음화 이전에 보이는 움라우트는 언뜻 수긍하기 힘들다는 점이다. 또한 [+animate] 명사어간 뒤에 붙는 'ㅣ'를 명사파생접사 'ɨ'로 본다면 동일한 조건에서 [-animate]에 붙는 'ㅣ'의 첨가(가마(釜)>가매, 나조(夕)>나죄 등)는 또 다른 기재로 설명해야 한다는 부담을 안게 되며, 이와는 대조적인 것으로 명사어간말에 'ㅣ'가 탈락(그림재(影) > 그림자, 쟈래(鼈)>쟈라 등)하는 현상 또한 설명해야 한다.

유창돈(1964:165-168)에서는 모음변화의 자생적 변화[14]의 측면에서

______

14) 여기서 말하는 자생적 변화란 'ㅣ'의 첨가 현상에서 모음충돌을 회피하기 위한 경우

'ㅣ'의 첨가·탈락이란 용어를 처음으로 사용하였다. 여기서 'ㅣ' 첨가·탈락의 자생적 변화에 대해 '구더기>귀더기, 곳고리>굇고리, 아래>아라, 스싀로>스스로' 등 약 20여 개의 용례를 제시하고 있다. 'ㅣ'의 자생적인 첨가와 탈락 현상에 관한 한 가장 이른 시기의 언급이란 점에서 그 의의를 찾을 수 있다. 그러나 이 역시 단지 표기 현상에 관한 기술일 뿐, 이 현상에 대한 언어학적인 해석에는 이르지 못했다.

허웅(1965:554-557)은 '겨집>계집, 져비>제비, 곳고리>굇고리, ㅂ얌>비얌, 가야미>개야미, 다야>대야' 등과 같은 'ㅣ'의 첨가 현상을 어형을 한층 더 분명히 하고 강화하려는 노력에서 나온 결과로 보았다. 따라서 움라우트로는 볼 수 없고 어중음 j의 첨가로 보았다. 즉 이 현상을 동화로 보지 않고, 후행 음절의 j의 출발점에 있어서 지속을 길게 한 것(ㅂ얌 pʌ-jam/pʌjam, 개야미 ka-jami/kajami 등)으로 보아 일종의 첨가로 보았다. 이 첨가 현상을 형태론적인 측면에서 어형을 강화하려는 노력의 일환으로 보고 있으나, 이 현상들은 명사에만 국한된 것이 아닌 광범위한 현상이었고(고롭다>괴롭다, 너(四)>네, 온갖>왼갖, 이르다(早)>이릐다, 주므르다>쥐믈으다 등), 이 현상이 체계적인 균형성을 갖기 위해서는 /j/ 탈락을 아울러 설명할 수 있어야 한다고 본다.

이기문(1971/1972a)에서는 '풀>푸리, 굼벙>굼벙이, 그력>그려기' 등과 같이 명사파생접사 '-ㅣ'가 붙어 파생명사가 되었고(1972a:146), '스ᄌ(獅子)'가 '스지'로 된 것은 주로 인간이나 동물과 관련된 명사에 붙는 접미사인 것으로 보이나, 그렇지 않은 명사에 붙은 예들이 많아서 아직

(내어>내여)와 'ㅣ'의 역행동화의 경우(겨시다>계시다), 'ㅣ'의 탈락에서 동음생략으로 인한 경우(뫼시다>모시다, 내여>나여) 등의 조건적인 변화를 제외한 나머지 변화를 의미한다(유창돈 1964:165).

그 기능이 정확히 밝혀져 있지 않다고 해석하기도 하였다(1971:595). 그러나 이는 이숭녕(1954/1981)과 허웅(1965)에서 보이는 같은 문제점, 즉 명사 이외의 어사에 나타난다는 점과 역으로 탈락하는 현상을 보인다는 사실이다. 여기서 명사형에 문법형태소인 명사파생접사가 다시 덧붙여진다는 점은 쉽게 납득할 수 없다.

최전승(1979:255-275)은 15세기에서 18세기 국어를 통하여 일정한 음성 조건 없이 출현하는 변이형 '쟈라(鼈)/쟈래, 반도(螢)/반되, 님자/님재, 디파(砲)/디패, ᄌᆞ(核)/ᄌᆞᆼ식, ᄉᆞᄌᆞ(獅子)/ᄉᆞ지, 바ᄅᆞ(海)/바러, 나죠(夕)/나죄, 가마(釜)/가매' 등을 언어변화의 중간단계 내지는 방언형의 개입으로 보았다. 이런 현상은 인명, 동·식물명, 곤충 및 고기명 등의 보통명사 어간에 붙는 접미사 '-i'로 보았다. 이러한 예들은 근대국어에 이르기까지 존속되었으며, 당대의 방언에 보편성이 확대되어 언어파장(linguistic wave)의 형식으로 전파되었던 것으로 추정하였다. 이런 주장은 /j/를 [+animate]인 보통명사어간에 붙는 명사파생접사로 파악하고, 방언에 보편성이 확대 적용되어 [-animate] 명사까지 전파된 것으로 보고 있으나, 이 현상이 명사에만 국한된 현상이 아니라는 데에 문제가 있다.

도수희(1985/1987:197-207)는 조건적 변화로서 부음 j의 겹침이 모음충돌을 피하기 위한 자음적인 개재가 아니라, 일종의 순행동화에 불과한 것으로 보고 이에 대한 근거로 역행동화로서의 부음 j의 겹침 현상을 제시하였으며, 김주필(1994:120-140)은 17-18세기에 보이는 역행 과도음 j의 첨가현상(버혀/베혀, 다히/대히, 오히려/외히려 등)을 구개성 반모음 첨가 현상으로 보았다. 특히 'ㅎ>ㄱ>순음, 치조음'의 개재 자음 순으로 구개성 반모음 'ㅣ'의 첨가 현상이 확산, 발달했다고 보고 있다.

백두현(1989:106-122)은 off-glide /j/의 첨가와 탈락은 거의 같은 시기부터 일찌기 나타나는 공통성을 갖고 있으며, 이 두 변화가 재구조화를 결과시키는 점도 비슷하여 단순한 표기상의 오류가 아니라 음운론적 지위를 가지고 있는 것이 확실하다고 보고, 두 변화가 이루어지는 환경이 일정한 조건을 갖춘 것이 아니라고 하였다. 따라서 이들이 발생하게 된 원인을 확실하게 밝히기는 어렵다고 보았다. 또한 off-glide /j/의 첨가와 탈락이 이른 시기부터 존재하는 사실은 하향중모음의 음운론적 지위를 반영하는 것으로 해석될 수 있으며, 하향중모음을 구성하는 요소가 음운론적으로 안정된 결합의 구조적 단위였다면 탈락과 첨가가 쉽게 일어날 수 없었을 것으로 보았다. 따라서 하향중모음의 구성요소가 가진 결합 관계가 유동적이고 불안정한 속성을 드러내 보인 것이 off-glide /j/의 첨가와 탈락이라고 해석하였다. 이런 이유로 이 현상을 단순한 표기상의 오류가 아니라 음운론적 지위를 가지고 있는 것으로 보고, 하향중모음의 유동적이고 불안정한 음운론적 지위를 반영하는 것으로 해석하였으나, 유동적이고 불안정한 음운론적 지위를 반영한다고 하는 off-glide가 탈락의 과정과는 상반되는 첨가의 과정을 겪는다는 사실은 음운론적으로 쉽게 납득하기 어렵다.

이러한 점에서 유동적이고 불안정한 음성적 특성을 가지고 있었다고 추정하는 /j/의 성격을 다시 한 번 생각하게 한다.

3.3 부음인 'ㅣ'가 자생적으로 첨가하고 탈락하는 현상은 표기법의 측면에서 볼 때, 동일한 형태에 'ㅣ'가 첨가하고 탈락하는 것에 불과하다. 표기상 'ㅣ'가 덧붙여지고 떨어지는 모습으로 나타나는 이 현상을 획일적으로 파악하려는 태도에서 탈피하여 여러 각도에서 그 내적 원인을 규명해야 할 것으로 본다.

필자는 표기상 나타나는 공통성 이면에는 각기 다른 '내재적 자질 (intrinsic features)'이 있어 그로 인해 부음의 첨가와 탈락이 나타난다고 추정한다. 이런 관점에서 볼 때 부음의 첨가와 탈락은 두 가지 층위에 서 해석이 가능하다. 하나는 형태론적인 층위에서의 해석 방법이고, 다 른 하나는 음운론적 층위에서의 해석 방법이다. 전자는 명사 어간말에 붙는 명사파생접사 혹은 어형을 강화하려는 첨가로 설명하는 데에, 주 로 사용해 왔던 기존의 방법이라고 말할 수 있다. 그러나 후자로는 필 자가 아는 한 백두현(1989:122)의 "유동적이고 불안정한 음운론적 지위 를 반영하는 /j/ 자체의 음운론적 특성"이라는 언급을 제외하고는 아직 까지 학계에서 심도 있게 논의된 바가 없었던 것으로 안다. 부음의 첨 가와 탈락을 형태론적인 관점에서 설명할 수 있는 경우와 그렇지 않은 경우를 먼저 살펴보고, 그 용례들을 검토해 보기로 한다.

3.4 형태론적인 관점에서 'ㅣ'의 첨가 가운데, 명사 어간말에 붙는 'ㅣ' 의 경우를 명사파생접사로 파악할 수 있다. 이숭녕(1940)에서 언급된 이 후, 지금까지 많은 논저에서 이러한 태도를 찾을 수 있다. 이는 [+animate] 자질을 가진 명사 어간말에 'ㅣ'가 붙는 어사, 즉 다음의 용례 (가)를 설명하는 데 주로 사용되어 왔다. 이같은 경우는 체언 뒤에 붙 어서 그것이 유정체나 개체소임을 나타내주는 것으로 '유정명사화소(有 情名詞化素)'나 '개체화소(個體化素)'라 명명할 수 있다.

(가) 풀<蠅>(解例 用字例)/ 프리(杜초20/26), 굼벙<蠐螬>(解例 用字 例)/굼벙이(救方下4), 그력<雁>(解例 用字例)/그려기(능8/121), 두텁 <蟾蜍>(解例 用字例)/두터비(南明上11), 올창<蝌蚪>(解例 用字例)/ 올창이(四解上1), 부헝<鵂鶹>(解例 用字例)/부헝이(譯下27)

그러나 이렇게 보는 데에도 문제가 전혀 없는 것은 아니다. 다음의 예들, 즉 [-animate]인 명사 어간말에 붙는 (나)의 용례들이 문제가 된다. 설령 (나)의 예들을 [+animate]에 붙는 명사파생접사 'ㅣ'가 언어파장으로 인하여 확대 적용된 어사들이라고 인정하더라도(최전승(1979:255-275)을 참조). 다음에 보이는 (다)의 예들은 그런 해석이 적용되지 않는다.

(나) 나조<夕>(능2:5)/나죄(月18:32)(杜초7:4), ᄌᆞ갸<自己>(석9:33)/ᄌᆞ개(석11:17), 푸가<戽斗>(四解上3)/푸개(字會中25), 가마<釜>(杜초11:17)/가매(杜중11:17), 바ᄅᆞ<海>(杜초15:52)/바리(杜중17:12), 교토<料物>(朴초上6)/교퇴(朴중下33), 사ᄉᆞ<骰>(字會中19)/ᄉᆞ이(譯補47), 양ᄌᆞ<樣子>(杜초20:45)/양지(杜중12:29), ᄌᆞᄉᆞ<核>(月23:94)/ᄌᆞ의(胎要43), 죡솨<足鎖>(字會中15)/죡쇄(譯上66)

(다) 도ᄐᆞ랏<藜>(杜초7:24)/도틱랏(三강孝2), 구더기(永嘉上35)/귀더기(字會上24), 모츠라기(杜초20:26)/뫼츠라기(東醫湯液1:38), 특(頤)(解例 用字例)/틱(신속孝4:5), 곳고리<鶯>(杜초6:3)/굇고리(杜중6:3), 나그내(杜초6:49)/나그내(杜중6:49), 눈ᄎᆡ<眼識>(譯上39)/눈ᄎᆡ(靑p.103), 드틀<塵>(杜초11:16)/듸틀(杜중11:16), 방핫고<杵>(杜초7:18)/방햇고(杜중7:18), 스골<鄕>(救간1:103)/싀골(小諺6:81), 아라우ㅎ<上下>(月1:29)/아래우ㅎ(老下7), 아래<下>(용40)/애래(신속孝7:22), 적<時>(杜초15:38)/젝(杜중15:38)

(다)의 예들은 (나)의 예를 단순히 명사파생접사가 첨가된 어형이라고 결론짓는 것을 어렵게 한다. 그 이유로 다음과 같은 세 가지 사실을 지적할 수 있다.

첫째, 명사형에 문법 형태소인 명사파생접사가 또 다시 붙는다는 것은 형태론적인 관점에서 쉽게 납득하기 어렵다.

둘째, 명사 뒤에 'ㅣ'의 첨가를 명사파생접사라고 한다면 이런 첨가 현상에 버금가는 정도의 많은 용례를 보이는 명사 어간말 'ㅣ'의 탈락 현상(후술될 3.6의 (마)의 경우)을 어떻게 설명해야 하느냐는 것이다.

셋째로 용례 (다)에서 보듯이 'ㅣ'의 첨가 현상이 명사 어간말에만 덧붙여지는것이 아니라 명사 어간의 형태소 내부에서도 첨가되는 예들이 다수 존재한다는 사실이다. 이는 'ㅣ'의 첨가가 단순히 명사파생접사라고 단정짓는 것을 어렵게 한다.

지금까지 살펴본 바와 같이 (가)의 용례를 제외하고 (나)~(다)의 용례들은 앞서 논의처럼 [+animate]에 붙는 명사파생접사(좁게 말하면 유정명사화소)의 'ㅣ'라고 하기는 어렵다. 이같이 (나)~(다)의 예들은 (가)와는 다른 시각에서 해석되어야 함을 보여준다.

3.5 한편 15세기의 정음문헌에 보이는 어형으로 주목을 받았던 '브얌/비암/비얌, ᄆᆞ야지/미아지/미야지, ᄆᆞ야미/미아미/미야미, 가야미/개야미' 등의 어사들은 /j/의 동화(움라우트의 초기형) 또는 어형을 강화하려는 첨가 현상으로 파악했던 것이 그간의 형편이었다. 이에 관한 문제점은 앞에서 언급했기 때문에 더 이상 논의하지 않기로 하고, 우리는 이것에 대안으로 위의 어사들을 형태음운론적인 측면에서 '음절경계의 유동성'으로 해석하려 한다.

즉 'ᄆᆞ야지/미아지/미야지'의 경우 부음 j가 선행 음절에 붙을 때는 '미아지(mʌj-a-ci)'형으로, 후행 음절에 붙을 때에는 'ᄆᆞ야지(mʌ-ja-ci)'형으로 표기된다. '미야지'형은 후대로 오면서 형태소의 재구조화를 거쳐 형성된 어사라고 볼 수 있다. 'ᄆᆞ야미(mʌ-ja-mi)/미아미(mʌj-a-mi)', '브야다(pʌ

-ja-da)/비아다(pʌj-a-da)’, ‘괴오ᄒ다(koj-o-hʌ-da)/고요ᄒ다(ko-jo-hʌ-da)’ 등
의 경우도 이와 같은 맥락에서 해석할 수 있다. 음절경계의 유동성은 형
태소 오분석(誤分析)과도 밀접하게 관련된 것으로 다음의 용례들이 여기
에 포함된다. (라)의 예는 『杜詩諺解』에 보이는 것들로 국한하였다.[15)]

(라) 가야미<蟻>(杜초8:8)/개야미(杜초7:18), ᄇ얌<蛇>(杜초10:21)/비얌(杜
초21:38), 개야지<柳絮>(杜초23:23)/가야지(杜초10:5), 날호야<徐>(杜초6:6)
/날회야(杜초8:28), 가시야<更>(杜초8:30)/가ᄉ야(杜초25:37), ᄆ야지<駒>
(杜초23:36)/미야지(杜초17:25)/미아지(杜중2:11), 오얒(杜초10:23)/외얕(杜초
15:21), 하야로비(杜초14:3)/해야로비(杜초7:7), 제여곰(杜초7:34)/저여곰(杜
초20:28), 미야미<蟬>(杜초20:8)/미아미(杜초15:27), 괴오ᄒ다(杜중24:19)/고
요ᄒ다(杜중2:16)

위의 예들은 뒤에 따르는 /-j/가 음절의 경계를 넘나들며 앞 음절 혹
은 뒤 음절에 속하는 것으로, 본고에서 다루려는 자생적(context-free)인
‘ㅣ’의 첨가·탈락과는 음운론적인 해석을 달리한다. 따라서 이런 예들
은 논의에서 일단 제외하기로 한다.

3.6 다음에 살펴 볼 (마)는 (나~다)와는 반대로 j가 탈락하는 경우
이다. 형태론적인 입장에서 (나)의 예들을 명사 어간말에 붙은 ‘명사파
생접사’로 본다고 하더라도 (마)의 경우에 대해서는 탈락하는 형태론적
인 이유를 설명하기가 어려워진다. 또한 여기서 주목해야 할 것은 (바)
에서 볼 수 있듯이 상당수의 어사가 동시에 두 어형인, /j/가 첨가된 형

---

15) 그 밖의 문헌에도 ‘도요<鷸>(字會上15)/되요(四解上70), 노야기<香薷>(東醫湯液
2:33)/뇌야기(字會上15), 메유기(朴초上17)/머유기(四解下82), 게엽다<雄健하다>
(석9:20)/거엽다(月2:41)’ 등의 표기 형태가 보인다.

태와 /j/가 삭제된 형태, 즉 쌍형으로 공존했다는 사실이다.

(마) 반되<螢>(解例用字例)/반도(字會上21), 녜<古>(용51)/녀(杜중12:19), 디패<砲>(類合下42)/디파(譯下17), 새배(杜초6:4)/새바(杜중11:51), 그림재<影>(誡初9)/그림자(譯補1), 웅에<鱔魚>(救간21)/웅어(物譜 魚), 쟈래<鼈>(杜초10:14)/쟈라(類合上15), 져재<市>(용6)/져자(龜상5), 활고재<弓腦>(字會中28)/활고자(漢129c), 나뷔<蝶>(靑大p.81)/나부(춘향p.39)

(바) 몬져<先>(석9:9)~몬졔(석19:36), 새려<新>(杜초8:48)~새례(杜초16:61), 너모<四角>(杜초16:40)~네모(杜초11:25), 프-(杜초10:44)~픠-(杜초10:7), 즈갸(自己)(석9:33)~즈개(석11:17), 즈슥<核>(月23:94)~즈싀(月2:41), 나조<夕>(능2:5)~나죄(능7:43), 스스로(杜초15:14)~스싀로(杜초15:30), 어그르치(杜초23:18)~어긔르치(杜초24:48), 쁴(杜초23:32)~쀠(杜초22:30), 나조ㅎ(杜초17:20)~나죄(杜초25:1)

15세기 중엽의 『釋譜詳節』, 『楞嚴經諺解』, 『杜詩諺解』 등의 동일문헌에서 보이는 (바)의 예들을 통해서 우리는 /j/의 첨가와 탈락이 초기 단계에서는 수의적인 현상이었을 가능성을 배제하지 못한다. 이 점은 어휘사적인 측면에서도 주목할 수 있지만, 음운론적인 측면에서도 당시의 음운현상 내지 음운체계와 어떤 상관관계가 있음을 말해주고 있는 것이 아닌가 생각하게 한다. 다수의 어사들에서 나타나는 /j/ 첨가와 탈락이 당시의 음운현상과 밀접하게 관련되었을 수도 있다는 사실을 통해, 이 현상이 표기상의 차이 이상의 어떤 '음운론적 가치'를 보여주는 것일지도 모른다는 사실을 추정케 한다.

(사)의 예들은 (마)와는 대조적으로 부음이 형태소 내부에서 탈락하는 용례들인데, 이 역시 /j/의 탈락이 앞서 언급한 형태론적인 측면 내지는 음절의 유동성의 결과로 해석하는 데에 어려움을 주고 있다.

(사) 귓것(月1:46)/굿것(杜중12:39), 귀향<謫>(杜초16:5)/구향(杜중16:5), 됫고
마리<卷耳>(杜초16:71)/돗고마리(字會上8), 새배<曉>(杜초6:4)/사배(杜중
6:4), 쇠로기<鳶>(杜초20:13)/소로기(柳物一羽)/소록이(교시조2501-1), 계ᄌ
<芥>(救간1:15)/겨ᄌ(柳物三草), 위두<爲頭>(月1:23)/우두(癸丑p.95)

3.7 앞에서 명사 어간말에 부음의 첨가 현상에 필적할 만한 많은 용
례를 보이는 명사 어간말 부음의 탈락 현상에 주목한 바 있다. 또한 부
음의 첨가가 명사 어간말에만 적용되는 것이 아니라, 명사 어간의 형태
소 내부에서도 첨가된다는 사실은 이를 '명사파생접사'라는 문법형태소
로 간단히 처리할 수 없음을 보여주는 것이라 보았다. 이와 더불어 /j/
의 동화 혹은 어형 강화의 측면에서 논의해 왔던 것 역시 '음절경계의
유동성'으로 말미암은 어형으로 보아야 함을 지적하였다. 따라서 3.5의
(라)의 예는 본고에서 다루는 자생적인 /j/의 첨가와 탈락과는 직접적인
관련성이 없다고 할 수 있다.

그런데 여기서 특히 관심을 끄는 용례가 있는데, 그것은 명사가 아닌
용언이나 수식언 등에 아무런 이유 없이 j가 첨가하고 탈락하는 다음과
같은 예들이다. (아·자)는 /j/가 첨가되는 용언과 수식어의 예들이고
(차)는 그와는 대조적으로 탈락하는 경우들이다.

(아) 녀다<行>(杜초20:2)/녜다(杜중20:2), 놀라다(杜초6:9)/놀래다(杜중6:9),
몬돌다(번小16)/믿돌다(小언六100), 몃귀여<塡>(杜초7:3)/몢귀여(杜중7:3),
며다<塞>(月23:92)/메다(月8:84), 사괴다<交>(杜초11:5)/새괴다(杜중11:5),
이르다<무>(杜초15:17)/이릐다(杜중1:22), 싯구다<騷>(字會下22)/싯귀다
(漢227), 여희여<別>(杜초6:51)/예희여(杜중6:51), 열웻도다<薄>(杜초10:38)
/옐웻도다(杜중10:38), 고롭다<苦>(小언6:54)/괴롭다(漢212), 주므르다(救
方上78)/쥐믈으다(救간一60), 아득아득히(杜초8:31)/아딕아딕히(杜중3:37)

(자) 구틔여(杜초11:28) / 귀틔여(杜중11:28), 몬져<先>(용7) / 몬졔(석19:36), 저<自>(救方上52) / 제(救간六20), 젓긔<霑>(杜초10:23) / 젯게(杜중10:23), 죠고맛(석六44) / 죠고맷(朴초上58), 너<四>(능2:42) / 네(杜초7:16)

(차) 내돋다<出走>(석6:33) / 나돋다(救간1:110), 뫼호다<會>(능6:41) / 모호다(三譯4:5), 스싀로<自>(석11:40)(杜초7:30) / 스스로(杜초15:2), 믈읫(圓序2) / 믈웃(救方下73), 두세<二三>(救方下2) / 두서(三강烈12), -ㄹ뎬(圓상一之一45) / -ㄹ뎐(六朝序12), 이믜<旣>(石千20) / 이므(女四1:9), 보비ㄹ외다<寶>(杜초9:30) / 보ㅂㄹ왼(杜중3:73), 아쉽다(靑p.93) / 아숩다(靑李p.7)

(아~차)의 예에서 부음의 첨가·탈락현상이 명사어간에만 국한하여 나타나는 것이 아니라, 용언이나 심지어 수식어에까지도 광범위하게 보인다는 사실은 이 현상을 형태론적인 층위에서 이것을 단순히 명사 파생접사의 일종으로 보는 시각에 의문을 갖게 한다. 따라서 형태론적인 층위에서가 아니라, 다른 층위에서 바라보는 시각이 필요하다는 점을 보여주고 있다. 그렇다면 중세국어 당시부터 근대국어로 거치면서 더욱 활발해진 자생적인 /j/의 첨가·탈락현상을 어떤 관점에서 해석해야 하는가?

본고에서는 이 현상을 형태론적 측면보다는 음운론적인 층위에서 그 실체를 파악할 수 있다고 본다. 문헌어에서 무의식적으로 등장하는 우발적인 표기들조차도 당대의 드러나지 않았던 음성 변화나 방언의 변이형들을 보여준다는 사실[16]을 염두에 둘 때, 소위 /j/의 첨가·탈락을 보여주는 이런 어형들은 궁극적으로 음운론적 층위에서의 어떤 '내적 자질의 일면'을 보여주는 것이 아닌가 한다. 한 어사에 부음이 첨가하

---

16) 최전승(1979:255)에서 재인용. 이러한 이론적 바탕에 대해서는 Penzel(1969)을 참조할 것.

고 탈락하는, 또 두 어형이 공존하는 모습은 당시의 음운들과의 상호관계 속에서 나타나는 것이며, 당대의 음운체계와 전혀 무관한 것이 아니라는 생각이다. 이러한 관점에서 j의 첨가·탈락이 당시 음운체계의 구조적 역학관계를 보여주는 현상 가운데 하나라는 추정하에서 이 현상을 바라보려 한다.

　3.8　당시의 표기자들이 표기상 'ㅣ'를 첨가하고 탈락하는 방법을 통하여 보여주려고 했던 것은 과연 무엇일까? 앞에서 지적한 바와 같이 명사 어간말에 'ㅣ'의 첨가만으로 볼 때는 '명사파생접사'로 볼 수도 있으나, 명사 어간말에 국한하여 첨가되는 것이 아니라 명사 어간의 형태소 내부에서도 첨가된다는 점, 그리고 더 나아가서 명사 이외의 다른 어사에도 광범위하게 보인다는 사실은 이를 음운론적인 층위에서도 논의할 수 있다는 가능성을 보여주고 있다.
　본고는 여기서 부음의 첨가와 탈락이 당시 음운체계에서 모음들간의 대립 관계, 즉 체계안에서 음운 상호간의 '역동적인 내적관계'를 드러내주는 것이 아닌가 추정한다. 여기서 말하는 '역동적인 내적관계'란 당시의 음운체계를 논하지 않고서는 설명할 수 없는 것이기에, 먼저 15세기 국어의 모음체계에 대해서 간략히 언급해 보기로 한다.

　15세기 국어의 단모음 체계에 관해서는 그것이 '고저 대립 체계'였다는 견해, '전후 대립 체계'였다는 견해, 그리고 '사선적 대립 체계'였다는 견해 등으로 크게 나뉘어진다. 그러나 이같은 논의에서 나타나는 공통점 가운데 하나는 당시의 모음체계는 전설계 모음이 하나밖에 없었다는 점이다. 이같은 체계의 모습은 체계적인 관점에서 불안정적이며 기형적인 것으로, 균형잡힌 대립 체계를 추구한다는 측면에서 새로운 전모음 계열(/ɛ, e, ø, y/)의 생성을 예견하는 것이기도 하였다. 결국 이러한 구조적이며, 체계적인 요구가 여러 음운현상을 일으키는 동인으로 작용하였고, 그 중의 하나가 부음의 첨가·탈락이라는 현상으로 실현된 것이 아닌가 하는 생각을 갖게 한다.

이러한 관점에서 부음의 첨가·탈락의 현상 역시 '·'의 비음운화, 하향이중모음의 단모음화, 움라우트와 함께 새롭게 재정립되는 모음체계의 전설 : 후설모음의 대립을 보여주는 현상의 하나로 추정해 볼 수 있다. 이는 근대국어 시기에 있었던 이중모음의 단모음화와 움라우트라는 통시적 변화가 전모음 계열(/e, ɛ, ø, y/)의 생성에 적극적으로 관여했다는 사실과 함께 부음의 첨가와 탈락현상도 이와 동일한 맥락에서 파악하여야 한다는 것이다.

즉 /j/의 첨가와 탈락이 음운론적으로 전설 대 후설의 대립 양상을 보여주는 것이라 추정한다면, 이중모음의 단모음화 시기 역시 다시 한 번 검토해야 할 필요성을 갖게 한다. 이중모음의 단모음화 시기에 대해서는 깊은 논의가 요구되기 때문에 논의를 미루도록 하고, 여기서는 단모음화 시기에 관한 조정의 가능성만을 지적하고자 한다.

당시 단모음 중에서 j와 결합이 가능한 모음은 '이'를 제외한 나머지 6개 모음인데, '·l'와 'ㅢ'를 제외하고는 현대국어에서 /ɛ, e, ø, y/로 단모음화하였음은 주지의 사실이다. '인/ʌj/'는 직접 단모음화의 과정을 거치지 아니하고, /aj/로 변화의 과정을 거쳐 /ɛ/로 변화하였으며, '의/ɨj/' 역시 부분적으로 /i, ɨ, e/등으로 단모음화하였다. 단모음에 j가 결합되어 하향이중모음을 이루었던 것인데, 이것이 다시 모종의 음변화를 통하여 단모음화가 이루어진 것이다. 아래에 제시된 바와 같이 단모음에

j가 합쳐져 이중모음을 이루었고, 이것이 다시 단모음화 과정을 거쳐 전모음 계열인 /ɛ, e, ø, y/를 생성했다고 볼 수 있다.

·/ʌ/ + ㅣ/j/ → ·ㅣ/ʌj/ (> aj> ɛ)　　ㅡ/ɨ/ + ㅣ/j/ → ㅢ/ɨj/ (> ɨj, i, ɨ, e)

ㅏ/a/ + ㅣ/j/ → ㅐ/aj/ (> ɛ)　　　　ㅗ/o/ + ㅣ/j/ → ㅚ/oj/ (> ø, we)

ㅓ/ə/ + ㅣ/j/ → ㅔ/əj/ (> e)　　　　ㅜ/u/ + ㅣ/j/ → ㅟ/uj/ (> ü, wi)

　/ɛ, e, ø, y/의 단모음은 j의 결합에 의해 /aj, əj, oj, uj/ 등의 이중모음을 형성했고, 이것이 다시 단모음화 과정을 거쳤다고 추정할 수 있다. 즉, 이중모음의 단모음화로 전모음계의 빈 여백을 채우려 했던 것이다.

　아무튼 j의 첨가가 전모음 계열인 /ɛ, e, ø, y/와 밀접한 관련성을 가지고 있었음은 부인할 수 없는 사실인 듯하다. 이런 사실로 미루어 볼 때 음운론적인 측면에서 j의 첨가현상은 모음체계상의 불균형성을 회복하려는 방편으로, 후설모음 계열에 대립하는 전모음 계열을 재정립하려는 노력의 일환으로 작용하였던 것이 아닌가 한다. 따라서 j의 첨가는 전모음 계열 발생을 촉진시키는 역할을 담당했던 것이다. 이러한 맥락에서 볼 때 동일어사에 나타나는 j의 탈락 역시 전설 : 후설모음의 대립의 양상을 보여주는 음운론적인 기능의 하나라고 보여지며, j의 첨가와 별개의 현상이 아님을 알 수 있다.

　3.9　앞서 'ㅣ' 첨가와 탈락에 관한 음운론적인 해석을 시도한 바 있다. 그런데 'ㅣ'첨가의 경우는 형태적인 측면에서 볼 때, 18세기 무렵부터 보이는 움라우트 현상을 연상케 한다. 'ㅣ'가 개재되는 결과만을 놓고 보면, 두 경우는 동질적인 것으로 보이기 때문이다. 따라서 'ㅣ'의 첨가의 본질을 제대로 구명하기 위해서는 'ㅣ' 첨가와 움라우트의 차이를

검토하는 논의가 뒤따라야 한다고 본다. 첨가의 성격을 동화현상과 관련지어 볼 경우와 그렇지 않은 경우는 전혀 다른 음운론적 인식을 요구하기 때문이다.[17] 국어사의 측면에서 움라우트 현상이 모음체계의 변천과 밀접하게 관련되어 있음은 주지의 사실인데, 이같은 움라우트 현상이 일어나기 위해서는 먼저 전설모음 /ɛ, e, ø, y/의 존재를 전제로 해야 한다. 이런 사실 때문에 국어사에서 이중모음의 단모음화 시기를 추정함에 있어 상대적 연대 추정의 방법으로 움라우트 현상을 언급했던 것이다.[18] 그것은 당시 국어에 전설모음 /ɛ, e, ø, y/를 설정하지 않고서는 움라우트 현상을 논할 수 없기 때문이다.

움라우트의 동화주와 피동화주의 음운론적 성격과 개재 자음의 음운론적 성격 등에 관해서는 많은 주장들이 제시되어 왔다.[19] 문제는 움라우트에 대한 음운론적인 제약과 범주를 규정하는 것인데, 여기에 대해서는 이견이 있다. 기존에 논의에서 언급된 움라우트의 음운론적 성격과 앞서 살펴 보았던 'ㅣ' 첨가의 성격을 비교해 보면 대체로 다음과 같이 정리될 수 있다.

---

17) 이는 이른 시기에 보이는 'ㅣ'의 첨가 현상을 넓은 의미의 움라우트로 볼 수 있느냐는 문제와 긴밀히 연결되어 있다. 기존 연구에서 '일차적 움라우트' 또는 'i-모음역행동화' 등의 용어(최전승:1979/1995)를 사용하게 된 것도 이러한 사실과 무관하지 않은 것이다.

18) 김완진(1967:150-151), 이기문(1972a:201)을 참조.

19) 김완진(1963/1971), 도수희(1981), 최명옥(1988/1989) 등을 참조. 특히 움라우트에 대한 연구사 및 제 문제점에 관해서는 최명옥(1988/1989)에서 자세히 언급되었다. 여기에서 동화주, 피동화주, 개재자음의 음운론적 설명과 운소와의 관계, 움라우트들의 예외와 규칙적용 순서에 관한 기술이 폭넓게 이루어진 바 있다.

	' ㅣ '첨가	움라우트
동화주	없음	i/j
피동화주	모든 후설모음	모든 후설모음
개재자음	없음	있음

위에서 볼 수 있듯이 두 현상은 피동화주의 음운론적 성격이 모든 후
설모음이라는 점만 같을 뿐, 동화주와 개재자음에 있어서는 분명한 차
이를 보여주고 있다. 자음이 개재된 경우의 움라우트의 예는 '에미<어
미(母)'로 17세기 전기 문헌에서 발견된 바 있으나(전광현(1969:89)을 참
조), 용례가 하나뿐이어서 문제가 있었고, 움라우트의 존재가 분명히 드
러난 문헌은 18세기 초기에 간행된 『普勸念佛文』이다. 이 문헌은 1704
년 경북 예천 용문사에서 간행된 것인데, 거기에는 '재펴가니(<잡히-)(22),
예기지(<여기-)(29), 쥐견느니라(<죽이-)(32)' 등의 움라우트의 예가 나타
난다(김주원(1984:52)을 참조). 정조(1750-1800년) 어필(御筆)에도 '색기도
됴히 잇느냐'와 같은 예가 보이고,[20] 그보다 좀 뒤인 1855년에 간행된
『關聖帝君明聖經諺解』에서는 '익기는(26,<앗기- 惜), 더리고(27,<드리-
煎), 메긴(28,<머기- 食), 기디려(30,<기드리- 待), 지펑이(33,<지팡이 杖),
식기(33,<삿기 羔)'등의 예를 접할 수 있다(이기문(1972:201)을 참조).

그러나 'ㅣ' 첨가의 경우에는 사정이 좀 다르다. '폴/푸리, 그럭/그려
기'류는 명사파생접사 -i의 결과이고, '가야미/개야미, 봐얌/비얌'류는 음
절의 유동성과 형태소의 재구조화의 결과임은 이미 앞에서 논의한 바
있어 여기서는 문제될 것이 없고, 본고의 관심은 3.7의 (아)에서 제시했
던 '이르다/이릐다, 주므르다/쥐믈으다, 젓긔(霽)/젯게'류에서 보이는 'ㅣ'

---

20) 김완진(1967:151)을 참조. 정조의 어필을 근거로 하여 움라우트가 늦어도 18세기 후
반부터 나타난 것으로 추정하였다.

첨가의 경우로 모아진다.

앞에서 살펴보았듯이 움라우트의 동화주는 /i, j/이어야 하는데 반해, 'ㅣ'의 첨가는 이에 해당되지 않는다. 더군다나 동화주를 개재자음 앞의 모음으로 확대 적용하는 견해[21]에 따르더라도 결과는 마찬가지이다. 움라우트 현상이 인접음(피동화주)을 동화주의 음성적 성질과 비슷하게 만드는 동화 현상이라는 점을 염두에 둘 때, 위에서 언급한 'ㅣ'의 첨가는 동화라고 하기가 어렵기 때문이다. 굳이 움라우트와의 공통점을 찾는다면, 후설모음의 전설화에 비견되는 것으로 해당 모음에 전설고모음[+high, -back]인 'ㅣ'를 첨가한다는 것뿐이다.

필자는 여기서 'ㅣ'첨가의 표면적인 결과만을 가지고 움라우트 현상과 동일시해서는 안 된다는 생각을 갖고 있다. 즉, 두 현상이 형태상의 결과만 같았을 뿐이지 도출되는 과정은 서로 상이하기 때문에, 이 두 현상은 서로 다른 음운론적 기재에 의해 나타나는 현상으로 이해해야 함을 보여 준다.

Ⅳ. 결론

Ⅱ장에서는 국어사에서 나타나는 부음의 성격을 음운적인 측면에서 해석하였고, Ⅲ장에서는 부음의 음성적 유동성과 그 음의 첨가 및 탈락 등의 현상을 다루었다. 앞서 논의한 결과를 정리하는 것으로 마무리를 대신하고자 한다.

---

21) 도수희(1981:10)가 그 대표적인 것으로, '치매(<치마), 기개매켜(<기가막혀) 등의 예를 제시하고 있다.

(1) 이중모음에서 보이는 음절 부음의 성격을 주모음에 부음이 결합된 복합음으로 해석하였다. 이는 당시의 나타났던 음운현상과 음운체계적인 균형을 고려한 결과이다.

(2) 부음의 첨가와 탈락을 형태론적인 측면만으로 해석하는 기존의 입장에서 벗어나 형태론적인 면과 음운론적인 측면으로 나누어 설명하였다.

(3) 음운론적인 관점에서 음운현상은 반드시 당대의 음운체계를 반영한다는 명제를 바탕으로, 부음의 첨가와 탈락 현상을 당시 음운체계의 역학관계를 표출해 주는 현상 중의 하나로 파악하였다. 즉 부음의 첨가와 탈락을 'ㆍ'의 비음운화, 이중모음의 단모음화, 움라우트와 함께 새롭게 재정립되는 모음체계의 전설:후설모음의 대립을 보여주는 현상으로 이해하였다. 이는 근대국어 시기에 이중모음의 단모음화와 움라우트라는 통시적 변화가 전모음 계열(/e, ɛ, ø, y/)의 생성에 적극적으로 관여했다고 보는 것으로, 부음의 첨가와 탈락현상도 이와 무관하지 않다고 보는 태도이다.

(4) 음운론적인 측면에서 부음의 첨가는 모음체계상의 불균형성을 회복하려는 방편으로, 즉 후설모음 계열에 대립하는 전모음 계열을 재정립하려는 노력의 일환이었던 것으로 추정하였다. 따라서 부음의 첨가현상은 전모음 계열의 발생을 촉진시키는 역할을 했던 것으로 보았다. 동일한 어사에 보이는 부음의 탈락 현상 역시 전설:후설모음의 대립의 양상을 보여주는 음운론적인 흔적의 하나로 해석하였다.

(5) 앞서 다루었던 부음의 첨가 현상은 움라우트와는 별개의 것으로 두 현상은 서로 다른 음운적 기재에 의해 도출되는 것으로 설명하였다.

참고문헌

김경훤(2001), 「단모음화 시기추정에 관한 몇 가지 제안」, 새국어교육 제61호.
_____(2003), 「이중모음 'ㅢ'의 통시적 연구」, 어문연구 119호, 국어어문교육연구회.
김동언(1983), 「중세어 이중모음의 'ij'에 관한 연구」, 韓南語文學(한남대) 제 9·10집.
김완진(1963), 「國語母音體系의 新考察」, 진단학보 24.
_____(1964), 「中世國語 二重母音의 音韻論的 解釋에 대하여」, 學術院論文集 4.
_____(1967), 「韓國語發達史 上(音韻史)」, 韓國文化史大系 V.
_____(1971), 『國語音韻體系의 硏究』, 一潮閣.
김영배(1984), 『平安方言硏究』, 東國大出版部.
김영선(1995), 「'j'계 내림 두겹홀소리의 기저음가에 대하여」, 우리말연구 제5집.
김종규(1989), 『中世國語 母音의 연결 제약과 음운 현상』, 國語硏究 89.
김주원(1984), 「18세기 경상도 방언의 음운현상」, 인문연구(영남대) 6.
김주필(1994), 『17·8세기 국어의 구개음화와 관련 음운현상에 대한 통시적 연구』, 서울대 박사학위논문.
김차균(1984), 「15세기 국어의 음운 체계(I)」, 언어(충남대 어학연구소) 5호.
도수희(1977), 「忠南方言의 母音變化에 대하여」, 이숭녕선생 고희기념논총.
_____(1981), 「忠南方言의 움라우트 現象」, 方言 5.
_____(1985), 「한국어음운사에 있어서 부음 -y에 대하여」, 한글 179.
_____(1987), 『한국어 음운사 연구』, 탑출판사.
박창원(1988), 「15세기 국어의 이중모음」, 경남어문논집(경남대) 창간호.
백두현(1989), 『嶺南 文獻語의 通時的 音韻 硏究』, 경북대 박사학위논문.
송철의(1995), 「國語의 滑音化와 관련된 몇 問題」, 단국어문논집(단국대) 창간호.
양병곤(1993), 「한국어 이중모음의 음향학적 연구」, 말소리(대한음성학회) 25-26호.
유창돈(1964), 『李朝國語史硏究』, 이우출판사.
이기문(1971), 「'州'의 古俗音에 대하여」, 지헌영선생 화갑기념논총.
_____(1961/1972a), 『國語史槪說』, 민중서관, 탑출판사.
_____(1972b), 『國語音韻史硏究』, 탑출판사.

이상억(1987), 「모음조화 및 이중모음」, 『國語學新研究』, 塔出版社.

이숭녕(1940), 「'ᄋᆞ'音攷」, 진단학보 12권.

______(1954), 『조선음운론연구 제1집 'ᄋᆞ'音攷』, 을유문화사.

______(1981), 『중세국어문법』, 을유문화사.

______(1988), 『李崇寧國語學選集 1,2,3』, 民音社.

전광현(1967), 「十七世紀 國語의 研究」, 國語研究 19.

______(1978), 「十八世紀 前期國語의 一考察」, 어학(전북대) 5.

조성식(1990), 『英語學辭典』, 新雅社.

최명옥(1982), 「月城地域語의 音韻論」, 嶺南大 出版部.

______(1988), 「國語 Umlaut의 研究史的 檢討」, 震檀學報 65.

______(1989), 「國語 움라우트의 歷史的 考察」, 周時經學報 제3집.

최세화(1976/1982), 『15世紀國語의 重母音 研究(三版)』, 亞細亞文化社.

최전승(1979), 「명사파생접미사 -i 에 대한 일고찰」, 국어국문학 79-80호.

______(1986), 『19세기 후기 全羅方言의 음운현상과 그 역사성』, 한신문화사.

______(1995), 『한국어 方言史 연구』, 태학사.

최학근(1976), 「M. 푸찔로의 「露韓辭典」에 대하여」, 冠岳語文研究 제1집.

허 웅(1965/1985), 『국어 음운학』, 샘문화사.

韓國精神文化研究院(1987~1995), 『韓國方言資料集 I~IX』

Jeffers, R. J. & I. Lehiste.(1979), *Principles and methods for historical Linguistics*, Cambridge, M. A : MIT Press.

Jones, D.(1960), *An outline of English Phonetics*, Cambridge, W. Heffer & Sons LTD.

______(1962), *The Phoneme, its Nature and Use*, Cambridge, W. Heffer & Sons LTD.

Gleason H. A.(1961), *An Introduction to Descriptive Linguistics(2nd ed.)*, New York : Holt, Rinehart and winston.

Penzel(1969), 「The Evidence for Phonemic Changes」, In R. Lass(ed), Approaches to English Historical Linguistics, New York : Holt, Rinehart and Winston.

Spencer, A.(1996), *Phonology : theory and description*, Oxford, UK ; Cambridge, Mass., USA : Blackwell Publisher.

Swadesh, M.(1947), 「On the Analysis of English Syllabics」, Language 23.

Trager, G. L. & H. L. Smith.(1957), *An Outline of English Structure*(3rd ed.), Studies in Linguistics, Occasional Papers 3. Norman, Okla. : Battenburg Press.

『鄕藥採取月令』 향명의 몇 해독

Ⅰ. 이 논문의 목적은 『향약채취월령』에 차자표기로 기록된 향약명 (이하 향명)을 해독하는 데에 있다. 이 논의는 윤장규(2000)에서 70여개 의 향명을 논의한 바가 있다. 본고는 이에 이은 논의다.

향명은 의서류에 차자표기로 기록되어 있다. 『향약구급방』, 『향약채 취월령』, 『향약집성방』이 그것들인데 모두 한글 창제 이전에 간행된 것 이다. 이 문헌들은 한문으로 쓰여진 것이지만 그 향명은 민간에서 사용 하는 우리말을 차자로 표기한 것이다. 이들 향명은 한글 창제 이후에 『구급방』, 『구급간이방』과 같은 언해서에 한글로 표기되어 있어 이를 바탕으로 어형을 추정할 수 있다.

이 논문에서 『향약채취월령』을 대상으로 삼은 것은 『향약구급방』과 『향약집성방』의 중간에 있는 자료라는 점과 이 자료를 15세기(한글창 제)와 직접 연결할 수 있다는 점 때문이다. 이는 13세기 어형(『향약구급 방』)의 계승과 변천을 정음문헌 표기와 직접 대응시켜 확인할 수 있다 는 점에서 유용한 작업이다.[1]

---

* 윤장규(성균관대학교 국어국문학과 박사과정 수료)

1) 『향약채취월령』은 세종 13년(1431)에 유효통, 노중례, 박윤덕 등이 왕명을 받고 편

표기법은 언의의 문자화의 전역, 즉 문자 체계와 그것의 언어 표기에의 적용에서 일어날 수 있는 모든 문제를 포괄한다(이기문 1963;2). 다시 말해서, 표기법은 문자 체계와 그 운용 법칙으로 이루어진다. 차자표기에 있어서도 이 원리에서 벗어나지 않는다. 차자표기 자료에 대한 초기 연구는 향가 해독에 치중한 나머지 그 표기법에 대한 이해의 추구는 오히려 부족했던 감을 주고 있다. 이에 대한 반성은 小倉進平(1929), 양주동(1942), 이숭녕(1955), 남풍현(1981)으로 이어졌다. 남풍현(1981)은 그 동안의 연구 업적에 힘입어 차자표기의 체계와 그 운용 원리를 연구하여 정리한 대표적인 업적이다.

이 논문에서 다룰 차자표기 향명의 해독은 남풍현(1981;15)에서 제시한 4체계(音讀字·音假字·訓讀字·訓假字)를 따른다.[2]

찬하였다. 우리 나라에서 산출되는 약재명을 채취하는 월별로 분류하고 그 향명과 약성·제조법 등을 설명한 책이다. 초간본은 전하지 않고, 일본 동경의 국회도서관 본과 서울대 도서관 소장본이 전한다. 동경대본은 1722년 일본인 犬梅塢가 필사한 것이고 서울대본은 이를 다시 1931년에 일본인 무野龍三이 필사한 것을 다시 복사한 것이다.

『향약채취월령』은 161개의 약재명이 각각 채약할 수 있는 약을 월별로 나누었다 (正月採부터 十二月採 그리고 採無時의 13기로 되어 있다). 여기에는 중복되는 예들도 있어서 152종의 향명을 얻을 수 있다.『향약구급방』과 일치하는 향명도 있지만 시대적 변천을 보여주는 후대형도 있다. 향명의 기록은 한어명 아래에 註의 형식으로 기록되어 있으며 지시하는 방식은 '鄕名 ○○○'이라 한 것과 '同 ○○○'라고 한 것이 주를 이루고 있다. 이때 '同'은 '鄕名'을 말한다. 간혹 아무런 지시어가 없이 향명이 기록되어 있는 것이 있다. 또 '朱書', '首書', '上層' 등의 지시어가 있는데 이것은 원본에 없던 것을 후대인이 다른 책에서 전기한 것이다. 이밖에 '一名', '卽'이 있는데 '一名'은 한어명의 별명이고 '卽'은 한어명이거나 한어를 국어식으로 풀어쓴 것이다(남풍현 1981;23,30).

2) 音讀字:차자를 음으로 읽고 그 원뜻도 살림. 音假字:차자를 음으로 읽되 표음부호로만 씀. 訓讀字:차자를 훈으로 읽고 그 원뜻도 살림. 訓假字:차자를 훈으로 읽되 표음부호로만 씀. 이것을 표로 보이면 다음과 같다.

Ⅱ. 1. 惡實 ＜採無時月＞   苦牛蒡子 쁜우방씨3)

　　(ㄱ) 苦牛蒡子/우웡씨(촌가-성), 苦牛蒡子(향집79;16a)

　　(ㄴ) 牛蒡根우웡ㅅ불휘(구간1;105b), 惡實쁜우웡씨(구간2;67a), 牛蒡
菜우왕(사해下36a)(훈몽上8a), 우웡씨(동탕3;8b)

　　(ㄷ) 우버이(함북), 우베(함남), 우방자(경북, 전남, 제주), 우방지(제
주, 함남), 우봉자(경북), 우벙(강원, 경남북, 전남북, 함남북), 우봉
(경남북, 전남, 함남북), 우붕(경남북, 전남, 함남북), 우왕(강원), 우
엉(경남북, 충남북), 우웡(강원, 경기, 경북, 전남북, 충남북, 함남, 황
해), 웡(강원, 전남북, 충남북, 평북, 황해), 우항(강원), 우헝(전북),
엉(경북), 우멍(경북)

　　[苦] 훈독자 '쁜'의 표기　　苦蔘쁜너삼(구간1;98a)
　　[牛] 음독자 '우'음 표기　　우-(육조中64b)
　　[蒡] 음독자 '방'음 표기　　방(훈몽上8a)
　　[子] 훈독자 '씨'의 표기　　松子솖씨(두초10;32a)

　　'惡實'은『본초강목』집해에 '[頌曰] 惡實卽牛蒡子也'라 하였다. 즉 '牛
蒡子'는 한어의 별명임을 알 수 있다. 따라서 '牛蒡子'는 한어 차용어로
서 향약명에 '惡實'의 속성을 더하여 '苦牛蒡子'로 차자표기한 것이다.

音訓 讀假	音　借	訓　借
讀　字	音讀字	訓讀字
假　字	音假字	訓假字

3) 항목 배열은 1단에 한어명을 채취월과 함께 가나다 순으로 배열하고 일련 번호를
붙였다. 그리고 2단에 향명 차자표기, 3단에 필자의 해독 순으로 배열했다. (ㄱ)과 (ㄴ)
그리고 (ㄷ)에는 각각 차자표기 예와 정음문헌의 예 그리고 방언의 예를 제시하였고,
문헌의 약호는 유창돈(1964)의 약호에 따른다. 다만『촌가구급방』의 약호는 안병희
(1978)에서 제시한 예는 '촌가-성'으로 이은규(1994)에서 제시한 예는 '촌가-홍'으로
한다.

‘苦牛蒡子’는 ‘쁜우방삐’로 해독한다. 정음문헌의 ‘우웡, 우왕’은 한자어 ‘우방’이 국어내에 들어와 두 가지 방향으로 변화한 모습을 보여준다. 하나는 모음조화에 의해 ‘우벙’으로 변화하고 이어서 ‘β(ㅸ)〉w’의 변화를 보여주며, 다른 하나는 ‘β(ㅸ)〉w’의 변화만을 보여준다. 또 다른 하나는 (ㄷ)의 예처럼 방언 자료에서 볼 수 있다. 즉 이들 자료는 정음문헌에서 보여주는 ‘β(ㅸ)〉w’의 변화를 거부하고 ‘ㅂ’의 흔적을 보여주고 있다. 따라서 ‘蒡’의 음은 ‘방’음이었던 것으로 추정된다.

2. 菴藺子 <十月>　　　　　眞珠蓬　　　　　　진쥬봉
　　(ㄱ) 眞珠蓬/진쥬봉(촌가-성), 眞珠蓬(향집78;15b)
　　(ㄴ) 진쥬봉(동탕2;42b)(물명3;18a)
　　[眞] 음독자 ‘진’음 표기　　　　진(육조上;20b)
　　[珠] 음독자 ‘쥬’음 표기　　　　쥬(번박上;45b)
　　[蓬] 음독자 ‘봉’음 표기　　　　봉(훈몽上;5a)

‘眞珠蓬’은 (ㄴ)으로 보아 ‘진쥬봉’으로 해독한다. ‘菴藺子’는 ‘맑은대쑥’의 ‘씨’를 말한다. ‘眞珠蓬’은 한어에서 ‘菴藺子’에 대해 ‘眞珠蓬’이라 한 예가 없으므로 그 어원을 알기가 어렵다. 따라서 ‘眞珠蓬’은 국어내에서 조어된 어휘일 가능성이 높고, (ㄴ)에서 한자음을 그대로 표기한 것으로 보아 국어내에서 번역한 차용어일 것으로 추정된다. 이는 ‘蓬’의 의미에서도 확인할 수 있으므로 모두 음독자로 해독한다.

3. 罌子粟 <採無時月>　　　陽古米　　　　　　양고미
　　(ㄱ) 罌粟殼 陽古未/양구미(촌가-성), 罌粟殼 陽古米(촌가-홍), 羊古米(향집84;43a)
　　(ㄴ) 鶯粟殼양고밋당아리(구간2;13b), 양고미삐(동탕1;27a), 罌子粟殼

양고미뿔든겁질(동탕1;27a), 蘡粟花양구빗곳(역해下39b)

[陽] 음가자 '양'음 표기　　　　　　양(훈몽上1a)
[古] 음가자 '고'음 표기　　　　　　고(번소8;1b)
[米] 음가자 '미'음 표기　　　　　　미(진언51b)

'陽古米'는 '阴古米'로 필사되어 있는데,『촌가구급방』의 표기나 정음
문헌의 표기로 보아 '阳古米'를 잘못 필사한 것이다.('阳'은 '陽'의 속자이
고 '阴'은 '陰'의 속자다.) '陽古米'는 '양고미'로 해독한다. '양고미'는 '양구
비'를 거쳐 '양귀비'로 변하였는데, 흔히 '楊貴妃'로 적는 것은 민간어원
이다. '蘡粟'을 '楊貴妃'로 표기하는 일은 중국이나 일본에는 없다.『조
선어사전』(서울1928)에서도 한자 주기가 없다. 다시 말하면 한자어로
처리하지 않았다(안병희1978;196).

　4.　羊蹄根 ＜採無時月＞　　所乙串　　　　　　　솔곶
　　㈀ 所乙串/솔옷(촌가-성), 所乙串(향집79;41b), 羊蹄 所乙古叱/솔옷
　　(우역방3a)
　　㈁ 羊蹄獨根솔옷외불휘(구간2;69b), 솔옷(사해上9a)(훈몽上5a)(역해
　　下11b), 솔옷불휘(동탕3;19a), 솔옷(번박上42a)(노번下53a), 소롯(구
　　황補15)
　　[所] 음가자 '소'음 표기　　　　　소(육조中75a)
　　[乙] 음가자 'ㄹ'말음 첨기자
　　[串] 음가자 '곳'음 표기　　　　　城串잣곶(용가4;21b)

'所乙串'은 '솔곶'으로 해독한다. 정음문헌에서는 '솔옷'으로 표기되었
다. 이는 'ㄹ＿V'에서 'ㄱ'이 탈락한 것으로 'ㄱ＞ㅇ'의 변화를 보여준 것
이다(이기문1972;20). 이는『우마양저염역병치료방』의 '所乙古叱'(우역
방3a)에서도 지지해 준다.

5. 羊躑燭 <三月>   盡月背   진둘뵈

(ㄱ) 盡月背(향집79;38a)

(ㄴ) 羊躑躅花진둘욋곳(구간2;44b), 一名羊躑躅진둘위曰山躑躅(훈몽
上4a), 羊躑躅턱툑곳(동탕3;17b), 杜鵑花진둘리(역해下39a), 杜鵑딘
달늬(물명4;7a)

[盡] 음독자 '진'음 표기   진(육조中49b)

[月] 훈가자 '둘'의 표기   둘爲月(훈해用字)

[背] 음가자 '뵈'음 표기   비(육조中18b)

차자표기 '盡月背'은 진달래를 표기한 것으로 '진둘뵈'(>진둘외)로 해
독한다. 한어명 '羊躑燭'은 일반적으로 철쭉을 말한 것인데 본서에서는
진달래의 한어명으로 쓰였다. 진달래의 한어명은 '映山紅' 또는 '山躑
躅'이다.[4]

'盡月背'의 '月背'는 『향약구급방』에서 '落蹄'의 향명(熊月背)에도 나
타난다. '盡月背'와 '熊月背'는 차자의 연결 구조로 보아 '月背'에 '盡'과
'熊'이 덧붙은 구조다.

6. 烏賊魚骨 <採無時月> 未起骨   미긔치

(ㄱ) 未起骨/미긔뼈(촌가-성), 未起骨(향집83;7a)

(ㄴ) 미긔치(구간2;112b), 오중어뼈미긔치(동탕2;2a)

[未] 음가자 '미'음 표기   미(번소8;38b)

[起] 음가자 '긔'음 표기   긔(번소8;25b)

[骨] 훈독자 '치'의 표기   骨眼누네치(번박上43a)

---

4) '진달래'는 식용할 수 있고 '철쭉'은 독성 때문에 식용할 수 없다. 현대 방언에 '진달
래'를 '참꽃'으로 '철쭉'을 '개꽃'으로 부르기도 하는데 이것을 표현하는 가치개념으로
이해된다. 따라서 '진달래'의 접두사 '진-'은 '철쭉'과의 구분을 위한 것으로 추정된다.

‘未起骨’는 정음문헌 표기에서 ‘미긔치’와 ‘미긔쪄’로 나타난다. 여기서 ‘骨’에 대응하는 어형으로 ‘치’와 ‘쪄’를 확인할 수 있다. ‘쪄’는 대부분의 자전류에서 확인할 수 있다. ‘치’는 자전류에는 없고 ‘骨眼누네치(번박上43a)’, ‘害骨眼눈에 치 알타(역해下30b)’, ‘肋녑팔치 륵俗稱肋骨(훈몽上13a)’ 등의 몇몇 문헌에서만 그 흔적을 확인할 수 있다. 이는 ‘치’가 더 오래된 고형으로 이미 ‘骨’의 훈으로서 잊혀졌음을 뜻하는 것으로 해석된다.

따라서 본 항은 정음문헌 표기로는 최초 출현형인 『구급간이방』의 표기를 존중하여 ‘미긔치’로 해독한다.

7. 龍葵菜 <採無時月>   加亇曹而   가마조싀

   (ㄴ) 龍葵根가마조싯불휘(구간6;23a), 가마조이(동탕-초2;34b), 가마종이(동탕-중2;34b)(물명3;24a)

   [加] 음가자 ‘가’음 표기   가(구간3;8b)

   [亇] 음가자 ‘마’음 표기   叱古亇里/톳고마리(촌가-성)

   [曹] 음가자 ‘조’음 표기   조(육조中49a)

   [而] 음가자 ‘싀’음 표기   싀(육조上4b)

본 항목은 ‘白瓜子’ 아래에 ‘龍葵菜 加亇曹而’로 필사되어 있다. ‘加亇曹而’는 정음문헌 표기와 일치하므로 ‘가마조싀’로 해독한다.

‘亇’는 연원 미상의 자형으로 한국 속자의 하나다. 그 훈이 ‘마치’인 것으로 알려져 있으나 본래는 훈이 없는 차자다. 한문 문맥에서 쓰인 예가 확인되지 않고 국어의 어형만을 표기하는 데 쓰였다.[5] 향명 차자

---

5) ‘亇’는 자전류 중에서 『신자전』(최남선1915) 조선속자부에 등재되어 있다. 여기에 ‘亇마 鐵鎚마치 又地名 見輿地勝覽 胡名 見野史初本粟 名擎子 亇赤粟 見農事直設’(4;56a)로 등재되어 있어서 그 훈을 ‘마치’로 보는 경우가 있으나 근거는 희박하다.

표기 자료 중에서는 『향약구급방』에서 7회[6], 『촌가구급방』에서 1회[7], 『향약집성방』에서 2회[8] 그리고 본서에서는 '加亇曹而'를 포함해서 '松衣亇'(菖蒲〈四月〉) 등 2회만 사용되었다. 『향약구급방』 이전의 차자표기 자료에서 쓰인 용례는 확인되지 않는다. 『구역인왕경』 구결의 토표기에 사용된 예가 있다. 조선조의 자료에서는 고유어 표기에 쓰인 예가 흔하게 나타난다. 구결에 쓰인 것으로 보아 약체에서 온 것이 아닌가 하는 추정도 해 볼 수 있으나 그 정자는 알 수 없다. 13세기에도 이미 차자로서 굳어진 자형으로 추정된다(남풍현1981;44).

8. 龍膽 〈二月〉   觀音草   관음초
   (ㄱ) 觀音草(향집78;13b), 觀音草관음초(촌가–성)
   (ㄴ) 과남플(동탕2;42a), 과남풀(제신8;5b), 과남플(산경), 관음풀(물명3;7b)
   [觀] 음독자 '관'음 표기   관(육조中35a)
   [音] 음독자 '음'음 표기   음(육조上96b)
   [草] 음독자 '초'음 표기   초(육조中51b)

'觀音草'는 '관음초'로 해독한다. '觀音草'는 『본초강목』과 『향약집성방』 '龍膽'조에 다른 이명은 전혀 보이지 않는다. 그러나 이 향명이 '酸棗'의 향명인 '三肽大棗'처럼 불가의 '觀世音菩薩' 따위에서 유래한 준말이 아닌가 추정된다(남풍현1981;85참조). 그러므로 이 향명을 번역 차용어로 보고 음독자로 해독한다. '草'는 차자표기에서 보통 훈독하여

---

6) 影亇伊汝乙伊(蠑蝮), 亇汝乙(大蒜), 亇攴(薯蕷), 升古亇伊(蒼耳), 消衣亇(菖莆), 松衣亇(菖莆), 豆也亇次火(天南星)

7) 吐叱古亇里(蒼耳〈홍〉) 叱古亇里/톳고마리(蒼耳〈성암〉)

8) 加亇五知ㅋ(鸂鷘), 霞乙加亇耳(慈鴉)

'플'이나 '새'로 해독하는 것이 일반적이지만 여기서는 번역차용어이기 때문에 '초'로 해독하였다. 이는『촌가구급방』의 표기가 증명해 준다.

9. 雲母 <二月>9)   石鱗   돌비늘
   (ㄱ) 石鱗(향집 77;1a), 石鱗/돌비늘(촌가-성)
   (ㄴ) 돌비늘(동탕3;44b), 돍비늘(월석2;35b)
   [石] 훈독자 '돌'의 표기   돌 셕(훈몽上2b)
   [鱗] 훈독자 '비늘'의 표기   비늘 린(훈몽下3a)

10. 鬱金香 <三月>   深黃   심황
                       鬱金花   울금화

11. 鬱金 <採無時月>   深黃   심황
   (ㄱ) 鬱金 深黃/심황(촌가-성), 鬱金 深黃/심황(우역방8b,12a), 鬱金
   香 深黃花(향집80;27a), 鬱金 深黃(향집79;24b)
   (ㄴ) 심황(구간2;117a), 심황(동탕3;12a)
   [深] 음독자 '심'음 표기   심(유합下48b)
   [黃] 음독자 '황'음 표기   황(육조序4a)
   [鬱] 음독자 '울'음 표기   울(유합下14a)
   [金] 음독자 '금'음 표기   금(육조上4b)
   [花] 음독자 '화'음 표기   화(육조序18b)

한어명 '鬱金香'과 '鬱金'은 같은 생강과에 속하는 다년생초본이면서도 각각 <三月採>와 <無時月採>에 등재되어 있다. 이는 중국 의학서에 초부와 목부에 각각 등재되어 있기 때문인 것으로 추정된다. 그래서 『향약집성방』에 있는 '鬱金'조『圖經』과 '鬱金香'조『陳臟器』에서 각각

---

9) 중국에서는 우리가 사용하는 것과는 약간 다른 白雲母(Muscovite)를 쓰고 있다. 채취는 본서에서 2월이라 하였으나 광물성 약재이므로 일정한 시기가 없다.

'…此同名而在木部非也…'와 '…不當附于木部'라 하여 목부에 쓴 것이 잘못임을 지적하고 있다.

'深黃'은 (ㄴ)으로 보아 '심황'으로 해독한다. '深黃'은『본초강목』'鬱金' 조 [集解]에서 '…其根黃赤…時珍曰…此邑用根者…人以浸水染色'이라 한 것으로 보아, '鬱金'의 근경이 짙은 황색이므로 아를 근거로 명명된 번역 차용어임을 알 수 있다.

'鬱金花'는 한어명 '鬱金香'을 그대로 차용한 어휘로서 '울금화'로 해독한다. 즉『본초강목』'鬱金香'조 [集解]에서 '…二月三月花 采花 卽香 也'라 하였으므로 '香'이 '花'의 뜻임을 알 수 있다. 다만 정음문헌에서 한글 표기를 확인할 수 없을 뿐이다.

12. 衛矛 <九月>   件帶檜   불디회
    (ㄱ) 排帶檜(향집80;27a)
    (ㄴ) ᄇ디회(동탕3;37b)
    [件] 훈가자 '불'의 표기   五件다ᄉᆞᆺ불(번박上17a)
    [帶] 음가자 '디'음 표기   디(번소9;2a)
    [檜] 음가자 '회'음 표기   회(훈몽上5a)

'件帶檜'는 '불디회'로 해독한다. '불디회'는 '날둘(日月)(두초8;15b)>나 둘(두초15;23a)', '*솔두듥>소두듥'(용가5;36b)처럼 15세기에 'ㄷ' 앞에서 'ㄹ' 탈락으로 인하여 '불디회>ᄇ디회'의 변화를 겪었을 것으로 추정된다. '나둘'과 '소두듥'은 음운 환경이 합성어다. 따라서 '불디회'를 합성어로 전 재하고 일어난 변화로 추정할 수 있으나 이에 대한 명확한 근거는 없다.

'件'은 이두 '件記볼긔'(이승재1992;94)에서 '볼'을 확인할 수 있으며 정 음문헌 표기에서도 이를 확인할 수 있다. '볼'은『왜어류해』의 '件벌건'

(下39a)에서 보듯이 '볼>벌'의 변화를 겪는다. 또한 '件'은 『금양잡록』 곡품에 '茂件羅粟므프레조'에서 보듯이 '플'도 확인할 수 있다. 이는 '볼〉플'의 변화를 보여주는 것으로 유기음화를 겪은 것이다. '플'은 사어화되어 현대에는 쓰이지 않고 있다.

 13. 葜蕟 <正月>　　　　豆應仇羅　　　　둥구라
　　㈎ 豆應仇羅/둥구라(촌가―성), 女葜 豆應仇羅(향집78;7b)
　　㈏ 둥구레(신구황20b)(물명3;7a)
　　[豆] 음가자 '두'음 표기　　　　菉豆록두(구간3;27a)
　　[應] 음가자 'ㅇ'말음 첨기자　　응(유합下40a)
　　[仇] 음가자 '구'음 표기　　　　구(훈몽下11a)
　　[羅] 음가자 '라'음 표기　　　　라(육조中97)

　'豆應仇羅'는 '둥구라'로 해독한다. ㈏의 '둥구라'가 이를 뒷받침한다. '羅'는 아래에서 보듯이 그 재구음을 보면 '라'로 차용되었음을 알 수 있다.

	상고음	중고음
董同龢	lâ	la
B.Karlgren	lâ	lâ
周法高	la	la

　'羅'는 『금양잡록』에서 '레'에 대응하고 있어 '둥구레'로도 해독할 수 있다.('涉森犯勿羅粟/사슴버므레조', '茂件羅粟/므프레조') 차자표기에서 하향 이중모음의 부음 'j'는 수의적으로 생략되는 경우가 많지만(남풍현 1981;44), '豆應仇羅'의 경우는 '둥구라>둥구레'의 변화과정을 겪은 것으로 이해된다.

14. 磁石 <採無時月>　　　　指南石　　　　　　　지남석
　　(ㄱ) 指南石/디남셕(촌가-성), 指南石(향집77;6a)
　　(ㄴ) 지남셕(구간6;1a)(사해上13a)(동탕3;47a)
　　[指] 음독자 '지'음 표기　　　　　지(육조上94a)
　　[南] 음독자 '남'의 표기　　　　　남(구간6;36a)
　　[石] 음독자 '셕'음 표기　　　　　셕(육조中51b)

　　'指南石'은 『본초강목』 등에 '磁石'의 이명으로 나오므로 차용어다.
차자 '指'는 『촌가구급방』에서 '디'로 표기하고 있으나 이는 이 책이 이
미 구개음화를 겪은 언어로 되어 있기 때문에 '디'와 '지'를 혼동하고 있
는 것이다(안병희1978;196).

15. 紫石英 <採無時月>　　紫水精　　　　　　즈슈정
　　(ㄴ) 즈슈정(동탕3;46a)
　　[紫] 음독자 '즈'음 표기　　　　　즈(번박上15b)
　　[水] 음독자 '슈'음 표기　　　　　슈(육조序18a)
　　[靜] 음독자 '정'음 표기　　　　　정(육조中106b)

　　'紫水精'은 '즈슈정'으로 해독한다. '紫水精'은 동경대본을 따른 것으
로 서울대본에서는 '紫水晶'으로 필사되어 있다. 이는 선후 관계를 생
각해 볼 때, 필사자가 '靜'을 '晶'으로 고친 것이다. 이는 '紫水精'의 조어
배경을 보아도 알 수 있다. 즉 '紫石英'은 『동의보감(탕액)』에서 '其色淡
紫瑩澈隨…[本草]'라고 하였고 『본초강목』에서도 '물 속처럼 맑다'라고
설명하고 있으므로 여기에서 '紫水靜'의 조어 배경을 찾을 수 있다.

16. 自然銅 <採無時月>　　生銅　　　　　　　산골
　　(ㄱ) 生銅/산굴(촌가-성)

(ㄴ) 산골(동탕3;53b)
[生] 훈독자 '산'의 표기   生人산사롬(구간1;65a)
[銅] 훈독자 '골'의 표기   산골(동탕3;53b)

차자표기 '生銅'은 『동의보감(탕액)』의 표기를 존중하여 '산골'로 해독한다. 먼저 '生'은 관형형 'ㄴ'에 해당하는 차자가 표기되지 않았다. '銅'은 15세기 훈이 '구리'다.(구리爲銅;훈해용자) 그러나 향명에서는 '골/굴'이다. '골/굴'은 방언형에서도 확인되지 않는 것으로 '銅'의 고형을 향약명에서 유지하고 있는 것으로 추정된다. 이는 한약재로 쓰인다는 특수성과 합성어라는 환경 때문이다.

17. 紫草 <三月>   芝草   지초
  (ㄱ) 芝草(향집79;13b)
  (ㄴ) 지최(구간6;58a)(동탕3;7a), 지초(훈몽上4a)(유합上7)(제신8;11a)
  [芝] 음독자 '지'음 표기   지(훈몽上4a)
  [草] 음독자 '초'음 표기   초(육조中51b)

'芝草'는 '지초'로 해독한다. (ㄴ)의 '지최'로 보아 차자표기에서 '伊'가 빠진 것으로 추정된다.

18. 芍藥 <二月>   大朴花   한박곳
  (ㄱ) 大朴花(향집79;6b)
  (ㄴ) 함박곳불휘(구간7;57a)(동탕3;4a)(우역방12a), 샤약(훈몽上4a)
  [大] 훈독자 '한'의 표기   한(용가67장)
  [朴] 음가자 '박'음 표기   박(구간6;12b)
  [花] 훈독자 '곳'의 표기   곳(석상11;2b)

'大朴花'는 '한박곳'으로 해독한다. '한박곳'은 'ㅂ'에 의해 '함박곳'으로

동화되었다. (ㄴ)의 '샤약'은 한어명 '芍藥'의 표기다. 여기서 우리의 관심
을 끄는 것은 '芍'이다. '芍'은 『훈몽자회』에서 '샥(上4a)음이다. 이는 『광
운』에서 '芍藥'명의 반절로 제시된 '市若切'을 반영한 음으로 추정된
다.10) 그러나 실제 한국한자음에서는 '샥'이 아니라 '샤'로 대응한다. '샤
약'이 이러한 사실을 알려준다. 『진언권공』에서도 '샤(46b)로 표기되어
있다. 다만 자전류에서 '샥'으로 표기한 것은 규범성 때문인 것으로 여
겨진다.

19. 蠶退 <採無時月>　　　蠶出紙　　　　　누에난죠희
　　　　　　　　　　　　馬鳴退　　　　　　마명퇴

　　(ㄱ) 蠶子紙/누웨알스러난죠희(촌가—성), 蠶出紙(향집83;10a)
　　(ㄴ) 누에삐난죠희(구급上44b), 누에삐낸죠희(구간2;47b)
　　[蠶] 훈독자 '누에'의 표기　　　　누에爲蠶(훈해用字)
　　[出] 훈독자 '나—'의 표기　　　　나—(용가61장)
　　[紙] 훈독자 '죠희'의 표기　　　　죠희爲紙(훈해用字)
　　[馬] 음독자 '마'음 표기　　　　　마(육조序5b)
　　[鳴] 음독자 '명'음 표기　　　　　명(훈몽下4a)
　　[退] 음독자 '퇴'음 표기　　　　　퇴(훈몽下11b)

　'蠶退'는 '同 蠶出紙 一名 馬鳴退'로 필사되어 있다. 차자표기 '蠶出
紙'는 (ㄴ)의 표기와 대응한다. (ㄴ)은 엄격히 '蠶退'에 대응할 고유어가 없
으므로 '蠶出紙'를 언해한 것에 불과하다. 이는 『동의보감(탕액)』에 '蠶
布紙'가 표제어로 등재되어 있는 데서 알 수 있거니와 또한 '蠶布紙'가

---

10) '芍'은 자전류에서 '샥', '쟉', '뎍'음으로 표기되어 있다. 이는 『광운』의 반절에서도 확
　인할 수 있다. 즉 '芍'의 반절은 『광운』에 의하면 '芍藥'명으로 '市若切'이지만 이밖에
　'張略切', '七削切', '之若切', '胡了切', '市藥切', '都歷切' 등이 있다.

한어명임을 아울러 알려준다. '馬鳴退'도 '一名'이라 했으므로 한어명의
별명이다. 『동의보감(탕액)』 '蠶布紙'조에서도 '…一名馬鳴退 亦謂之蠶
連…'(2;9a)이라 하였다. 다만 '馬鳴退'는 정음문헌에서 한글 표기를 확
인할 수 없다.

20. 前胡 <二月>   蛇香菜   샤향치
    (ㄱ) 射香菜/샤향치(촌가-성), 蛇香菜(향집79;13a)
    (ㄴ) 샤양칫불휘(동탕3;7a), 샤향치(물명3;18a)
    [蛇] 음독자 '샤'음 표기   샤(육조中42a)
    [香] 음독자 '향'음 표기   향(육조序10a)
    [菜] 음독자 '치'음 표기   치(육조上40a)

'蛇香菜'는 '샤향치'로 해독한다. '蛇香菜'는 『본초강목』 '前胡'조 [集
解]에 '…類蛇狀子花…有香氣…'라 한 것에서 조어 배경을 알 수 있다.
따라서 모두 음독자로 해독한다.

21. 鵜鶘 <採無時月>   沙月鳥   사ᄃ새
    (ㄱ) 沙月鳥油/사ᄃ새지름(촌가-성), 沙月鳥(향집82;13a)
    (ㄴ) 사ᄃ새(사해上25b), 鵜胡嘴사ᄃ새부리(동탕1;38a), 사ᄃ새(훈몽
        上16a)
    [沙] 음가자 '사'음 표기   사(육조中44b)
    [月] 훈가자 '둘'의 표기   둘爲月(훈해用字)
    [鳥] 훈독자 '새'의 표기   새(용가7장)

'沙月鳥'는 차자표기로만 해독하면 '사둘새'로 해독할 수 있으나, 이
시기에 이미 'ㄹ'탈락이 있었다고 보고 '사ᄃ새'로 해독한다.

22. 秦芃 <二月>　　　　　　網草　　　　　　　　망초

　(ㄱ) 網草/그믈플(촌가-성), 網草(향집97;9a)

　(ㄴ) 莽草망초(구간6;75a), 망초불휘(동탕3;5a)(제신8;9b), 망초(물명
3;21b)

　[網] 음독자 '망'음 표기　　　　　　망(번박上29a)

　[草] 음독자 '초'음 표기　　　　　　초(육조中51b)

'網草'는 '망초'로 해독한다. 조어 배경은 『본초강목』 '秦芃'조에 '時珍
曰 秦芃出秦中 以根作羅紋交紏者 故名秦芃秦紏…'라 한 데서 알 수
있다.

『촌가구급방』에서는 '그믈플'로 기록되어 있다. 이는 '그믈플'과 '망초'
가 공존했던 것처럼 보이나, '그믈플'은 『촌가구급방』 외에는 보이지 않
는 표기다. 『촌가구급방』의 '그믈플'은 편자가 당시의 어형을 기록한 것
이 아니라 차자표기만을 보고 그것을 훈독한 것으로 추정된다.

23. 茜根 <二月>　　　　　　古邑豆訟　　　　　　곱도숑

　(ㄱ) 古邑豆松(촌가-홍), 高邑豆訟(향집78;24a)

　(ㄴ) 곱도숪불휘(구간2;106b), 곡도숑(사해上35a), 蒨곡도손 쳔(훈몽上
5a), 곡도숑(동탕2;47a)(동해下45b), 곡도숑(역해下40b)(물명3;15b),
곡도손이(물보;잡초)

　[古] 음가자 '고'음 표기　　　　　　고(번소8;1b)

　[邑] 음가자 'ㅂ'말음 첨기자　　　　읍(육조上64a)

　[豆] 음가자 '도'음 표기

　[訟] 음가자 '숑'음 표기　　　　　　숑(훈몽下14a)

'古邑豆訟'는 '곱도숑'으로 해독한다. '곱도숑'은 후대에 내려오면서 '>
곡도숑/곡도손>곡도숑/곡도송>곡도손이'의 변화를 겪는다. '곱'이 '곡'

으로 변화한 것은 '솝>속(裏)', '브섭>부엌(廚)'의 변화와 같은 것이다.

차자표기 '豆'는 '도'음을 반영한 것으로 해독했다. 근거는 (ㄴ)에서 모두 '도'로 표기되었기 때문이다. 문제는 정음문헌에 '豆'의 음이 '두'(菉豆 록두,구간3;27a)라는 데에 있다. 이것을 '두>도'의 변화로 보는 것은 음운론적인 설명에서 궁색하거니와, 또한 모음조화에 의한 대립모음으로의 변이로 설명하는 것도 자의적이라 할 수 있다. 따라서 차자표기 '豆'의 음이 본 항의 향명에서는 '도'와 대응하는 것으로 보는 것이 합리적이다. 이는 '豆'의 상고음을 반영한 것으로 '곱도숑'의 연원이 오랜 것임을 암시하는 것이다. '豆'는 流섭 候운에 속한다.

24. 天麻 <五月>   都羅本   도라밑
  (ㄱ) 赤箭根/격견불희(촌가-성), 赤前根(촌가-홍), 都羅本(향집79;22a)
  (ㄴ) 슈자히좃(동탕3;10a), 赤箭텬맛삭(동탕2;42b)
  [都] 음가자 '도'음 표기   도(훈몽中4b)
  [羅] 음가자 '라'음 표기   라(육조中97a)
  [本] 훈독자 '밑'의 표기   本밑본(유합下63a)

'天麻'의 차자표기는 '都羅本', '赤箭根', '赤前根' 등 세 가지가 있다. 먼저 '赤箭根'의 '赤箭'은『동의보감(탕액)』'赤箭'조에 '…卽天麻苗也…' (2;42b)라 하였으므로 '天麻'의 싹을 말한 것이다. 또한 '天麻'는『동의보감(탕액)』'天麻'조에서 '卽赤箭根也'라 하였으므로 '赤箭'의 뿌리임을 알 수 있다. 따라서 차자표기 '赤箭根'은 '天麻'의 뿌리를 표기한 것으로 한어명 '赤箭'(음독자)에 '根'(훈독자)을 더한 것이다. '赤前根'의 '前'은 '箭'음을 표기한 것으로 음가자다.

차자표기 '都羅本'은 이들 계통과는 전혀 다른 것으로 정음문헌의 표

기도 확인되지 않을 뿐만 아니라 어원도 불분명하다. '都'와 '羅'는 본서에서 다른 차자표기에 사용된 경우 모두 음가자로 해독됐다. 따라서 '都羅'를 음가자로 보고 '도라'로 해독한다. '都羅/도라'의 해독은 '桔梗'의 향명 '都乙羅叱'(도랏)과 '蛇床子'의 향명 '蛇都羅叱'(ᄇᆢᆷ도랏)에서처럼 이들과 같은 구조를 보이고 있어서 안심할 수 있다. 다만 '都乙羅叱'은 '乙'(ㄹ)말음 첨기자가 있음이 다를 뿐이다.

'本'은 『동의보감(탕액)』 '天麻'조의 설명을 참고하면 '根'에 해당하는 것으로 추정된다. 『본초강목』 '赤箭天麻'조 [集解]에도 '…赤箭 天麻苗也…天麻 卽是赤箭根'이라 하였다. '本'과 '根'은 의미상 모두 남성의 생식기와 관련이 있다. 정음문헌 표기인 '슈자히좃'의 '좃'이 이를 말해준다. 또한 『향약집성방』 '天麻'조에 '圖經曰…獨抽一莖直上高三二尺如箭幹狀靑赤色 故名赤箭脂…'라 한 것이 있다. 이는 그 줄기가 화살대와 비슷하고 청적색이므로 '赤箭脂'라 한다는 것이다. 따라서 '箭'의 상징적 의미가 '슈자히좃'에 표기된 것이며 '天麻'의 형태가 남자의 생식기와 같다고 본 것이다.

'本'이 차자표기에 쓰인 예는 『향약집성방』 '婦人裩襠'의 향명에서도 볼 수 있는 바, 이의 차자표기는 '中衣本'이다. '中衣本'은 '겨지븨듕의민(구간1;108b), 人裩襠사롬의듕의민(동탕1;32b), 裩襠듕윗밑(역해下7a)'에서 확인할 수 있듯이 '듕의밑'으로 해독할 수 있다. '中衣本'은 '듕윗밑'(역해下7a)에서 속격 표시의 'ㅅ'이 있으므로, 합성어로서 '中衣+本/듕의+밑'으로 분석할 수 있다. '中衣'는 속잠방이로 음독자다. '本'은 속잠방이 속의 생식기로 훈독자다.

따라서 차자표기 '都羅本'은 '天麻'의 형태와 무관하지 않다는 것을 '本'이 말해 주고 있다.

25. 甛瓜子 <採無時月>   眞瓜子   춤외삐

  (ㄱ) 眞瓜/춤외(촌가-성), 眞瓜(향집85;7a)

  (ㄴ) 춤외(동탕2;28b)(의손附33b)(방합42)

  [眞] 훈독자 '춤'의 표기   眞춤진(유합下18a)

  [瓜] 훈독자 '외'의 표기   외(두초9;25b)

  [子] 훈독자 '삐'의 표기   松子솖삐(두초10;32a)

  '眞瓜子'는 '춤외삐'로 해독한다. (ㄱ)의 다른 차자표기에 비해 '子'가 있
는 것은 '甛瓜子'는 참외의 씨앗을 약용하기 때문이다.

26. 草烏頭 <二月>   波串   바곳

  (ㄱ) 波串(촌가-홍) (ㄴ) 草烏바곳(구간6;77b)(동탕3;24a) (ㄷ) 바구지

  [波] 음가자 '바'음 표기   바(육조上1b)

  [串] 음가자 '곳'음 표기   城串잣곳(용가4;21b)

  '草烏頭'의 차자표기가 '波事'으로 필사되어 있으나 이는 (ㄱ)과 (ㄴ)으로
보아 '波串'을 잘못 필사한 것이다. '波串'은 '바곳'으로 해독한다. (ㄴ)의
표기는 종성이 중화된 것이므로 '바곳'으로 표기된 것이다.

27. 梔子 <九月>   芝止   지지

  (ㄴ) 지지(구간6;38b)(동탕3;34a)(사해上17b)(우역방12a)

  [芝] 음가자 '지'음 표기   지(훈몽上4a)

  [止] 음가자 '지'음 표기   지(육조中52a)

  '梔子'는 '朱書芝止'로 필사되어 있다. '芝止'는 (ㄴ)의 표기에서처럼 '지
지'로 해독한다. '지지'는 '梔子'의 차용어로 추정된다. 『훈몽자회』에 '梔
지짓지俗呼梔子花'(上4a)가 있는바 '梔子'가 '지지'임을 알려주고 있고

'梔'의 음도 '지'이기 때문이다. 또한 '子'의 음도 '지'다. 이는 '落蘇'의 차
자표기 '茄子'가 '가지'에 대응함으로써 더욱 분명하다(茄가지가俗呼茄子
又呼落酥, 훈몽上7a). '茄子'는 『향약구급방』의 '落蘇'의 향명 차자표기로
'가지'로 해독할 수 있다(茄子根, 향구中18b)(茄子, 향구目49a).

28. 萹蓄 <五月>   百節   온미듭
    (ㄱ) 百節草/온미디(촌가-성), 百節(향집79;42a)
    (ㄴ) 온ᄆ듭(동탕3;19b), 온마답(제신8;16b), 옷미듭(물명3;8a)
    [百] 훈독자 '온'의 표기   온(용가58장)
    [節] 훈독자 '미듭'의 표기   미듭(월석21;44a)

   '百節'은 '온미듭'으로 해독한다. '온미듭'은 『향약집성방』 '萹蓄'조에
서 '圖經曰 萹蓄亦名萹竹…'(79;42a)이라 한 것과 『동의보감(탕액)』 '萹
蓄'조에서 '…如竹花…[本草]라 한 것에서 그 조어 배경을 알 수 있다.
즉 이 식물이 대나무처럼 마디가 많다는 것에서 조어된 것이다. '百/온'
은 단순히 백이라는 수의 의미가 아니라 다수의 의미를 지닌다.

29. 夏枯草 <三月>   鷰蜜   져비꿀
    (ㄱ) 鷰矣蜜(향집79;51a)
    (ㄴ) 져븨꿀(동탕3;23a), 져비꿀(방합)(경험)
    [鷰] 훈독자 '져비'의 표기   져비爲燕(훈해用字)
    [蜜] 훈독자 '꿀'의 표기   꿀(훈몽中21a)

   '鷰蜜'는 '져비꿀'로 해독한다. 『향약집성방』과의 차이는 속격표시
'矣'의 유무 차이만 있을 뿐이다.

30. 海帶 <採無時月>   多士摩   다ᄉ마

  (ㄱ) 多士摩/다ᄉ마(촌가-성), 多士麻(79;29a)

  (ㄴ) 昆布다ᄉ마머육(구간2;80a), 다ᄉ마(동탕2;36a)(역해上54b)

  [多] 음가자 '다'음 표기   다(육조序3b)

  [士] 음가자 'ᄉ'음 표기   ᄉ(육조序4b)

  [麻] 음가자 '마'음 표기   마(구간1;26a)

'多士摩'는 '다ᄉ마'로 해독한다. 이의 어원은 미상이다. '海帶'는 '似多士摩藿而麤長'로 필사되어 있다. 이는 '多士摩'와 비슷한 것으로 그 잎이 거칠고 길다고 한 것이다. 『동의보감(탕액)』'海帶'조에서는 '다ᄉ마'로 규정하면서도 '…似海藻而麤且長[本草]'이라 하여 듬북(海藻)과 비슷하면서 거칠고 길다고 하였다. 정음문헌에서는 '海帶'와 '昆布'를 모두 '다ᄉ마'로 표기하고 있다.

31. 海桐皮 <採無時月>   掩木皮   엄나모겁질

  (ㄱ) 掩木皮/엄나모거피(촌가-성), 掩木皮(향집80;27b)

  (ㄴ) 엄나모겁질(동탕3;38a)(제신8;24a)

  [掩] 음가자 '엄'음 표기   엄(유합下26a)

  [木] 훈독자 '나모'의 표기   나모(용가89장)

  [皮] 훈독자 '겁질'의 표기   겁질(구급下2a)

본 항의 한어명은 '海東皮'로 필사되어 있다. '海東皮'의 '東'은 '桐'을 잘못 필사한 것이다. 『향약집성방』이나 『본초강목』 그리고 『동의보감(탕액)』 등에 모두 '海桐皮'로 기록되어 있기 때문이다.

'掩木皮'는 '엄나모겁질'로 해독한다.

32. 香薷 <十月>　　　　　奴也只　　　　　　　노야기

　(ㄱ) 奴也只/노아기(촌가-성), 奴也只(향집85;14a)

　(ㄴ) 노야기(구간2;60a)(동탕2;33a), 薷뇌야기슈(훈몽上8a), 노약이(물명3;9b)

　[奴] 음가자 '노'음 표기　　　　　노(훈몽上17a)

　[也] 음가자 '야'음 표기　　　　　야(번소9;2a)

　[只] 음가자 '기'음 표기　　　　　기(동신烈1;90b)

'奴也只'는 '노야기'로 해독한다. 어원을 알 수 없는 고유어다.

33. 胡荽 <五月>　　　　　高柴　　　　　　　고싀

　(ㄱ) 高柴/고싀(촌가-성), 高柴(향집85;4b)

　(ㄴ) 고싀(사해上51b)(역해下10b), 고시(훈몽上7b)(동탕2;34a)

　[高] 음가자 '고'음 표기　　　　　고(육조中33b)

　[柴] 음가자 '싀'음 표기　　　　　싀(구간1;100a)

'高柴'는 '고싀'로 해독한다. 어원은 미상이다.

34. 虎杖根 <二月>　　　　　紺著　　　　　　　감뎨

　(ㄱ) 甘除根/감뎨쌸히(촌가-성), 紺著(향집80;28b)

　(ㄴ) 감뎻불휘(동탕3;24a)

　[紺] 음독자 '감'음 표기　　　　　감(훈몽下8b)

　[著] 음독자 '뎨'음 표기　　　　　감뎻불휘(동탕3;24a)

'紺著'는 '감뎨'로 해독한다. '紺著/감뎨'의 어원은 『향약집성방』 '虎杖根'조에 '陳藏器本草云…一名苦杖　莖上有赤點者是　蜀本圖經云…其莖赤其根黃…'이라 하였으므로 '그 줄기가 붉고 뿌리는 누렇다'고 한

데서 명명된 것으로 추정된다. 이는 '紺著'를 음독자 표기로 해독케 한다. 한어명 '虎杖'의 어원도 『본초강목』 '虎杖'조에 보면 '釋名…杖言其莖…虎言其斑也'라 하였으므로 그 줄기와 무늬로서 명명한 것임을 알 수 있다.

'紺著'에서 '著'의 15세기 한국한자음은 '뎌'음이다. 그러나 차자표기 '紺著'에서는 (ㄴ)의 표기에서 보듯이 '뎨'음이다. 이는 '著'가 『촌가구급방』의 차자표기에서 '除'로 바뀐 데서도 확인할 수 있다. 다시 말하면, '著'는 15세기 이전에 '뎨>뎌'의 변화를 이미 겪었으므로 『촌가구급방』에서는 15세기 한국한자음에서 '뎨'음에 해당하는 '除'로 차자표기한 것이다. '著'와 '除'는 둘 다 遇攝 魚韻 三等 開口라는 사실이 이를 증명해 준다.

35. 紅草 <四月>　　　　　蓼花　　　　　　　료화
　　(ㄱ) 蓼花/엿쮜(촌가–성), 蓼花(향집79;26b)
　　(ㄴ) 료화(구간1;34a)(사해上6a)(훈몽上5a), 뇨화(동탕3;13a), 엿귀(훈몽上7b), 水蓼믈엿귀(동탕3;23b)
　　[蓼] 음독자 '료'음 표기　　　　료(훈몽上7b)
　　[花] 음독자 '화'음 표기　　　　화(육조序18b)

'蓼花'는 '료화'로 해독한다. '료화'를 향명으로 취급하고 있으나 고유어는 아니다. 이는 『본초강목』 '葒草'조의 釋名에 '天蓼', '大蓼'가 있는 것으로 미루어 알 수 있거니와 '蓼花'가 음독자임도 알 수 있다.

36. 稀薟 <七月>　　　　　蟾矣衿　　　　　　두터븨니블
　　(ㄱ) 蟾矣衿(향집79;42b)
　　(ㄴ) 두터븨니블(사해下85a), 진득출(동탕3;19b)
　　[蟾] 훈독자 '두텁'의 표기　　　두텁爲蟾蜍(훈민用字)

[矣] 음가자 '의/이'음 표기　　　의(번소8;4a)
[衿] 훈독자 '니블'의 표기　　　니블(훈몽中11b)

'蟾矣衿'은 '두터븨니블'로 해독한다.

Ⅲ. 지금까지 필자는 『향약채취월령』에 나타난 향명 차자표기를 일부만 해독해 보았다. 이를 정리하여 제시하는 것으로 결론에 대신코자 한다.

1.	惡實 <採無時月>	苦牛蒡子	쁜우방삐
2.	菴藺子 <十月>	眞珠蓬	진쥬봉
3.	罌子粟 <採無時月>	陽古米	양고미
4.	羊蹄根 <採無時月>	所乙串	솔곳
5.	羊躑燭 <三月>	盡月背	진둘빅
6.	烏賊魚骨 <採無時月>	未起骨	미긔치
7.	龍葵菜 <採無時月>	加亇曹而	가마조싀
8.	龍膽 <二月>	觀音草	관음초
9.	雲母 <二月>	石鱗	돌비늘
10.	鬱金香 <三月>	深黃	심황
		鬱金花	울금화
11.	鬱金 <採無時月>	深黃	심황
12.	衛矛 <九月>	件帶檜	블딕회
13.	萎蕤 <正月>	豆應仇羅	둥구라
14.	磁石 <採無時月>	指南石	지남석
15.	紫石英 <採無時月>	紫水精	즈슈정
16.	自然銅 <採無時月>	生銅	산골
17.	紫草 <三月>	芝草	지초

18. 芍藥 <二月>	大朴花	한박곳
19. 蠶退 <採無時月>	蠶出紙	누에난죠히
	馬鳴退	마명퇴
20. 前胡 <二月>	蛇香菜	샤향치
21. 鵜鴣 <採無時月>	沙月鳥	사ᄃ새
22. 秦芄 <二月>	網草	망초
23. 茜根 <二月>	古邑豆訟	곱도숑
24. 天麻 <五月>	都羅本	도라믿
25. 恬瓜子 <採無時月>	眞瓜子	춤외삐
26. 草烏頭 <二月>	波串	바곳
27. 梔子 <九月>	芝止	지지
28. 萹蓄 <五月>	百節	온미듭
29. 夏枯草 <三月>	鷰蜜	져비꿀
30. 海帶 <採無時月>	多士麻	다ᄉ마
31. 海桐皮 <採無時月>	掩木皮	엄나모겁질
32. 香薷 <十月>	奴也只	노야기
33. 胡荽 <五月>	高柴	고싀
34. 虎杖根 <二月>	紺著	감뎨
35. 紅草 <四月>	蓼花	료화
36. 稀薟 <七月>	蟾矣衿	두터븨니블

참고문헌

金斗鍾(1963), 鄕藥救急方, 圖書5, 乙酉文化社.

金斗燦(1983), 借字表記 鄕名의 通時的 硏究, 단국대(석사).

南廣祐(1961), 鄕藥採取月令 解讀 考察, 文耕 11(中央大).

南豊鉉(1981), 『借字表記法硏究』, 단대출판부.

方鍾鉉(1963), 鄕藥名 硏究, 『一簑國語學論集』, 民衆書館.

孫炳胎(1990), 村家救急方의 鄕藥名 硏究, 嶺南語文學 17.

안덕균(1983), 『향약채취월령』, 세종대왕기념사업회.

安秉禧(1978), 村家救急方의 鄕名에 대하여, 언어학 3, 한국언어학회.

양주동(1942), 『古歌硏究』, 박문서관.

유창돈(1964), 『이조어사전』, 연대출판부.

윤장규(2000), 鄕藥採取月令의 향명 해독(1), 성균어문연구35.

이기문(1963), 『국어표기법의 역사적 연구』, 한국연구원.

______(1972), 『국어음운사연구』, 탑출판사.

李德鳳(1963a), 鄕藥救急方의 方中鄕藥目 硏究, 亞細亞硏究 6-1(고려대).

______(1963b), 鄕藥救急方의 方中鄕藥目 硏究, 亞細亞硏究 6-2(고려대).

이숭녕(1955), 新羅時代의 表記法體系에 關한 試論, 서울대논문집2.

李時珍(1590)『本草綱目』, 高文社(影印本 1977).

이은규(1993) 향약구급방의 국어학적 연구, 효성여대(박사).

______(1994) 촌가구급방 이본의 차자표기 비교 연구, 한국전통문화연구 9집.

董同龢(1985)『上古音韻表稿』, 中央歷史言語硏究所, 臺北.

周法高(1973)『漢字古今音彙』, 中文大出版部, 香港.

小倉進平(1929)『鄕歌及吏讀의 硏究』. 경성대학.

______(1932)『本草綱目啓蒙』に引用せられたろ朝鮮動植鑛物名, 靑丘學叢10.

______(1933) 『鄕藥採取月令』及び『鄕藥集成方』に現はれた朝鮮語動植鑛物名解釋補遺, 靑丘學叢14.

B.Karlgren(1964)『*Compendium of Phonetics in Ancient and Archaic Chinese*』, Museum of Far astern Antiquities, Stockholm.

중세국어 모음체계 수립 연구에 관한 몇 문제

1.0 이 글은 기존의 중세국어 모음체계 수립과 관련하여 제기되었던 논의들이 어떤 점에서 문제가 있는지를 밝히어 중세국어 모음체계 수립에 대한 논의가 새롭게 시작될 수 있는 단초를 제공하는 데 목적을 둔다. 그리고 이러한 목적에 따라 기존의 논의들이 가지는 문제를 분석하고 확인하는 데 중점을 두고 논의를 진행하기로 한다.

국어의 모음에 관한 연구는 해방 이후부터 오늘에 이르기까지 꾸준한 관심을 받아 왔다. 지금까지 소개된 결과만 보더라도 모음과 관련된 논문이 100여 편이 넘는다. 이 논의들 중 상당 부분은 중세국어에 대한 '·'의 음가, 모음조화, 모음추이 등 당시의 모음체계와 관련된다. 대개의 경우 중세국어에 대한 논의는 15세기에 한정되어 이루어지고 있다. 여기서 주목할 것은 당시의 모음 체계를 수립하기 위하여 다양한 시도가 있었는데 그 다양한 시도만큼이나 다양한 결과를 낳았다는 점과 이런 다양한 연구 결과가 나왔음에도 부분적으로는 아직도 적지 않은 문제점을 내포하고 있다는 점이다.

이러한 점을 고려하여 이 글에서는 중세국어[1] 모음체계 연구에 있어

---

* 오광근(한국어 세계화재단 연구원)

서 간과된 듯한 다음 두 가지의 사항에 대해 중점적으로 검토하기로 한다. 간과된 두 가지 사항 중 하나는 모음체계 수립 방법론에 있어서 무엇을 모음체계 수립을 위한 적극적인 근거로 삼아야 하는가 하는 것이다. 지금까지의 논의에서는 모음체계 수립을 위한 다양한 접근 방법이 시도되어 왔지만 이에 대한 타당성 검토가 미흡하였다.[2] 나머지 하나는 모음체계를 수립함에 있어 타 음운에 비하여 소실된 음운에 주로 관심이 쏠렸다는 사실이다. 이는 곧 비음운화된 'ㆍ'와 관련된 여러 현상과 대립 관계에 대해서는 상당 부분 밝혀졌지만 그 외의 일부 음운에 대해 상대적으로 잘 알지 못한다는 것의 다른 표현에 지나지 않는다. 가령, 국어사적으로 보면 소실된 음운 'ㆍ'의 대립 관계를 물려받은 음운은 'ㅓ'이다. 그런데 이 'ㅓ'에 대해서 우리는 'ㆍ'가 비음운화되기 이전인 중세국어 시대의 타 음운과 어떤 대립 관계를 가졌는지에 대해 해답을 갖고 있지 않다. 그동안 중세국어의 모음체계 상에서 'ㅓ'의 위치는 'ㆍ'의 모음체계 상 위치에 따라 상대적인 위치를 점할 뿐 'ㅓ'가 당시의 모음체계 상 어떤 위치에 있었고 어떠한 근거로 주위의 다른 음운들과 그와 같은 대립 관계를 가졌었는지에 대한 구체적인 설명을 우리는 제시하지 않았다.[3]

2.0 앞서 언급한 바와 같이 중세국어의 모음체계를 수립함에 있어 다양한 접근 방법이 있었다. 그 논의들은 접근 방법에 따라 대체로 다

---

1) 이 글에서 '중세국어'라 함은 일반적으로 사용되고 있는 후기 중세국어(15-16세기)를 의미한다. 국어사의 시대 구분에 대해서는 이기문(1972) 참조.

2) 국어의 모음체계 수립에 대한 연구사로는 대표적으로 김영진(1990)과 차재은(1999), 박창원 편(2002)을 들 수 있다.

3) 'ㅓ'에 대한 개별적인 논문으로는 박팔회(1958), 이숭녕(1959), 김선기(1971), 강신항(1985) 등 손으로 꼽을 정도로 저다.

음 네 가지로 분류될 수 있다.[4]

① 훈민정음 해석을 통한 접근 : ‘舌縮’과 ‘口蹙’에 대한 해석
② 음가 중심의 접근 : ‘·’의 위치
③ 음운현상을 통한 접근 : 모음조화
④ 이론상의 접근 : 모음추이와의 관련

중세국어에 관한 논의를 진행하기 앞서 후기 근대국어 시대에 대한 논의는 어떠했는지를 살펴볼 필요가 있다. 같은 국어사의 입장이면서도 중세국어의 모음체계 수립 방법론만큼 접근 방법이 그리 다양하지 않고 동시에 이 시대에 사용되는 접근법이 중세국어의 그것들 중 어느 하나에 속하지 않으면서 당시의 모음체계를 재구한 논의가 있다.[5] 이 논의는 음운체계와 음운현상을 유기적인 관계로 전제하고 음운체계 수립에 유효한 음운 현상들을 토대로 당시의 모음체계를 재구한 대표적 연구라 할 수 있다. 여기서 활용하고 있는 음운현상은 다음과 같다.[6]

첫째, vowel rasing(‘ㅡ~ㅓ’, ‘ㅣ~ㅔ’ 등)
둘째, ‘ㅣ’ 모음역행동화 규칙(‘e←ə’, ‘ɛ←a’ 등)

---

4) 최병선(1998:91) 참조. 모음체계 수립에 대한 개별적인 논의는 김영진(1990)과 차재은(1999) 참조.

5) 이병근(1976/1979) 참조.

6) 이병근(1976/1979:126-133) 참조. 이 이후의 논의로는 이승재(1977)와 백두현(1988)을 참조할 수 있다. 이승재(1977)의 논의에서는 ‘·’의 변화와 관련된 ‘ᄋ>으’, ‘ᄋ>아’와 원순모음화와 관련된 ‘ᄋ>오’와 ‘으>우’ 등의 음운 변화를 자연부류와 음운론적 보편성이라는 개념을 기준으로 해서 해석함으로써 모음체계를 재구하였다. 이 논의는 비록 중세국어와는 다른 남부방언이라는 범위상 특수성이 있지만 모음체계를 재구하는 방법론에서 그런 정도의 차이는 별로 중요하지 않을 것 같다. 백두현(1988)의 논의에서는 근대 경상도 방언의 음운현상을 통하여 모음체계를 수립하였다.

셋째, 'ㅅ, ㅈ, ㅊ' 등의 마찰음 아래에서 ɨ → i 현상
넷째, 원순모음화 및 비원순모음화 규칙('ㅗ~ㅓ' 등)

특히 음운현상을 토대로 한 후기 근대국어의 모음체계에 대해서 특별한 이견이 제시되고 있지 않음을 주목할 필요가 있다. 그것은 음운체계를 수립하기 위한 방법론에 있어서 당시의 음운현상을 토대로 한 음운체계 수립이 방법론적으로 타당함을 간접적으로 입증하는 것이라 볼 수 있다.

그렇다면 이 시대에 있었던 음운현상이 중세국어에 있었는지를 확인하는 작업 또는 중세국어에는 모음과 관련된 어떤 음운현상이 있었는지를 조사하는 작업이 당시의 음운체계 수립을 위하여 무엇보다 선행되어야 한다는 결론에 이르게 된다.[7]

2.1. 기왕의 중세국어 음운체계 수립을 위한 논의에서 당시의 음운현상이 간과되었던 것은 아닌가? 아니라면 당시의 음운현상은 무엇이고 그것이 체계 수립에 어떻게 반영되었는가? 우리는 이에 대해 중세국어의 대표적 음운현상이면서 당시 음운현상으로 무엇보다 중요하게 논의되어 온 모음조화 현상을 거론하는 데 조금의 주저도 없을 것 같다. 이것은 매우 중요한 의미를 갖는다. 중세국어의 모음체계 수립과 관련하여 모음조화 현상을 도외시하면 안 된다는 것을 의미하기 때문이다. 당시의 모음조화 현상이 이미 상당히 문란해진 감이 없지 않아 망설여지기는 하지만 이를 당시의 대표적인 음운현상으로 본다면 모음조화가

---

7) 물론 중세국어와 후기 근대국어의 음운의 수는 같지 않음은 주지하는 바와 같다. 음운의 수가 같지 않으므로 음운체계 다시 말하면 음운 간의 대립 관계가 다를 수 있다.

중세국어 음운체계 수립의 중요한 근거로 제시됨은 당연한 결과라 할 것이다.[8]

그런데 이와는 좀 다른 견해가 있다. 모음체계와 모음조화의 불합치에 대한 논의가 그것이다.[9] 모음체계가 음운현상을 토대로 수립되어야 한다는 입장에서 본다면 이들의 불합치에 관한 논의는 받아들이기 어렵다. 그렇지만 모음체계와 모음조화가 합치해야 한다는 입장에 있으면서도 모음조화를 모음체계 속에서 조화롭게 설명할 수 없다면 그것은 우리를 괴롭힐 큰 문제꺼리임에 틀림없다. 그렇다면 모음체계와 모음조화가 불합치한 것이라고 할 것인가? 아니면 불합치하다는 논의와 합치된다는 논의의 대립을 인정한 채 그대로 평행적 연구를 진행시킬 것인가?

김완진(1963, 1978)은 모음조화 현상이 모음체계와 일치한다는 사실을 증명하기 위하여 주장을 펼쳐 온 대표적 연구 사례이다.[10] 이기문(1969)은 15세기 모음조화의 틀이 반영하는 것은 15세기의 모음체계가 아니라 그 이전의 체계이므로 합치될 수 없다는 대표적 논의이다. 위 두 논의는 상반된 주장을 하는 것 같지만 기본적으로는 음운현상이 음운체계의 외적 顯現이라는 데에는 동의하는 것으로 해석된다. 다만 차이가 있다면 우리가 모음조화 현상이라고 인식하고 있는 당시의 일단의 현상들이 공시적인 것인가 아니면 통시적인 것인가 하는 시각의 차이가 있을 뿐이다. 그렇다면 15세기의 모음조화 현상이, 19세기의 그것과 같지 않겠지만 이병근(1976/1979:137)에서처럼, 19세기는 물론 15세기에도

---

8) 이에 대한 대표적인 논의로는 이숭녕(1947), 김완진(1963, 1978) 등이 있다. 모음조화와 관련된 개괄적인 논의는 최태영(1990)이 참고가 된다.

9) 이기문(1968), 김방한(1978) 등 참조.

10) 최병선(1998:91) 참조.

공시적인 동화현상으로 인정할 수 있는 것인지 또는 아닌 것인지에 대한 좀더 면밀한 검토가 필요하지 않을까?[11] 모음조화가 당시의 음운현상이 아닐 수 있다는 가정은 적어도 중세국어와 근대국어 사이에 있었던 ' · '의 비음운화와 중세국어 당시의 모음조화 현상을 함께 고려할 경우 이들의 대립 관계들을 조화롭게 설명할 수 없다는 점에서 개연성이 있다고 하겠다. (이에 대해서는 후술)

2.2.0. 이와 같은 불합치의 문제는 당시의 모음체계를 수립함에 있어 훈민정음 해례본의 '縮'이란 용어의 적극적인 해석과 모음체계의 대립 체계가 수직(vertical)도 수평(horizontal)도 아닌 사선적(diagonal) 대립 체계라는 개념을 도입하는 데에 적지 않은 영향을 미친 것으로 보인다.

2.2.1. 훈민정음에 나타나는 '縮'이 모음체계에 이용된 것은 근대 국어학이 도입된 이래로 1950년대 이숭녕(1954)부터이다. 그 이후 허웅(1965), 김완진(1978)을 거쳐 1980년대에 이르러 훈민정음 해례본의 '축(縮)'이 '전진 혀뿌리 자질'(ATR)[12]로 보는 새로운 해석이 적극적으로 수용되면서 1990년대와 2000년대에는 중세국어의 모음체계가 '축(縮)' 자질에 의한 사선체계를 이룬다고 보는 견해가 주류를 이루게 되었다.

2.2.2. 그런데 중세국어의 모음체계를 사선체계로 보는 데에 몇 가지 해결해야 할 문제가 있다. 19세기 국어 이후의 모음체계가 이병근(1976)

---

11) 이숭재(1977:409-410)에서도 국어의 모음조화 현상이 일률적으로 기술되지 않는다는 점에서 Crazy rule의 성격을 띤다고 지적하면서 모음조화 현상을 적극적인 근거로 삼기보다는 오히려 배제하고 있다.

12) 또는 RTR(the retraction of the tongue root)라고도 한다.

의 결과에서와 같이 非사선(적) 대립 체계라는 데 동의한다면 중세국어의 사선체계가 후기 근대국어를 거쳐 현대국어로 오는 동안 어떻게 해서 非사선(적) 체계로 변모했는가 하는 점이다.[13] 사선 체계가 수평(적) 대립체계나 수직(적) 체계에 비해 일반적인 대립체계인 것도 아니고 사선 체계가 비사선 체계로의 변모 양상도 일반적인 것이라 할 수 없는 것이므로 당시의 대립 체계가 사선 대립이라는 것을 이해하기는 쉽지 않다. 더욱이 사선 체계에서 비사선 체계로의 변모 과정을 충분히 증명할 만한 현상들을 제시하지 않았다는 점에서 중세국어의 모음체계가 사선 체계라는 논의는 재고의 여지가 있다.

2.2.3. 중세국어의 모음체계 수립에 '훈민정음 해례'가 적극 활용된 것은 어쩌면 당연한 결과일 것이다. 그렇지만 일찍이 이기문(1969:135-136)의 지적처럼 훈민정음 해례본에 나타난 용어를 현대적 관점으로 해석하는 것에 각별한 주의가 필요하다. 해례본 편찬자들의 기술은 당 시대의 국어를 관찰하고 이를 토대로 분석한 것을 기록한 성질의 것일 뿐 당시의 언어 본질 그 자체가 아님에 주의가 필요하지 않을까? 만약 해례본이 당시의 편찬자들의 해석의 하나라는 데에 동의한다면 훈민정음 해례본을 토대로 한 우리의 해석은 당시의 언어에 대한 해석에 또 다른 해석을 덧붙이고 있는 것일 수도 있다. 일반적으로 음운체계가 음운현상의 외적 顯現이라 인식하면서도 ①과 같은 훈민정음 해례본의 기술

---

13) 김완진(1963)에서는 중세국어의 모음체계를 사선적 체계로 보지 않는다. 그렇지만 이 논의에서는 음운현상과 음운체계를 유기적인 관계로 전제하고 있고 아울러 모음조화가 당시의 음운현상임을 전제로 하고 있다는 점에서 사선적 체계를 주장하는 논의와 맥을 같이 한다 할 수 있다. 이 논의에서는 모음조화와 모음체계를 관계를 합치한다는 데 결론을 내렸지만 현대국어와의 연계 문제로 모음추이가 중세국어와 현대국어 사이에 일어난 것으로 볼 수밖에 없는 한계가 있었다.

을 당시의 모음체계 수립을 위한 중요한 근거의 우선 순위로 삼는 것은
재고의 여지가 있다고 하겠다.

2.3. 기왕의 연구 중 외국어 전사법을 통한 접근 방법이 중세국어 모
음체계 수립에 결정적 역할을 하고 있었음을 알 수 있다.[14] 이기문
(1969)은 훈민정음 해례본의 '舌縮'에 대한 한계를 지적하면서 외국어
전사 자료를 통한 모음체계 재구를 적극적으로 시도한 논의다. 이후 이
런 방법론에 따른 모음체계 수립에 관한 논의가 있어 왔다. 중세국어의
'ㅗ'와 'ㅜ'가 현대국어에서와 같이 [o]와 [u]였음이 밝혀지는 등의 성과도
있었다. 그렇지만 한국어와 대응되는 외국어의 음운이 한국어와 일대
일 대응 관계가 아니라는 점에서 외국어 전사 자료를 이용한 모음체계
수립 방법론에 한계가 내재되어 있음도 무시할 수 없다. 가령 한 쪽 언
어밖에 존재하지 않는 음운에 대해 나머지 한 쪽 언어에서는 유사 음운
을 대응시킬[15] 수밖에 없을 것인데 이런 경우 정확한 대응이라고 할
수 있는지 의심스럽다.[16]

음성적인 정보가 음운체계 수립에 도움이 될 수 있는가 하는 질문이
있을 수 있다. 현대국어의 경우를 보면 음성적인 정보에 대한 음운체계
수립 방법에는 한계가 있어 보인다. 예를 들어 현대국어 'ㅓ'의 대부분
은 음성학적으로 후설 저모음인 [ʌ]에 해당되지만 음운체계 상으로는

---

14) 김완진(1963), 김방한(1964), 이기문(1969) 등 참조.

15) '유사음 대응'은 어느 한 쪽의 문자로 다른 언어를 표기하고자 할 때, 두 언어에 공
   통된 음이 없을 때 인접의 유사한 체계가 대응되는 경우를 말한다. 이에 대해서는
   박창원(1995:537) 참조.

16) 김방한(1964)에서는 조선관역어와 몽고어의 비교 연구에서 'ㅡ'와 'ㆍ'는 조선관역어
   로 재구하기 어렵다고 토로하고 있다.

후설 저모음의 위치가 아닌 중설 중모음의 위치에 놓인다. 이렇게 함으로써 'ㅓ'와 관련된 'ㅣ' 모음 역행동화('ㅔ'와 'ㅓ': 어미~에미)나 원순·비원순모음화 현상으로[17] 이 음운이 갖는 음운 간의 대립적 관계를 극명하게 보여줄 수 있기 때문이다. 따라서 모음체계 수립을 위해서라면 '외국어 표기'를 통한 음가 중심의 접근 방법보다는 대립 관계를 토대로 한 음운 현상이 잘 반영되었으리라 추측되는 '본래의 국어 표기'를 통한 접근 방법이 더 타당하다는 결론을 얻게 된다.[18]

3.0. 중세국어 모음체계 수립에 관한 논의에서 다소 간과된 부분이 있다. 모음체계가 음운 간 대립 관계의 총체라고 한다면 중세국어의 모음체계를 모음조화 현상과 관련하여 구개적 대립이나 수평적 대립 또는 사선적 대립 관계 등 단선적인 대립 관계로만 본다는 것은 당시의 음운체계를 지나칠 정도로 단순화한 것이 아닌가 하는 생각을 한다.[19] 가령, 현대국어에서 'ㅣ'는 'ㅡ'와 대립 관계를 맺는 동시에 'ㅔ'와 대립 관계를 맺고 있다(하단 (1-ㄱ) 참조). 한편 'ㅡ'는 'ㅣ'와 'ㅜ' 그리고 'ㅓ'와 동시에 대립 관계를 맺고 있고(하단 (1-ㄴ) 참조), 모음 체계 상 중설, 즉 체계 상 한복판에 있는 'ㅓ'는 고저로는 'ㅡ', 'ㅏ', 전후로는 'ㅔ', 그리고 원순성 유무로는 'ㅗ'와 대립 관계를 유지하고 있는 것이다[20](하단 (1-ㄷ) 참조).

---

17) 이병근(1971:12)에서는 'ㅣ' 모음 역행동화와 원순모음화 현상을 統合的 음운 현상이라 명명하고 이들 현상이 음운론적 대립 관계를 해명하는 데 적극적 근거로 삼고 있다.

18) 이러한 맥락에서 훈민정음 해례의 기술이 김완진(1978:129)에서의 지적처럼 음성 관찰을 반영한 기술이라면 훈민정음 해례도 음운체계 수립에 얼마나 큰 기여를 할지 의구심이 든다.

19) 이병근(1970:141)에서는 통합적(syntagmatic) 구조와 계합적(paradigmatic) 구조가 입체적으로 관련되어야 한다고 보았다.

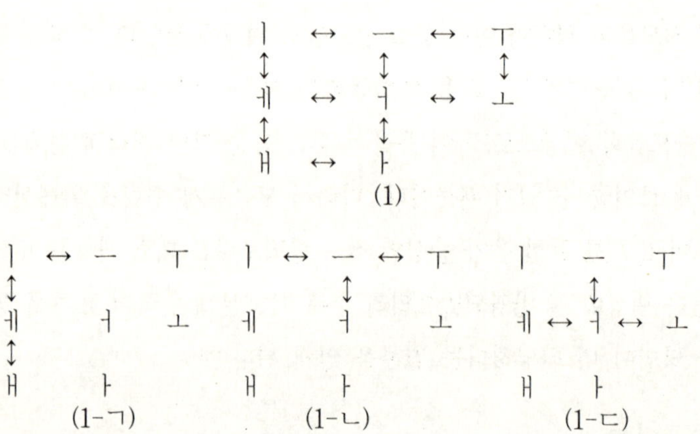

3.1.0. 이렇듯 모음의 대립 관계가 현대국어에서처럼 중세국어에서도 단선적이지 않다는 입장에 선다면 이 시대의 모음체계 수립에 관한 논의에 있어서 재음미되어야 할 부분이 있다. 그것은 중세국어 모음체계 수립에 있어 모든 음운(단모음)이 대등하게 연구 대상으로 다루어져야 하는데 그렇지 못했다는 점이다. 소실된 음운에 대한 집중적인 관심을 이해하지 못할 바는 아니다. 'ㆍ'에 관심이 모아지면서 개별적인 모음으로서의 'ㆍ'를 이해하는 것과 데에는 분명 많은 도움이 되었다. 그렇지만 상대적으로, 기타 모음 간의 대립 관계를 체계적으로 이해하는 데에는 오히려 걸림돌이 된 듯하여 아쉬움이 남는다.

3.1.1. 1.0.에서 언급한 바와 같이 중세국어에서 'ㅓ'와 대립 관계에 있는 모음은 무엇인가? 또는 중세국어의 'ㅓ'는 타 음운과 어떤 대립을 유지하였는가? 등의 질문에 우리는 중세국어의 'ㅓ'가 당시의 'ㅣ', 'ㅡ', 'ㅜ' 또는 'ㅗ' 등의 음운들처럼 모음체계 상에 어떤 위치에 있다고 말할

---

20) 이런 대립 관계들은 앞서 언급하였듯이 '고모음화', 'ㅣ모음역행동화', '원순모음화' 등을 통해서 확인할 수 있다.

수 있는 입장이 아닐 것이다.

'ㅡ'를 중심으로 보자. 위 (1-ㄴ)을 보면 현대국어의 경우에는 'ㅡ'의 전후 대립쌍으로 'ㅣ'가 있고 원순 대립쌍으로 'ㅜ'가 있으며 고저 대립쌍으로 'ㅓ'가 있음을 알 수 있다. 이에 대해 중세국어의 경우는 어떠한가? 'ㅡ'가 전후 대립쌍으로 'ㅣ'를, 원순 대립쌍으로 'ㅜ'를 갖고 있는 것은 현대국어의 경우와 같지만 고저 대립쌍으로는 'ㅓ'와 관련을 맺는 것이 아닌 'ㆍ'와 관련을 맺고 있다는 점이 크게 다르다. 더욱이 중세국어에서 'ㅗ'가 비원순 대립 관계로 'ㆍ'와 짝을 이룬다는 연구 결과를 따른다면[21] 중세국어에서 'ㅓ'가 모음체계 상에 어떤 위치에 있었는지에 대해 논의하는 것은 결코 쉽게 생각할 문제가 아닌 것이다.

중세국어의 'ㅓ'가 현대국어에서처럼 중설중모음으로 한복판에 놓일 수 없다면 이 'ㅓ'가 모음체계 상 놓일 수 있는 위치는 아래와 같이 (2) 전설중모음, (3)전설저모음, (4) 중설저모음, (5) 후설저모음 정도가 될 것이다.

ㅣ ㅡ ㅜ	ㅣ ㅡ ㅜ	ㅣ ㅡ ㅜ	ㅣ ㅡ ㅜ
ㅓ ㆍ ㅗ	ㆍ ㅗ	ㆍ ㅗ	ㆍ ㅗ
ㅏ	ㅓ ㅏ	ㅓ	ㅏ ㅓ
		ㅏ	
(2)	(3)	(4)	(5)

'ㅓ'의 자리를 (2)~(5)와 같이 상정할 경우, 각 모음체계가 갖는 부담을 따져보지 않을 수 없다. 첫째, (2)의 경우, 현대국어 'ㅔ'에 해당되는 중세국어 'ㅓ'는 현대국어에서와 마찬가지로 'ㅣ'와 'ㅓ'와의 고저대립 관

 중세국어에서의 원순성 유무 대립쌍에 대한 논의는 이병근(1976), 김주필(1993), 오광근(1993), 정승철(1995) 등을 들 수 있다. 그리고 김주필(2003)에서는 이 대립 관계를 중세국어 모음체계 수립에 중요한 근거의 하나로 설정한 바 있다.

계를 갖는다고 해석할 수 있겠는데 그렇다면 현대국어의 'ㅣ'와 'ㅔ'의
관계처럼 'ㅣ'와 'ㅓ'의 고저대립 관계를 보여줄 만한 근거가 있어야 한
다. 동시에 현대국어의 'ㅓ'와 'ㅔ'의 전후 대립쌍처럼 'ㅓ'와 'ㆍ'가 존재
하는 것으로 해석할 수 있으므로 중세국어에서 'ㅓ'와 'ㆍ'의 대립 관계
를 증명할 만한 근거가 있어야 한다.[22] 이와 같은 맥락에서 (3)~(5)의
체계를 하나씩 살펴보고 체계 속에 자리 잡은 'ㅓ'를 그와 인접해 있는
타 음운과의 대립 관계를 확인하여((2)'~(5)' 참조) 이를 증명할 만한 근
거를 찾아야 할 것이다. 그런데 상기 체계 수립에 대한 정당성을 주장
할 만한 적극적인 어떤 현상도 현재로서는 제시하기 어려우리라고 판
단된다.

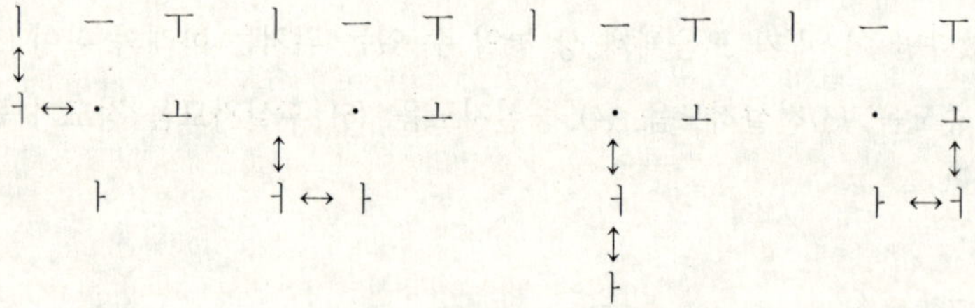

ㅣ ㅡ ㅜ   ㅣ ㅡ ㅜ   ㅣ ㅡ ㅜ   ㅣ ㅡ ㅜ
ㅓ↔ㆍ ㅗ   ㆍ ㅗ   ㆍ ㅗ   ㆍ ㅗ
   ㅏ   ㅓ↔ㅏ   ㅓ   ㅏ↔ㅓ
                              ㅏ

    (2)'   (3)'   (4)'   (5)'

---

22) 이런 부담으로 기왕의 논의에서는 전설모음도 아닌 그렇다고 중설모음도 아닌, (가)
　　에서와 같이 전설과 중설 사이에 'ㅓ'를 놓는 경우도 있다. 한편 (나)의 경우는 이승재
　　(1977)에서 제시한 구례지역어의 체계이다. 여기서는 김완진(1963:80)의 "혀>혜>세>
　　세"의 변화 등을 근거로 'ㅓ'를 전설모음 'ㅣ'와 고저 대립 관계로 설정하고 있다. 이
　　논의에서는 이병근(1976)에서처럼 당시대의 음운현상을 모음체계 수립에 적극적인
　　근거로 삼으면서도 이병근(1976)에서 다뤘던 vowel rising과 관련된 현상을 언급하지
　　않았다.

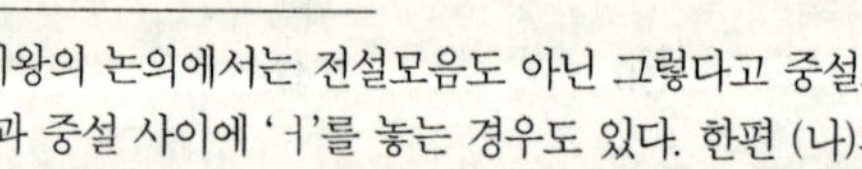

ㅣ ㅡ ㅜ   ㅣ ㅡ ㅜ
ㅓ ㆍ ㅗ   ㅓ ㆍ ㅗ
   ㅏ   ㅏ

    (가)   (나)

3.1.2. ‘·’의 비음운화에 관한 여러 논의를 통해 ‘·’가 ‘ㅡ’와 ‘ㅏ’와의 대립 관계를 갖고 있음이 일찍부터 확인되었다. 최근 ‘·’와 ‘ㅗ’와의 대립 관계가 원순성 유무에 의한 대립 관계라는 데에 공감하면서 ‘·’는 체계 상 위치를 확실하게 잡아 가고 있다.

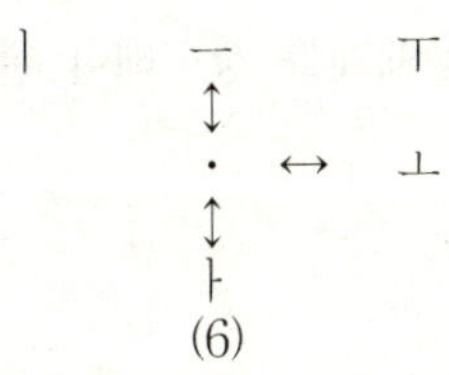

(6)

이는 소실된 음운 ‘·’의 다각적인 연구, ‘·’의 음운론적 성격, 즉 타 음운과의 관계를 밝히는 데 큰 공헌을 한 것으로 판단된다. 그렇지만 이것만으로 중세국어의 모음체계가 재구된 것은 아니다. 아직도 자리를 잡지 못한 ‘ㅓ’가 있기 때문이다. 이런 점에서 이제는 중세국어의 ‘ㅓ’가 타 음운과 어떤 대립 관계를 이루고 있느냐 하는 질문에 대한 해답을 구해야 할 시점에 이르렀다.[23] 즉 이제 중세국어 모음체계에 대한 논의가 새로운 국면에 접어든 것이다.

3.2. 중세국어에 모음조화 현상을 공시적인 음운현상으로 이해한다면 중세국어 당시 ‘ㅓ’는 ‘ㅏ’와 대립 관계를 유지했음이 틀림없을 것이

---

23) 일찍이 김완진(1963:70-71)에서는 이와 관련한 비판적 시각을 피력한 바 있다.
　　“그 音價가 喪失되어 버린 文字라고 해서 「으」나 「♀」가 소속된 系列만에 관심을 표명하고 나머지 음운 또는 음운계열에 대해서는 전혀 도외시하고 만 것은 자못 신중을 결한 태도였다. 비록 「으, 우, 어」가 十五世紀에 있어서와 한 가지로 오늘날에 와서도 각각 고유한 음운으로서의 가치를 유지하고는 있다 하더라도, 그것이 곧 그 사이 五百年間에 그것들이 가치의 변동을 전혀 입지 않았으리라는 충분하고도 만족할 만한 설명이 되지는 못하기 때문이다.”

다. 그러면 당시의 'ㅓ'는 'ㅏ'와만 대립 관계를 가졌던 것인가? 관점을
'ㅓ'에서 'ㅏ'로 돌리고 보면 문제는 그리 간단하지 않다. 중세국어의 'ㅏ'
는 모음조화 현상의 대립쌍으로 'ㅓ'와 어떤 관련을 맺고 있는 동시에
'ㆍ'의 비음운화와 관련이 있으므로 'ㆍ'와 대립 관계를 동시에 유지해야
한다. 그런데 중세국어의 'ㅏ'가 'ㆍ' 그리고 동시에 'ㅓ'와 대립 관계를
유지하려면 다음과 같은 모음체계를 상정해야 한다.

(7)은 'ㅏ'가 'ㅓ'와 전후 대립을 유지하면서 'ㆍ'와 고저대립 관계를 유
지하고 있는 경우이고, (8)은 'ㅏ'가 전자와 마찬가지로 'ㆍ'와 고저대립
관계를 유지하면서 동시에 전후 대립으로 'ㅓ'와 대립 관계를 유지하고
있는 경우이다. 그런데 중세국어의 'ㆍ'가 타 음운과 유지하고 있던 대
립 관계들을 현대국어의 'ㅓ'가 물려받았다는 점을 고려한다며 'ㅓ'는
'ㆍ'와의 대립 관계까지 염두에 두고 체계 상의 위치를 설정해야 한다.
결국 이러한 역사적인 관계를 중시하게 될 경우, 위의 (7)~(8)에서와
같이 'ㆍ'와 'ㅓ'가 사선적 관계를 가져서는 안 되므로 위의 (7)~(8) 체
계는 'ㆍ'와 'ㅓ'가, 다른 음운들이 비사선적 대립 관계를 갖는 데 비하
여, 사선적 관계를 갖고 있다는 점에서 중세국어의 모음체계로 받아들
이기 어렵게 된다.

3.3. 위와 같은 어려움을 극복하기 위하여 제시된 모음체계 모델로
모음조화 현상과 훈민정음 해례본을 중심으로 한 사선적 대립체계가

있다. 사선적 대립 체계는 대개의 경우 다음과 같은 체계로 나타난다.

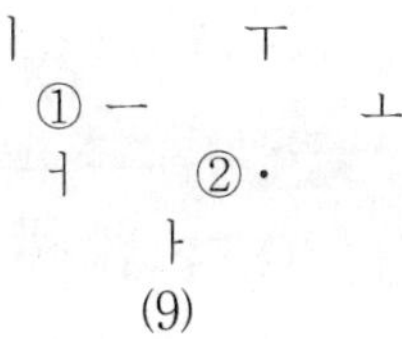

(9)

위 (9)의 체계는 중세국어 당시의 모음조화와 원순성 동화 등 음운 현상은 물론 'ㆍ'의 비음운화 등 음운 변화를 잘 설명할 수 있을 뿐만 아니라 훈민정음 해례본의 기술과도 잘 부합(符合)된다는 점에서 기왕의 모음체계 관련 어려움들을 많이 극복했다고 할 수 있다. 그렇지만 다음 두 가지 점에서 의문이 제기될 수 있다. 첫 번째는, 앞에서도 언급한 바와 같이, 중세국어의 이런 사선적 체계가 어떻게 근대국어로 오면서 비사선적(非斜線的) 체계로 변모했는가 하는 점이다. 어느 한 단계에서 재구된 음운체계는 다음 단계의 체계로서의 변천을 합리적으로 설명할 수 있는 출발점이 되어야 함을 고려한다면[24], 이와 관련된 논의에서는 사선체계에서 비사선적 체계의 변모에 대한 적절한 근거와 설명이 있어야 한다. 두 번째 문제는 그런 음운 현상이나 음운 변화들과 관련이 없는 음운들 간의 대립 관계가 타당하게 설정되었는가 하는 점이다.

(9)의 ②를 사이에 두고 있는 6개의 모음은 모두 유기적인 관계를 맺었다 할 수 있지만 ①을 사이에 둔 'ㅣ'와 'ㅓ, ㅡ, ㅜ'는 유기적인 관계를 맺지 못한다. 즉, 'ㅣ'와 'ㅓ', 'ㅣ'와 'ㅡ' 그리고 'ㅣ'와 'ㅜ' 등의 대립 관계는 모음조화 현상이나 원순성 동화 현상, 그리고 'ㆍ'의 비음운화와

---

24) 이에 대해서는 김방한(1964:30) 참조.

무관한 음운 대립을 갖고 있다. 그러면서 동시에 이들의 대립 관계는 대등하다고 할 수 있다. 그것은 설축(舌縮)의 정도에 따라 ①과 ②로 나뉘는 것이므로 ① 사이의 대립 관계는 이 체계 내에서 ② 사이에서 대립 관계를 맺고 있는 'ㅓ'와 'ㅏ', 'ㆍ'와 'ㅗ' 그리고 'ㅡ'와 'ㅜ'의 대립 관계와 같다고 해석할 수 있기 때문이다. 현대국어 비사선적 체계의 'ㅣ'와 'ㅡ' 또는 'ㅣ'와 'ㅔ'와의 대립 관계처럼 이들('ㅣ~ㅓ', 'ㅣ~ㅡ', 'ㅣ~ㅜ')을 해석할 수 있는 무엇인가를 제시해야 한다.

4.0. 지금까지 언급된 내용을 정리하면 다음과 같다. 중세국어 모음체계 수립을 위하여 우리는 어떻게 접근해야 하는가에 대한 문제를 던졌다. 기왕의 논의에서도 누차 강조했듯이, 이를 위해서는 무엇보다도 당시의 음운 현상을 적극적인 근거로 삼아야 한다는 입장을 취한다. 그렇다면 당시의 음운체계 수립을 위한 공시적 음운 현상이 무엇인가라는 질문을 다시 던질 수 있겠는데 이에 대한 답은 유보적인 입장을 취한다. 그것은 당시의 대표적 음운 현상이라 할 수 있는 모음조화 현상이나 'ㆍ'의 비음운화 등을 동시에 만족시켜 줄 수 없기 때문이다. 상대적으로 훈민정음 해례나 외국어 전사 자료는 이를 위한 부차적인 자료로 다루는 것이 바람직해 보인다.

두 번째로는 모음체계가 음운 간의 대립을 총체적으로 보여주는 것으로 이해한다는 점에서 모음과 모음 간의 관련성을 검증해야 한다고 생각한다. 어느 특정한 음운을 중심으로 한 대립 관계만으로는 모음체계를 수립하기에 한계가 있기 때문이다. 기왕의 논의 결과에 만족하지 못하고 보완이 필요하다면 우리는 이제 중세국어의 모음체계 수립에 있어 관심을 'ㅓ'로 돌려야 하지 않을까 한다.

참고문헌

강신항(1985), 15세기 국어의 'ㅓ'에 대하여, 金炯基先生八耋紀念 국어학논총.

김경훤(1990), 모음 'ㆍ'의 비음운화 연구, 성균관대학교 석사학위 논문.

김방한(1964), 국어 모음체계의 변동에 관한 고찰—중세국어 모음체계의 재구를 위한 방법론적 시도, 동아문화 2. 서울대 동아문화연구소.

김방한(1971), 중성모음에 대하여, 어학연구 7-2호, 서울대 어학연구소.

김선기(1971), 훈민정음의 중성자 '어'의 음가, 동방학지 12, 연세대 국학연구원.

김완진(1963), 국어 모음체계의 신고찰, 진단학보 24집, 진단학회.

김완진(1978), 모음체계와 모음조화의 반성, 어학연구 14-2, 서울대 어학연구소.

김주원(1990), 국어사 연구의 방향 정립을 위한 제언, 민족문화논총(영남대) 11.

김주필(1993), 금강경삼가해, 안병희 교수 회갑기념 국어학논문집, 태학사.

김주필(2003), 후기 중세국어의 음운현상과 모음체계, 어문연구 117, 한국어문교육연구회.

박창원(1986), 국어 모음체계에 대한 한 가설, 국어국문학 95, 국어국문학회.

박창원 편(2002), 국어 음운 연구사(1), BK21 언어학 총서 4.

박창원(1995), 고대국어(음운) 연구 방법론 서설, 국어사와 차자표기, 태학사.

박팔회(1958), '어'音逆考, 어문학2.

백두현(1988), 'ㆍ·오·으·우'의 대립 관계와 원순모음화, 국어학 17, 국어학회.

백두현(1989), 영남 문헌어의 통시적 음운 연구, 경북대학교 박사학위논문.

송 민(1975), 18세기 전기 한국어의 모음체계, 성심여대 논문집 6, 성심여자대학교.

오광근(1993), 15세기 정음문헌의 모음표기에 대한 연구—모음체계와의 관련성을 중심으로, 성균관대학교 석사학위 논문.

이기문(1968), 모음조화와 모음체계, 이숭녕박사 송수기념논총.

이기문(1969), 중세 음운론의 제 문제, 진단학보 32, 진단학회.

이기문(1971), 모음조화의 이론, 어학연구 7-2, 서울대 어학연구소.

이등룡(1990), 광개토대왕비문에 쓰인 '연(烟)'字의 어휘적 의미, 벽사 이우성 교수 정년 퇴임 기념 논총.

이병근(1970), 19세기 후기 국어의 모음체계, 학술원논문집 9.

이병근(1971), 현대한국방언의 모음체계에 대하여, 어학연구7-2, 서울대학교 어

　　학연구소.

이병근(1976), 19세기 국어의 모음체계와 모음조화, 국어국문학 72·73, 국어국
　　문학회.

이병근(1979), 음운현상에 있어서의 제약, 탑출판사.

이숭녕(1947), 모음조화 연구, 진단학보 16, 진단학회.

이숭녕(1954), 15세기 모음체계와 이중모음의 Kontraktion적 발전에 대하여, 동
　　방학지 1, 연세대 국학연구원.

이숭녕(1959), 15세기의 '어' 음가에 대하여, 한글126, 한글학회.

이현복(1971), 서울말의 모음체계, 어학연구 7-2, 서울대 어학연구소.

정승철(1995), 제주도 방언의 통시음운론, 국어학 총서 25, 국어학회.

차재은(1999), 모음 연구사―모음체계를 중심으로―, 현대의 국어연구사(제2
　　판), 박이정.

최병선(1998), 중세국어의 음절과 모음체계, 박이정.

최태영(1990), 모음조화, 국어연구 어디까지 왔나, 동아출판사.

최현배(1959), 'ᄋᆞ'자의 소리값 상고―배달말의 소리뭇(音韻) 연구, 동방학지 4,
　　연세대 국학연구원.

허　웅(1965), 국어음운학(개고신판), 정음사.

Chin-W. Kim(1978), '*Diagonal*' *vowel harmony?*, 국어학 7, 국어학회.

15세기 국어 '달아'류 용언의 음운 현상 소고

1. 서론

이 글의 목적은 '달아'류 용언의 활용에서 나타나는 음운 현상을 살펴보는 데 있다. 이러한 과정에서 '달아'류는 변칙 용언[1]이 아니라 정칙 용언임을 알게 될 것이다.

종래 15세기 국어에 두 부류의 '르/르' 변칙 용언이 있었다는 점이 지적되었다.

(1) 달아, 올아, 닐어, 몰아, 둘어, 일어, 골아, 돌아, 게을어, 블오미 등.
(2) 흘러, 몰라, 샐라, 볼라, 블러, 눌러 등.

(1)과 (2)를 각각 '달아'류와 '흘러'류라 부르기로 한다.[2] '달아'류나 '흘

---

* 임보선(상지대학교 국어국문학과 겸임교수)

1) 변칙 용언이란 음운론적으로 조건된 교체이나 그 교체를 공시적인 음운 규칙(또는 형태 음소 규칙)으로는 설명할 수 없는 비자동적 교체(불규칙 교체)를 보이는 용언이다.

2) 지금까지 '달아'류에서 나타나는 두 번째 음절의 'ㅇ'에 대해서는 잘 알다시피 유음 가설, 무음가설, juncture phoneme설 등이 제시되었다('ㅇ'의 연구사에 대해서는 김경아(1990), 임보선(1994), 박창원(1996)을 참조). 이러한 연구 가운데 이 글이 따르는

러'류는 모두 모음 어미 앞에서 어간말 모음 'ᆞ/ᅳ'의 탈락을 겪은 것들이다. 그런데 '흘러'류는 '달아'류에 없는 'ㄹ'을 두 번째 음절의 두음으로 가지고 있다.

'달아'류에서는 ① 모음 탈락 ② 선행 음절 말음으로 'ㄹ' 이동과 같은 음운 현상이 보인다. ①은 모음 탈락 규칙(모음 연결 규칙)으로 ②는 형태·의미론적 제약이나 삭제 흔적의 제약 등으로 공시론에서 설명할 수 있다. 그러나 '흘러'류에서처럼 'ㄹ'이 더 실현되는 현상은 공시론에서는 그 음운론적 이유를 밝힐 수가 없는 것이다. '흘러'류의 경우 두 개의 기저형을 설정하고[3], 그것들의 교체형을 통합 관계에서 어미의 종류에 따라 선택적으로 결합되는 어간의 어휘화된 교체형으로 설명한 것은 이러한 현상을 공시적으로 말끔히 처리할 수 없었기 때문이라고 할 수 있다.

이 글은 15세기의 한 언어 현상을 살피는 것이다. 그리하여 우선 공시론으로 설명이 가능한 '달아'류의 음운 현상에 관심을 두게 된다. '흘러'류에 대하여는 다음에 살펴볼 기회가 있을 것이다.

주장은, 'ㅇ'은 무음가의 자소로서 자음으로 기능하지 않았다는 것인데, 이는 이미 졸고(1994)에서 밝힌 바 있다.

3) '흘러'류의 기저형을 복수로 설정하여야 한다는 논의는 일찍이 이기문(1962:129 주 13)에서 있었고, 이후 구체 음운론에서 정밀화되었다고 볼 수 있다(김종규(1989:39), 최명옥(1988:52-53) 참조). 이들은 '흘러'류의 기저형을 /XㄹY(X는 어간의 일부분, Y는 'ᆞ' 또는 'ᅳ')~XㄹㄹZ/(Z는 어미의 'ㅏ' 또는 'ㅓ')로 설정한다. 이에 대해 추상 음운론에서는 통시적 정보를 이용하여 단일 기저형을 설정한다.

2. '달아'류 용언의 음운 현상

2.1. '·/ㅡ' 탈락 현상

'달아'류에서 보이는 음운 현상으로는 우선 모음으로 시작하는 어미 앞에서 어간말 모음 '·/ㅡ' 탈락을 들 수 있다. 몇 예만 보이면 아래와 같다.

(3) 다ᄅ-(異) : 달아(다ᄅ+아)

오ᄅ-(登) : 올아(오ᄅ+아)

니르(ㄹ)-(謂) : 닐어(니르(ㄹ)+어)

고ᄅ-(均) : 골아(고ᄅ+아)

도ᄅ-(廻) : 돌아(도ᄅ+아)

게으르-(怠) : 게을어(게으르+어)

이는 흔히 hiatus 회피 현상이라 불리는 것인데[4], 이러한 음운 현상은 다른 활용에서도 볼 수 있다. 송철의(1987:334)에서 그 예들을 가져오면 아래와 같다.

(4) ᄎ-(滿) : 차(ᄎ+아)

ᄠ-(摘) : ᄣ(ᄠ+아)

ᄐ-(乘) : 톤(ᄐ+오+ㄴ), 토ᄆ(ᄐ+옴+ᄋ)

크-(大) : 커(크+어)

ᄡ-(苦, 用) : 부메(ᄡ+움+에), ᄡᅥ(ᄡ+어)

---

4) '달아'류에서처럼 용언 어간 'XㄹY'에 모음으로 시작되는 어미가 결합할 때 어간말 모음 '·/ㅡ'가 탈락하는 현상은 '달아'류의 'ㅇ'이 적극적인 기능의 음소가 아니라는 것을 말해 주는 것이라 할 수 있다(자세한 논의는 정연찬, 1987:34 참조).

'달아'류는 자음으로 시작하는 어미와의 결합에서는 어간말 모음 '· /
ㅡ'의 탈락 없이 그대로 실현된다.

(5) 다ᄅ-: 다ᄅ고, 다ᄅ며 등.
　　오르-: 오ᄅ고, 오ᄅ며 등.
　　니르(니ᄅ)-: 니르(ᄅ)고, 니르(ᄅ)며 등.

(5)와 같은 '모음 어간+자음 어미'의 연속은 모음 충돌의 환경이 아니
므로 어간말 모음이 탈락하지 않는 것이다. '크고, 크며, 트고, 트며, 쓰
고, 쓰며' 등 참조.

이상의 '달아'류에서 나타나는 (3), (5)와 같은 음운 현상은 아래와 같
은 음운 규칙으로 설명될 수 있다. '달아'류의 어간말 모음 '· /ㅡ'의 탈
락이나 비탈락 현상은 15세기 국어의 한 음운 규칙인 (6)으로 설명할
수 있다는 말이다.

(6) '· /ㅡ' 탈락 규칙
　　·, ㅡ → ∅ / ___+V (+는 형태소 경계)

지금까지 살펴본, '· /ㅡ' 탈락과 관련하여 '달아'류에서 나타나는 교
체는 음운론적으로 조건된 교체이고[5], 그러한 교체는 15세기 국어의
음운 규칙에 의하여 이루어지는 것이라 볼 수 있으므로 자동적 교체(혹
은 규칙적 교체)라고 할 수 있다.

---

5) '달아'류는, 예외 없이 모음 어미와의 연결에서는 'XㄹZ'로 자음 어미와의 결합에서
　는 'XㄹY'로 실현되므로, 음운론적으로 조건된 교체를 보인다고 할 수 있다.

2.2. 'ㄹ, ㅿ'의 음절 말음화 현상

'달아'류가 비자동적 교체(불규칙 교체)를 보이는 변칙 용언으로 분류
되는 것은, (3)의 모음 어미와의 결합에서 나타나는 어간 형태소의 교
체가 공시적인 음운 규칙에 따라 나타난 결과가 아니라고 보기 때문이
다. '마초뜨-(考證)'의 활용 패러다임을 보자.

(7) ㄱ. 어간+모음 어미 : 마초뻐(마초뜨+어)
     ㄴ. 어간+자음 어미 : 마초뜨고, 마초뜨며 등.

'마초뜨-'가 어간말 모음과 관련하여 모음이나 자음 어미와 결합할 때
나타나는 교체는 '달아'류의 그것과 같다. 그런데 어간말 모음이 탈락한
후의 음운 현상(예 7 ㄱ 참조)은 '달아'류(예 3 참조)와 차이를 보인다.
'마초뜨-'의 경우 어간말 모음이 탈락한 후 비음절화된 자음이 후행 음
절로 연음되는 현상은 15세기 국어의 한 음운 규칙인 연음 규칙이 적용
된 결과로 볼 수 있다.

15세기 문헌 자료에서 확인되듯, 'VCV'의 음절 구조는 'VC$V'가 아니
라 'V$CV'로 음절화하는 것이 보편적이었다. 모음을 바로 앞서는 자음
은, 그 사이에 단어 경계나 그보다 더 강한 경계가 끼어 있지 않으면,
후행 모음과 동음절화(tauto-syllabification)하는 것이었다. 연철 표기라 불
리는 것이 바로 이러한 음운 현상을 반영한 것이다.[6] 그런데 '달아'류의

---

6) 김주필(2004)에서는, 15세기의 표기 단위는 원칙적으로 통사 단위와 발화 단위가 일
   치하는 어절을 기본 단위로 하였으며, 통사 단위로서의 어절이 발화 단위로서의 어
   절과 일치하지 않을 때에도 대체로 통사 단위로서의 어절 중심으로 표기하였다고
   보았다. 그러나 발화 단위인 '음운론적 단어'나 '음운론적 구' 단위의 표기도 가능하
   였다고 보고 있다. 이에 따르면 이 글의 연철 표기 단위에 대한 기술은 정확한 것이
   아니나, 일반적으로 언급되는 것을 따랐다.

활용에서는 이와 같은 일반적 음운 현상 또는 음절화에서 벗어난 어간 교체를 보이고 있다. (1), (3)에서 볼 수 있듯, 'ㄹ'이 후행 모음과 음절화 하는 것이 아니라 예외 없이 선행 음절의 음절 말음으로 음절화하는 것이다.

이와 같은 '달아'류의 어간 교체에 대하여는 잘 알다시피 종래에 'ㅇ'의 음소 여부와 관련하여 많은 논의가 있었다. 왜 어간말 자음 'ㄹ'이 연철(연음)되지 않고 분철(음절말 자음으로 실현)되는가 하는 의문을 구명하는 것은 곧 'ㅇ'의 음운론적 위상을 밝히는 작업에서 반드시 검토하여 할 일이었다. 'ㄹ'이 연음되지 않는 이유를 통시론적인 입장에서는 15세기 국어의 'ㅇ'이 실질 음가를 가진 자음으로 기능하였다는 데서 찾았고(이기문(1962, 1972) 참조), 공시론적 입장에서는 형태·의미론적 제약이 작용하였다거나(정연찬(1987), 김종규(1989) 참조)[7] 탈락된 음의 삭제 흔적이 작용하였다는 데서 찾았다(이병건(1989) 참조).

15세기 국어의 'ㅇ'이 실질 음가를 가진 음소였다고 보는 전자의 견해로는 '달아'류의 활용에서 나타나는 'ㆍ/ㅡ' 탈락 현상을 설명할 수 없다는 문제가 있다. 후자의 견해에도 문제가 있는 것으로 보인다.

'달아'류의 음운 현상이 나타난 이유를 형태·의미론적 제약에서 찾은 연구의 주장은 대략 아래와 같이 요약할 수 있을 것이다.

(8) '다르+아, 오르+아'의 활용에서 'ㆍ/ㅡ'가 탈락하고, 'ㄹ'이 후행 음절로 음절화하면, '오라, 다라'와 같이 'ㆍ/ㅡ' 탈락을 겪지 않은 통합

---

7) 이광호(1995:628-630)에서도 형태·의미론적 제약이 언급되었다. 그런데 이광호는 '달아'류가 나타난 이유를 표기법의 원리에서 찾았다는 데서 차이가 있다. 이광호는 '달아'류는 형태·의미론적 제약에 따른 표기법상의 문제이며 실제 발음은 [다라]였을 것으로 보고 있다.

구조의 '다라(달+아), 오라(올+아)'와 구별이 불가능하게 되는 상황이 초래될 것이다. 따라서 이를 피하기 위해서는 'ㅇ'이 음소가 아니라도 '다ᄅ+아, 오ᄅ+아'는 음성적으로든 표기법적으로든 '달아, 올아'와 같이 실현되어야 한다. 이로써 '달아'류의 음운 현상이 형태·의미론적 제약에 의해 나타난 것임을 알 수 있다.

형태·의미론적 제약이 음운 현상의 제약으로 작용한다는 점은 여러 연구에서 이미 밝혀진 것이다. 그런데 '달아'류의 음운 현상에도 형태·의미론적 제약이 작용하고 있다고 보는 해석은 완전히 적절한 것은 아니라고 생각된다.

'다ᄅ+아 : 달+아' 간, '오ᄅ+아 : 오+라' 간의 구별이 불가능한 것은 이들 활용형들이 문장 내에서가 아니라 단독으로 쓰였을 때의 일이다. 활용형이 동일한 만큼 이를 구별하여 표기하고자 하는 인식이 작용할 수 있다. 그러나 문장 내에서 이들 활용형들이 쓰이는 경우를 고려하면 그 사전적·문맥적 의미가 다르므로 표기자가 '다ᄅ+아 : 달+아', '오ᄅ+아 : 오+라'를 구별하여 표기하고자 했으리라고는 생각되지 않는다. 이를테면 '다ᄅ-'는 비교가 되는 두 대상이 서로 같지 아니하다는 의미의 형용사인 데 대해, '달-'('더본 煩惱ᄂᆞᆫ 煩惱ㅣ 블ᄀᆞ티 <u>다라</u> 나ᄂᆞᆫ 거실ᄊᆡ(월석 1:18)' 참조)은 대략 어떤 물체가 열로 몹시 뜨거워지다는 정도의 의미를 지닌 동사이다. 이와 같이 '다ᄅ+아'와 '달+아' 간의 의미가 판이하게 다른 만큼 활용에서 동일한 형태로 나타난다 하더라도, 표기자나 언중들이 이를 구별하는 데는 그리 큰 문제가 없을 것이다. 따라서 문장 내에서 굳이 이들 단어들을 구별하기 위하여 달리 적거나 발음할 필요가 있었는지는 의문이다.

다음으로 '달아'류의 음운 현상이 나타난 이유를 삭제 흔적에 의한 제약에서 찾은 이병건(1989)을 보기로 하자. 이병건(1989:49-50)은 삭제 흔적에 의한 제약이 'ㄹ, △'에만 국한하여 나타나는 것은 아무리 이 제약이 기저 표시의 구별을 유지하는 방안이라 하더라도, 결코 음성 실현에서 자연스럽다고 할 수 있는 것이 아니기 때문이라고 하였다. 이는 '저퍼, ㄱㄹ차'와 같은 경우 삭제 흔적의 제약에 의해 유기음 'ㅍ, ㅊ'이 음절말에 놓이면 그 특성상 평음으로 중화되어 기저 표시의 구별 정도가 매우 약화되므로 음절말에 놓일 수 없고, 'ㄹ, △'은 그렇지 않아 음절말에 올 수 있다는 말이다. 또 'ㄹ, △'은 모음 앞에서 음절말에 놓여도 발음이 그리 어렵지 않으나[8] 무성 자음의 경우에는 모음 앞에서 음절 말음으로 발음하는 것이 어렵다는 것이다.

그런데 '다가(다ㄱ+아, 월석 7:81, 구간 6:63)'와 같은 표기가 있어 문제이다. 평음의 경우에는 삭제 흔적의 제약에 의해 음절말에 놓여 중화되더라도 기저 표시의 구별 정도를 흐리게 하지 않는 것이다. 그러면 '*닥아'와 같은 표기가 문헌에 나타날 것을 기대하게 되나 사실은 그렇지 않다. 그렇다면 '다ㄱ-'가 '다ㄹ-'와 동일하게 모음 어미와의 결합에서 어간말 모음의 탈락을 경험했음에도 서로 다른 교체형을 가지는 이유를 발음의 편의라는 측면에서 찾을 수 있을 것이다. 그런데 현대 국어에서 초등학생들이 책을 읽을 때, '입이'를 철자식으로 발음하여 [ip$i]로 발음하는 것을 보면(오종갑, 1988:38 참조) 평음을 음절 말음으로 발음하는

---

8) 허웅(1962:8)에서는 유성 자음이 무성 자음에 비하여 음절의 깊이가 훨씬 깊어서 유성 자음이 분철되든 연철되든 음감에는 별다른 차이가 없다는 점이 지적되었다. 이도 결국 유성 자음은 무성 자음에 비하여 모음이 후행하는 환경 앞에서 음절 말음으로 발음하는 것이 쉽다고 본 것으로 이해할 수 있다. 훈민정음에서 '舒緩'하여 비입성음으로 규정된 'ㄹ, △'이 음절말 위치에서 불파음이 아닌 외파음으로 발음되었다면 이들 자음을 모음 앞에서 음절 말음으로 발음하는 것이 좀 더 수월했을 것이다.

것이 아주 어렵다고 볼 수 없는 것이다. 따라서 왜 삭제 흔적에 의한 제약이 어떤 자음 부류(ㄹ, ㅿ 등)에는 적용되고 어떤 자음 부류(평음)에는 적용되지 않는지 아직 분명하게 구명된 것은 아니라고 간주된다.

지금까지 '달아'류의 음운 현상이 형태·의미론적 제약이나 삭제 흔적의 제약으로는 적절히 설명될 수 없다는 것을 보였다. 그렇다면 '달아'류의 음운 현상은 어떻게 나타난 것일까.

15세기 국어 문헌을 보면 용언의 활용에서 비음절화된 어간말 자음이 후행 모음 음절로 연음되지 않고 언제나 선행 음절 말음으로 실현되는 현상은 '달아'류에서만 볼 수 있는 것은 아니다. 아래의 예를 보자.

(9) ㅂᅀᅳ-(破) : 붖아(ㅂᅀᅳ+아, 원각 3:14)
     그ᅀᅳ-(牽) : 긎어(그ᅀᅳ+어, 두시초 22:33)
     비ᅀᅳ-(端裝) : 빗어(비ᅀᅳ+어, 월석 2:5)
     수ᅀᅳ-(騷亂) : 숫우미(수ᅀᅳ+움+이, 금삼 3:8)

(9)에서도 '달아'류 용언과 동일하게 '·/ㅡ' 탈락과 비음절화된 자음(ㅿ)의 음절 말음화 현상이 나타나고 있다. 이런 점에서 (9)의 예들도 '달아'류 용언과 관련한 논의에 포함시킬 수 있다.

'달아'류와 (9) 외에는 15세기 국어의 용언 활용에서 어간말 모음 탈락 후 비음절화된 어간말 자음이 후행 음절의 두음으로 음절화하지 않고 선행 음절의 말음으로 음절화하는 경우는 없는 것으로 보인다. 무성자음을 어간말 자음으로 가진 용언의 경우는 이병건(1989)을 살피면서 언급했듯이, 항상 후행 음절의 두음으로 음절화한다. 'ㄹ, ㅿ' 외의 유성자음 'ㄴ, ㅁ'을 어간말 자음으로 가진 용언, 즉 'X+ㄴ, ㅁ+V'의 구조를 가진 용언은 문헌에서 확인된 바 없으므로, 이들이 활용에서 어떠한 음운 현상을 보이는지는 문제되지 않는다.

이상의 사실을 토대로 어간말 모음 탈락 후 비음절화를 겪는 용언 어간 자음과 관련한 음운 현상 또는 음절화 방향을 아래와 같이 정리할 수 있다.

(10) 용언 활용에서 모음 탈락으로 비음절화된 어간의 자음이 유성 자음 '르, △'이면 그 자음은 선행 음절의 말음으로 음절화한다. 이러한 현상은 예외가 없다.

이 글이 관심을 기울이지 않은 것이지만 체언 곡용이나 파생어 형성 과정에서도 (10)과 같은 결론을 지지해 주는 것으로 생각되는 예를 찾아 보이는 것도 유용할 것이다.

(11) 가) 체언 곡용의 경우9)

놀올(용가 65), 앞온(용가 24, 두시초 8:27), 굴ᄋ로(석보 6:38), 줄이니(두시초 23:26), 실의(두시초 21:35, 구간 1:66), 쟐온(두시초 2:8), 쟐익(구간 1:86), 엿은(두시초 25:28) 등.

나) 파생어 형성 과정의 경우

ㄱ. 피·사동 접미사 '-이-'와 사동 접미사 '-오-'가 결합한 경우 : 얼우시고(용가 20), 비블옴도(월천 134), 빗이고(월천 49), 눌여(석보 6:46), 븥들인(월석 서:23), 붓이고(두시초 16:42), 굿여(두시초 8:46), 굴이ᄂ뇨(두시초 23:33), 굿블인(법화 2:252), 몰오고(두시초 22:38, 구급 하 84~85), 눌이며(능엄 8:94), 기울우며(능엄 4:44), 둘우매(금삼 5:49), 달오고(내훈초 서:4), 샬이디(내훈초 1:4) 등.

---

9) 15세기 문헌에서 용언 어간 구조가 'X+무성자음+·/ᅳ'인 것을 찾기 어려운 것처럼 체언 어간이나 파생어 어간에도 이러한 구조를 찾기 어려운 것 같다.

ㄴ. 부사 파생 접미사 '-이'와 '-오'가 결합한 경우 : 골오(석보 23:24), 게
  을이(석보 23:12), 뎔이(월석 13:59), 과글이(월석 10:24, 불정 7), 달
  이(두시초 8:23), 과굴이(법화 7:52, 구급 상:25) 등.

(11)의 예들 모두 어간말 모음 'ㆍ/ㅡ' 탈락을 경험한 것들이다. 이들
에서도 어간말 모음이 탈락한 후 남은 자음 'ㄹ, ㅿ'은 예외 없이 선행
음절의 말음으로 음절화한다.

'달아'류와 (9), (11)이 나타내는 음운 현상은 '달아'류의 어간 교체는
규칙적인 교체라는 것을 말해주는 듯하다. '달아'류는 비자동적 교체를
보이는 변칙 용언이 아니라 자동적 교체를 보이는 정칙 용언으로 볼 수
있다는 말이다. 이는 (10)으로 정리된 '달아'류의 어간 교체 양상이 다른
형태론적 범주(체언, 파생어)의 어간 교체에서도 확인된다는 것에서 정
당화 될 수 있다고 본다.

그런데 모음 탈락 후 비음절화된 자음 'ㄹ'이, 또는 'ㄹ'과 [+voiced]라
는 자질을 공통으로 가져 자연 부류로 묶일 수 있는 'ㄴ, ㅁ'이 모두 선
행의 음절 말음으로 음절화하는 것은 아니다. 아래의 예를 보자.

(12) 곳고리(법화 2:113), 어믜(능엄 5:50), 할미(금삼 3:12), 져므늬(두시
  초 11:21), 늘그늬게(두시초 11:21) 등. cf. 아기(월석 8:81), 한아비
  (두시초 15:49), 톳기(능엄 3:95), 그려기(법화 2:40)

(12)의 예들이 '달아'류나 (9), (11)과 차이가 나는 것은 탈락된 모음이
'ㆍ/ㅡ'가 아닌 'ㅣ'라는 것이다.[10] 탈락된 어간말 모음이 'ㅣ'일 때는 왜

---

10) (12)의 예들에서는 'X+ㄴ, ㅁ+모음'의 구조가 보인다. 이는 '달아'류나 (9), (11)에서
 볼 수 없는 어간 구조이다. 그러나 이것은 그리 중요한 사실이 아닌 것으로 생각된다.
 '달아'류나 (9), (11)의 어간 구조에서 'ㄴ, ㅁ'이 없는 것이 체계적인 공백이 아니고 우

'달아'류나 (9), (11)에서 볼 수 있는 교체가 나타나지 않는가는 현재로서
정확히 알 수 없다. 그러나 분명한 것은 '달아'류와 같은 음운 현상 또는
음절화가 나타나기 위해서는 탈락되는 모음이 '·/ㅡ'이어야 한다는 것
이다. 그렇다면 우리는 (10)을 수정 보완하여 다시 제시할 수 있다.

(13) 용언 활용에서 탈락된 모음이 '·/ㅡ'이고 비음절화된 어간의 자음
    이 유성 자음 'ㄹ, △'이면 그 유성 자음은 선행 음절의 말음으로
    음절화한다. 이러한 현상은 예외가 없다.

그런데 이기문(1962:126)에서 '무수'는 곡용에서 '뭇이라'(금삼 3:51)로
교체된다는 사실이 지적되었다. 체언과 용언 간의 형태론적 범주 차이
를 인정한다면 이 예는 '달아'류의 교체를 음운 규칙으로 설명하는 데서
무시해도 좋을 것이다. 하지만 (13)에서 볼 수 있듯, 모음 탈락 후 비음
절화된 유성 자음의 음절화 방향에서 체언이나 용언이 차이가 나지 않
는다는 것은 '뭇이라'와 같은 곡용이 활용에도 가능한 패러다임일 것이
라는 가정을 할 수는 있을 것이다. 그러나 이를 이 글의 기술에 포함시
키는 것은 논의를 너무 확대하는 것으로 보인다. 이에 대해서는 후일을
기약하며 이러한 예가 있다는 사실만을 보이는 것으로 만족하고 여기
서는 더 이상 언급하지 않겠다.

비음절화된 유성 자음 'ㄹ, △'이 선행 음절 말음으로 이동하는 현상
은 음절 말음화 규칙으로 형식화 할 수 있다.

연한 공백('ᄂ/ᄂ', 'ᄆ/ᄆ'가 국어에서 불가능한 형태가 아니므로 우연한 공백으로 볼
수 있을 것이다)으로 보이기 때문이다.

(14) 음절 말음화 규칙

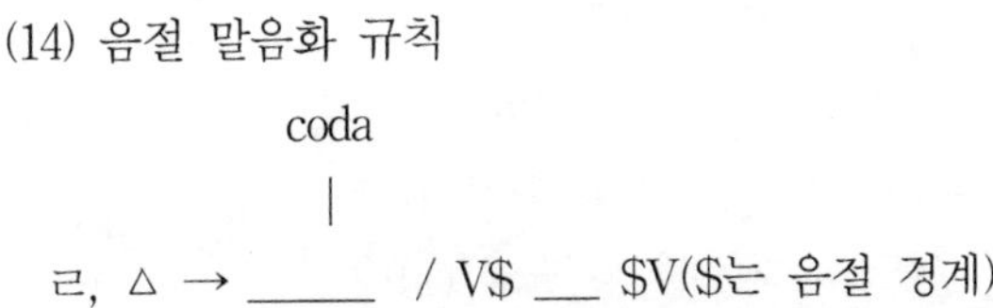

규칙 (14)가 의미하는 바는 비음절화된 음절초 자음이 'ㄹ, △'이고 선
행 음절이 개음절이라면 이들 자음은 선행 음절 말음으로 음절화한다
는 것이다. 규칙 (14)에서는 규칙 (6)과는 다른 경계 기호(즉 음절 경계)
가 사용되었다. 규칙 (6)에는, 형태소 내부에서 'ㆍ/ㅡ' 탈락 환경이 생
기더라도 탈락하지 않으므로(ᄆᆞᅀᆞ-, ᄇᆞ암, ᄀᆞ오누르-, ᄂᆞ외-, 그음, 그윽
-, ᄌᆞ올- 등), 형태소 경계가 필요하다. 그러나 규칙 (14)는 비음절화된
자음의 음절화 현상을 형식화한 것이므로, 이것에 음절 경계를 포함한
것이다.

규칙 (14)는 '달아'류 용언에서는 필수적으로 적용된 것이다. 그리고
체언 곡용이나 파생어 형성에서 볼 수 있듯, 형태론적 범주와 관계없이
적용되었던 규칙이다. 비음운론적 제약이 작용하지 않는 규칙인 것이
다. 그렇다면 규칙 (14)는 순수한 음운 규칙이 된다.

종래에 '달아'류를 변칙 용언으로 다룬 것은 규칙 (14)를 설정하지 못
하였거나 '달아'류의 교체를 비음운론적 제약으로 다루었던 데에 있다
고 할 수 있다. 그런데 규칙 (14)가 '달아'류 용언뿐만 아니라 형태론적
범주와 관계없이 체언 곡용이나 파생어 형성에서도 유효하다는 것은
더 이상 '달아'류 용언을 변칙 용언으로 처리하기 어렵게 한다. 15세기
국어의 '달아'류 용언은 정칙 용언인 것이다.

규칙 (14)는 규칙 (6) 다음에 적용된다. 이러한 과정을 '다ᄅ-'를 통해
보이며 아래와 같다.

(15)

/다ᄅ+고/   /다ᄅ+아/ ·········· 기저 음운 표시
------   다$ᄅ$아 ··········· 규칙 (6)
------   달$아 ············· 규칙 (14)
[다ᄅ고]   [달아] ············· 표면 음성 표시

3. 결론과 남은 문제

3.1. 이 글은 '달아'류 용언에서 나타나는 음운 현상을 살피는 데 있었다. 그 결과 '달아'류 용언은 'ㆍ/ㅡ' 탈락 현상과 비음절화된 'ㄹ'이 선행 음절 말음으로 음절화하는 현상을 겪는다는 것을 알 수 있었다. 이를 각각 규칙 (6)과 (14)로 형식화하였다.

이러한 논의 과정에서 15세기 국어의 '달아'류 용언은 비자동적 교체를 보이는 변칙 용언이 아니라 자동적 교체를 보이는 정칙 용언임을 밝혀낼 수 있었다. 이 글이, 아직 여러 모로 정밀하지 못하지만, 15세기 국어 'ㅇ'의 음가 및 기능과 관련한 논의에 조금이라도 기여하는 바가 있기를 바란다.

3.2. 이 글이 설정한 규칙 (14)가 안고 있는 문제가 있다. 그것은 'VC$V'와 같은 유표적인 음절 구조[11]를 생성하는 규칙 (14)를 유발하는 음운론적 동기가 무엇이냐 하는 것이다. 이것이 문제되는 것은, 흔히 규칙이 발생하는 데는 음운론적 동기가 있기 때문이다.

---

11) Blevins, J.(1995)에서는 유표적 음절 구조인 'VC$V'로 음절화하는 언어들이 제시되어 있고, Kenstowicz, M.(1994)에서는 'VC$V' 음절화는 언어 특유의 규칙으로부터 일어난다는 점이 지적되었다.

동일하게 규칙 (6)의 적용을 받았음에도 무성 자음 부류는 선행 음절 말음으로 실현되는 예가 없고, 이에 대해 유성 자음 부류(ㄹ, △)는 그렇지 않다는 데서, 우리는 규칙 (14)를 동기화하는 어떤 제약이 있을 것으로 가정할 수 있다. 음운 규칙은 흔히 제약에 의해 동기화된다는 가정을 받아들이면, 규칙 (14)는 어떤 제약에 의해 나타나게 된 것이라고 볼 수 있다는 것이다. 그 제약은 규칙 (14)의 환경을 보면, 음절과 관련된 제약일 것이라고 생각할 수 있다.

이른바 음절 음운론에서 받아들여지고 있는 한 가정은 음절 구조에서 음절초는 강자음을 선호하고 음절말에는 약자음이 적합하다는 것이다. 그리고 이것을 음절 구조 제약으로 형식화할 수 있다는 것이다 (Vennemann(1972, 1978), Hopper(1976), 강창석(1984), 임보선(1994) 등을 참조). 이에 따르면 규칙 (14)는 이와 같은 음절 구조 제약에 의해 동기화되었다고 말할 수 있다.[12]

그러나 이러한 관점에서는 (12)의 예들을 처리하기 곤란하다는 데 문제가 있다. 왜 (12)에서는 음절 구조 제약이 작용하지 않았는가. (12)의 예들이 '달아'류와 다른 음운 현상을 보이게 된 이유가 전적으로 탈락하는 어간말 모음의 차이에 의한 것뿐인가. 또는 서로 다른 제약에 의해 '달아'류와 (12)의 음운 현상이 다르게 나타난 것은 아닌가 등등. 이 글은 이러한 의문들에 대해 아직 답을 구하지 못한 처지이다. 답을 얻을 수 있다면 이 글의 논의는 더욱 정당화될 수 있으리라 기대한다. 앞으로의 과제이다.

---

12) 이에 대한 자세한 논의는 졸고(1994:20-30) 참조.

참고문헌

강창석(1984), 국어의 음절 구조와 음운 현상, 국어학 13.

김경아(1990), 중세 국어 후음에 대한 일고찰, 제 17회 국어학회 발표 요지서(김경아(1991), 국어학의 새로운 인식과 전개에 재수록).

김종규(1989), 중세 국어 모음의 연결 제약과 음운 현상, 국어연구 90.

김주필(2004), 15세기 국어 표기의 단위와 특성, 정신문화연구 27-2.

박창원(1996), 「중세 국어 자음 연구」, 한국문화사.

송철희(1987), 십오세기 국어의 표기법에 대한 음운론적 고찰 ―훈민정음 창제 초기 문헌을 중심으로―, 국어학 16.

안병희/이광호 공저(1990), 「중세 국어 문법론」, 학연사.

오종갑(1988), 「국어 음운의 통시적 연구」, 계명대 출판부.

이광호(1995), 후음 'ㆁ'과 중세 국어 분철 표기의 신해석, 「국어사와 차자표기」, 소곡남풍현선생회갑기념논총, 태학사.

이기문(1962), 중세 국어의 특수 어간 교체에 대하여, 진단학보 23.

______(1972), 「국어 음운사 연구」, 탑출판사.

이병건(1989), 중세 한국어에 있어서의 하나의 음소 배열 제약, 어학교육 12(전남대).

임보선(1994), 15세기 국어의 'ㆁ'고, 성균관대학교 석사학위 논문.

정연찬(1987), '欲字初發聲'을 다시 생각해 본다, 국어학 16.

최명옥(1988), 변칙 동사의 음운 현상에 대하여―lɨ-, lə-, ɛ(je)-, h- 변칙 동사를 중심으로―, 어학연구 24-1.

Blevins, J.(1995), *The Syllable in Phonological Theory*, 「*The Handbook of Phonological Theory*」, Basil Blackwell.

Hockett, C. F.(1958), 「*A Course in Modern Linguistics*」, New York:Macmillan Publishing.

Hooper, J. B.(1976), 「*An Introdution to Natural Generative Phonology*」, New York:Academic press.

Kenstowicz, M.(1994), 「*Phonology in Generative Grammar*」, Basil Blackwell.

Lass, R.(1984), 「*Phonology:An introduction to basic concepts*」, Cambridge University Press.

Vennemann, T.(1972), *On the Theory of Syallabic Phonology*, Linguistics Berichte 18.

＿＿＿＿＿＿＿(1978), *Universal syllabic Phonology*, Theorectical Linguistics 5.

俗音에 나타난 韓國漢字音의 傳承 樣相과 그 層位에 대하여 -韻母를 중심으로-

1. 서론

조선 후기에 간행된 운서 가운데『華東正音』에는 頭註에 俗音이 주기되어 있다. 이는『화동정음』이 華音을 기준으로 한 규범적인 표음 원칙에 의해 한자음을 인위적으로 교정하기는 했으나, 전승 한자음을 도외시하지 않고 그 실상을 頭註를 달아서 기록하였던 것과 관련이 된다[1]. 필자가 검토하여 본 결과『화동정음』에는 약 476자의 속음이 반영되어 있다[2]. 또한『奎章全韻』의 자매편으로 간행된 字典인『전운옥편』에도 약 620여 자에 달하는 속음이 주기되어 있다(이돈주 1997:11)[3].

* 이준환(성균관대학교 국어국문학과 박사과정)

1) 正音 이외에 俗音을 병기한 것은『화동정음』이 처음은 아니다. 이미『洪武正韻譯訓』과『四聲通解』에서도 정음과 속음을 한글로 표시하여 漢語의 字音을 나타낸 바 있다. 그러나 이 두 책에 실린 음들은 중국본토자음과 가까운 것으로 한국한자음과는 부합할 수 없는 것이었으므로 결국 조선 후기에 이르러서는 한국한자음 위주의 운서가 나타나게 되었다(이에 대해서는 강신항 2000:182-187을 참조). 또 이것으로는 부족하였기에 현실음을 대폭 반영한 속음을 주기하게 된 것으로 생각된다.

2)『화동』의 속음자의 개수에 대해서는 연구자에 따라서 견해가 조금씩 다르다. 박병채(1971:23)에서는 약 350자로 보았으며, 이돈주(1977:2, 1995:344)에서는 456자로 집계하였고, 정경일(1989:73)에서는 486자로 살핀 바 있다.

속음은 정음과 비교하여 볼 때, 당시의 현실 한자음의 모습을 잘 보여주는 자료라고 볼 수 있다. 그러나 속음이라고 해서 이것이 곧 현실 한자음라고 할 수는 없다. 이는 다른 책들에 실린 음들과 속음을 비교해 본 결과로 확인할 수 있으며, 현대한자음 가운데에서도 속음을 계승하고 있지 않은 글자들이 다수 있는 것을 통해서도 알 수 있다[4].

이 글에서는 속음이 어떤 전승 양상을 보이고 있는지를 살펴보고자 하는 것을 첫 번째 목표로 삼는다. 이를 살피는 데 있어서는『화동정음』과『전운옥편』에 실려 있는 속음자들 가운데에서『화동정음』에 실려 있는 글자들을 주 고찰 대상으로 삼고자 한다. 그리고 이 고찰 결과 나타난 전승 양상을 표로 작성하여 제시하고자 한다. 그리고 고찰의 범위는 그간의 속음에 대한 연구에서 韻母에 대한 연구는 상대적으로 聲母에 비하여 미진한 감이 있으므로 운모에 대한 검토를 중심으로 연구하고자 한다[5]. 이 연구를 통해서 운모에 반영된 한국한자음의 전승 양상

---

3) 그러나『화동정음』과『전운옥편』에 속음에 실려 있다고 해서, 이 두 책에 나타난 속음의 표음이 모두 일치하고 있는 것만은 아니다. 그리고 속음이 주기되어 있는 글자에 있어서도 대체로 일치하기는 하나 완전히 일치하는 것은 아니다. 다시 말하면『화동정음』에 반영되어 있는 속음자라고 해서 해당 글자가『전운옥편』에서도 속음의 반영을 보이는 것은 아니다. 반대로『전운옥편』에 주기되어 있는 속음자라고 해서 꼭『화동정음』에서도 속음이 반영되어 있는 것은 아니다.

4) 실제 한자음의 전승 양상을 통해서 그 일단을 살펴보면 다음과 같다. 예를 들어서 '膾'는『화동정음』에 '괴俗회'로 되어 있으나,『전운옥편』에서는 속음이 주기되어 있지 않으며, 현대한자음에서도 '괴'로 전승되었다. '骼'도 '격俗혁'으로 주기되어 있으나, 현실한자음은 '격'으로 전승되었으며, '芝'도 '기俗지'로 되어 있으나『訓蒙字會』에서부터 이 글자의 통용음은 '기'를 유지하여 현대음의 '기'로 이어졌다. 이런 예들은 속음이라고 해서 반드시 현실한자음을 의미하는 것이 아님을 말해주는 것들이다. 또한 중국 근대음의 영향을 받은 속음인 蟹攝의 '祴'는 '개俗계'로 되어 있으나 현대한자음은 '개'로 정음과 일치하고 있다.

5) 성모에 대한 검토는 그간 많은 연구가 이루어졌으므로 이 글에서는 생략하도록 한다. 성모에 대한 연구로는 이돈주(1977, 1999, 2000, 2003), 이윤동(1988), 정경일(1989),

을 검토하고자 하며, 속음의 발생 원인에 대해서 살펴보고자 하는 것을 두 번째 목표로 삼고자 한다. 그리고 이 속음이 어느 층위의 음을 반영한 것인지에 대해서도 논의해 보는 것을 마지막 목표로 삼는다.

본론에 들어가기에 앞서 앞으로 이 글에서 논의할 자료를 밝히면 다음과 같다. 그리고 해당 자료에 대한 약호를 오른쪽에 병기하였다.

『訓蒙字會』(1527):『訓蒙』
『新增類合』(1576):『類合』
『千字文』(『光州千字文』(1575),『石峰千字文』(1583)):『千字文』
『小學諺解』(1588):『小學』
『華東正音』(1747):『華東』
『三韻聲彙』(1751):『三韻』
『奎章全韻』(1796):『奎章』
『全韻玉篇』(1796):『全韻』

2. 각 韻母의 傳承 樣相

『화동』에 실린 속음의 표음 양상을 살피기 위해서 먼저 중세한자음~근대한자음~현대한자음에 이르는 일람표를 제시하고 이를 바탕으로 세부 자례들을 검토하도록 하겠다. 다만 각 攝별로 구별하여 일람표를 작성하다 보니 원래『화동』에 속음이 실린 순서와는 달라지게 되었음을 밝혀둔다.

운모면에서 속음이 정음과는 다르게 주기된 글자들은 江攝·止攝·

遇攝・蟹攝・臻攝・山攝・假攝・梗攝・曾攝・效攝・流攝・咸攝, 이렇게 12攝에 분포하고 있다. 이들의 양상을 각 섭별로 나누어서 살펴보도록 하겠다.

2.1. 江攝

江攝(江韻)

번호	字例	訓蒙	類合	千字文	華東	三韻	奎章	全韻	現代	聲母	韻母
1	鰒	박	–	–	박俗복	박	박	박俗복	복	竝	覺入

'鰒(bĭuk)[6]'이 속음에서 '복'으로 나타나는 것은 諧聲字인 通攝의 '腹・複(屋入, pĭuk)'과의 유추에 의한 것으로 볼 수 있겠다. 江攝은 '-ɔŋ/-ɔk'로 그 음이 실현되는데, 이를 한국한자음에서는 '앙/악[7]'으로 반영하는 것이 주류이다[8]. 그러나 '鰒'이 '복'으로 나타나는 것은 唐代 長安音의 '-ɔŋ(ɔk)>-aŋ(ak)'으로의 변화 단계에서 이전 단계의 음을 반영했을 가능성도 생각해 볼 수 있다. 董同龢(1975:175)에서는 江韻은 東・冬・鍾韻과 긴밀히 연접되어 있었고, 또한 先秦韻語와 해성자를 살펴볼 때, 江韻字는 上古 시기에 확실히 東・冬韻에 접근되어 있었던 것으로 보았다. 이를 참조한다면 江攝 글자가 한국한자음에서 '오'로 나타나는 것은 上古音 단계에서 江攝이 通攝의 冬韻과 긴밀한 관계에

---

6) 재구음은 기본적으로 중고음에 해당하는 것이며, 특별한 언급이 없는 한 李珍華・周長楫(1999)를 따랐음을 밝힌다.

7) 운모의 표시에 있어서는 글자의 모양과 판독력을 고려하여 초성에 소리값이 없는 'ㅇ'을 첨가하여 나타내도록 한다.

8) 이에 대해서는 권인한(1997:316)에서 대응 양상을 정리한 바 있다. 여기에 해당하는 글자들은 江・講・絳・覺韻2에 해당하는 것들로서, '江(강)・邦(방)・項(항)・邈(막)・朔(삭)'에서 볼 수 있듯 모두 '앙/악'으로 대응되고 있다.

놓여 있었던 결과를 반영했을 가능성도 있다고 하겠다.

2.2. 止攝

止攝(支韻・微韻)

번호	字例	訓蒙	類合	千字文	華東	三韻	奎章	全韻	現代	聲母	韻母
1	嬀	-	-	-	귀俗규	규	규	규	규	見	支平,ㅟ俗ㅠ
2	虧	-	휴	휴	귀俗휴	규	규	규俗휴	휴	溪	支平
3	贏	리	리	-	뤼俗리	리	리	리	리	來	支平
4	菑	-	-	-	치俗츼	츼	츼	츼	치	照	支平
5	淄	-	-	-	치俗츼	츼	츼	츼	치	照	支平
6	輜	츼	-	-	치俗츼	츼	츼	츼	치	照	支平
7	錙	-	-	-	치俗츼	츼	츼	츼	치	照	支平
8	緇	-	-	-	치俗츼	츼	츼	츼	치	照	支平
9	釃	싀	-	-	시俗싀	싀	싀	싀	사	審	支平
10	葸	-	-	-	시俗싀	싀	스	스	사	審	紙上
11	毁	훼	훼	훼	휘俗훼	훼	훼	훼	훼	曉	紙上
12	燬	훼	-	-	휘俗훼	훼	훼	훼	훼	曉	紙上
13	譭	-	-	-	휘俗훼	훼	훼	훼	훼	曉	紙上
14	跪	궤	궤	-	귀俗궤	궤	궤	궤	궤	見	紙上
15	詭	-	궤	-	귀俗궤	궤	궤	궤	궤	見	紙上
16	垝	-	-	-	귀俗궤	궤	궤	궤	궤	見	紙上
17	几	-	궤	-	긔俗궤	궤	궤	궤	궤	見	紙上
18	軌	-	궤	-	귀俗궤	궤	궤	귀俗궤	궤	見	紙上
19	宄	-	-	-	귀俗궤	궤	궤	귀俗궤	귀	見	紙上
20	匭	-	-	-	귀俗궤	궤	궤	궤	궤	見	紙上
21	簋	-	-	-	귀俗게	궤	궤	궤	궤	見	紙上
22	癸	-	-	-	귀俗계	규	규	규俗계	계	見	紙上
23	菙	-	-	-	쉬	츄	츄	취俗췌	수	照	紙上,唐音쉬
24	圮	븨	븨	-	비俗븨	비	비	비	비	滂	紙上
25	縰	-	-	-	시俗쇄	스	스	스俗쇄	쇄	心	紙上/卦去
26	襹	-	-	-	치俗쳬	치	치	치	치	穿	紙上
27	匱	-	궤	-	귀俗궤	궤	궤	궤	궤	羣	寘去

28	蕢	궤	–	–	귀俗궤	궤	궤	궤/귀	궤	羣	寘去/卦去
29	饋	–	궤	–	귀俗궤	궤	궤	궤	궤	羣	寘去
30	餽	–	–	–	귀俗궤	궤	궤	궤	궤	羣	寘去
31	櫃	–	궤	–	귀俗궤	궤	궤	궤	궤	羣	寘去
32	簣	–	–	–	귀俗궤	궤	궤	궤	궤	羣	寘去
33	魅	–	미	–	미俗미	미	미	미俗미	매	明	寘去
34	寐	미	미	미	미俗미	미	미	미俗미	매	明	寘去
35	萃	–	췌	–	취俗췌	취	취	취俗췌	췌	從	寘去
36	頹	–	–	–	취俗췌	취	취	취俗췌	췌	從	寘去
37	悴	췌	췌	–	취俗췌	취	취	취俗췌	췌	從	寘去
38	瘁	–	–	–	취俗췌	취	취	취俗췌	췌	從	寘去
39	惴	–	–	–	취俗췌	취	취	취俗췌	췌	照	寘去
40	瑞	–	셔	–	쉬俗셔	슈	슈	슈俗셔	서	禪	寘去
41	巍	–	외	–	위俗외	위	위	위俗외	외	疑	微平
42	磈	–	–	–	위俗외	위	위	위俗외	외	影	尾上
43	崴	–	–	–	위俗외	위	위	위	외	影	尾上
44	畏	–	외	외	위俗외	위	위	위俗외	외	影	未去
45	卉	훼	–	–	휘俗훼	훼	훼	훼	훼	曉	未去

止攝에 해당하는 글자들은 支韻과 微韻에 해당하는 것들인데, 이들을 속음의 표음 유형에 따라 살펴보면 다음과 같다.

먼저 支韻에 해당하는 글자들의 표음 유형을 살펴보도록 하겠다.

첫째, 정음에서 '위'로 반영되어 있으나 속음에서 이와는 달리 반영되어 있는 것들로 모두 3가지 유형을 보인다. 『화동』의 '위'는 인위적인 성격이 강한 것으로 규범적인 표음의 결과라 할 수 있다(河野六郎 1968:179-181).

먼저 '위→유[9]'에 해당되는 글자들이다. 여기에 해당되는 글자에는

---

9) '위→유'에서처럼 '→'는 『화동』의 정음인 위'가 속음에서는 '유'로 반영되었음을 나타

'嫣(合3, kǐwe)'와 '虧(合3, khǐwe>khui)[10]'가 있다. '虧'는 성모와 운모가 모두 달리 표음되어 있는 글자이다. 『화동』의 頭註에는 'ᅱ俗ㅠ'라 주기되어 있는데, 이를 통해 실제로 이 글자들의 운모가 '유'로 유통되고 있었음을 알 수 있다. 『삼운』과 『규장』에서도 모두 현실음을 따라서 '유'로 표음하였다. 『화동』의 '위'는 근대음 운모 '-iui'를 반영한 것이 아닌가 생각된다. 속음 '유'는 중고음을 유지한 결과이다[11].

다음으로, '위→웨'에 해당되는 글자들이다. 여기에 해당되는 글자에는 '惴(合3, tɕǐwe)'가 있다. 止攝 3등 合口자 가운데 중국 근대음에서는 운미에 '-i'가 생겨났는데 이 변화를 반영한 것이 아닌가 생각된다[12].

마지막으로 '위→여'에 해당하는 글자들이다. 여기에 해당하는 글자는 '瑞(合3, zǐwe>ṣui)'가 있는데, 이 글자는 『유합』 및 『전운』의 속음에서도 '셔'로 나타나고 있다. 과제로 남겨둔다.

내는 것으로 이 글에서는 편의상 사용하고자 한다.

10) 여기에서 전자의 재구음은 중고음을, 후자의 재구음은 근대음을 가리킨다. 단 재구음이 하나만 제시되어 있을 때에는 모두 중고음을 가리킨다. 이하에서도 특별한 언급이 없는 한 이와 동일하다.

11) 『훈몽』에서도 '葵(꿔→뀨), 髓·鬢(쉬→슈), 墤(위→유)' 등에서 볼 수 있듯이 중세 한자음에서도 운미 '-i'의 탈락형은 규칙적으로 반영되어 나타남을 볼 수 있다. 이에 대해서는 이돈주(1977, 2003:172)를 참조할 것.

12) 이와 관련해서 河野六郎(1968:179-180)에서는 'ᅰ'와 'ᅨ'가 나타나는 것은 仄聲에서 '-yei'로 실현되었던 것일 것 같다고 본 바 있는데 참고로 남겨둔다. 중국 운학에서 平仄을 어떻게 보느냐는 연구자마다 차이를 보인다. 平仄을 輕重으로 보는 견해, 長短으로 보는 견해, 高低로 보는 견해가 있는데, 이 분야에서 문헌기록이나 語音을 통해 처음으로 증명을 시도한 사람은 周法高(1948)이다. 周法高는 산스크리트어의 長母音을 平으로 短母音을 仄으로 對譯한 것을 발견한 바 있다. 그리고 梅祖麟(1970:109, 1974·1975)에서는 詩作에 사용되던 平·上·去·入聲에 대하여 平聲을 低調로 仄聲을 高調로 보았다. 이를 종합한다면 결국 平聲은 平이 되고, 上·去·入聲은 仄이 되는 것이다.

둘째, 정음에서 '위'로 반영되었으나 속음에서는 이와는 다른 경우이다. 여기에 해당하는 유형은 모두 5가지가 있다.

먼저 '위→이'에 해당하는 글자이다. 이에 해당하는 글자는 '贏(開3, ĭwe>lui)'가 있다. 『화동』의 정음은 근대음을 반영한 결과로 보인다. 止攝 開口 3등자는 平山久雄(1967:146)에 의하면 '-ɪě'이고, Karlgren(1954)에 의하면 '-jiě'를 보인다. 그런데 董同龢(1975:177)에 의하면 주모음 '-i'를 만났을 때 3등 운모는 반드시 개음 '-j-'를 생략해 버리는 경향이 있다고 한다. 董同龢의 의견을 따라서 해석해 본다면 속음 '이'는 Karlgren(1954)의 재구음 '-jiě'에서 개음 '-j-'를 생략시키고 운미를 탈락시켜 'i'을 남긴 결과가 아닌가 생각된다.

다음으로 '위→웨'에 해당하는 글자들이다. 여기에 해당하는 글자들은 가장 많은 15자에 이른다. '毁·燬·譏(合3, hĭwe>hui)' 등은 『화동』에서만 정음으로 '휘'로 반영되었을 뿐 『삼운』 등의 운서뿐 아니라 중세 한자음에서도 '훼'로 나타난다. 속음은 중고음을 유지하고 있다. 詭·跪·垝(合3, kĭwe>kui)'에서도 속음은 중고음을 유지하고 있다.

'軌·匭·宄(合3, kwi>kui)'는 '귀'가 정칙음을 반영한 것이다. 반면에 『화동』의 속음과 『유합』·『삼운』·『규장』에 '궤'로 표음된 것은 劉德智(1969:22-24)의 의견에 따라서 『中原音韻』(1324)에서 止攝 合口 3등운 가운데 아음과 후음의 성모자는 蟹攝의 灰韻과 완전히 합류하여 '-uei'로 실현된 것과 관련을 지을 수 있다(이돈주 2003:171).

그리고 '위→예'에 해당되는 글자로 '癸(合3, kwi>kui)' 1자가 있다. 이 글자의 속음 '예(-yəi)'는 '癸'가 합구임에도 불구하고 합구적인 요소를 잃은 것이다[13].

---

13) 河野六郎(1968:180)에 의하면 합구 요소는 'ㅊ(cʰ-)'에서만 나타난다고 한다.

다음으로 '위→에'에 해당하는 글자로 '簋'가 있다. '簋'도 '軌·匭·宄'과 동일한 양상으로 볼 수 있으나 속음에 '게'로 주기되어 있다. 이돈주(2003:172)에서는 속음을 '궤'로 보고 다루었으나, 필자의 확인 결과는 '게'가 분명하다. 頭註에 보면 '軌宄匭俗궤簋俗게'로 되어 있어 '簋'과 '軌·匭·宄'을 달리 설명하고 있으므로 '게'임이 분명하다.

마지막으로 '위→웨'에 해당하는 글자로 '萃·顇·悴·瘁(合3, dzwi>tshu)' 4자가 있다. 속음 '웨'는 어떤 음의 반영인지 정확하지는 않다. 이돈주(2003:189)에서 중국어음, 특히 『중원음운』의 영향일 가능성을 논의한 바 있다[14]. 止攝 合口 3등의 재구음과 관련된 논의를 살펴보면, 平山久雄(1967:146)에서는 'γĕ', Karlgren(1954)에서는 'jwiĕ', 董同龢(1975:178)에서는 '-juæi'로 나타나고, 陸志韋(1971:66-67)에서는 '-iwei'로 나타난다. 현재로서는 이 가운데에서 陸志韋의 재구음과 '웨'가 가까워 보인다. 이 이외에 이 글자의 상고음은 李珍華·周長楫(1999)에 의하면 'dzĭwəi'로 재구되는데, '웨'는 이 상고음과 연결될 수 있는 것은 아닌가 생각된다.

셋째, 정음에서는 '이'로 반영되었으나 속음에서는 이와는 달리 반영되어 있는 경우이다.

우선 '이→위'로 반영된 글자들이다. 이에 해당하는 글자에는 '菑·淄·輜·緇(開3, tʃĭə>tsi)', '釃', '蒠(開3, sĭə>si)', '坯(開3, bĭə>bi>phi)' 등이 있다. 『화동』의 정음에서 운모를 '이'로 나타낸 것은 모두 근대음을 반영한 결과이다.

---

14) 이돈주(2003)에서는 논의의 근거로 『중원음운』의 주음을 참고로 하였다. 여기에 해당하는 글자들의 주음은 '贅tʃʼuei', '顇·悴·萃tsʼuei'로 나타나는데, 이는 'ㅟ, ㅞ>게'로의 변화형이 중국어음의 영향과 관련이 있을 가능성을 보이는 것이라 하였다.

이를 이른바 止攝 3·4등자의 重紐현상과 관련지어 볼 수 있겠다. 비록 중국한자음에서는 重紐현상에 의해서 3·4등자가 구별이 잘 안 되었지만, 한국한자음에서 止攝 3등자는 '의(ïi)'로 나타나고 止攝 4등자는 이(i)로 나타나서 3·4등자가 구별이 되었다[15]. 그러나 이러한 구별은 아음과 후음에서는 확연하나 순음에서는 3·4등의 구별이 없이 모두 '이(i)'로 합류하여 나타나므로 순음인 '玭'가 속음에서 '븨'로 나타나는 이유를 설명해주지 못한다[16]. 따라서 '玭'가 속음에서 '븨'로 나타나는 것은 일단 아·후음 3등자에서 나타나는 'ㅢ'에 의한 유추로 보고자 한다.

다음으로 '이→왜'로 반영된 글자로 '縦' 한 글자가 있다. 이 글자가 속음에서 '쇄'로 나타난 원인은 현재 필자의 능력으로서는 알기 어렵다.

---

15) 이는 『東國正韻』의 한자음에 반영된 3·4등자의 양상을 통하여 볼 때, 한국한자음에서는 3·4등이 구별되고 있었음을 확인할 수 있다. 이에 해당하는 아래의 예는 이 돈주(1995:87-93)를 참조.

	3등			4등	
支	羈(居宜切)	긔	祇(巨支切)	끼	
	犧(許羈切)	희	利(戈支切)	이	
紙	綺(墟彼切)	킈	企(丘弭切)	키	
	倚(於綺切)	희	酏(移爾切)	이	
寘	義(宜寄切)	의	企(去智切)	키	
	戲(香義切)	희	易(以豉切)	이	

　이런 경향은 상기 예뿐만이 아니라 止攝에서 전반적으로 나타나는 현상이다. 이를 河野六郞(1968:177)에서는 甲類와 乙類로 나누어 살피고 있다. 支·脂·之韻에서 甲類에 해당하는 글자는 '-ïəï'로 한국한자음에서는 모두 '이(i)'로 반영되었으며, 乙類에 해당하는 글자는 '-ïəï'로 한국한자음에서는 '의(ɰi)'로 반영된 것들이다. 그리고 이와 관련해서는 권인한(1997:316-317)에서도 기술한 바 있으므로 이를 참조하기 바란다.

16) 이 글자는 『삼운』과 『규장』, 『전운』에서도 모두 '비'로 주기하고 있는데, 이는 微韻 의 순음자들인 '尾(미) 飛(비)' 등이 '이'로 나타난 것과 관련이 될 가능성도 있다.

다만 『小學』에 이 글자가 여러 번 나오는데, 모두 '쇄'로 음을 달아 놓은 것으로 보아서는 조선 중기에도 '쇄'로 쓰이고 있었던 것은 분명하다. 이 이외에 정음에 있어서 『화동』에서는 '시'를 보이는 반면에 『삼운』·『규장』·『전운』에서 모두 '亽'로 나타나는데, 그 원인도 불명이다[17].

마지막으로 '이→의'로 반영된 글자로 '魅·寐(開3, mĭəi>mi>mui)' 2글자가 있다.

다음으로 微韻에는 해당하는 글자들은 모두 5자인데, 여기에 해당되는 글자들의 표음 유형은 다음과 같이 두 가지가 있다.

첫째, '위'가 '외'로 주기된 4자가 있다. '巍(合3, ŋĭwəi>ui)'와 '磈·嵬·畏(合3, ĭwəi>ui)'는 전승한자음은 '외'이나 『화동』과 『삼운』 등의 운서의 정음에서는 '위'로 표음되어 있다. 이돈주(2003:184)에서는 『동국정운』에 이 글자들의 음이 '외'음과 '위'음을 동시에 지니고 있음을 지적하며, '외'가 속음일 수 없다고 보기도 하였다. '嵬'는 灰韻(賄上)에 影母에 複數音字가 하나 더 있는데 그 음이 '외'이다. 필자가 보기로는 이 글자의 뜻이 '산이 높고 험하다'는 것으로서 더 일반적으로 쓰이므로 '위'보다는 '외'가 쓰이게 되었던 것으로 생각된다.

둘째, '위'가 '웨'로 주기된 글자로 '卉(合3, hĭwəi>hui)' 1자가 있다.

---

17) 다만 止攝의 止韻 上聲 및 志韻 去聲의 '使'는 '疎士切(開3, ʃĭə>sï)'과 '疎吏切(開3, ʃĭə>sï)'로 모두 상성인데, 그 음이 각기 '亽'와 '시'로 반영되어 있다. 또한 '皮'와 '罷'의 해성자들이 '아~이'의 유동을 보이고 있는데, '縰'가 '亽~시'의 유동을 보이는 것도 이와 같은 경향에서 유추된 것이 아닌가 하는 생각이 든다.

2.3. 遇攝

遇攝(魚韻)

번호	字例	訓蒙	類合	千字文	華東	三韻	奎章	全韻	現代	聲母	韻母
1	詛	-	져	-	주俗져	조	조	조	저	照	御去

  '詛(開3, ʧĭo>tsu)'를 『화동』에서는 '주', 『삼운』·『규장』에서는 '조'로 표음하였는데, 이는 근대음을 반영한 결과다. 遇攝자의 운모의 표음에 있어서 『화동』에서는 『삼운』·『규장』에서는 '오'로 표음한 것들을 일률적으로 '우'로 표음하고 있는데, 이는 화음에 가깝게 표음하여 했던 결과에서 기인한 것이다. 속음에는 '져'로 주기되어 있는데, 이는 魚韻에서 '-ĭo'를 '여'로 반영했던 일반적인 표음 결과와 일치한다[18]. 이렇게 보면 『화동』의 속음에 나타난 '져'는 중고음을 유지한 결과로 해석된다.

  이와 관련해서는 河野六郞(1968:189-190)에서 '菹·蒩·詛'가 '져(cye)'로 나타나는 것은 '且(져)'의 유추같다고 한 바가 있음을 주목할 필요가 있다. '且'는 遇攝 魚韻으로 중고음이 'tsĭo'이다. '且'의 표음에 유추되어 이를 성부로 하는 상기의 글자들이 모두 '져'로 통일이 되었으므로 '且'를 성부로 하는 魚韻 내의 글자들은 운모의 반영이 '여'로 일관성을 보일 수 있었던 것이다.

  그리고 동일 성부를 취하는 假攝의 麻韻의 글자들 가운데에서 '姐(開3, tsĭa>tsiɛ)·齟'가 속음에서 '져'를 보이고 있는데, 이 글자들도 遇攝 魚韻에 속한 글자들의 표음에 유추되었을 가능성이 있다. 『훈몽』에서 '져'를 보이고 있고, '詛'도 『유합』에서 '져'로 나타나므로 근대국어 이전에

―――――――――――――――――

18) 董同龢(1975:177)에서는 魚·語·御韻 개구 3등자를 모두 '-jo'로 재구하고 있다. 한국한자음에서 御韻이 魚韻과 동일하게 '여'로 표음된 것은 이와 같은 한어의 경향을 일관되게 받아들인 결과가 아닌가 생각된다.

이미 이런 유추가 일어났던 것으로 생각된다.

2.4. 蟹攝

蟹攝(灰韻·佳韻·齊韻)

번호	字例	訓蒙	類合	千字文	華東	三韻	奎章	全韻	現代	聲母	韻母
1	猜	-	싀	-	새俗싀	치	치	치俗싀	시	淸	灰平
2	偲	-	-	-	새俗싀	치	치	치俗싀	시	淸	灰平
3	憒	-	-	-	귀俗궤	궤	궤	궤	궤	見	隊去
4	祴	-	-	-	개俗계	기	기	기	개	見	佳平, 祴俗从華
5	階	계	계	계	기俗계	기	기	기俗계	계	見	佳平, 祴俗从華
6	誡	-	계	계	계	계	계	계	계	見	卦去, 非从華
7	戒	-	계	-	계	계	계	계	계	見	卦去, 非从華
8	界	계	계	-	계	계	계	계	계	見	卦去, 非从華
9	柴	싀	-	-	새俗싀	지	지	지俗싀	시	照	佳平
10	豺	싀	싀	-	새俗싀	지	지	싀	시	牀	佳平
11	儕	졔	-	-	지俗졔	지	지	지俗졔	제	牀	佳平
12	泥	니	니	-	녜俗니	니	니	니	니/이	泥	齊平
13	埿	-	-	-	녜俗니	니	니	-	니/이	泥	齊平
14	豍	-	-	-	볘俗비	비	비	비	비	幫	齊平
15	狴	-	-	-	볘俗비	폐	폐	폐	폐	幫	齊平
16	箪	-	-	-	볘俗비	비	비	비/폐	비	幫	齊平
17	篦	비	-	-	볘俗비	비	비	비	비	幫	齊平
18	鎞	비	-	-	볘俗비	비	비	비	비	幫	齊平
19	-	-	-	-	볘俗비	비	비	비	비	幫	齊平
20	陛	-	폐	폐	폐俗비	폐	폐	폐	폐	幫	齊平
21	批	피	-	-	볘俗비	비	비	비	비	滂	齊平
22	鈚	피	-	-	볘俗비	비	비	비	비	滂	齊平
23	鼙	비	-	-	볘俗비	비	비	비	비	竝	齊平
24	椑	-	-	-	볘俗비	비	비	비	비	竝	齊平
25	膍	비	-	-	볘俗비	비	비	-	비	竝	齊平
26	薺	-	-	-	졔俗지	졔	졔	-	제	精	齊平
27	嘶	싀	-	-	셰俗싀	싀	싀	싀	시	心	齊平

28	撕	ᄉ	–	–	셰俗싀	싀	싀	싀	시	心	齊平
29	嫕	–	–	–	혜俗히	혜	혜	혜	혜	匣	齊平
30	奚	–	–	–	혜俗히	혜	혜	혜俗히	해	匣	齊平
31	傒	–	–	–	혜俗히	혜	혜	혜	혜	匣	齊平
32	蹊	–	–	–	혜俗히	혜	혜	혜	혜	匣	齊平
33	米	미	미	–	몌俗미	미	미	미	미	明	薺上
34	眯	–	–	–	몌俗미	미	미	미	미	明	薺上
35	媲	–	–	–	볘俗비	비	비	비	비	滂	霽去
36	睥	–	–	–	볘俗비	비	비	비	비	滂	霽去

蟹攝에 해당하는 글자들 가운데 운모면에서 속음이 정음과 다르게 주기되어 있는 글자들은 상기표와 같이 조사되었다. 여기에 해당하는 글자들은 灰韻과 佳韻, 齊韻에 해당하는 것들인데, 이들을 속음의 표음 유형에 따라 살펴보면 다음과 같다.

먼저 灰韻에 해당하는 글자들의 표음 유형은 다음과 같이 두 가지로 나누어서 살펴볼 수 있다.

첫째, '애→의'로 주기된 글자로 '猜·偲' 이렇게 2자가 있다. '猜(開1, tsɒi>tsai)'와 '偲(開3, sĭə>sï)'는 『삼운』·『규장』·『전운』에서는 '채'로 주기되었으나, 『화동』에서만 淸母인데도 불구하고 '새'로 표음되었다. 운모의 양상이 『삼운』·『규장』·『전운』에서는 '익'를 보이고, 『화동』에서만 '애'를 보이는 것은, 한국한자음에서 단모음의 '♀'와 '아'뿐만이 아니라 이중모음인 '익'와 '애'가 구별이 안 되어 쓰인 경우가 많이 나타나는 경향과 관련지을 수 있다[19]. 따라서 속음의 '의'와 '익' 사이의 관련성은

---

19) 이것은 한국한자음에서 'ㅏ'와 'ㆍ'의 구별이 비교적 잘 이루어지지 않았던 것과 맥을 같이 하는 것으로 보인다. 강신항(1978, 2003ㄱ:311-314)에서 『鷄林類事』와의 대응관계를 통해서 본 한국어의 모음체계에서는 'ㅏ'와 'ㆍ'의 구별은 크게 없는 것으로 나타난다. 이에 따르면 'ㅏ'는 'a'에 대응하고 있으며, 'ㆍ'도 몇 예를 빼놓고는 대개 'a'

이돈주(2003:181)에서처럼 '♀'와 '으'의 상관 관계에서 기인한 것으로 생각해 볼 수 있다.

둘째, '위→웨'로 주기된 글자로 '憒(合1, kuɒi)' 1자가 있다. 『화동』의 속음은 『삼운』・『규장』・『전운』의 정음과 일치한다. 『화동』의 정음은 근대음을 반영한 결과이다[20].

다음으로 佳韻에 해당하는 글자들은 모두 8자가 있다. 이들의 표음 유형은 네 가지로 나타난다.

첫째, '애→예'로 주기된 글자로 '祴'가 있다. '祴(開2, ɣei>hiai)'는 '의~애'의 유동을 보여준다. '祴'가 속음에서 '예'로 주기된 것은 頭註에 '俗 ㅆ華'로 명기되어 있듯이 화음의 변화에서 기인한 것이다. 蟹攝 怪韻의 開口 2등자 가운데 '誡・戒・界(開2, kei>kiai)'는 한국한자음의 운모에서 '예'를 보인다. 이들은 모두 한어의 근대음에서 중고음에는 없던 운두 'i-'가 생겨난 것을 표음에 반영한 결과에서 기인한 것으로 풀이된다[21]. 河野六郎(1968:194-195)에서는 '의(-ei)'를 주층인 b층에, '애(-ai)'를 c

---

모음을 가진 字音으로 대응하고 있어서 별 차이를 보이지 않는다. 이렇게 漢語에 대응하는 한국어의 'ㅏ'와 '·'에 별 차이가 없는 것은 이 둘에 대응하는 한어의 모음이 이들 두 모음의 중간 위치에서 '稍深'인 漢語의 'ㅏ' 모음이 조음되었던 것으로 추정된 데서 비롯한 것은 아닌가 생각된다.

강신항(1989, 2003ㄱ:215-216)에 의하면 중세 한국어의 'ㅏ' 모음은 중설 쪽으로 치우친 저모음였고, '·' 모음은 'ㅏ' 모음보다는 개구도가 작은 半開母音이며 또한 후설모음이었던 것으로 추정하였다. 이런 입장은 강신항(2003ㄴ:62-63)에서도 다시금 확인된다. 그리고 이들 두 모음의 중간 위치에서 '稍深'인 漢語의 'ㅏ' 모음이 조음되었던 것으로 추정된다.

20) 이는 '憒'가 속해 있는 蟹攝 灰韻 去聲의 合口 1등자가 근대음에서 운모를 '-ui'로 반영하고 있다는 것에서 단정할 수 있다. 또한 閩南話에서 'kui'를 지니고 있는 것도 이를 입증한다고 볼 수 있다. 그러나 한편으로 閩南話에서는 'kue'도 같이 쓰이고 있는데, 이는 'kui'보다는 고층의 음을 보존한 결과로 생각된다.

층에, '예(-yəi)'를 d층에 놓고 있는데, 河野六郞의 이러한 논의를 받아 들인다면 '애'로 표음된 『화동』의 정음은 '이'로 표음된 『삼운』·『규장』·『전운』의 것보다는 신층을 반영한 것이다. 그리고 속음에 나타난 '예'는 d층을 반영한 것으로 근대 한어의 영향을 받은 것으로 볼 수 있겠다.

둘째, '이→예'를 보이는 글자로 '階'와 '儕'가 있다. '階(開2, kɐi>kiai)'도 속음에서 '예'를 보이는 것은 頭註에 '俗ㅆ華'로 명기된 바와 같이 중고음에는 없던 운두 'i-'가 생겨난 화음의 변화에서 기인한 것이다.

'儕(開2, ʤɐi>tʂhai)'는 『화동』의 속음은 『훈몽』의 음과 같은 '제'를 보인다. '儕'가 정음에서 '이'로 나타나는 것은 중고음의 운모 '-ia'를 그대로 반영한 결과로 풀이된다. 속음에서 '예'로 나타나는 것은 성모의 특징에서 기인한 것이 아닌가 생각된다. '儕'는 崇母자로 근대음에서는 정치음인 穿母에 합류되었으나, 정치음으로 합류되기 이전에는 치상음에 속해 있던 글자다. 치상음은 조음위치상 구개음 가까이에서 조음되므로 개음 'i-'가 없어도 'i'모음을 지닌 것처럼 느껴져 운모에 영향을 주었던 것으로 보인다22). 이 결과로 '儕'는 속음에서 '이'모음이 첨가되어

---

21) 이돈주(2003:169-170)에서는 蟹攝 중 佳韻과 皆韻을 비롯한 일부 개구 2등운의 아·후음자가 14세기 이후 중국 북방음에서 운두 'i-'가 기생함으로써 齊齒音化한 변천단계 즉, 'kai>kiai'의 영향을 받은 것으로 보았다. 그 근거로 『중원음운』에서는 중고한음에는 없던 운두 'i-'가 발생한 음형이 존재한다고 하였는데, 다음과 같은 예가 이에 해당한다.

    家·加·嘉:ka>kia>tɕia,   街·解:kai>kiai>tɕiai>tɕie,

    交·絞·敎:kau>kiau>tɕiau   江·講·降:kaŋ>kiaŋ>tɕiaŋ

22) 黃侃(1970)의 『音略』을 보면, 성모를 개음의 영향에 의해서 변한 것과 그렇지 않은 것을 가려서 今變紐와 古本紐로 나누었다. 이는 상고한자음을 연구한 결과로 나타난 분류이다. 여기에서는 3·4등 개음의 성모는 개음의 영향을 받아서 변화한 것이므로 今變紐가 되고, 2등운에 나타나는 설상음(t)과 치상음(tʂ=tʃ)을 今變紐로 다루었다. 이는 설두음과 치두음이 이완성 모음인 2등운과 결합하였을 때 성모의 성질이 변화한 것이다.

'졔'로 표음되었던 것으로 생각된다.

셋째, '애→의'로 주기된 글자로 '柴(開2, ʤai>tʂhai)·豺(開2, ʤɐi>tʂ hai)' 이렇게 2자가 있다. '柴'와 '豺' 이 2글자는 중세한자음에서 '싀'를 보인다. 이들도 '·～ㅏ～ㅡ'의 관계를 보여주는 사례들이다. 이들은 한국한자음에서 止攝 3등자 가운데 '支(-ĭĕ)', '脂(-ĭĕi)', '之(-ĭəi)' 등은 '의(-ɯi)'로 반영된 것에 유추된 것은 아닌지 하는 생각이 드나 과제로 남겨둔다.

넷째, 蟹攝 怪韻의 開口 2등자 佳韻인 '誡·戒·界(開2, kɐi>kiai)'이 한국한자음의 운모의 반영에서 '예'를 보이는 것은 근대 한어의 영향임을 위에서 기술한 바 있다.

齊韻에서 운모가 달리 표음되어 있는 글자는 모두 25자가 있다. 이들의 표음 유형은 세 가지로 나타난다.

첫째, '예→이'로 주기된 글자로 모두 18자가 있다. '泥·堎(開4, niei>ni)'는 『화동』의 정음에서는 '예'로 표음된 반면, 중세한자음 및 『삼운』·『규장』·『전운』에서는 '이'로 주음되었다. 『화동』의 '예'는 중고음 '-iei'를 반영한 것이다. 이에 반해서 『화동』의 속음과 『삼운』·『규장』에 주기된 '이'는 중국 근대음 '-i'를 반영한 것이다23).

※ 정치음은 2·3등에 분포하고, 치두음은 1·4등에만 나타나 상보적인 분포를 이룬다. 정치음을 다시 세분하면 2등에만 나타나는 음은 치상음으로, 3등에만 나타나는 음은 좁은 의미의 정치음으로 부르고 있다.

23) 이와 더불어 來母의 글자들의 반영도 일반적인 齊韻의 양상에 비해서 예외적이다. 여기에 해당하는 '黎·鑗·犁·藜·瓈(開3, liei>li)'는 운모를 '여'로 반영하고 있는데, 이는 중고음 '-iei'를 반영함에 있어서 운미 '-i'를 떼어버린 결과다. 이에 대해서는 권인한(1997:319)에서 지적한 바 있다. 그러나 이런 반영 양상은 來母에만 국한되는 것이 아니라, '셔'로 표음된 心母의 '西·犀·棲(開4, siei>si)'와 '쳐'로 표음된 淸母의 '妻·綾·萋·凄·淒·悽·霋(開4, tshiei>tshi)'에서도 널리 나타나는 양상이고, 『소학』에 나타난 한자음 가운데에서도 蟹攝의 '勢(開3, ɕĭɛi)·誓(開3, zĭɛi)·與(合3,

‘箄(開4, piei)’와 ‘睥·媲(開4, phiei)’는 현대 중국음이 각기 ‘pi’, ‘phi’로[24] 운모가 ‘i’로 실현되므로, 근대음에서 ‘-iei→i’의 변화를 겪은 것으로 볼 수 있다[25]. 그러므로 ‘이’로 반영된 것은 근대음의 영향에 의한 것이고, ‘예’로 표음된 것은 중고음을 유지한 결과에서 기인한 것이다. ‘睥·鼙·椑·篦·鎞·膍’들도 이와 같은 경향에 의한 것으로 볼 수 있겠다. 이 글자들은 『훈몽』에서도 대부분 ‘이’로 주기되었다. ‘狴(開4, piei>pi)’와 ‘批·鈚(開4, phiei>phi)’도 속음에서 ‘이’로 운모를 주기하고 있는 것은 근대음을 반영한 결과다.

이상에서 살펴본 예들은 『삼운』·『규장』 등에서는 ‘이’로 표음되어 있는 것을 『화동』에서는 속음으로 주기하고 정음에서는 ‘예’로 표음하여 놓은 것들이다. 『화동』의 표음 양상은 속음에서는 중국의 근대음의 영향을 받아 改新된 음들을 반영한 결과로 풀이되며, 정음에서 ‘예’를 주기했던 것은 음의 규범을 중고음에서 찾으려 했던 결과로 보인다.

둘째, ‘예→의’로 주기된 글자로 2자가 있다. ‘嘶(開4, siei>si)’와 ‘撕’는 ‘예’로 표음됨이 정칙으로 『화동』의 정음은 정칙음을 반영하고 있다. 그러나 『화동』의 속음과 『삼운』·『규장』의 정음이 모두 ‘싀’로 주기되었다. 현재로서는 이돈주(2003:181)의 논의를 따라서 성부인 ‘斯(食移切, siĕ)’

---

jĭo)’는 이중반절자가 아님에도 불구하고 그 ‘여:예’의 교체를 보여주고 있어서 ‘여:예’의 교체가 생각보다는 폭 넓게 일어났던 현상이었던 것으로 생각된다. 『소학』의 용례를 보이면 다음과 같다.

    勢R셔 <소학5:65b>~勢R셰 <소학5:24b>
    誓R셔 <소학6:31a>~誓R셰 <소학4:35b>
    與R여 <소학書:1b>~與R예 <소학6:52b>

24) ‘媲’는 현대중국음에서 전청화하여 그 성모가 幇母가 되었으므로 ‘pi’로 나타난다.
25) 劉德智(1969:17,24)에서도 ‘篦·鎞’가 『중원음운』에서 ‘pi’로 반영되어 있는 점을 논한 바 있다. 이돈주(2003:178)에서도 이 논의를 따르고 있다.

에 이끌린 유추음으로 보는 것이 최선인 듯 싶다.

셋째, '예→의'로 주기된 글자로 '嫕·蹊·傒·奚'와 '薺' 이렇게 5자가 있다. '嫕·蹊·傒·奚(開4, ɣiei>hi)'는 『화동』·『삼운』·『규장』·『전운』에서 모두 정음으로 '혜'를 제시하고 있으나, 『화동』의 속음에서는 '히'를 보이고 있다. 이 가운데에서 현대음에는 '奚'가 속음을 계승하여 '해'로 나타나는 것을 제외하고는 모두 '혜'로 전승되었다. 중국 어음의 변천을 볼 때, '예'로 반영됨이 정칙으로 속음에서 '의'로 된 것은 정확한 원인을 알기 어렵다[26].

'薺(開4, tsiei>tsi)'가 '졔'로 표음된 것은 반절음을 충실히 반영한 결과다. 그러나 『화동』의 속음에서는 '지'로 표음되었는데, 정확한 원인을 알기는 어려우나 蟹攝의 佳韻에 속하는 '齋·齊·儕' 등의 글자가 '지'로 표음된 것에 영향을 받은 것이 아닌가 생각된다[27]. 『유합』에 '齊'는 '졔'·'齋'는 '지'로 되어 있으며, 『훈몽』에서 '儕'는 '졔~지' 두 음을 모두 보인다. 이를 통해서 볼 때, '薺'가 속음에서 '지'로 표음된 것은 성부 및 해성자에 의한 유추로 볼 수 있겠다. 그러나 중고음 4등자에 개음 'i'가 없었다는 논의와 관련하여 상기의 글자들이 운모에서 '이'를 보이고 있지 않을 가능성도 있지 않나 생각된다[28].

---

26) 蟹攝에 속한 글자들 가운데 咍韻의 '開, 臺, 來, 財, 海' 및 皆韻의 '皆, 骸' 등에서 운모가 '의'로 반영된 것들이 보이는데, 동일 攝내의 이와 같은 글자들의 표음에 영향을 받은 것일 수도 있겠다.

27) '齊'는 '徂奚切'과 '莊皆切' 두 반절이 있는 글자로 각각 한국한자음에서는 '졔'와 '지'로 반영되었으나, 『소학』에서는 '지'가 우세하게 나타난다. 그리고 '齋'는 '지'로만 나타난다. 이를 참고하면 '예~의' 사이의 유동은 위와 같은 이중반절자의 표음에 유추된 것이 아닌가 생각된다.

28) 일단은 이렇게 처리하기는 했으나, 灰韻의 齊韻 4등자는 介音 'i-'의 유무와 연관지어 논의를 해 볼 필요가 있다. 中古音의 四等韻 가운데 齊·先·青·蕭·添韻에 介音 'i-'가 없다는 주장은 일찍이 Maspero(1920)에서 제기한 이후로, 有坂秀世

2.5. 臻攝

臻攝(眞韻・文韻)

번호	字例	訓蒙	類合	千字文	華東	三韻	奎章	全韻	現代	聲母	韻母
1	巾	건	건	건	근俗건	근	근	근俗건	건	見	眞平
2	駪	-	-	-	신俗선	신	신	신	신	審	眞平
3	兟	-	-	-	신俗선	신	신	신	신	審	眞平
4	詵	-	-	-	신俗선	신	신	신俗션	선	審	眞平
5	侁	-	-	-	신俗선	신	신	신	신	審	眞平
6	匀	-	-	-	균	균	균	균	균	見	眞韻,集韻균
7	胤	-	윤	-	인俗윤	윤	윤	윤	윤	喩	震去
8	乞	-	걸	-	글俗걸	글	글	글俗걸	걸	見	物入,긔:未
9	絟	-	-	-	불俗불	불	불	불俗불	발	竝	物入
10	魩	-	-	-	불俗불	불	불	불	불	竝	物入,불:明

臻攝에 해당하는 글자들 가운데 속음이 정음과 다르게 주기되어 있
는 글자들은 眞韻과 文韻에 해당하는 글자들이다.

먼저 眞韻에 해당하는 글자들의 표음 유형은 다음과 같이 네 가지로
나누어서 살펴볼 수 있다.

(1939), 陸志韋, 藤堂明保(1957), 李榮(1956), 邵榮芬(1982), Pulleyblank(1984), 薛鳳生
(1996)을 거쳐 요즘에 이르고 있다. 이에 반해 4등에 介音이 있다는 설에는 李方桂
(1971)이 대표적이다.

4등자에 介音이 없다는 설의 대표적인 요지는 대체로 상기의 韻들에 있어서 주요
모음은 모두 '-e(Maspero, 有坂秀世, 邵榮芬 등)'나 '-ɛ(陸志韋)'로 보았으며, 특히
Pulleyblank(1984)에서는 한국한자음의 자료를 인용하여 4등자에 개음 '-i-'가 없다는
주장에 합세하고 있다.

이에 반해 李方桂(1971:17)에서는 4等韻에 개음 '-i-'가 없다면 上古音의 모음체계
재구가 훨씬 복잡해지므로 『切韻』체계에서 4등운에 개음의 존재를 인정하는 것이
좋다고 보았다. 그러나 李方桂의 논의는 내적인 고찰을 통한 결론이라기보다는 외
적인 요인에 의한 결론이므로 강한 증거로서 작용할 수 없다는 면에서 비판의 소지
가 있다.

이와 관련된 자세한 논의는 최영애(2000:260-263)를 참조.

첫째, '으→어'로 주기된 글자에는 1자가 있는데, '巾(開3, kǐen)kiən)'이 이에 해당한다. 河野六郎(1968:198)에서는 '巾'이 '건(-ən)'으로 반영된 것을 乙類로 분류하고 '乞(-ər)·詑(-ən)'과 더불어 a층위에 설정하여 '은(-ɯn)' 형보다 고형으로 보았다. 박병채(1971:200)에서는 '어(-ə)'형이 '으(-ɨ)'형보 다 고층을 반영한 것으로 보았으며, 권인한(1997:319)에서도 眞韻 乙類 (-ǐĕn/-ǐĕt)가 한국한자음에서 '언/얼'로 반영된 것들이 고음의 반영일 가 능성이 있음을 제기한 바 있다. 그러나 이돈주(2003:166)에서는 『중원음 운』에서 眞·文韻자의 핵모음이 예외없이 '-ə'에 합류한 점에 주목하여, 眞·文韻자의 관련성을 제기하였다[29].

둘째, '이→어'로 주기된 글자로 '駪·詵·侁·詵' 이렇게 4자가 있다. 이 글자들 중 '駪·詵'은 開口 2등자로 중고음은 'ʃǐen', 근대음은 'ʂən' 으로 재구된다. 속음이 '선'으로 반영됨은 성부인 霰去의 '先'의 표음에 유추된 결과가 아닌가 생각된다[30]. 이 글자들은 모두 審母(원래는 生母

---

29) 劉德知(1969:44-50)에서는 眞·文韻에서 핵모음이 예외없이 '-ə'에 합류했음을 보 여주는 사례로 'iən(因姻切)'·'ʧiən(眞珍切)'·'siən(新辛切)'·'kiən(巾斤切)' 등을 들고 있다.

30) '詵'만 유독 『전운』의 속음에서 '션'으로 주기되어 있는 것은 중고음인 'ʃǐen'의 반영 결과를 보존한 데에서 기인하지 않았나 싶다. 그러나 '駪·詵·侁'의 글자들은 『전운』 에서 속음의 반영이 없어서 이렇게 단정짓기가 주저된다. 혹은 성부인 '先'이 '션'으 로 표음된 것에 유추된 것일 가능성도 있어 보인다. 假 4등운인 '先(開4, sien>siɛn)' 은 『유합』과 『소학언해』 등 중세자료와 근대 운서에서도 '션'으로 보이는데, 단모음 화의 결과로 '선'이 되었다. '先'은 先韻 4등자이므로 앞서 언급한 바와 같이 4등자의 介音 유무와 관련하여 Pulleyblank(1984)의 논의를 따른다면 실제 음에서는 개음이 없이 '선'으로 유통되고 있었을 가능성이 있어 보인다. 이는 '先'의 해성자들이 운서 의 표음은 '션'으로 되어 있으나, 속음에서는 대개 '선'을 보인다는 것을 통해서 짐작 해 본 것이다.

　여기서 확인할 수 있는 한 가지는 『화동』의 속음에서 '駪·詵·侁·詵'이 '선'으로 나타나는 것을 볼 때, 통용 한자음에서는 齒擦音 아래에서의 단모음화가 늦어도 18 세기 중반에는 이루어졌음을 알 수 있다는 것이다.

였으나 후에 審母에 합류됨)에 해당하는 글자들인데, 이들이 정음에서 '신'으로 표음된 것은 성모가 구개음의 성질(ɕ-)을 지니고 있는 것이므로, 모음 중에서는 이 구개음과 가장 가까운 '이'를 지니게 되었을 가능성도 있어 보인다[31].

셋째, '이→유'로 주기된 글자로 '胤'이 있다. 眞韻의 이 글자가 '酳'과 더불어 '윤'으로 주기된 것은 諄韻의 合口 4등에 의한 유추로 보이나(이돈주 2003:185), 과제로 남겨둔다.

넷째, 『집운』에 '균'으로 반영된 것을 그대로 頭註에 주기한 '귿'이 있다.

다음으로 文韻에 해당하는 글자들의 표음 유형은 두 가지로 나타난다. 첫째, '으→어'로 주기된 글자로 '乞(開3, khĭət>khi)' 1자가 있다. 『유합』의 주기음과 현대한자음이 '걸'임을 통해서 볼 때, '중세한자음→속음→현대한자음'으로의 전승 관계를 보인다. 속음에서 '어'로 주기된 원인은 아직 불명이나, 臻攝의 글자 가운데에서 상기한 眞韻의 '巾'이 '어'를 보이는 것처럼, 고음을 반영하였을 가능성을 생각해 볼 수 있겠다. 이에 대해서는 앞서 眞韻에서 河野六郎(1968:198)의 논의를 이용하여 언급한 바 있다.

둘째, '우→ᄋᆞ'로 주기된 글자로 '紼·艴(合3, phĭuət)' 이렇게 2자가 있다. '-ĭuə'는 한국한자음에서 '우'로 반영되었으나, 이 글자들의 속음에서는 'ᄋᆞ'로 반영되었는데, 그 원인을 찾기가 쉽지 않다. 다만 河野六郎(1968:197)에 의하면 '勃(볼)(合1, buət>pɔ)'은 그 운모가 '-ɐr'로 b층위에 분류되어 있는데, 이 글자에 유추되었을 가능성을 생각해 볼 수 있겠다.

---

31) 권인한(1997:319)에서도 치상음에만 쓰이는 臻韻에서는, '은'형이 정칙음이나, '인'형이 우세하게 나타나는 것을 성모의 영향일 가능성이 있음을 내비치고 있다.

‘紵·艉’가 ‘우＞ᄋ’의 유동을 보이고 있고, ‘紵’는 후에 ‘아’로 전승된 양상을 통해서 볼 때, 이들 세 모음간의 관계에 대해서 생각해 볼 수 있는 여지가 있는 것으로 판단된다. ‘우’를 후설의 고모음으로 보고 ‘아’를 후설의 저모음으로 보면 ‘ᄋ’는 그 중간지점에 위치하는 모음으로 볼 수 있다. 따라서 ‘우＞ᄋ’의 유동은 ‘우’와 ‘ᄋ’ 모음이 그 위치에 있어서 인접해 있었음을 보여주는 것이라 할 수 있다[32].

2.6. 山攝

山攝(刪韻・元韻・先韻)

번호	字例	訓蒙	類合	千字文	華東	三韻	奎章	全韻	現代	聲母	韻母
1	盼	–	–	–	반俗변	반	반	반	반	滂	諫去
2	堧	–	훈	–	훈	훤	훤	훤正훈	훈	曉	元平,集韻훤
3	鵷	–	–	–	원俗완	원	원	원	원	喻	元平
4	宛	–	–	–	원俗완	원	원	원俗완	완	喻	元平

---

32) 이렇게 보면 한자음에 반영된 ‘우’는 우리가 생각하는 것 보다 앞쪽에서 실현된 것으로 볼 수 있다. 정경일(1997:706-711)에서는 『화동』의 운모 양상을 종합하여 볼 때, ‘우’를 후설보다 조금 앞선 곳에서 실현된 것으로 논의하고 있다. 또한 김완진(1996:88)에서는 원순모음 ‘오, 우’를 ‘w+ᄋ→오’, ‘w+으→우’라는 내적 증거를 가지고 재음소화될 수 있는 것들로 다루었는데, 여기에서도 ‘으’와 ‘우’가 대단히 밀접하므로 ‘우’도 ‘으’와 인접한 부분에서 실현되었을 가능성이 있다고 볼 수 있겠다. 또 ‘오’는 ‘ᄋ’와 밀접한 관련을 보이므로 ‘우’보다는 혀의 높낮이 면에서는 낮은 위치에서 실현되었던 것으로 보이고, 혀의 전후 위치에 있어서는 좀 더 후설에서 실현되었을 가능성이 있다고 볼 수 있겠다. 그리고 통상적으로 대부분의 한어음운학자들이 1등은 α로, 2등은 a로 그 음가를 추정하는 데 동의하고 있는데, α는 [+grave]자질을 지닌 것으로 a보다 깊은 데에서 실현이 된다. 순음성 자질은 ‘w’는 후설성[+back] 자질을 지니므로, ‘ᄋ’와 결합하여 ‘오’를 만들어 낸 ‘ᄋ’도 후설성을 지녔을 것이다. 그 조음위치는 순음성[+lab] 자질을 지니는 모음은 ‘오/우’가 대표적이고, ‘오’가 ‘우’보다는 저설에서 실현이 되므로, 자연히 한자음상에서의 ‘ᄋ’도 ‘오’보다는 낮은 후설저모음으로 실현되었던 것은 아닌가 하는 생각이 든다. 이는 『훈민정음』에서 ‘·’를 舌縮과 聲深으로 다루어서 후설의 저모음으로 본 바와 일치하는 것이라 생각된다.

	字									聲母	韻目
5	阮	–	–	–	원俗완	원	원	원	원	疑	阮上
6	婉	–	완	–	원俗완	원	원	원俗완	완	影	阮上
7	菀	–	–	–	원俗완	원	원	원	원/완	影	阮上
8	苑	원	원	–	원俗완	원	원	원	원	影	阮上
9	蜿	–	–	–	원俗완	원	원	원/완	완	影	阮上
10	畹	완	–	–	원俗완	원	원	원	원	影	阮上
11	琬	–	–	–	원俗완	원	원	원	완	影	阮上
12	宛	–	–	–	원俗완	원	원	원俗완	완	影	阮上
13	悶	–	민	–	문俗민	문	문	문俗민	민	明	願去
14	殄	–	딘	–	뎐俗딘	뎐	뎐	뎐俗딘	진	定	銑上
15	竭	–	갈	갈	걸俗갈	걸	걸	걸	갈	羣	屑入,갈:月
16	碣	갈	–	갈	걸俗갈	걸	걸	걸俗갈	갈	羣	屑入
17	桀	–	–	–	걸俗갈	걸	걸	걸	걸	羣	屑入
18	渴	갈	갈	–	걸俗갈	걸	걸	걸	갈	溪	屑入
19	昳	–	–	–	멸俗딜	멸	멸	멸俗딜	질	定	屑入
20	垤	–	–	–	멸俗딜	멸	멸	멸俗딜	질	定	屑入
21	耋	–	–	–	멸俗딜	멸	멸	멸俗딜	질	定	屑入
22	迭	–	–	–	멸俗딜	멸	멸	멸俗딜	질	定	屑入
23	跌	딜	–	–	멸俗딜	멸	멸	멸俗딜	질	定	屑入
24	絰	–	–	–	멸俗딜	멸	멸	멸俗딜	질	定	屑入
25	姪	–	–	–	멸俗딜	멸	멸	멸俗딜	질	定	屑入
26	咥	–	–	–	멸俗딜	멸	멸	멸	질	定	屑入,희:賓,질:質
27	涅	–	–	–	녈俗날	녈	녈	녈俗날	녈/날	泥	屑入
28	篞	–	–	–	녈俗날	녈	녈	녈	녈/열	泥	屑入
29	苶	–	–	–	녈俗날	녈	녈	녈俗날	날	泥	屑入,녑:葉
30	揑	녈	–	–	녈俗날	녈	녈	녈俗날	열	泥	屑入
31	拙	졸	–	졸	졀俗졸	졀	졀	졀俗졸	졸	照	屑入

　　山攝에 해당하는 글자들 가운데 속음이 정음과 다르게 주기되어 있
는 글자들은 刪韻과 元韻·先韻에 해당되는 것들인데, 이들을 속음의
표음 유형에 따라 살펴보면 다음과 같다.
　　먼저 刪韻에 해당하는 글자는 '盼' 1자가 있다. 諫韻에서 開口 2등자

는 '안'으로 반영됨이 정칙이나, '盼(開2, phæn>phuən)'이 속음에서 운모가 '연'으로 주기된 것은 과제로 남겨둔다.

다음으로 元韻에 해당하는 글자들의 표음 유형은 다음과 같이 세 가지로 나누어서 살펴볼 수 있다.

첫째, '워→와'로 주기된 글자로 10자가 이에 해당한다. 元韻에서 合口 3등자는 한국한자음에서 '원'으로 반영됨이 정칙이다. 그러나 '婉·菀·苑·蜿·畹·琬·宛(合3, ǐwen>iuɛn)'은 속음에서 '완'을 보이고 있다. 이 가운데 '畹, 琬'은 이돈주(2003:184)에서의 논의에 따라 『훈몽』에서 '완'으로 표음된 것은 桓韻계에 속하는 '畹(一丸切, ʔuan)' 또는 '琬(烏貫切, ʔuan)'의 유추음으로 당시에 널리 관용되었던 것으로 볼 수 있겠다. 그리고 이 이외에 이들의 상고음인 'ǐwan'과 속음 '완'이 대응될 수 있을 것으로도 생각된다[33]. 현대음에서는 글자마다 차이는 있으나 '원/완'이 고르게 분포하고 있다.

---

[33] 山攝의 元韻 上聲(阮上)과 元韻 入聲(月入)에는 한국한자음에서 '안~알'로 반영된 글자들이 있는데, 상고음과 잘 대응되는 것으로 보인다. 그러나 이들은 竭·碣을 제외하고는 근대음과의 대응관계도 잘 나타나는 것으로 보이는데 어느 쪽을 반영한 것인지에 대해서는 더 연구가 있어야 할 것이다.

韻	字例	上古音	中古音	近代音	韓國漢字音
阮上	晚(合3)	mǐwan	mǐwɐn	vuan	만
阮上	反(合3)	pǐwan	pǐwɐn	fuan	반
月入	發(合3)	pǐwat	pǐwɐt	fua	발
月入	襪(合3)	mǐwat	mǐwɐt	mǐwat	말
月入	竭·碣(開3)	gǐat	gǐɐt	kiɛ	갈

王力(1979:166) 및 陳新雄(1972:1023)에서는 阮·月의 상고음을 각각 'an-at'로 재구하여 짝을 짓고 있으며, 藤堂明保(1967:48)에서도 阮·月을 각기 'an-ad'로 재구한 바 있는데, 이들의 논의를 첨가한다면 상기의 예들에서 한국한자음은 상고음과의 대응관계가 더 분명하지 않나 생각된다.

둘째, '우→이'로 주기된 글자로 '悶' 1자가 이에 해당한다. '悶'은 '閔(眉
娟切, miěn)과 자형의 相似로 인한 유추음으로 보인다(이돈주 2003:177).

셋째, 정음을 『集韻』의 음을 따라서 주기한 글자로 '塤'이 있다. '塤
(合3, hǐwen>hiuɛn)'은 중고음을 충실히 반영하면 『삼운』·『규장』의 표
음처럼 '훤'이 기대되지만 『집운』의 음인 '훈'을 따르되 개음을 탈락되어
'훈'으로 주기되었다.

다음으로 先韻에 속하는 글자들은 한국한자음에서는 平·上·去聲
에서는 '연'으로, 入聲에서는 '열'로 나타나는 것이 정칙이다. 여기에 해
당하는 글자들의 표음 유형은 다음과 같이 네 가지로 나누어서 살펴볼
수 있다.

첫째, '여→이'로 주기된 글자로 9자가 이에 해당한다. 여기에 해당하
는 글자는 先韻 上聲과 先韻 入聲에 속하는 글자들이다.

먼저 銑韻의 '殄(開4, dien>thiɛn)'은 『화동』과 『전운』의 속음에서 '딘'
으로 주기되어 있는데, 그 원인은 臻攝의 眞韻 上聲에 속하는 照母의
해성자인 '軫·畛·疹·診(開3, tɕǐén>tʂiən)'가 '진'으로 표음된 데에서
유추된 것으로 보인다. 운모는 臻攝의 영향을 받아 '인'으로 변했으나,
성모는 여전히 'ㄷ'으로 표음되어 설음을 유지하고 있다.

그리고 先韻 入聲의 '昳·垤·臷·迭·跌·絰·眰·咥'의 글자들도
이에 해당한다. 여기에 해당되는 글자들은 대체로 開口 4등자로, 중고
음은 'diet', 근대음은 'tiɛ'로 재구된다. 속음에서 '딜'로 나타나는 것은 臻
攝의 眞韻 入聲에 속하는 照母의 '抶·眣'과 從母의 '嫉·疾·蒺' 및
照母의 '晊·桎·蛭·銍·挃·秷·窒·庢·郅', 穿母의 '咥' 등의 글자
가 '질'로 표음된 데에서 유추된 결과로 보인다.

둘째, '어→아'로 주기된 글자로 '竭·碣·渴·榤' 4자가 이에 해당한다. 先韻 入聲의 '渴'은 寒韻 入聲의 '渴(開1, khat>khɔ)'의 영향에 의해 속음에서 '갈'로 주음된 것이다. '竭·碣'은 元韻 入聲의 '竭·碣(開3, gǐɐt>kiɛ)'가 '갈'로 표음된 것에 영향을 입은 것이다. 전술한 바와 같이 元韻 入聲의 '竭·碣'이 한국한자음에서 '갈'로 반영되는 것은 상고음 'gǐat'을 반영한 것일 가능성이 있다. '榤'이 속음에서 '갈'로 표음된 것은 河野六郎(1968:196)에서 山攝의 仙乙·元韻 가운데 '알(-ar)'로 표음된 것들을 a층위에 배열한 것과 관련지어 본다면 한국한자음 주층위 이전의 층위를 반영하였을 가능성이 있어 보인다[34].

셋째, '여→아'로 주기된 글자로 4자가 있는데, '涅·篁·捏·茶'가 여기에 해당한다. '涅·篁·捏(開4, niet>niɛ)'이 속음에서 '날'을 보이는 원인은 아직 불명으로 과제로 남겨둔다[35].

넷째, '여→오'로 주기된 글자가 1자 있는데, '拙(合3, tɕǐwɛt>tʂiuɛ)'이 여기에 해당한다. 이돈주(2003:187)에서 '出'의 해성자 가운데에서 魂韻 入聲(沒去)에 속하는 '柮, 咄, 馲, 媽' 등에 끌린 혼성음일 가능성을 조심스럽게 제기한 바 있다[36].

---

34) 익히 알다시피 河野六郎(1968:202-208)에서 제안한 한국한자음의 모태는 唐代 長安音이다. 그렇다면 山攝의 상기 글자들은 唐나라의 長安音 이전의 음을 반영하였을 가능성이 높은 것이다.

35) 중국방언에서도 '날'에 대응하는 방언을 찾기는 힘이 든다. 다만 吳방언에서 '捏'은 'niɐh' 이외에 'niah'를 보이기도 하여, 핵모음이 'a'로 나타남을 확인할 수 있다.

36) 이돈주(2003)에서는 '柮, 咄, 馲, 媽'들이 臻攝 魂韻 入聲(沒去)과 관련이 있을 것으로 논의하였으나, 이보다는 근대 운서에서 볼 수 있는 先韻 入聲과 元韻 入聲과의 관련성을 중시해야 할 필요도 있다고 본다. 『삼운』·『화동』 등의 근대 운서에서는 위 글자들을 元韻 入聲으로 다루어 山攝에 포함시켜 놓고 있는데, 先韻 入聲에서 운모를 '오'로 표음한 것은 동일 攝내의 元韻 入聲 글자들이 '오'로 표음된 것에 의한 유추의 결과로 볼 수 있겠다.

2.7. 假攝

假攝(麻韻)

번호	字例	訓蒙	類合	千字文	華東	三韻	奎章	全韻	現代	聲母	韻母
1	姐	져	–	–	쟈俗져	쟈	쟈	자俗져	저	精	馬上
2	飷	–	–	–	쟈俗져	쟈	쟈	쟈	자	從	馬上

假攝에 해당하는 글자들 가운데 운모면에서 속음이 정음과 다르게 주기되어 있는 글자들은 상기표와 같이 麻韻에 해당되는 글자들로, 이들은 모두 '야→여'로 주기되어 있다. 현대음에서 '姐(開3, tsĭa>tsiɛ)'는 속음을 계승하여 '저'로 나타나고 있는데, 속음이 '져'임은 이돈주(2003:186)에서 논의한 바와 같이 魚韻 去聲(御去)의 '沮(側魚切, tʃĭwo)'와 자형의 상사로 인한 유추로 볼 수 있다. '飷'는 현대음에서는 '자'로 나타나는데 규범음이 계승되었다. '飷'도 魚韻 去聲(御去)의 '沮·怚'과 자형의 상사로 인한 유추의 결과로 볼 수 있지 않을까 한다.

이 글자들이 속음에서 운모를 '여'로 반영한 것은 상기한 遇攝에서와 같이 중고음의 보존과 관련이 있을 것으로 생각된다. 이에 대해서는 遇攝을 참조하기 바란다.

2.8. 梗攝

梗攝(庚韻)

번호	字例	訓蒙	類合	千字文	華東	三韻	奎章	全韻	現代	聲母	韻母
1	弸	–	–	–	븡俗빙	핑	핑	핑/븡	붕	竝	庚平
2	泓	–	횡	–	횡俗홍	횡	횡	횡俗홍	홍	影	庚平
3	喤	–	–	–	횡俗황	횡	횡	횡/황	황	匣	庚平
4	礦	–	–	–	굉俗광	굉	굉	굉	광	見	梗上

梗攝에 해당하는 글자들은 모두 庚韻에 해당되는 글자들인데, 다음

과 같이 세 가지 유형으로 나타난다.

첫째, '으→이'로 주기되어 있는 글자로 '弸' 1자가 있다. 庚韻에서는 운모가 대체로 '영·역'으로 반영됨이 정칙이나, 『화동』에서는 '웅'으로 반영되어 있다. 운모가 '으'로 반영된 것은 庚韻 入聲(陌去)에서 아음계 성모에 속하는 '戟·摭·隙·郤·郤·屐·劇(開3, gǐek)' 등이 '윽'으로 표음된 데에서 유추된 것은 아닌가 하는 생각이 든다. 그러나 '弸'은 『삼운』·『규장』·『전운』에서 볼 수 있듯이 운모가 '잉'으로 나타난다. 운서의 정음에서 '펑'을 보이는 것은 '三等+合口'의 결과로 脣輕音化한 '廢·凡·元·陽·虞·微·尤·文·東三·鍾韻'에서와 같은 조건을 지닌 庚韻(-ǐ(w)eng)에서 脣輕音化를 겪지 않은 것와 관련되는 것은 아닌지 생각이 된다[37]. 운모가 '잉'으로 되어 있는 것은 핵모음에 연이어 구개음 운미 /-ɲ/-k/[38]를 발음할 때 생기는 轉移音인 /j/를 반영한 결과일 가능성도 있고, 蒸韻에서 '憑(밍)'과 같은 순음자가 운모를 '잉'으로 반영한 것과도 동일하게 설명될 수 있는 것들이다(권인한 1997:323). 그러나 속음에서 '빙'으로 된 것에 대해서는 아직 정확한 원인을 알기 어렵다.

둘째, '외→오'로 주기되어 있는 글자로 '泓' 1자가 있다. '泓(合3, oəŋ (상고음)>wæŋ>uəŋ/uŋ)은 성모의 표음에 있어서 影母임에도 불구하고 'ㅎ'으로 표음되어 있는 경우다[39]. 이 글자 및 '弘'자의 운서 한자음은 모두 '횡'으로 나타나나, 『소학』에서는 '弘'이 '홍'이 보인다. 따라서 '泓'이 속음에서 '홍'으로 주기된 것은 '弘'에 의한 유추의 결과로 볼 수 있

---

37) 이와 관련된 논의로는 Schaank(1897, 1898), Karlgren(1940), 趙元任(1941:223-227)을 참조할 수 있으며, 최영애(2000:253-254)에서 이에 대해서 정리가 되어 있다.

38) 이에 대해 Hashimoto(1970)에서는 이를 /-ɲ/-c/로 설정한 바가 있다.

39) 이 글자의 현대중국음은 huŋ으로 'h-'를 보이고 있다. 그리고 閩南話에서는 hɔŋ, 吳 방언에서는 fioŋ으로 나타난다.

지 않을까 생각된다. 이와 관련해서는 河野六郎(1968:195)에서 梗攝 合口字에서 '욍(-oing)'과 '옹(-ong)'이 한국한자음의 주층위(b층위)를 차지하면서 공존하는 것으로 연구된 바 있다.

셋째, '외→와'로 주기되어 있는 글자로 '喤·礦' 2자가 있다. '喤(合2. ɣuəŋ>ɣwenɣ)'가 속음에서 운모가 '와'로 주기된 것은 성부인 '皇(合1. ɣuaŋ>huaŋ)' 및 宕攝의 陽韻에 속하는 해성자인 '惶·遑·蝗·篁·隍' 등에 의한 유추로 보인다.

2.9. 曾攝

曾攝(蒸韻)

번호	字例	訓蒙	類合	千字文	華東	三韻	奎章	全韻	現代	聲母	韻母
1	逼	핍,벽	핍	핍	픽俗핍	벽	벽	벽俗핍	-	幫	職入
2	偪	핍,벽	-	핍	픽俗핍	벽	벽	벽俗핍	-	幫	職入,벽正픽俗핍
3	幅	복	-	폭	픽俗핍	벽	벽	벽俗핍	복	幫	職入,복:屋
4	堛	-	-	벽	픽俗핍	벽	벽	벽俗픽	벽	幫	職入
5	愊	-	-	핍	픽俗핍	벽	벽	벽俗픽	-	幫	職入
6	稫	-	-	벽	픽俗핍	벽	벽	벽	-	幫	職入
7	副	부	-	부	픽俗핍	벽	벽	벽	부	幫	職入,부:宥,복:屋
8	愎	팍	-	팍	픽俗팍	벽	벽	벽俗픽	-	竝	職入

曾攝에 해당하는 글자들은 모두 蒸韻에 해당되는 글자들인데, 두 가지 유형이 나타난다. 특징적인 것은 蒸韻의 글자들은 운미도 그 반영 양상이 정음과 속음에서 차이를 보이는 것들이 많다는 점이다.

첫째, '익→입'으로 주기되어 있는 글자로 7자가 있다. 여기에 해당하는 글자들은 '逼·偪·幅·堛·愊·稫·副(開3, pǐək>pǐək>pi)'로 정음이 '픽'으로 반영된 것은 入聲 韻尾를 보존한 것을 제외하면 근대음을 반영한 것이다[40]. 운미에서는 /p:k/의 교체가 보이고 있는데, 특이한 경우라 할 수 있다[41].

둘째, '익→약'으로 주기되어 있는 글자로 '㣿' 1자가 있다. '㣿(開3, bǐuk(상고음)>bǐək(중고음))'을 속음에서 '팍'으로 주음한 것은 중세한자음을 계승한 결과로 보인다. 현대음도 '팍'으로 이어졌다. 중고음 운모 '-ǐək'이 한국한자음에서 '약'으로 반영된 것은 앞에서 山攝에서 볼 수 있듯이 '-ə'와 '-a'가 교류한 결과에서 나타난 것이 아닌가 생각된다[42].

---

40) 이돈주(2003:192-193)에 의하면 『훈몽』에서 職入韻이 반영된 실태를 통해서 볼 때, 설상음 知/照계를 제외한 글자의 핵모음은 /-ə, -jə, -ï, -i/의 4종류로 이 가운데 '-ik'형이 우세하다. 그리고 『화동』에서 '픽'을 정음으로 간주한 것은 職入韻의 핵모음이 '-i'로 변해가는 추세를 보여주는 것이라 보았다. 필자가 보기로도 이런 중국음의 변화와의 대응관계가 비교적 선명히 나타나는 것 같다.

41) 필자의 생각으로는 이런 유동은 해당 운미의 자질과 관련하여 이해해 볼 수 있을 것으로 판단된다. 국어의 국어의 /ㅂ/과 /ㄱ/은 자질상으로 볼 때, /ㅂ/은 전방성[+ant]과 순음성[+lab]를 지니고 있고, /ㄱ/은 후설성[+back]을 지니고 있어 차이를 보인다. 종성에 쓰인 /ㄱ/이 초성에 쓰인 순음 /ㅂ/과 전설고모음 /ㅣ/를 만나서 조음되던 중에 전설음화 되면서 /ㄱ→ㅂ/의 변화를 입었을 가능성을 상정해 볼 수 있기는 하나 단정짓기는 어렵다.
　※국어의 /ㅂ/과 /ㄱ/은 상기의 자질에만 차이를 보일 뿐 나머지 자질은 모두 일치하고 있다. 그리고 자음 중에 순음성[+lab] 자질을 지니는 것은 모두 전방성[+ant] 자질을 지니는 것이므로, /ㅂ/과 /ㄱ/은 순음성[±lab]여부에서만 차이를 보인다고 할 수 있다.

42) 이에 대해서는 더 정밀한 연구를 기다려야 할 것 같다. 다만 曾攝의 글자들은 주모음을 'ə'로 추정할 수 있는 것으로 보인다. 이에 관한 논의는 董同龢(1975:186)에서 살펴볼 수 있는데, 이 논의를 받아들인다면 상기한 曾攝의 글자들의 운모는 『삼운』이나 『규장』에서처럼 '여'로 반영되는 것이 정칙이라 할 수 있다. 그러나 董同龢(1975)의 논의에 의하면 曾攝에서 'ə'혹은 'e'와 'a'가 兩讀되는 경우가 없다 한다. 그만큼 '㣿'의 설명은 난관에 부닥쳐 있는 과제로 생각된다.

2.10. 效攝

效攝(蕭韻)

번호	字例	訓蒙	類合	千字文	華東	三韻	奎章	全韻	現代	聲母	韻母
1	竅	–	규	–	교俗규	교	교	교俗규	규	溪	嘯去

效攝에 해당하는 글자는 蕭韻에 '竅(開4, khieu>khiau)' 1자가 있다. 정음은 '교'이나 속음은 '규'로 되어 있다. 중국음과의 대응에서 볼 수 있듯이 정음은 근대음을 반영한 것이고, 속음은 중고음을 유지하고 있음을 알 수 있다[43].

2.11. 流攝

流攝(尤韻)

번호	字例	訓蒙	類合	千字文	華東	三韻	奎章	全韻	現代	聲母	韻母
1	彪	–	–	–	표俗표	표	표	표俗표	표	滂	尤平
2	謀	–	모	–	무俗모	무	무	무俗모	모	明	尤平
3	眸	모	–	–	무俗모	무	무	무俗모	모	明	尤平
4	牟	–	–	–	무俗모	무	무	무俗모	모	明	尤平
5	侔	–	–	–	무俗모	무	무	모	모	明	尤平
6	矛	모	–	–	무俗모	무	무	무俗모	모	明	尤平
7	鍪	모	–	–	무俗모	무	무	무	무	明	尤平
8	麰	모	모	–	무俗모	무	무	무俗모	모	明	尤平
9	蟊	–	–	–	무俗모	무	무	무俗모	모	明	尤平

流攝에 해당하는 글자는 尤韻에 속한 글자 9자가 있다. 流攝의 글자는 한국한자음에서 운모가 '우'로 반영됨이 정칙이고, 董同龢(1975:187)에서도 한국과 일본, 安南의 譯音들이 단모음 'u'로 나타나고 있다고 하

---

43) 董同龢(1975:182-183)에 의한 蕭·篠·嘯 4등자의 중고음은 '-iɛu'로 재구되는데, '竅'의 속음에 보이는 '유'는 이와 잘 대응하고 있다.

였다. 또한 侯·尤韻음의 중고음 운모를 'u'로 재구[44]하고 있는데, 한국한자음이 운모를 '우'로 반영한 것은 바로 중고음을 충실히 반영한 결과로 해석할 수 있을 것이다. 流攝에서는 다음과 같이 두 가지의 유형이 관찰된다.

첫째, '유→요'로 주기된 글자로 '麃(開4, piu>piəu>piəu)' 1자가 있다. 이돈주(2003:192)에서는 국어한자음에서 '순음+-ju'의 배합이 제약을 받은 때문에 속음에서 '표'가 나타나게 되었다고 보았다. 필자의 생각에는 표범과 관련이 있는 '麃(범가죽 표)'가 속음에서 '표'를 보인 것은 표범을 가리키는 글자인 '豹'의 음이 '표'인 것에 영향을 받았을 가능성이 있어 보인다.

둘째, '우→오'로 주기된 글자로 8자가 있다. 여기에 해당되는 글자들은 '謀/ 眸·侔·牟·麰/ 鍪·蟊'가 있다. 박병채(1971:181)와 권인한(1997:324)에서는 이와 같이 侯·尤韻에서 明母 일부자들이 '모'로 반영된 것을 唐代에 이미 遇攝의 模韻과 流攝의 侯韻의 음이 상당히 가까워진 결과로 보았다. 그러나 이 해석도 가능하지만 河野六郎(1968:197-198)을 통해서 볼 때는 한국한자음에서는 '우'가 주층을 차지하고 있으므로, '오'는 이보다는 좀 더 전대의 음을 반영한 결과일 가능성도 높다[45].

---

44) 음가를 'u'로 추정하는 것에 대해서는 Karlgren, 李榮(1956)에서도 마찬가지의 견해를 보인다.

45) 이는 한국한자음에서 '오'로 반영된 음이 중고음 이전의 음을 반영했을 가능성을 보여주는 것이 아닌가 생각된다. 왜냐하면 중국에서 산스크리트어를 音譯할 때, 玄應(650년 전후) 이전에는 'u'음은 尤韻자로 음역하였고, 'o'음은 模韻자로 음역하였으나, 玄應 이후에는 'o'는 물론 'u'도 거의 다 模韻자로 음역하였다고 한다(이에 대해서는 최영애(2000:281-282)를 참조). 이는 模韻이 唐代에 'o'에서 'u'로 변했고, 그 결과 'u'와 'o'를 대역하는데 모두 다 쓰여서 결국 尤韻은 사용되지 않게 된 것이다. 한국한자

상기의 글자들은 開口 3등자로, 근대음에 이르러서 개음을 잃고 'mĭəu
>mu'의 변화를 겪었다[46]. 이들이 속음에서는 한결같이 '모'로 주기되었
으나, 『전운』에서는 '鍪'만을 정음으로 '무'로 반영하고 있는데, 현대음도
'무'를 이어받고 있다. 표에서 볼 수 있듯 중세한자음에서부터 현대한자
음에 이르기까지 전승한자음은 거의 다 '모'였음을 확인할 수 있다.

2.12. 咸攝

咸攝(咸韻)

번호	字例	訓蒙	類合	千字文	華東	三韻	奎章	全韻	現代	聲母	韻母
1	洽	흡	–	흡	협俗흡	협	협	협俗흡	–	匣	洽入

咸韻에 해당하는 글자는 咸韻에 속한 '洽' 1자이다. 이 글자는 정음으
로는 '협'이 제시되어 있으나, 속음은 '흡'이 제시되어 있다. '洽(開2, ɣeap
>ɣɐp>hia)' 이외에 開口 2등인 咸韻의 글자들은 '鰜(겸)/夾·筴(겹)/狹·
陜·袷(협)'에서 볼 수 있듯이 운복이 '여[47]'로 나타난다. 이돈주(2003:200)

─────────────

음에서는 속음에서 볼 수 있듯이 이와는 반대로 '오'로 나타나는데, 이는 중국한자음
에서 尤韻과 模韻의 구별이 없어졌고 주로 'u'로 반영되던 것과는 달리 그 구별이 유
지되어 있으며 '오'로 반영되었음을 보여주는 사례라 생각된다. 이는 똑같은 模韻이
라 하더라도 한국한자음과 중국한자음에서의 음에 대한 인식의 차이를 보여주는 예
로 생각되며, 尤韻보다는 模韻이 더 분명히 인식되었던 결과에서 기인한 것이 아닌
가 생각된다.

46) 그러나 앞서 언급한 董同龢(1975:187)의 견해를 따른다면 중국음의 변화와는 상관
없이 일찍부터 개음을 탈락시켜 '우'로 반영하였을 가능성도 배제할 수 없다.

47) 운복이 '여'로 나타나는 것은 중국의 어느 음을 반영한 것인지 분명하지 않다. 다만
같은 攝에 속하는 鹽韻 3등자 중 '염/엽'의 음으로 나타나는 '廉(렴), 蟾(섬), 琰(염),
鑷(녑), 葉(엽)'과 같은 글자들의 영향을 입은 것이 아닌가 하는 생각도 든다.
　권인한(1997:324-325)에서는 鹽韻 3등 乙類 글자 가운데 '염/엽'으로 나타나는 글자
들은 근대한음의 영향일 가능성이 있음을 '鉗'과 '炎'이 『중원음운』에서 각기 'kʹie
m2/iɛm2'임을 참조하여 제기한 바 있는데, 咸韻에서 운복으로 '여'가 나타나는 것도

에서는 속음에서 '으'로 나타나는 것은 深攝의 侵韻 入聲(緝韻)에 흡수된 결과로 보았다[48].

3. 결론

지금까지 『화동』의 속음 가운데에서 정음과는 운모가 다른 글자들을 대상으로 각 攝별로 전승 양상과 속음화의 원인은 무엇이며, 음계의 층 위면에서 중국어의 어느 층위에 대응하는 것인지에 대해서 살펴보았 다. 이를 위해서 각 攝별로 다른 양상을 보이는 글자들을 모아서 세부 자례에 대한 검토를 행하였다. 결과적으로는 12개 攝을 대상으로 검토 를 하게 되었다. 본론에서 살펴본 결과를 요약하는 것으로 결론을 대신 하고자 한다.

먼저 속음의 전승 양상에 대해서 살펴보도록 하겠다. 『화동』의 속음 들은 대체로 현대음으로 계승되고 있다. 이런 면에서 보면 『속음』은 당 대의 현실음을 대체로 반영하고 있다고 볼 수 있다. 그러나 규범음이 현대음으로 이어진 경우도 있다. 이는 본문에서 전승 양상을 정리한 표 를 참고하면 확인할 수 있는 것들로서 한국한자음이 전통음을 보존하고 이를 전수하기도 했지만, 현대음 가운데에서는 전통음을 물리치고 개신 한 음들을 계승한 것들도 적지 않게 있음을 확인할 수 있는 것이다.

다음으로 이런 속음이 발생한 원인은 무엇인지에 대해서 언급을 하

이와 관련지어 연구해 볼 수 있을 것이다. 이는 鹽韻에서는 운복을 '여'로 반영한 글 자들이 압도적으로 많아, 같은 攝내의 咸韻에 영향을 미쳤을 가능성을 배제할 수 없 었을 것이라는 필자의 추정에 따른 것이다.

48) 深攝의 緝韻에 속하는 글자들은 '急(급), 慴(습), 揖(읍), 緝(즙), 翕・潝(흡)' 등의 표음에서 볼 수 있듯이 운모를 대개 '으'로 반영하고 있다.

도록 하겠다.

첫째 원인은 성부 및 해성자에 의한 유추와 자형의 유사에 의한 유추의 결과에 있다고 볼 수 있다. 성부 및 해성자에 의해 유추된 글자로는 先韻 入聲의 '昳·垤·耋·迭·跌·絰·瓞·咥'의 글자들을 지적할 수 있다. 이 글자들은 臻攝의 眞韻 入聲에 속하는 照母의 '抶·眣'과 從母의 '嫉·疾·蒺' 및 照母의 '晊·桎·蛭·銍·挃·秷·窒·座·郅', 穿母의 '咥' 등의 글자가 '질'로 표음된 데에서 유추된 결과이다. 이런 유추는 전체 한자의 대다수를 차지하는 형성자 가운데 소리를 담당하는 성부음에 끌리어 유추된 것들이다. 그리고 자형의 유사에 의해 유추된 글자로는 '沮'와 '飷' 등을 들 수 있다. '沮'는 '姐'에 의해, '飷'는 '姐', '沮·怚'와 자형의 상사로 인해 유추된 결과들이다.

둘째 원인은 다른 攝들에 의한 영향을 받거나 통합된 것에서 비롯된 것을 들 수 있다. 여기에 해당되는 글자로는 遇攝의 글자인 '詛'를 예로 들 수 있다. 이 글자는 『화동』의 속음에서 '져'로 주기되어 있는데, 이는 魚韻에서 '-ǐo'를 '여'로 반영했던 일반적인 표음 결과와 일치한다. 그리고 遇攝 魚韻인 '且'는 중고음이 'tsǐo'로, 이 글자를 성부로 하는 '菹·葅·詛' 등의 글자들은 모두 '져'로 통일이 되었으므로 '且'를 성부로 하는 魚韻 내의 글자들은 운모의 반영이 '여'로 일관성을 보일 수 있었던 것이다. 그리고 假攝의 麻韻의 글자 가운데에서 '姐·飷'가 속음에서 '져'를 보이는 것도 遇攝 魚韻에 속한 글자들의 표음에 유추되었을 가능성이 있다.

마지막으로 속음을 통해서 본 한국한자음의 층위에 대해서 살펴보도록 하겠다.

첫째, 대체적으로 보아 속음에 반영된 운모들은 중고음에 대응하고 있는 것으로 보인다. 이는『화동』및『삼운』·『규장』과 같은 운서가 중국 근대음을 받아들여 많은 부분에서 개신을 하였던 것과는 달리 전래의 음을 보존한 결과에서 기인한 것이다. 이는 한국한자음이 중국과의 접촉에서 개신된 음들이 들어왔음에도 불구하고 전래의 음들을 많이 보존하였던 것으로 이해할 수 있는 것들이다.

둘째, 속음 가운데에는 중국 근대음의 영향을 받아서 형성된 것들도 다수 있음이 확인되었다. 이에 해당하는 글자들에는 蟹攝 佳韻의 '褫'와 '階', '儕', 怪韻의 '誡·戒·界' 등의 글자들을 예로 들 수 있겠다. 이들은 대체로 현대음으로 전승되고 있는데, 이를 통해서 운서에서 제시하는 규범음과는 달리 중국과의 지속적인 접촉에서 중국어의 영향을 입어 실제 언어 현실에서는 개신된 한자음을 사용한 경우도 있음을 알 수 있다.

셋째, 속음 가운데에서는 중고음 이전의 음을 여전히 보존한 것으로 보이는 것들이 있음을 확인할 수 있다. 즉 일부의 글자들에 있어서 중고음 이전, 즉 唐나라 이전의 음이나 상고음과 관련이 될 수 있는 글자들이 보인다는 점이다. 이에 해당하는 글자들을 보면 臻攝 眞韻의 '巾', 山攝 元韻의 '婉·菀·苑·蜿·畹·琬·宛', 山攝 銑韻의 '竭·碣·渴·櫟' 등이 있다. 이들은 한자음을 수입할 당시의 음을 지금까지 보존하여 사용하고 있는 것으로서 한국한자음이 지닌 보수성의 일면을 보여주는 것이다.

그러나 속음은 대체로 중고음을 잘 보존하고 있고 이에 대응되므로, 한국한자음은 중고음을 충실히 보존하고 있다고 보아도 틀리지 않을 것이다. 여기에 중국 근대음의 영향을 받은 글자들과, 상고음을 간직한 글자들이 혼재되어 있는 형태를 보인다. 河野六郞(1968)이 그의『朝鮮

漢字音の硏究』에서 한국한자음의 층위를 a, b, c, d로 나누어 한국한자음을 구별한 바 있는데, 이와 관련지어 이야기한다면 b층위에 해당되는 한자음들이 많이 있음을 확인할 수 있다.

이상으로 『화동』의 속음을 중심으로 한국한자음의 운모에 나타난 전승 양상과 속음화의 원인, 속음을 통해서 본 한국한자음의 층위에 대하여 살펴보았다. 본문을 통해서도 논의한 바와 같이 한국한자음은 중국한자음과의 대응관계가 비교적 선명한 것도 있는 반면에 그렇지 못한 것들도 있다. 후자의 것들 가운데에는 한국한자음이 일방적으로 중국한자음의 영향하에 놓여 있었던 것만은 아니라는 것을 시사하는 것들이 많으리라 생각된다. 중국음과의 대응관계가 잘 파악되지 않는 것들은 해당 한자들이 한국어에 동화되어 쓰이면서 겪었던 변화의 결과에서 기인했던 것이 많았던 것으로 보인다. 그러므로 필자는 중국음과의 대응관계가 분명하지 않은 한국한자음을 어떻게 볼 것인지에 대해 많은 연구가 있어야 할 필요성을 느낀다. 이를 위해서는 운서 이외의 문헌에 나타난 한자음들의 변화상을 추적 정리하여 그 흐름을 파악하는 작업이 반드시 필요하다는 생각이다. 이와 관련된 후고를 기약하며 글을 맺고자 한다.

참고문헌

『訓蒙字會』(최세진, 1527), 단국대 동양학 연구소(1972).

『新增類合』(유희춘, 1576), 단국대 동양학 연구소(1972).

『千字文』 단국대 동양학 연구소(1973).

『小學諺解』(校正廳本, 1588), 단국대 퇴계학 연구소(1991).

『三韻聲彙』(홍계희, 1751), 己丑季秋完營開板本.

『華東正音通釋韻考』(박성원, 1747), 서울대 규장각 본.

『奎章全韻』(이덕무, 1796), 강신항 편, 음운자료1, 서광(1991).

『全韻玉篇』(?? , 1796?), 강신항 편, 음운자료1, 서광(1991).

『全韻玉篇』(?? , 1796?), 海積山書局.

『廣韻』(周祖謨 편, 1960, 『廣韻校本』), 北京 : 中華書局.

강신항(1978), 「漢語字音과의 대음으로 본 한국어 모음체계」, 『국어학』 7.

______(1989), 「15세기 국어의 'ㅏ'에 대하여」, 『이정 정연찬선생 회갑기념논총』.

______(2000), 『한국의 운서』-국어학총서 2, 태학사.

______(2003ㄱ), 『한어음운사 연구』, 태학사.

______(2003ㄴ), 「『계림유사 「고려방언』 표음 자료로 본 전기 중세국어 음운체
    계」, 『高麗朝語研究 論文集』, 계림유사 900주년 기념 국제학술대회.

권인한(1997), 「한자음의 변화」, 『전광현·송민 선생 화갑기념 국어사 연구』,
    태학사.

김완진(1963), 「모음체계와 모음조화에 대한 반성」, 『진단학보』, 24.
                재수록(『음운과 문자』(1996), 탑출판사)

남광우(1973), 『조선(이조) 한자음 연구-임란전 현실 한자음을 중심으로』, 일조각.

______(1995), 『고금한한자전』, 인하대출판부.

박병채(1971), 『고대국어의 연구-음운편』, 고려대 출판부.

______(1972), 「훈몽자회의 이본간 이음고」, 『아세아 연구』 45.

박은용(1968), 「중국어가 한국어에 끼친 영향」, 『동서문화』 2, 계명대.

박창원(1995), 「고대국어 음운연구 방법론 서설」, 『국어사와 차자표기』, 태학사.

송기중(1995), 「고대국어 한자음에 관련된 몇 가지 고찰」, 『한일어학논총』, 국학
    자료원.

송 민(1990), 「한자음」, 『국어연구 어디까지 왔나』, 서울대 국어연구회 편, 동아
　　출판사.
유창균(1980), 『한국고대한자음의 연구Ⅰ』, 계명대출판부.
　　　　(1983), 『한국고대한자음의 연구Ⅱ』, 계명대출판부.
이기동(1982), 「전운옥편에 주기된 정속음에 대하여」, 『어문논집』 23, 고려대.
이돈주(1977), 「화동정음통석운고의 속음자에 대하여」, 『이숭녕선생고희기념
　　국어국문학논총』, 탑출판사.
　　　　(1979), 『훈몽자회 한자음 연구』, 전남대 박사논문.
　　　　(1980), 「설음계 한자의 구개음화 문제」, 『장암 지헌영선생 고희기념논총』,
　　형설출판사.
　　　　(1995), 『한자음운학의 이해』, 탑출판사.
　　　　(1997), 「전운옥편의 정·속 한자음에 대한 연구」, 『국어학』 30, 국어학회.
　　　　(2000), 「화동정음통석운고의 정·속음과 전운옥편 한자음의 비교고찰」,
　　『한글』 249.
　　　　(2003), 『한중한자음연구』, 태학사.
이승자(2003), 『조선조 운서 한자음의 전승 양상과 정리 규범』, 역락.
이승재(1983), 「재구와 방언분화—어중 '·서·'류 단어를 중심으로」, 『국어학』 12,
　　국어학회.
이윤동(1988), 『중기 한국한자음의 연구』, 우골탑.
이준환(2002), 『삼운성휘 한자음 성모체계 고찰』, 성균관대 석사논문.
정경일(1987), 「한국한자음의 속음화에 대한 一考」, 『어문논집』 27, 고려대.
　　　　(1989), 『화동정음통석운고 한자음 성모연구』, 고려대 박사논문.
　　　　(1997), 「화동정음 동음의 특성과 운모체계」, 『한국어학의 이해와 전망』,
　　박이정.
조규태(1986), 『고대국어 음운연구』, 형설출판사.
최영애(2000), 『중국어음운학』, 통나무.
허 웅(1993), 『국어음운학』, 샘문화사.
홍윤표(1985), 「구개음화에 대한 역사적 연구」, 『진단학보』 60, 진단학회.
陸志韋(1990), 『陸志韋語言學著作集』, 北京: 中華書局.
李 榮(1956), 『切韻音系』, 北京: 科學書局.
董同龢(1968), 『漢語音韻學』, 台北: 文史哲出版社.

한국어판, 공재석(1975), 『漢語音韻學』, 범한도서.

方孝岳(1979), 『漢語語音史槪要』, 商務印刷館.

王　力(1979), 『漢語音韻』, 香港:香港印刷廠.

______(1980), 『漢語史稿』, 北京:中華書局.

______(1985), 『漢語語音史』, 北京:中國社會科學出版社.

　　　　　:한국어 판, 권택룡(1997), 『중국어 어음사』, 대일.

劉德智(1969), 『音注中原音韻』, 台北:廣文書局.

李方桂(1971), 「上古音 硏究」, 『淸華學報』:한국어 판, 전광진(1999), 『夏言學志』
　　第 1輯.

李珍華・周長楫 編撰(1999), 『漢字古今音表』, 北京:中華書局.

周法高(1948), 「說平仄」, 『歷史語言硏究所集刊』 13.

陳新雄(1972), 『古音學發微』, 嘉新水泥公司.

黃　侃(1970), 『黃侃論學雜著』, 北京:中華書局.

邵榮芬(1982), 『切韻硏究』, 北京:中國社會科學.

薛鳳生(1996), 『國語音系解析』, 台北:學生書局.

有坂秀世(1939), 「カールグレン氏の拗音說の評す」, 『國語音韻史の硏究』(1957),
　　東京:三省堂.

藤堂明保(1957), 『中國語音韻論』, 東京:江南書院.

_______(1967), 「上古漢語の音韻」, 『言語－中國文化叢書1』, 東京:大修館書店.

服部四郎・藤堂明保(1957), 『中原音韻の硏究－校本編』, 東京:江南書院.

平山久雄(1967), 「中古漢語の音韻」, 『言語－中國文化叢書1』, 東京:大修館書店.

河野六郎(1968), 『朝鮮漢字音の硏究』, 天理時報社.

Maspero, Henri(1920), "*Le dialecte de Tch'ang-ngan sous les T'ang,*"
　　　　　Bulletin de l'Ecole Française de l'Extreme Orient 20-2.

Karlgren(1940), *Grammata Serica, script and phonetics in Chinese and
Sino-Japanese,* Bulletin of the Museum of Far Eastern Antiquities 12.

______(1954), *Compendium of Phonetics in Ancient and Archaic Chinese,*
　　　　　:한국어 판, 이돈주(1985), 『중국음운학』, 일지사.

　　　　　최영애(1985), 『고대한어음운학거요』, 민음사.

Pulleyblank(1984), *Middle Chinese : A Study in Historical Phonology,*
Vancouver:University of British Columbia Press.

국어 문법론

漢字語構文과 그 語順에 대하여

1. 서론

다음 두 문장의 어순을 보면 어느 것이 한문이며 어느 것이 국어인지 확연히 구분된다.

(1) ⑧勿⑦謂①今日③不②學④而⑥有⑤來日(오늘 배우지 아니해도 내일이 있다고 말하지 말아라.)
(2) ①形態②變化③過程④說明⑤方法⑥研究(형태변화과정 설명방법 연구)

한자가 국어에 유입된 이래 국어를 한자로 기록하기 위해서 겪어야 하는 애로 중 하나는 語順의 문제였다. 오랜 역사를 통하여 많은 한자어가 국어화하였고, 현대 국어에는 漢文이 아닌 한자어로 구성된 (2)와 같은 漢字語構文[1]이 따로 있다.

한자어의 일부가 한문과 중국어의 어순을 따르고 있음은 한자 유입

---

* 신기상(산업대학교 문예창작학과 교수)

1) 한자어구문은 句일 수도 있고, 文章일 수도 있지만 그러한 구별이 필요하지 않다.

의 역사로 보아 당연히 있을 수 있는 현상이다. 그 가운데는 고유어의 어순과 일치하기도 하여 그것이 중국어의 어순인지 고유어의 어순이지 구분되지 않는 것도 많지만, '목적어+서술어'가 아니라 '서술어+목적어' 어순 등 국어로서는 逆順배열인 '讀書, 求職, 賣票'와 같은 경우는 차이가 뚜렷이 인식된다.

그러나, 이것마저도 한자어의 구조를 전문적으로 분석하는 경우가 아니라면 일반 언중은 별다른 거부의식 없이 수용하고 있다. 현대의 국어 언중이 역순 한자어를 거부의식 없이 수용할 수 있는 이유가 무엇일까?

본고는 언어대중이 현대 국어의 한자어구문과 逆順漢字語를 어떻게 수용하고 있는지를 한자어구문의 간결성, 한자어의 사전 풀이를 통한 한자어의 意味 擴充, 신조어를 통한 역순배열 한자어에 대한 언어 대중의 의식을 중심으로 살펴보려고 한다.

2. 본론

2.1. 한자어구문의 어순

먼저 한자어구문에 대해 살펴보기로 한다. 고유어와 한자어가 섞인 다음 (3)은 한문의 어순이 국어의 어순으로 변형된 것이 아니고 한자어가 우리말 어순에 맞게 배열된 것이다.

(3) 大統領職 引受委員會가 經濟自由區域(經濟特區) 擴大를 檢討하고 있는 가장 큰 理由는 現在 推進되고 있는 經濟自由地域指定運營制度에 對해 많은 問題點들이 提起되고 있기 때문이다. 지난해 11月 國會 本會議를 通過한 經濟自由區域指定運營法은 지난해 7月 財政經濟部가 提出한 政府 試案에서 크게 後退한 것이다. 當初 政府 試案은 經濟

自由區域指定要件을 크게 緩和하고 全國에 簡易經濟自由區域開發이 可能토록 해 事實上 全國을 經濟自由區域으로 開發할 수 있도록 했다. (<문화일보> 2003. 1. 20) (필자가 기사 중의 한자어를 한자로 전환. 이하 같음.)

이 문장에 쓰인 고유어를 제하고 나면 이 문장 중 일부는 한자어만으로도 의미 소통이 정연한 다음 (4)와 같이 배열된다.

(4) 大統領職引受委員會
    經濟自由區域(經濟特區)擴大檢討
    經濟自由地域指定運營制度
    問題點提起
    國會本會議通過
    經濟自由區域指定運營法
    財政經濟部提出政府試案後退
    當初政府試案
    經濟自由區域指定要件緩和
    全國簡易經濟自由區域開發可能
    全國經濟自由區域開發

한자어구문은 결코 한문의 어순이 아니다. 국어의 어순이다. 이러한 것은 다음 예와 같이 얼마든지 가능하다.

(5) 農産物 市場의 開放은 더욱 擴大될 것으로 豫想된다.
    → 농산물 시장 개방 확대 예상
    生産 農民들의 被害를 保全해 줄 수 있는 對策을 講究할 일이 時急하다.
    → 생산 농민 피해 보전 대책 강구 시급

政府의 接近方式은 二律背反的이다.

→ 정부 접근 방식 이율배반적

土地 管理에 對한 權限調整도 必要하다.

→ 토지 관리 권한 조정 필요

言文一致를 부르짖던 초기 문헌인 『西遊見聞』에서 이와 같은 구문을 추출할 수 있다.

(6) 大槩 開化라 ᄒᄂᆞᆫ 者ᄂᆞᆫ 人間의 千事萬物이 至善極美ᄒᆞᆫ 境域에 抵홈을 謂홈이니 然ᄒᆞᆫ 故로 開化ᄒᄂᆞᆫ 境域은 限定ᄒᆞ기 不能ᄒᆞᆫ 者라. 人民才力의 分數로 其等級의 高低가 有ᄒᆞ나 然ᄒᆞ나 人民의 習尙과 邦國의 規模를 隨ᄒᆞ야 其差異홈도 亦生ᄒᄂᆞ니, 此ᄂᆞᆫ 開化ᄒᄂᆞᆫ 軌程의 不一ᄒᆞᆫ 緣由어니와, 大頭腦ᄂᆞᆫ 人의 爲不爲에 在ᄒᆞᆯ ᄯᆞᆷ이라. (兪吉濬 『西遊見聞』「開化의 等級」)

(7) 大槩 開化者 人間千事萬物至善極美境域抵홈을 謂홈이니 然ᄒᆞᆫ 故로 開化境域限定不能者라. 人民才力分數로 其等級高低有ᄒᆞ나 然ᄒᆞ나 人民習尙과 邦國規模를 隨ᄒᆞ야 其差異亦生ᄒᄂᆞ니, 此ᄂᆞᆫ 開化軌程不一緣由어니와, 大頭腦ᄂᆞᆫ 人爲不爲에 在ᄒᆞᆯ ᄯᆞᆷ이라.

한자어구문은 한자 유입 이래의 오랜 역사를 통하여 형성된 산물이고 언문일치를 부르짖던 당시에는 이미 그 토대가 확립되었음을 알 수 있다.

한자어구문의 발달 과정을 한자 도래 초기로 소급하여 연구해 볼만 하다.

2.2. 한자어구문의 간결성

漢字語構文은 機能語 구실을 하는 固有語를 배제하였기 때문에 더욱 간결하고 편리하여 널리 쓰이기도 한다.

이의 설명을 위해 한자어구문 '學生輸送車輛'을 예로 들어 본다. '학생'을 '수송한다'는 표현은 학생을 '화물 취급'하는 것 같아 거북하다. 그래서, '수송' 대신 '태우다'나 '타다'를 써서 '학생 태운 차량', '학생 태우는 차량', '학생 태울 차량', '학생 탄 차량', '학생 탈 차량', '학생 타는 차량' 등 대안을 생각해 보면 고유어 '태우다, 타다' 부분은 시제를 배제할 수 없고 이 時制形態素 때문에 이 차량에 대한 규정이 적절하지 못하다. 이 시제 형태소 때문에 이 차량에 학생이 탔는지, 학생이 타고 있는지, 타고 있지 않은 빈차인지에 따라서 바른 규정이 되지 않을 수 있기 때문이다. 이럴 경우 '갈 행(行)', '볼 견 (見)'의 'ㄹ'을 不定時制라 부르는 것처럼 '학생 태울 차량', '학생 탈 차량'이 언어대중에게 부정시제로 수용되면 가능하겠지만 현실은 그렇지 않다.

'학생수송차량'은 '학생을 수송한 차량, 학생을 수송하는 차량, 학생을 수송할 차량'에서 기능어 '을'과 '-하다'를 배제한 표현이고, 이 가운데 '-하다'의 배제는 시제 형태소를 함께 배제한 것이며, 따라서 '수송한, 수송하는, 수송할'의 의미를 두루 어우른다.

결국, '학생수송차량'의 경우 시제요소가 없는 것이 있는 경우보다 간결하고 적절한 표현이다. 이를 확대하여 말하면 고유어는 어느 경우 시제형태소를 배제할 수 없지만, 한자어구문은 아예 시제형태소를 필요로 하지 않는다.

('학생을 화물취급'하여 거북하다는 부분은 고유어냐 한자어냐의 문제가 아니고, 사람과 사물의 구분 없이 쓰이는 '수송'이란 한자어 대신에 사

람에게만 적용할 수 있는 한자어가 없다는 語彙의 문제다.)

이 '학생수송차량'의 한자어구문에서 살펴본 문제는 기능어 구실을 하는 고유어를 배제한 한자어구문이 훨씬 간결하고, 이러한 간결성은 한자어 사용의 폭을 넓힌다는 점을 말해 준다.

2.3. 한자어구문의 확대 유형

한자어구문은 주로 1음절 한자어와 2음절 한자어가 반복 조합되어 더 복잡한 구성으로 확대된다. 이하에서는 1음절 한자어와 2음절 한자어가 조합하여 확대된 유형들을 정리해 보기로 한다.[2] '-'는 1차 조합 표시, '+'는 2차, 3차 조합 표시다.

3음절 한자어

(8) ㄱ □-□-□ 上-中-下, 年-月-日, 眞-善-美

　　ㄴ □-□□ 中-學校, 金-製品, 助-敎授

　　ㄷ □□-□ 白頭-山, 東洋-畵, 萬年-雪

4음절 한자어

(9) ㄱ □-□-□-□ 加-減-乘-除, 起-承-轉-結, 東-西-南-北

　　ㄴ □□-□□ 舞臺-監督, 無線-工學, 敎育-大學,

　　ㄷ □+□□□ 生+年-月-日

　　ㄹ □□-□+□ 登記-畢+證, 杜鵑-花+煎, 奉德-寺+鐘

　　ㅁ □+□□-□ 非+化合-物, 半+熟練-工, 洞+事務-所

　　ㅂ □+□-□□ 非+核-武裝, 媤+外-祖母

　　ㅅ □-□□-□ 無-意識-的, 半-透明-體, 私-敎育-費

---

2) 한자어의 구조에 대한 정보는 沈在箕(1987), 김정은(1997), 宋基中(1992), 노명희(1998) 등을 참조.

5음절 한자어

(10)ㄱ □-□-□-□-□ 秀-優-美-良-可

　　ㄴ □+□-□-□-□ 生+年-月-日-時

　　ㄷ □□+□□-□ 動力+耕耘-機, 無段+變速-機, 反射+望遠-鏡

　　ㄹ □□+□-□□ 延世+大-學校, 附屬+中-學校,

　　ㅁ □□-□□+□ 事大-主義+者, 附加-價値+稅,

　　ㅂ □-□□+□□ 無-政府+主義, 半-導體+素子, 非-公開+會議

　　ㅅ □□-□+□□ 國語-學+槪論, 法華-經+諺解, 相對-性+理論

　　ㅇ □+□□-□□ 新+古典-主義

6음절 한자어

(11)ㄱ □□+□□-□□ 附屬+高等-學校, 百濟+五層-石塔

　　ㄴ □□-□□+□□ 福利-厚生+施設, 女權-伸張+運動,

　　ㄷ □□-□+□□-□ 防潮-堤+管理-法, 受益-者+負擔-金

　　ㄹ □-□□+□□-□ 東-大門+運動-場, 不-規則+形容-詞

　　ㅁ □□-□+□-□□ 成均-館+大-學校, 無窮-花+大-勳章

　　ㅂ □+□-□□+□□ 非+核-武裝+地帶

　　ㅅ □□+□-□□+□ 都市+再-開發+法

7음절 한자어

(12)ㄱ □□-□-□+□□-□ 辨證-法-的+唯物-論

　　ㄴ □□-□+□□-□□ 商業-用+通信-衛星, 京釜-間+高速-道路

　　ㄷ □□-□□+□□-□ 運轉-免許+試驗-場, 三道-水軍+統制-使

　　ㄹ □□+□□+□□-□ 梨花+女子+大學-校, 比較+損益+計算-書

　　ㅁ □□+□□-□+□□ 妙法+蓮華-經+諺解, 石油+輸出-國+機構

　　ㅂ □+□□-□+□-□□ 北+太平-洋+高-氣壓

　　ㅅ □-□□-□+□□-□ 不-均質-型+原子-爐, 非-財産-的+請求-權

8음절 한자어

(13) ㄱ □□-□□+□□-□□ 石油-化學+工業-團地, 事故-現場+航空-撮影

ㄴ □□+□□+□□-□□ 漢城+科學+高等-學校, 輸出+信用+補償-制度

ㄷ □□+□-□□-□+□□ 選擇+無-記名-式+證券

ㄹ □□-□+□□-□□-□ 神經-性+食慾-不振-症, 業務-上+秘密-漏泄-罪

9음절 이상의 한자어

위에서 보아온 구성이 여러 겹으로 확대되면 보다 긴 한자어 또는 한자어구가 형성된다.

(14) 동국신속삼강행실도
경제정의실천시민연합
개명허가신청사건처리지침
신체손해배상특약부화재보험
급성열성피부점막임파절증후군
직업교육훈련촉진법시행령입법예고
광주시문화예술특구지정추진위원회발족
소유권이전등기말소등기청구소송재심신청
공명선거실천시민운동협의회부산지부공동대표
청정생산기술개발사업신규사업시행계획공모안내
천수천안관세음보살광대원만무애대비심대다라니경

한자어구문을 구성하는 한자어가 국어 어순으로 배열되어 있기만 하면, 긴 한자어의 배열도 언중에게는 부담되지 않는다. 한자어구문은 국어의 특별한 구문의 하나로 그 기능과 역할이 독특하여 신문 표제, 명사성 구문 등의 안정된 구문으로 확대 적용된다.

이러한 한자어구문에 한자어 대신 고유어나 외래어를 섞어도 한자어 배열과 다르지 않다. 기사제목의 몇 예를 보이면 (15)와 같다.

(15)‘한나라 政策委 議長’ 불꽃 競合 (<문화일보> 2003. 4. 1.)
　　大氣汚染 ‘어린이 喘息’ 誘發 (<문화일보> 2003. 4. 1.)
　　蹴球 올림픽 代表 20名 選拔 (<문화일보> 2003. 4. 1.)
　　쇠고기 供給 不均衡 ‘急騰’ 可能性 (<문화일보> 2003. 12. 25.)
　　뉴스위크 韓國版 編輯長 竊盜嫌疑 起訴方針 (<문화일보> 2003. 12. 24.)

2.4. 한자어의 의미 확충

한자어의 의미는 그 한자의 훈을 바탕으로 더 넓은 의미 영역으로 확충되어 있다. 본 항에서는 이에 대해 살펴보기로 한다. 한자어의 意味擴充을 살피는 방법은 여러 방법을 생각할 수 있겠으나, 여기서는 사전의 한자어 풀이가 곧 한자어 의미 영역이라 간주하여 한자어가 사전에 어떻게 풀이되어 있는지를 살피는 것으로 대신하려 한다.

이를 위해 추이진단(2001)에 수록된 한자어가 『표준국어대사전』에 어떻게 풀이되어 있는가를 통해 살펴보기로 한다. 추이진단(2001)은 현대 중국어의 동사와 한국 초등학교 교육용 동사 중에서 ‘加工하다’와 같은 [한자어+하다]형에 속하는 총 905개 한자 어휘를 대비한 연구다. 이 가운데 한자가 동일하고, 한자 배열도 동일하며, 의미까지 동일한 2음절 한자어는 전체의 69.61%에 해당하는 630개 어휘다. 본고는 이 630개 어휘를 연구 대상으로 삼는다.[3] 그 까닭은 어림수로나마 많다 적다를 제

---

3) 추이진단(2001)은 ‘加工하다’형이나 『표준국어대사전』은 ‘加工’형이다.

시하려면 연구 대상을 어느 한자어군으로 한정해야 되겠고, 주제를 보다 분명히 하기 위해서 '-하다'류 한자어로 한정하고자 하며, 이 자료는 현대 중국어와 현대 한국 한자어의 차이점을 말해 주어 부수적 이득도 있기 때문이다.

사전의 한자어 풀이를 풀이 유형이나, 풀이의 충실도에 따라 다음 (가)~(마) 유형으로 분류해 본다.

첫째, 해당 한자어의 풀이를 하지 않고 同義語나 類義語의 풀이를 참조하게 하는 (가)의 유형이다. 이에 해당하는 것은 630개 중 다음 5개가 모두다. 직접 풀이가 없는 이 유형은 우리의 논의 대상이 되지 않는다.

> (가) 冷待=푸대접.
>   占領=점거(占據).
>   弔喪=조문(弔問).
>   重視=중대시.
>   就業=취직.4)

둘째, 한자 訓만의 풀이다. '來往'은 '올 래(來)+갈 왕(往)'이니까 그 기본 뜻은 '오고 감'이다. 사전에 이 기본 뜻 '오고 감'만으로 풀이한 경우가 있다. 다음 (나-1)이 그것이다.

> (나-1) 建國 나라를 세움.
>   誇示 자랑하여 보임.
>   讀書 책을 읽음.

---

4) '=한자어' 중 ( ) 속에 한자를 넣기도 했고, 안 넣기도 했다. ( ) 속에 한자를 넣는 것으로 통일해야 할 것이다.

分散 갈라져 흩어짐.
設置 베풀어서 둠.

(나-1)과 같은 풀이는 사전 풀이로는 빈곤을 느낀다. 다음 (나-2)와 같이 표제어의 한자어를 그대로 풀이어로 쓴 경우도 이것에 속한다(풀이의 한자어를 필자가 한자로 전환).

(나-2) 懇請 懇切히 請함.
       規定 規則으로 定함.
       繁榮 繁盛하고 榮華롭게 됨.
       保佑 保護하고 도와줌.
       實行 實際로 行함.

물론 일상으로 쓰는 한자어이기에 풀이말로 썼겠지만, 평이해야 할 풀이가 자칫 또 다른 풀이를 요구하게도 된다.[5]
셋째, 한자어에 없는 일부 성분을 첨가하여 풀이한 경우가 있다.
표제 한자어에는 없는 주어를 넣어 풀이하기도 한다.

(다-1) 反映 (빛이) 반사하여 비침.
       氾濫 (큰물이) 흘러넘침.

---

[5] 사전 풀이가 연쇄적 의문을 낳는 경우는 허다히 있다. 『표준국어대사전』의 풀이를 예로 보면 다음과 같은 경우다.
투항(投降) : 적에게 <u>항복함</u>.
항복(降伏/降服) : 적이나 상대편의 힘에 눌리어 <u>굴복함</u>.
굴복(屈伏/屈服) : 힘이 모자라서 <u>복종함</u>.
복종(服從) : 남의 <u>명령</u>이나 <u>의사</u>를 그대로 따라서 좇음.
명령(命令) : ….
의사(意思) : ….

    傳染 (병이) 남에게 옮음.
    增加 (양이나 수치가) 늚.
    體驗 (자기가) 몸소 겪음.

표제 한자어에는 없는 목적어를 넣어 풀이하기도 한다.

(다-2) 確定 (일을) 확실하게 정함.
    統率 (무리를) 거느려 다스림.
    包圍 (주위를) 에워쌈.
    活動 (몸을) 움직여 행동함.
    徵集 (물건을) 거두어 모음.

그 밖에 표제 한자어에 없는 부사어 등 다른 성분을 넣어 풀이하기
도 한다.

(다-3) 離別 (서로) 갈리어 떨어짐.
    負傷 (몸에) 상처를 입음.
    宣布 (세상에) 널리 알림.
    指摘 (꼭) 집어서 가리킴.
    支撐 (오래) 버티거나 배겨 냄.
    着手 (어떤 일에) 손을 댐.
    參拜 (신이나 부처에게) 절함.
    沖天 하늘 (높이) 오름.
    活用 충분히 (잘) 이용함.

넷째, 언어 대중의 지식으로 쉽게 한자 훈의 직역으로 보기 어려운
풀이도 있다. 이런 것은 한자의 의미 폭이 다양한 경우이거나 의역된
경우다.

(라)失手 조심하지 아니하여 잘못함.
　　參考 살펴서 생각함.
　　討伐 무력으로 쳐 없앰.
　　抗議 반대의 뜻을 주장함.
　　試驗 재능이나 실력 따위를 일정한 절차에 따라 검사하고 평가하
　　　　는 일.

다섯째, 대부분의 한자어 풀이는 다음과 같이 필요한 주어, 목적어, 수식어뿐만 아니라 충분한 보충적 내용을 부가하고 있다. 즉, (다)와 (라)형의 확대형이다.

(마)祈禱 (인간보다 능력이 뛰어나다고 생각하는 어떠한 절대적 존재
　　　　에게) 빎.
　　記錄(주로 후일에 남길 목적으로 어떤 사실을) 적음.
　　錄音(테이프나 판 또는 영화 필름 따위에) 소리를 기록함.
　　團結(많은 사람이 마음과 힘을) 한데 뭉침.
　　盟誓(일정한 약속이나 목표를 꼭 실천하겠다고) 다짐함.
　　扮裝(등장인물의 성격, 나이, 특징 따위에 맞게 배우를) 꾸밈.

이와 같이 한자어 풀이의 유형이나 충실도가 다양하다. 한자가 동일해도 그 풀이의 빈약함과 넉넉함이 다른 몇 예를 보면 다음과 같다.

(16)ㄱ 實行 실제로 행함.
　　ㄴ 實踐 (생각한 바를) 실제로 행함.
　　ㄷ 實現 (꿈, 기대 따위를) 실제로 이룸.
(17)ㄱ 豫告 미리 알림.
　　ㄴ 豫習 (앞으로 배울 것을) 미리 익힘.

ㄷ 豫防 (질병이나 재해 따위가 일어나기 전에) 미리 (대처하여) 막
는 일.

(18) ㄱ 發音 음성을 냄.
ㄴ 發掘 (땅속이나 큰 덩치의 흙, 돌 더미 따위에 묻혀 있는 것을
찾아서) 파냄.
ㄷ 發明 (아직까지 없던 기술이나 물건을 새로 생각하여) 만들어 냄.

위의 (16), (17), (18) 모두 ㄱ의 풀이는 (나)형의 풀이고, ㄴ, ㄷ의 풀
이는 의미가 확충된 풀이다.

한자어의 의미 확충을 타동사성 한자어로 다시 살펴보기로 한다. 두
한자어를 풀이하기 위해 필요한 목적어를 추가 삽입하는 경우 타동사
성 한자어의 의미에 따라 목적어를 달리 넣어야 한다.

(19) 計算 (~을/를) 헤아림.
記錄 (~을/를) 적음.
達成 (~을/를) 이룸.
擔當 (~을/를) 맡음.
防禦 (~을/를) 막음.

동일한 한자라 해도 다른 어느 한자와 결합하는가에 따라 의미가 크
게 달라지므로 타동사의 의미도 달라진다. '採~'의 경우를 보면 다음과
같다.

(20) ㄱ 採用 (사람을) 골라서 씀.
ㄴ 採集 (~을/를) 널리 찾아서 얻거나 캐거나 잡아 모으는 일.
ㄷ 採擇 (작품, 의견, 제도 따위를) 골라서 다루거나 뽑아 씀.

'採~'의 풀이가 ( ) 바깥의 풀이처럼 각각 다르다. 따라서 ( ) 속의 것도 다를 수밖에 없다. ( ) 속의 것은 다음과 같이 대체할 수 있다.

(21) ㄱ (사람/사무원/직원/조교…을/를) 採用하다
     ㄴ (수석/약초/광석/민요…을/를) 採集하다
     ㄷ (의안/원고/선언문/증인…을/를) 採擇하다

이상 한자어의 사전 풀이를 통하여 한자어 의미의 확충에 대해 살펴보았다. 위의 (나)-(라)별로 그 수가 얼마나 되는지는 그 경계를 확연히 긋기 어려워 정확한 수치로 말하기 어려우나, 어림수로 (나-1, 2)와 같은 풀이는 전체의 1/10이 되고 (라)의 풀이는 절반을 훨씬 넘는다. 그러므로 전체의 9/10가 적든 많든 의미가 부가되었다는 것이다. 또한 전체의 풀이를 보고 나면 (나-1, 2)도 적절한 의미를 附加하여 풀이해야 한다고 판단된다.

결국, 한자어 의미는 그 한자어를 구성하는 한자 訓의 合 이상의 의미를 가지며, 부가적 의미가 한자 훈의 의미보다 훨씬 크다는 것을 알 수 있고, 한자어에 대한 언어 대중의 의미 해석은 한자 훈의 합으로 인식하기보다는 의미가 확충된 충분한 풀이처럼 인식할 것으로 본다.

한자어 의미가 한자어 구성 한자의 훈보다 확충된다는 것은 漢字語 構文과 관련지어 하나의 중요한 암시가 있다. 부가적 의미가 큰 데에는 그 속에 주어, 목적어, 부사어 등 다양한 성분을 부가하였다는 말이고, 그러한 이유로 한자어의 구문의식도 두 한자만의 語順이나 構文을 초월한다는 뜻이다.

2.5. 도치 배열 한자어에 대한 언중의 의식

국어 화자에게는 물 흐르듯 차례대로 배열된 어순이 받아들이기에 편하다는 것은 말할 나위 없다. 그런데, 한자어의 경우 역순이라 해도 언중은 '거꾸로'라는 의식은 심하지 않는 듯하다. 여기서는 역순 한자어에 대한 言衆의 意識에 대해 살펴보기로 한다.

국어의 어순과 중국어의 어순이 일치하는 구문이 많아서 한자어 중에는 (22)와 같이 국어 어순대로 배열된 것이 절대적으로 많다.

> (22) 誇示 자랑하여 보임.
> 貫通 꿰뚫어서 통함.
> 勤勉 부지런히 힘씀.
> 蔑視 업신여기거나 하찮게 여겨 깔봄.
> 寄生 (~을) 의지하여 생활함.
> 對抗 (~려고) 맞서서 버팀.

다음과 같은 경우는 同義漢字의 나열이라, 그 순서가 바뀌어도 언중에게 의미상의 혼란은 없을 듯하지만 그 어순은 관용적으로 굳어진 상태로 수용된다.

> (23) 禁止 하지 못하도록 함.
> 祈禱 (~에게) 빎.
> 記錄 (~을) 적음.
> 拿捕 (~을) 붙잡음.

여기서는 한자어 배열에서 우리의 관심이 집중되는 것은 다음 (24)와 같은 逆順漢字語다.

(24) 建國 나라가 세워짐. 나라를 세움.

讀書 책을 읽음.

登場 무대나 연단 따위에 나옴.

背信 믿음이나 의리를 저버림.

斷念 (품었던) 생각을 (아주) 끊어 버림.

不定 일정하지 아니함.6)

缺席 (~할) 자리에 나가지 않음.

歸國 (~이) 자기 나라로 돌아오거나 돌아감.

錄音 (~에) 소리를 기록함.

역순한자어를 전문적 견지에서 분석하는 경우가 아니라면 역순에 대해 거부감을 지니지 않는다는 것을 '역순한자어라 하여 거북해 하는 상황을 어떤 현상에서도 발견하지 못한다'는 역설적 사실로 강조할 수 있다. 역순이기 때문에 의미의 혼란을 야기한다는 사실도 없다. 다음 한자어는 어떤 의미인가에 따라 역순이기도 하다.

(25) 폐차(廢車) 못 쓰게 된 차 / 차를 버리다.

폐차장(廢車場) 못 쓰게 된 차를 두는 곳 / 차를 버리는 곳

이 경우도 의미상의 혼란을 초래하지는 않는다. 끝으로, 역순한자어에 대한 아무런 거부감이 없다는 것을 다음 예에서 확실히 파악할 수 있다.

'歸國, 斷念, 謝罪, 發言, 錄音'은 모두 역순한자어다. 이들 한자어만으로 구성된 (26)ㄱ, ㄴ에서 한자어가 역순이란 의식이 전혀 없이 수용된다.

---

6) '不~' '無~' '反~' 등의 한자어는 대부분이 역순이다.

(26) ㄱ 歸國斷念을 謝罪한 發言을 錄音하였다.
　　 ㄴ 귀국단념사죄발언녹음

　결론적으로 국어 언중은 한자어 역순을 역순으로 인식하지 않는다고
할 수 있다. 이러한 현상은 새 한자어를 만들어 쓸 때도 역순배열을 자
연스럽게 응용한다. 이것을 박용찬(2002)의 『2002년 신어』에서 다시 확
인할 수 있다.

　먼저 신어에서 보면, 한자어 신어 총 82개 중 다음 4개 역순 신조어
가 포함되어 있다.

(27) ㄱ 방청(防聽) 몰래 엿듣거나 녹음하는 것을 막음. ¶국가 기밀, 기
　　 업 비밀이 오가는 세계에서는 끊임없이 도청(盜聽)과 방청(防聽)의
　　 기운이 충돌한다. <동아일보. 2002. 4.26. 2면>
　　 ㄴ 방폭문(防爆門) 폭발의 피해를 막을 수 있는 문. ¶내년 4월 9일
　　 까지 조종실 문을 수류탄 공격 등을 막아 낼 수 있는 방폭문으로
　　 교체하도록 통보했다. <동아일보. 2002. 6. 21. A8면>
　　 ㄷ 합화(合火) 각기 다른 곳에서 채화한 성화를 한 데 합침. ¶부산
　　 시는 마니산 '민족의 불', 포항 '밀레니엄 불'과 합화식을 가지려 했
　　 으나 합화가 흡수 통일을 연상시킨다는 북측의 문제 제기로 미뤄
　　 졌다고 한다. <조선일보. 2001. 7. 3. 5면>
　　 ㄹ 흡밀 식물(吸蜜植物) 나비가 꽃에서 꿀을 빨아들이는 대상이 되는
　　 식물. ¶시는 나비가 살 수 있도록 지난해부터 먹이 식물과 흡밀 식물
　　 등을 심어 서식 환경을 만들어 왔다. <한겨레. 2001. 5. 30. 13면>

　새 말을 국어 어순에 맞춰 '聽防, 爆防門, 火合, 蜜吸植物'로 만들어
야 할 것 같은 경우인데 그렇지 않다는 것은 도치 어순 한자어의 국어
화로 볼 수 있다.

　　다음은 박용찬(2002)의 『2002년 신어』 '사전 미등재어 목록'에서 역순 한자어가 확장되어 사용된 예들을 찾아보면 다음과 같다.

(28) 개사곡(改詞曲), 관전자(觀戰者), 금연건물(禁煙建物), 금연껌(禁煙gum), 금연석(禁煙席), 금연초(禁煙草), 금욕령(禁慾令), 대기심(待機審), 도전처(挑戰處), 독서대(讀書臺), 면세유(免稅油), 무균밥(無菌-), 무균수(無菌水), 무농약(無農藥), 무당적(無黨籍), 무대응(無對應), 무동력선(無動力船), 무삭제(無削除), 무선렌(無線LAN), 무승(無勝), 무원칙적(無原則的), 무응답률(無應答率), 무인가(無認可), 무인 단속기(無人團束機), 무인 단속 카메라(無人團束camera), 무인 카메라(無人camera), 무제한적(無制限的), 무차입(無借入), 무혈입성하다(無血入城-), 무호적(無戶籍), 무호적자(無戶籍者), 미복귀(未復歸), 미인가(未認可), 반국가적(反國家的), 반기업적(反企業的), 방범망(防犯網), 방범창(防犯窓), 방수막(防水幕), 방습성(防濕性), 방오성(防汚性), 방중(訪中), 방중하다(訪中-), 방화복(放火服), 배기팬(排氣fan), 배뇨물(排尿物), 배변기(排便器), 배식대(配食臺), 보랭(保冷), 보랭하다(保冷-), 보신관광(補身觀光), 보온박스(保溫box), 복지안동(伏地眼動), 부적정(不適正), 분향소(焚香所), 비보험(非保險), 비선호(非選好), 비애국자(非愛國者), 비양심(非良心), 비언어극(非言語劇), 비업무적(非業務的), 비오너(非owner), 비외교적(非外交的), 비장애우(非障碍友), 비정형화(非定型化), 비정형화되다(非定型化-), 비제도권(非制度圈), 비주력(非主力), 비주전(非主戰), 비클래식층(非classic層), 비탄산(非炭酸), 소화용수(消火用水), 수강권(受講券), 수면무호흡증(睡眠無呼吸症), 수문장(守門將), 수신권(受信權), 수주전(受注戰), 수탁액(受託額), 수혜(受惠), 승차대(乘車臺), 시범쇼(示範show), 양치액(養齒液), 음주자(飮酒者), 제모(除毛), 제모기(除毛器), 제설함(除雪函), 제습기(除濕器), 재차(製茶), 조경석(造景石), 조산원(助産院), 조선국(造船國), 주차권(駐車券), 친미(親美), 친여(親與), 친정부적(親政府的), 타건(打鍵), 탁노소(託老所), 탈계절화(脫季節化), 탈계절화하다(脫

季節化-), **통법부**(通法府), **퇴촌**(退村), **투개표**(投開表), **투약기**(投藥器), **투약자**(投藥者), **파격성**(破格性), **파업복**(罷業服), **피서족**(避暑族), **항균제**(抗菌劑), **항바이러스**(抗virus), **해고자**(解雇者), **해단식**(解團式), **휴면고객**(休眠顧客), **흡연석**(吸煙席), **흡연율**(吸煙率)

'사전 미등재어 목록'에는 '안면보호대(顔面保護帶), 안전삼각대(安全三脚臺), 혼잡통행료(混雜通行料), 활꽃게(活-)' 등 국어 어순에 따른 한자어가 많은 것이 물론이다. 그러나, 역순한자어도 적지 않은 수다.

逆順漢字語에 거부감을 가진다면 이렇게 널리 역순한자어가 새로 생성될 리 없다. 역순한자어도 생산성이 높다는 점을 다시 주목하면서, 한자어의 역순이 국어에 부담 없이 수용되고 있음을 강조한다.

3. 결론

經典을 읽기 위한 조사와 어미들인 吐가 곧 口訣이다. 이 때의 경전은 물론 한문으로 우리말 어순과는 판이하게 다르며 구결을 제하고 나면 한문이 남는다. 漢字語構文은 한자어를 우리말 어순으로 배열한 구문에서 機能語를 배제한 구문이다. 한자어구문은 한자어가 그 구성요소인데, 한자어 중에는 역순한자어가 적지 않다. 한자어구문과 逆順漢字語를 국어 言衆이 어떻게 수용하는가를 몇 가지 각도에서 살펴보았다.

한자어구문에는 고유어가 배제되고 고유어의 배제는 고유어가 지니는 文法形態素까지 배제된다. 한 예로 시제형태소가 배제되는 한자어구문은 여러 시제에 두루 통용되는 이점도 있고 간결한 이점도 있어 한자어구문 확대 이용의 한 이유가 된다. 한자어구문의 확대는 주로 1음절 한자어와 2음절 한자어가 확대 결합되는데 그 유형은 다양하지만 그 배열은 국어 어순으로 수용된다.

언중은 한자어의 의미를 한자어를 구성하고 있는 그 漢字 訓의 集合的 意味 이상으로 확충된 의미로 인식하고, 의미의 확충에는 한자 훈의 집합에는 존재하지 않은 주어, 목적어, 부사어 등 성분을 부가하여 擴大된 構文으로 인식한다. 구문의 확대인식은 한자어 역순에 대한 인식도 초월하게 된다.

역순한자어에 대한 언중의 거부 의식은 거의 없다. 역순한자어 낱낱에 대해서도 그렇고, 역순한자어만으로 구성된 한자어구문에서도 거부감을 전혀 느끼지 않는다. 역순한자어에 대해 언중이 부담을 느끼지 않기 때문에 한자를 새로 만들 때도 자연스럽게 역순이 생산적으로 응용되며, 기존 역순한자어의 확장도 매우 생산적이다. 역순한자어의 무리 없는 수용은 앞으로도 지속될 것이며, 새 역순한자어도 갈수록 늘어날 것으로 예측한다.

이러한 사실들은 한자어 이용 범위를 확대하는 중요한 원인이기도 하다.

한자어구문의 사적 연구, 한자어구문의 기능어 생략, 한자어구문의 구문 확대에 관련한 심화연구는 앞으로의 과제가 되겠다.

참고문헌

姜信沆(1988), 『國語學史』普成文化史.

고영근(1998), 『한국어문운동과 근대화』, 탑출판사.

고영근(2004), 「兪吉濬의 國文觀과 社會思想」『語文研究』121, 韓國語文敎育
研究會.

김정은(1997), 「한자어의 단어형성법 연구」, 『국어교육』95, 한국국어교육연구회.

南豊鉉(1980) 「口訣과 吐」, 『國語學』9, 國語學會.

南豊鉉(1999/2002) 『國語史를 위한 口訣 研究』, 太學社.

노명희(1998) 『현대국어 한자어의 단어구조 연구』, 서울대 대학원 박사학위논문.

박용찬(2002) 『2002년 신어』, 국립국어연구원.

宋基中(1992) 「현대국어 한자어의 구조」, 『한국어문』1, 한국정신문화연구원.

沈在箕(1987) 「한자어의 구조와 그 조어력」, 『국어생활』제8호, 국어연구소.

安秉禧(1992) 『國語史 研究』, 文學과 知性社.

兪吉濬(1895/1971) 『西遊見聞』, 『兪吉濬全書』I 에 수록, 一潮閣.

兪吉濬(1908/1971) 『勞動夜學讀本』, 『兪吉濬全書』II에 수록, 一潮閣.

李秉根(1986) 「開化期의 語文政策과 表記法 問題」, 『국어생활』4, 국어연구소.

李秉根(2000) 「兪吉濬의 語文使用과 '西遊見聞'」, 『진단학보』98, 震檀學會.

추이진단(崔金丹)(2001) 『現代 中國語와 韓國 漢字語의 對比 研究』, 한신대학
교 출판부.

許敬震(2004) 「兪吉濬과 '西遊見聞'」, 『語文研究』121, 韓國語文敎育研究會.

張三植(1984) 『大字源』, 集文堂.

국립국어연구원(2001) 『표준국어대사전』 CD, 두산동아.

한국어 문말어미의 통사 범주에 대하여

1. 서론

한국어의 문말어미는 용언의 굴절에 관여하는 기능 범주로서, 그 기능에 따라 종결어미와 비종결어미로 하위 구분된다. 굴절은 용언의 형태적 변화로 발현되지만, 또한 문장의 통사적 구조 변화를 가져오게 된다. 이처럼 문말어미는 굴절을 담당하는 기능 범주들이므로 통사적 범주의 하나인 굴절소(INFL)로서의 지위를 갖는다.[1]

그런데 문말어미의 하위 유형인 종결어미와 비종결어미는 분포적 평행성에도 불구하고, 그 통사적 기능은 상이하다. 이 글에서는 굴절소 중 문말어미를 대상으로 하여 이들의 통사적 기능과 범주를 분석하는 것을 목적으로 한다. 특히 종결문 구성에 관여하는 종결어미와 내포나 접속에 관여하는 비종결어미는 통사적 기능이 다르기 때문에, 그 통사 범주

---

* 최재희(조선대학교 국어교육과 교수)

1) 굴절은 용언의 활용에 따라 어미가 변화하는 것을 지칭하지만, 굴절소는 결국 문장을 지배하는 통사 범주이다. 서정수(1994), 고영근(1993), 임홍빈(1997) 등에서도 이와 같은 관점에서 국어의 굴절법에 대한 재검토를 보이고 있다. 본고는 이러한 관점에서 한국어의 굴절소 구조 체계를 분석하고 있는 최재희(2003)의 일부를 수정·보완한 것이다.

역시 달리 설정되어야 한다고 보는 입장에서 논의를 전개할 것이다.

종결어미는 종결문에만 실현됨에 반해서, 비종결어미는 내포절이나 접속문에만 나타난다. 그러므로 이들 두 유형의 문말어미들을 모두 동일하게 문장의 핵 혹은 COMP로 처리할 수는 없다고 본다. 이 글에서는 핵 계층 이론(X-Bar Theory)에 입각하여 종결어미와 비종결어미를 별개의 통사 범주로 설정하고, 각각의 최대 투사 관계를 고찰해 보고자 한다.

2. 문말어미의 유형과 기능

한국어의 문말어미는 용언을 지배하는 것이 아니라 문장을 지배한다. 따라서 문말어미는 문장의 통사적 속성을 규정한다.

   (1) a. [철수가 학교에 가-]ㄴ다.
        b. [철수가 학교에 가-]느냐?
   (2) a. [철수가 학교에 가-]ㅁ이 (좋겠다)
        b. [철수가 학교에 가-]ㄴ (사실)
   (3) a. [철수가 학교에 가-]고
        b. [철수가 학교에 가-]지만

(1)은 문말어미가 종결형으로 나타나는 예이고, (2),(3)은 비종결형으로 나타나는 예이다. 이들 문말어미는 비록 굴절소로서 서술어의 끝에 결합되어 있지만, 통사적으로는 문장의 통사적 자격을 규정하는 지배자이다. 따라서 문말어미는 문장의 끝에 분포한다고 말할 수 있다.

이들 문말어미 중 (1)의 종결어미는 문장 종결의 기능을 갖는 범주이다. 한국어 문장은 이 종결어미가 실현되었을 때라야 완결된다. 서술어가 종결 형태를 갖추지 못할 때는 반드시 다른 성분에 내포되거나 연결되어야 한다. 또한 어떤 유형의 종결어미가 실현되느냐에 따라 문장의 유형이 결정된다. 이에 반해서 (2)~(3)에 실현되는 비종결어미는 문장의 내포나 접속의 기능을 갖는 범주이다. (2)의 비종결어미는 내포절 표지로서의 기능을 가지고 있고, (3)의 비종결어미는 접속절 표지(접속소)로서의 기능을 가지고 있다. 이러한 현상에 근거하여 우리는 종결어미와 비종결어미가 지니는 통사적 기능의 차이를 구분하고, 이에 따라 두 유형의 문말어미를 별개의 통사 범주로 설정하고자 한다.

따라서 종결어미를 여타의 비종결어미들과 구분해서 종결소(ending=E)라는 독립적인 통사 범주로 설정하고 다음과 같이 정의한다.

(4) 종결소는 문장의 종결 기능을 수행하는 통사적 범주이다.

(4)는 종결소가 비종결어미(=비종결소)와 다른 통사적 기능을 담당한다는 것을 나타내주고 있다.[2]

비종결소는 (2)~(3)에서 보인 바와 같이 문장을 종결시키지 못하고 다른 성분과의 관계 기능만을 수행한다. (2)에 나타난 비종결소는 명사절, 관형사절 등을 상위문에 내포시키는 기능을 한다. (3)의 비종결소는 (2)와 달리, 둘 혹은 그 이상의 명제를 연결하여서 접속문을 구성하는 기능을 가진 것들이다.

요컨대 종결소가 문장의 종결 기능을 담당한다면, 비종결소는 반드시 내포절을 이끌거나 접속절을 이끌어서 후행하는 성분과의 관계를 유지하는 기능을 수행하는 것이다. 이처럼 종결소와 비종결소는 통사 기능상 뚜렷한 차별성을 보여준다.

---

2) 종결소를 (4)와 같이 정의했을 때, 한국어의 종결소를 몇 가지 종결 유형으로 설정해야 할 것이냐의 문제는 별도의 논의가 필요할 것이다.

(5) a. 정원에 장미꽃이 [피어 있다].
     b. 정원에 [피어 있는] 장미꽃이 매우 아름답다.
     c. 정원에 장미꽃이 [피어 있다는] 소식이 왔다.
     d. *정원에 장미꽃이 [피어 있다] 소식이 왔다.

(5a)의 서술어에는 종결소 '-다'가 실현되어 있다. 이 종결소는 굴절소이지만 오직 최상위 종결문에만 나타난다. 그러므로 내포절 서술어에는 일반적으로 종결소가 실현될 수 없다.[3] 다만 내포절 서술어에 종결소가 나타나는 경우도 있지만, 여기에는 반드시 내포절 표지가 뒤따라야 한다. 이러한 규칙에 지켜지지 않으면 (5d)와 같이 비문법적인 문장이 생성된다. 종결소만으로는 내포절을 이끌 수 없기 때문이다.

이에 반해서 (5b, c)의 비종결소 '-는'은 내포절이 머리 명사의 수식 요소라는 것을 나타내 준다. 비종결소는 이처럼 최상위문 서술어에 실현될 수 없고, 오직 내포절을 이끄는 기능만을 수행한다. 즉, (5b)의 내포절 서술어에 실현된 '-는'은 내포절인 관형사절을 이끌고 있는 것이다. (5c)에서는 '-는'이 내포절 서술어의 종결소에 결합하여 이 내포절을 이끌고 있는데, 이때의 '-는'은 상위절 동사 '하다'가 구성하는 형식인 '[피어있다고 하는]'에서 '-고 하-'가 생략된 결과이다. (5d)에서와 같이 종결소만으로는 내포절을 이끄는 기능을 수행할 수 없기 때문에, 내포절을 이끄는 '-고'가 필요하게 되고, 이는 다시 순환적으로 상위문 동사에 내포되는 구조를 갖게 되는 것이다. 이를 간단히 보이면 다음과 같다.

---

3) 다만 '왔다 싶다, 왔지 싶다' 등의 의존동사 구문에서는 내포절로 분석할 수 있는 성분의 동사에 종결소만 실현되어 의존동사와 공기관계를 가지는 경우가 나타난다. 이러한 통사적 구성에 대하여는 최재희(1995, 1996)에서 논의한 바 있다.

(6) [NP [[[[TP장미꽃이 피어있-]다] 고] 하] 는] 소식]

만약 종결소 '-다'가 내포절을 도입하는 표지라면 '-고 하는' 구성이 불필요할 것이다. 이와 같이 비종결소는 그것이 비록 내포절 서술어에 분포한다고 하더라도 종결소와는 달리 내포절 유도라는 독자적인 통사 기능을 수행하기 때문에 종결소와는 별개의 통사 범주로 설정해야 한다. 우리는 이러한 비종결소 범주들을 모두 아울러 COMP(보문소)로 지칭하게 될 것이다.[4)]

이러한 논의에 따라 우리는 한국어의 문말어미를 다음과 같이 분류하고자 한다.

(7) 종결소 : 종결문의 핵(ENDING=E)
    비종결소 : 내포절의 핵(표지)(COMP)

한국어의 문말어미를 (7)과 같이 분류했을 때, 각각은 EP(종결소구)와 CP(보문소구)의 핵이 된다. 또한 EP와 CP의 관계는 다음과 같이 상정한다.

(8) [EP [CP1 [CP2 ⋯]]]

(8)의 구조에서 종결소는 오직 최상위문인 EP의 핵이 되고, 비종결소는 EP에 내포된 CP의 핵으로 실현된다. 이와 같이 종결소와 비종결소의 통사적 범주를 상이하게 상정한다면, 이제 이들의 최대투사인 EP와 CP의 구조 관계를 어떻게 처리해야 할 것인가의 문제가 남는다.

---

4) 비종결소에는 종래의 접속어미인 접속소(CONJ)도 포함된다. 그러나 이 연구에서는 내포 구조에 나타나는 문말어미들에 대하여서만 초점을 맞추고 있기 때문에 접속소에 대한 것은 논외로 한다.

3. 문말어미의 통사 범주와 구조

3.1. COMP와 CP 구조

앞에서 우리는 문말어미 중 비종결소만을 COMP로 가정하였다. 한국어 통사 구조의 논의에서는 이 COMP를 어떻게 규정하느냐에 따라 문장 구조의 분석이 달라질 수 있다. COMP의 정의와 관련하여 그 동안 논의되어 온 몇 가지 견해를 고찰해 보면 다음과 같다.

(9) COMP의 정의(1):

a. 보충어(절)를 도입하는 요소(Rosenbaum 1967)

b. 보어절을 유도하는 표지, 혹은 절을 구성하는 형태소(Bresnan 1974)

c. 절을 유도하는 요소(Chomsky 1977)

d. 내포문의 표지 역할을 하는 요소(윤만근 1991)

e. 문장의 지정어 또는 문장의 핵(Chomsky 1981, 1986)

f. 문장의 자격을 결정해 주는 요소, 즉 어말어미(임홍빈 1987, 임홍빈·
   장소원 2000)

g. 문말 형태소(서정목 1998)

(9)의 정의들은 대체로 두 가지 관점으로 나누어진다. 대체로 (9a~d)는 COMP를 절을 도입하는 표지로 정의하는 관점이고, (9e~g)는 문장을 도입하는 모든 요소, 즉 문장의 핵으로서 한국어의 경우 종결소까지를 COMP로 정의하는 관점이다.

우리는 종결소가 문장 종결 기능을 가지기 때문에 비종결소와는 구별해야 한다는 점에서, 전자의 관점을 취하여 COMP를 다음과 같이 정의한다.

(10) COMP의 정의(2): COMP는 내포절을 이끄는 표지이다.

(10)의 정의에 따르면 한국어의 문말어미 중 내포절을 이끄는 비종결
소만이 COMP로서 이는 결국 내포절의 핵이 된다. 이러한 정의에서의
COMP 논의는 결과적으로 내포화문이 그 대상이 된다.

한국어 내포화문에 나타나는 내포절은 명사절, 관형사절5), 부사절의
세 유형이 있다. 이들 내포절이 실현될 때는 반드시 그 내포절을 이끄
는 COMP가 실현되어야 한다. 때에 따라 절 표지가 실현되지 않는 경우
도 있으나, 이 경우도 단지 공범주로 실현될 뿐이지 절 표지가 기저에
실현되지 않는다고는 보지 않는다.

이러한 관점에 따르면 내포절은 개략적으로 다음과 같은 구조를 보
이게 된다.

(11) a. 철수는 [CP [TP 영희가 돌아오-] 기]를 기다렸다.
     b. 명호는 [CP [TP 순희가 사-] ㄴ] 책을 빌렸다.
     c. 철호는 [CP [TP 소리도 없-] 이] 방으로 들어왔다.

(11)의 비종결소 '-기, -ㄴ, -이'는 각각 명사절, 관형사절, 부사절을 이
끌고 있는 COMP로서, 내포절의 속성을 규정함과 동시에 이 내포절을
상위문에 내포시키는 역할을 수행하고 있다. 즉, (11)은 이들 비종결소
가 COMP로서 최대투사 CP의 핵이라는 것을 나타낸 것이다.

이러한 논의에 따라 Chomsky(1986) 이후의 IP 구조 분석에 입각하여
내포절을 가진 문장의 구조를 개략적으로 분석해 보기로 한다. 먼저 명

---

5) '관형사절'은 종래 관형절로 지칭해 온 것이다. 그러나 명사절, 부사절 등과 견주어
볼 때, 문법적 범주와 관련된 용어가 더 바람직하다고 보아서 '관형사절'이라는 용어
를 쓰기로 한다.

사절 내포화문은 다음 (12)와 같이 상정한다.[6]

(12)

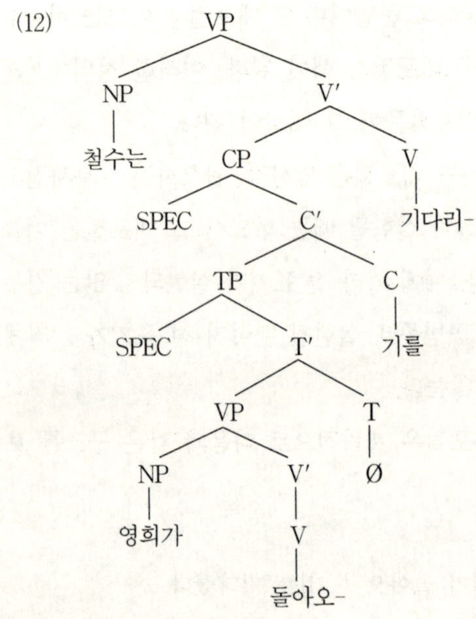

(12)의 구조에서 상위문 동사 '기다리-'의 보충어가 CP이고, 그 CP의 핵이 COMP로서 명사형 비종결소 '-기'인 것이다. 그런데 명사절인 CP는 결국 NP의 기능을 하게 되는 것으로 가정한다.[7]

관형사절의 구조는 대체적으로 다음과 같이 분석한다.

---

6) (12)의 구조는 'VP 내부 주어 가설'에 따른 구조이다. 이때 VP 내부 주어의 이동에 관하여, 윤만근(1996:470)에서는 이러한 이동이 논리 형태부에서 일어난다고 보고 'VP-내 주어'가 FP(final ending phrase)의 명시어 위치로 이동해 가면 주제의 기능을 한다고 주장한다.

7) 명사절 CP에 결합하는 격조사의 통사적 처리에 대하여는 별도의 논의가 필요할 것이다. 즉, 격조사를 독립적인 통사 범주로 설정하여 이 CP를 조사구(KP)의 보충어로 설정해야 할 것인가 등의 문제는 별도의 논의가 필요할 것이다.

(13)

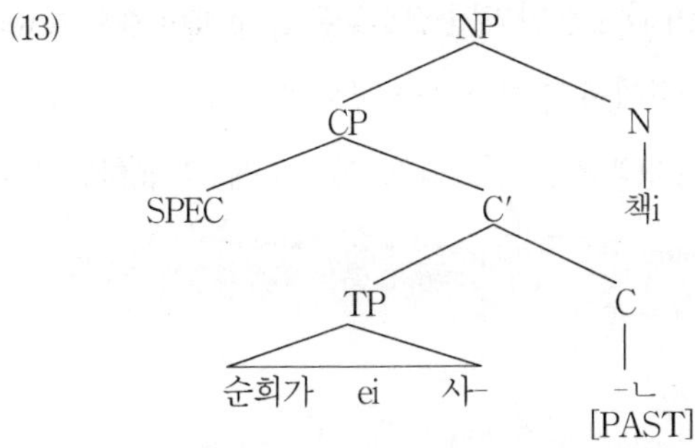

관형사절인 CP는 (13)에서와 같이 NP를 수식하는 절로 실현된다. 여기에서 비종결소 '-ㄴ'은 관형사절의 COMP로서 TP를 보충어로 취하여 NP 수식의 기능을 수행하게 된다. 다만 (13)과 같은 관형사절에는 독립적인 시제소가 실현되지 않고, COMP에 시제 자질만 상정한다. COMP는 시제 자질에 따라 그 유형이 결정되는 것으로 본다. 따라서 COMP의 시제 자질이 현재일 경우는 '-는'으로, 과거일 경우는 '-ㄴ'으로 나타난다. (13)에서는 시제 자질이 [PAST]이기 때문에 COMP의 형태는 '-ㄴ'으로 나타난다. 그러나 이러한 논의는 좀더 정교한 별도의 논의가 필요할 것이다.

마지막으로 부사절의 내포 구조는 다음 (14)와 같이 상정한다. (14)는 비종결소 '-이'가 부사절의 핵인 COMP로서 부사절을 이끌고 있는 구조를 보인 것이다.

(14)

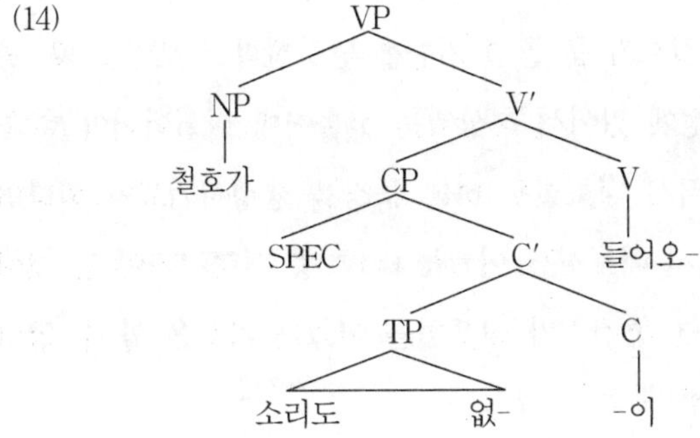

　　이상에서 보인 바와 같이 내포절의 비종결소들은 모두 내포절의 COMP로서 절을 이끌고 있다는 점에서 종결소와는 구분된다. 그러므로 (12)~(14)와 같은 유형의 내포절 COMP는 모두 CP의 핵으로서 그 실현이 필수적이다.

3.2. 종결소와 EP 구조

　　이미 언급한 바와 같이 한국어 종결문은 서술어에 종결소가 실현됨으로써 생성된다. 따라서 종결소는 문장 종결 기능을 가지는 통사적 기능 범주이다.

(15) a. [비행기가 날아가-]ㄴ다.
　　 b. [비행기가 날아가-]
　　 c. [비행기가 날아가-]는

　　(15a)는 완전히 종결된 문장인데, 이 문장의 종결 기능을 담당하고 있는 것은 동사에 실현된 종결소 '-ㄴ다'이다. 이에 반해서 (15b,c)는 모두 종결소가 없기 때문에 종결문이 아니다. (15b)는 문말 형태가 결여되어 있기 때문에 문장의 속성을 규정지을 수 없는 형태이고, (15c)는 동사에 관형사절 표지의 비종결소가 실현된 구성이기 때문에 NP 수식을 기다리고 있다. 종결소가 문 종결 기능을 담당한다고 보았을 때, 종결소는 문장 생성 과정에 있어서 최상위문 서술어에 실현되어야 한다. 만약 그 최상위문을 다시 내포절로 하는 문장을 생성시키고자 한다면 서술어의 종결소에 다시 내포절을 이끄는 COMP를 실현시켜야 할 것이다. 이러한 통사 절차는 종결소가 내포절을 이끄는 기능을 할 수 없다는 것을 의미하기도 한다.

그런데 이러한 종결소의 통사 범주를 어떻게 설정할 것인가에 따라 한국어 통사 구조 기술에는 차이가 있을 수밖에 없다. 이에 대하여는 일단 두 가지 관점을 검토해 보고자 한다.

한 가지 방법은 종결소와 비종결소가 동일한 분포적 특성을 가진다는 점을 중시하여 동일 범주로 다루는 경우이다. 강명윤(1992), 서정목(1998), 유동석(1995), 임홍빈·장소원(2000) 등이 여기에 해당된다. 이들 논의에서는 최상위문을 CP로 보고, 문말어미인 종결소와 비종결소를 모두 COMP로 처리하고 있다. 앞의 COMP 정의에서 (9e, f, g)의 관점이라고 할 수 있다. 이러한 관점에서는 다음 (16)에서와 같이 종결소 '-다'를 비종결소 '-고'와 함께 모두 COMP로 규정하게 된다. 이러한 방법은 이들 두 기능 범주가 문장의 핵으로서 동일한 분포를 가진다는 점을 나타내 준다는 이점을 가질 수 있다.[8]

(16)

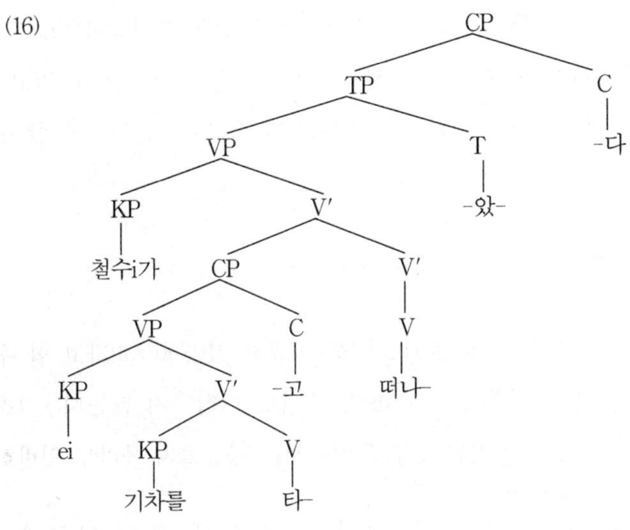

---

8) (16)은 임홍빈·장소원(2000)의 관점으로서 서정목(1998) 등에서도 동일한 처리를 보이고 있다.

그러나 종결소를 COMP로 보는 입장에서는 (16)과 같은 구조가 완형 내포절을 가진 복합문의 통사구조를 설명하는 데 있어서 어려운 문제가 제기된다고 본다.[9] 종결소 '-다'를 COMP로 분석하는 입장을 받아들이면 완형 내포절을 가진 복합문의 구조는 개략적으로 다음과 같이 상정해야 할 것이다.

(17) [$_{CP}$ 철수는 [$_{CP}$ [$_{CP}$ [$_{TP}$ 영수가 왔]다]고] 생각했다]

(17)과 같은 분석에서는 CP에 CP가 직접 내포된 구조를 상정해야 하는 문제를 안고 있다. 이는 COMP '-다'와 COMP '-고'가 연속적으로 중첩되고 있다는 것을 수용해야 한다. 그러나 이러한 COMP 중첩은 문장의 통사 구조를 설명하는 데 문제가 있다고 본다. 또한 종결소의 기능과 관련해서 보더라도 종결소를 가진 문장이 그대로 다시 COMP를 가진 내포절이 된다는 분석은 종결문의 생성을 어렵게 한다고 본다.

이와 관련하여 (17)은 다시 다음과 같은 문장을 상정할 수 있고, 또 그것이 가능하다면 COMP의 중첩은 해소될 수 있다는 설명을 할 수도 있을 것이다.

(18) [$_{CP}$ 철수는 [$_{CP}$ [$_{TP}$ 영수가 왔]다] 생각했다]

(18)에서는 종결소 '-다'가 내포절을 이끌고 있는 COMP라고 할 수도 있다는 것이다. 이 경우는 COMP의 중첩도 나타나지 않는다. 그러나 (18)과 같은 경우는 한정된 몇몇 문맥에서는 가능할지 몰라도 일반화되

---

9) 완형 내포절이란 내포절 동사가 종결소를 갖추고 나타나는 경우를 지칭한다. 내포절 동사가 비종결소로 실현되면 불구 내포절이라고 지칭하고자 한다. 일찍이 남기심 (1973)에서는 이를 완형보문과 불구보문으로 지칭해서 구분한 바 있다.

기는 어렵다고 본다.

    (19) a. *철수는 [비가 온다] 우산을 찾았다.
       b. *영자는 [동생이 돈을 훔쳤다] 아버지께 일렀다.
       c. ?*영수는 [순희가 키가 크다] 놀렸다.

  (19)는 내포절에 종결소만 나타나서는 문법적인 문장이 될 수 없음을 보여주고 있다. 종결소가 COMP라면 (19)는 내포절을 가진 적격문이어야 하지만, 모두 비문법적인 문장이다. 결국 종결소를 COMP로 설정하는 한 (19)의 설명은 어렵게 된다. 오히려 (19)의 내포절에 COMP '-고'를 상정하면 다음과 같이 모두 문법적인 문장이 된다.

  (20) 영자는 [동생이 돈을 훔쳤다]고 아버지께 일렀다.

  이러한 현상으로 볼 때, (20)에서 내포절 표지인 COMP는 종결소 '-다'가 아니라 비종결소인 '-고'가 되어야 한다. 종결소 '-다'와 내포절 표지인 '-고'가 모두 COMP라면 COMP 중첩은 해소할 수가 없게 된다는 것이다.
  (17)의 COMP 중첩을 유지하기 위한 다른 하나의 방법으로 '왔다고'를 '왔다 하고'에서 '하'의 생략 구조로 상정할 수 있을지 모른다. 그러나 이 방법도 또 다시 '왔다고 하고'에서 '-고 하' 생략을 상정할 수 있다는 점에서 순환론이 될 수밖에 없다. 이러한 문제점들을 설명하기 위하여 우리는 (10)과 같이 COMP를 '내포절을 이끄는 표지'로 정의하는 것이다.
  (10)의 정의에 따르면 종결소는 내포절을 이끌 수 없기 때문에 COMP가 될 수 없다. 그러므로 문장 종결의 기능을 수행하는 종결소는 COMP와 구별하여 그것대로 별개의 통사 범주로 상정하고, 오직 내포절을 이끄는 비종결소만을 COMP로 설정하는 것이다.

　　이러한 관점에서 (12)~(14)에서 보인 한국어 통사 구조 분석 방법에
따라, 다음 (21a)의 구조는 대체로 (21b)와 같이 상정한다.

(21) a. 비행기가 날아간다.
　　　b.

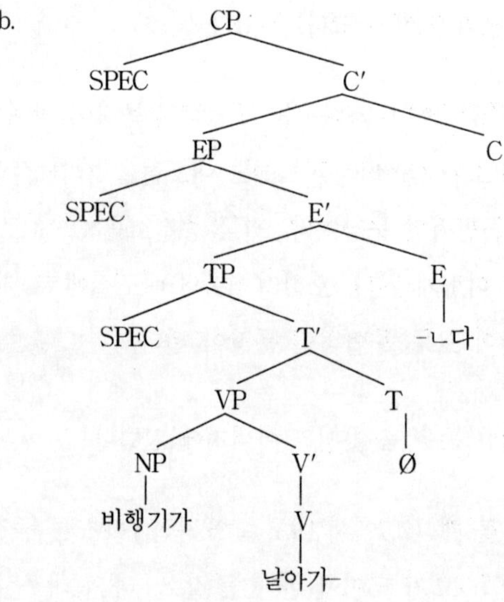

　　(21b)에서는 '-ㄴ다'를 종결소(E)로 상정하고 이 종결소의 최대투사인
EP가 곧 최상위문이라고 본 것이다. 따라서 종결소 '-ㄴ다'는 COMP와
달리 오직 종결된 최상위문에만 타나난다. 비록 서술어 내에서의 분포
위치가 COMP와 같다고 할지라도 통사 기능이 다르기 때문에 그 범주
역시 다르게 기술해야 한다고 보기 때문이다.[10] EP 위의 CP는 이 EP를
다시 내포절로 가지게 될 때 COMP가 실현될 수 있음을 나타낸 것이다.

---

10) 한국어의 종결소 '-ㄴ다'를 보문소가 아닌 INFL의 범주로 보는 견해는 양동휘
　　(1990)에서도 제시된 바 있다. 또한 우리와는 다소 다르게 처리하고 있지만 윤만근
　　(1996: 470-472)과 윤만근(1999: 77)에서도 문장 종결소 '-다'를 COMP가 아니라 서법
　　구(Mood Phrase=MP)의 핵(M)으로 처리하고 있다.

이러한 관점에서 완형 내포절을 가진 문장의 구조는 다음과 같이 상정한다.

(22) a. 철수는 영수가 왔다고 생각했다.
    b.

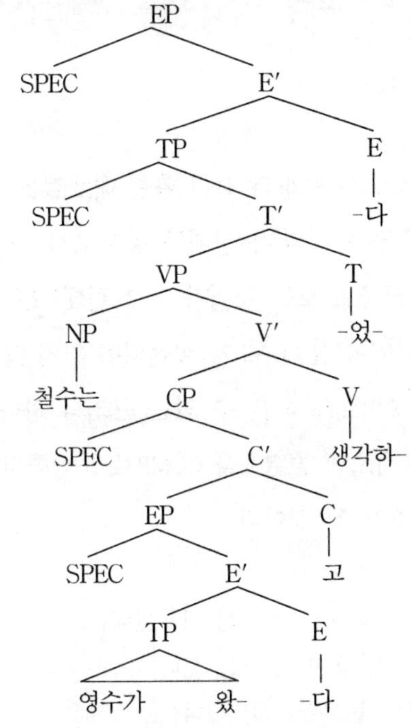

(22)의 구조는 완형 내포절인 CP가 상위문 동사 '생각하-'의 보충어로 실현되고 있음을 보여주고 있다. 이때, 완형 내포절 CP의 핵은 종결소 '-다'가 아니라 COMP '-고'인 것이다. 이러한 방안에서는 COMP 중첩이라는 특이한 구조를 상정하지 않고도 완형 내포절 구조가 가진 문제를 해소할 수가 있다. 모든 EP는 다시 상위에 CP를 상정할 수 있으므로, 그렇게 되면 (22)의 최상위 EP도 다시 그 위의 최상위 COMP의 보충어로서 완형 내포절이 될 수 있다.

한편, (22)를 가정했을 때 다음과 같은 문장들의 구조는 어떻게 상정해야 할 것인가의 문제에 봉착하게 된다.

(23) a. 나는 그 책을 잘 샀다 싶다.
　　 b. 나는 내일 떠날까 싶다.
　　 c. 동생이 돌아왔지 싶다.

우리는 (23)의 문장들도 (22)의 문장과 같이 완형 내포절을 가진 복합문으로 분석한다. 즉, 의존동사 '싶다'가 상위문 동사로서 완형 내포절을 보충어로 취하고 있는 구조로 보는 것이다.[11] 그런데 (23)의 내포절에는 종결소 다음에 실현되어야 할 COMP가 실현되어 있지 않다. 이 경우 내포절 종결소를 곧 COMP로 분석할 수 있는 근거의 하나가 될 수 있다고 할지 모른다. 만약 내포절 종결소를 COMP로 분석한다면 (23)의 문장들은 다음과 같은 구조가 될 것이다.

(24) a. [CP 나i는 [CP [TP ei 그 책을 잘 샀] 다] 싶다]
　　 b. [CP 나i는 [CP [TP ei 내일 떠날] 까] 싶다]
　　 c. [CP e [CP [TP 동생이 돌아왔] 지] 싶다]

그러나 (24)에서와 같이 종결소를 COMP로 분석하는 데는 이미 앞에서 언급한 바와 같이 COMP 중첩 구조를 이론적으로 설명하기 어렵다는 문제가 가로놓여 있다. 따라서 종결소를 COMP와 별개의 통사 범주로 상정하고 있는 우리의 관점에서는 (24)의 분석을 받아들일 수가 없다. 그렇다면 종결소 다음에 COMP가 실현되지 않은 현상을 어떻게 설

---

11) 의존동사가 완형 내포절을 보충어로 취하는 문장들의 통사 구조와 관련하여서는 최재희(1996)에서 고찰해 본 바가 있다.

명해야 할 것인가의 문제가 남는다.

우리는 이 문제를 공범주 COMP(Ø)의 상정으로 설명할 수 있다고 본다. 이러한 가정에 따르면 (24)의 구조는 다시 다음 (25)와 같이 상정할 수 있다.

(25) a. [$_{EP}$ 나는 [$_{CP}$ [$_{EP}$ [$_{TP}$ e$_i$ 그 책을 잘 샀] 다] Ø] 싶다]
    b. [$_{EP}$ 나는 [$_{CP}$ [$_{EP}$ [$_{TP}$ e$_i$ 내일 떠날] 까] Ø] 싶다]
    c. [$_{EP}$ e [$_{CP}$ [$_{EP}$ [$_{TP}$ 동생이 돌아왔] 지] Ø] 싶다]

(25)는 의존동사가 그 보충어로 완형 내포절을 가질 때는 공범주 COMP가 상정될 수 있다는 점을 보여주고 있다. 완형 내포절의 종결소가 COMP의 기능을 수행하는 것이 아니라, COMP는 공범주로 상정된다는 것이다. 이때 내포절 COMP가 외현적 범주인가 아니면 공범주인가를 결정하는 것은 내포절과 상위문 동사의 속성으로 설명할 수 있을 것이다. 즉, 공범주 COMP의 실현은 완형 내포절을 보충어로 갖는 상위문 동사가 의존동사일 때이다. 이러한 구조는 가끔 COMP '-고'가 비실현되는 경우와 유사한 구조가 된다.

의존동사 구문의 내포절에 종결소가 실현되지 않고 비종결소가 실현되는 경우는 물론 이미 논의한 바대로 그 비종결소가 곧 COMP가 된다. 따라서 비종결소 구성은 다음과 같이 상정된다.

(26) [$_{EP}$ 나는 [$_{CP}$ [$_{TP}$ e$_i$ 그 책을 샀] 으면] 싶다]

(26)은 상위문 동사가 비록 의존동사이더라도 내포절 동사가 비종결소로 실현되면 그 비종결소가 곧 COMP임을 보여준다. 그러므로 종결

소의 최대투사만이 종결문이 된다. 종결문이 다시 내포절로서의 기능을 하려면 이 종결문에 다시 절 표지가 실현되어야 하고, 이 절 표지가 곧 COMP인 것이다. 종결소와 COMP의 순환 구조를 이루는 문장은 다음과 같은 경우이다.

(27) [EP 순희는 [CP [EP 철수가 [CP [EP 영수가 학교에 간다]고] 믿는다]고] 생각한다]

(27)은 종결소와 COMP가 별개의 통사 범주임을 나타낸 것이다. 또한 (27)은 EP가 COMP의 보충어로 실현되고 있음을 나타내 주고 있다.

4. 결론

지금까지 문말어미의 두 유형인 종결소와 비종결소의 통사적 기능과 그 범주를 고찰하여 보았다. 그 내용을 간단히 요약하여 결론의 삼는다.

종결소와 비종결소는 각각 별개의 통사적 기능을 수행하기 때문에 그 통사 범주 역시 다르게 기술되어야 한다. 종결소(E)는 오직 문장의 종결 기능을 수행하고, 비종결소는 내포절을 이끌거나 접속문을 구성하는 기능을 수행하기 때문이다.

한국어의 내포절로는 명사절, 관형사절, 부사절을 설정하고, 각 '내포절을 이끄는 표지'인 비종결소를 COMP로 정의하였다. 이 COMP가 종결소구(EP)를 보충어로 취하여 절 구성인 CP를 구성한다고 보았다.

종결소는 COMP와 달리 문장을 종결하는 통사 기능을 수행하기 때문에 COMP와는 별개의 범주로 설정하고, 종결문을 EP로 설정하였다. 만약 종결소와 비종결소를 모두 COMP로서 문장의 핵으로 정의한다면 복합문 구성에서 COMP가 중첩되는 문제를 이론적으로 설명하기 어려운 점도 논의하였다. 아울러 내포절 동사에 COMP가 실현되지 않고 종결소만 실현된 문장들은 적격문을 구성할 수 없음을 고찰하여, 종결소 설정의 타당성을 논증하였다. 종결소는 EP의 핵이기 때문에 완형 내포절이나 최상위문에만 나타나게 될 것이다. 만약 종결문이 내포절로 실현될 때는 동사의 종결소에 다시 내포절 표지인 COMP가 실현되어야 한다. COMP와 종결소는 별개의 통사 범주이기 때문이다.

참고문헌

고영근(1993), 우리말의 총체서술과 문법체계, 일지사.

남기심(1973), 국어 완형보문법 연구, 계명대출판부.

서정목(1987), 국어 의문문 연구, 탑출판사.

서정목(1998), 문법의 모형과 핵 계층 이론, 태학사.

서정목(2000), 변형과 제약, 태학사.

서정수(1994), 국어문법, 뿌리깊은나무.

양동휘 외(1991), 지배-결속이론의 기초, 한신문화사.

양동휘(1994), 문법론, 한국문화사.

양동휘(1996), 최소이론의 전망, 한국문화사.

엄정호(1989), 종결어미와 보조동사의 통합구문에 대한 연구, 성균관대학교박
사학위 논문.

엄정호(1999), "동사구 보문의 범위와 범주," 국어학 33.

유동석(1995), 국어 매개변인문법, 신구문화사.

유승섭(2002), "국어 내포 보문의 논항 구조," 한글 256호.

윤만근(1996), 생성통사론, 한국문화사.

윤만근(1999), 최소이론의 변천, 경진문화사.

이홍배(2002), 최소주의 통사론, 한국문화사.

임동훈(1995), "통사론과 통사 단위," 어학연구 31-1.

임홍빈(1987), 국어의 재귀사 연구, 신구문화사.

임홍빈(2003), 국어 통사구조 분석의 원리와 방법, 국어학회 집중강좌.

임홍빈·장소원(2000), 국어문법론·Ⅰ, 한국방송대학교출판부.

최재희(1996), "국어 의존동사 구문의 통사론," 한글 232호.

최재희(1997), "국어 종속 접속의 통사적 지위," 한글 238호.

최재희(2003), "국어의 굴절소와 보문소에 대한 연구," 한국언어문학 제50집.

최재희(2004), 한국어문법론, 태학사.

한학성(1995), 생성문법론, 태학사.

Chomsky, N.(1981), *Lectures on Government & Binding*, Foris, Dordrecht.

Chomsky, N.(1986), *Barriers*, MIT Press.

Chomsky, N.(1995), *The Minimalist Program*, MIT Press.

Fukui, N.(1986), *A Theory of Category Projection and Its Application*, Ph.D.Dissertation, MIT.

Haegeman, L.(1991), *Intro. to Government & Binding Theory*, Basil Blackwell.

Kayne(1984), *Connectedness and Binary Branching*, Dordrecht: Foris Publication.

Radford, A.(1988), *Transformational Grammar: A First Course*, Cambridge Univ. Press.

형용사 파생접미사의 변천에 대하여

1. 서론

국어는 끊임없이 변하고 있다. 새로운 단어가 만들어지기도 하며 단어의 형태가 변하기도 한다. 국어의 단어 형성 방법도 변하는데 그 가운데 하나가 어기에 접미사가 결합하여 새로운 단어를 형성하는 접미파생법이다. 접미파생법은 어기에 결합하는 접미사의 형태가 변화하거나 어기와 접미사의 결합관계가 달라지는 경우로 구분할 수 있다. 본고에서는 접미파생법 가운데 형용사 파생접미사가 어기에 결합하여 새로운 파생형용사를 형성하는 결합관계의 통시적인 변화와 형용사 파생접미사의 형태적인 변화를 다루고자 한다. 형용사 파생접미사의 결합관계의 변화는 파생접미사가 어기에 결합하는 생산성의 변화를 나타낸다. 즉, 중세국어에서 생산적이던 파생접미사가 생산성을 상실하여 현대국어에서는 더 이상 접미사로서의 기능을 하지 못하는 경우도 있고, 통시적으로 어기가 사라져서 파생접미사가 더 이상 파생접미사로서의 기능을 상실하는 경우도 있다. 그리고 15세기에 쓰이던 파생접미사의

---

* 박석문(천안대학교 국어국문학과 교수)

기능은 그대로 유지하면서 형태만 달라져 현대국어에서 사용되기도 한다. 반면에 15세기에 존재하지 않던 파생접미사가 근대국어에 새로 등장하면서 현대국어에 이르기까지 생산적으로 파생형용사를 형성하는 접미사도 있다.

본고는 형용사 파생접미사가 어기에 결합하여 형성된 파생형용사의 형태론적 구조를 분석하여 파생접미사가 어기에 어떻게 결합하는가를 밝히고 형용사 파생접미사의 형태 변화 및 결합관계의 변화를 밝히고자 한다. 그래서 15세기의 형용사 파생접미사를 살펴보고 개별 파생접미사가 중세국어에서부터 현대국어에 이르기까지 어떻게 변화되었는가를 논의하고자 한다. 본고에서 논의의 대상으로 삼은 접미사는 중세국어에서 생산성이 높은 접미사와 현대국어에서 생산성이 높은 접미사를 대상으로 한다.

2. 연구사

형용사 파생접미사에 대한 연구는 시기별로 파생접미사가 어기에 결합하여 파생형용사를 형성하는 방법에 대한 공시적인 연구가 주를 이루었다.

중세국어의 형용사 파생접미사에 대한 공시적인 연구의 대표적인 것으로는 허웅(1975)를 들 수 있다. 그리고 안병희(1978), 이기문(1978), 이숭녕(1981), 신석환(1981), 박종태(1983), 구본관(1998), 김현(1998)이 있다. 허웅(1975)는 파생접미사가 어기에 결합하여 파생형용사를 형성한 자료를 가장 잘 제시하여 중세국어 형태론 연구의 근간을 이루고 있다. 그러나 어기와 접미사의 결합관계에 대한 논의는 불충분하였다. 구본관

(1998)은 중세국어의 형용사 파생접미사가 어기에 결합하는 관계를 어기와 접미사의 결합조건과 형태통사론적, 통사의미론적인 측면에서 논의하고 있다. 이와 달리 김현(1998)은 국어정보학의 측면에서 형용사 파생접미사 '-답-'계에 대한 이형태 빈도를 통해 역사적 변화를 연구하였다.

근대국어 형용사 파생접미사에 대한 논의는 대부분 근대국어 전반에 대한 조어현상을 다루면서 부분적으로 형용사 파생접미사가 어기에 결합하여 파생형용사를 형성하는 방법을 다루고 있다. 근대국어 형용사 파생접미사에 대한 연구로는 기주연(1990), 정호성(1988), 전광현(1988), 이진환(1984), 석주연(1995) 등이 있다. 기존의 논의와 달리 석주연(1995)은 근대국어의 파생형용사 형성에 대해 집중 논의하면서 중세국어와 현대국어의 파생접미사와 비교 논의하며 파생접미사와 어기의 결합관계를 다루고 있다.

현대국어의 형용사 파생접미사에 대한 논의는 우효(1980), 심재기(1982), 김창섭(1984), 민현식(1984), 김수호(1985), 윤동원(1986), 하치근(1989), 송철의(1989) 등이 있다. 현대국어에 대한 대부분의 연구는 현대국어에서 생산성이 높은 파생접미사 '-답-, -롭-, -스럽-'에 대한 연구가 주를 이루고 있으며, 접미사와 어기의 결합관계뿐만 아니라 접미사 간의 관계에 대한 논의도 활발하게 이루어졌다.

그러나 통시적인 연구는 공시적인 연구에 비해 아직 미미하고 공시적인 연구에 있어서도 15세기 국어에 대한 논의는 기존의 논의를 답습하는 정도에 머무르고 있어 자료를 통한 새로운 접근이 필요하다.

3. 형용사 파생접미사의 변천

형용사 파생접미사의 변천을 다루기 위해서 우선 중세국어의 형용사 파생접미사[1]가 어기에 결합하여 형성된 파생형용사를 중심으로 형태론적 구조를 분석하여 어기와 파생접미사의 결합관계를 논의하고 접미사의 변천을 논의하고자 한다.

1) 접미사 '-둡/룹-', 접미사 '-드뵈/르뵈-[2]'

중세국어의 형용사 파생접미사 '-둡/룹-', '-드뵈/르뵈-'가 어기에 결합하여 형성된 파생형용사의 형태론적 구조를 분석하여 접미사 '-둡/룹-'과 '-드뵈/르뵈-'가 이형태 관계가 아니라 개별 형태소임을 밝히고 각각의 접미사의 변천을 논의한다.

중세국어의 형용사 파생접미사 '-둡/룹-'과 '-드뵈/르뵈-'가 어기에 결합하여 형성된 파생형용사를 살펴보면

疑心둡다 : 샹녜 겨사미 아니신가 疑心둡거신마른(법화 5:135)
쥬변둡다 : 쥬변둡고 또 쥬변드외니(금삼 5:34)

겨르룹다 : 日月이 겨르룹도다(금삼 5:49)
바지룹다 : 누니 골히나 ᄀᆞᄂᆞᆫ 字를 바지로이 ᄒᆞ더니라(두언 16:17)
常例룹다 : 妖怪ᄂᆞᆫ 常例룹디 아니혼 황당혼 이리라(석보 9:24)

---

1) 중세국어의 예는 허웅(1975), 안병희(1978), 유창돈(1984), 남광우(1984), 구본관(1998) 등을 참조하였음.

2) 중세국어에서 음운변화를 겪고 형성된 형태들은 한 형태소의 이형태로 다룬다. 즉 접미사 '-룹-'은 'ᆞ'가 'ㅗ'로 변화된 '-롭-'과 같이 사용되며, 접미사 '-르뵈-'도 '-르외-, -로외-'와 같이 사용되는데, 접미사 '-룹-'과 접미사 '-르뵈-'를 대표형으로 설정하여 제시하였다.

受苦롭다 : 브즈러니 受苦롭다 보느니(월석 14:79)

　　　　　受苦르뷩 딕희여 이셔(석보 9:12)

조슨롭다 : 節은 조슨롭디 아니혼 말란 더러 쓸씨라(석보 서 4)

　　　　　조슨르뷩 뿌미 몯ᄒ리라(목우 10:11)

아롬ᄃ외다 : 괴외혼 보미 將次ㅅ 나조히 깃거ᄒᄂ 萬物은 제여곰 아롬

　　　　　　ᄃ외도다(두언 14:38)

疑心ᄃ뷩다 : 緊那羅ᄂ 疑心ᄃ뷩 神靈이라 혼 ᄠ디니 사롬 ᄀ토ᄃ 쁘

　　　　　　리 이실씨 사ᄅ민가 아닌가 ᄒ야 疑心ᄃ뷩니(월석 2:1)

　　　　　　이ᄂ 서르 섯근 ᄃ 疑心ᄃ외도다(능엄 2:98)

辱ᄃ뷩다 : 忍辱은 辱ᄃ뷩 일 ᄎ몰씨오(월석 2:25)

ᄌ비로외다 : 慈悲로욈 이리나 (칠대만법 20)

조슨르뷩다 : 서르 도뵨미 조슨르뷩니라(몽산 9),

　　　　　　들구를 타 조슨르욈 놀올 뮈오도다(두언 20:39)

受苦르뷩다 : 三界 다 受苦르뷩니(월석 2:38)

智慧르뷩다 : 智慧르뷩 사ᄅ미 ᄯ 가ᄅ쳐 (월석 8:70)

와 같다.

　위에 제시한 파생형용사의 형태론적 구조를 분석하면 형용사 파생접미사 '-둡-'은 '의심, 주변', 접미사 '-롭-'은 '겨를, 바지, 상녜, 수고'에 결합하고, 접미사 '-ᄃ뷩-'는 '아롬, 의심, 욕', 접미사 '-르뷩-'는 'ᄌ비, 조슨, 수고, 지혜'에 결합하여 파생형용사를 형성하는데 접미사 '-둡/롭-', '-ᄃ뷩/르뷩-'는 모두 명사 어기 및 어근에 결합하여 파생형용사를 형성하고 있다.

　접미사 '-둡-'과 '-ᄃ뷩-'는 어기의 어말음이 자음으로 끝난 어기에 결합하고, 접미사 '-롭-'과 '-르뷩-'는 어기의 어말음이 모음으로 끝난 어기에 결합하고 있어, 접미사 '-둡-, -ᄃ뷩-'와 접미사 '-롭-, -르뷩-'는 명사어

기의 어말음이 자음으로 끝났느냐, 모음으로 끝났느냐에 따라 교체하고 있음을 알 수 있다. 그러므로 접미사 '-둡-, -드빙-'와 접미사 '-룹-, -르빙-'는 음운론적으로 조건화된 이형태임을 알 수 있다.

그러면 접미사 '-둡-'과 '-드빙-'와 접미사 '-룹-, -르빙-'의 관계는 어떠한가? 접미사 '-둡-'과 '-드빙-'와 접미사 '-룹-, -르빙-'는 각각 형태적 유사성과 의미의 유사성 등으로 동일한 형태소로 지금까지 다루어졌다. 그래서 구본관(1998)은 접미사 '-둡-'과 '-드빙-'는 어기의 어말음이 자음으로 끝난 명사어기에 결합하는데 '-둡-'은 후행하는 어미가 자음으로 시작할 때 어기에 결합하고, '-드빙-'는 후행하는 어미가 매개모음이나 모음일 때 어기에 결합하고, 접미사 '-룹-'과 '-르빙-'는 어기의 어말음이 모음인 명사어기에 결합하는데 '-룹-'은 후행하는 어미가 자음으로 시작할 때 어기에 결합하고, '-르빙-'는 후행하는 어미가 매개모음이나 모음일 때 어기에 결합한다고 논의하였다.

그러면 접미사 '-둡-'과 '-드빙-'는 음운론의 층위에서 설명할 수 있는가?

우선 접미사 '-둡-'을 기본형으로 설정하여 논의를 전개해 보기로 하겠다. 접미사 '-둡-'이 결합하여 형성된 어간에 어미가 결합하여 활용을 할 때 뒤에 오는 음운론적 환경에 따라 어간의 형태가 변할 수 있을 것이다. 그런 경우에 음운론적 환경에 의해 'X둡-'에 모음이나 매개모음으로 시작하는 어미가 결합할 때는 모음 '익'가 삽입하는 규칙이 있어야 'X둡-'의 형태가 'X드빙-'의 형태로 변할 것이다. 그러나 이것은 'X둡-'의 형태가 뒤에 모음이 온다고 '익'가 삽입할 어떠한 음운론적 조건도 발견할 수가 없어 음운론적 현상으로 설명할 수가 없다.

또한 접미사 '-드빙-'를 기본형으로 설정하는 경우에도 음운론적 현상에 의해 'X드빙-'가 'X둡-'의 형태로 되기 위해서는 'X드빙-'에 자음으로 시작하는 어미가 결합할 때 모음 '♀'가 탈락하는 규칙이 존재해야 'X둡-'의 형태가 될 수 있다. 그러나 'X드ᄫᅵ-'에 자음이 결합한다고 해서 모음 '♀'가 탈락하는 음운 규칙은 존재하지 않으므로 음운현상으로 설명할 수가 없다. 따라서 접미사 '-둡-'과 '-드ᄫᅵ-'는 음운현상으로 설명할 수 있는 것이 아니다.

그런데 위에 제시한 예 가운데

疑心둡다 : 샹녜 겨사미 아니신가 疑心둡거신마론(법화 5:135)
疑心드ᄫᅵ다 : 緊那羅ᄂᆞᆫ 疑心드ᄫᅵᆫ 神靈이라 혼 ᄠᅳ디니 사롬 ᄀᆞ토디 ᄠᅳ리 이실ᄊᆡ 사ᄅᆞ민가 아닌가 ᄒᆞ야 疑心드ᄫᅵ니(월석 2:1)
쥬변둡다 : 쥬변둡고 ᄯᅩ 쥬변드외니(금삼 5:34)

를 보면 어기 '의심, 주변'의 어말음이 자음이기 때문에 접미사 '-둡-'과 '-드ᄫᅵ-'가 결합하고 뒤에 오는 어미가 자음일 때는 '의심답-'이, 뒤에 오는 어미가 '(으)ㄴ, (으)니' 등의 매개모음일[3] 때는 '의심드ᄫᅵ-'가 결합한다. 그래서 접미사 '-둡-'은 '疑心둡거신마론, 쥬변둡고'와 같이 후행하는 어미가 자음으로 시작하는 어미와 결합하고 있으며, 접미사 '-드ᄫᅵ-'는 '疑心드ᄫᅵ니, 쥬변드외니'와 같이 후행하는 어미가 매개모음으로 시작하는 어미와 결합하고 있어 후행하는 어미가 자음이냐 모음이냐에 따라 교체하는 이형태로 볼 수가 있다.

그러나 접미사 '-둡/롭-'과 '-드ᄫᅵ/르ᄫᅵ-'가 결합하여 형성된 파생형용사에 부사파생접미사 '-이'가 결합하여 파생부사를 형성하는 관계를 살펴보면

____

3) 어미 'ㄴ, 니'를 '(으)ㄴ, (으)니'와 같이 매개모음이 있는 것으로 보고 어기의 어말음이 모음인 경우에 매개모음이 탈락한 것으로 본 것이다.

得道흔 스르믄 吉慶드뷔 너겨(월석 10:14)
受苦르뷔 딕희여 이셔(석보 9:12)
조슥르뷔 뿌미 몯ᄒ리라(목우 10:11)

와 같이 접미사 '-듭/롭-'이 결합하여 형성된 파생형용사 '吉慶듭-, 受苦롭-, 조슥롭-'에는 부사 파생접미사 '-이'가 결합하여 파생부사를 형성하나, 접미사 '-드뷔/르뷔-'가 결합하여 형성된 파생형용사에는 부사 파생접미사 '-이'가 결합하여 파생부사를 형성하지 못함을 알 수 있다[4]. 접미사 '-듭-'과 '-드뷔-'가 후행하는 어미의 음운론적 환경에 의해 교체되는 것이고 접미사 '-듭-'은 후행하는 어미가 자음인 경우에, 접미사 '-드뷔-'는 후행하는 어미가 모음인 경우에 결합하는 것이라면 부사 파생접미사가 결합할 수 있는 파생형용사는 접미사 '-듭-'이 결합하여 형성된 'X듭-'보다는 접미사 '-드뷔-'가 결합하여 형성된 'X드뷔-'가 되어야 할 것이다. 그런데 실제 언어 현상에서는 접미사 '-듭-'이 어기에 결합하여 형성된 파생형용사 'X듭-'에 부사 파생접미사 '-이'가 결합하여 파생부사를 형성하고 있다.

또한 다음의 예를 살펴보면

妄量드뷔다 : 擧動이 妄量드뷔오 셩시기 麤率ᄒ니(월석 2:11)
아롬드외다 : 괴외흔 보미 將次ㅅ 나조히 깃거ᄒᄂᆫ 萬物은 제여곰 아롬
　　　　　　드외도다(두언 14:38)
疑心드외다 : 이ᄂᆫ 서르 섯근 듯 疑心드외도다(능엄 2:98)
쥬변드외다 : 가드며 노호미 쥬변드외도다(금삼 5:20)

---

4) 구본관(1998:188)은 '念흔돈 너는 네 몸 珍寶르외이 호몰 니기 ᄒ라(두언 8:53)'에서 '珍寶르외이'와 같이 접미사 '-르뷔-'가 결합하여 형성된 파생형용사 ' 珍寶르외-'에 부사파생접미사 '-이'가 결합하는 것을 예외적인 것이라 하였다.

와 같이 '妄量ᄃᄫᅵ오, 아름ᄃᄫᅵ오도다, 疑心ᄃᄫᅵ오도다, 쥬변ᄃᄫᅵ오도다'의 '妄量ᄃᄫᅵ-, 아름ᄃᄫᅵ-, 疑心ᄃᄫᅵ-, 쥬변ᄃᄫᅵ-' 등의 파생형용사는 후행하는 어미가 자음으로 시작하는 어미 '-고, -도다'와도 결합하고 있다. '妄量ᄃᄫᅵ오'의 '-오'는 형태상 모음으로 시작하는 어미이지만, 연결어미 '-고'의 'ㄱ'이 'ㅣ'모음 뒤에서 탈락한 것5)이므로 후행하는 어미가 모음으로 시작하는 것이 아니다. 그러므로 접미사 '-ᄃᄫᅵ-'는 후행하는 어미가 매개모음이나 모음으로 시작하는 어미하고만 결합하는 것이 아니라 자음으로 시작하는 어미하고도 결합하고 있어 접미사 '-ᄃᆸ-'과 '-ᄃᄫᅵ-'를 하나의 접미사로 볼 수가 없다6).

접미사 '-ᄅᆸ-'과 '-ᄅᄫᅵ-'의 교체도 구본관(1998)에서는 접미사 '-ᄃᆸ-'과 접미사 '-ᄃᄫᅵ-'와 동일한 현상으로 설명하면서 접미사 '-ᄅᆸ-'과 '-ᄅᄫᅵ-'는 어기의 어말음이 모음으로 끝난 어기에 결합하는데, 접미사 '-ᄅᆸ-'은 후행하는 어미가 자음인 어기에 결합하고, 접미사 '-ᄅᄫᅵ-'는 후행하는 어미가 매개모음이나 모음인 어기에 결합하는 것으로 논의하고 있다. 그러나 다음의 예를 보면

苦로외다 : 혼 ᄀᆞ술홀 댱샹 비 苦로외더니(두언 23:7)
새ᄅᆞ외다 : 우수미 더욱 새ᄅᆞ외도다(금삼 5:27)

와 같이 접미사 '-ᄅᄫᅵ-'가 결합하여 형성된 파생형용사 '苦로외-, 새ᄅᆞ외-'도 접미사 '-ᄃᄫᅵ-'가 결합하여 형성된 파생형용사처럼 후행하는 어미

---

5) 'ㅣ'모음 뒤에서 'ㄱ'이 탈락하는 음운 현상은 이기문(2001:149)등을 참조할 것.
6) 허웅(1975:204)는 '-ᄃᄫᅵ-'를 움직씨의 줄기에서 온 것으로 설명하면서 접미사 '-ᄃᆸ-'과 구분하여 기술하고 있다.
山의 草木이 軍馬ㅣ ᄃᄫᅵ니이다(용가98)

가 매개모음이나 모음일 때만 어기에 결합하는 것이 아니라 후행하는
어미가 자음인 경우에도 결합하고 있음을 알 수 있다.

  이상의 논의를 통해 접미사 '-듭/릅-'과 '-드뵈/르뵈-'가 결합하여 형성
된 파생형용사의 활용형을 살펴본 결과 접미사 '-듭/릅-'과 '-드뵈/르뵈-'
를 한 형태소의 이형태로, 즉 음운론적 조건에 의해 교체하는 이형태로
설명할 수 없음이 밝혀졌다. 그러므로 접미사 '-듭/릅-'과 '-드뵈/르뵈-'는
각각의 접미사로 다루어야 할 것이다[7].

  중세국어의 접미사 '-듭-'과 '-릅-'은 근대국어에서는 이미 그 형태가
'-답-'과 '-롭-'으로 변하여 사용되고 있다[8]. 근대국어의 파생형용사를 살
펴보면[9]

  곧다온(여사 4:20), 법다온(여사 1:3), 실답디(천의 3:22), 정답ᄉ외다(교
  정교린 3:1)
  괴로오나(첩몽 3:15), 보비롭다(여훈 하 46), 영화로이(여홍 상 27)

와 같다. 석주연(1995:25)에 의하면 접미사 '-답-, -롭-'은 전대의 형태가
이어진 것이지만 접미사 '-답-'[10]은 근대국어 시기에 상당히 화석화한

---

7) 구본관(1998:189)은 {-듭-}의 이형태의 교체가 규칙적으로 나타나는 것은 아니라고
   하면서 '-듭/릅-'과 '-드뵈/르뵈-'를 쌍형접사로 볼 수도 있다고 하였다.
8) 중세국어에서도 '-답-'의 형태가 사용되고 있으나 접미사 '-듭-'과 같은 파생접미사
   로 논의와 '-답-'을 의존형용사로 보는 논의가 있다. 본고는 이들을 서로 다른 기능
   을 담당하는 논의를 따라 본고에서는 중세국어의 '-답-'을 다루지 않았다.
9) 근대국어 자료는 석주연(1995)를 참조하였음.
10) 석주연(1995:31)은 '-답-'을 기능에 따라 두 가지로 구분하고 있다. 첫째는 의존형용
   사이고 둘째는 접미사이다. 의존형용사 '-답-'은 선행어기는 NP이고, 선행어기의 선
   택에 제약이 덜하며, 선행요소의 말음의 음운론적 제약이 없는 반면에 접미사 '-답-'
   은 선행요소에 대한 선택적이고 선행어기 말음이 자음으로 끝나야 한다는 음운론적
   제약을 갖는다고 하였다.

반면 접미사 '-롭-'은 매우 활발한 생산성을 유지했다고 하였다. 그래서 근대국어에서 '-롭-'은 매우 높은 생산성을 가지고 있었으며 현대국어에서도 '우애롭다, 여유롭다' 등에서처럼 '-롭-'의 생산성은 근대국어 시기에 보이는 '-롭-'의 생산성을 이어 받은 것으로 생각된다고 하였다.

현대국어의 접미사 '-답-'은 중세국어에 사용된 '-둡-'과 근대국어의 '-답-'의 형태가 그대로 사용되는 것으로 어기의 통사범주가 명사 어기 및 어근에 결합하여 파생형용사를 형성하고 있다. 현대국어의 접미사 '-답-'은 어간의 의미가 유정성이나 실체성을 나타내는 어간에 결합하여 형용사를 형성한다. 현대국어의 접미사 '-롭-'은 중세국어에서 사용된 '-ᄅᆸ/롭-'의 형태가 변화된 것으로 이미 근대국어에서 '-롭-'의 형태가 사용되었다. '-롭-'은 명사에 결합하여 형용사를 형성하는데 비실체성, 상태성을 나타내는 어기에 결합한다[11].

현대국어에서 접미사 '-답-'과 '-롭-'이 어기에 결합하여 파생형용사를 결합하는 것에 대해서 김창섭(1984)는 접미사 '-답-'과 '-롭-'이 나타내는 의미는 어기의 속성이 풍부히 있음 정도라고 하면서 현대국어 접미사 '-답-'과 '-롭-'은 의미와 기능이 같으며 음운론적으로 결정되는 이형태이며, 현대국어에서는 거의 생산성을 상실하여 새로운 파생어를 만들 능력이 없다고 논의하면서 접미사 '-답-'이 결합하여 형성된 파생형용사를

정답다 꽃답다, 꼴답다, 참답다, 실답다, 아름답다

와 같은 어사로 한정하였다[12]. 또한 접미사 '-롭-'이 결합하여 형성된 예

---

11) 현대국어 형용사 파생접미사 '-답-'과 '-롭-'의 의미적인 면은 하치근(1989:290-302)를 참조함.

12) 김창섭(1984:145-155)에서는 접미사 '-답-'을 분리하여 '-답1-'과 '-답2-'로 구분하

를 살펴보면

  지혜롭다, 슬기롭다, 보배롭다, 의롭다, 이롭다, 해롭다

와 같이 접미사 '-답-'과 '-롭-'은 어기의 통사범주가 명사 어기 및 어근에
결합하는데 접미사 '-답-'은 어기의 어말음이 자음인 어기에 결합하고
접미사 '-롭-'은 어기의 어말음이 모음인 어기에 결합하고 있다.
  중세국어의 접미사 '-드빗-'는 이미 중세국어에서 '-드외-'의 형태가 사
용되고 있어 'ㅸ>오'로의 변화가 진행되고 있음을 알 수 있다. 중세국어
접미사 '-드빗-'는 근대국어에서

  망녕된(언두 하 26), 복된(조군 31), 편벽된(명성경 30)

과 같이 접미사 '-되-'의 형태로 변하여[13] 사용되고 현대국어에까지 그대
로 사용되는 반면 접미사 '-르빗-'는 중세국어에서 '-르외, -로외-'등의 형
태와 같이 사용되었으나 현대국어에서는 더 이상 사용되지 않고 있다.

  2) 접미사 '-ㅂ/브/ㅂ-'
  접미사 '-ㅂ/브/ㅂ-'이 어기에 결합하여 형성된 파생형용사의 형태론
적 구조를 분석하기 위하여 접미사 '-ㅂ/브/ㅂ-'가 결합하여 형성된 파생
형용사를 살펴보면

고 '-답1-'은 단어 파생의 기능을 가진 것이 아니라 선행 NP를 형용사구화하는 기능
을 가진 것으로 보았다. 그래서 형용사 파생접미사 '-답2-'에 의해 형성된 파생형용
사를 본문의 예로 한정하고 있다.
13) 석주연(1995:27)은 근대국어에서 이미 중세국어의 '-드빗-, -드외-'가 '-되-'로 변하
여였다고 하였다.

골프다 : 골폰 비도 브르며(월석 8:95)

깃브다 : 홀는 깃블씨니(석보 9:6)

　 깄다 : 命世才롤 卽日에 깃그시니(용가 27)

궂브다 : 우리둘히 至極 궂브고 쏘 두리버(월석 14:76)

　 궂다 : 디나 든뇨매 속인이 양ᄌ애 궂가ᄒ다니(두언 15:4)

믿브다 : 이 사ᄅ미 뒷논 마리 진실ᄒ야 믿브리라(금강 35)

　 믿다 : 逃亡애 命을 미드며(용가 3:15)

알프다 : 苦는 몸 알폴씨오(월석 2:22)

　 앓다 : 肺氣롤 알호미 時ㅣ 디나 오라니(두언22;11)

웃브다 : 오ᄂᆞᆶ나래 내내 웃브리 (용가 16)

　 웃다 : 깃브거든 웃고 슬프거든 우ᄂ니(금삼 4:45)

그립다 : ᄆᆞᅀ매 그리본 ᄠ들 머거(월석 17:15)

그리- : 須達이 長常 그리ᅀᄫᅡ 설버 ᄒ더니(석보 6:44)

너깁다 : 네 업던 이롤 得ᄒ야 아니 너기온 오늘 문득 希有흔 法을 듣
　　　　 줍고(월석 13:6)

너기- : 보살이 너기샤ᄃᆡ(월석 2:36)

두립다 : 간대엣 禍福을 닐어든 두리본 ᄠ들 내야(석보 9:36)

두리- : 瞿曇이 弟子ㅣ 두리여 못 오ᄂ이다(석보 6:29)

놀랍다 : 놀라와 저픈 젼츠로(능엄 8:93)

놀라- : 울에 번게ᄒ니 사ᄅ미 다 놀라더니(석보 6:32)

感動ᆸ다 : 그 소리 感動ᆸ고 깃브니(법화 3:15)

怒ᆸ다 : 怒ᄒ욘 일 맛나샨 怒티 아니ᄒ샤(월석 17:74)

노ᄒ- : 怒티 아니ᄒ샤(월석 17:74)

ᄉ랑ᆸ다 : 可히 ᄉ랑ᆸ도다(두언 21:40)

ᄉ랑ᄒ- : 손소 머리 갓고 묏고래 이셔 道理 ᄉ랑ᄒ더니(석보 6:12)

와 같이 접미사 '-ᄇ/브/ㅂ-'은 '굶-, 깄-, 궂-, 믿-, 앓-, 웃-, 그리-, 너기-,

두리-, 놀라-, 사랑ᄒ-, 감동ᄒ-, 노ᄒ-'등 통사범주가 동사인 어간에 결합하여 파생형용사 '골프다, 깃브다[14], ᄀᆺᄇ다, 믿브다, 알프다, 웂브다, 그립다, 너깁다, 두립다, 놀랍다, 감동ᄒ다, 노ᄒ다, ᄉ랑ᄒ다'를 형성하고 있다[15].

그리고 접미사 '-ᄇ/브-'는 어기의 어말음이 자음인 어기에 결합하여 파생형용사를 형성하는데 어기의 모음이 양성모음이면 '-ᄇ-'가 결합하고 어기의 모음이 음성모음이면 '-브-'가 결합하여 형용사를 형성한다. '-ᄇ-'는 어기 '웂'하고만 결합하여 '웂ᄇ-'를 형성하고 있다.

접미사 '-ㅂ-'는 어기의 어말음이 모음으로 끝난 어기에 결합하여 형용사를 형성하는데 명사어기에 접미사 '-ᄒ-'가 결합하여 형성된 동사 '감동ᄒ- 노ᄒ-, ᄉ랑ᄒ-'등에도 접미사 '-ㅂ-'가 결합하여 파생형용사를 형성하고 있다.

따라서 접미사 '-ᄇ/브/ㅂ-'는 어기의 통사범주가 동사인 어기에 한정되어 결합하는 통사론적 제약을 받으며, 어기의 어말음이 자음인 경우에는 접미사 '-ᄇ/브-'가 결합하여 형용사를 형성하고, 어기의 어말음이 모음인 경우에는 접미사 '-ㅂ-'이 결합하여 파생형용사를 형성하는 것으로 접미사 '-ᄇ/브-'와 접미사 '-ㅂ-'은 음운론적으로 교체하는 이형태이다.

근대국어에서 접미사 '-ᄇ/브/ㅂ-'가 결합하여 형성된 파생형용사를 살펴보면

---

14) 이숭녕(1987:106-113)은 어간 '깃-'에 접미사 '-ㄱ'이 결합하면 동사가 형성되고 접미사 '-브-'가 결합하면 형용사가 형성되는 것으로 보았으나 접미사 '-브-'가 동사에 결합하여 형용사를 형성하는 접미사라는 점에서 동사 '깇-'에 접미사 '-브-'가 결합한 것으로 논의한다.

15) 김완진(1973:42), 안병희(1978:66)에서 접미사 '-ᄇ/브-'는 동사어간에 결합하여 어간의 통사범주만 바꾸는 것이 아니라 어간에 주정적 판단이라는 어휘적 의미도 첨가한다고 하였다.

고프디(신구 보유방 3), 밋브샤(여훈 상 10), 슯프도다(신구보유방 16)
알프며(언두 상 1), 저프거든(언두 하 34)
그립스와(장정인어 4:4), 놀랍다(역유 상 28)

와 같이 중세국어의 파생형용사와 차이가 없다. 즉, 접미사 '-ㅸ/브/ㅂ-'가 새로운 어사를 형성하고 있지 않으므로 더 이상 생산성이 있는 것으로 볼 수 없다[16]. 현대국어에서도 접미사 '-ㅸ/브-'는 생산성을 상실하여 더 이상 사용되지 않는 접미사라고 할 수 있다. 특히 중세국어에 사용되던 어기가 현대국어에서 더 이상 사용되지 않으므로 중세국어에 형성된 파생어가 현대국어에서는 더 이상 파생어로 인식되지 않고 하나의 단일어로 인식되고 있다[17].

중세국어의 파생형용사로 사용되던 '깃브다, 슬프다' 등은 현대국어에서는 '기쁘다, 슬프다'로 사용되는데 중세국어에서 사용된 어기 '깄다, 슳다'는 현대국어에서 더 이상 사용되지 않는다. 그래서 어기가 없이 파생어만 남은 것으로 현대국어에서는 하나의 단일어로 인식되고 있다. '고프다, 아프다'의 경우도 음운 탈락으로 인해 '곯다, 앓다'와의 연관성을 인식하기 어려워 '곯다, 앓다'의 파생어로 인식되지 않고 하나의 단일어로 인식되고 있다[18].

---

16) 석주연(1995:25)에 의하면 접미사 '-브-'는 주로 심리 동사에 연결되어 심리 형용사를 형성하였는데 근대국어 시기에 어휘 속의 화석으로만 존재한다고 하였다.

17) 송철의(1989:22-28)에서는 이와 같이 어기가 소멸함으로써 그로부터 파생된 파생어를 공시적인 파생어형성규칙으로 생산해 낼 수 없을 때 그 파생어를 형태론적으로 어휘화했다고 하였다.
석주연(1995:46)에 의하면 다른 파생형용사보다 특히 '-브-'계 파생형용사가 완전히 단일어화된 어휘가 많은 것은 '-브-' 자체의 화석화에도 원인이 있겠지만 '-브-'계 파생형용사의 어기가 소멸된 예들이 많다는 데에서도 원인을 찾을 수 있을 듯하다고 하였다.

접미사 '-ㅂ-'는 중세국어에 사용되던 것이 그대로 현대국어에도 사용되는 것이 있다. '그립다, 놀랍다' 등은 중세국어와 차이가 없다. 어기가 현대국어에도 사용되고 있고, 파생어도 그대로 사용되고 있다. 그러나 '너기-→너깁-, 두리-→두립-'과 같은 예에서 어기와 파생어는 현대국어에서 더 이상 사용되지 않는다. 현대국어에서 어기 '너기-'는 '여기-'로 형태가 변하여 사용되지만 '여깁-'과 같은 파생어는 형성하지 않는다. 반면에 '두리-'는 '-ㅂ-'이 결합하여 형성된 파생형용사 '두립-'이 사라진 반면, 어기 '두리-'에 '-업-'이 결합하여 형성된 형태 '두렵-'이 사용되고 있다. 그러나 현대국어에서 어기 '두리-'가 사용되지 않으므로 파생형용사 '두렵-'은 어기와 연관성을 찾을 수 없다. 그래서 '두렵-'은 더 이상 파생어로 인식되지 않고 하나의 단일어로 인식되고 있다.

게다가 명사어기에 동사 파생접미사 '-ㅎ-'가 결합하여 형성된 '감동ㅎ- 노ㅎ-[19], 스랑ㅎ-'의 동사에 접미사 '-ㅂ-'이 결합하여 파생형용사를 형성하던 방법은 근대국어 이후에는 더 이상 존재하지 않는다.

3) 접미사 '-업/압/엽-'

접미사 '-업/압/엽-[20]'이 어기에 결합하여 형성된 파생형용사의 형태

---

18) 송철의(1989:19~22)에서는 이와 같이 어기와 파생어의 결합과정에서 나타나는 음운현상이 공시적인 음운규칙으로 설명할 수 없을 때 그 파생어를 음운론적으로 어휘화했다고 하였다.

19) 중세국어의 '노ㅎ다'는 현대국어에서는 '노엽다'의 형태가 사용되고 있다. 심재기(1982:390)에서는 '노엽다'는 '노ㅎ다'에서 'ㅎ'이 모음간의 약화에 의해 형성된 것으로, 이지양(1988:6)에서는 '노엽다'를 '노ㅎ-'에서 '-ㅎ-'이 '스랑ㅎ다'가 '사랑스럽다'처럼 다른 접미사로 대치되는 데서 유추하여 '-업-'이 결합되는 것으로 보고 있다. 박석문(1990:61)에서는 '노엽다'는 명사어간에 접미사 '-엽-'이 결합한 것으로 현대국어에서 다른 어형과 달리 음운론적으로 제약된 형태라기보다는 형태론적으로 제약된 형태로 보았다.

론적 구조를 분석하기 위하여 접미사 '-업/압/엽-'이 결합하여 형성된 파
생형용사를 살펴보면

  답쌉다 : 더본 벼티 우희 뾔니 살히 덥고 안히 답쌉거늘(월석 2:51)
  답찌- : 窮子이 놀라 답쪼미 곧ᄒ면(법화 1:208)
  므겁다 : 長常 므거본 거슬 지여(석보 9:15)
  므기- : 이 다ᄉ로 더욱 므겨 困톳 ᄒ니이다(월석 21:106)
  앗갑다 : 大王이 앗가본 ᄠ디 업더시이다(월석 8:91)
  앗기- : 이 사ᄅ미 보비롤 뎌리도록 아니 앗기놋다 ᄒ야(석보 6:25~26)
  즐겁다 : 利樂온 됴코 즐거볼씨라(석보 9:2)
  즐기- : 二十億 菩薩이 法 듣ᄌᄫ올 즐기더니(석보 13:32)
  므싀엽다 : 長子난 므싀여ᄫ며 知慧 기프며(월석 2:23)
  므싀- : 므싀욤 ᄐ는 사ᄅ만 보ᄉᄫ면 ᄆᄉ미 편안ᄒ며(월석 2:59)

와 같이 접미사 '-업/압/엽-'이 동사 어간에 결합하여 파생형용사를 형성
하고 있다.

  접미사 '-업/압/엽-'은 어기의 어말음이 모음으로 끝난 어기에 결합하
여 형용사를 형성하고 있는데 접미사 '-업/압/엽-'이 결합하여 형성된
'답쌉다, 즐겁다, 므싀엽다'와 같은 파생형용사를 살펴보면 접미사 '-업/
압/엽-'은 어기의 말음이 'ㅣ'모음으로 끝난 어기에 결합하고 있다.

  그런데 어기의 어말음이 'ㅣ'모음으로 끝난 어간에 접미사 '-업/압-'이
결합하여 파생형용사를 형성할 때

---

20) 허웅(1975:186-189)에서는 '압/업, 갑/겁'은 각각 '아/어', '가/거'와 'ㅂ'으로 분석할 수
    있다고 하였다. 그러나 공시적으로 '아/어, 가/거'를 추출할 때 이들의 기능을 알 수
    없는 문제가 있다.

답찌+압→답쌉

므기+업→므겁

와 같이 어기의 어말음 'ㅣ'가 탈락된다. 그런데 어기의 어말음이 반모음 'ㅣ'인 경우에는 '므싀+엽→므싀엽-21)'을 형성하고 있어 어기의 어말 모음에 따라 그 형성 과정이 다름을 알 수 있다.

접미사 '-업/압-'은 어기의 모음이 양성모음이냐 음성모음이냐에 따라 교체되고 있으며 '-엽-'은 어기의 어말음이 모음 가운데서도 반모음 'ㅣ'에 결합하고 있어 접미사 '-업/압/엽-'은 음운론적 조건에 의해 교체되는 이형태이다.

근대국어에서 접미사 '-업-'은 중세국어에서 접미사 '-ㅸ/ㅂ/ㅸ-'과 같이 동사에 결합하여 형용사를 형성하던 것이었다. 그런데 접미사 '-업-'은 중세국어에서 접미사 '-ㅸ/ㅂ/ㅸ-'가 결합하던 어기에도 결합하여 파생형용사를 형성하고 있다. 구본관(1998:218~219)에 의하면 '깃겁-, 미덥-, 두렵-'이 15세기에는 문증되지 않고 16세기에 새롭게 문증되는 예로 제시하고 있다.

깃겁-(재간교린 4:9), 미덥-(이언 2:2), 두렵-(벽온1)

15세기에는 어간 '짗-, 믿-, 두리-'에 접미사 '-브/ㅸ-'이 결합하였으나 16세기에 접미사 '-업-'이 결합하여 '깃겁-, 미덥-, 두렵-22)'을 형성하여 두

---

21) 중세국어의 '므싀엽-'은 현대국어에서 '무섭-'으로 나타난다. 이지양(1988)에서는 '므싀-'가 '뭇-'으로 재구조화되었다고 설명하고 있지만 박석문(1990:60-61)에서는 중세국어의 '므싀-'가 음운변화에 의해 '무시-'로 변화된 것으로 논의하고 어간 '무시-'에 접미사 '-업-'이 결합한 것으로 보았다.

22) 구본관(1998:209)는 15세기 국어에서 '-브-'에 의한 파생어였던 '믿브-'가 근대국어

개의 형태가 공존한 것으로 볼 수 있다. 이러한 현상을 통해 볼 때 이미 16세기부터 접미사 '-업-'이 접미사 '-ᄇ/브/ㅂ-'의 영역에까지 그 생산성을 넓혀간 것으로 볼 수 있다.

현대국어에서는 접미사 '-업/압/엽'이 결합하여 형성된 파생형용사는 중세국어와 근대국어에 형성된 파생형용사 '기껍-, 무겁[23], 미덥[24], 즐겁-'등이 그대로 사용되고 새로운 파생형용사를 형성하지 않으므로 더 이상 생산적인 접미사가 아닌 것으로 보인다.

4) 접미사 '-갑-'

접미사 '-갑-'이 어기에 결합하여 형성된 파생형용사의 형태론적 구조를 살펴보면

녇갑다 : 功이 녇가ᄫᅠ며 기푸믈 조차(월석 17:44)

녇- : 功이 녀트며 기푸믈 조차 暫持ᄒ며(석보 19:8)

맞갑다 : 입시울 축축호미 맛가ᄫᅵ시며(월석 2:58)

맞- : 어린 ᄠᅳ데 마초아 마존 배 잇ᄂᆞ니(두언 9:23)

놋갑다 : 노ᄑᆞ니 놋가ᄫᅵ니 업더니(월석 1:42)

눌압다 : 네 福力을 니버 受生ᄒ야 눌아ᄫᆫ 사ᄅᆞ미 다외오(월석 21:55)

눌캅다 : 눌카ᄫᆫ 눌히 갈 ᄀᆞᆮᄒᆞᆫ 것둘히(월석 21:23)

에서 '미덥-'으로 나타나 '{-압-}'에 의한 파생어로 대치되는 것은 근대국어의 시기에 '-브-'의 결합 가능성이 아주 낮았음을 보여준다고 하였다.

석주연(1995:22)에 의하면 '미덥-, 깃겁-'은 중세국어시기에는 각각 '믿브-, 깃브-'로 나타났던 것인데 근대국어에서 접미사 '브-' 대신 '-업-'이 통시적으로 교체되어 형성된 새로운 파생어형이라고 하였다.

23) '무겁-'은 현대국어에서는 어기 '무기-'가 사용되지 않으므로 형태론적으로 어휘화한 것이지만, '묵직하다'의 어근 '묵-'을 '무겁-'의 어근으로 볼 수도 있을 것이다.

24) 송철의(1983:65)에서는 '믿브-'가 현대국어에서 '미덥-'으로 대치되어 더 이상 사용되지 않는 것으로 보았으나 '믿브-'는 형태가 변화하여 '미쁘-'로 사용되고 있다.

와 같이 접미사 '-갑'은 형용사 어간 '넢-, 눗-'에 결합하여 파생형용사를 형성하고 있다. '눌압다'는 어말음이 'ㄹ'로 끝난 어근 '눌-'에 접미사 '-갑-'이 결합한 것으로 어말음 'ㄹ' 뒤에서 'ㄱ'이 탈락한 것으로 볼 수도 있고 '눌-'에 접미사 '-압-'이 결합한 것으로 볼 수도 있지만, 접미사 '-압-'이 모음으로 끝난 어기에 결합하여 파생형용사를 형성한다는 점을 고려하여 파생형용사 '눌압-'은 어근 '눌-'에 접미사 '-갑'이 결합한 것으로 본다. 그러나 어근 '눌-'의 형태가 단일어로 사용되는 것을 문증할 수 없다는 문제가 있다. 파생형용사 '맛갑-'은 동사어간 '맞-25)'에 접미사 '-갑-'이 결합하여 형성된 것이다. 또한 파생형용사 '눌캅다'는 명사 '눓-'에 접미사 '-갑-'이 결합하여 형성된 것이다26). 지금까지의 접미사와 달리 접미사 '-갑-'은 명사, 동사, 형용사, 어근에 결합하여 파생형용사를 형성하고 있음을 알 수 있다.

근대국어에서 접미사 '-갑-'이 형용사 어간에 결합하여 형성된 파생형용사를 살펴보면

눌카온(여사 26), 날캅고(지장 하 94)

등과 같이 중세국어 이후에 새로운 어휘를 형성하지 못함을 알 수 있다. 이는 접미사 '-갑-'이 더 이상 생산성이 유지되지 못하고 있다는 것

---

25) 구본관(1998:211)에서 '맞-'을 공시적으로 형용사로 쓰인다고 했는데 남광우(1984) 에서는 동사로 등재되어 있다. 현대국어에서도 '맞-'은 동사로 다루어지고 있다. 그래서 본고에서도 '동사'로 보았다.

26) '눌캅다'는 현대국어에서는 '날카롭다'로 사용되고 있다. 이지양(1988:7)에서는 '눌캅-'의 접미사를 '압'이 아니라 'ㅂ'으로 오분석하여 '눌카'에 '-롭-'이 결합하여 '날카롭-'이 형성된 것으로 보았다. 송철의(1989:155-156)에서는 '날카롭다'를 어휘화된 것으로 보았다.

을 암시한다. 그런데 접미사 '-갑-'의 형태는 현대국어에서 어간 '차-, 달-'에 결합하여 파생형용사 '차갑다, 달갑다'를 형성하고 있어 접미사의 기능을 유지하고 있다.

5) 접미사 '-스럽-'

접미사 '-스럽-[27]'은 중세 국어에서는 나타나지 않고, 근대국어에서 처음 등장한 접미사이다. 근대국어에서 접미사 '-스럽-'이 어기에 결합하여 형성된 파생형용사를 살펴보면

> 덕스러운(태상4:27), 범람스러워(재간 교란 4:43), 어룬스럽다(방유 4:32), 원슈스러운(역어보 21), 웨젼스러이(한청 6:15), 有煩스러이(인어 10:29), 좀스럽다(몽유보 36), 촌스럽다(태상 4:9), 핀잔스럽다(동문 상 20), 호반스런(명성경 16)
>
> 남녀스럽사외다(교정교린 35), 방즈스러이(정정인어 2:1), 싀스러워하다(한청 8:32). 폐스럽다(정정인어 1:7)

와 같이 접미사 '-스럽-'은 통사범주가 명사 어기에 결합하여 파생형용사를 형성하는데 어기의 어말음이 자음이거나 모음이거나 관계없이 접미사 '-스럽-'이 결합하고 있어 접미사 '-스럽-'은 어기의 어말음의 제약을 덜 받는 것 같다. 이에 대해 석주연(1995:84)는 '-스럽-'계 파생형용사는 '-스럽-'이 새로이 등장한 접미사로서 어기에 대한 음운론적 제약이 없고 화자의 주관적 판단이나 상황에 따라 유동적인 의미를 가질 뿐 아니라 어기가 지니는 속성과 관련된 연상적 의미나 감각적 경험에 의한

---

27) 심재기(1982:380-383)에서 접미사 '-스럽-'은 '-스러-'에 'ㅂ'이 결합한 복합형태로 추정하고 있다.

표현성을 강조함에 따라 매우 폭넓은 의미 영역을 형성하고 있다고 하였다.

또한 근대국어에서는 접미사 '-롭-'과 '-스럽-'이 하나의 어기에 결합한 예가 존재하는데

원슈로이-원슈스럽다
넘녀럽소-남녀스럽수외다
폐로이-폐스럽다

이들의 교체를 석주연(1995:61)은 어기의 의미가 부정적 의미를 띤 것에 접미사가 결합하는 것이라고 하면서 접미사 '-스럽-'이 '-롭-'을 포함한 다수의 파생접미사와 어기를 공유하고 다양한 유형의 신조어를 형성하여 현대국어에 이르기까지 매우 높은 생산성을 유지하고 있다고 하였다. 그러나 이것은 중세국어의 형용사 파생접미사 가운데 명사 어기에 결합하는 '-둡/룹-'이 어기 어말음의 제약을 받는 것과 차이가 있음을 알 수 있다.

현대국어의 경우에도 접미사 '-스럽-'이 결합하여 형성된 파생형용사를 살펴보면

어른스럽다, 의심스럽다, 호걸스럽다, 고생스럽다, 죄스럽다
가증스럽다, 갑작스럽다, 밉살스럽다, 성스럽다
자유스럽다, 평화스럽다

와 같이 명사나 어근에 결합하여 형용사를 형성하고 있다[28]. 접미사 '-

[28) 김창섭(1984)에 의하면 접미사 '-스럽-'이 나타내는 의미는 어기의 특징적 속성에 매우 가깝게 근접했음의 의미를 나타내면서 화자의 주관적 평가를 나타낸다고 하

스럽-'은 중세국어의 '-둡-'이 결합하여 파생형용사를 형성하던 어기에 결합하여 새로운 파생형용사를 형성하기도 하면서 생산성을 높여왔다. 예를 들면 중세국어에서는 '의심'에 '-둡-'이 결합하여 '의심둡다'를 형성하였으나 현대국어에서는 '의심'에 '-답-'이 결합하여 '의심답다'를 형성하지 않고 접미사 '-스럽-'이 결합하여 '의심스럽다'를 형성한다.

또한 민현식(1984)은 '-스럽-'과 '-롭-'의 분포 양상을 음운론적인 측면에서 살펴보고 두 접미사가 결합하는 어기의 어말음의 음운 분포를 통해 '-스럽-'과 '-롭-'을 음운론적 이형태에 근접하는 형태 즉 준음운론적 이형태라고 논의하였는데[29], 접미사 '-롭-'은 어기의 어말음이 모음인 경우에만 어기에 결합하지만 접미사 '-스럽-'은 어기의 어말음이 자음인 경우뿐만 아니라 '평화스럽다, 자유스럽다'와 같은 예에서처럼 어기의 어말음이 모음인 경우에도 결합하고 있어 음운론적으로 이형태 관계에 있다고 보기는 어렵다.

현대국어에서 접미사 '-롭-'은 어기의 어말음이 모음인 경우에 한정되어 있다면 접미사 '-스럽-'은 어기의 어말음이 자음인 경우와 모음인 경우에 두루 결합할 수 있다는 점을 감안한다면 근대국어에서 이미 접미사 '-스럽-'이 접미사 '-롭-'의 영역에까지 그 범위를 넓혀가 파생형용사를 형성하고 있음을 알 수 있다.

였다.

29) 민현식(1984)에서 '-롭-'과 '-스럽-'은 의미론적으로 [+性狀性], [+未洽性]의 의미 자질을 갖고 동질적으로 기능하고 '-롭-'은 선행소 말음이 모음이어야 하고, '-스럽-'은 선행소 말음이 자음인 경우에 결합하는데, 선행소 말음이 모음인 경우에는 '-롭-'과 '-스럽-'이 자유교체하는 쌍형어가 존재하는 바 불완전하지만 음운론적 이형태의 모습을 지니고 있어 준음운론적 이형태라는 개념이 적절하다고 하였다.

4. 결론

지금까지 형용사 파생접미사가 어기에 결합하여 파생형용사를 형성하는 통시적인 변화와 파생접미사의 변화를 논의하였다. 우선 중세국어의 형용사 파생접미사가 어기에 결합하여 형성된 파생형용사를 중심으로 형태론적 구조를 분석하여 어기와 파생접미사의 결합관계를 논의하면서 접미사의 변천을 다루었다.

중세국어의 접미사 '-둡-'과 '-드빅-'는 어기의 어말음이 자음인 어기에 결합하여 파생형용사를 형성하는데 접미사 '-둡-'은 후행하는 어미가 자음일 때, '-드빅-'는 후행하는 어미가 모음이나 매개모음일 때 어기에 결합하는 것으로 볼 수 있으나, 자료 분석 결과 후행하는 어미의 어말음에 의한 조건이 아님을 밝혔다. 15세기에 이미 접미사 '-둡-'과 '-드빅-'는 각각의 형태소로 정착해 있음을 알 수 있었다.

접미사 '-둡-'과 '-드빅-'는 현대국어에서 각각 '-답-'과 '-되-'의 형태로 사용되고 있다. 접미사 '-롭-'은 현대국어에서 '-롭-'으로 사용된다. 그러나 '-르빅-'등은 더 이상 사용되지 않는다.

접미사 '-ㅸ/브/ㅂ-'는 동사어기에 결합하여 파생어를 형성하던 것으로 현대국어에서 '-브-'의 형태가 남아 있지만, 생산성을 상실하여 더 이상 접미사로서의 기능을 담당하지 못한다. 그것은 접미사 '-ㅸ/브/ㅂ-'가 결합하던 어기가 현대국어에서 사용되지 않으므로 인하여 더 이상 어기와 접미사의 결합관계를 인식할 수 없어 파생어보다는 단일어사로 인식하기 때문이다.

접미사 '-압/업/엽-'은 접미사 '-ㅸ/브/ㅂ-'과 같이 동사어기에 결합하여 파생어를 형성하던 것으로 16세기 이후부터 접미사 '-ㅸ/브/ㅂ-'가 결합하던 어기에까지 그 결합 범위를 넓혀가고 있다. 현대국어에서는 접미사 '-업/압/엽'이 더 이상 생산성을 갖지 않아 근대국어 이후에 생산성을 상실한 것으로 보인다.

접미사 '-갑-'은 명사, 형용사어간, 동사어간, 어근에 결합하여 파생어를 형성하던 것이나 중세국어의 파생형용사는 현대국어에서 그 자취를 감추고 '차갑다, 달갑다'등과 같은 새로운 파생형용사를 형성하고 있다.

접미사 '-스럽-'은 근대국어에 처음 등장한 것으로 명사어기에 결합하여 파생형용사를 형성한다. 접미사 '-스럽-'은 어기의 어말음이 자음이거나 모음인 경우에 다 결합하는 것으로 어말음의 제약을 덜 받는다. '-스럽-'은 중세국어의 접미사 '-둡-'이 결합하던 어기에 결합하여 파생형용사를 형성하기도 한다. 또한 근대국어에서부터 접미사 '-롭-'과 교호적으로 어기에 결합하는 것으로 보아 접미사 '-스럽-'이 접미사 '-롭-'의 영역에까지 그 범위를 넓혀 파생형용사를 형성하고 있음을 알 수 있다.

지금까지 다룬 것 이외에도 형용사 파생접미사는 다수가 존재한다. 이들에 대한 논의는 이후의 과제로 남는다. 또한 형용사 파생접미사를 중세국어에서부터 다루었으나 중세국어 파생접미사 간의 관계를 구명하기 위해서는 형용사 파생접미사의 어원에 대한 논의도 더 필요하리라 생각한다.

참고문헌

구본관(1998), 『15세기 국어 파생법에 대한 연구』, 태학사.

기주연(1991), 근대국어 파생법 연구, 한양대 박사.

김수호(1985), 접미사 '-답다, -롭다, -스럽다'의 어휘론적 기능 연구, 경북대석사.

김완진(1973), 국어 어휘 마멸의 연구, 진단학보 35.

김창섭(1984), 형용사 파생접미사들의 기능과 의미, 진단학보 58.

김현(1998), 중세국어 형용사 파생접미사 [-둡-]의 이형태 빈도와 역사적 변화, 관악어문연구 23.

남광우(1984), 『고어사전』, 일조각.

노대규(1981), 국어접미사 '-답-'의 의미 연구, 한글 172.

민현식(1984), '-스럽다, -롭다' 접미사에 대하여, 국어학 13.

박석문(1990), 형용사 파생접미사의 통시적 고찰, 반교어문연구 2.

박종태(1983), 16세기 국어의 파생법 연구, 단국대 석사.

석주연(1995), 근대국어 파생형용사의 형태론적 연구, 서울대 석사.

송철의(1983), 파생어 형성과 통시성의 문제, 국어학 12.

송철의(1989), 국어 파생어 형성 연구, 서울대 박사.

신석환(1981), [둡]계 파생어류 연구, 선청어문 11 · 12합집.

안병희(1978), 15세기 국어의 활용 어간에 대한 형태론적 연구, 탑출판사.

우효(1980), 형용사 파생접미사 '답다, 스럽다'의 연구, 계명대 석사.

윤동원(1986), 형용사 파생접미사 [-스럽-], [-롭-], [-답-]의 연구, 국어국문학 논문집23.

이기문(2001), 신정판 국어사 개설, 태학사.

이기문(1978), 16세기 국어의 연구, 탑출판사.

이숭녕(1987), 용언어간의 조어론적 고찰, 진단학보 63.

이승재(1983), 재구와 방언분화 -어중의 '-시-'류 단어를 중심으로, 국어학 12.

이지양(1988), '업', '겁' 파생형용사에 대하여, 대전대학논문집 7권 1호.

이진환(1984), 18세기 국어의 조어법 연구, 단국대 석사.

이현희(1987), 중세국어 '둗겁-'의 형태론, 진단학보 63.

유창돈(1980), 이조 국어사 연구, 이우출판사.

유창돈(1984), 이조어사전, 연대출판부.
전광현(1988), 17세기 국어의 접미파생어에 대하여, 동양학 18집.
정호성(1988), 17세기 국어의 파생접미사에 대한 연구, 성균관대 석사.
하치근(1989), 국어파생어 연구, 남명문화사.
허웅(1975), 우리옛말본, 샘문화사.

추사(秋史) 한글 편지의 국어학적 특징에 대한 일고찰

Ⅰ. 머리말

'추사 한글 편지'(이하 〈편지〉로 약칭)는 추사(秋史) 김정희(金正喜, 1786~1856)가 33세(1818년)부터 59세(1844년)까지 자신의 아내와 며느리에게 보낸 편지들이다. 추사 자신의 육필(肉筆)로 씌어진 만큼 〈편지〉는 추사가 생존한 19세기 전반의 언어 사실을 반영하는 국어사 자료로서 연구 가치가 높다. 〈편지〉는 金一根(1982a, 1982b) 및 金一根(1986/1991)을 통하여 편지 전체의 고증(考證)과 판독(判讀)이 단계적으로 이루어졌으나 편지 원본의 사진이나 영인 자료가 거의 공개되지 않아 판독의 객관성을 확보하는 데 한계가 있었다. 그러나 최근에 열린 '秋史한글편지展'을[1] 통하여 〈편지〉의 전모가 원본 또는 사진으로 공개되고, 이를 계기로 기존의 판독을 수정·보완한 김일근 외(2004)의 도록(圖錄)까지 출판됨으로써 〈편지〉는 이제 국어사 분야의 1차 자료로 적극 활용될 계기를 맞았다고 할 수 있다. 이에 본고에서는 〈편지〉에 반영된 당대의 언어 사

---

* 황문환(한국정신문화연구원 한국학대학원 교수)

1) 이 전시회는 2004년 5월 25일부터 6월 27일까지 예술의전당 서울서예박물관에서 '멱남소당소장 〈추사가의 한글문헌 Ⅰ〉'이라는 주제로 개최되었다.

실을 중심으로 〈편지〉의 국어학적 특징을 간략히 살피고자 한다.[2] '특징'이라고는 하지만 지면의 제약상 현대어와 비교하여 차이가 두드러진 사항 일부를 소개하는 데 그칠 것이다.

Ⅱ. 표기와 음운

〈편지〉는 19세기 전반의 일반적인 표기 경향을 반영하면서도 경우에 따라 다른 문헌에서 쉬 보기 어려운 특징적인 표기를 보여 주기도 한다 (이들은 높은 빈도로 반복 등장하여 단순한 표기 잘못으로 돌리기 어렵다).

(1) a. 게셔 <u>쇄히</u> 나으신 쇼식 일야(日夜)로 기다리옵 〈30, 11회〉

   b. 아즈마님겨오셔 학졈(瘧漸)으로 미령ᄒ오시다 ᄒ오니 엇더ᄒ오시옵 즉시 <u>쇄복</u>(快夏)ᄒ와 겨오신가 복녀(伏慮) ᄀ이업습 〈3, 3회〉

   c. 나는 비통(臂痛)가 담체(痰滯)로 먹지 못ᄒ기 종시 <u>쇄</u>(快)치 아니ᄒ니 민망ᄒ다 〈33〉

   d. 북어 죠흔 거슬로 셔올 구홀넌지 ᄒ야 두어 <u>쇄</u> 비 오는 편의 잘 부치개 ᄒ옵 〈40〉

(1)은 유기음 /ㅋ/이 〈편지〉에서 'ㅅ'으로 표기된 예이다. 대부분(a～c)이 '快'의 한자음과 관련된 것이 특징인데 '快'의 초성은 중세 문헌 이래 (유기음 표시의) 'ㅋ'으로 표기되는 것이 원칙이었다. 예: '<u>ㅋ</u>ᄂᆞᆫ 엄쏘리니 <u>快</u>쾡ᇹ 字쫑 처섬 펴아 나ᄂᆞᆫ 소리 ᄀᆞᄐᆞ니라' 〈훈민정음언해(1447?)4〉, '快 싀훤 쾌' 〈신증유합(1576) 하:15〉. (d)의 '쇄'는 한자음과 무관한

---

2) 본고에서 예문 출처를 제시하기 위하여 〈 〉 안에 소개하는 편지 번호는 김일근 외 (2004)의 도록(圖錄)에 정리된 편지 번호를 따른 것이다. 각 번호의 편지에 대한 자세한 서지 사항은 본고 말미의 '부록'을 참조.

고유어의 예이나 현대어에 '쾌'(북어를 세는 단위)로 남은 것을 감안할 때 이곳의 'ᄼ' 역시 유기음 /ㅋ/을 표기한 것으로 해석된다.

(2) a. 셔울 인는 <u>샤룸</u>은 더옥 싱각이 아니 나오시개습 <3, 14회> ; 샤랑(舍廊) <1, 3회>, 샤당(祠堂) <17>, 샤미[袂] <23> ; 샤[買] <24>, 샤셔[買] <24>, 샤라[生] <21>.
   b. 나는 신구셰(新舊歲)에 별노 가감이 업시 먹고 쟈고 무ᄉ 무려(無慮)혼 샤룸쳐로 지내오니 <27>, 쟈시랴[食] <5>
   c. 졔ᄉ는 겨요 챠려 지내오나 <7>, 챠로개[備] <20> ; 챠마 <9, 3회>, 챠챠 <25>, 챡실이 <1, 3회> ; 쳐음 <12, 5회> ; 거셔 혼ᄌ 츄슈러 가시는 일 오쟉 심녁이 쓰이읍 <29>

(2)는 중세 문헌에서 (어두 음절의 모음이) 단모음 표기로 나타났던 어사가 <편지>에서 이중모음 표기로 나타난 예를 모아놓은 것이다. 대부분 마찰음에 해당하는 'ㅅ, ㅈ, ㅊ' 아래 집중된 것이 특징인데, 이것이 당시의 어떠한 음운 현실을 반영하는지는 확실히 말하기 어렵다. 'ㅈ'(b)이나 'ㅊ'(c)의 경우는 당시의 /ㅈ, ㅊ/이 구개음(口蓋音)으로 발음된 현실을 반영하는 것으로 해석할 수 있으나 'ㅅ'(a)의 경우까지 같은 해석을 적용할 수 있는지는 의문이다(현대어에서도 'ㅏ' 모음 앞의 'ㅅ'은 구개음으로 실현되지 않는다).

<편지>는 'ㆍ'의 음가가 소실된 19세기 전반의 음운 현실을 그대로 보여 준다. <편지>에는 'ㆍ'가 빈번히 등장하지만 아래 (3)에서 보듯 이미 어두 음절에서조차 'ㅏ'와 혼동되어 쓰이는 경우가 많다.

(3) a. 인졀미는 모도 셕어 <u>바려습</u> (←ᄇ리-) <23>, 졔일 졔ᄉ 츠리는 범빅을 급히 <u>가라치게</u> 호고 (←ᄀᄅ치-) <28>, <u>발셔</u> 여름이 되엿ᄉ오니

(←불셔) <29, 5회>, 토교직 바지 <u>가음</u>으로 보내엿습더니 바다슙 (←ᄀ
옴) <18, 3회>

b. 속미음(粟米飮)은 년ᄒ야 <u>조시</u>옵 (←자시-) <21, 6회>, 영뉴는 <u>죱간</u>이
라도 와셔 단여가온가 (←잠간) <26> ; 민직쟝(閔直長) 형님 모양 <u>쵸아</u>
블샹ᄒ옵 (←차마) <26>, <u>쵬졀</u>(慘絶) (←참졀) <29, 2회>

(3)에서 (a)는 중세 문헌의 ‘·’가 〈편지〉에서 ‘ㅏ’로 표기된 예이다.
(b)는 (a)와 반대로 중세 문헌의 ‘ㅏ’가 〈편지〉에서 오히려 ‘·’로 적힌
예이다. (b)는 (a)에 대하여 ‘·>ㅏ’의 변화를 지나치게 의식한 결과 일
종의 ‘과도교정(過度矯正, hyper-correction)’이 적용된 표기에 해당한다.
어두 음절의 ‘·>ㅏ’ 변화는 일반적으로 18세기 중엽에 일어난 것으로
추정되는데(李基文 1972: 121 등) 〈편지〉의 표기는 추사가 생존한 19세기
전반에 이미 ‘·>ㅏ’의 변화가 일어나 있던 방증(傍證)이 될 것이다.
‘·’의 음가 소실로 ‘·’와 ‘ㅡ’(제2음절 이하), ‘·’와 ‘ㅏ’(어두 음절)의
구별이 사라진 탓에 〈편지〉에는 중세 문헌과 달리 이른바 모음조화에
기초한 조사의 이형태(異形態)가 대폭 간소화되어 나타난다. 그러나 간
소화 방향은 조사에 따라 상당한 차이가 있어 결과적으로 특이한 표기
양상을 보이기도 한다.

(4) a. 나<u>노</u> <1>, 연고<u>노</u> <10>, 편지<u>노</u> <1>, 거셔<u>노</u> <2> 셔후(暑候)<u>노</u>
<6>, 찬슈(饌需)<u>노</u> <30> ; 별병(別病)<u>은</u> <21>, 즉금은 <2>, 누의
님<u>은</u> <1>, 셰간은 <2>, 내힝(內行)<u>은</u> <1>, 긔동(起動)<u>은</u> <12>
b. 나는 걱정을 마ᄌ ᄒ야슙더니 <1>, 아돌을 <13>, 샤롬을 <13>
; 참사(參祀)을 ᄒ오시니 <9>, 샤롬을 몬져 ᄒ나을 보내여 <13>,
거긔 샤롬은 슈구(需求)을 덜개슙 <13>, 내 져고리는 샹인 편 갓튼
디을 노치고 언졔 보니랴 ᄒ옵 <1>

    c. 그 길의 쳔니나 쥬류ᄒ야 <1>, 블시(不時)의 연힝(燕行)을 써나노
    라 <10>, 뎐혀 교도(敎導)ᄒ기의 잇ᄉ오니 <27>, 열나흘 만의 득달
    ᄒ야 <1>, 니힝 올나갈 ᄶ의 <1>

(4)에서 (a)는 주제격(主題格)의 예를 예시한 것이다. 중세 문헌에서
는 'ㄴ~ᄂᆞᆫ~는~ᄋᆞᆫ~은'의 다양한 이형태가 쓰였으나 〈편지〉에서는 모
음 아래의 경우 'ᄂᆞᆫ', 자음 아래의 경우 '은'으로 통일된 양상을 보인다.[3]
이에 비해 (b)의 목적격(目的格)은 한층 이형태가 간소화된 양상으로 나
타난다. 중세 문헌에서는 목적격도 'ㄹ~롤~를~올~을'의 다양한 이
형태로 등장하였으나 〈편지〉에서는 선행 어간의 말음이 무엇으로 끝나
든 '을'이라는 단일한 형태로 나타날 뿐이다. (c)의 처소격(處所格) 역시
극단적인 간소화 양상을 보여 주는데, 중세 문헌에서는 '에~애~예~
의~의' 등 다양한 이형태가 쓰였으나 〈편지〉에서는 '의'라는 단일한 형
태만 쓰이고 있다('에'의 예도 있으나 '나는 신구셰(新舊歲)에 별노 가감이
업시 먹고 쟈고 〈27〉'에 보이는 예가 유일).

Ⅲ. 어휘

〈편지〉에는 고어사전류에 올라 있지 않거나 올라 있더라도 용법에
차이를 보이는 옛 어휘들이 심심찮게 발견된다. 지면 관계상 흥미로운
몇 가지만 간략히 소개한다.

    (5) 계셔/개셔/거셔

---

3) 'ᄋᆞᆫ'의 예도 보이나 /ㅅ/ 말음을 가진 '것' 아래에만 등장한다. 예: 긔별ᄒ오신 거슨
  <3, 2회>, 바지 ᄒ나 잇ᄂᆞᆫ 것손 <23, 2회>.

>   a. 세목 두 필을 어더스오니 <u>게셔</u>가 오시면 가을의 겹것 가튼 거시나
>   ㅎ야 입으면 죠흘 거슬 아직 두어시니 <9>, 집안 일이 즉금은 더고
>   [나] <u>게셔</u>끠 다 달여시니 응당 그런 도리은 알으시려니와 <20, 31회>
>   b. <u>개셔</u>는 편지ㅎ는 거슬 못 보오니 엇진 일이옵 <6, 2회>
>   c. <u>거셔</u>는 요스이도 속미음(粟米飮)은 즈시옵 <23, 6회>

(5)는 〈편지〉에서 아내를 호칭(呼稱)하는 데 쓰인 독특한 어사를 예시한 것이다. '게셔'(a)의 표기가 일반적이나 '개셔'(b), '거셔'(c)의 표기로 등장한 예도 보인다.[4] 종래의 한글 편지에서는 아내를 지시하는 2인칭 대명사로 '자내'가 주로 쓰였지만 〈편지〉에서는 발견되지 않는다. '그+에셔(처소격)'로 분석될 어형이 2인칭 지시에 사용된 점은 중세어에 쓰인 2인칭 대명사 '그듸/그디'의 경우를 연상시키는 것이라 할 만하다.

(6) 겹포
>   a. 인편의 년ㅎ야 글월 보오니 인편 업슬 쩌는 업습다가 이시면 쏘
>   <u>겹포</u> 보오니 든〃ㅎ옴 갓가온 더 갓스와 일시 위로 되오며 <21>
>   b. 이리 오온 후 <u>날포</u> 되오니 대되 일양들 지내오시고 어린 아히도
>   잘 잇습는가 <15>, <u>희포</u> 만의 뫼와 지내오시니 오쟉들 ㅎ오시랴
>   <u>일컷줍고</u> <12>

(6)은 다른 문헌에서 볼 수 없는 부사 '겹포'(a)를 예시한 것이다. 추사의 다른 편지에 쓰인 '날포, 희포'(b)의 예를 감안할 때 이곳의 '겹포'

---

4) 다른 문헌에는 '게'나 '계'의 형태가 2인칭 대명사로 사용된 예도 보인다(이는 서울대 정병설 교수의 조언에 따른 것이다. 이 자리를 빌어 감사드린다). 예: <u>게</u>가 나을 반기난 듯 츄천명월(秋天明月) 발근 달이 충전(蒼天)의 교교(皎皎)함도 <u>계</u>가 너게 빗치난 듯 넝낙 한천(寒天) 깁푼 밤의 벗 부로난 홍안성(鴻雁聲)도 <u>계</u>가 나을 부르난 듯 <소수록 58>.

는 명사 '겹'에 "거듭"을 뜻하는 부사 '포'가[5] 결합한 복합 부사로 추정된다. 추정이 옳다면 '겹포'는 의미나 형태상 현대어 '거푸'의 선대형(先代形)에 해당할 것이다.

(7) 일컷다

    a. 호동(壺洞) 니참판(李參判) 형님 샹ᄉ는 춤졀〃ᄒ오니 엇지 다 뎍ᄉ오며 누의님 졍졍 더옥 븟슬 드러 일컷ᄌ올 길 업습 <19>

    b. 희포 만의 뫼와 지내오시니 오쟉들 ᄒ오시랴 일컷줍고 <12>, 츠동 회갑의ᄂ 엇지ᄒ야 지내오시고 형뎨분이나 무히여 겨오시던가 일컷ᄌ오며 <25>, 즉시 분곡(奔哭)도 못 ᄒ야실 듯ᄒ니 더옥 결화(缺懷)ᄒ랴 일컷ᄂ다 <34> ; 영뉴ᄂ 좀간이라도 와셔 단여가온가 보오니 든〃ᄒ야 지내와 겨시랴 일컷습 <26>

(7)은 중세어 '일ᄏᆞᆮ-'의 후대형에 해당하는 '일컷-'의 예를 예시한 것이다. 중세어 이래 '일ᄏᆞᆮ-'은 (현대어의 '일컫-'과 마찬가지로) "이름지어 말하다", "칭송하다, 칭송하여 말하다"의 뜻으로 사용되었으나[6] 〈편지〉에서는 그러한 용법이 잘 확인되지 않는다. 종래의 용법에 비교적 근접한 (a)의 경우도 보이지만 대부분은 (b)와 같이 의문문을 내포문으로 하여

---

5) 이 '포'는 "거듭되다"를 뜻하는 동사 'ᄑᆞ-'에 부사 파생 접미사 '-오'가 결합한 어형이다. 어간 'ᄑᆞ-'의 존재는 17세기 언간에서 확인되나 이미 근대어 단계에서 사어화한 듯하다. 예: 글월 보고 무ᄉᄒᆞ니 깃거 ᄒᆞ며 보는 ᄃᆞᆺ 든〃 반기노라 날이 ᄑᆞ드록 아마도 섭〃ᄒᆞ기 ᄀᆞ이 업서 ᄒᆞ노라 <인선왕후언간: 어머니(인선왕후)→딸(숙명공주)>, 그리 나간 디 날이 ᄑᆞ니 그 덧 ᄉᆞ이도 섭〃ᄒᆞ고 그립기 ᄀᆞ이 업스니 <인선왕후언간: 어머니(인선왕후)→딸(숙명공주)>. 'ᄑᆞ-'가 사어화하면서 파생 부사 '포'도 생산성을 잃은 결과 현대어에는 '날포, 달포'나 '포개-' 등 몇몇 복합어에 화석화되어 남아 있을 뿐이다.

6) 예: 그츤 ᄉᆡ 업슬 ᄊᆡ 無間이라 일ᄏᆞᆮ고 <월인석보(1459) 21:45ㄱ>, 龍王아 뎌 如來ㅅ 名號ᄅᆞᆯ 일ᄏᆞᆮᄌᄇᆞᅀᅡ ᄒᆞ리라 <월인석보(1459) 10:75ㄴ>.

간접 화법(間接話法)의 인용 동사('ᄒᆞ-')처럼 쓰인 특징을 보인다.

이밖에 〈편지〉에 등장하는 특징적인 어휘 몇 가지를 고유어와 한자어로 나누어 제시하면 아래 (8), (9)와 같다.

(8) a. 그 젼의 년ᄒᆞ야 물마리을 먹고 오더니 션상(船上)의셔 된(되)인 밥을 평시와 갓치 먹ᄉᆞ오니 그도 아니 고이ᄒᆞᆸ <20>
b. 슈시(嫂氏)ᄂᆞᆫ 게 더넘을 공여니 맛다 말이 못 되오시니 ᄉᆞ〃의 말이 아니 되ᄋᆞᆸ <12>
c. 삭예돈은 ᄡᅮ어 쓰오시고 어ᄂᆡ ᄢᅴ의 갑흐시랴 ᄒᆞ시ᄋᆞᆸ 갑흐시거든 날변니[日邊利]를 ᄒᆞ야 갑개 ᄒᆞᄋᆞᆸ <8>
d. 나동(羅洞) 니집[李室] ᄡᅮ긴 일은 그 어인 일이며 어인 말이ᄋᆞᆸ 통곡〃 밧 하 충졀 경통ᄒᆞ오니 <29>
e. 친후(親候)도 여러 쳔니(千里)의 쎄치이오시나 죠곰도 관견치 아니ᄒᆞ오시니 다힝이오며 <15>

(8)은 고유어(固有語)로서 다른 문헌 자료에 잘 나타나지 않는 희귀어(稀貴語)를 예시한 것이다. (a)는 "물에 만 밥" 정도를 뜻하는 '물마리'의 예(바로 이어 나오는 '되인 밥'과 비교), (b)는 "넘겨 맡은 걱정거리"를 뜻하는 '더넘'의 예, (c)는 문맥상 "朔月錢"(?) 정도를 의미할 것으로 추정되는 '삭예전'의 예이다. (d)의 'ᄡᅮ기-'는 문맥상 "죽다"의 뜻으로 쓰였다고 추정되는데 다른 문헌에 "상(喪)을 당하다"의 뜻으로 등장하는 '궂기/궂긔-'와 관련이 있을 것으로 보인다.[7] (e)의 '쎄치이-'는 '쎄치-+-이

7) 예: 겨을의 아희롤 궂긴 일 참혹 잔잉ᄒᆞᆷ ᄀᆞ이업ᄉᆞ며 <황도정댁 편지(18세기): 아주머니(黃都正宅)→조카> (金一根 1991: 233), 칠십 노인이 독ᄌᆞ롤 궂겨시면 <한듕녹(閑中錄) 502>, 궂긔다 遭喪 遭故 <국한회어(國漢會語, 1895) 41>.

(피동)-'로 분석될 경우 다른 한글 편지에 등장하는 '빗치-'와 관련이 있을 어형이다(김일근·황문환 1999: 63-5). '빗치-' 내지 '쎄치-'는 문맥상 "고생하다, 고생을 겪다"를 뜻하는 동사로 쓰였다고 추정된다. 예: 뉴슈가 깁흔 머리를 알는다 ㅎ니 더위 길희 <u>빗치</u>는 일 아쳐롭고 용려 측냥 업다 〈어머니(海平尹氏, 추사 조모)→아들(金魯敬, 추사 부친)〉.

(9) a. 강동의 편지의 놈이 내외을 짜로 내여 <u>각뎡식</u>을 ㅎ쟈 ㅎ야스오니 방소(房舍) 변통(變通)ㅎ옵는디 짜로 내기는 못홀 일리 업스나 아직 <u>각뎡식</u> 부질업스올 듯ㅎ오니 〈39〉 ; 방소는 옴기되 <u>각뎡</u>은 아직 부질업습 〈39〉

b. 게셔는 이 스이 엇더ㅎ옵 <u>관겨치 아니타</u> ㅎ오나 <u>관계치 아니ㅎ올</u> 이가 잇습 〈21〉, 쟝육이 샹치도 아니ㅎ옵고 오러 두어도 <u>관겨치 아니ㅎ개스오니</u> 후의도 그쳐로 아조 말뇌여 보내오면 <u>관겨치 아니 ㅎ올가</u> 보옵 〈22〉

c. 침치을 어더 먹을 길이 업고 쏘 시오졋과 〃국은 <u>무가니</u>ㅎ오니 그거시 민망ㅎ옵 〈35〉

d. 오날은 압틱[前宅] [隔]<u>싱진</u>이오시니 외오셔 경축(慶祝)ㅎ오며 〈15〉 ; 나는 <u>싱진</u>이나 지내고 올나갈가 ㅎ더니 이십이일 하반(下半) 미쳐 올나가랴 ㅎ오니 〈19〉

e. 션듕(船中) 샤롬 다 <u>슈질</u> ㅎ야 졍신을 일허 죵일을 굴머 지내오더나 혼쟈 <u>슈질</u>도 아니ㅎ고 션샹(船上)의 죵일 당풍(當風)ㅎ야 안져 〈20〉

f. 아즈마님겨오셔 <u>학졈</u>으로 미령ㅎ오시다 ㅎ오니 엇더ㅎ오시옵 〈3〉

(9)는 〈편지〉에 등장하는 특징적인 한자어를 예시한 것이다. (a)의 '각뎡식'은 "각살림"을 뜻하는 '各鼎食'으로 추정되는데 형태가 줄어서 '각뎡'으로 쓰인 예도 함께 보인다. (b)의 '관겨치/관계치 아니ㅎ-'는 현

대어 '괜찮-'의 선대형(先代形)에 해당하는 어사이다. '관겨/관계(關係)ㅎ-'
의 부정형으로 나타나 형태 축약이 일어나기 이전의 모습을 그대로 유
지하고 있다. (c) '무가니'는 현대어의 '막무가내(莫無可奈)'와 비교할 때
"어찌할 수가 없음"을 뜻하는 '無可奈'의 표기로 보인다. (d)의 '싱진'은
'生辰'의 표기일 것이나 현대어의 '생신(生辰)'과는 달리 경어(敬語)는 물
론 평어(平語)로도 쓰여 용법에 차이가 있다('나'와 함께 쓰인 '싱진'의 예
참조). (e)의 '슈질'은 문맥상 "배멀미"를 뜻하는 '水疾'을, (f)의 '학졈'은
"학질과 이질"을 동시에 지칭하는 '瘧痢'을[8] 각각 표기하였을 것으로 추
정된다.

Ⅳ. 문법

〈편지〉는 아내에게 쓴 것이 대부분인 만큼 부부간 특히 남편의 아내
에 대한 경어법을 살피는 데 좋은 자료가 된다. 앞서 아내를 이르는 데
'게셔' 같은 독특한 어사가 사용된 것을 소개한 바 있지만 종결형에서도
아내에 대하여는 '-습'으로 끝나는 종결형이 일관되게 사용된 것을 볼
수 있다.

   (10) -습(종결형)
     a. 심요(甚擾) 이만 덕슘 무인 이월 십일 〃 夫 샹쟝 <1>, 게셔는 업고
       도라 의논ㅎ(홀) 길 업스오니 엇지면 죠흘지 답 〃 혼 일 만스오니

---

8) 추사의 다른 편지에는 '학질(瘧疾)'의 예가, 추사 계제(季弟) 김상희(金相喜)가 쓴
편지에는 "이질"을 뜻하는 '니졈(痢漸)'의 예가 등장한다. 예: 나는 졸연 학질을 어더
쩌여다가 쏘 알코 〃 〃 ㅎ기 여러 번 ㅎ야 석 달을 이리 신고(辛苦)ㅎ오니 <24> ; 형
님겨오셔도 니졈과 본증(本症)으로 디단 펼치 못ㅎ시다 ㅎ니 놀랍기 측량 업스며
<오라버니(金相喜)→누이>.

　　　민망ᄒᆞ옵 ᄌᆞ시 긔별ᄒᆞ옵 <2>

　　b. 나는 오리간만의 뵈시고 지내니 든〃 깃부기 엇지 다 뎍ᄉᆞᆸ <1>,
　　　내 져고리는 샹인 편 갓튼 디을 노치고 언제 보너랴 ᄒᆞ옵 답〃도
　　　ᄒᆞ옵 <1>

　　c. 어디셔 온 편지가 보암즉ᄒᆞ옵기 보내오니 보오시고 잘 감초와
　　　두옵 개셔 비항(陪行)은 뒤집 진ᄉᆞ가 오개 ᄒᆞ옵 심요(甚擾) 이만
　　　뎍ᄉᆞᆸ <1>

　　(10)에서 (a)는 평서형, (b)는 의문형, (c)는 명령형의 예를 예시한 것이
다(밑줄 친 형식 참조). 종결형으로 사용된 '-습'은 선행 형태가 모음으로
끝나면 '-옵'(예: ᄒᆞ옵)으로 교체되는데 이는 〈편지〉에서 ("화자 겸양"을 표
시하는) 선어말어미 '-습-'의 교체 조건과 다를 바 없는 것이다. 이 때문에
종결형 '-습'은 선어말어미 '-습-'이 선행한 'ᄒᆞ쇼셔'체 종결형(예: ᄒᆞ옵쇼
셔)에서 '-습-' 뒤의 형식이 생략된 결과(예: ᄒᆞ옵)로 이해되는데(黃文煥
2002: 245-50), 처음에는 단순한 생략형에 지나지 않았을지 모르지만 18세
기 이후에는 (특히 한글 편지를 중심으로) 'ᄒᆞ쇼셔'체와 구별되는 독자적
대우 성격을 획득하여 별도의 화계(話階, 곧 'ᄒᆞ옵'체)를 이룬 것으로 나
타난다.9) 〈편지〉에 보이는 종결형 '-습'이 바로 'ᄒᆞ옵'체의 것이라 할 수

---

9) 추사의 편지에서는 잘 확인되지 않지만 추사 부친 김노경(金魯敬)이 쓴 한글 편지
　에서는 아래와 같이 수신자에 따라 'ᄒᆞ옵'체(a)와 'ᄒᆞ쇼셔'체(b)가 엄격히 구분되어 쓰
　인 것으로 나타나 당시에 'ᄒᆞ옵'체가 별도의 화계로 존재한 사실을 구체적으로 확인
　할 수 있다(이에 대한 자세한 논의는 김일근·황문환 1998 및 황문환 1999 참조).
　(a) 수일간 긔운 엇더ᄒᆞ시옵 그 ᄉᆞ이 대고쥬 졔ᄉᆞ 지나오시니 즉히 시로와 ᄒᆞ시랴
　　　일커즙 나는 더위와 음식과 모긔와 다 못 견딜 듯ᄒᆞ오니 츠마 민망ᄒᆞ옵 시긔는
　　　간뎡ᄒᆞ여시나 학질이 ᄯᅩ 셩흔다 ᄒᆞ오니 위퍼ᄒᆞ옴 엇디 다 뎍ᄉᆞᆸ 이 회편 느려 보
　　　내시옵 만일 못 미처 쓸아시면 말이 아니될 거시 부디 보내옵 <김노경편지(1791
　　　년 무렵): 남편(金魯敬)→아내(杞溪兪氏)>
　(b) 수일간 톄후 엇더ᄒᆞ오신 문안 아옵고져 ᄇᆞ라오며 누의님 참쳑 보오신 일은 그런

있으나 '흐웁'체 자체는 현대어에 계승되지 못하여 명령형 '-시압'(예: 별지를 참고하시압) 정도에만 겨우 그 흔적을 남기고 있을 뿐이다.

〈편지〉에는 현대어와 비교할 때 통사 구성의 순서나 기능에 상당한 차이가 있는 예도 발견된다. 역시 흥미로운 예 몇 가지만을 소개하기로 한다.

(11) '-ㄹ 밧 수가 없-'
    a. 여긔셔 남을 드리면 죠흘 듯흐웁마는 뉘고더러 드리라 흐개습 기드리올 밧 수가 업습 〈3〉
    b. 게셔 갓튼 스셰가 그러흐올 <u>밧</u> 엇지 몬져 오개습 〈9〉 ; 나동(羅洞) 니집[李室] 꾸긴 일은 그 어인 일이며 어인 말이웁 통곡 〃 <u>밧</u> 하 춤졀 경통흐오니 〈29〉, 본싱 존고 샹변은 통곡 <u>밧</u> 므슴 말을 흐리 〈34〉

(11)에서 (a)는 현대어의 '-ㄹ 수밖에 없-'에 상당하는 통사 구성을 예시한 것이다. 현대어와 비교할 때 의존 명사 '수(手)'의 통사 위치가 달라진 것을 확인할 수 있다. 19세기나 20세기의 다른 문헌에는 동일한 구성에 '밧' 대신 '밧긔/밧게'가 쓰인 예도 보인다(李賢熙 1994: 59-60). 예: 춘향은 요의다 터와 갈 <u>밧긔</u> 슈가 업네 〈춘향전 상:41〉, 뉵노로 갈 터이니 짐을랑 비사룸에게 맛길 <u>밧게</u> 슈 업소 〈교졍교린수지(1904) 190〉. 이로 보아 '-ㄹ 밧 수가 없' 구성에 보이는 '밧'은 '밨[外]'의 속격형이 아

고이흐고 애둛스온 일 어이 <u>잇스오리잇가</u> (…중략…) 니집은 쟝무의 집으로 피졉 낫다 흐오니 산긔나 <u>잇습난잇가</u> 최희는 셩흐<u>오이잇가</u> 종 〃 넘이올소이다 알외올 말숨 무궁흐오디 편망흐여 이만 알외<u>옵느이다</u> 辛亥 臘月 初十日 子 魯敬 上書 〈김노경언간(1791년): 아들(金魯敬)→어머니(海平尹氏)〉

니라 단독형 '밧'이 '밧긔/밧게'('밖[外]'의 처격형)를 대신한 형식일 가능성이 높다. 이렇게 보아야 (b)에 등장하는 '밧'도 자연스럽게 설명될 수 있다. 이곳의 '밧'은 꾸밈을 받을 명사가 존재하지 않을 뿐 아니라 현대어로도 부사어 역할을 하는 '밖에'에 상당하는 형식이기 때문이다. 〈편지〉에는 현대어의 '-기에'에 해당하는 형식('-기의') 역시 처격('의')이 생략되어 '-기'로만 나타나므로 이곳의 '밧'을 처격형으로 파악하는 방증이 될 수 있을 것이다. 예: 여긔 토쥬(吐紬) 바지 ᄒ나 잇ᄂ 것ᄉ 죠곰 둑겁긔 입지 아니ᄒ고 아직 두어습 〈23〉, 마춤 강경이 션편 잇습긔 두어 주 안신(安信)만 이리 부치옵 〈29〉.

(12) '-게/개 ᄒ-'

   a. 게셔라도 잡고 말녀 이런 도리을 개유ᄒ야 이르게 ᄒ옵 〈28〉, 산후 범졀이 무양(無恙)ᄒ고 어린 것 년ᄒ야 잘 잇ᄂ야 부디 죠심 〃 ᄒ야 기르게 ᄒ야라 〈34〉

   b. 삭예돈은 ᄭᅮ어 ᄡᅳ오시고 어늬 ᄶᅥ의 갑ᄒ시랴 ᄒ시옵 갑ᄒ시거든 날변니를 ᄒ야 갑개 ᄒ옵 〈8〉

(12)는 사동 구문에 관계된 '-게 ᄒ-'(a) 내지 '-개 ᄒ-'(b)의 예 가운데 일부를 예시한 것이다(여기서는 앞서 대명사로 쓰인 '게셔~개셔'의 경우와 달리 '-게 ᄒ-'보다 '-개 ᄒ-'의 표기로 나타나는 예가 압도적이다). 형태상으로는 현대어의 '-게 하-'와 별반 다를 바 없다고 할지 모르나 주어 제약의 측면에서는 간과할 수 없는 차이가 있다. 현대어의 'V-게 하-' 사동 구문에서는 하위문 서술어(V)의 주어와 상위문 서술어('하-')의 주어가 반드시 달라야 한다. 그러나 (12)의 예들은 그러한 제약에서 벗어나 있다. 이들 예에서 (상위문) 'ᄒ-'의 주어는 물론, 하위문 서술어 '이르-,

기르-, 갑-(←갚-)'의 주어도 수신자(아내나 며느리) 이외에 제삼자를 상정
할 수는 없기 때문이다. 이들 예의 '-게/개 호-'는 주어 제약이 없다는 점
에서 마치 현대어의 '-도록 하-'에 가까운 용법으로 쓰였다고 할 것이다.

   (13) '-어 겨(오)시-'
      a. 그 스이 년호야 편지 브쳐습더니 다 <u>보와 겨시</u>옵 ⟨2⟩, 영뉴논 좀간이
        라도 와셔 단여가온가 보오니 든 〃 호야 지내<u>와 겨시</u>랴 일컷습 ⟨26⟩
      b. 지월간(至月間) 대단이 편치 아니호야 지내<u>와 겨오신</u>가 보오니
        즉금은 지나온 일이오나 경념(驚念) 측냥 업습고 ⟨27⟩

   (13)은 ⟨편지⟩에서 '잇[有]-'의 경어 '겨-'가 과거 시제를 표시하는 데
참여한 예를 보인 것이다. '겨-'가 경어인 만큼 (a)처럼 '-시-'나 (b)처럼
'-오시-'(← '-습+시-')를 반드시 동반하는 것이 특징인데, 이곳의 '-어 겨시-'
는 현대어의 '-시었-'에 상당한 의미로 쓰여 유사한 형태의 통사 구성 '-어
계시-'(예: 앉아 계시다, 살아 계시다)와는 구별되어야 할 형식이다. 중세
어에서 ('-시-'가 동반된) '-어 겨시-'는 "완료·지속"을 나타내는 통사 구
성 '-어 잇-'에 대하여 경어적으로 대립 관계에 있었다. '-어 잇-' 구성이
문법화되어 "과거"의 선어말어미 '-엇-'으로 정착한 이후에도 이같은 경
어적 대립은 오랫동안 지속되었다. ⟨편지⟩에서도 '-엇-'은 독립된 시제
요소로 자리잡았으면서도 현대어의 '-시었-'에 해당하는 형식만큼은 여
전히 '-어 겨시-'의 통사 구성으로 표시되어 일종의 언어 지체(遲滯) 현
상을 보여준다. 19세기에 들어서면 '-어 겨시-'를 대신하여 '-시+엇-'의 예
가 등장하는 것으로 알려지고 있으나 ⟨편지⟩에서는 전혀 발견되지 않
는다. 예: 디부인 슈연의 션인이 가셧더니 듕궁뎐을 으시의 보시고 ⟨한
듕녹 1:78⟩.

V. 맺는말

이상에서 추사의 한글 편지에 나타나는 국어학적 특징을 표기와 음운, 어휘, 문법 등으로 나누어 간략히 살펴보았다. 〈편지〉의 전반적 특징을 논하기에는 퍽이나 미흡한 내용이지만 본고를 통하여 국어사 자료로서 〈편지〉가 갖는 가치만큼은 재확인할 수 있지 않았을까 한다. 이번 '秋史한글편지展' 전시에 이어 가까운 시일 내에는 5대(代)에 걸친 추사 일문(一門)의 다른 한글 편지도 공개될 예정이라고 하므로 앞으로 이들 편지가 국어사 연구에 보다 적극적으로 활용되기를 기대해 본다.

참고문헌

金一根(1982a), "秋史家의 한글 편지들(上)", 文學思想 114.

金一根(1982b), "秋史家의 한글 편지들(下)", 文學思想 115.

金一根(1986/1991), 三訂版 諺簡의 硏究, 건국대학교 출판부.

김일근·이종덕·황문환(2004), 秋史의 한글편지, 예술의전당 서울서예박물관.

김일근·황문환(1998), "金魯敬(秋史 父親)이 아내와 어머니에게 보내는 편지 (1791년)", 문헌과해석 5, 문헌과해석사.

김일근·황문환(1999), "어머니 海平尹氏(秋史 祖母)가 아들 金魯敬(秋史 父 親)에게 보내는 편지", 문헌과해석 6, 문헌과해석사.

李賢熙(1994), "19세기 국어의 문법사적 고찰", 韓國文化 15, 서울대 한국문화연 구소.

황문환(1999), "근대국어 문헌 자료의 'ᄒ옵'류 종결형에 대하여", 배달말 25, 배달말학회.

黃文煥(2002), 16, 17世紀 諺簡의 相對敬語法, 國語學叢書 35, 國語學會, 太學社.

황문환(2003), "한글 표기법 연구사", 한국의 문자와 문자연구, 집문당.

黃文煥(2004), "조선 시대 諺簡 資料의 연구 현황과 전망", 語文硏究 122호, 韓國語文敎育硏究會.

부록. 추사 한글편지(40건) 목록

※ 김일근 외(2004)의 '도록'에 실린 소개 내용을 옮겨온 것임. 맨 왼쪽의 숫
자는 '도록'에 정리된 편지 번호. 각 편지의 판독문과 그에 대한 설명은 '도
록'에 실린 '원문 판독과 해설' 부분을 참조하기 바람.

1. 〈大邱監營의 秋史가 壯洞本家의 아내 禮安李氏에게 쓴 편지〉, 1818년(戊
   寅·純祖 18년·33세) 2월 11일(辭緣 말미와 封套)·2월 13일(追書), 31×53cm
   (편지)·31.2×6cm(봉투), 전·후면, 개인 소장.

2. 〈壯洞本家의 秋史가 大邱監營의 아내 禮安李氏에게 쓴 편지〉, 1818년(戊
   寅·純祖 18년·33세) 3월 27일, 23×44.5cm, 개인 소장.

3. 〈壯洞本家의 秋史가 大邱監營의 아내 禮安李氏에게 쓴 편지〉, 1818년(戊
   寅·純祖 18년·33세) 4월 7일, 21.7×42cm(편지)·21.9×5cm(봉투), 멱남서당
   소장.

4. 〈壯洞本家의 秋史가 大邱監營의 아내 禮安李氏에게 쓴 편지〉, 1818년(戊
   寅·純祖 18년·33세) 4월 26일, 27×42cm(편지)·27.2×4.9cm(봉투), 멱남서당
   소장.

5. 〈壯洞本家의 秋史가 大邱監營의 아내 禮安李氏에게 쓴 편지〉, 1818년(戊
   寅·純祖 18년·33세) 6월 4일, 21.1×41.4cm(편지)·21.2×5.7cm(봉투), 멱남서
   당 소장.

6. 〈壯洞本家의 秋史가 大邱監營의 아내 禮安李氏에게 쓴 편지〉, 1818년(戊
   寅·純祖 18년·33세) 7월 7일, 23.7×44.3cm(편지)·23.9×5.5cm(봉투), 전·후
   면, 멱남서당 소장.

7. 〈壯洞本家의 秋史가 大邱監營의 아내 禮安李氏에게 쓴 편지〉, 1818년(戊寅·
   純祖 18년·33세) 7월 晦日, 24×44.3cm(편지)·24.2×5.4cm(봉투), 개인 소장.

8. 〈壯洞本家의 秋史가 大邱監營의 아내 禮安李氏에게 쓴 편지〉, 1818년(戊
   寅·純祖 18년·33세) 8월 5일, 24.3×45.6cm(편지)·24.5×5.6cm(봉투), 전·후
   면, 멱남서당 소장.

9. 〈壯洞本家의 秋史가 大邱監營의 아내 禮安李氏에게 쓴 편지〉, 1818년(戊寅·純祖 18년·33세) 8월 晦日, 23.6×45cm(편지)·23.8×5.5cm(봉투), 전·후면, 멱남서당 소장.

10. 〈壯洞本家의 秋史가 大邱監營의 아내 禮安李氏에게 쓴 편지〉, 1818년(戊寅·純祖 18년·33세) 9월 26일, 개인 소장.

11. 〈壯洞本家의 秋史가 大邱監營의 아내 禮安李氏에게 쓴 편지〉, 1818년(戊寅·純祖 18년·33세) 10월 5일, 22.5×45cm(편지)·23.3×5.4cm(봉투), 전·후면, 개인 소장(편지)·멱남서당 소장(봉투).

12. 〈壯洞本家의 秋史가 溫陽의 아내 禮安李氏에게 쓴 편지〉, 1828년(戊子·純祖 28년·43세) 3월 회일(晦日), 30.7×44.7cm(편지)·31.3×6.2cm(봉투), 전·후면, 김영한 소장(편지)·멱남서당 소장(봉투).

13. 〈壯洞本家의 秋史가 溫陽의 아내 禮安李氏에게 쓴 편지〉, 1828년(戊子·純祖 28년·43세) 4월 18일, 30×41.6cm(편지)·30.2×6.2cm(봉투), 전·후면, 멱남서당 소장.

14. 〈壯洞本家의 秋史가 溫陽의 아내 禮安李氏에게 쓴 편지〉, 1828년(戊子·純祖 28년·43세) 4월 19일, 30.6×41.3cm(편지)·30.8×6.1cm(봉투), 멱남서당 소장.

15. 〈平壤監營의 秋史가 壯洞本家의 아내 禮安李氏에게 쓴 편지〉, 1829년(己丑·純祖 29년·44세) 4월 13일, 24.1×42.1cm(편지)·24.3×5.2cm(봉투), 멱남서당 소장.

16. 〈平壤監營의 秋史가 壯洞本家의 아내 禮安李氏에게 쓴 편지〉, 1829년(己丑·純祖 29년·44세) 4월 17일, 23.6×45.2cm(편지)·23.8×5.2cm(봉투), 개인 소장(편지)·멱남서당 소장(봉투).

17. 〈平壤監營의 秋史가 壯洞本家의 아내 禮安李氏에게 쓴 편지〉, 1829년(己丑·純祖 29년·44세) 11월 3일, 27.7×41.8cm(편지)·27.9×6.1cm(봉투), 정도준 소장.

18. 〈平壤監營의 秋史가 壯洞本家의 아내 禮安李氏에게 쓴 편지〉, 1829년(己丑·純祖 29년·44세) 11월 26일, 23×41.6cm(편지)·23.2×5.1cm(봉투), 전·후면, 멱남서당 소장.

19. 〈古今島의 秋史가 壯洞本家의 아내 禮安李氏에게 쓴 편지〉, 1831년(辛卯·純祖 31년·46세) 11월 9일, 30.8×43.6cm, 전·후면, 멱남서당 소장.

20. 〈濟州島의 秋史가 禮山의 아내 禮安李氏에게 쓴 편지〉, 1840년(庚子·憲宗 6년·55세) 10월 5일 추정, 22×40cm(편지)·23.9×5.6cm(봉투), 전·후면, 염지희 소장(편지)·멱남서당 소장(봉투).

21. 〈濟州島의 秋史가 禮山의 아내 禮安李氏에게 쓴 편지〉, 1841년(辛丑·憲宗 7년·56세) 閏3月 20일 直前, 26×39.6cm(편지)·26.2×5.4cm(봉투), 전·후면, 멱남서당 소장.

22. 〈濟州島의 秋史가 禮山의 아내 禮安李氏에게 쓴 편지〉, 1841년(辛丑·憲宗 7년·56세) 閏3월 20일, 25.2×49.3cm(편지)·25×6cm(봉투), 전·후면, 개인 소장(편지)·멱남서당 소장(봉투).

23. 〈濟州島의 秋史가 禮山의 아내 禮安李氏에게 쓴 편지〉, 1841년(辛丑·憲宗 7년·56세) 4월 20일 直前, 21.7×41.4cm(편지)·22×5cm(봉투), 전·후면, 조재진 소장(편지)·멱남서당 소장(봉투).

24. 〈濟州島의 秋史가 禮山의 아내 禮安李氏에게 쓴 편지〉, 1841년(辛丑·憲宗 7년·56세) 6월 22일, 22×41.7cm(편지)·22.2×5.1cm(봉투), 전·후면, 멱남서당 소장.

25. 〈濟州島의 秋史가 禮山의 아내 禮安李氏에게 쓴 편지〉, 1841년(辛丑·憲宗 7년·56세) 7월 12일, 22×41.7cm(편지)·22.2×5.2cm(봉투), 전·후면, 멱남서당 소장.

26. 〈濟州島의 秋史가 禮山의 아내 禮安李氏에게 쓴 편지〉, 1841년(辛丑·憲宗 7년·56세) 10월 1일, 27.5×42.1cm(편지)·27.7×5.9cm(봉투), 전·후면, 멱남서당 소장.

27. 〈濟州島의 秋史가 禮山의 아내 禮安李氏에게 쓴 편지〉, 1842년(壬寅·憲宗 8년·57세) 1월 10일, 27.5×42.1cm, 전·후면, 멱남서당 소장.

28. 〈濟州島의 秋史가 禮山의 아내 禮安李氏에게 쓴 편지〉, 1842년(壬寅·憲宗 8년·57세) 3월 4일, 27.5×42.1cm(편지)·27.7×5.9cm(봉투), 전·후면, 멱남서당 소장.

29. 〈濟州島의 秋史가 禮山의 아내 禮安李氏에게 쓴 편지〉, 1842년(壬寅·憲宗 8년·57세) 4월 9일, 26.5×42.1cm(편지)·26.7×5.9cm(봉투), 전·후면, 멱남서당 소장.

30. 〈濟州島의 秋史가 禮山의 아내 禮安李氏에게 쓴 편지〉, 1842년(壬寅·憲宗 8년·57세) 10월 3일, 27.4×41.7cm(편지)·27.6×5.9cm(봉투), 전·후면, 멱남서당 소장.

31. 〈濟州島의 秋史가 禮山의 아내 禮安李氏에게 쓴 편지〉, 1842년(壬寅·憲宗 8년·57세) 11월 14일, 22×44.9cm(편지)·22.2×5.1cm(봉투), 전·후면, 개인 소장(편지)·멱남서당 소장(봉투).

32. 〈濟州島의 秋史가 禮山의 아내 禮安李氏에게 쓴 편지〉, 1842년(壬寅·憲宗 8년·57세) 11월 18일, 22×35cm(편지)·22.2×4.9cm(봉투), 김선원 소장.

33. 〈濟州島의 秋史가 禮山의 며느리 豊川任氏에게 쓴 편지〉, 1843년(癸卯·憲宗 9년·58세) 10월 10일, 25.1×43.8cm, 멱남서당 소장.

34. 〈濟州島의 秋史가 禮山의 며느리 豊川任氏에게 쓴 편지〉, 1844년(甲辰·憲宗 10년·59세) 3월 6일, 23.9×36.3cm(편지)·24.1×5.4cm(봉투), 전·후면, 멱남서당 소장.

35. 〈濟州島의 秋史가 禮山의 아내 禮安李氏에게 쓴 편지〉, 1840년(庚子·憲宗 6년·55세) 10월 5일 추정, 19.3×51.3cm, 멱남서당 소장.

36. 〈濟州島의 秋史가 禮山(?)의 아내 禮安李氏에게 쓴 편지〉, 1841년(辛丑·憲宗 7년·56세) 7월 12일 추정, 14.1×22.4cm, 멱남서당 소장.

37. 〈濟州島의 秋史가 禮山(?)의 아내 禮安李氏에게 쓴 편지〉, 1841년(辛丑·憲宗 7년·56세) 10월 1일 추정, 13×19.2cm, 멱남서당 소장.

38. 〈濟州島의 秋史가 禮山(?)의 아내 禮安李氏에게 쓴 편지〉, 1842년(壬寅·憲宗 8년·56세) 3월 4일 추정, 24.6×12.1cm, 멱남서당 소장.

39. 〈濟州島의 秋史가 禮山(?)의 아내 禮安李氏에게 쓴 편지〉, 1842년(壬寅·憲宗 8년·56세) 4월 9일 추정, 17.5×43.8cm, 멱남서당 소장.

40. 〈秋史가 아내 禮安李氏에게 쓴 편지〉, 20×11.1cm, 멱남서당 소장.

『痘瘡經驗方(두창경험방)』에 나타난 17세기 國語 否定法 考察

Ⅰ. 서론

『두창경험방』은 두창 즉, 천연두 치료에 관한 경험방으로서, 朴震禧(박진희)가 자신의 오랜 경험에 의하여 편찬한 문헌이다. 이 문헌은 간기나 서문이 없어서 그 정확한 간행 연도를 알 수 없다. 그런데『두창경험방(규장각본)』에는 몇몇 語辭에서 주격조사 '가'가 나오고, 복각본인 慶北大本이 1711년에 간행된 점과, 1672년에 李蕃(이번)이 편찬한『龍山療痘篇(용산두창편)』이『두창경험방』을 참고한 점을 고려하여 1650년에서 1672년 사이에 간행되었을 것으로 추정한 견해가 있다.[1]『두창경험방』에는 부정부사 '못'이 모두 '몯'으로 나오며 '몰'은 나오지 않는다. 1637년의『권념요록』에는 '몰'으로만 나오며, 1653년의『벽온신방』에는 '몰'이 나오나 '몯'이 더 많으며, 1658년의『중간경민편언해(규장각본)』에는 '몯'으로만 나온다. 이것을 참고하면『두창경험방』은 적어도 '몯'이 나온 1653년의『벽온신방』이후의 문헌일 것으로 추정된다. 이상을 종

---

* 이태욱(성균관대학교 국어국문학과 강사)

1) 이은규(2000), 「『痘瘡經驗方』異本의 比較 研究」, <언어과학 연구> 18집 , 언어과학회, p.232.

합하면『두창경험방』은 적어도 1653년에서 1672년 사이에 간행된 것으로 보인다. 본고에서는『두창경험방(규장각본)』을 이 시기에 간행된 것으로 여기고 그 否定法을 고찰하고자 한다.

흔히 근대국어의 부정법을 논할 때 중세국어나 현대국어와 별 차이가 없는 것처럼 규정짓는다. 그러나 몇몇 근대 문헌에 나타나는 부정법이 중세국어나 현대국어의 그것과 같다고 해서 근대국어의 부정법을 중세국어나 현대국어의 그것과 같다고 해서는 안 된다. 중세국어의 부정법이라도 15세기와 16세기의 부정법은 각각 차이가 있었으며, 또 문헌마다 부정법의 쓰임이 달랐던 것과[2] 마찬가지로 근대국어의 부정법도 각 시기별로, 또 문헌마다 쓰임이 다를 수 있기 때문이다. 따라서 근대국어의 부정법도 17세기, 18세기, 19세기 등 시기별로 각 문헌에 나오는 부정법을 하나하나 고찰한 뒤 근대국어의 부정법을 정립해야 할 필요가 있다.

궁극적으로는 부정법에 관한 특정한 논점을 잡아서 그 논점을 밝히거나 논증하는 데 여러 문헌을 이용하는 연구 태도가 바람직하다. 그러기 위해서는 먼저 각 문헌에 대한 부정형을 살펴본 뒤 그러한 부정형이 여러 문헌에도 나타나는지, 또 그 성격이 무엇인지 고찰할 필요가 있다. 본고는 이러한 입장에서『두창경험방』에 나타난 부정형과 그 성격을 고찰함으로써, 17세기 국어, 나아가서는 근대국어의 부정법을 체계화함에 하나의 보탬이 되기 위함이다. 이런 고찰이 있은 후 다음 기회에 부정법에 관한 특정 논점을 잡아서 여러 문헌을 비교, 검토하려고 한다.

---

2) 이태욱(1996),「中世國語의 否定法 硏究」, 성균관대학교 대학원 박사학위 논문, p.545.

그런데『두창경험방』에 나타난 부정형을 모두 17세기 국어 부정법의 특징으로 보아서는 안 된다. 17세기 문헌인 이 문헌에는 15, 16세기 문헌에 사용되던 부정형이 사용될 수도 있고 새로운 부정형이 사용될 수도 있을 것이다. 본고에서는 17세기에 새로 나타나는 부정형뿐 아니라 15,16세기에 나타난 부정형이라도 이 문헌에 나타날 경우 그 부정형도 함께 고찰하고자 한다.

부정법을 크게 용언 부정법과 체언 부정법으로 나눌 수 있는데, 본고에서는 체언 부정법은 제외하고 용언 부정법에 대해서만 고찰한다. 부정법은 서술어에 대한 것이 주를 이루므로 용언 부정법을 먼저 고찰한 뒤 체언 부정법을 고찰하는 것이 부정법 체계를 정립함에 더 큰 보탬이 될 것으로 생각하여 용언 부정법만을 다루고 체언 부정법은 다음 기회로 미루기로 한다. 용언 부정법 중에는 '아니' 부정법과 '못' 부정법을 고찰하려고 한다. '아니' 부정법과 '못' 부정법을 다시 단형부정과 장형부정으로 나누어 논의를 전개하기로 한다. 또 '아니 ᄒ-/못 ᄒ-'와 '아니 ᄒ-/못ᄒ-'에 오는 어미에 따른 변화도 고찰하려고 한다.

Ⅱ. 『두창경험방』에 나타난 '아니' 부정법과 그 성격

1. 단형부정

1) 아니 어간- (⇒ 아니 어간, 아니 한자어근+ᄒ-)

어간을 순수용언 어간과 '어근+ᄒ-'로 나누어 살펴보기로 한다. '어근+ᄒ-'는 어간에 속하지만 순수용언 어간과 '어근+ᄒ-' 사이에 부정형의 차이가 있을 수 있기 때문이다.

(1) ㄱ. 역질이 도드나 <u>아니 도다시나</u> (2b)

　　ㄴ. 김 <u>아니 나게</u> 더퍼 블이 (3b)

　　ㄷ. 그리 쏨이 만히 <u>아니 나되</u> 허리 (38a)

　　ㄹ. 두창을 시작ᄒ니는 경ᄒ고 아니 시작ᄒ니는 영영 <u>아니 ᄒ고</u> (20b)

　(1)은 용언의 부정형으로 부정부사 '아니'가 어간 앞에 온 '아니 어간-' 형의 예다. 이 형태가 이 문헌에는 5번 나오는데 1번의 타동사 'ᄒ-'를 제외한 4번이 자동사에만 사용되었다. 이 형태가 17세기 다른 문헌에는 타동사일 때가 자동사일 때보다 더 생산적이었으나[3] 이 문헌에는 자동 사일 때가 타동사일 때보다 더 생산적이다. 또, 이 형태는 이 문헌보다 앞선 시기의 문헌에는 형용사에 사용된 예가 있으나[4] 이 문헌에는 그 예가 없다. 이를 통해 이 형태는 자동사, 타동사, 형용사에 다 사용될 수 있으나 문헌에 따라 그 사용이 다를 수 있음을 알 수 있다.

　(1)처럼, '아니 어간-'형으로 사용된 어간은 모두 1음절이며, 2음절로 된 예는 없다. 17세기 초 문헌에도 그러하듯이[5] 이 형태는 어간이 1음 절일 때가 2, 3음절일 때보다 더 생산적이다. 이 형태가 이 문헌에 5번 나오는데 그 중에 '나다'가 3번 나온다. 이 '나다'는 '어간+디 아니ᄒ-'형 으로도 나온다. 이것은 '아니 어간-'형에 사용된 용언이 '어간+디 아니ᄒ-' 형에도 사용됨을 뜻한다.

---

3) 이태욱(2003), 「『언해두창집요』에 나타난 17세기 국어 부정법 고찰」, <어문학> 79 호, 한국어문학회, p.241. , 이태욱(2003), 「『언해태산집요』에 나타난 17세기 국어 부 정법 고찰」, <언어과학 연구> 24집, 언어과학회, p.264.

4) 이태욱(2003), 「『언해태산집요』에 나타난 17세기 국어 부정법 고찰」, <언어과학 연 구> 24집, 언어과학회, p.264. ≪언해태산집요≫(1608)에 나온다.

5) 1608년의 『언해두창집요』, 『언해태산집요』에는 어간이 1음절일 때가 2음절일 때보 다 '아니 어간'형이 더 생산적이다.

그런데 '나다'는 1608년의 『언해태산집요』에도 '아니 어간-'형으로 가장 많이 사용되었다.[6] 이것을 통해, '아니 어간-'형으로만 사용되는 특정 용언은 없으나 이 형태를 선호하는 용언은 따로 있음을 알 수 있다. 그러나 그 기준을 찾기가 쉽지 않다. 다만, 17세기 몇몇 문헌을 통해 이 형태가 잘 사용되는 환경을 몇 가지 발견할 수 있다. 첫째, '아니 어간-' 형은 어간의 음절수에 관계없이 나오지만, 어간이 1음절일 때가 2음절일 때보다 더 생산적이다. 둘째, '아니 어간-'형은 자동사와 타동사 그리고 형용사에 모두 사용되나, 타동사일 때가 가장 생산적이다. 셋째, (1ㄱ)처럼, 앞에 나온 서술어가 뒤에 부정이 되어 다시 나올 때는 '어간'+어미 (---) 아니 어간'+어미' 형식[7], 즉 '아니 어간-'형이 종종 나온다. 이 것은 서술어, 즉 용언 어간에 초점을 맞추어 그것의 긍정과 부정을 선명하게 대조하기 위한 것으로 보인다. 이런 환경일 때, '어간+디 아니ᄒ-' 형으로도 나오지만, '아니 어간-'형이 더 생산적이다. 15, 16, 17세기로 갈수록 '아니 어간-'형이 감소하지만, 긍정과 부정이 서로 대립되어 쓰일 때는 이런 형식의 '아니 어간-'형이 종종 사용된다.

이 문헌에는 '아니 어간-'형이 5번 나온 반면, '어간+디 아니ᄒ-'형은 35번 나온다. 또 '아니 어간-'형은 『언해두창집요』(1608)의 13번, 『언해태산집요』(1608)의 20번보다는 상당히 적게 나온다. 이것은 장형부정화 경향 때문이다. 그렇더라도 장형부정이 대부분인 이 문헌, 즉 17세기 중·후반 문헌에 단형부정 '아니 어간-'형이 사용되었다는 것을 간과해서는 안 된다.

---

6) 이태욱(2003), 「『언해태산집요』에 나타난 17세기 국어 부정법 고찰」, <언어과학 연구> 24집, 언어과학회, p.265.

7) 여기서 '어간'과 '어간'은 같은 어간임을 나타낸다.

한편, (1ㄹ)은 동사 'ᄒᆞ다'의 부정형으로 부정부사 '아니'가 어간 'ᄒᆞ-' 앞에 온 '아니 ᄒᆞ-'형, 즉 '아니 어간-'형이다. (1ㄹ)의 '아니 시작ᄒᆞ니는 영영 아니 ᄒᆞ고' 부분은 '아니 시작ᄒᆞ니는 (두창을) 영영 아니 ᄒᆞ고'에서 '두창을'이 생략된 것이다. 즉, (1ㄹ)은 '두창을 ᄒᆞ고'의 부정형인 '두창을 아니 ᄒᆞ고'에서 '두창을'이 생략된 것이다. 따라서 (1ㄹ)을 '(두창을) 영영 (ᄒᆞ디) 아니ᄒᆞ고'에서 '두창을'과 'ᄒᆞ디'가 생략된 것으로 보기보다는 동사 'ᄒᆞ다'에 대한 단형부정 '아니 ᄒᆞ-'로 취급하는 것이 바람직하다.[8] 'ᄒᆞ다'가 아닌 용언은 '아니'가 어간 앞에 오는 '아니 어간-'형이 잘 사용되지 않지만 'ᄒᆞ다'의 경우는 '아니 ᄒᆞ-' 형이 자주 사용된다. 그래서 '아니 어간-'형을 'ᄒᆞ-'인 어간과 'ᄒᆞ-'가 아닌 어간으로 나누어 고찰할 필요가 있다.

(2) ㄱ. 밥을 <u>ᄒᆞ다</u>.　　　ㄱ'. 밥을 <u>아니 ᄒᆞ다</u>.
　　ㄴ. 밥을 <u>먹다</u>.　　　ㄴ'. 밥을 <u>아니 먹다</u>.
(3) ㄱ. <u>공부ᄒᆞ다</u>.　　　ㄱ'. <u>공부 아니 ᄒᆞ다</u>.
(4) ㄱ. 공부를 <u>ᄒᆞ다</u>.　　ㄱ'. 공부를 <u>아니 ᄒᆞ다</u>.

(2ㄱ')의 '아니 ᄒᆞ다'의 경우를 '밥을 ᄒᆞ디 아니ᄒᆞ다'에서 'ᄒᆞ디'가 생략된 장형부정으로 보아 '밥을 아니ᄒᆞ다'로 볼 수 있으나, (2ㄴ')의 '밥을 아니 먹다'는 'ᄒᆞ다'의 경우처럼 생략을 생각할 수 없다. 이렇게 'ᄒᆞ다'와 'ᄒᆞ다'가 아닌 용언 사이에 차이가 있다. 그래서 'ᄒᆞ다'와 'ᄒᆞ다'가 아닌 용언을 구별하여 고찰하기로 한다.

한편, (3)과 (4)를 동일한 부정형으로 여겨서는 안 된다. (3)은 어근 '공부'에 접사 '-ᄒᆞ-'가 붙어서 형성된 '공부ᄒᆞ-'의 부정형으로서 '공부'와

---

8) '아니 ᄒᆞ-'와 '아니ᄒᆞ-'에 대한 자세한 논의는 '어근 아니 ᄒᆞ-'형에서 기술하기로 한다.

'ᄒ'가 분리가 되어 그 사이에 부정부사 '아니'가 들어간 '공부 아니 ᄒ-' 의 예다. 즉, (3)은 '어근+ᄒ-'의 부정형으로 '어근 아니 ᄒ'형의 예다. (4) 는 어근에 조사가 붙은 '공부+를'에 용언 'ᄒ-'가 와서 형성된 '공부+를 ᄒ-'의 부정형인 '공부+를 아니 ᄒ-'의 예다. 즉, (4)는 'ᄒ-'의 부정형으로 '아니 ᄒ-'형의 예다. 따라서 '어근 아니 ᄒ-'형과 '어근+조사 아니 ᄒ-'형 은 따로 취급해야 한다.

(5) 두창을 시작ᄒ니ᄂᆞᆫ 경ᄒ고 <u>아니 시작ᄒ니ᄂᆞᆫ</u> 영영 아니 ᄒ고 (20b)

(5)는 '한자어근+ᄒ-'의 부정형으로 부정부사 '아니'가 '한자어근+ᄒ-' 앞에 온 '아니 한자어근+ᄒ-'형의 예다. '한자어근+ᄒ-'의 부정형은 '한자 어근+ᄒ+디 아니ᄒ-'형이 가장 많이 나오며, 한자어근과 'ᄒ' 사이에 부 정부사 '아니'가 들어간 '한자어근 아니 ᄒ-'형도 자주 나온다. 그런데 '아니 한자어근+ᄒ-'형은 현대국어에는 사용되지 않으며, 15, 16세기 문 헌에는 흔하지는 않지만 사용되었으며, 17세기 다른 문헌에도 매우 드 물게 사용되었다.9) 그런 이 형태가 이 문헌에 나온 것은 매우 주목할 만하다. 그것은 17세기 중・후반 문헌에도 '아니 한자어근+ᄒ-'형이 나 옴을 보여 주는 중요한 근거가 되기 때문이다.

(5)는 앞에 나온 '한자어근+ᄒ-'가 뒤에 부정이 되어 다시 나온 것으 로 '한자어근'+ᄒ+어미 (---) 아니 한자어근'+ᄒ+어미' 형식10)이라 할 수 있다. 이것은 '한자어근+ᄒ-'에 초점을 맞추어 그것의 긍정과 부정을 선

---

9) 이태욱(2001), 『15세기 國語 否定法 연구』, 보고사, p.256., 이태욱(2001), 『16세기 國 語 否定法 연구』, 보고사, p.191, 17세기 『勸念要錄』(1637)에는 '뎌 부쳐을 <u>아니 렴ᄒ</u> 면 <7b>'에 나온다.

10) 여기서 '한자어간'과 '한자어간'은 같은 어간임을 나타낸다.

명하게 대조하기 위한 것으로 보인다. 즉, (5)에서는 '시작ᄒ다'와 '시작ᄒ지 않다'에 중점을 두어 그 둘을 대조한 것이다.

2) 어근 아니 ᄒ- (⇒ 한자어근 아니 ᄒ/아니 ᄒ/아니-, 순수국어어근 아니-)

중세국어나 근대국어의 문헌에 나오는 '어근아니ᄒ-'를 단형부정 '어근 아니 ᄒ-'형과 장형부정 '어근 아니ᄒ-'형 중 어느 것으로 취급하는 것이 자연스러운지를 살펴보기로 한다.

'어근아니ᄒ-'를 어근과 'ᄒ' 사이에 '아니'가 들어간 '어근 아니 ᄒ-'형으로 여겨 단형부정으로 보는 주장[11]과, '어근+ᄒ+디 아니ᄒ-'형에서 'ᄒ디'가 생략된 '어근 아니ᄒ-'형으로 여겨 장형부정으로 보는 주장[12]이 있다. 후자의 주장은, 'ᄒ디'가 생략되는 이유로 'ᄒ디'의 'ᄒ'와 '아니ᄒ-'의 'ᄒ-'가 음상으로 유사하고, 그 형식성에서도 유사하므로 그 중의 하나는 생략되기 쉽다는 것이다.

그런데 장형부정으로 보는 데는 몇 가지 문제점이 있다. 첫째, 어근 다음에 오는 'ᄒ'와 '아니ᄒ-'의 'ᄒ-'는 분명히 그 기능이 다르다. 그런데 기능이 다른 'ᄒ'가 단지 음상이 유사하다고 생략할 수 있다는 논리는 받아들이기 어렵다. 둘째, 15세기 초에는 단형부정의 사용을 종종 볼 수 있었으나 시간이 흐를수록 장형부정이 많이 사용됨에 유의할 필요가 있다[13]. 시간이 흐를수록 장형부정화가 이루어지고 있는데 오히려

---

11) 고영근(1987), 『표준 중세 국어 문법론』, 집문당, pp.304~308., 이태욱(2001), 『15세기 국어 부정법 연구』, 보고사, p.29.

12) 이현희(1986), 「중세국어 내적 화법의 성격」, <한신대 논문집> 3집, 한신대학교, p.219., 류광식(1990), 「15세기 국어 부정법의 연구」, 건국대학교 대학원 석사학위 논문, p.69.

13) 이태욱(2001), 『15세기 국어 부정법 연구』, 보고사, p.15., 이태욱(2001), 『16세기 국어

장형부정 '어근+ㅎ+디 아니ㅎ-'형에서 'ㅎ디'를 생략한 형을 사용한다는 것은 이치에 맞지 않다. 만약, '어근+ㅎ+디 아니ㅎ-'형에서 'ㅎ디'가 생략된 '어근 아니ㅎ-'형으로 본다면, 장형부정화가 될수록 'ㅎ디'가 생략되지 않은 '어근+ㅎ+디 아니ㅎ-'형으로 돌아와야 하는 것이 이치에 맞다. 따라서 'ㅎ디'의 생략이 아니라, 장형부정화 경향으로 'ㅎ디'가 첨가되어 '어근+ㅎ+디 아니ㅎ-'형이 되었다고 볼 수 있다. 그 예로, 『석보상절』(1447)에 '말 아니 ㅎ-'로만 나오다가 『계초심학인문』(1577)에 '말ㅎ디 아니-ㅎ'로도 나오는 것을 들 수 있다. 15세기에 나온 '말 아니 ㅎ-'가 16세기 후반에 나온 '말ㅎ디 아니ㅎ-'의 'ㅎ디' 생략이라고 하는 것은 논리상 맞지 않다. 셋째, '어근 아니 ㅎ-'형이 '어근+ㅎ+디 아니ㅎ-'형과 출현 횟수에 있어서 비슷하거나 약간의 차이로 공존하고 있는 상태에서 외형상 생략형일 것이라고 해서 한 형태를 다른 한 형태의 생략형으로 보는 것은 설득력을 얻기가 어렵다. 따라서, '어근아니ㅎ-'를 '어근+ㅎ+디 아니ㅎ-'형에서 'ㅎ디'가 생략된 장형부정 '어근 아니ㅎ-'형이 아니라, 처음부터 어근과 'ㅎ' 사이에 '아니'가 들어가 형성된, 단형부정 '어근 아니ㅎ-'형으로 취급해야 한다.

(6) ㄱ. 닐웬만이 나느니는 <u>약 아니 ㅎ야도</u> 둣느니라 (21a)

　　ㄴ. 블러도 <u>디답 아니 ㅎ고</u> 졋과 (66a)

　　ㄷ. 셰샹이 원 <u>손샹 아니 ㅎ고도</u> 됴히 (10a)

　　ㄹ. 일즙 <u>동녑 아니 ㅎ얏다가</u> 구티 (54b)

　　ㅁ. 혹 <u>발열 아닌느니도</u> 이시며 (6b)

　　ㅂ. <u>역질 아닌</u> 아히가 (14b)

(7) 뎨미고는 <u>홀레 아닌</u> 삿기 (31b)

부정법 연구』, 보고사, p.188.

(6)은 '한자어근+ᄒ-'의 부정형인 '한자어근 아니 ᄒ-'형의 예다. '한자어근+ᄒ-'는 한자어근과 'ᄒ'가 분리가 잘 되기 때문에 그 사이에 부정부사 '아니'가 들어간 이 형태가 부정형으로 자주 나온다. '한자어근 아니 ᄒ-'형은 (6)처럼 한자어근이 2음절일 때가 1음절일 때보다 더 생산적이다.

(6ㄱ~ㄹ)은 어미 '아도, 고, 고도, 앗다가'가 온 것으로 '아니 ᄒ-'의 'ᄒ-'가 유지된 형태며, (6ㅁ)은 어미 '눈'이 온 것으로 'ᄒ-'가 'ㅎ-'으로 교체된 뒤 자음동화가 일어난 '아닌눈' [14]형태며, (6ㅂ)은 어미 'ㄴ'이 온 것으로 'ᄒ-'가 탈락된 뒤 어미 'ㄴ'이 '아니'에 결합된 '아닌' 형태다. 이와 같이 '한자어근 아니 ᄒ-'형에 어미가 올 경우에 '아니 ᄒ-'의 'ᄒ-'가 유지되거나, 'ᄒ-'가 'ㅎ-'으로 교체되거나, 'ᄒ-'가 탈락된 형태로 나온다. 이 문헌에는 그 중에서 'ᄒ-'가 유지된 형태가 가장 많이 나오는 특징이 있다.

(7)은 '순수국어어근+ᄒ-'의 부정형으로 순수국어어근과 'ᄒ' 사이에 '아니'가 들어간 '순수국어어근 아니 ᄒ-'형의 예로서, 어미 'ㄴ'이 와서 '아니 ᄒ-'의 'ᄒ'가 탈락된 형태다. 이 문헌에는 '순수국어어근 아니 ᄒ-'형의 사용이 '한자어근 아니 ᄒ-'형의 사용보다 적어서 'ᄒ-'가 유지되거나 'ᄒ-'가 'ㅎ-'으로 교체된 형태는 나오지 않는다.

3) 어간+어 아니 ᄒ-

(8) 아희가 약 먹기를 <u>즐겨 아니 ᄒ니</u> 타 먹기 (33a)

---

14) '아니 ᄒ+눈'의 경우 'ᄒ-'가 'ㅎ-'으로 교체되어 '아니 ㅎ+눈'이 되며, 이것은 '아닣+눈'이 되는데 '아닣+눈'은 近代 國語의 表音的 表記로 인해 '아닡+눈→아닌눈'으로 된다.

(8)은 '즐기+어 아니 ᄒ+니'형태다. 이것은 어간 뒤에 어미 '어'가 붙고 거기에 '-ᄒ-'가 붙은 '어간+어+ᄒ-'의 否定形으로서, '어간+어'와 'ᄒ'가 분리되어 그 사이에 부정부사 '아니'가 들어간 '어간+어 아니 ᄒ-'형의 예다. '어간+어 아니 ᄒ-'형은 현대국어에는 어색한 표현이며, 15세기 문헌에는 사용되지 않았으나, 16세기 『번역박통사』(1517)와 17세기 초 『언해태산집요』(1608)[15]에는 사용되었다.

그런데, 이 형태를 '어간+어+ᄒ+디 아니ᄒ-'형에서 'ᄒ디'가 생략된 형태로 여겨 장형부정으로 보아서는 안 된다. '어간+어 아니 ᄒ-'형과 대응되는 부정형으로 장형부정 '어간+어+ᄒ+디 아니ᄒ-'형이 16세기 『소학언해』(1588)에 나왔다. 이것은 '어간+어 아니 ᄒ-'형이 '어간+어+ᄒ+디 아니ᄒ-'형보다 앞선 시기에 나온 부정형임을 입증해 준다. 따라서 '어간+어 아니 ᄒ-'형은 처음부터 '어간+어 아니 ᄒ-'형으로 이루어진 단형부정이다.

2. 장형부정

1) 어간+디 아니ᄒ-

(⇒어간+디 아니ᄒ/아니ᄒ/아니-, 어근+ᄒ+디 아니ᄒ-(→한자어근+티/치 아니ᄒ/아니ᄒ/아니-, 순수국어어근+디/티 아니ᄒ-), 한자어근+롭+디 아니ᄒ-)

(9) ㄱ. 후에 일절 두창이 <u>나디 아니ᄒᄂ니</u> (5a)

ㄴ. 처엄브터 약을 배 <u>다스리디 아니ᄒ고</u> (68b)

ㄷ. 알키롤 <u>그치디 아니ᄒ면</u> (25b)

ㄹ. 손의 <u>것티디 아니ᄒ며</u> (34a)

ㅁ. 더듸며 싼ᄅ미 <u>다ᄅ디 아니ᄒ나</u> (58b)

---

15) 이태욱(2003), 「『諺解胎産集要』에 나타난 17세기 國語 否定法 고찰」, <언어과학연구> 24집, 언어과학회, pp.324~327.

ㅂ. 즐겨 <u>먹디 아니ᄒᄂ</u> 쟈 (66a)

ㅅ. 흙이 모래 <u>석끼디 아니ᄒ니로</u> 주먹만ᄒ (50b)

ㅇ. 역의 <u>걸리끼디 아니홀쩌시니</u> (30b)

(10) ㄱ. 쏨을 내여 <u>알티 아니키로</u> 도수롤 (16b)

ㄴ. 가히 <u>삼가디 아니티</u> 못홀 거시라 (58b)

ㄷ. 근심ᄒ기롤 <u>밋디 아닌ᄂ</u> 배 (65b)

(11) ㄱ. 난 디 <u>오라디 아닌</u> 아히 (2b)

ㄴ. 놀라고 <u>두리디 아니리</u> 업스니 (65b)

ㄷ. 손의 <u>거티디 아니믄</u> 쾌히 (34b)

(9~11)은 용언의 부정형으로 어간에 어미 '디'가 오고 보조용언 '아니ᄒ-'가 온 '어간+디 아니ᄒ-'형의 예다. 이 형태는 자동사, 타동사, 형용사, 즉 용언의 종류와 음절수에 상관없이 사용된다. 특히 이 형태는 '아니 어간-'형과는 달리 (9ㅁ)처럼 형용사에도 사용된다. 그래서 이 형태가 '아니 어간-'형보다는 더 생산적이다. 또 이 형태는 이 문헌의 '아니' 부정법에서 가장 많이 사용되는 대표적 부정형이다.

(9ㄱ~ㅁ)처럼 어미 'ᄂ니, 고, 면, 며, 나 '—이 외에 어미 '거든, ᄂ니라, 다가, 리오, 아, 아도, 아셔'도 해당된다—가 오면 '아니ᄒ-'의 'ᄒ-'가 유지된 형태만 나온다. (10ㄱ,ㄴ) 처럼 어미 '기, 디'가 오면, 'ᄒ-'가 'ᇹ-'으로 교체된 뒤 어미 '기, 디'와 결합된 형태만 나온다. 또, 어미 'ᄂ'이 오면 (9ㅂ)처럼 'ᄒ-'가 유지된 형태와 (10ㄷ)처럼 'ᄒ-'가 'ᇹ-'으로 교체되어 자음동화된 '아닌ᄂ' 형태가 나온다. 17세기 초 『언해두창집요』(1608)나 『언해태산집요』(1608)에는 '아니ᄒ-'에 어미가 올 경우에 'ᄒ-'가 'ᇹ-'으로 교체된 형태가 'ᄒ-'가 유지된 형태보다 많았는데,[16] 이 문헌에

---

16) 이태욱(2001), 『15세기 國語 否定法 연구』, 보고사, p.271., 이태욱(2001), 『16세기 國

는 오히려 '호-'가 유지된 형태가 '호-'가 'ᄒ-'으로 교체된 형태보다 많다. 어미 'ㄴ'과 어미 'ㄹ'이 오면 (11ㄱ)과 (11ㄴ)처럼 '호-'가 탈락된 형태와 (9ㅅ)과 (9ㅇ)처럼 '호-'가 유지된 형태 둘 다 나온다. 또, (11ㄷ)처럼 어미 'ㅁ'이 오면 '호-'가 탈락된 형태만 나온다. 어미 'ㅁ'의 경우만 '호-'가 탈락되어 나온 것은 주목할 만하다. 이 문헌에는 '어간+디 아니호-'형에 어미가 오면 '호-'가 대부분 유지되거나 'ᄒ-'으로 교체되어 나오기 때문이다.

현대국어에는 어미가 오면 '아니호-'의 '호-'가 탈락될 수 없지만, 이 문헌을 포함한 17세기 문헌에는 '아니호-'에 어떤 어미가 오면 '호-'가 탈락되는데, 이 때 '호-'의 탈락은 수의적이어서 그 어미의 기준을 정하기가 어렵다. 특히 그 기준은 문헌마다 다르고, 또 문헌 안에서도 일관된 기준을 찾기가 어렵다. 한 문헌에서 어떤 어미만 오면 '아니호-'의 '호-'가 탈락되는 경우가 다른 문헌에는 그 어미가 와도 탈락되지 않는 경우가 있다. 이런 점 때문에 그 기준을 정하기가 어렵다. 이런 현상은 음운적 측면만으로 설명하기에는 부족하며 형태론적 측면이 고려되어야 할 것으로 보인다. 그런데 분명한 것은 번역자의 표현 방식에 의해 '아니호-'의 '호-'에 변화가 온다는 점이다.

(12) ㄱ. 울며 보채고 <u>편안티 아니호야</u> 호는 거슨 (40a)

    ㄴ. 다시 <u>의논티 아니호려니와</u> (45a)

    ㄷ. 병이 처엄부터 <u>슌티 아니호니</u> (43b)

    ㄹ. 처엄은 그리 <u>심치[17) 아니호더니</u> (12a)

    ㅁ. 즈셔히 삷펴 <u>변통티 아니티</u> 못홀거시니라 (56a)

語 否定法 연구』, 보고사, p.255.

17) '심치'는 '심호지'가 줄어든 것으로 '디'가 구개음화된 '지'로 나온 것이 특이하다.

ㅂ. 샤ᄒᆞ기는 다 근심티 아닐써시라 (21b)

(13) ㄱ. 어믜 머근 조촐티 아니ᄒᆞᆫ 나믄 긔운이 (1b)
ㄴ. ᄌᆞ연히 어육을 싱각디 아니ᄒᆞᆫ 거슬 (11b)
ㄷ. 만히 쓰기 맛당티 아니ᄒᆞᆫ디라 (32a)
ㄹ. 약을 쓰던들 이러티 아니ᄒᆞᆯ 거슬 (44b)

(12)는 '한자어근+ᄒᆞ-'의 부정형으로서, '한자어근+ᄒᆞ-'에 어미 '디'가 오고 보조용언 '아니ᄒᆞ-'가 온 '한자어근+ᄒᆞ+디/지 아니ᄒᆞ-'형의 예다. '한자어근+ᄒᆞ-'의 부정형으로는 '한자어근 아니 ᄒᆞ-'형도 나오나 '한자어근+ᄒᆞ+디 아니ᄒᆞ-'형이 일반적이다.

(12ㄱ~ㄹ)은 어미 '아, 려니와, 니, 더니'가 온 예로서 '아니ᄒᆞ-'의 'ᄒᆞ-'가 유지된 형태다. 이 문헌에는 '한자어근+ᄒᆞ+디 아니ᄒᆞ-'형에 어미가 온 경우가 6번인데, 이 중에 4번이 '아니ᄒᆞ-'의 'ᄒᆞ-'가 유지되어 나올 정도로 'ᄒᆞ-'가 유지된 형태가 많다. (12ㅁ)은 어미 '디'가 온 예로서 '아니ᄒᆞ-'의 'ᄒᆞ-'가 'ㅎ-'으로 교체되어 어미와 결합된 형태다. 특히 이것은 '아니ᄒᆞ-' 뒤에 어미 '디'가 와서 '못' 부정법이 적용된 이중부정형으로 사용되었다.[18] (12ㅂ)은 어미 'ㄹ'이 온 예로서 '아니ᄒᆞ-'의 'ᄒᆞ-'가 탈락된 형태다. 특히 'ᄒᆞ-'가 탈락된 형태가 있다는 것은 주목할 만하다. 그것은 이 형태에 어미가 오면 대부분 'ᄒᆞ-'가 유지되지만, 'ᄒᆞ-'가 탈락되기도 한다는 것을 보여 주기 때문이다.

(13)은 '순수국어어근+ᄒᆞ-'의 부정형으로서, '순수국어어근+ᄒᆞ-'에 어미 '디'가 오고 보조용언 '아니ᄒᆞ-'가 온 '순수국어어근+ᄒᆞ+디/지 아니ᄒᆞ-'형의 예다. '순수국어어근+ᄒᆞ-'의 부정형으로는 '순수국어어근 아니 ᄒᆞ-'

18) 이중 부정형에 관해서는 '못' 부정법에서 언급하기로 한다.

형도 나오나 '순수국어어근+ㅎ+디 아니ㅎ-'형이 일반적이다.

(13ㄱ~ㄹ)은 어미 'ㄴ, ㄴ디라, ㄹ'이 온 예로서 '아니ㅎ-'의 'ㅎ-'가 유지된 형태다. '순수국어어근+ㅎ+디 아니ㅎ-'형에 어미가 온 예는 (13)이 전부인데, (12)와는 달리, '아니ㅎ-'의 'ㅎ-'가 유지된 형태만 나온다. 이 문헌에 나오는 부정형은 단형부정보다는 장형부정이 훨씬 생산적인데 '순수국어어근+ㅎ+디 아니ㅎ-'형 또한 그러하다.

(14) 즙이 날디라도 <u>방해롭디 아니ㅎ니라</u> (52b)

(14)는 한자어근에 형용사화 접사 '-롭-'이 결합된 '한자어근+롭-'의 부정형인 '한자어근+롭+디 아니ㅎ-'형의 예다. '한자어근+롭-'은 '한자어근+ㅎ-'와는 분리성에서 그 성격이 다르다. '한자어근+ㅎ-'는 한자어근과 'ㅎ'로 분리가 잘 되지만 '한자어근+롭-'은 한자어근과 '롭'으로 분리가 쉽지 않다. 그래서 그 부정형도 다르게 나온다. '한자어근+ㅎ-'의 부정형으로는 '한자어근 아니 ㅎ-'형이나 '한자어근+ㅎ+디 아니ㅎ-'형이 가능하지만, '한자어근+롭-'은 '한자어근+롭+디 아니ㅎ-'형만 가능하고, '한자어근 아니 롭-'형은 가능하지 않다. 이것이 '한자어근+롭-'과 '한자어근+ㅎ-'의 큰 차이다. 이런 의미에서 '한자어근+ㅎ+디 아니ㅎ-'형과 '한자어근+롭+디 아니ㅎ-'형을 따로 설정했다.

2) 어간+든 아니ㅎ-

(⇒어간+든 아니ㅎ-(→어간+든 아니ㅎ-), 한자어근+ㅎ+든 아니ㅎ-(→한자어근+튼 아니ㅎ-)

(15) 그리 크게 슬지게 <u>붓든 아니ㅎ더</u> (37a)

(16) 만히 도다시니 <u>의심튼 아니호뎌</u> (37b)

(15)는 어간에 어미 '든'이 붙고 보조용언 '아니호-'가 온 '어간+든 아니호-'형의 예로서, 어미 '오뎌'가 와서 '호-'가 'ㅎ-'으로 교체된 형태다. 용언의 부정형으로는 '어간+디 아니호-'형이 일반적인데, 어간에 어미 '디'가 아닌 어미 '든'이 붙은 '어간+든 아니호-'형으로 부정형을 이루는 것은 매우 특이하다. 15, 16세기 문헌에, 어간 다음에 어미 '디' 가 아닌 다른 형태소가 온 예가 있기는 하다. '어간+돌 아니호-'형이나 '어간+도 아니호-'형의 경우가 그러하다. 그렇지만 어간 다음에 어미 '든'이 온 경우는 15, 16세기 문헌에는 나오지 않는다. 그런 이 형태가 17세기 초『언해두창집요』에 나오고[19] 이 문헌에도 나오는 것으로 봐서 이 형태는 15,16세기 국어 부정형과는 다른, 17세기 국어 부정형의 한 특징으로 볼 수 있다. 그런데 이 형태를 '어간+디+는 아니호-'형에서 '디'와 '는'이 결합된 형태로 보는 견해가 있는데,[20] 이는 재고할 필요가 있다. 이 견해처럼, '든'을 '디'와 '는'이 결합된 형태로 볼 경우, 그 결합의 가능성에 대한 명쾌한 설명이 어렵다. 따라서 '어간+든 아니호-'형과 '어간+디+는 아니호-'형은 각각 독립된 부정형으로 취급해야 한다.

(16)은 '한자어근+호-'에 어미 '든'이 붙고 보조용언 '아니호-'가 온 '한자어근+호+든 아니호-'형의 예다. (16)은 이 형태에 어미 '오뎌'가 온 것으로, '호'와 '든'이 결합되어 '튼'이 되고 '아니호-'의 '호-'가 'ㅎ-'으로 교체된 '한자어근+튼 아니ㅎ- '형이다. 15, 16세기 문헌과 17세기 초 문헌에는 '한자어근+호-'의 부정형으로는 '한자어근+호+디 아니호-'형이 가장

---

19) 이태욱(2003), 「『언해두창집요』에 나타난 17세기 국어 부정법 고찰」, <어문학> 79 호, 한국어문학회, p.253.

20) 변정민(1998), 「근대국어 부정법」, 『근대국어 문법의 이해』, 박이정, p.426.

일반적인 부정형이다. 간혹 '한자어근+ᄒᆞ-' 다음에 어미 '디'가 아닌 다른 형태소가 온 '한자어근+ᄒᆞ+둘 아니ᄒᆞ-' 형이나 '한자어근+ᄒᆞ+도 아니ᄒᆞ-'형이 나온 바 있었다. 그러나 '한자어근+ᄒᆞ-' 다음에 어미 '든'이 오는 경우는 15,16세기 문헌에는 나오지 않았다. 17세기 초『언해두창집요』(1608)에도 어간 다음에 어미 '든'이 온 경우는 있지만 '한자어근+ᄒᆞ-' 다음에 어미 '든'이 나오는 예는 없었다. 따라서 '한자어근+ᄒᆞ+든 아니ᄒᆞ-'형은 15, 16 세기 문헌에는 나오지 않고 17세기 이 문헌에 처음 나오는 부정형으로, 17세기 국어 부정형의 특징이다.

Ⅲ. 『두창경험방』에 나타난 '못' 부정법과 그 성격

1. 단형부정

1) 못 어간-

(17) ㄱ. 의논과 소견이 달라 약을 <u>못 뻣더니</u> (44b)
　　　ㄴ. 사람이 츠마 바로 <u>못 볼려라</u> (35b)
(18) ㄱ. 역질이 셩취롤 <u>못 훌쩌시니</u> (43b)
　　　ㄴ. 능히 관농을 <u>못 ᄒᆞᄂᆞ니라</u> (55b)

(17)은 용언의 부정형으로 부정부사 '못'이 어간 앞에 온 '못 어간-'형의 예로서, 단형부정의 대표적인 형태다. 15,16세기 문헌에는 '몯 어간-'형이 자동사와 타동사에 주로 사용되었으며, 형용사에도 가끔 사용되었으나 이 문헌에는 '못 어간-'형이 (17)처럼 타동사에 사용된 예뿐이다. 이 문헌에는 '못 어간-'형이 4번 나오는데, 이것은 17세기 초『언해두창집요』(1608)의 22번, 『언해태산집요』(1608)의 18번에 비하면 적은 횟수

의 출현이다. '못 어간-'형은, 문헌에 따라 다르지만, 대체로 16세기 후반으로 갈수록 장형부정화로 인해 잘 나오지 않는 부정형이므로, 적은 예지만 이 문헌에 '못 어간-'형이 사용되었다는 데 그 의의가 있다. '몯 어간-'형이 전혀 나오지 않은 16세기 문헌이 다수 존재한 것[21]을 감안하면 그러하다. 이 문헌에는 '어간+디 못ㅎ-'형이 41번 나오는데 비해 '못 어간-'형이 4번밖에 나오지 않는다. 이를 통해 이 문헌이 장형부정화 경향을 띠고 있음을 알 수 있다.

(17ㄱ)의 '못 쓰-'형으로 나온 용언 '쓰다'가 '쓰디 못ㅎ-'—예(20ㄷ)—로도 나오는 것으로 보아 '못 어간-'형으로만 사용되는 특정 용언은 없는 것으로 보인다. 또, '못 어간-'형이 어떤 용언에 잘 사용되는지 그 기준을 설정하기가 쉽지 않다. 이 문헌에는 '못 어간-'형이 어간이 1음절일 때만 나오며 2음절일 때는 나오지 않는다. 이런 현상이 이 문헌에만 그러한지 아니면 다른 문헌들도 그러한지를 살핀 후에 그 이유를 논의함이 바람직하다.

(18)은 동사 'ㅎ다'의 부정형으로 부정부사 '못'이 어간 앞에 온 '못 ㅎ-'형의 예다. (18ㄱ)과 (18ㄴ)은 각각 '성취를 ㅎ-'와 '관농을 ㅎ-'의 부정형으로 각각 '성취를 못 ㅎ-'와 '관농을 못 ㅎ-'로 나온 것이다. '못 ㅎ-'형은 '못 어간-'형 속한다. 그것은 'ㅎ-'가 어간이기 때문이다. 이 'ㅎ-'에 대한 부정형의 논의는 '아니' 부정법에서 기술한 바와 같다.

2) 어근 못 ㅎ-

(19) ㄱ. 이 긔탕홀 째예 붓기를 <u>잘 못 ㅎ고</u> (40b)

　　 ㄴ. 역질 도돈 후의논 극흔 금긔매 <u>달리 못 ㅎ야</u> (37b)

---

21) 이태욱(2001), 『16세기 부정법 연구』, 보고사, p.188.

(19ㄱ)의 '잘 못 ㅎ고'는 '잘ㅎ고'의 부정형으로 '잘'과 'ㅎ고' 사이에 부
정부사 '못'이 들어간, 단형부정 '잘 못 ㅎ고'이다. (19ㄴ)의 '달리 못 ㅎ
야'는 '달리ㅎ야'의 부정형으로 '달리'와 'ㅎ야' 사이에 부정부사 '못'이 들
어간 단형부정 '달리 못 ㅎ야'이다. 즉, (19)는 부사인 순수국어어근에
접사 '-ㅎ-'가 결합된 '순수국어어근+ㅎ-'의 부정형으로 '순수국어어근 못
ㅎ-'형의 예다. 이처럼, '어근+ㅎ-'는 그 부정형으로 어근과 'ㅎ'로 잘 분
리되어 '어근 못 ㅎ-'형이 곧잘 나온다. 일반적으로는 순수국어어근이
명사인 경우가 많으나 (19)처럼 부사인 경우도 가끔 나온다. 한편, '잘
ㅎ-'와 '달리ㅎ-'의 장형부정인 '잘ㅎ디 못ㅎ-'와 '달리ㅎ디 못ㅎ-', 즉 '순
수국어어근+ㅎ+디 못ㅎ-'형이 이 문헌에는 나오지 않는다.

2. 장형부정

1) 어간+디 못ㅎ-

① 어간+디 못ㅎ-

(⇒어간+디 못ㅎ/못ㅎ-, 한자어근+ㅎ+디 못ㅎ-(→한자어근+디/티 못ㅎ-))

(20)ㄱ. 독이 씨여 <u>나디 못ㅎ미니</u> (25b)

　　ㄴ. 정신이 어득어득ㅎ야 <u>씨티디 못ㅎㄴ</u> 것도 (67a)

　　ㄷ. 약을 <u>쓰디 못ㅎ려니와</u> (45a)

　　ㄹ. 병 듕ㅎ 쟈는 원 <u>아디 못ㅎ고</u> (10a)

　　ㅁ. 탕약을 머기ㄴ니만 <u>굿디 못ㅎㄴ라</u>(15b)

　　ㅂ. 이 열을 <u>ㄴ리오디 못ㅎ면</u> (58b)

　　ㅅ. 젼연히 <u>브려두디 못ㅎ거시니</u> (70a)

(21) 이 연고롤 <u>아디 못ㅎ미라</u> (59a)

(20)은 용언의 부정형으로 어간에 어미 '디'가 붙고 보조용언 '못ᄒ-'가 온 '어간+디 못ᄒ-'형의 예로서, '못' 부정법에서 가장 보편적인 부정형 이다. 이 형태는 자동사, 타동사, 형용사에 모두 사용된다. 또, (20ㅂ,ㅅ) 처럼 합성동사에도 이 형태는 사용된다. 이렇듯, 이 형태는 용언의 종 류뿐 아니라 어간의 음절수에도 관계없이 사용된다. '못 어간-'형에 사 용된 용언은 모두 '어간+디 못ᄒ-'형에 사용되지만, '어간+디 못ᄒ-'형에 사용된 용언이 모두 '못 어간-'형에 사용되지는 않는다. 그것은 '못 어간-' 형이 형용사에 사용되지 못한 반면, '어간+디 못ᄒ-'형은 형용사를 포함 한 모든 용언에 사용되기 때문이다.

(20)은 이 형태에 어미 'ㅁ, ᄂᆞᆫ, 려니와, 고, 니라, 면, ㄹ'—이 외에 어 미 '거든, 거늘, 니, ᄂᆞ니라, ㄹ러라, 아, 아셔, 게'도 해당된다—이 온 예 로, 이 어미들이 오면 '못ᄒ-'의 'ᄒ-'가 유지된 형태만 나온다. 그런데 (21)처럼 어미 '옴'이 오면 'ᄒ-'가 'ㅎ-'으로 교체되어 나오며, (20ㄱ)처럼 어미 '옴'에서 '오'가 탈락된 'ㅁ'이 오면 'ᄒ-'가 유지된 형태로 나온다. 이 문헌에는 '어간+디 못ᄒ-'형에 어미가 와서 'ᄒ-'가 탈락된 형태는 나 오지 않는다. 이것이 어미에 따라 'ᄒ-'에 변화가 오는 '어간+디 아니ᄒ-' 형과의 큰 차이점이다.

(22) ㄱ. 반ᄃᆞ시 흑함ᄒᆞ야 <u>구티 못ᄒᆞᄂᆞ니</u> 급피 (16b)

    ㄴ. 의논을 <u>뎡티 못ᄒᆞ거늘</u> 추마 (43b)

    ㄷ. 증이 샹한과 ᄀᆞ티야 <u>분변티 못홀</u> 제 (14b)

    ㄹ. ᄒᆞᆫ 빼롤 <u>보젼티 못홀가</u> ᄒᆞ야 (34a)

    ㅁ. 긔혈이 <u>소복디 못ᄒᆞᆫ</u> 젼의 (69b)

(22)는 '한자어근+ᄒ-'의 부정형으로 '한자어근+ᄒ-'에 어미 '디'가 붙고

보조용언 '못ᄒ-'가 들어가 형성된 '한자어근+ᄒ+디 못ᄒ-'형의 예다. (22)처럼 이 형태에 어미 'ᄂ니, 거눌, ㄹ, ㄹ가, ㄴ' ─이 외에 어미 'ᄂ, 니, 야'가 해당된다─이 오면 '못ᄒ-'의 'ᄒ-'가 유지된 형태만 나온다. 15, 16세기 문헌에는 간혹 '한자어근+ᄒ+디 몯ᄒ-'형에 어미 '게'가 오면 'ᄒ-'가 탈락된 '몯게'로 나오는 예22)가 있었으나 이 문헌에는 하나의 예외도 없이 '못ᄒ-'의 'ᄒ-'가 유지되어 나온다.

　이 문헌에는 '한자어근+ᄒ+디' 의 경우에 한자어근 말음에 따라 'ᄒ디'가 '티' 또는 '디'로만 나오며, 'ᄒ디'가 유지된 형태는 나오지 않는다. 이것은 의도적인 것으로 보인다. '못ᄒ-'에 어미가 오면 'ᄒ-'가 유지된 '못ᄒ-'로만 나오는 데 비해, '한자어근+ᄒ+디'는 'ᄒ'가 축약되거나 'ᄒ'가 탈락된 '한자어근+디/티'로만 나오는 것은 의도적이라 할 수밖에 없다.

　한편, '한자어근+ᄒ-'에 어미가 오면, (23)처럼 'ᄒ'와 어미가 축약되어 나오거나, (24)처럼 'ᄒ'와 어미가 그대로 나오는 경우가 있는데, 이 중에 'ᄒ'와 어미가 그대로 나오는 경우가 더 생산적이다.

(23) 글로도 <u>시험ᄒ고</u> 쏘 (6b)
(24) 너외롤 <u>안졍케 ᄒ고</u> 쏘 (14b)

　그런데 '한자어근+ᄒ-'의 부정형인 '한자어근+ᄒ+디 못ᄒ-'형에는 (22)처럼 'ᄒ디'가 축약되거나 'ᄒ'가 탈락되는 경우가 대부분이다. 이것은 장형부정화에 따라 길어진 문장에 대한 부담으로 인해 가급적 음절을 줄일 수 있는 부분을 줄인 것으로 보인다.

---

22) 15세기 『구급방언해 (下77b)』(1466)와 16세기 『야운자경서 (67b)』(1577)에 나온다.

② 장형부정+디 못ᄒ-

(⇒한자어근+ᄒ+디 아니ᄒ+디 못ᄒ-(→한자어근+티 아니티 못ᄒ-))

단형부정+디 못ᄒ-

(⇒한자어근+조사 아니 ᄒ+디 못ᄒ-(→한자어근+조사 아니 티 못ᄒ-))

(25) ᄌ셔히 솗펴 <u>변통티 아니티 못홀거시니라</u> (56a)

(26) ᄌ셔히 술펴 처치롤 <u>아니 티 못홀거시라</u> (54b)

(25)와 (26)은 '아니' 부정법과 '못' 부정법이 섞인 이중부정형이다. (25)는 '한자어근+ᄒ+디 아니ᄒ-'형에 다시 장형부정 -'디 못ᄒ-'가 뒤따른 구조다. 즉, (25)는 '한자어근+ᄒ+디'에서 'ᄒ'와 '디'가 결합된 '한자어근+티'가 되고, '아니ᄒ-'에 '디'가 와서 'ᄒ'와 '디'가 결합되어 '아니티'가 된 '한자어근+티 아니티 못ᄒ-'형의 예다. (26)은 '한자어근+조사 아니 ᄒ-'형에 장형부정 '-디 못ᄒ-'가 뒤따른 구조다. 즉, (26)은 동사 'ᄒ다'의 단형부정인 '아니 ᄒ-'의 'ᄒ'와 어미 '디'가 결합되어 '아니 티'로 된 '한자어근+조사 아니 티 못ᄒ-'형의 예다.

(25)와 (26)과 같은 이중부정형은 현대국어에는 어색한 표현이나 이 문헌뿐 아니라 17세기 다른 문헌에는 사용된, 그 당시에는 보편적인 이중부정형이다. 이것은 언어 사용자의 부정형의 인식의 차이에서 온 것으로 보인다.

2) 어간+다가 못ᄒ-

(27) 아무리 커나 <u>다ᄉ려 보다가 못ᄒ야도</u> 이제 (45b)

(27)은 어간에 어미 '다가'가 붙고, 보조용언 '못ᄒ-'가 온 '어간+다가

못ᄒᆞ-'형의 예다. 이 형태는 현대국어에는 사용되지 않는 부정형이지만, 15, 16세기 문헌에는 사용된 부정형이다. '다가'와 '못ᄒᆞ-' 사이에 다른 형태소가 들어간 형태는 나오지 않는다.

(28) ㄱ. 밥을 <u>먹다가 못 먹어도</u> 용서하겠다.

ㄴ. 밥을 <u>먹다가 먹지 못해도</u> 용서하겠다.

ㄷ. ?밥을 <u>먹다가 못해도</u> 용서하겠다.

현대국어에는 (28ㄱ,ㄴ)은 가능하나 (28ㄷ)은 가능하지 않다. 그런데 이 문헌에는 (28ㄷ)의 '어간+다가 못ᄒᆞ-'형이 사용된 것이다. 이 형태는 '어간+다가 어간+디 못ᄒᆞ-'에서 '어간+디'가 생략된 것으로 볼 수도 있다. 그런데 문제는 15, 16, 17세기 문헌에 '어간+다가 어간+디 몯ᄒᆞ-/못ᄒᆞ-'형의 예가 나오지 않는다는 것이다. 이런 형태가 나오지도 않는데 이 형태에서 '어간+디'가 생략된 형태가 '어간+다가 못ᄒᆞ-'형이라고 단정짓는 것은 옳지 못하다. 즉, 존재하지도 않은 형태에서 그 형태의 어떤 부분이 빠졌다고 할 수는 없다. 따라서 '어간+다가 못ᄒᆞ-'형은 본래부터 '어간+다가 못ᄒᆞ-'형으로 형성된 것으로 보인다.

Ⅳ. 결론

『두창경험방』에 나오는 '아니' 부정법과 '못' 부정법에 대해 고찰한 것을 정리하면 다음과 같다.

1. '아니' 부정법의 단형부정으로 '아니 어간-'형, '아니 한자어근+ᄒᆞ-'형, '한자어근 아니 ᄒᆞ/아니 ᄒᆞ/아니-'형, '순수국어어근 아니-'형, '어간+어

아니 ᄒᆞ-'형이 나온다.

2. '아니 한자어근+ᄒᆞ-'형은 현대국어에는 사용되지 않으며, 15, 16세기 문헌과 17세기 전반기 문헌에는 매우 드물게 사용되었다.

3. '어간+어 아니 ᄒᆞ-'형은 현대국어에는 어색한 표현이며, 15세기 문헌에는 사용되지 않았으나, 16세기 문헌과 17세기 초 문헌에는 사용되었다.

4. '아니' 부정법의 장형부정으로 '어간+디 아니ᄒᆞ/아니ᄒ/아니-'형, '한자어근+ᄒᆞ+디 아니ᄒᆞ-(→한자어근+티/치 아니ᄒᆞ/아니ᄒ/아니-)'형, '순수국어어근+ᄒᆞ+디 아니ᄒᆞ-(→순수국어어근+디/티 아니ᄒᆞ-)'형, '한자어근+롭+디 아니ᄒᆞ-'형, '어간+든 아니ᄒᆞ-(→어간+든 아니ᄒ-)'형, '한자어근+ᄒᆞ+든 아니ᄒᆞ-(→한자어근+튼 아니ᄒᆞ-)'형이 나온다.

5. '어간+디 아니ᄒᆞ-'형은 '아니' 부정법에서 가장 많이 사용되는 대표적 부정형이다. 이 형태에 오는 어미에 따라 'ᄒᆞ-'가 유지되거나, 'ᄒᆞ-'가 'ᄒ-'으로 교체되거나 'ᄒᆞ-'가 탈락된 형태가 나오는데 17세기 초 몇몇 문헌과 달리 'ᄒᆞ-'가 유지된 형태가 많다.

6. '어간+든 아니ᄒᆞ-'형은 15, 16세기 문헌에 나오지 않으며 17세기 초 문헌과 이 문헌에 나온다. 이 형태는 15, 16세기 국어 부정형과는 다른, 17세기 국어 부정형의 특징이다. 특히 '한자어근+ᄒᆞ+든 아니ᄒᆞ-'형은 15, 16세기 문헌과 17세기 초 문헌에는 나오지 않고 이 문헌에 처음 나오는 부정형이다.

7. '못' 부정법의 단형부정으로 '못 어간-'형, '순수국어어근(=부사) 못 ᄒᆞ-'형이 나온다.

8. '못' 부정법의 장형부정으로 '어간+디 못ᄒᆞ/못ᄒ-'형, '한자어근+ᄒᆞ+디 못ᄒᆞ-(→한자어근+디/티 못ᄒᆞ-)'형, '장형부정+디 못ᄒᆞ-(→한자어근+티

아니티 몯ᄒ-)'형, '단형부정+디 몯ᄒ-(→한자어근+조사 아니 티 몯ᄒ-)' 형, '어간+다가 몯ᄒ-'형이 나온다.

9. '어간+디 몯ᄒ-'형은 '못' 부정법에서 가장 일반적인 부정형이다. 이 형태는 자동사, 타동사, 형용사에 모두 사용된다. 이 형태에 어미 '옴' 이 오면 'ᄒ-'가 'ㅎ-'으로 교체되고, 그 외의 어미가 오면 'ᄒ-'가 유지된 형태만 나온다.

10. '어간+다가 몯ᄒ-'형은 현대국어에는 사용되지 않는 부정형이지만, 15, 16세기 문헌에는 사용되었으며 17세기의 이 문헌에도 나온다. '어간+다가 몯ᄒ-'형은 본래부터 '어간+다가 몯ᄒ-'형으로 형성된 것이다.

요컨대, 『두창경험방』은 17세기 중·후반 문헌으로서 15, 16세기 문헌과 17세기 초 문헌의 부정법과 비교될 수 있다는 점에서 그 의의가 있다. 특히 '아니/못 어간'형을 포함한 단형부정이 17세기 초 문헌보다 적게 사용되고 장형부정화가 짙음을 알 수 있으며, '한자어근+ᄒ+든 아니ᄒ-'형이 이 문헌에 처음 나옴은 주목할 만한 현상이다.

참고문헌

고영근(1987), 『(개정판) 표준 중세국어 문법론』, 집문당, pp.304~308.

김동식(1980), 「현대국어 부정법의 연구」, 〈국어연구〉 42, 국어연구회, p.32.

김문웅(1991), 「옛 부정법의 형태에 대하여」, 〈들메 서재극 박사 환갑기념 논문집〉, 계명대학교 출판부, pp.79~103.

______(2003), 「구결 'ᄒᆞ'의 교체 현상에 대하여―『능엄경 언해』(1462)를 중심으로」, 〈한글〉 259호, 한글학회, pp.1~15.

남풍현(1976), 「국어 부정법의 발달」, 〈문법연구〉 3집, 탑출판사, pp.55~81.

류광식(1990), 「15세기 국어 부정법의 연구」, 건국대학교 대학원 석사학위 논문, p.69.

변정민(1998), 「근대국어 부정법」, 『근대국어 문법의 이해』, 박이정, pp.411~440.

이은규(2000), 「『두창경험방』이본의 비교 연구」, 〈언어과학연구〉 18집 , 언어과학회, p.232.

이태욱(2003), 「『언해두창집요』에 나타난 17세기 국어 부정법 고찰」, 〈어문학〉 79호, 한국어문학회, pp.239~262.

______(2003), 「『언해태산집요』에 나타난 17세기 국어 부정법 고찰」, 〈언어과학연구〉 24집, 언어과학회, pp.261~281.

______(2001), 『16세기 국어 부정법 연구』, 보고사 출판사, pp.1~288.

______(2001), 『15세기 국어 부정법 연구』, 보고사 출판사, pp.1~328.

______(1996), 「중세국어 부정법 연구」, 성균관대학교 대학원 박사학위 논문, pp.1~565.

이현희(1986), 「중세국어 내적 화법의 성격」, 〈한신대 논문집〉 3집, 한신대학교, p.219.

이홍배(1972), 「국어 부정문 기술에 있어서의 문제점」, 〈어학 연구〉 8·2, 서울대 어학연구소, pp.60~77.

임홍빈(1987), 「국어 부정문의 통사와 의미」, 〈국어 생활〉 10, 국어연구소, pp.72~99.

홍종선(1980), 「국어 부정법의 변천 연구」, 고려대학교 석사학위 논문, p.32.

______(1997), 「근대국어 문법」, 『국어의 시대별 변천 연구 2』, 국립 국어연구원, pp.143~190.

황병순(1980), 「국어 부정법의 통시적 고찰」, 〈어문학〉 40호, 한국어문학회, pp.119~138.

Akmajian, A & F, Heny(1975), *An Introduction to the Principles of Transformational Syntax*, Cambridge : MIT Press, p.194.

중세 국어 선어말 어미 '-거/어-'에 대한 소고

1. '-거-'의 문법 범주

1-1. 시상(aspect)

1-1-1. 과거/완료

(1) ㄱ. 뎌 부텨 <u>滅度ᄒ거신 디</u> 쏘 이 數에 디나미 無量 無邊 百千萬億
　　阿僧祇 劫이리라 ……우리 물돌ᄒ …… 迷惑ᄒ야 <u>쩌디건 디</u> 현
　　맛 劫을 <u>디난디</u> 모ᄅ리로소니 <月釋 14:9ㄱ-ㄴ>

　ㄴ. 過去는 <u>디나건</u> 뉘오 現在ᄂ <u>나타 잇ᄂ</u> 뉘오 未來는 아니 <u>왯ᄂ</u>
　　뉘라 <월석 2:21ㄱ>

　ㄷ. 甲兵 <u>닐언</u> 횟數ㅣ 하니 <두초 11:45ㄴ>

　　(1)은 모두 시간과 관련이 있다. (1ㄱ)에서 시간과 관련이 있는 '滅度
ᄒ거신 디', '쩌디건 디'와 시간과 관련이 없는 '디난디'가 '-거-'의 결합
여부에서 차이를 보인다. (1ㄴ)에서도 '현재'와 '미래'를 나타낼 때와는
달리 '과거'를 나타낼 때는 '-거-'가 결합한 '디나건[1]'으로 표현하고 있다.

---

* 정희창(국립국어연구원 학예연구관)
1) '디나건'이 쓰이는 예로는 "이젯 뉘와 <u>디나건</u> 뉘와 <법화 2:49ㄱ>, <u>디나건</u> 녜 넷 時

(2) ㄱ. 뎌 죵아 닐웨 ᄒᆞ마 다 <u>됴거다</u> <석상 24:15ㄴ>

　　ㄴ. 복셩홧 고지 ᄀᆞᆺ <u>디거늘</u> 술곳 고지 프니 <남명 상:60ㄱ>

(2ㄱ)의 '됴거다'는 'ᄒᆞ마'가 쓰인 것으로 보아 현재 시점을 기준으로 사건이나 사태가 완료되었음을 나타낸다. (2ㄴ) 또한 'ᄀᆞᆺ'이라는 부사가 쓰인 데서 알 수 있듯이 기준이 되는 시점 이전에 사건이 완료되었음을 뜻한다. 이런 점에서 볼 때 '-거-'는 현재 시점을 기준으로 이전에 일어난 사건이 완료되었음을 나타낸다고 할 수 있다.

1-1-2. 가상

(3) ㄱ. 쇼 칠 아히 놀애롤 블로디 安樂國이ᄂᆞᆫ 아비를 보라 가니 어미
　　　도 몯 보아 시르미 더욱 <u>깁거다</u> ᄒᆞ야ᄂᆞᆯ <月釋 8:101b>

　　ㄴ. 諸釋둘히 슬허 따ᄒᆞᆯ 두드리며 닐오디 王ㅅ 中엣 尊ᄒᆞ신 王이
　　　<u>업스시니</u> 나라히 威神을 <u>일허다</u> ᄒᆞ고 <月釋 10:9ㄴ>

(3)은 '-거/어-'에 '가상'의 의미가 있는 경우로 제시된 예이다.[2] '-거/어-'는 모두 현재에 있어서 완료된 동작의 가상을 나타내는데 특히 '거'는 동작의 가상, '아/어'는 동작의 완료에 각기 역점이 놓인다고 한다.

'-거/어-'의 의미를 '가상'이라고 하는 논의의 문제점은 '가상'이라는 의미가 문맥적인 의미인 경우가 많다는 것이다. (3ㄱ)의 '깁거다'가 '가상'의 의미를 띠는 것처럼 보이는 것은 다른 사람의 심리 상태에 대해 이야기하고 있기 때문일 가능성이 높다. 이러한 점은 아래의 예문을 보면 분명하게 드러난다.

節에 <석보 6:8ㄱ>, 디나건 過去에 <법화 4:113ㄴ>" 등을 들 수 있다.

2) 안병희(1967:210)가 대표적이다.

(3) ㄱ' <u>셜볼쎠</u> 世間애 慧日이 업스샤 울워ᅀᄫᅵ리 <u>업거시다</u> <석상 23:19ㄱ>

위의 예는 화자가 자신의 판단을 표현한 것으로 '업거시다'로 되어 있지만 '가상'의 의미가 느껴지지 않는다. 자신의 판단이므로 '가상'의 의미로 읽히지 않기 때문이다. 이러한 점에서 '가상'의 의미는 문맥적인 의미라고 해야 한다. '완료'의 의미가 있다고 제시된 (3ㄴ)에서도 마찬가지다. (3ㄴ)은 주어가 자신의 판단을 표현한 경우이다. 자신의 판단이므로 '가상'으로 읽히지 않고 '완료'로 읽히는 것이다.

(3) ㄴ' <u>셜볼쎠</u> 衆生이 正혼 길흘 <u>일허다</u> <석상 23:19ㄴ>

'-거/어-'가 '가상'의 의미를 나타내지 않으며 역점이 놓이는 부분을 기준으로 '동작의 가상'이나 '동작의 완료'로 나누어지지도 않는다는 것은 아래의 예를 통해서 알 수 있다.

(4) ㄱ. 舍利弗아 阿彌陀佛이 <u>成佛ᄒ거신</u> 디 이제 열 劫이시니라 <阿彌 12ㄴ-13ㄴ>

　　ㄴ. 부톄 니ᄅ샤디 나도 ᄯᅩ 이 ᄀᆮᄒ야 <u>成佛ᄒ얀</u> 디 無量 無邊 百千 萬億 那由他 阿僧祇劫이니 <月釋 17:22ㄱ>

(4)는 모두 확정적인 사실인 '成佛한 것'에 대해 이야기하고 있다. 두 경우 모두 화자는 이야기하고 있는 대상에 대해 확정적인 태도를 드러낸다. 그런데도 '成佛ᄒ거신 디'와 '成佛ᄒ얀 디'와 같이 '-거-'와 '-어-'가 쓰이고 있다. '成佛하고 난' 다음의 시간에 대해 이야기를 하고 있는 상황이므로 '가상'과 '완료'로 나누어진다고 하기 어렵다.

2-2. 서법(mood)

'서법'은 사태나 명제에 대한 화자의 태도를 표현하는 범주이다. '-거/
어-'가 '서법'과 관련이 있다는 근거로는 무엇보다도 '-거-'가 '시간'과 관
련이 있음을 표시하는 말에 별다른 제약을 받지 않는다는 점을 들 수
있다.

(5) ㄱ. 뎌 나라해 <u>불쎠 나거나</u> <u>이제 나거나</u> <u>쟝츠 나거나</u> ᄒ리라 <월석
    7:76ㄱ>

  ㄴ. <u>디나건</u> 일 나토고 오ᄂᆞᆫ 일 술펴 <법화 7:186ㄴ>

  ㄴ' 마ᅀᆞᆷ과 머굼둘흔 다 <u>디난</u> 이룰 니ᄅᆞ시니라 <능엄 7:54ㄱ>

  ㄷ. 舍利弗아 阿彌陁佛이 成佛ᄒ<u>거신 디</u> 이제 열 劫이라 <월석
    7:68ㄴ>

  ㄷ' 부톄 …… 그제로 <u>오신 디</u> 순지 오라디 몯거시든 <법화 5:119ㄴ>

(5ㄱ)은 '-거-'가 '시간'과 직접 관련이 있는 요소가 아님을 보여 준다.
서로 다른 시간을 나타내는 부사 '불쎠', '이제', '쟝츠'가 모두 '-거-'와 함
께 쓰이는 것을 보면 '-거-'가 어느 한 시점만을 나타낸다고 하기 어렵다.
(5ㄴ)과 (5ㄴ')를 비교해 보면 '-거-'의 선택이 필수적인 것이 아님을 알
수 있다. 중세 국어의 시제 체계에서 '-ᄂᆞ-'와 'Ø'의 대립에 따라 '현재'와
'과거'가 결정됨은 널리 알려진 사실이다. '-거-'가 들어 있지 않은 '디난'
만으로도 '과거'를 나타낼 수 있으므로 '디나건'의 '-거-'는 시제와 직접
관련이 있는 요소가 아님을 알 수 있다. 이러한 점은 (5ㄷ)과 (5ㄷ')를
비교해 볼 때도 마찬가지이다. '-거-'가 들어 있지 않은 '오신 디'만으로
시간의 경과를 나타낼 수 있으므로 '-거-'가 시간 표현과 직접 관련이 있
는 요소가 아니라고 해야 한다.

'-거-'가 '서법'을 나타내는 요소임을 지지해 주는 두 번째 근거는 아래와 같이 '화자의 태도'를 나타내는 데 '-거-'가 쓰이고 있다는 사실이다.

(6) ㄱ. 四衆이 울워러 仁과 날와 보ᄂ니 世尊이 엇던 젼ᄎ로 이런 光明을 펴시ᄂᄂ뇨 佛子ㅣ 이제 對答ᄒ야 疑心을 決ᄒ야 기쓰긔 ᄒ고라 므슴 饒益으로 이런 光明을 펴거시뇨 <석상 13:25ㄴ-26ㄱ>
   ㄴ. 닐웨 다ᄃ거늘 王이 使者 브려 무로ᄃᆡ 네 닐웻 ᄉᆞᅵ예 快樂더녀 善容이 對答호ᄃᆡ 大王하 엇던 快樂이 이시리잇고 王이 무로ᄃᆡ 내 옷 닙고 내 宮殿에 드러 한 女妓로 즐기고 됴흔 차반 먹거니 엇뎨 快樂디 아니타 ᄒ거뇨 <월석 25:133ㄱ-ㄴ>

(6ㄱ)의 밑줄 친 '펴시ᄂᄂ뇨'와 '펴거시뇨'에서 화자의 태도 변화를 엿볼 수 있다. 처음 질문을 할 때는 '펴시ᄂᄂ뇨'로 표현하다가 대답을 재촉하는 두 번째 질문을 할 때는 '펴거시뇨'로 표현하고 있다. 화자의 태도 변화는 'ᄒ고라'에서도 엿볼 수 있다. 'ᄒ고라'는 중세 국어에서 화자의 '소망', '바람' 등을 표현하는 경우가 대부분이다.[3] 화자는 청자가 자신의 물음에 대답하여 자신을 기쁘게 해 줄 것을 바라고 있다. 이때의 '-거-'는 '시간'과 관련이 없는 요소로 화자의 태도를 드러내고 있다.

(6ㄴ)의 'ᄒ거뇨' 또한 화자의 특정한 태도를 나타내는 역할을 하고 있다. 중세 국어에서 '-거뇨'는 주로 간접 의문을 나타내는 것이 대부분이다.[4] 그렇지만 (6ㄴ)은 '大王하'와 같은 호격 표현을 볼 때 간접 의문

---

3) '-고라'가 '請ᄒ다'와 '바란ᄃᆞ', '願ᄒᆞᆫᄃᆞ' 등과 함께 쓰이는 것을 보면 '-고라'에 '소망, 바람'의 의미가 있음을 알 수 있다.

   ㄱ. 됴타 文殊師利여 네 大悲로 니르고라 請ᄒᄂ니 <월석 9:9ㄱ>
   ㄴ. 바란ᄃᆞ 別駕ㅣ 爲ᄒ야 스고라 <六祖 上:25ㄱ>
   ㄷ. 願ᄒᆞᆫᄃᆞ 조차가고라 <월석 22:35ㄴ>

문이 아니다. 그런데도 '-거뇨'가 쓰인 것은 '-거'가 화자의 특정한 태도를 표현하는 요소임을 잘 보여 준다. 여기에서는 화자 자신이 이미 판단한 내용을 다시 한번 확인하려는 태도가 드러난다.

(7) ㄱ. 녀는 龍이 네 가짓 熱惱ㅣ <u>잇거늘</u> 이 龍은 <u>업스니라</u> <석상 13:7ㄴ>
　　 ㄴ. 世界는 다옴 <u>잇거니와</u> 이는 다옴 <u>업스니라</u> <남명 상:65ㄷ>

(7ㄱ)과 (7ㄴ)은 선행 절과 후행 절이 '-거늘'과 '-거니와'로 연결되어 있다. 그리고 '-거늘'과 '-거니와'는 각각 '-으니라'와 짝을 이루고 있다. '-거늘'과 '-거니와'가 항상 '-거'를 앞세운다는 점은 이미 널리 알려진 사실이다. 그런데 '-거늘', '-거니와'와 짝을 이루면서 '-거니라'가 아닌 '-으니라'로 나타나는 점이 흥미롭다. '-거니라'는 중세 국어에서 찾아볼 수 있다.

(8) ㄱ. 오ᄂᆞᆯ 바민 머리 왯노니 믈ᄀᆞᆫ 漏刻은 니건 時節와 <u>ᄀᆞ거니라</u> <두초 6:11ㄴ>
　　 ㄴ. 經을 ᄎᆞ자 ᄀᆞ장 飜譯ᄒᆞ고져 <u>ᄒᆞ거니라</u> <두초 22:14ㄱ>

(8)의 '-거니라'를 근거로 (7)의 선행 절을 다시 쓰면 아래와 같이 될 것이다.

(9) ㄱ. 녀는 龍이 네 가짓 熱惱ㅣ <u>잇거니라</u>
　　 ㄴ. 世界는 다옴 <u>잇거니라</u>

그렇지만 중세 국어의 자료에서 '-거늘', '-거니와', '-거든'으로 연결되

---

4) 안병희(1992:156)에 따르면 '-거뇨'는 간접 의문을 나타낸다.

는 접속문에서 후행 절에 ‘-거니라’가 나타나는 경우는 찾아보기가 어렵다. 이러한 현상은 두 가지 면에서 설명할 가능성이 있다.

하나는 ‘-거니라’가 특별한 표현 형식이라는 것이다. 중세 국어에서 ‘-거니라’가 그렇게 널리 쓰이는 어미가 아니다. 현재까지 알려진 ‘-거니라’의 용례는 대부분 《두시언해》에 집중되어 있다. 이는 ‘-거니라’가 시적인 감흥을 표현하는 데 적합한 표현임을 말해 준다. 즉 화자의 특별한 감정을 드러내는 데 적합한 형식이라고 할 수 있다. 이러한 점을 고려하면 대부분의 경우에는 ‘-거-’가 들어가지 않은 ‘-으니라’만으로 사태에 대한 화자의 태도를 전달할 수 있으므로 ‘-거니라’가 자주 나타나지 않는다고 설명할 수 있다.

다른 하나는 ‘-거늘’, ‘-거니와’, ‘-거든’의 기능과 관련하여 설명하는 것이다. 즉 연결 어미 ‘-거늘’, ‘-거니와’, ‘-거든’에 나타나는 ‘-거-’는 이들 연결 어미의 기능과 밀접하게 관련이 있기 때문에 이들이 ‘-거-’를 앞세우는 것이고 후행 절에는 화자의 태도에 따라 ‘-거-’가 선택된다고 설명하는 방법이다.

(10) ㄱ. 그쁴 雲雷音宿王 華智佛이 四衆ᄃᆞ려 니ᄅᆞ샤디 너희 이 妙莊嚴王이 내 알픠 合掌ᄒᆞ야 <u>솄거늘</u> 보ᄂᆞ다 몯 보ᄂᆞ다 <법화 7:143ㄱ>

　　ㄴ. 王이 드르샤 눖믈을 흘리시고 夫人ㅅ ᄠᅳ들 어엿비 너기샤 아ᄃᆞᆯ옷 <u>나거든</u> 安樂國이라 ᄒᆞ고 <u>ᄯᆞᆯ이어든</u> 孝養이라 ᄒᆞ라. <월석 8:83ㄴ>

　　ㄷ. 太子ㅣ 聰明ᄒᆞ야 그른 잘 <u>ᄒᆞ거니와</u> 히미ᅀᅡ 어듸썬 우리를 이긔료 <석상 3:12ㄴ>

(10)은 ‘-거늘’, ‘-거든’, ‘-거니와’의 예인데 이들은 모두 선행 절의 내용에 대한 화자의 분명한 인식을 드러내고 있다. (10ㄱ)에서 화자는 ‘妙莊

嚴王의 존재'를 인식하고 있고 (10ㄴ)에서는 '아들'과 '딸'의 존재를 인식
하고 있으며 (10ㄷ)에서는 '太子가 글을 잘하는 사실'을 인식하고 있다.
이러한 인식은 화자가 후행하는 절에서 나타내는 자신의 견해를 전개
하기 위해 필수적인 것이다. 선행 절의 내용에 대해 화자가 분명하게
인식하고 있음을 보여 줄 필요가 있을 때 '-거-'가 나타난다고 설명하면
연결 어미 '-거늘', '-거든', '-거니와'가 '-거-'를 앞세우는 현상을 이해할
수 있다.5)

　　그렇다면 언제나 '-거-'를 앞세우는 연결 어미와 그렇지 않은 연결 어
미는 어떤 차이가 있을까? 연결 어미 '-으니'는 '-거-'를 앞세운 '-거니'로
쓰이기도 하고 '-거-' 없이 '-으니'로 쓰이기도 한다. 이러한 점은 같은 원
문을 번역한 아래의 자료를 비교해 보면 알 수 있다.

(11) ㄱ. 一切 法에 如티 아니혼 디 <u>업스니</u> 엇뎨 勝劣의 달오미 이시리
　　　　오 <월석 18:72ㄴ>
　　ㄴ. 一切 法에 如티 아니ᄒ니 <u>업거니</u> ᄯ 엇뎨 劣勝이 다르리잇고
　　　　<법화 7:13ㄱ>

　　(11)에서 '업스니'와 '업거니'를 선택하는 것은 언해자가 문맥을 어떻
게 파악하느냐에 달려 있다고 할 수 있다. 화자가 말하고자 하는 내용
은 '劣勝이 다르지 않다'는 것인데 그 근거가 되는 선행 절에 확정적인
태도를 나타내는 요소를 첨가함으로써 자신의 생각을 좀 더 드러내어
표현할 수도 있고6) 그러지 않을 수도 있다.

---

5) 물론 이들의 최종적인 의미는 '-늘', '-든', '-니와'의 의미가 덧붙어진 것이다.
6) '-거니'가 나타난 아래의 경우 화자의 확정적인 태도가 드러난다.
　ㄱ. 네 브즈러니 세 버늘 <u>請ᄒ거니</u> 어드리 아니 니르료 <月釋 11:107ㄴ>
　ㄴ. 네 識은 ᄒ오사 잇도소니 <u>ᄒ오쐐면 이우지 업거니</u> 뷔 므스글 브터 셔리오 <능

그렇다면 '-거늘', '-거든', '-거니와'와는 다른 '-으니'의 이러한 특성은 어떻게 설명할 수 있을까?

그것은 '-으니'의 의미와 관련이 있지 않은가 한다. '-으니'에는 연결 어미의 기능 외에도 하나의 의미 단락을 구성하여 문장을 종결하는 기능이 있다.[7] 이러한 점은 다른 연결 어미와 다른 점이다. '-으니'가 문장을 종결하는 기능을 보이는 경우라면 '-으니라'와 거의 같다고 할 수 있다. 그런데 '-으니라'에는 '-거-'가 결합하기도 하지만 많은 경우에는 '-거-'가 결합하지 않는다. '-거니' 또한 '-거니라'와 '-으니라'의 관계와 평행하게 생각해 볼 수 있다.

여기서 한 가지 언급할 필요가 있는 것은 '-으나'이다. '-으나' 또한 '-거나'로 쓰이기도 하고 '-으나'로만 쓰이기도 한다. 이러한 현상 또한 '-으니'와 똑같이 생각할 수 있다. 물론 '-으나'가 '-으니'와 마찬가지로 분명한 의미 단락을 이루는지는 확실하지 않다. 다만 중세 국어에서 '-거나'와 '-거니'는 다른 어미와는 달리 아래와 같이 내포문 구성을 이룰 수 있다는 점을 지적해 두고자 한다.

(12) ㄱ. 人 非人 等이 다 모다 길 <u>잡습거니 미조쫍거니</u> ᄒ야 ᄂ려오시더라 <月釋21:203ㄱ>
　　　ㄴ. 뮈나 ᄀ마니 잇거나 호매 <몽산 18ㄴ>

(12)와 같이 'ᄒ-'가 이끄는 내포문 구성을 이룰 수 있다는 점은 두 어미의 공통점을 보여 주는 예라고 할 수 있다.

엄 3:37ㄱ>
7) '-으니'가 하나의 의미 단락을 이룬다는 논의는 황선엽(1995:21)에서 찾아볼 수 있다.

2. '-거-/-어-'의 교체

2-1.

'-거/어-'의 교체에 관한 논의 중에서 대표적인 것은 선행 어간의 타동성 여부에 따라 교체가 결정된다는 것이다.[8] 그런데 이러한 논의는 (13)과 같은 예를 적절하게 설명해 주지 못한다.

> (13) ㄱ. 모든 사르미 막다히며 디새며 돌호로 텨든 <석상 19:30ㄴ>
> ㄴ. 한 사르미 시혹 매며 디새 돌호로 티거든<법화 6:80ㄴ>

(13ㄱ)과 (13ㄴ)은 각각 같은 원문을 번역한 것인데도 (13ㄱ)은 '텨든 (티-+-어-+-든)'으로 되어 있고 (13ㄴ)은 '티거든(티-+-거-+-든)'으로 되어 있다. 선행 어간이 모두 '티-'로 같으므로 선행 어간의 타동성 여부에 따라 '-거-'와 '-어-'가 선택된다는 논의는 적용되지 않는다.

이러한 점은 (14)에서도 마찬가지다. 타동사 '보-'에 '-거늘'과 '-아늘'이 연결되는 것을 보면 타동성의 유무에 따라 '-거/어-'가 교체한다고 단정하기 어렵다.

> (14) ㄱ. 흔 각시 …… 거우룰 <u>보거늘</u> <석상 24:20ㄱ>
> ㄴ. 阿難이 머리 도라혀 左ㅅ녀글 <u>보아늘</u> <능엄 1:110ㄱ>

아래의 (15) 또한 문장의 구조가 동일한 경우로 '-거-'와 '-어-'의 교체 조건을 '타동성의 여부'로 설명할 수가 없다.

---

8) 고영근(1980)이 대표적으로 선행 어간이 타동성을 띠면 '-어-'가, 자동성을 띠면 '-거-'가 선택된다고 한다.

(15) ㄱ. 우리도 쪼 이 곧ᄒᆞ야 世尊이 長夜애 샹녜 어엿비 너기샤 敎化
　　　ᄒᆞ샤 無上願을 시ᄆᆞ<u>게 ᄒᆞ거시ᄂᆞᆯ</u> <法華 4:44ㄴ>
　　ㄱ' 令種無上願케 ᄒᆞ거시ᄂᆞᆯ
　　ㄴ. 부톄도 이 곧ᄒᆞ샤 菩薩 ᄃᆞ외야 겨실 쩨 우릴 敎化ᄒᆞ샤 一切 智
　　　心 發케 ᄒᆞ야시ᄂᆞᆯ <法華 4:40ㄴ>
　　ㄴ' 令發一切智心케 ᄒᆞ야시ᄂᆞᆯ

　(15)의 두 문장은 문장의 구조가 동일하다. 그런데도 언해자는 구결
을 달 때부터 'ᄒᆞ거시ᄂᆞᆯ'과 'ᄒᆞ야시ᄂᆞᆯ'로 둘의 차이를 분명하게 구분하고
있다.
　'-거-'와 '-어-'가 쓰임에서 분명한 차이를 보이는 경우로는 '-리라 ᄒᆞ-',
'-고져 ᄒᆞ-', '-오려 ᄒᆞ-'와 같이 '의도'를 나타내는 경우와 인용문을 이끄
는 경우를 들 수 있다. '의도'를 나타내는 경우는 아래에서 볼 수 있듯
이 주로 'ᄒᆞ거-'가 나타난다.

(16) ㄱ. 내 眞實ㅅ ᄆᆞᅀᆞᄆᆞ로 아바님 보ᅀᆞᆸ<u>고져 ᄒᆞ거든</u> ᄇᆞᄅᆞ미 부러 뎌
　　　ᄀᆞᅀᅢ 건내쇼셔 ᄒᆞ고 <월석 8:99ㄱ>
　　ㄴ. 녀느 굴근 比丘ㅣ ᄒᆞ마 오시리니 네 神奇룰 내요<u>려 ᄒᆞ거든</u> 아
　　　직 내 밥 머글 ᄊᆞ실 기드리라 <석상 24:22ㄴ>
　　ㄷ. 그 새 거우루엣 제 그르멜 보고 우루<u>리라 ᄒᆞ거늘</u> <석상 24:20ㄱ>

　(16ㄷ)의 '우루리라'는 인용문의 형식을 띠고 있지만 내용상으로는
'우루려'에 해당하므로 예외가 아니다. 이에 비해 인용문을 이끄는 서술
어에는 주로 'ᄒᆞ야'가 나타난다.

(17) ㄱ. 城의 드르쇼셔 <u>ᄒᆞ야ᄂᆞᆯ</u> <月釋 7:46ㄴ>
　　ㄴ. 如來ᄂᆞᆫ 시러 보미 어려우니라 <u>ᄒᆞ야ᄃᆞᆫ</u> <法華 5:148ㄱ>

ㄷ. 또 내 舍利로 閻浮提예 八萬四千 塔을 셰리라 <u>ᄒᆞ야신마ᄅᆞᆫ</u> <석
상 24:17ㄱ>

(16)과 (17)의 현상은 중세 국어 문헌에서 공통적으로 나타난다. 이러
한 현상에 대한 논의는 塩田今日子(1992)에서 찾아볼 수 있다. 塩田今
日子(1992:451)에서는 'ᄒᆞ거-'는 동작의 계속을 나타내고 'ᄒᆞ야'는 동작의
종료를 나타내는데 '의도' 구문은 동작의 계속에 해당하고 주로 발화 내
용인 인용문은 동작의 종료에 해당하기 때문이라고 설명한다.

그런데 이러한 설명은 두 가지 문제를 안고 있다. 하나는 'ᄒᆞ거-'와
'ᄒᆞ야'의 의미를 구분하는 근거가 분명하지 않다는 것이고 다른 하나는
둘의 의미를 결정하는 데 '-거-'와 '-어-'가 어떠한 역할을 하는가에 대한
설명이 없다는 것이다.

여기서 한 가지 우리가 주목하는 것은 'ᄒᆞ야'형이 두드러지는 다음과
같은 구문이다. 중세 국어에서 사동을 나타내는 '-게 ᄒᆞ-' 구문은 'ᄒᆞ야'
형이 두드러진다.

(18) ㄱ. 阿脩羅익 누늘 쏘아 몯 <u>보게 ᄒᆞ야도</u> <釋譜 13:10ㄱ>
ㄴ. 사ᄅᆞᆷᄋᆞ로 理를 알며 性을 <u>보게 ᄒᆞ야시ᄂᆞᆯ</u> <金剛 서:5ㄴ>
ㄷ. 能히 안홀 ᄉᆞᄆᆞᆺ<u>게 ᄒᆞ야니와</u> <능엄 9:56ㄴ>

이처럼 사동문의 'ᄒᆞ야'는 인용문의 'ᄒᆞ야'와 공통되지만 의도 구문
의 'ᄒᆞ거-'와는 대조적이다. 사동문과 인용문의 관계는 다음과 같은 예
를 통해 짐작할 수 있다.

(19) ㄱ. 그 ᄢᅴ 釋迦牟尼佛 十方ᄋᆞ로셔 오신 分身佛둘홀 各各 本土애
<u>도라가쇼셔 ᄒᆞ야</u> 니ᄅᆞ샤디 <월석 18:19ㄴ>

ㄱ′ 그 쯰 釋迦牟尼佛이 十方애셔 오신 諸分身佛을 各各 本土애
<u>도라가시게 ㅎ샤</u> 이 마룰 ㅎ샤딕 <법화 6:126ㄱ>

ㄴ. 혼갓 섈리 <u>나라 ㅎ면</u> 제 欲애 거슬쩌 能히 化티 몯ㅎ릴씨 <월
석 12:27ㄴ>

ㄴ′ 혼갓 섈리 <u>나게 ㅎ면</u> 제 欲애 거슬쩌 ㅎ마 能히 化티 몯ㅎ릴씨
<법화 2:68ㄱ>

(19)는 동일한 원문을 번역한 것인데 (19ㄱ)에서 인용문의 형식으로
표현되던 것이 (19ㄱ′)에서는 사동문으로 표현되었다. (19ㄴ)과 (19ㄴ′)
에서도 마찬가지다. 이런 점을 근거로 하면 인용문의 'ㅎ야'와 사동문
의 'ㅎ야'가 의미 면에서 서로 동일할 것이라고 기대할 수 있다.

사동문에서 'ㅎ야'가 주로 쓰이는 것은 'ㅎ야'의 의미 특성이 사동문
의 의미 특성과 관계가 있기 때문이라고 가정할 수 있다. 사동문은 타
동구문으로 '행동성(activity)'이 두드러진다는 특징이 있다. 'ㅎ야'가 사
동문에 주로 나타나는 것은 이러한 '행동성'의 의미 특성을 가지고 있기
때문이라는 것이 우리의 가정이다.

아래는 서술어에 '-다가'가 결합한 예이다. '-다가'가 나타내는 상황은
한 동작에서 다른 동작으로 변화하는 상황으로 '행동성'이 두드러진다.
그러므로 이때 'ㅎ야'가 주로 나타난다면 우리의 가정을 뒷받침할 근거
가 될 수 있다.

(20) ㄱ. 브리 香樓에 다드라 쯰고 아니 브틀씨 諸天이 쏘 브티숩다가
<u>몯ㅎ고</u> 海神이 쏘 브티숩다가 <u>몯ㅎ야놀</u> 모다 닐오디 如來 므슷
因緣을 몯 므차 이러ㅎ<u>거시뇨</u> ㅎ더니 <석상 23:38ㄴ>

ㄴ. 힘센 사르믈 만히 보내야 金棺올 드숩다가 <u>몯ㅎ야놀</u> <석상
23:23ㄴ>

ㄷ. 王이 病을 호디 오온 모미 고론 더러본 내 <u>나거늘</u> 天下앳 醫員
이 고티다가 <u>몯ᄒᆞ야놀</u> <석상 24:50ㄱ>

위의 예를 보면 '행동성'과 '-어-'를 취하는 것이 관련이 있음을 알 수
있다. (20ㄱ)의 '브티숩다가 몯ᄒᆞ야놀'은 이러한 점을 잘 보여 준다. 행
동성이 두드러지게 나타나는 경우에는 '몯ᄒᆞ야놀'이 되지만 판단한 내
용을 드러낼 때는 '이러ᄒᆞ거시뇨'에서 알 수 있듯이 '-거-'가 나타난다.
(20ㄴ)에서도 이러한 점은 마찬가지다. '관을 들다가 들지 못하는' 동작
에 초점을 두어 표현하고 있기 때문에 '몯ᄒᆞ야놀'로 표현한 것이다. (20
ㄷ)은 '더러본 내 나거늘'과 '고티다가 몯ᄒᆞ야놀'이 서로 대조가 된다.
'더러본 내 나거늘'은 이미 확정적인 상황이고 '고티다가 몯ᄒᆞ야놀'은 행
동성이 두드러지는 경우다. 그러므로 '나거늘'에서는 '-거-'가 '몯ᄒᆞ야놀'
에서는 '-어-'가 들어간 것으로 설명할 수 있다.
'-다가'로 연결되는 경우에도 언제나 'ᄒᆞ야'가 나타나는 것은 아니다.
'행동성'이 두드러지지 않는 경우에는 '-다가'로 연결되더라도 'ᄒᆞ거-'로
나타난다.

(21) ㄱ. 두 아히 몰앳 가온더 이셔 노다가 부텨 <u>오시거늘</u> 보숩고 몰애
우희여 부텨끠 받즈바놀 <석상 24:45ㄴ>
ㄴ. 城 안해 바비 업서 죠희와 나못 겁질 조쳐 먹다가 그도 <u>업거늘</u>
<삼강, 충14>

(21ㄱ)의 '오시거늘'은 '-다가'가 결합한 '노다가'와 관련이 있는 요소가
아니다. '부처가 오셨다'는 사실을 확인할 뿐이다. 그런 까닭에 '-거-'가
쓰인 것으로 보인다. (21ㄴ)의 '업거늘' 또한 '먹다가'의 동작이 직접 이
어지지 않는다. '먹는 상태가 계속되다가' 정도의 의미를 띠고 있으므로

'업거늘'이 나타났다고 할 수 있다.

다음은 '먹다'의 예인데 '머거든'과 '먹거든'이 모두 나타난다. 만약 '머거든'과 '먹거든'에서 '행동성'을 기준으로 한 '-거-'와 '-어-'의 차이를 찾을 수 있다면 우리의 가정은 좀 더 분명해질 것으로 기대할 수 있다.

(22) ㄱ. 믈 <u>머거든</u> 잢간 머즉ᄒᄂ니란 쇼식호탕으로 고툐미 맛당ᄒ니라
　　　　　<구급간 2:9ㄴ>
　　ㄱ' 사ᄅᄆ로셔 羊을 <u>머거든</u> 羊이 주거 사ᄅᆷ 드외며 사ᄅ미 주거
　　　　羊 드외야 <능엄 4:30ㄱ>
　　ㄴ. 추미 티와텨 바볼 져기 <u>먹거든</u> <구급간 2:81ㄴ-82ㄱ>
　　ㄴ' 이비 불라 입시우리 져거 버리디 몯ᄒ야 밥 몯 <u>먹거든</u> <구급간
　　　　3:5ㄱ>

'머거든'이 쓰인 (22ㄱ), (22ㄱ')와 '먹거든'이 쓰인 (22ㄴ), (22ㄴ')의 차이는 '머거든'은 어떠한 사태가 일어나게 된 계기나 원인의 뜻으로 쓰이는 반면에 '먹거든'은 어떤 사태가 일어났다는 결과의 뜻으로 쓰인다는 점이다. (22ㄱ)에서 '믈 머거든'의 결과는 '머즉ᄒᄂ다'이고 (22ㄱ')에서 '羊을 머거든'의 결과는 '羊이 주거 사ᄅᆷ 드외다'이다. 이에 비해 (22ㄴ)의 '바볼 져기 먹거든'은 '추미 티와텨'의 결과이며 (22ㄴ')의 '밥 몯 먹거든'은 '입시우리 져거 버리디 몯ᄒ야'의 결과이다.

어떠한 사태가 발생하게 된 계기나 원인을 표현하는 경우와 그 결과를 표현하는 경우에 화자가 취하는 태도는 다를 가능성이 높다. 전자의 행동성이 후자에 비해 높은 것은 자연스럽다. 어떠한 일이 일어나는 과정을 설명하는 것과 그 결과를 말하는 것이라면 '행동성'에서 차이가 있을 것이기 때문이다. 따라서 (22)의 예들은 '머거든'이 '먹거든'보다 행동성이 높다는 우리의 가정을 뒷받침하는 것으로 보인다.

(23) ㄱ. 묻아기는 버미 므러 <u>머거늘</u> <월석 10:24ㄴ>

　　　ㄴ. 범과 일히둘히 무덤 여러 주거믈 <u>먹거늘</u> <월석 10:25ㄴ>

(23)의 예는 동일한 문헌에서 나타나는 '머거늘'과 '먹거늘'의 예이다. 목적어 '주거믈'이 분명히 드러난 (23ㄴ)이 오히려 '먹거늘'로 되어 있어서 타동성을 기준으로 한 기존의 논의로는 설명하기가 어렵다.

(23ㄱ)에 '머거늘'이 쓰인 이유는 뒤에 이어지는 상황을 고려하면 이해할 수 있다. (23ㄱ)은 다음과 같은 이야기의 앞 부분이다.

(23) ㄱ' 묻아기는 버미 므러 <u>머거늘</u> 내 心肝이 뻐야디여 더본 피룰 吐호며 ㄱ장 울오 <월석 10:24ㄴ>

즉 위의 '머거늘'은 뒤에 일어나는 사태에 대한 계기나 원인에 해당한다. 위의 (22)와 비슷한 경우라고 할 수 있다. 행동성이 두드러지기 때문에 '-어든'이 선택된 것으로 설명할 수 있다. (23ㄴ)의 '먹거늘'은 조금 상황이 다르다. (23ㄴ)의 상황은 아래와 같다.

(23) ㄴ' 밠中 後에 범과 일히둘히 무덤 여러 주거믈 <u>먹거늘</u> 내 스싀예 　　　나 츠림 몯ᄒ야 간대로 돌다니 <월석 10:25ㄴ>

위의 '먹거늘'은 뒤에 일어나는 사태에 직접적인 관련이 있는 상황은 아니다. '범과 이리가 무덤을 파헤쳐 주검을 먹기에 내가 그 사이에 정신없이 도망했다'는 의미이므로 선행 절과 후행 절의 의미가 (23ㄱ')의 경우처럼 직접적인 것은 아니다. 그런 까닭에 (23ㄱ')와는 달리 '먹거늘'이 쓰인 것으로 보인다. 따라서 위의 예 또한 '행동성'을 기준으로 '-거-'아 '-어-'가 나누어진다는 가정을 지지해 준다고 할 수 있다.

참고문헌

고영근(1980), 중세어의 어미 활용에 나타나는 '거/어' 교체에 대하여, 국어학
9. 국어학회.

고영근(1981), 중세 국어의 시상과 서법, 탑출판사.

고영근(1986), 능격성과 국어의 통사 구조, 한글 192. 한글학회.

김소희(1996), 16세기 국어의 '-거/어-' 연구, 국어연구101.

나진석(1971), 우리말의 때매김법 연구, 과학사.

석주연(1988), 노걸대, 박통사류 이본들의 '거/어'에 대하여, 관악어문연구23.

시요타(鹽田今日子)(1993), 중세 국어 '-거-'와 '-아/어-'의 Aspect적 의미의 차이,
안병희 선생 회갑 기념 논총, 문학과 지성사.

안병희(1967), 문법사, 한국어 발달사(한국 문화사 대계Ⅴ), 고려대학교 민족문
화연구소

우형식(1996), 국어 타동구문 연구, 박이정.

유창돈(1963), 선행 어미 '-가/거-, -아/어-, -나' 고찰, 한글132, 한글학회.

이승욱(1973), 국어 문법 체계의 사적 연구, 일조각.

임홍빈(1977), 선어말 '-거-'와 대상성, 논문집(국민대학교) 11.

차재은(1993), 선어말 어미 '거'의 변천 연구, 고려대학교 석사 학위 논문.

한재영(2002), 중세 국어 선어말 어미 '-거/어-'의 문법, 문법과 텍스트, 서울대학
교 출판부.

Hopper & Thompson(1980), *Transitivity in grammar and discourse*, Language vol.6,
no2.

반복된 분류사의 문법적 특징

Ⅰ. 序言

分類詞(classifier)는 단독으로 문장의 성분이 되지 못하고, 항상 수사와 함께 '수사+분류사'의 구를 이루어서 문장의 성분이 된다.

(1) ㄱ. 말 <u>한 마디만</u> 하고 가버렸다.
　　ㄴ.＊말 <u>마디만</u> 하고 가버렸다.

(2) ㄱ. 서울 근교에서 온천 <u>두 곳이</u> 발견되었다.
　　ㄴ.＊서울 근교에서 온천 <u>곳이</u> 발견되었다.

(3) ㄱ. 구슬 <u>두 알을</u> 샀다.
　　ㄴ.＊구슬 <u>알</u> 샀다.

(4) ㄱ. 철수가 맡는 계획은 <u>두 번</u> 성공하다.
　　ㄴ.＊철수가 맡는 계획은 <u>번</u> 성공하다.

이에 비해, 다음 예문에서 밑줄 친 부분과 같이 반복된 분류사가 수사 없이 단독으로 문장의 성분이 된 것을 볼 수 있다.

＊ 곽추문(대만 정치대학 한국어학과 교수)

(5) ㄱ. 그의 말을 <u>마디마디</u> 가슴에 새겨 두었다.

　　ㄴ. 서울 근교에서 <u>곳곳이</u> 장미꽃이 피어 있었다.

　　ㄷ. 선종하느라고 <u>알알을</u> 고른다.

　　ㄹ. 철수가 하는 계획은 <u>번번이</u> 성공한다.

그렇지만, 한국어에 있어서 모든 분류사는 반복형이 되어 문장에서 쓰일 수 있는 것이 아니다.

(6) ㄱ. *버드나무는 <u>그루그루</u> 캠퍼스에서 심어 있다.

　　ㄴ. *양말이 <u>켤레켤레</u> 포장되었다.

　　ㄷ. *옷이 <u>벌벌이</u> 비싸다

　　ㄹ. *종이가 <u>장장이</u> 겹쳐 있다.

　　ㅁ. *빵을 <u>입입이</u> 먹었다.

　　ㅂ. *총 <u>발발</u> 쏘았다.

위와 같이 본고는 분류사 반복형의 쓰임을 살펴보기로 하는데, 분류사에 있어서 어떤 경우에는 반복으로 쓰일 수 있느냐, 또 반복으로 쓰이지 못하는 분류사는 뭐가 있느냐에 대해 살펴보고 정리하고자 한다. 그리고 반복되어 쓰이는 분류사가 문장에서 맡고 있는 기능과 그들의 의미도 함께 밝히도록 한다.

Ⅱ. 分類詞의 反復

한국어에서는 분류사는 일종의 불완전명사로 간주되어 명사의 하위범주에 들어가게 된다. 따라서 분류사의 반복형을 다루려면, 우선 명사의 반복형에서 착수하여야 한다. 채완(1993:311)[2)]에서는 모든 명사가 반

복형을 이룰 수 있는 것은 아니며, 주로 시간이나 공간을 의미하는 명
사나, 분류사의 기능을 할 수 있는 명사들이 반복형의 구성에 참여한다
고 밝히면서 그들의 반복형을 표로 열거하기도 했다. 그런데도 채완
(1993:312)에서는 예문 (12)와 (13)을 들어놓고 원칙적으로 분류사가 반
복형의 구성에 주로 참여하지만 그렇지 않은 예들도 있다고 지적한 바
가 있다. 그러나 한 걸음 더 나아가, 반복될 수 있는 명사와 그렇지 않
은 것들 사이의 차이점에 대한 설명을 하지 않는 것은 아쉬웠다.

(7=12) *돼지 새끼가 마리마리 통통하다.
(8=13) *연필을 자루자루 깎았다.

한편, 郭秋雯(1996)에 의해서 열거된 일상생활에서 항상 쓰이고 있는
분류사 163개 중에 150개는 명사 분류사이고 13개는 동작 분류사다. 조
사해 보니, 그 중에 39개의 명사 분류사는 반복형의 구성에 참여하는데,
동작 분류사는 3개밖에 반복될 수 없다.3) 표로 정리하면 다음과 같다.

(9)

반복형 단독형	문 법 기 능	
	명 사	부 사
개 체 분 류 사		
놈 분 사람 명(名)	* 사람사람 *	*

---

2) 채완(1993), “國語 反復語의 構成 方式”, <形態>, 太學社.
3) 분류사가 반복되어 쓰일 수 있는지에 대해, 대체로 그 단어가 국어사전에 등록 여
부에 따라 결정하게 되는 것이다.

마리		
바리		
구(具)		
두(頭)		
미(尾)	*	*
보(部)		
수(首)		
위(位)		
필(匹)		
가지(枝)		가지가지
개비		
그루		
모		*
뿌리	*	
송이		송이송이
포기		
톨		
통		*
주(株)		
편(片)		편편이
마디	마디마디	마디마디
집		*
토막		
줄		줄줄이
구(句)		구구이
곡(曲)		
권(卷)		
단(段)	*	
매(枚)		*
본(本)		
부(部)		
수(首)		
절(節)		절절이
통(通)		
편(篇)		*
폭(幅)		
곳	곳곳	곳곳이
군데	군데군데	군데군데
칸(간)		
채		
동(棟)	*	*
좌(座)		
층(層)	층층	층층이

대(臺)		
량(輛)		
문(門)	*	*
발(發)		
척(隻)		
가락		가락가락
개비	*	*
겹		겹겹이
대		*
동강		동강동강
덩이	덩이덩이	덩이덩이
방울		방울방울
조각		조각조각
알		알알이
자루		*
줄기	*	줄기줄기
토막		토막토막
장(張)		장장이
점(點)		점점이
가닥	가닥가닥	가닥가닥/가닥가닥이
감		
꿋		*
님		
땀		땀땀이
바람		
벌		*
새	*	
오리(올)		올올이
타래		타래타래
통		
장(張)		
착(着)		
폭(幅)	*	*
필(匹)		
가마니		*
그릇(사발)		그릇그릇
바가지		*
바구니		*
숟갈		숟갈숟갈
자루		
접시		
항아리	*	
갑(匣)		

병(甁) 봉지(封紙) 사발(沙鉢) 상자(箱子) 잔(盞) 통(桶)		*
가지	가지가지	가지가지/가지가지로
낱	낱낱	낱낱이
개(個)	개개	개개이
건(件)	*	건건이
점(點)	*	*
걸음 손 웅큼 줌	*	*
집체 분류사		
두름 뭇 축 쾌	*	*
가리		가리가리(?)
갓		
거리		거리거리(?)
꼬치		꼬치꼬치(?)
꾸러미		
꿰미	*	
다발		
단		*
동		
두름		
마름		
모춤		
무더기	무더기무더기	무더기무더기
묶음		*
벌		*
사리		사리사리
세트		*
술		술술(?)
쌈		*

아름		
우리(울)		
자밤		
전		
접		
짐		
켤레		
토리	*	*
톳		
권(卷)		
급(級)		
대(對)		
봉(封)		
속(束)		
쌍(雙)	쌍쌍	쌍쌍이
제(劑)		
조(組)		
질(秩)	*	*
첩(貼)		
축(軸)		
동작분류사		
끼		
대		
모금		
바퀴		*
배		
입		
턱	*	
판		판판이
해		
발(發)		*
방(放)		
번(番)		번번이
차례(次例)		차례차례

　　살펴본 바와 같이, 반복형을 이룰 수 있는 분류사 중에 명사 분류사
는 39개가 있는데 모두(150개)의 26%를 차지하며, 동작 분류사는 3개밖
에 없으니 모두(13개)의 23%만 차지하고 있다. 이와 같은 숫자 비례에
서 보면, 반복형에 참여할 수 있는 분류사는 대부분이 아니라, 다만 일

부분이라고 하겠다.

또, 집체 분류사 그 난에서 (?)를 찍은 반복형(4개)는 본뜻과 전혀 관계없이 딴 의미로 전화하게 되었으므로 이것까지 제외되면, 실제로는 반복형에 참여하는 명사 분류사는 35개밖에 안 남아 있으니 약 모두(146개)의 24%만 차지한다. 바꿔 말하면, 명사 분류사와 동작 분류사의 구분 없이, 반복형을 이룰 수 있는 분류사는 모두 38개가 있는데 약 전부 159개의 23%만 차지하고 있다.

한편, 분류사의 반복형에 한자어는 거의 참여하지 않고(8개밖에 없음) 주로 순 한국어가 참여하고 있음을 알 수 있다. 그리고 집체 분류사도 거의 참여를 하지 않고 있는데 이것은 음미할 문제다.

우선, 위 표에서 (?)를 찍은 분류사('가리가리', '꼬치꼬치', '거리거리', '술술' 등이 있다)에 대해 다시 검토할 필요가 있다고 생각한다. 일반적으로 분류사가 반복하게 되면, '~마다', '여러~'란 의미로 변한다. 이를테면, '알알이','마디마디', '군데군데'…등은 각각 '알마다', '마디마다', '여러 군데'의 뜻을 나타낸다. 그런데 '가리'가 반복되는 '가리가리'는 전혀 위와 같은 뜻을 띠지 않는다.

(10) 천을 가리가리 찢었다.

'가리'는 삼을 말릴 때 몇 꼭지씩 한 줌 남짓하게 묶은 분량을 이르는 단위이고, 또한, 곡식이나 땔나무 따위의 스무 뭇을 나타낼 때도 쓰인다. 그런데, 예문 (10)에서 보듯이, '가리가리'가 '여러 가닥으로 찢어진 모양'의 뜻으로 풀리는 것은 두 가지의 본뜻과 전혀 관련이 없다. 따라서, 이 '가리가리'는 '가리'의 반복형이 될 수 없다고 본다.

‘꼬치’는 꼬챙이에 꿴 음식물을 세는 단위임에 비해, ‘꼬치꼬치’는 ‘꼬치마다’나 ‘여러 꼬치’의 뜻이 아닌 ‘몸이 마른 모양’과 ‘사건의 경위를 자꾸 파고들며 물어보는 모양’이라는 의미다. 따라서 이 ‘꼬치꼬치’는 역시 분류사 ‘꼬치’의 반복형으로 간주될 수 없다.[4]

‘거리’는 오이, 가지 등의 50개를 이르는 단위인데, ‘거리거리’는 ‘길거리마다’의 뜻으로 ‘거리’의 본뜻과 전혀 관계가 없다. 한편, ‘(길)거리’는 분류사가 아니기 때문에 ‘거리거리’는 분류사의 반복형이 아니다. 따라서 이것도 제외시켜야 한다.

‘술’은 숟가락으로 헤아릴 만한 적은 분량을 가리키는 말인데, ‘술술’은 ‘물·가루 따위가 잇달아 흐르거나 자꾸 새어 나오는 모양’란 뜻으로 ‘술’의 본뜻과 다르기 때문에 반복형에서 제외되어야 한다.

(11) ㄱ. 밥 한 술 먹인다.

　　 ㄴ. 물이 술술 샌다.

다음으로, 왜 분류사가 모두 반복형에 참여하지 못하느냐에 대한 문제를 다루고자 한다. 특히 한자어 분류사와 집체 분류사는 거의 반복형에 참여하지 못하는 점에 관심을 두고 있다. 한자어 분류사는 그 용법은 중국어에서 직접 받아들이는 것을 알 수 있다. 이와 같은 분류사의 반복어는 중국어에서 거부감 없이 허용된다. 더 말하면, 중국어에서는 분류사가 거의 다 반복형에 참여할 수 있는 것이다. 그리고 한국어에서와 같이 중국어의 분류사 반복어도 ‘每(一)(~마다, 여러~)’ 혹은 ‘全部, 都(모두)’의 뜻을 가지고 있다.

---

4) 채완(1993)에서는 ‘가리가리’와 ‘꼬치꼬치’는 각각 ‘가리’와 ‘꼬치’의 반복형으로 등록되어 있다.

(12) ㄱ. 這本小說,篇篇都是好文章.

　　　(이 소설은 篇마다 좋은 글이다.)

　　ㄴ. 這些飲料,瓶瓶都過期了.

　　　(이 음료수들은 병마다 유통기간이 지났다.)

　　ㄷ. 這棵樹需要灌漑,才能長出片片綠葉.

　　　(이 나무는 관개해야 片片의 綠葉을 생길 수 있다.)

　　ㄹ. 對對情侶在河邊賞月.

　　　(쌍쌍의 애인들은 강변에서 달구경을 하고 있다.)

(13) ㄱ. 我去過好幾回,回回都沒見到他.

　　　(내가 몇 번 가봤는데 매번 모두 그를 본 적이 없다.)

　　ㄴ. 他怎麼次次都可以拿滿分?

　　　(그는 어떻게 번번이 다 만점을 얻을 수 있을까?)

　　ㄷ. 這些菜口口都很美味.

　　　(이 반찬들은 ?입마다 모두 맛있다.)

　　ㄹ. 圍棋比了五盤,可是盤盤都輸得很慘.

　　　(바둑 시합은 다섯 판 했는데 ?판마다 다 챙피하게 졌다.)

　　예문(12)는 명사 분류사이며 (13)은 동작 분류사인데 그들의 반복형이 모두 문법적이다. 실제로는 중국어에서는 분류사뿐만 아니라, 명사나 형용사 그리고 동사의 반복형도 매우 발달된다.

(14) ㄱ. 事事, 歲歲, 天天, 媽媽, 妹妹, 哥哥, 子子孫孫, 家家戶戶, 三三兩兩…

　　ㄴ. 深深, 平平, 慢慢, 高高, 黑黑(的), 悶悶(的), 快快樂樂, 紅紅綠綠…

　　ㄷ. 念念, 想想, 走走, 看看, 思思念念, 戰戰兢兢, 跑跑跳跳, 吃吃喝喝…

　　表音 문자인 한국어와 달리, 중국어는 表意 문자이니 한 글자가 원

칙적으로 한 단어에 대응되기 때문에 글자가 반복되어 반복어가 되거나 혹은 두 字 이상이 모여 합성어를 이루기에는 지장이 없다. 한국어의 한자어는 중국어에서 차용되어 왔음에 불구하고, 한국어로 화석화하게 되어 본래 중국어에 대응되는 그 字의 문법 기능을 상실할 수도 있다. 따라서, 같은 한자어 분류사라도 중국어에서는 반복형에 잘 참여하는 반면에, 한국어에서는 오히려 허용되지 못하는 경우가 많다. 그리고, 표에서 열거되어 있는 한자어 분류사는 옛 한국어에서 많이 쓰였을지 모르겠지만, 현대어에 있어서 거의 쓰이지 않는 것이 많다. 따라서, 이러한 분류사는 반복형에 참여할 필요도 없지 않는가 본다.

이와 같이, 왜 집체 분류사가 거의 반복형에 참여하지 못하는 질문도 함께 해결될 수 있는 것 같다. 즉, 표에서 열거되어 있는 집체 분류사는 지금의 口語에서 많이 나타나지 않고 쓰일 수 있는 경우도 드물기 때문에 모두 반복형에 참여할 필요가 없는 것이라고 본다.

마찬가지로, 현대 중국어에서는 분류사의 반복형은 점점 언중에 의해 쓰이지 않는데 '每(一)+분류사'라는 구조로 대신하여 쓰이는 경우가 많은 것으로 보일 수 있다. 예를 들면,

(15) ㄱ. 這公寓<u>棟棟</u>都住滿了人.

ㄴ. 這公寓<u>每一棟</u>都住滿了人

(16) ㄱ. 這套小說<u>本本</u>都很精彩.

ㄴ. 這套小說<u>每一本</u>都很精彩.

(17) ㄱ. 德國進口的車<u>輛輛</u>都很貴.

ㄴ. 德國進口的車<u>每一輛</u>都很貴.

밑줄친 부분에 대해, ㄱ)은 대체로 文言 문장(고대 중국어)에서 많이

쓰였는데 白話文(현대 중국어)를 쓰고 있는 중국인의 인식에서 보면 비문이 아니더라도 어색하다.5) 이에 비해, (ㄴ)은 매우 훌륭한 문장이다. 그렇기 때문에 중국어에서는 분류사가 거의 다 반복형에 참여할 수 있다고 하더라도, 현대 구어에서는 분류사의 반복어보다 '每(一)~'는 더 많이 쓰이는 것이다. 이와 같이, 한국어도 언어 자신의 실용성 때문에 분류사의 반복형이 점점 퇴화해서 다른 형식(~마다)으로 나타나게 된 것이 아닌가?

Ⅲ. 反復된 分類詞의 文法的 特徵

앞에서 살펴본 예문(1)~(5)에서 분류사는 단독으로 문장의 성분이 되지 못하는데, 반복하게 되면 단독으로 쓰일 수 있는 것을 알게 된다. 그러면, 반복된 분류사는 문장에서 어떤 기능을 맡고 있느냐? 위 표에서 보듯이, 분류사의 반복형은 문장에서 명사(12개)나 부사로 기능하는데, 부사로만 기능하는 경우가 대부분이다(23개).6)

    (18) ㄱ. 말 마디마디가 똑똑히 들려온다.

        ㄴ. 말이 마디마디 똑똑히 들려온다.

    (19) ㄱ. 나무에 가닥가닥이 났다.

        ㄴ. 실이 가닥가닥이 순조롭게 풀려나오다.

---

5) 宋玉柱(1981)에서「量詞重迭的這種用法帶有明顯的文藝風格色彩, 其他文體和口語中很少這種用法(분류사 반복형과 같은 용법은 문예 색체를 많이 띠고 있으므로 다른 문체와 구어체에서 거의 안 쓰인다)」라고 한 바가 있다.

6) 분류사가 반복되어 부사화하려면 부사화 접미사 '이'를 필요로 하는지 안 하는지에 대한 문제는 본고의 연구 범주에 속하지 않기 때문에 간과하기로 한다. 이에 대해서는 채완(1993)을 참조함.

(20) ㄱ. 서울에 처음 왔으니 곳곳을 다니고 싶다.

　　　ㄴ. 서울 근교에서 곳곳이 장미꽃이 피어있었다.

(21) ㄱ. 백화점의 층층마다 물건이 가득하다.

　　　ㄴ. 층층이 다 전등불이 환하다.

(22) ㄱ. 사과를 낱낱으로 세다.

　　　ㄴ. 그 원인을 낱낱이 조사해 본다.

　위 예문에서 (ㄱ)의 분류사 반복어는 명사로 기능하면서, 문장에서 주어나 목적어가 된다. 이에 비해, (ㄴ)의 분류사 반복어는 부사로 기능하는데, 그 뒤의 동사나 문장 전체를 수식하는 부사어다. 이와 같이 반복된 분류사는 분류사 자체의 특성을 상실하고 의미도 조금 변해졌는데도, 본뜻과 여전히 관련이 있다. 이를테면, '마디마디'는 '모든 얘기, 마디마다'로, '곳곳'은 '이곳저곳, 여기저기'이고 '곳곳이'는 '곳곳마다'로, '층층'은 '낱낱의 층'이며 '층층이'는 '층층마다'로, '낱낱'은 '하나하나'이고 '낱낱이'는 '하나하나마다'로 의미하게 되는 것이다.

　(18)~(22)의 분류사 반복어는 명사와 부사를 다 기능할 수 있다. 이와 같은 분류사는 위 표에서 보듯이 11개밖에 없다. 나머지는 다음 예문과 같이 부사의 기능만 한다.[7]

(23) ㄱ. *포도 <u>송이송이</u>가 열렸다.

　　　ㄴ. 포도가 <u>송이송이</u> 열렸다.

(24) ㄱ. *풀잎에 이슬 <u>방울방울</u>이 맺혔다.

　　　ㄴ. 풀잎에 <u>방울방울</u> 이슬이 맺혔다.

(25) ㄱ. *<u>토막토막</u>의 고기를 자르다.

---

7) 이는 중국어와 다르다. 중국어의 분류사 반복어는 명사와 부사외에도 형용사의 역할을 맡을 수 있다. 예를 들면, 片片綠葉, 層層浪花의 '片片'과 '層層' 등은 이것이다.

ㄴ. 고기를 <u>토막토막</u> 자르다.

(26) ㄱ. *이 시의 <u>줄줄이</u>가 조국애가 넘쳐흐르고 있다.

ㄴ. 이 시에는 조국애가 <u>줄줄이</u> 넘쳐흐르고 있다.

(27) ㄱ. *<u>알알</u>의 포도가 탐스럽게 익었다.

ㄴ. 포도가 <u>알알이</u> 익었다.

한편, 동작 분류사에서 반복형에 참여하는 것은 3개가 있는데 역시 부사의 역할만 맡고 있다. 동작 분류사는 명사 분류사와 달리 본래 부사어를 기능하는데, 반복되어 쓰여도 여전히 부사어의 구실을 맡는다.

(28) ㄱ. *철수가 하는 계획 <u>번번</u>은 성공하다.

ㄴ. 철수가 하는 계획은 <u>번번이</u> 성공하다.

(29) ㄱ. *철수는 <u>판판</u>의 바둑을 하면 이겼다.

ㄴ. 철수는 바둑을 하면 <u>판판이</u> 이겼다.

(30) ㄱ. *군인은 <u>차례차례</u>의 보초를 선다.

ㄴ. 군인은 <u>차례차례로</u> 보초를 선다.

동작 분류사는 동작이나 행위의 횟수 단위를 표시하는 것이다. 따라서 동작 분류사는 명사를 수식하지 못하고 동사만 한정하거나 수식하는 기능을 한다.[8] 그렇기 때문에 위 예문에서 보듯이, 반복형에 참여하는 동작 분류사도 명사의 구실을 할 수 없고 부사로만 기능한다. 이것은 또 다시 동작 분류사가 명사 분류사와의 차이에 증명이 된다.

---

8) 郭秋雯(1996)을 참고함.

Ⅳ. 結言

이상을 종합해 보면, 한국어는 중국어와 마찬가지로 분류사의 반복형이 구어에서 사용하는 頻度가 줄어들고 있다. 위 표에서도 이 사실을 말해 준다. 항상 쓰이고 있는 분류사의 반복형은 몇 개밖에 없는 것이다. 이것들은 자주 사용하게 되니 淘汰되지 않음에 비해, 다른 것은 점차로 '~마다' 혹은 '여러~'로 대신하여 쓰인다. 이를테면, 사람사람→사람마다, 층층(이)→층마다, 조각조각→조각마다, 무더기무더기→무더기마다… 등이 그것이다.

본래 분류사는 한국어에 있어서는 중국어에서처럼 그렇게 발달하지 않다. 어떤 분류사는 현대어에 와서 쓰이는 데가 없거나 거의 나타나지 않는 경우도 많다. 이런 경우에는 분류사마다 다 반복형에 참여하기 어렵다. 한편, 반복형에 참여하는 분류사는 명사보다 부사를 더 많이 기능한다.

참고문헌

郭秋雯(1996), "韓國語 分類詞 研究", 成均館大 博士論文.
宋玉柱(1981), "現代漢語語法論集", 天津人民出版社.
李根孝(1990), "現代漢語의 量詞 研究", 成均館大 博士論文.
蔡 琬(1993), "國語 反復語의 構成 方式", 〈形態〉, 太學社.
胡 附(1987), "數詞和量詞", 上海敎育出版社.
胡裕樹(1992), "現代漢語(增訂本)", 新文豐出版公司.

필자 소개

최동권 : 상지대학교 국어국문학과 교수
이성규 : 단국대학교 몽골학과 교수
김주필 : 국민대학교 국어국문학과 교수
윤장규 : 성균관대학교 국어국문학과 박사과정 수료
임보선 : 상지대학교 국어국문학과 겸임교수
신기상 : 산업대학교 문예창작학과 교수
박석문 : 천안대학교 국어국문학과 교수
이태욱 : 성균관대학교 국어국문학과 강사
곽추문 : 대만 정치대학 한국어학과 교수

이주행 : 중앙대학교 국어국문학과 교수
이충구 : 독립기념관 전문위원
김경훤 : 상지대학교 국어국문학과 겸임교수
오광근 : 한국어 세계화재단 연구원
이준환 : 성균관대학교 국어국문학과 박사과정
최재희 : 조선대학교 국어교육과 교수
황문환 : 한국정신문화연구원 한국학대학원 교수
정희창 : 국립국어연구원 학예연구관

한국어의 역사

2004년 11월 5일 초판 1쇄 발행

집필진　편찬위원회
발행인　김홍국
발행처　도서출판 **보고사**
등록　1990년 12월(제6-0429)
주소　서울시 성북구 보문동 7가 11번지
편집부 922-5120~1, 영업부 922-2246, 팩스 922-6990
홈페이지　www.bogosabooks.co.kr
메일　kanapub3@chol.com

ISBN 89-8433-268-2 (93810)

정가 20,000원

잘못된 책은 교환하여 드립니다.